御製

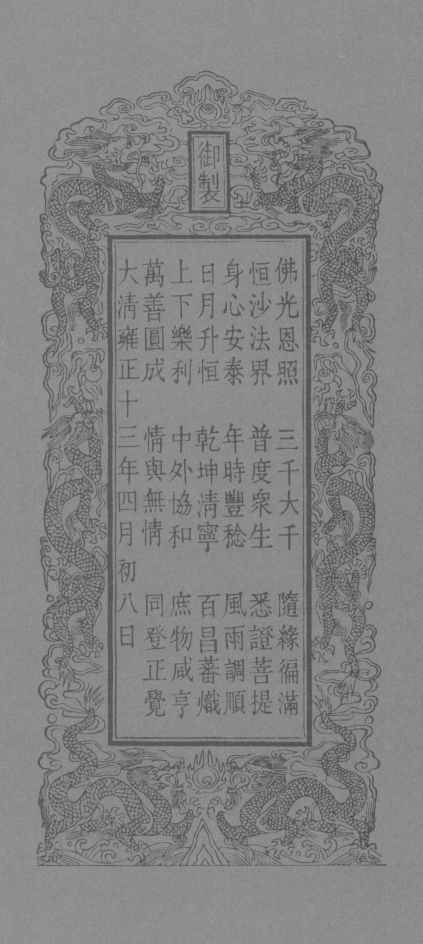

佛光恩照　三千大千　隨緣徧滿
恒沙法界　普度衆生　悉證菩提
身心安泰　年時豐稔　風雨調順
日月升恒　乾坤清寧　百昌蕃熾
上下樂利　中外協和　庶物咸亨
萬善圓成　情與無情　同登正覺
大清雍正十三年四月初八日

第一五一册　此土著述（四一）

大明三藏法數

上天竺前住持沙門一如等奉　勑集註

清刻龍藏佛說法變相圖

大明三藏法數卷第十二

上天竺前住持沙門一如等奉　勅集註

四仙避死（出出曜經）昔有梵志兄弟四人各得五通自知命促却後七日皆當命終共相議言我等既得五通以巳神力何所不辦豈不能避此難也四人雖各徃避死終不免佛以道眼觀見其死終不可避而說偈曰非空非海中非入山石間無有地方所脱之不受死（梵語梵志華言淨裔五通者一足不履地二知人心命三四眼千里四呼名即至五石壁無礙也）

一入海 入海者言吾入大海上不至表下不至底正處中間無常殺鬼馬知我處七日期滿命亦終盡

二入山 入山者言吾入須彌山擘山兩開入中還合無常殺鬼馬知我處七日期滿命亦終盡（梵語須彌華言妙高）

三隱空 隱空者言吾踊身

虛空中隱形無迹無常殺鬼焉知我處七日期滿自空墮地而死猶如果熟自然脫落

四居壓　居壓者言吾當隱居大市之中衆人猥閙各不相識無常殺鬼隨得一人何必取吾七日期滿於衆人中亦自命終

四種死生（出雜阿含經）

波斯匿王白佛言云何爲婆羅門死還生婆羅門家及剎帝利毘舍首陀家耶佛言當知死生有四種不同（梵語波斯匿華言勝軍梵語婆羅門華言淨行梵語剎帝利華言王種梵語毘舍華言商賈梵語首陀華言農人）

一從冥入冥　冥即暗也謂世人生卑賤家或旃陀羅家及餘種種下賤之家貧窮活命形體顦顇而復作卑賤之業名之爲冥處此冥中復行身口意惡業死墮惡趣是爲從冥入冥（梵語旃陀羅華言屠者惡趣即餓鬼畜生地獄也）

二從冥入明　謂世人生卑賤家乃至作諸鄙惡之業名之爲冥於此冥中能行身口意善業身壞命終生於人天是爲從冥入明

三從明入冥　謂世人生富貴家若剎帝利婆羅門長者家受身端正多財多智名之爲明於此明中行身口意惡業身壞命終當生惡趣受無量苦是爲從明入冥

四從明入明　謂世人生富貴家乃至形相端嚴名之爲明於此明中行身口意善業勤修福德身壞命終天上受生是爲從明入明

菩薩四心（出金剛經論）

菩薩梵語具云菩提薩埵華言覺有情謂菩薩發此四種心度諸衆生故天親頌曰廣大第一常其心不顛倒是也

一廣大心　謂菩薩發心度生欲令三界四生之類普皆濟度無一衆生而不度

者所度衆生無量無邊是名廣大心三界者欲界色界無色界也四生者卵生胎生濕生化生也

二第一心 謂菩薩度脫三界四生之類不欲令證聲聞小果要皆令入無餘涅槃是名第一心梵語涅槃華言滅度無餘涅槃者惑業與身俱滅名曰無餘

三常心 謂菩薩度無量無數無邊衆生了知衆生本來空寂實無衆生得滅度者雖無衆生可度而度生之心常無懈倦是名常心

四不顛倒心 謂菩薩度生若有我人等相即非菩薩菩薩了知我人等相本來皆空無能度者是名不顛倒心我人者於色受想行識五陰上强立主宰名我復計爲人名人也

四無量心出法界次第

四無量心者慈悲喜捨也通名無量者謂菩薩利他之心廣大也所緣衆生既無量而能緣之心亦無量也菩薩梵語具云菩提薩埵華言覺有情

一慈無量心 慈名愛念即與樂之心也謂菩薩愛念一切衆生常求樂事隨彼所求而饒益之故名慈無量心

二悲無量心 悲名愍傷即拔苦之心也謂菩薩愍念一切衆生受種種苦常懷悲心拯救濟拔令其得脫故名悲無量心

三喜無量心 謂菩薩慶他衆生離苦得樂其心悅豫欣慶無量故名喜無量心

四捨無量心 謂菩薩於所緣衆生無憎愛心名之爲捨復念一切衆生同得無憎無愛無瞋無恨無怨無惱故名捨無量心

四種信心出起信論

一信根本 謂眞如之法諸佛所師衆行之源能愛樂者即是信於根本故云信根本

二信佛 謂信佛有無量功德常念親近供養恭敬發起善根求一切智

故云信佛**三信法**謂信受諸佛所説之法有大利益常念修行故云信法**四信僧**謂信僧能正修行自利利他常樂親近求學其道故云信僧

四縁發菩提心（出地持經）

一見聞爲增上縁增上即增進之義謂世間之人或見或聞諸佛菩薩有不可思議神通變化之事既見聞已即發是念是佛菩薩功行具足能爲如是諸變化事以此見聞爲增上縁故樂佛大智發菩提心（梵語菩提華言道）

二聞法爲增上縁謂世間之人雖不見聞諸佛菩薩神通變化但聞説法讚嘆菩提及大乘法彼人聞已則懽喜信樂以此聞法爲增上縁故樂佛大智發菩提心

三護法爲增上縁謂世間之人雖不聞法或見法欲滅之相遂作是念無量衆生造諸惡業當遭大苦我今修菩薩道護持正法爲諸衆生滅無量苦以此護法爲增上縁故樂佛大智發菩提心

四發心爲增上縁謂世間之人雖不見法滅之相但見惡世衆生爲煩惱所障不能出離生死遂作是念於此惡世尚不能發二乘之願況能志求無上菩提我當發心亦令他發以此發心爲增上縁故樂佛大智發菩提心（二乘者聲聞乘縁覺乘也）

菩薩四法（出瑜伽師地論）

一善修事業謂修菩薩行者於種種財法惠施衆生無所吝惜諸佛戒律堅守護持遇諸苦難忍受無悔諸正法行精進無怠安住禪定心不散亂以正智慧照了諸法乃至種種行業皆悉修習是爲善修事業（菩薩梵語具云菩提薩埵華言覺有情）

二方

便善巧　謂修菩薩行者於諸有情或於聖教有未入者令其趣入已趣入者令其成熟已成熟者令其解脫乃至諸戒律儀受持毀犯種種方便令諸有情皆得利益是爲方便善巧

三饒益於他　謂修菩薩行者於諸有情或以布施或以愛語或作利他之行或與隨類同事令其皆得安樂是爲饒益於他

四無倒迴向　謂修菩薩行者於已所修一切善業及方便善巧饒益之行以淨信心迴向於他而求無上正等菩提終不以此所集善根倒求世間果報是爲無倒迴向

四種法爲菩薩實德 出大寶積正法經

一入空解脫門　謂菩薩觀一切法皆從因緣和合而生無作無受如是通達名空解脫是爲菩薩實德 菩薩梵語具云菩提薩埵華言覺有情

二入無我無願門　謂菩薩觀一切法皆無有我而於三界之中無所願求雖得涅槃恒起大悲樂度衆生是爲菩薩實德 三界者欲界色界無色界也梵語涅槃華言滅度

三巧施方便　謂菩薩廣運慈悲之心於三界中巧施方便不住涅槃仍復出入生死化度衆生是爲菩薩實德

四施不求報　謂菩薩廣運慈悲之心愍諸有情廣行給施平等無厭了達性空而不求於果報是爲菩薩實德

四攝法 出法界次第　此四通言攝者攝即攝受也謂菩薩欲化導衆生必須以此四法攝受使其依附然後導以大乘正道故維摩經云先以欲鈎牽後令入佛智是也 菩薩梵語具云菩提薩埵華言覺有情

一布施攝　謂菩薩以財法二

種布施攝衆生也若衆生樂財即以財施攝之若衆生樂法即以法施攝之衆生既蒙二施利益因是生親愛心依附受道得住真理故名布施攝【二愛語攝】謂菩薩隨順衆生根性善言慰喻則一切衆生樂聞善言因是生親愛心依附受道得住真理故名愛語攝【三利行攝】謂菩薩起身口意善行利益一切衆生因是生親愛心依附受道得住真理故名利行攝【四同事攝】謂菩薩以法眼明見衆生根性隨其所樂即分形示現同其所作使其各霑利益因是生親愛心依附受道得住真理故名同事攝

四法集善根 出大寶積正法經

【一樂住林間】謂修菩薩行者當離憒鬧住於山材空閑之處寂靜宴默思惟正道而廣集一切善根也【二四事攝物】四事者布施愛語利行同事也謂修菩薩行者自行既充必須外引衆生同已所行之道是以常行布施周其貧乏復以愛語安慰開諭起諸利行同其事業而廣集一切善根也【三捨身求法】謂修菩薩行者樂求大乘之法其心勇猛雖棄捨身命亦復無所顧惜而廣集一切善根也【四勤行精進】謂修菩薩行者誓欲求就佛果是以勤加精進無少懈怠而廣集一切善根也

四善法 出涅槃經

【一近善知識】謂善知識常談善法若人親近則得滅除一切惡法增長一切善根也【二能聽受法】謂既親近善知識又能聽受正法生長善根也【三能思惟義】

謂既聞正法即當思惟微妙之義而契會於心也 四如說修行 謂既能思惟正法之義當如所說而修其行則能脫煩惱生死之苦證眞空寂滅之道也

菩薩四法門 出如來不思議秘密大乘經 一智門 謂菩薩以大智慧善知一切衆生根性隨順調伏令其解脫是爲菩薩智門 菩薩梵語具云菩提薩埵華言覺有情 二慧門 謂菩薩以大妙慧爲諸衆生分別宣說深法句義亦欲令其開發慧性照了萬法本來空寂是爲菩薩慧門 三陀羅尼門 梵語陀羅尼華言摠持以其持善不散持惡不生也蓋菩薩以摠持之法隨順一切衆生言音開導正信令其滅諸惡心而行一切善法是爲菩薩陀羅尼門 四無礙解門 謂菩薩以無礙智解爲諸衆生宣說無盡甚深法義亦欲令其獲無礙解是爲菩薩無礙解門

在家人四種具足法 出雜阿含經 一信具足 謂在家之人於如來所起敬信心聞勝妙法心開意解不生疑謗信根堅固是名信具足 二戒具足 謂在家之人起淨信心受佛禁戒不殺不盜不邪婬不妄語不飲酒持此五戒一無毀犯是名戒具足 三施具足 謂在家之人受前戒法能於一切所有之財不慳不惜施濟貧乏之修此捨行是名施具足 四慧具足 謂在家之人既受戒行施當以智慧觀察此身虛假不實由貪瞋癡起諸煩惱招集無量生死之苦能修善道證涅槃樂是名慧具足 梵語涅槃華言滅度

四弘誓 出止觀大意 弘廣也誓制也謂菩薩廣發

誓願要制其心志求滿足也（菩薩梵語具云菩提薩埵華言覺有情）**一衆生無邊誓願度**此依苦諦境而發誓也謂菩薩徧觀六道衆生等類無量無邊皆被生死諸苦所逼一一不虛故發誓願欲度脱之令出三界故云衆生無邊誓願度（六道者天道人道修羅道餓鬼道畜生道地獄道也三界者欲界色界無色界也）**二煩惱無數誓願斷**此依集諦境而發誓也謂菩薩諦審煩惱惑業無量無邊能招集生死苦果流轉三界無有窮盡故發誓願欲斷除之而使六道衆生悉亦斷除令出三界故云煩惱無數誓願斷**三法門無盡誓願知**此依道諦境而發誓也謂菩薩諦審一切道法無窮無盡能通至涅槃自既知已亦令一切衆生證知故云法門無盡誓願知（梵語涅槃華言滅度）**四佛道無上誓願成**此依滅諦境而發誓也謂菩薩諦審菩提之果最勝無有過上自成就已普願一切衆生咸皆成就故云佛道無上誓願成（梵語菩提華言道）

四弘誓願（出法界次第）

一未度者令度度即超度也謂衆生未度生死苦者令其得度也**二未解者令解**解即解脱也謂衆生未解煩惱業縛者令其得解也**三未安者令安**安即安住也謂衆生未能安住於戒定慧而修行者令其得安住也**四未涅槃者令得涅槃**梵語涅槃華言滅度謂衆生未滅生死之苦者令其滅之而得證於涅槃也（滅度者謂大患永滅超度三界也）

菩薩四弘誓（出陀羅尼雜集）

一心如大地謂願我心如大地長養衆生道芽善種皆成聖果**二**

心如橋舡謂願我心如橋舡運度衆生不滯中流達於彼岸三心如大海謂願我心如大海涵育衆生同得眞源霑於法味四身如虛空謂願我身如虛空包含萬物與諸衆生平等無二同證法性

四梵福（出增一阿含經）一未起塔處起塔塔梵語具云塔婆華言高顯謂人能起塔者當來之世受初禪天福經云若有善信男子女人求梵天福者未曾起塔婆處於中能起是爲初受梵天之福也二補治故寺謂修補破壞故寺當來之世受二禪天福經云補治故寺是爲第二受梵天之福也三和合聖衆謂修習聖道之衆常令和合不使離散當來之世受三禪天福經云和合聖衆是爲第三受梵天之福也四勸轉法輪謂聞佛成道即當勸請轉於法輪利益衆生當來之世受四禪天福經云菩薩初轉法輪若人能勸轉者是爲第四受梵天之福也

四法生福（出大寶積正法經）一恒行法施謂修菩薩行者當以如來所說正法廣爲一切衆生而作利益於己之心無復悋惜是以無量福德由此而生也（菩薩梵語具云菩提薩埵華言覺有情）二起大悲心謂修菩薩行者常運大悲心利益一切於諸破戒衆生方便遮止不令爲惡是以無量福德由此而生也三化諸有情謂修菩薩行者常以利他爲心廣化一切有情令發菩提之心修習妙行成就佛果是以無量福德由此而生也（梵語菩提華言道）四忍辱救護謂修菩薩行者常應廣運大

悲之心於諸下劣不善之人設以橫逆而加於我不惟忍受其辱抑且方便救護使其改惡遷善是以無量福德由此而生也

入道四行(出正宗記并稽古畧)達磨大師謂二祖可大師曰夫入道多塗要而言之不出理行而已謂理入者則藉教悟宗深信含生同一眞性但爲客塵妄想所覆不能顯了若捨妄歸眞則聖凡一等無有分别若以行入者乃有四焉

一報冤行 凡修道之人若受苦時當念我從往昔劫中棄本逐末流浪諸有多起冤憎違害無限今雖無犯是我宿殃惡業果熟所以甘心忍受都無怨恨作是觀時與理相應體冤進道故名報冤行(劫梵語具云劫簸華言分别時節)

二隨緣行 謂衆生無我皆由業轉苦樂齊受皆從緣生若得勝報榮譽等事皆是過去宿因所感緣盡還無何喜之有得失從緣心無增減喜風不動冥順於道故名隨緣行

三無所求行 謂愚人長迷處處貪著智者悟眞安心無爲萬有皆空無所希冀三界久居猶如火宅有身皆苦誰得所安若了達者息念無求經云有求皆苦無求乃樂是則無求眞爲道行故名無所求行(三界者欲界色界無色界也)

四稱法行 謂性淨之理因之爲法此理衆相皆空無染無著無此無彼故經云法無有我離我垢故智者信解此理應當稱法而行法體無慳於身命財行檀捨施心無慳惜達解三空自利利他莊嚴菩提之道爲除妄想修行六度而無所行故名稱法行(三空者施者受者及所施之物三相皆空也六度者一布施二持戒三忍辱四精進五禪

定六智慧也

四種觀行（出慈悲水懺）謂修行懺悔者自念煩惱深厚覆蓋慧眼令無所見斷除衆善不能出離苦果今既發露衆惡投誠懺悔須作四種觀行爲滅罪之方便也

一觀因緣 謂修行懺悔者當觀我之此罪由無明所覆無正觀力不識其過遠離善友隨逐魔行如蛾赴火自燒自爛以是因緣不能自出是爲觀因緣

二觀果報 謂修行懺悔者當觀所有諸惡不善之業三世輪轉苦果無窮淪溺生死大海冥然無涯如抱石沉淵求出應難是爲觀果報（三世者過去現在未來也）

三觀自身 謂修行懺悔者當觀自身雖有正因靈覺之性而爲煩惱黑闇之所覆蔽無了因力不能得顯是爲觀自身（正因者即本有正性也了因者即解了諸法也）

四觀如來身 謂修行懺悔者當觀如來之身衆德具足湛然常住雖復方便入於滅度而慈悲拔救衆生之心未曾暫捨常如是觀乃滅罪之良津除障之要行是爲觀如來身（滅度者謂大患永滅超度三界也）

四事行（出阿難陀目佉尼阿離陀經）

一身常恭謹 謂修菩薩行者當謹守身業毋令放逸所謂殺盜淫等一切惡法斷而不行及諸不善律儀亦皆無犯是爲身常恭謹（菩薩梵語具云菩提薩埵華言覺有情）

二言常至誠 謂修菩薩行者欲修無上正眞之道當守護口業誠實不虛所謂妄言綺語惡口兩舌之過悉皆遠離是爲言常至誠

三意常柔順 謂修菩薩行者欲成菩提當防護意業調和柔順離諸邪念所謂貪欲嗔恚愚癡皆悉斷除是爲意常

柔順（梵語菩提，華言道）

四善權方便 謂修菩薩行者當善權方便救護一切衆生所謂或生天上乃至或入地獄不捨生死隨類現形但爲利樂有情不爲自求度脱是爲善權方便

四事供養（出增一阿含經）

佛在舍衞國祇樹給孤獨園爲波斯匿王説法王即請佛及比丘僧三月供養遂於宫門之外作大講堂懸繒旛蓋及辦一切供給所須衣被飲食卧具醫藥故云四事供養（梵語舍衞華言豐德祇樹給孤獨園者謂祇陀太子捨樹給孤長者買園建立精舍請佛而住也梵語波斯匿華言勝軍）

一 衣被 衣即袈裟而有三品上品二十五條及九條中品七條下品五條被即覆身之物此皆可以蔽形骸禦寒暑嚴肅威儀以成道業是以供養佛僧也（梵語袈裟華言不正色）

二 飲食 飲即種種漿水如果漿蜜漿醍醐甘蔗蒲萄等漿食即米麵酥酡餚饌等味此皆可以資色身進道業而證菩提是以供養佛僧也

三 卧具 卧具即床褥枕席之類此可以調攝身心將養勞苦以進道行是以供養佛僧也

四 醫藥 醫藥即冷熱甘苦辛酸草木諸劑及金石丹砂之類此皆可以治温寒濕燥之病藉以固身延命成就道業是以供養佛僧也

施有四事（出諸經要集）

一 施多得福少 謂飲酒歌舞等事費用極多而無福報是名施多得福少

二 施少得福多 謂能以慈心供奉道德之人彼人受已精進學道施物雖少其福彌大是名施少得福多

三 施少得福少 謂以慳貪惡意施邪見外道施物既少得

福亦少是名施少得福少**四施多得福多**謂能覺世無常發心捨財起立塔寺供養三寶所獲福報如衆河入於大海流注不斷施物既多其福亦多是名施多得福多（三寶者佛寶法寶僧寶也）

四施（出菩薩善戒經）

一筆施　謂見人發心書寫經典當以筆施之堅固其心助成善緣也**二墨施**　謂見人書寫經典當以墨施之堅固其心助成善緣也**三經施**　謂刊造經板或印施與人勸其讀誦令發菩提之心也（梵語菩提華言道）**四說法施**　謂若有人樂聞正法即當隨其根機方便演說使之聞法領解修因證果也

四種施處（出瑜伽師地論）

一有苦者　謂貧窮乞丐盲聾殘疾無依倚者如是等類名爲有苦故宜施之**二有恩者**　謂凡於我有恩德者故宜施之此施非是菩薩之行菩薩行施豈分有恩無恩也（菩薩梵語具云菩提薩埵華言覺有情）**三親愛者**　謂凡於我有親情眷愛者故宜施之此施亦非菩薩之行菩薩行施怨親平等豈分親與不親也**四尊勝者**　謂世間之人推爲賢善者及能離貪欲瞋恚愚癡而修行者如是等類名爲尊勝故宜施之此施亦非菩薩之行菩薩行施見卑劣者愈當施與豈分勝與不勝也

四種施俱得淨報（出大涅槃經）　謂菩薩達性相空觀一切衆生無非福田不見持戒毀戒及施受果報之異名爲淨善所以施受雖俱不淨亦俱得淨報也

一施淨受不淨　謂能施之人持戒多聞知有慧施及施果報受

者破戒邪見言無慧施及施果報是名施淨受不淨也**二施不淨受淨**謂能施之人著於邪見言無慧施及施果報受者持戒多聞知有慧施及施果報是名施不淨受淨也**三施受俱淨**謂施者受者俱能持戒多聞智慧知有所施及施果報是名施受俱淨也**四施受俱不淨**謂施者受者俱破戒無聞著於邪見言無有施及施果報是名施受俱不淨

四戒（出華嚴孔目）

一解脫戒謂身不殺盜婬口不妄言綺語惡口兩舌則自然遠離惑業之縛而得自在是名解脫戒**二定共戒**謂因修習禪定發得初禪二禪三禪四禪天定之時不作意持自然不犯而戒與定俱發是名定共戒（初禪二禪三禪四禪皆色界天也）**三道共戒**謂聲聞之人於見道修道位中不作意持自然不犯而戒與道俱發是名道共戒（見道即初果須陁洹修道即二果斯陁含三果阿那含也）**四斷戒**謂斷貪瞋癡等煩惱得成道果是名斷戒

四種持戒（出雜阿毘曇心論）

一悕望戒悕即悕求望即期望謂求生天及餘善處堅持禁戒是名悕望戒**二恐怖戒**謂畏墮惡趣畏惡名稱堅持禁戒是名恐怖戒**三順覺支戒**謂隨順七覺支莊嚴其心堅持禁戒是名順覺支戒（七覺支即七覺分謂擇法覺分精進覺分喜覺分除覺分捨覺分定覺分念覺分也）**四清淨戒**謂無漏戒能離煩惱染垢是名清淨戒（無漏戒者即聲聞緣覺無漏道品所發之戒也）

四忍（出華嚴經隨疏演義鈔）

忍即忍可亦安忍也思益經云梵天菩薩有四忍法善出毀犯禁戒之罪**一得無生忍**謂一切諸法自性空寂

本來不生菩薩證知此法則能超出毀犯禁戒之罪是爲得無生忍**二得無滅忍**謂一切諸法昔本不生今亦無滅菩薩證知此法則能超出毀犯禁戒之罪是爲得無滅忍**三得因緣忍**謂六根爲因六塵爲緣菩薩了知一切諸法皆從因緣和合而生本無自性則能超出毀犯禁戒之罪是爲得因緣忍（六根者眼根耳根鼻根舌根身根意根也六塵者色塵聲塵香塵味塵觸塵法塵也）**四得無住忍**住即停住菩薩心不住著而無異念相續則能超出毀犯禁戒之罪是爲得無住忍

四種定學（出成唯識論）

一大乘光明定謂此定所發智慧即能照了大乘理教行果故名大乘光明定（理教行果者理即所詮之理教即能詮之教行即所修之行果即所證之果也）**二集福王定**謂此定自在即能聚集無邊福德如王勢力無有等比故名集福王定**三賢守定**謂此定即能守持世間出世間賢善之法故名賢守定**四健行定**謂佛菩薩以精進大健之力修行勝行而得此定故名健行定

四空處定（出法界次第）

此四通言空處定者以其定體無形色故名之爲空名依所證之境名之爲處境法持心心無分散故名定也**一空處定**謂行者厭患色質有如牢獄心欲出離即修觀智滅三種色故不念種種相入無邊虛空處心與虛空之法相應是名空處定（三種色者可見有對色不可見有對色不可見無對色也）**二識處定**謂行者復厭虛空無邊緣多則散能破於定即捨虛空轉心緣識心與識法相應是名識處定**三無所有處定**謂行者

復厭心識無邊緣多則散能壞於定唯有無心識處心無依倚乃名安隱如是知已即捨識處繫心無所有處心與無所有法相應是名無所有處定

四非有想非無想定 前識處是有想無所有處是無想至此捨前有想名非有想捨前無想名非無想謂行者復厭無所有處定如癡如醉如眠如暗無可愛樂於是一心加功忽然眞實定發不見有無相貌泯然寂絶清淨無爲是名非有想非無想定

四種資糧 出瑜伽師地論

一福德資糧 謂由宿世修諸福德而於今生豐饒財寶遇善知識離諸障礙能勤修行是名福德資糧

二智慧資糧 謂由宿世修習智慧而於今生聰慧明敏解了法義是名智慧資糧

三先世資糧 謂由宿世積集善根而於今生諸根完具家財富足是名先世資糧

四現法資糧 謂於今世有善法故善根成熟具戒律儀是名現法資糧

四種意趣 出阿毘達磨雜集論

一平等意趣 意即心意趣即趣向謂菩薩於往昔因中修平等行而成正覺今於現世化諸衆生與昔無異是名平等意趣 菩薩梵語具云菩提薩埵華言覺有情

二別時意趣 謂衆生現世修習淨業求生極樂世界者命終皆即往生得不退轉蓋現種是因則在他時成熟是名別時意趣

三別義意趣 謂一切法無有自性不可執文取義當離文字相別求義趣是名別義意趣

四衆生意樂意趣 菩薩見衆生修得一善者讚嘆其善增彼勇猛見多貪者讚嘆佛

土清淨殊勝除彼貪欲見懈怠者讚嘆諸佛精勤不息除彼懈怠皆令心生信樂發其趣向是名衆生意樂意趣

四種作意（出瑜伽師地論）

一調練心作意　調練者調停練習也謂於可厭患之法調停練習令心厭離是名調練心作意

二滋潤心作意　滋潤者滋長沃潤也謂於可欣尚之法滋長沃潤令心忻樂是名滋潤心作意

三生輕安作意　輕安者即身輕心安也謂於可厭法令心厭離於可欣法令心欣樂安住寂靜對治身心麤重生起身心輕安是名生輕安作意

四淨智見作意　淨智者即清淨智慧也謂以此智慧照了諸法皆空即得內心寂靜由寂靜故見眞實理是名淨智見作意

四種念佛（出普賢行願記）

一稱名念佛　謂稱念阿彌陀佛名號於晝夜間一心專注或一萬聲乃至十萬聲如是歲月旣久則念念不斷純一無雜臨命終時定見彼佛現身迎接決得往生極樂世界矣（梵語阿彌陀華言無量壽）

二觀像念佛　謂觀阿彌陀佛形像相好口稱佛名則心不散亂心不散亂則本性佛從而顯現如是則念念不斷純一無雜臨命終時定見彼佛現身迎接決得往生極樂世界矣

三觀想念佛　謂端坐正念面向西方心作妙觀或想阿彌陀佛眉間白玉毫相光乃至足下千輻輪相如是從上至下從下至上展轉觀之觀想純熟三昧現前臨命終時決得往生極樂世界矣（梵語三昧華言正定）

四實相念佛　謂念阿彌陀佛法性之身即

得實相之理無形無相猶如虛空心及衆生本來平等如是之念即是眞念念念相續三昧現前決得往生極樂世界矣

四種白法（出勝思惟梵天所問經論）謂修菩薩行者當習一切白淨善法遠離四趣諸惡之黑法也（四趣者修羅趣餓鬼趣畜生趣地獄趣也）

一欲白法　謂修菩薩行者聞佛正教理趣深遠心生樂欲而不暫捨故名欲白法

二行白法　謂修菩薩行者勤行六度之行唯在利益世間一切衆生而不求於自身果報故名行白法（六度者一布施二持戒三忍辱四精進五禪定六智慧也）

三滿足功德白法　謂修菩薩行者精進勇猛徧修衆行令諸功德圓滿具足故名滿足功德白法

四證白法　謂修菩薩行者淨行已成功德已圓得證佛果故名證白法

四種法爲善友（出大寶積正法經）

一求菩提者　謂諸衆生若有發心樂求菩提之道者是爲菩薩之善友也（梵語菩提華言道梵語菩薩華言覺有情）

二作大法師　謂人深達妙義作大法師爲衆演說以其正行令彼進修是爲菩薩之善友也

三聞思修慧　謂人以聞思修之三慧倍策精進出生一切善根者是爲菩薩之善友也

四求佛法者　謂人修習梵行志求佛法則能離諸煩惱超出世間是爲菩薩之善友也

四法離魔道（出大寶積正法經）

一不離菩提心　謂菩薩修習衆善之行常欲度脫一切衆生而不離於菩提之心是以邪魔之道悉遠離也

二無惱害心　謂菩薩修習慈善之行於一切衆生常懷悲愍不起惱害之心是以

邪魔之道悉遠離也**三明了諸法**謂菩薩以智慧照察於一切法明了通達正眞無礙是以邪魔之道悉遠離也**四不生輕慢**謂菩薩了達諸法平等於諸有情常行不輕之行而無憍慢之心是以邪魔之道悉遠離也

四事先苦後樂 出增一阿含經 **一修習梵行先苦後樂**梵即淨也謂人不辭勞苦修習淨行淨行既立則能證於道果而得涅槃之樂故名修習梵行先苦後樂 梵語涅槃華言滅度 **二誦習經文先苦後樂**謂人不辭勞苦口誦經文心習其義其義習熟則能如說修行證於道果而得涅槃之樂故名誦習經文先苦後樂**三坐禪念定先苦後樂**謂人不辭勞苦坐禪念定由禪定力則能次第入諸三昧證於道果而得涅槃之樂故名坐禪念定先苦後樂 梵語三昧華言正定 **四數出入息先苦後樂**謂人不辭勞苦數出入息自然攝諸散亂心得寂靜安住正理與定相應由此證於道果而得涅槃之樂故名數出入息先苦後樂

四魔 出瑜伽師地論 魔梵語具云魔羅華言能奪命又云殺者謂能奪智慧之命而殺害出世善根故也**一蘊魔**蘊猶積聚也謂色受想行識等積聚而成生死苦果此生死法能奪智慧之命故云蘊魔**二煩惱魔**謂三界中一切煩惱妄惑也修行之人爲此妄惑惱亂心神不能成就菩提是名煩惱魔 三界者欲界色界無色界也 **三死魔**死者謂四大分散夭喪殞没也修行之人爲此夭喪不能續延

慧命是名死魔（四大者地大水大火大風大也）

四天魔　此魔即欲界第六天也若人勤修勝善欲超越三界生死而此天魔爲作障礙發起種種擾亂之事令修行人不得成就出世善根是名天魔（第六天即他化自在天也）

外道四論（出瑜伽師地論）

一常論　謂外道計我及世間之法皆是常住又見諸識流轉相續從此世間至彼世間無斷絶故發起常見是名常論

二邊無邊論　謂外道若憶念壞刼壞諸世間即於世間起有邊想若憶念成刼成諸世間即於世間起無邊想是名邊無邊論（刼梵語具云刼波華言分別時節壞刼成刼者中刼之名也）

三不死矯亂論　謂諸外道若有人問世間善不善法或問世間苦集滅道四諦等法便自稱言我依不死淨天不亂詰問即於彼所問假託餘事以言矯亂是名不死矯亂論（淨天即梵天外道計梵天不死故云不死淨天不亂詰問者謂梵天常居靜定故不離亂而辯問也）

四無因見論　謂外道計我及世間之法皆無因而起或見大風卒起於一時間寂然止息或見暴河瀰漫於一時間宛然空竭或見果木敷榮於一時間颯然衰落由如是故起無因見立無因論是名無因見論

外道四見（出華嚴經疏）

疏云外道所計不出四見謂數論計一勝論計異勒娑婆計亦一亦異尼揵陀若提子計非一非異（梵語勒娑婆華言苦行梵語尼揵陀華言離繫若提母名母子兼稱故名若提子）

一計一　謂數論師計因中有果因果不異故名計一

二計異　謂勝論師計因中無果因果不同故名計異

三計亦一亦異　謂勒娑婆論師

計因中有果名一因中無果名異有無雙計故名亦一亦異**四計非一非異**謂尼犍陀若提子計因果亦非是一亦非是異不同計一計異故名非一非異

四韋陀（出摩登伽經幷翻譯名義）梵語韋陀華言智論即婆羅門所作邪論也以世間之智造養生等書而有四種不同故名四韋陀典其書不曾傳至東土（梵語婆羅門華言淨行）**一阿由**梵語阿由華言方命亦曰壽謂養生繕性之書也（繕者治也）**二殊夜**梵語殊夜（無翻）謂祭祀祈禱之書也**三婆磨**梵語婆磨（無翻）謂禮儀占卜兵法軍陣之書也**四阿達婆**梵語阿達婆（無翻）謂異能技數禁咒醫方之書也

有無四句（出華嚴經疏）**一有句**謂外道或計我與五蘊之身皆有是名有句即著常見（五蘊者色蘊受蘊想蘊行蘊識蘊也）**二無句**謂外道或計我與五蘊之身皆無是名無句即著斷見**三亦有亦無句**謂外道欲離上二過故計我與五蘊亦有亦無即墮有無相違之見**四非有非無句**謂外道欲避上有無相違立俱非句故計我與五蘊非有非無則又成戲論之見

常等四句（出華嚴經疏）**一常句**謂外道計過去世之我即是今世之我相續不斷執之爲常即墮常見是名常句**二無常句**謂外道計我今世始生不從過去之因執爲無常即墮斷見是名無常句**三亦常亦無常句**謂外道見上二執皆有過失便計我是常身是無常若爾離身則無有我此亦成過是名亦常亦無常句**四非常非無常句**謂外

道計身有異故非常我不異故非無常若爾離身亦無有我此亦成過是名非常非無常句

一異四句（出成唯識論）　外道所計不出斷常二見或執爲有即是常見或執爲無即是斷見於有見中及計一異遂有四句

一執有法與有等性其體定一　執有法者謂外道於五陰等法執爲實有也有等性者謂執五陰等法皆有自性也其體定一者謂法之與性其體各無差別故云定一（五陰者色陰受陰想陰行陰識陰也）

二執有法與有等性其體定異　謂外道執法與性其體各自不同故云定異

三執有法與有等性亦一亦異　謂外道執法與性其體亦同亦不同故云亦一亦異

四執有法與有等性非一非異　謂外道執法與性其體非同非不同故云非一非異

鳥四生（出起世因本經）　金翅鳥王與龍之類皆具卵胎濕化四種而生經云大海之北有一大樹名曰居吒奢摩離其樹高一百由旬枝葉遍覆五十由旬此鳥王與龍等皆依此樹四面而住其四面各有宮殿縱廣六百由旬七重垣墻七寶莊嚴（梵語居吒奢摩離華言鹿聚梵語由旬華言限量）

一卵生　卵生金翅鳥王居樹東面欲啖龍時飛往東枝之上觀大海水乃即飛下以兩翅扇大海水令水自開二百由旬取龍食之此鳥王惟能取卵生龍不能取胎濕化三生龍也

二胎生　胎生金翅鳥王居樹南面欲取龍時飛往樹上乃即飛下令水開四百由旬取龍食之此鳥王惟能取卵胎二生龍不能取濕化二生龍

也**三濕生**濕生金翅鳥王居樹西面欲取龍時即向樹西海取之水開八百由旬此鳥王惟能取卵胎濕生之龍不能取化生龍也**四化生**化生金翅鳥王居樹北面欲取龍時向樹北海取之水開一千六百由句彼諸龍等皆爲此鳥王之所食啖樓炭經云四生金翅鳥還食四生龍是也

龍四生出起世因本經

一卵生卵生龍居吒奢摩離樹東面所居宮殿皆七寶莊嚴梵語居吒奢摩離華言鹿聚七寶者金銀瑠璃玻瓈硨磲碼碯赤真珠也**二胎生**胎生龍居樹南面所居宮殿皆七寶莊嚴**三濕生**濕生龍居樹西面所居宮殿皆七寶莊嚴**四化生**化生龍居樹北面所居宮殿皆七寶莊嚴

阿脩羅四生出楞嚴經

梵語阿脩羅華言非天以其果報最勝隣次諸天而非天也**一卵生**謂若於鬼道以護法力乘通入空此阿脩羅從卵而生鬼趣所攝**二胎生**謂若於天中降德貶墜生於彼道其所卜居鄰於日月此阿脩羅從胎而出人趣所攝**三濕生**謂别有一分下劣脩羅生大海心沉水穴口旦遊虚空暮歸水宿此阿脩羅因濕氣而有畜生趣所攝**四化生**謂有阿脩羅執持世界勢力無畏能與梵王及天帝釋四天王爭權此阿脩羅因變化而有天趣所攝四天王東方持國天王南方增長天王西方廣目天王北方多聞天王

大明三藏法數卷第十二

大明三藏法數卷第十三

上天竺前住持沙門一如等奉　勅集註

四種法離菩薩行（出大寶積正法經）【一疑惑佛法】謂人宿無善種於佛法中心生疑惑而不愛樂是以離於菩薩行也（梵語菩薩華言覺有情）【二我見貢高】謂人妄執我見心懷貢高嗔恚一切衆生是以離於菩薩行也【三嫉他利養】謂人見他所得利養妄起貪愛而復憎嫉是以離於菩薩行也【四不敬信】謂人心著邪見於佛菩薩不生敬信亦不稱讚而復毀謗是以離於菩薩行也

四人有障（出究竟一乘寶性論）障者覆障也謂一闡提等四人各有所障不能生正信入理沉滯空寂故言四人有障（梵語一闡提華言信不具）【一闡提不信障】謂此人不信有因有果毀謗大乘是名一闡提不信障【二外道執我障】謂其所執神我之見多在理外名爲外道我者即於五陰身中強立主宰名之爲我此外道謂罪福苦樂自有定因要當必受執著我見不信佛法是名外道執我障（五陰者色陰受陰想陰行陰識陰也）【三聲聞畏苦障】聞佛聲教故曰聲聞謂聲聞之人怖畏世間生死之苦樂著眞空是名聲聞畏苦障【四獨覺捨悲障】謂其出無佛世獨宿孤峯觀物變易自覺眞空故名獨覺此獨覺之人但能自度而不能起大悲心利益一切衆生是名獨覺捨悲障

說法四謗（出華嚴經隨疏演義鈔）【一定有是增益謗】定有者謂不知眞如之理離相寂滅性本不有而言眞如決定是有者則成增益謗也

二定無是損減謗 定無者謂不知眞如之理不可變壞性本不空而言眞如決定是無者則成損減謗也

三亦有亦無是相違謗 亦有亦無者謂不知眞如之理是即有之空即空之有而言眞如亦有是不知即空又言眞如亦無是不知即有二邊共執則成有無相違謗也

四非有非無是戲論謗 非有非無者謂不知眞如之理具有無之德而言眞如非有又言眞如非無二邊不定則成戲論謗也

四識住（出寶積經）

一色識住 色即眼根所對之色謂內意識緣於外色之時識於色中生喜住著故名色識住

二受識住 受即領納之義謂意識領納六塵之時識於受中生喜住著故名受識住（六塵者色塵聲塵香塵味塵觸塵法塵以其能染故名塵也）

三想識住 想即思想謂意識想起六塵相貌之時識於想中生喜住著故名想識住

四行識住 造作之心名爲行謂意識起諸行時識於行中生喜住著故名行識住

有漏四種過失（出瑜伽師地論）

有漏者即漏落三界生死也（三界者欲界色界無色界也）

一不寂靜過失 謂諸衆生隨逐根塵起諸妄想顛倒散亂而無禪定之功不能斷惑證果是爲不寂靜過失

二內外變異過失 謂諸衆生由內心亂想外境遷流心境相應更互變異所謂心隨境起境逐心生煩惱纏綿不能解脫是爲內外變異過失

三發起惡行過失 謂諸衆生由煩惱妄惑造諸殺盜婬妄種種惡業輪轉生死無有出期是爲發起惡行

過失**四攝受因過失**謂諸衆生由造種種惡業之因攝取未來苦果展轉輪迴不能解脫是爲攝受因過失

四無明出宗鏡錄無明者於第一義無所明了故曰無明即惑是也**一纏無明**纏即纏縛謂由此無明之惑纏縛不能出離生死故曰纏無明**二隨眠無明**謂無明煩惱長時隨逐眠伏第八藏識之中故曰隨眠無明**三相應無明**謂意識緣於六塵之境識與境相應而起無明煩惱故曰相應無明六塵者色塵聲塵香塵味塵觸塵法塵也**四獨頭無明亦名不共無明**謂未有六塵之境相對而意識獨緣想諸塵之境識與境不相應故曰獨頭無明

四種貪出瑜伽師地論**一顯色貪**謂於他人身分及青黃赤白等顯現之色而起貪著也修行之人觀色作青瘀胖脹等想而生厭離令心清淨**二形欲貪**謂於長短嬌媚等形相之色而起貪著也修行之人觀此形相作爛壞想而生厭離令心清淨**三妙觸貪**觸即觸著謂於自他身分細軟光滑等觸而起貪著也修行之人觀此身分作蟲蛆想而生厭離令心清淨**四承事貪**謂於他人趨承服事折旋俯仰等而起貪著也修行之人觀彼趨承服事自作死想猶如枯木而生厭離令心清淨

四欲出法苑珠林**一情欲**謂欲界衆生多於男女情愛之境而起貪欲故名情欲**二色欲**謂欲界衆生多於男女嬌媚等色而起貪欲故名色欲**三食欲**謂欲界衆生多於美味飲食而起貪欲故名食欲**四婬欲**謂欲界

衆生多於男女互相染著行於欲事故名婬欲

四縛（亦名四結出鞞婆沙論）縛者束縛也又連續也謂衆生由欲愛等業束縛流轉生死連續不斷故名四縛**一欲愛身縛**謂欲界衆生於五欲順情等境心生貪愛起諸惑業束縛於身不得解脱故名欲愛身縛（五欲者色欲聲欲香欲味欲觸欲也）**二瞋恚身縛**謂欲界衆生於五欲違情等境心生瞋恚起諸惑業束縛於身不得解脱故名瞋恚身縛**三戒盜身縛**戒盜亦名戒取本非是戒强以爲戒名爲戒盜又取以進行復名戒取如外道諸戒是也由此邪戒增長惑業束縛於身不得解脱故名戒盜身縛**四我見身縛**我見即見取也謂於非涅槃法中妄自分别以爲涅槃生心取著名爲見取由此我見增長惑業束縛於身不得解脱故名我見身縛（梵語涅槃華言滅度）

四流（出成實論）流而不返謂之流謂衆生由三惑之所流轉漂泊三界而不能返於涅槃彼岸也又名四暴河者以其惑業暴湧成河漂没衆生也亦名四軛者謂衆生爲惑業所纒若牛之縛軛以駕車而不能脱離也（梵語涅槃華言滅度）**一見流**見即三界見惑也謂意根對於法塵起分别見因此見惑流轉三界不能出離故名見流（三界者欲界色界無色界也）**二欲流**欲者即欲界思惑也謂五根貪愛五塵故名爲思惑即貪瞋慢也因此思惑流轉欲界不能出離故名欲流（五根者眼根耳根鼻根舌根身根也五塵者色塵聲塵香塵味塵觸塵也）**三有流**有即因果

不亡爲有謂色界無色界思惑即貪慢也因此思惑流轉色無色界不能出離故名有流**四無明流**無所明了故曰無明即三界思惑中癡惑也由此無明流轉生死不能出離故名無明流

四取（出佛性論）**一欲取**欲即貪欲取即取著謂於彼欲界色聲香味觸五塵之境貪欲取著故名欲取**二見取**邪心分別名之爲見所謂身見邊見等因見取著故名見取（身見者於五陰等法妄計爲身也邊見者於斷常二見中隨執一邊也）**三戒取**謂於非戒中謬以爲戒取著成行故名戒取如外道鷄狗等戒是也（鷄狗戒者外道妄計我身前世從鷄中來故今學寒鷄獨立爲行若妄計從狗中來即啖糞穢等是也）**四我語取**華嚴鈔云我見我慢名爲我語云何此二獨名我語由此二種說有我故又云隨假言說起於我執隨執取著故名我語取（我見者於五陰等法中不了虛假妄計有我也我慢者謂以我爲勝而輕慢於他也）

四障（出海意菩薩所問淨印法門經）**一惑障**謂諸衆生由貪欲瞋恚愚癡等惑根性昏鈍障蔽正道是名惑障**二業障**謂諸衆生由貪瞋癡等惑於諸善法不能勤行而隨身口意造作惡業障蔽正道是名業障**三報障**報即果報謂諸衆生由煩惱惑業爲因而感地獄畜生餓鬼諸趣之報不聞正道是名報障**四見障**謂諸衆生由不聞正法起諸邪見隨逐魔事失菩提心是名見障（梵語菩提華言道）

四刦（出佛祖統紀）刦梵語具云刦波華言分別時節謂人壽八萬四千歲時歷過百年則壽減一歲如是減至人壽十歲則止復過百年則增一歲如是增至八萬四千歲此一

增一減名爲一小刦如是二十增減名爲一中刦揔成住壞空四中刦名爲一大刦

一成刦 成刦者謂世界初成立也有二十小刦第一小刦因過去刦壞空之後第二禪光音天空中布金色雲注大洪雨積風輪上結爲水輪有大風起吹水生沫而成須彌等山時一切有情皆集光音天中天衆既多居處迫窄其福減者下生世間最初有一天子從光音天没來生大梵天中是爲梵王其壽六十小刦第二小刦光音諸天來生初禪梵世天中爲梵輔天其壽四十小刦第三小刦光音諸天復有來生梵世天中爲梵衆天其壽二十小刦如是漸漸下生欲界天中時光音諸天有福盡者化生爲人飛行自在無有男女之相地涌甘泉味如酥蜜因試嘗之遂生味著失其神通及以身光世間大暗黑風吹海漂出日月置須彌山腹照四天下乃有晝夜彼時衆生由躭地味顏色粗悴復食自然秔稻殘穢在身爲欲蠲除便生二道成男女根宿習力故便生淫欲夫妻共住光音諸天後來生者入母胎中遂有胎生時自然秔稻朝刈暮熟刈復隨生米長四寸後因人多貪取漸生糠穭刈已不生第四小刦乃至第二十小刦皆悉一增一減名爲成刦（梵語須彌華言妙高）

二住刦 住刦者謂世界安住也有二十小刦第九小刦人壽減至五萬歲時第一拘留孫佛出世減至四萬歲時第二拘那含牟尼佛出世減至二萬歲時第三迦葉佛出世減至一百歲時第四

釋迦牟尼佛出世第十小刦人壽減至八萬歲時第五彌勒佛出世第十五小刦於滅刦中第六師子佛乃至欲樂佛凡九百九十四佛相繼出興說法度人第二十小刦於增刦中樓至佛出世滿足一千也已上二十小刦皆悉一增一減名爲住刦梵語拘留孫華言所應斷梵語拘那含牟尼華言金色仙梵語迦葉華言飲光梵語釋迦牟尼華言能仁寂默梵語彌勒華言慈氏梵語樓至華言愛樂

三壞刦　壞刦者謂世界壞滅也有二十小刦如火災起時壞至初禪天始從地獄終至梵天有情衆生經十九增減刦次第壞盡唯器世間空曠而住乃至一切有情都盡最後一增減刦方壞器世間有七日從海底出大海盡竭須彌崩壞風吹猛燄燒上梵天悉成灰燼乃至三千世界一時燒盡名爲壞刦器世間者世界如器故也梵天即初禪天也三千世界者小千中千大千也

四空刦　空刦者謂世界空虛也有二十小刦壞刦之後自初禪梵世已下世界空虛猶如墨穴無晝夜日月唯大黑暗名爲空刦

四土出觀無量壽佛經妙宗鈔

一同居土　同居土者有穢有淨謂如此土娑婆世界沙礫充滿即同居穢土也西方安養世界金寶莊嚴無四惡趣即同居淨土也雖淨穢有異皆是凡聖共住故名同居也梵語娑婆華言能忍四惡趣者脩羅趣餓鬼趣畜生趣地獄趣也

二有餘土　有餘土者謂二乘等已斷三界見思惑盡出生彼土尚餘無明之惑未盡故名有餘也二乘者聲聞乘緣覺乘也三界者欲界色界無色界也

三果報土　果報土者亦名實報土即別教十地圓教十住十行十回向

乃至等覺諸菩薩所居之土也觀無量壽佛經疏云行眞實法感得勝報是也十地者歡喜地離垢地發光地𦦨慧地難勝地現前地遠行地不動地善慧地法雲地也十住者發心住治地住修行住生貴住方便具足住正心住不退住童眞住法王子住灌頂住也十行者歡喜行饒益行無嗔恨行無盡行離癡亂行善現行無著行尊重行善法行眞實行也十回向者救一切衆生離衆生相回向不壞回向等一切佛回向至一切處回向無盡功德藏回向隨順平等善根回向隨順等觀一切衆生回向眞如相回向無縛解脱回向法界無量回向也

四常寂光土 常寂光土者即理性土也常即法身寂即解脱光即般若此以不遷不變名常離有離無名寂照俗照眞名光即妙覺究竟果佛所居之土也淨名疏云修於圓教願行之因因極果滿道成妙覺居常寂光是也

又四土出華嚴經疏

一自性身依法性土 自性身者以眞如自性爲身即法身也法性土者即理土也謂此身土體無差别俱非色相所攝譬如虚空遍一切處是名自性身依法性土

二自受用身依自受用土 自受用身者謂自受用法喜之樂名自受用身即自報身也自受用土者即實報土也謂佛以相應淨識所修成就從初成佛盡未來際相續變爲純淨佛土周圓無際衆寶莊嚴自受用身常依而住是名自受用身依自受用土法喜之樂者聞法歡喜而快樂也

三他受用身依他受用土 他受用身者謂因他機感扣而現此身即勝應身也他受用土者亦即實報土也謂佛以大慈悲力隨十地菩薩所宜變爲淨土或小或大或劣或勝他受用身依之而住是名他受用身依他受用土十地者歡喜地離垢地發光地𦦨慧地難勝地現前地遠行地不動地善慧地

法雲地也　**四變化身依變化土**　變化身者改轉不定名之爲變無而忽有名之爲化即劣應身也變化土者謂佛以大慈悲力隨諸有緣衆生所宜化爲佛土或大或小或淨或穢佛變化身依之而住是名變化身依變化土

世界四持　出華嚴經疏

經云彼須彌山微塵數風輪最在上者名殊勝威光能持普光摩尼莊嚴香水海有大蓮華名種種光明蕊香幢莊嚴世界海住在其中　梵語須彌華言妙高

一能持風輪　謂此風輪能持香水海而使安住故曰能持風輪

二所持香海　謂此香水海因爲風輪所持而得安住故曰所持香海

三海出蓮華　謂此香水海中出生大蓮華爲世界種十方剎土皆爲大蓮華之所含攝故曰海出蓮華

四華持剎海　謂此大蓮華能持世界剎海安住其中四方均平清淨堅固故曰華持剎海　梵語具云剎摩華言土田

四輪持世界　出佛祖統紀

輪取持載之義華嚴經云三千大千世界依於水輪風輪空輪不言金輪者文略也　三千者小千中千大千也今言三千大千者總別彙稱也

一金輪　大地之下有金輪起世因本經云水上有風吹轉此水於上成金如熟酥生膏是名金輪

二水輪　金輪之下有水輪菩薩藏經云最上風輪爲水輪之所依止其水量高六十八百千由旬　梵語由旬華言限量

三風輪　水輪之下有風輪菩薩藏經云風輪量高六萬八千俱胝　梵語俱胝華言百億

四空輪　風輪之下有空輪華嚴經云空無所依雖無所依然由衆生業感世界次第安住

四風輪(出華嚴經)經云此四風輪能持水輪水輪能持大地令不散壞以譬如來出現依無礙慧光明而起四種大智風輪能持一切衆生善根也 一安住 謂三千大千世界依此風輪而得安住以譬如來大智風輪普攝衆生皆令懽喜安住也(三千者小千中千大千也言三千大千者總別兼稱也) 二常住 謂三千大千世界依此風輪而得常住以譬如來大智風輪建立正法常住世間令諸衆生皆生愛樂也 三究竟 謂三千大千世界依此風輪而爲究竟極際以譬如來大智風輪具一切方便通達無漏究竟之道也(無漏者不漏落生死也) 四堅固 謂三千大千世界依此風輪而得堅固以譬如來大智風輪守護一切衆生善根令不斷壞也

四大部洲(亦名四洲形量出長阿含經) 一東弗于逮 梵語弗于逮亦云弗婆提華言勝身以其身勝南洲故也又翻爲初謂日初從此出也在須彌山東其土東狹西廣形如半月縱廣九千由旬人面亦如半月之形人身長八肘人壽二百五十歲(梵語須彌華言妙高 梵語由旬亦云踰繕那華言限量大論云由旬有三大者八十里中者六十里下者四十里肘以一尺八寸爲一肘) 二南閻浮提 梵語閻浮提華言勝金洲閻浮是樹提是洲名因樹立稱故名閻浮提在須彌山南其土南狹北廣形如車箱縱廣七千由旬人面亦像地形人身多長三肘半於中有長四肘者人壽百歲中夭者多 三西瞿耶尼 梵語瞿耶尼華言牛貨爲彼多牛以牛爲貨故名牛貨在須彌山西其土形如滿月縱廣八千由旬人面

亦如滿月人身長十六肘人壽五百歲【四北鬱單越】梵語鬱單越華言勝處以其土勝三洲故也在須彌山北其土正方猶如池沼縱廣一萬由旬人面亦像地形人身長三十二肘人壽一千歲命無中夭

日照四洲 出法苑珠林 起世經云劫初世間黑暗爾時忽然生出日月及諸星宿便有晝夜年歲時節日從東方出繞須彌山半腹而行照于四洲遂有晝夜不同 梵語須彌華言妙高

【一南閻浮提日正中時】謂南閻浮提日正中時東弗婆提日則始沒西瞿耶尼日則初出北鬱單越正當半夜 梵語閻浮提華言勝金洲梵語弗婆提華言勝身梵語瞿耶尼華言牛貨梵語鬱單越華言勝處

【二西瞿耶尼日正中時】謂西瞿耶尼日正中時南閻浮提日則始沒北鬱單越日則始出東弗婆提正當半夜

【三東弗婆提日正中時】謂東弗婆提日正中時北鬱單越日則始沒南閻浮提日則初出西瞿耶尼正當半夜

【四北鬱單越日正中時】謂北鬱單越日正中時西瞿耶尼日則始沒東弗婆提日則初出南閻浮提正當半夜

世間四義 出析玄記 世間者即三藏教四加行中最後世第一位也以其是有漏法故名世間於中最勝故名第一有四義焉 四加行者謂一煖二頂三忍四世第一也以其加功進行故也

【一可破壞】謂世間有漏煩惱等法體本虛妄自性不實皆是無常故名可破壞也

【二有生滅】謂世間一切諸法皆從因緣和合而生皆從因緣別離而滅故名有生滅也

【三隱眞理】謂世間有漏煩惱等法障覆眞空之理不能顯發

故名隱眞理也【四性有漏】謂世間煩惱等法其性實能招集有漏生死之果故名性有漏也

依正四句（出華嚴經隨疏演義鈔）依正者依即所依國土正即能依之身也【一依內現依】依內現依者謂於國土中又現一切國土也如成就品云一一塵中難思剎隨衆生心普現前一切剎海靡不周如是方便無差別是也【二正內現正】正內現正者謂於一身中復現一切身也如現相品云如來一一毛孔中一切剎塵諸佛坐菩薩衆會共圍繞演說普賢之勝行是也（菩薩梵語具云菩提薩埵華言覺有情）【三正內現依】正內現依者謂於身中現一切國土也如現相品云如來安坐菩提座一毛示現多剎海一一毛現悉亦然於是普周於法界是也【四依內現正】依內現正者謂於國土現一切身也如現相品云一切剎土微塵數常現身雲悉充滿普爲衆生放大光各雨法雨稱其心是也

舍衛四德（出翻譯名義）梵語舍衛華言聞物亦云豐德以其具四德故也【一具財寶德】謂舍衛國中多出一切珍寶勝於餘國是名具財寶德【二妙五欲德】謂舍衛國中五欲勝妙非餘國所及是名妙五欲德（五欲者色欲聲欲香欲味欲觸欲也）【三饒多聞德】饒益也謂舍衛國中財寶具足五欲勝妙聞於四方是名饒多聞德【四豐解脫德】豐盛也謂舍衛國中之人多脩道行而得解脫是名豐解脫德

淨穢四句（出華嚴經疏）淨穢者謂佛說華嚴經或

在清淨之土或在穢惡之土也【一唯染】染即穢染謂佛於娑婆世界摩竭提國等處而說是經隱覆淨相故名唯染（梵語娑婆，華言能忍。梵語摩竭提，華言善勝。）【二唯淨】淨即清淨謂佛於華藏世界而說是經其地金剛無有染相故名唯淨【三染淨俱】謂佛隨於一處而說是經隨其機器大小所見有異或見是染或見是淨故名染淨俱【四非染淨】謂佛隨於一處而說是經大乘之機不見染淨之相同一法界故名非染淨

海底四寶（出華嚴經）經云譬如大海有四熾然光明大寶布在其底性極猛熱常能飲縮百川所注無量大水是故大海無有增減以譬如來大智慧海亦有四種大智慧寶具足無量威德光明能令眾生竭愛欲流波愚癡暗故以此四寶喻之【一日藏光明大寶】日藏光明大寶者譬如來有滅一切散善波浪大智慧寶由此光明觸彼菩薩令捨一切散善波浪持心一境住於三昧也（梵語三昧，華言正定。）【二離潤光明大寶】離潤光明大寶者譬如來有除一切法愛大智慧寶由此光明觸彼菩薩令捨離三昧味著起廣大神通也【三火焰光光明大寶】火焰光光明大寶者譬如來有慧光普照大智慧寶由此光明觸彼菩薩令捨所起廣大神通住大明功用行也【四盡無餘光明大寶】盡無餘光明大寶者譬如來有平等無邊功用大智慧寶由此光明觸彼菩薩令捨大功用行及息一切功用令無有餘也

四河（出長阿含經）【一殑伽河】梵語殑伽華言天堂

來以見其從高處而來也又名恒河此河從阿耨達池東面銀牛口流出繞池一帀入東南海（梵語阿耨達華言無熱惱在香山之南大雪山之北周圍八百里金銀琉璃玻瓈鋼鐵等以飾其岸也）

二信度河梵語信度華言驗河此河從阿耨達池南面金象口流出繞池一帀入西南海又名辛頭河

三縛芻河梵語縛芻華言青河此河從阿耨達池西面瑠璃馬口流出繞池一帀入西北海（梵語瑠璃華言青色寶）

四徙多河梵語徙多華言冷河此河從阿耨達池北面頗胝迦師子口流出繞池一帀入東北海或曰潛流一地下出積石山爲中國之河源也（梵語頗胝迦華言水精即玻瓈也）

一境四心（出攝大乘論釋）

譬如一水本無有異蓋因天人餓鬼畜生果報不同故於一水而見有四相分別之異也

一天見是寶嚴地謂諸天福德勝故其所見水悉成瑠璃衆寶莊嚴之地也（梵語瑠璃華言青色寶）

二人見是水謂世間之人所見之水清濁雖異皆是水也

三餓鬼見皆膿血謂由宿世慳貪罪障深重墮餓鬼中長刦不聞漿水之名既因飢渴所逼望見河水意欲飲之速趨岸傍皆是膿血也

四魚見是住處住處即窟宅也謂魚以水而爲住處潛躍游泳不見水相也

通局四句（出華嚴經疏）

一或局謂佛說華嚴經或局在娑婆世界內摩竭提國故也（梵語娑婆華言能忍梵語摩竭提華言善勝）

二或通謂佛說華嚴經或通十方世界故也

三或俱謂佛說華嚴經或在摩竭提國及十方世界故也

四或泯

謂佛說華嚴經處淤淨二相皆盡同一法界故也

四光喻智（出法華文句并華嚴經隨疏演義鈔）

一日光喻佛智　謂日光照世無幽不燭以喻佛之智慧無事不了無理不照故云日光喻佛智

二月光喻菩薩智　謂月之光明有虧有盈以喻菩薩雖具智慧而惑業尚未盡斷則其智慧或虧或明故云月光喻菩薩智

三星光喻緣覺智　謂星雖有光其照不遠以喻緣覺之人雖觀十二因緣悟眞空理而於中道深遠之義不能明了故云星光喻緣覺智（十二因緣者一無明二行三識四名色五六入六觸七受八愛九取十有十一生十二老死也）

四螢光喻聲聞智　謂螢火之光只能自照不能照物以喻聲聞之人雖觀四諦悟眞空理只能自度不能度人故云螢光喻聲聞智（四諦者苦諦集諦滅諦道諦也）

四事不可思議（出增一阿含經）

一衆生不可思議　謂世間衆生爲從何來復從何起從此命終當從何生皆不可思議故云衆生不可思議

二世界不可思議　謂一切世界皆由衆生業力而成成而復壞壞而復成始終相續無有斷絕故云世界不可思議

三龍境界不可思議　謂龍降雨非從口出亦不從眼耳鼻出但龍有大神力意之所念若善若惡皆能作雨故云龍境界不可思議

四佛境界不可思議　謂如來之身清淨無染不可莫測不可言長不可言短與夫梵音深遠智慧辨才現通說法一切人天二乘等衆皆莫能測故云佛境界不可思議（二乘者聲聞乘緣覺乘也）

四種心(出翻譯名義)【一肉團心】肉團心者即父母所生血肉之團狀似蓮華開合乃意識所依之處也【二緣慮心】緣慮心者即緣持思慮之心此通第八識而言謂眼緣色乃至第八緣根身種子器世間故也(通第八識者此緣慮心以第八藏識爲體故也根身者根即眼等諸根身即色身也種子者即善惡種子也器世間者以世界如器故也)【三積聚精要心】積聚精要心者謂諸經中積集一切要義名爲文心如般若心經爲大品六百卷中之精要是也(梵語般若華言智慧)【四堅實心】堅實心者謂堅固眞實乃衆生本有之性諸佛所證之理即第一義心也

四威儀(出菩薩善戒經)謂修道之人心不放逸若行若坐常在調攝其心成就道業雖久於行坐亦當恐其勞苦非時不住非時不卧設或住卧之時常存佛法正念如理而住於此四法動合規矩不失律儀是爲四威儀也【一行】謂修道之人舉止動步心不外馳無有輕躁常在正念以成三昧如法而行也(梵語三昧華言正定)【二住】謂修道之人非時不住若或住時隨所住處常念供養三寶讚嘆經法廣爲人說思惟經義如法而住也(三寶者佛寶法寶僧寶也)【三坐】謂修道之人加趺宴坐諦觀實相求絕緣慮澄湛虛寂端肅威儀如法而坐也【四卧】謂修道之人非時不卧爲調攝身心或時暫卧則右脇宴安不忘正念心無昬亂如法而卧也

息有四種相(出修習止觀坐禪法要)息即鼻中出入之氣也謂坐禪之人若欲攝心入定必先行數息之法息有四種不同故須揀其麤而

守其細也**一風**謂鼻中之氣出入有聲爲風坐禪之人若依之而數則心散難調故須捒而不用也**二喘**謂鼻中之氣雖無聲相而結滯不通者爲喘坐禪之人若依之而數則心結難定故須捒而不用也**三氣**謂鼻中之氣雖無風喘之相而出入不細者爲氣坐禪之人若依之而數則心勞難定故須捒而不用也**四息**謂鼻中之氣無前三種麤相而出入綿綿若存若亡者爲息坐禪之人依之而數則資神安隱情抱悅豫其心易定故須守而不捨也

四夢**一無明習氣夢**謂由無明煩惱積習氣分覆蔽眞如之性無所明了以致心神顛倒形於夢想也**二善惡先徵夢**謂人凡有善惡吉凶之事必先形於夢寐以爲徵驗也**三四大偏增夢**謂人由地水火風四大而成於身若地大增身則沉重水大增身則浮腫火大增身則狀熱風大增身則急脹四大不調則身心不安心不安則形於夢寐也**四巡游舊識夢**謂人平昔遊歷之處或有所見所聞若美若惡繫念不捨而形於夢也

四夢 出善見毘婆沙律

一四大不和夢謂或夢山崩或夢自身飛騰虛空或夢見虎狼及賊追逐此因地水火風四大不調心神散逸故有此夢是名四大不和夢**二先見夢**謂日間先見男女苦樂等境夜則隨夢猶如日間所見是名先見夢**三天人夢**謂若人修善乃感天人爲現善夢令其善根增長若人作惡亦感天人爲現惡夢令其怖惡生

善是名天人夢 四想夢 謂若人前世或有福德或有罪障有福德者多思想善事則現善夢有罪障者多思想惡事則現惡夢是名想夢

四食 出華嚴經隨疏演義鈔

一段食 段即分段食有資益之義謂以香味觸三塵爲體入腹變壞資益諸根故言段食古譯經律皆爲摶食以手團曰摶後譯復言槩飲等不可摶遂譯爲段食 二觸食 觸即對也謂六識所對色等諸塵柔輭細滑冷煖等觸而生喜樂俱能資益諸根故名觸食 六識者眼識耳識鼻識舌識身識意識也按翻譯名義註釋云見色愛著名食豈非觸食義耶設非觸食何以觀戲劇等終日不食而不飢也 三思食 思即意思謂第六識思於可愛之境生希望意而能潤益諸根如人飢渴至飲食處望得飲食而身不死故名思食 第六識即意識也 四識食 識以執持爲義即第八識也由前三食勢分所資能令此識增勝執持諸根故名識食 第八識即藏識也按翻譯名義註釋云識食地獄衆生及無色界中無邊識處天等皆用識持以爲其食

四利須食 出釋氏要覽

一資身爲道 謂修行之人若無飲食則身疲力倦命且不支豈能進道若得飲食資益於身則心安體健乃可進道故須食也 二養身中蟲 謂人身中多有諸蟲若缺飲食則蟲鑽刺身亦不安必當及時進食而調養之故須食也 三生施者福 謂修行之人持戒清淨專心修道則能福利人天若有檀越施以飲食使其成就道業能令施者亦獲福報故須食也 梵語檀華言施稱檀越者謂人行施能越貧窮苦也 四破餓外道 謂外道自以吞饑忍餓爲解脱法即自饑餓而

不知徒受困苦安能解脱故修行之人日中受食資其進道兼破外道不應饑餓故須食也

乞食四分（出寶雲經）乞食之法一日止以七家爲限爲無多貪故也出家之人常行乞食復分作四分故名乞食四分

一分奉同梵行者　同梵行者謂同修淨行之人也凡乞食時必有同修之人看守房舍或有老病不便行履者得食歸時則以一分奉之令其飽滿亦得安心修道也

一分與窮乞人　與窮乞人者謂乞得食時遇有窮苦求乞之人當起憐憫心作自饑想亦以一分施之令其飽滿勸他修善也

一分與諸衆神　與諸鬼神者謂乞得食時即以淨器盛貯一分待日晡時則然香諷咒加持普施一切鬼神令其飽滿出離苦趣悉得解脱也

一分自食　自食者謂乞得食時除前三分之外唯留一分或多或少則自食之食已安心行道庶不虚受信施也

四邪命食（出大智度論）謂諸比丘當以乞食清淨自活不應以下口仰口方口維口四種邪命之食以自活命也

一下口食　謂種植田園和合湯藥以求衣食而自活命是名下口食也

二仰口食　謂仰觀星宿日月風雨雷電霹靂術數之學以求衣食而自活命是名仰口食也

三方口食　謂曲媚豪勢通使四方巧言多求以自活命是名方口食也

四維口食　維即四維也謂學種種咒術卜算吉凶以求衣食而自活命是名維口食也

四食時（出法苑珠林）

一天食時　天食時者謂淸旦時即諸天所食之時也

二法食時　法食時者謂三界諸佛皆以午時爲法食時過此即非時也（三世者過去未來現在也）

三畜生食時　畜生食時者謂日暮時即是畜生所食之時也

四鬼神食時　鬼神食時者謂昏夜時即是鬼神所食之時也

行四依（出四分律藏）　謂出家之人依此四法而修則能成就聖道也

一著糞掃衣　著糞掃衣者謂視同糞土掃除不用即世人所棄弊垢之衣也修行之人當收拾淨洗補湊穿著如此則心無所戀能成道業矣

二常行乞食　乞食者謂出家之人常以乞食自活其命也

三樹下坐　樹下坐者謂出家之人不宜營治舍宅當於樹下或石窟中隨便而居修習禪定也

四用陳腐藥　用陳腐藥者謂出家之人若患病時當用陳年朽腐之藥而調治之病瘥即止不得貪樂新好藥物而預積蓄也

四機（出法華文句）　四機者機即機器又機緣也有可發之義故名爲機

一人天機　謂諸惡莫作諸善奉行是名人天機

二二乘機　謂厭畏生死忻尚涅槃是名二乘機（梵語涅槃華言滅度　二乘者聲聞乘緣覺乘也）

三菩薩機　謂先人後已慈悲仁讓是名菩薩機（菩薩梵語具云菩提薩埵華言覺有情）

四佛機　謂一切諸法中悉以等觀入一切無礙入一道出生死是名佛機（等觀者即非空非假平等中道觀也一道出生死者以中道觀頓斷諸惑頓出生死也）

四種我（出圓覺經畧疏）

一凡夫妄計我　謂世間凡夫之人不了五陰等法皆空於中妄計我身

强立主宰造作諸業流轉生死無有休息是爲凡夫妄計我（五陰者色陰受陰想陰行陰識陰也）

二外道神我　謂外道之人於五陰中妄計識神如蘇荳等或計遍身起於我見墜墮邊邪輪迴生死是爲外道神我

三三乘假我　謂三乘之人了知一切五陰等法虛假不實悉無有我是爲三乘假我（三乘者聲聞乘緣覺乘菩薩乘也）

四法身眞我　謂如來法身量等虛空無所不遍故於無我法中明八自在我是爲法身眞我（八自在我者一能示一身以爲多身二示一塵身滿大千界三大身輕舉遠到四現無量類常居一土五諸根互用六得一切法如無法想七說一偈義經無量劫八身遍諸處猶如虛空也）

四大（出圓覺經）　四大者謂人之身攬外地水火風四大而成內身四大因對色香味觸四微故稱爲四大也

一地大　地以堅礙爲性謂眼耳鼻舌身等名爲地大若不假水則不和合經云髮毛爪齒皮肉筋骨等皆歸於地是也

二水大　水以潤濕爲性謂唾涕津液等名爲水大若不假地即便流散經云唾涕濃血津液涎沫痰淚精氣大小便利皆歸於水是也

三火大　火以燥熱爲性謂身中煖氣名爲火大若不假風則不增長經云煖氣歸火是也

四風大　風以動轉爲性謂出入息及身動轉名爲風大此身動作皆由風轉經云動轉歸風是也（動轉歸風者凡身動轉皆屬風也）

四微（出金光明經文句記）　四微者謂色香味觸也因對四大稱爲四微又復四大皆由四微所成故大智度論云地有色香味觸重故自無所作水少香故動作勝地火少香味故勢

勝於水風少色香味故動作勝火

一色微 色者謂眼所見種種諸色也以其微細故名色微

二香微 香者謂鼻所嗅種種諸香也以其微細故名香微

三味微 味者謂舌所嘗種種諸味也以其微細故名味微

四觸微 觸者謂身分所覺種種諸觸也以其微細故名觸微

四求 出法集經

一欲愛 謂於欲界五塵而起貪愛也因貪愛故推求不已是名欲愛 五塵者色塵聲塵香塵味塵觸塵也

二色愛 謂於色界禪定而起貪愛也因貪愛故推求不已是名色愛

三無色愛 謂於無色界禪定而起貪愛也因貪愛故推求不已是名無色愛

四無有愛 無有即空也謂於涅槃眞空之法而起貪愛也因貪愛故推求不已是名無有愛 梵語涅槃華言滅度

四求不得 出大乘莊嚴經論

求者推求也論云菩薩以四種求諸法皆不可得不可得即是空也故名求不得

一名求不得 名即假名謂若有是物則有是名以此推之物則爲主名則爲客名既爲客則是假名推求實義了不可得故論云推名於物是客故云名求不得

二物求不得 物即事物謂雖有其物若無其名物不自顯以此推之名亦是主物亦是客物既是客亦成虛假故論云推物於名是客故云物求不得

三自性求不得 謂名之與物各有自體之性若推名之自性及物之自性但有虛假之名皆無眞實之義故論云推名自性及物自性知俱是假故云自性求不得

四差別求不得

謂於名於物各有差別之相一一分別推求悉歸於空皆不可得故論云推名差別及物差別知俱空故悉不可得故名差別求不得

四不寄附（出優婆塞戒經）

經云佛言善男子受優婆塞戒者先學世事既學通達如法求財若得財物應供父母妻子眷屬其餘藏積俟用不應寄附四處也（梵語優婆塞華言清淨士）

一老人　謂年老之人死日漸近故所有財物不應寄附於彼也

二遠處　謂道路隔遠之處緩急要用取討難及故所有財物不應寄附於彼也

三惡人　謂不善之人稟性凶惡若見財物恐生貪奪之心故不應寄附於彼也

四大力　謂豪強之人倚恃勢力若見財物恐生貪奪之心故不應寄附於彼也

四不見（出圓覺經鈔）

一魚不見水　謂魚以水爲窟宅游泳水中悉無所障故云魚不見水

二人不見風　謂風發於萬竅但有聲響可聞而無形相可見故云人不見風

三迷不見性　謂靈明覺知之性人人本具但爲煩惱無明覆障迷而不了故云迷不見性

四悟不見空　謂修行之人既能覺了靈知之性本來空寂而此空性亦不可得故云悟不見空

四不成（出因明入正理論）

一兩俱不成　謂聲是無常非眼所見若言聲是眼見而聲與眼俱不能成是名兩俱不成

二隨一不成　謂聲是所作性故以聲顯論聲是實法若不將名句文等共相爲用則不成其論矣是名隨一不成

三猶豫不成　謂如見雲霧等即起

疑惑以爲是火非火疑心不决是名猶豫不成

四所依不成 謂虛空實有爲萬物所依若言虛空定無則萬物無所依是名所依不成

四種無（出涅槃經）

一未有名無 謂梵志妄計涅槃之法在衆生煩惱心中不可說有譬如瓶未出泥名爲無瓶蓋外道不知衆生煩惱心中實具涅槃之德故佛答言如是涅槃非是先無同泥無瓶（梵語梵志華言淨裔　梵語涅槃華言滅度）

二滅已名無 謂梵志妄計滅煩惱已名爲涅槃涅槃即無譬如瓶既壞已名爲無瓶蓋外道不知煩惱既滅涅槃即顯故佛答言亦非滅無同瓶壞已

三異相名無 謂梵志妄計煩惱涅槃其相即異謂煩惱中無涅槃涅槃中無煩惱譬如牛中無馬馬中無牛蓋外道不知轉煩惱即是涅槃轉涅槃即是煩惱故佛答言雖牛中無馬不可說言牛亦是無雖馬中無牛不可說言馬亦是無如此則不可言煩惱中無涅槃涅槃中無煩惱也

四畢竟名無 謂梵志妄計涅槃之法畢竟無有名之爲無譬如龜毛兔角實不可得蓋外道不知涅槃之德其性常住不可毀壞故佛答言亦非畢竟無如龜毛兔角

大明三藏法數卷第十三

大明三藏法數卷第十四

上天竺前住持沙門一如等奉　勑集註

四知（出佛說罵意經）【一地知】謂人一念心起若善若惡雖未形現天神已自知之照臨於上矣【二地知】謂人一念心起若善若惡雖未形現地神已自知之鑒察於下矣【三傍人知】謂人作善作惡於隱僻之處自謂無人知而不知傍人已知之矣【四自知】謂心欲作善作惡人雖未知自意已先知之矣

一名四實（出涅槃經）一名謂先陀婆四實謂水鹽器馬如是四法皆同此一名此是大王密語經云譬如大王告諸羣臣先陀婆來有智之臣善知此名若王心欲水時口索先陀婆者智臣善知王意即以水奉之索後三物亦稱先陀婆智臣即以三物隨意奉之以譬如來密語甚深難解諸大乘經亦復如是若說四無常大乘菩薩應當善知此是如來爲諸衆生說無常苦空無我之相令得證於涅槃解脫之道（菩薩梵語具云菩提薩埵華言覺有情梵語涅槃華言滅度）【一水】經云若王欲洗時索先陀婆智臣即便奉水謂水無定性在方器則方在圓器則圓以譬如來爲諸衆生說入涅槃大乘菩薩即知此是如來爲計常者說無常相欲令衆生脩無常想也【二鹽】經云若王欲食時索先陀婆智臣即便奉鹽謂鹽味苦以譬如來或說正法當滅大乘菩薩即知此是如來爲計樂者說於苦相欲令衆生多修苦想也【三器】經云若王食已將欲飲漿索先陀婆智臣即便奉器謂器中本空以譬如來或說空者是

正解脫大乘菩薩即知此是如來說正解脫欲令衆生修學空想也**四馬**經云若王欲遊索先陀婆智臣即便奉馬謂馬由人策不得自在以譬如來或說我令病苦大乘菩薩即知此是如來爲計我者說無我相欲令衆生修無我想也

四念珠（出金剛頂瑜伽念珠經）念珠者佛令衆生欲滅煩惱當持數珠常隨其身專心繫念諸佛名號故說數珠之多少功德之勝劣而有四種之不同也金剛薩埵菩薩偈云念珠功德有四種上品最勝及中下一千八十以爲上一百八珠爲最勝五十四珠以爲中二十七珠爲下類手持念珠當心上靜慮離念心專注設安頂髻或掛身或安頸上及安臂由安頂髻淨無間由帶頸上淨四重手持臂上除衆罪能令行人悉清淨（淨無間者無間地獄之業得清淨也淨四重者殺生偷盜婬慾妄語之業得清淨也）

一一千八十珠爲上品 此珠爲上品者以其數多若持此珠念佛名號則功德利益極爲上品準較量數珠功德經云此珠若以木槵爲者或掐一過得福千倍蓮子爲者得福萬倍水晶爲者得福千億倍菩提子爲者得福無量也

二一百八珠爲最勝 此珠爲最勝者以其數次於上品若持以念佛名號則功德利益爲最勝也若以木槵蓮子水晶菩提子爲者其持掐所得之福亦如前也

三五十四珠爲中品 此珠爲中品者以其數又次於前若持以念佛名號則功德利益爲中品也若以木槵蓮子水晶菩提子爲者其持掐所得之福亦如

前也**四二十七珠爲下品**此珠爲下品者以其數又次於前若持以念佛名號則功德利益爲下品也若以木槵蓮子水晶菩提子爲者其持掐所得之福亦如前也然此皆以珠數多寡而分四品之別若能專心持念則功德平等而無異也

懷胎死四（出出曜經）謂調達比丘染著世利於阿難所求學神通能於虛空作十八變涌沒自由時阿闍世王太子見其神變日給五百釜食隨時供養於是世尊告諸比丘汝等勿學調達貪著供養自陷於罪亦陷他人遂說偈喻云芭蕉以實死竹蘆實亦然駏驉坐妊死士以貪自喪（梵語調達華言天熱梵語阿難華言慶喜梵語阿闍世華言未生怨駏驉即騾也妊即孕也）

一芭蕉生實 謂芭蕉本是危脆之物若更開華生實不久即枯死以喻人身無常亦不堅實若更要求名譽貪著利養則自陷於罪亦陷他人也（此下三喻義同）

二蘆開華 謂蘆葦亦是危脆之物若更開華不久即枯死也

三竹生米 謂一切竹若根力衰敗枝則生米不久即枯死也

四駏驉妊 謂駏驉若懷妊即毋子俱喪也

四葬（出法苑珠林）此四葬法皆西域殯葬之法也

一水葬 水葬者謂棄置江河以飼魚鱉也

二火葬 火葬者謂積薪而焚滅諸有相也

三土葬 土葬者謂埋藏岸傍以取速朽也

四林葬 林葬者謂露置寒林飼諸禽獸也（寒林即西域棄尸處僧祇律云謂多死尸凡入者可畏毛寒故名寒林）

虹蜺四緣（出法集經）經中因明菩薩善根業行因緣而有勝妙果報不同故立多種譬喻此

虹蜺爲一也謂諸菩薩因於善根業行而有香華種種技樂音聲於虛空中自然而作以爲供養然彼業行因緣雖不至於技樂音聲之中而亦因彼善業而有種種勝妙供養果報也譬如虛空雜色虹起而因地水火風四大因緣而生然四大雖不至於虹蜺之中亦因四大而有種種色相顯現故說虹蜺四緣也

一地大生黃謂虹蜺體具衆色其中黃色乃假地大而能映現蓋土之色性本黃虹必依地而起故云地大生黃也

二水大生青謂虹蜺體具衆色其中青色乃假水大照映而起蓋水之色性本青虹必因雨而有故云水大生青也

三火大生赤謂虹蜺體具衆色其中赤色乃因火大而能顯發蓋火之色性本赤虹必因日照而現故云火大生赤也

四風大生輪謂虹蜺隨處現起初無實體因假風大之力所持而體如輪暈之相蓋風之體性本能運動故云風大生輪也

四兵（出長阿含經）

謂轉輪王出遊之時即集此四兵隨從而衛護也

一象兵謂轉輪王出遊之時其軍士皆乘象也

二馬兵謂轉輪王出遊之時其軍士皆乘馬也

三車兵謂轉輪王出遊之時其軍士皆乘車也

四步兵謂轉輪王出遊之時其軍士皆帶甲冑隨從步行也

四華（出翻譯名義）

一分陀利梵語分陀利華言白蓮華

二優鉢羅梵語優鉢羅華言青蓮華

三鉢特摩梵語鉢特摩華言紅蓮華

四拘勿投梵語拘勿投亦云拘某陀華言黃蓮

華

又四華（出法華文句）一曼陀羅華 梵語曼陀羅華言適意又云白華 二摩訶曼陀羅華 梵語摩訶華言大即大適意亦云大白華 三曼殊妙華 梵語曼殊沙華言柔輭又云赤華 四摩訶曼殊沙華 梵語摩訶曼殊沙華言大柔輭亦云大赤華

五種法身（出華嚴經隨疏演義鈔）一法性生身 謂此法性體本圓常該通萬有如來之身由此出生故名法性生身 二功德法身 謂如來以萬行功德爲因而成法身之果故名功德法身 三變化法身 謂如來法身無感不形無機不應如千江月隨水現影影雖有殊月本是一故名變化法身 四虛空法身 謂如來法身融通三際包括大千一性圓明諸塵不染故名虛空法身（三際者即過去現在未來三世也）五實相法身 謂如來法身離諸虛妄會極真如不生不滅故名實相法身

五教佛身（出華嚴一乘教義分齊章）五教者即小始終頓圓也佛身即如來之身也如來之身徧一切處本無大小形量但爲衆生根器利鈍不同故曲垂方便演說種種法門示現種種身相即有五教佛身之異也 一小教丈六金身 謂如來示現降生出家成道於鹿野苑說四諦生滅之法專化二乘而二乘但見丈六金身故名小教丈六金身也（四諦者苦諦集諦滅諦道諦也二乘者聲聞乘緣覺乘也）二始教千百億化身 謂如來次說大乘之法廣談法相於千百億世界中示現種種色身正化菩薩無化二乘以衆生所見各各不同故名始

教千百億化身也菩薩梵語具云菩提薩埵華言覺有情

三終教丈六即真身謂如來次說大乘終極之理會一切法咸歸實性二乘闡提悉得成佛機緣既熟所見如來丈六之身即是真常之體故名終教丈六即真身也闡提梵語具云一闡提華言信不具

四頓教丈六即法身謂如來不從漸次唯談圓頓之理空有兩亡色心無礙大乘菩薩了一切法無非法身故名頓教丈六即法身也

五圓教具足十身謂如來稱性宣揚圓融法界之理法法互融塵塵無礙統諸教差別之身全法界平等之體菩提願智等身無不具足故名圓教具足十身也梵語菩提華言道十身者菩提身願身化身力持身相好莊嚴身威勢身意生身福德身法身智身也

五部教主出大樂金剛不空真實三昧耶經理趣釋部謂部類教謂言教主即主宰此之五部乃是如來金剛不空真實三昧法門也而依五方立五部以五佛爲主者各有所表也中方毘盧遮那即釋迦如來也四方四佛乃釋迦化現以表諸佛同一法身也以如來入種種三摩地說種種陀羅尼門雖各分部類各有壇法而皆與般若理趣相應也然此法門爲令衆生三業清淨得金剛智三摩地而行慧施不爲煩惱染汙成就無上菩提而證清淨法身也梵語三昧華言正定梵語毘盧遮那華言徧一切處梵語釋迦華言能仁梵語三摩地華言等持梵語陀羅尼華言總持梵語般若華言智慧三業者身業口業意業也金剛智者如來智慧無法不知無惑不斷如金剛至堅至利故云金剛智也

一中方灌頂部灌頂喻也如輪王太子受儲君位輪王乃取四大海水灌太子頂加以寶冠以喻毘盧遮那已

得一切如來灌頂受佛職位而爲三界法王以清淨法界智演説般若相應陀羅尼加持衆生身口意業悉得清淨亦受灌頂之位而證清淨法身是爲灌頂部故中央以毘盧遮那爲教主也（三界者欲界色界無色界也）

二東方金剛部

金剛部者謂如來證得佛地觀衆生藏識中煩惱習氣堅固難捨以大空金剛智三摩地而摧破之不離大圓鏡智而演説般若相應陀羅尼令諸衆生得清淨三業而悟本有不壞金剛佛性是爲金剛部故東方以阿閦佛爲教主也（煩惱習氣者煩惱餘習氣分也大空者即畢竟空也梵語阿閦華言不動）

三南方寶生部

寶生部者謂如來得三界法王位入金剛寶三摩地愍念衆生而行惠施心無悋惜三輪清淨以平等性智説諸陀羅尼令諸衆生所求一切伏藏皆得現前而證得河沙功德是爲寶生部故南方以寶生如來爲教主也（三輪清淨者謂能施之人所施之物及受施之人皆無取著也）

四西方蓮華部

蓮華部者謂如來得自性清淨法身而住穢染濁惡世衆不被一切煩惱染汙猶如蓮華入清淨三摩地以妙觀察智説諸陀羅尼令諸衆生證悟清淨法界如蓮華不染諸垢具足一切無漏善法是爲蓮華部亦名法部謂以此法門加持極樂世界水鳥樹林皆演法音故西方以阿彌陀佛爲教主也（無漏者不漏落三界生死也梵語阿彌陀華言無量壽）

五北方羯磨部

梵語羯磨華言作法又云辦事謂佛持一切如來智印入大悲三摩地以成所作智説諸陀羅尼加持一切衆生得無礙身語意業令藏

識中殺害雜染種子悉盡無餘一切事業皆悉成就是爲羯磨部故北方以不空成就如來爲教主也（藏識即第八識也）

佛觀五事降生（出因果經）佛於兜率天宮將欲降生先觀五事而後託胎也（梵語兜率華言知足）

一觀諸衆生熟與未熟 謂如來將欲降生先觀衆生根機熟與未熟以此土衆生根機成熟可度故現降生也

二觀時至未至 謂如來將欲降生先觀衆生可度之時至與未至以度生時至故現降生也

三觀諸國土何國處中 謂如來將欲降生先觀世界何國居中以迦毘羅國居大千世界之中故於此國現降生也（梵語迦毘羅華言黄色）

四觀觀種族何族最盛 謂如來將欲降生先觀種族貴盛以刹帝利種族極貴最盛故於此族現降生也（梵語刹帝利華言田主）

五觀過去因緣誰最眞正應爲父母 謂如來將欲降生先觀過去因緣誰可爲其父母以淨飯王摩耶夫人眞正無邪宿有因緣可爲父母故於此王宮現降生也（摩耶梵語具云摩訶摩耶華言大術）

佛五姓（出釋氏要覽）西域記云姓所以繫統百世使不別也佛祖統紀云世人皆知如來爲刹帝利之主種而不知瞿曇釋迦前後立姓之由瞿曇之義有四或云純淑或云地最勝此從本德而稱也或云甘蔗或云日種此就本緣而言也釋迦之義有三據德立號則曰能仁依處稱名則曰舍夷直林然釋迦立姓之由雖因甘蔗王之四子而實出自瞿曇也瞿曇釋迦稱雖有異姓即是一或加日種甘蔗舍夷列爲五姓則本

末相分源流一致是知舍夷釋迦二姓出自甘蔗甘蔗出自瞿曇其實皆刹帝利王之一姓也（梵語刹帝利華言田主）**一瞿曇**梵語瞿曇華言純淑又云地最勝謂於人類中此族最勝故也十二游經云刦初有王名大茆草王禪位於臣往師瞿曇仙人修道遂受其姓名小瞿曇後裔相承爲姓故云瞿曇也**二甘蔗**本行經云大茆草王（即小瞿曇）得成王仙壽命極長老不能行時諸弟子出外乞食恐師有虎狼之患遂以草籠盛之懸於樹上獵人遥見謂彼是鳥乃射之滴血於地生二甘蔗日炙開剖一出童男一出童女大臣聞之迎歸王宫養育長成男名善生以王種故遂立爲王號甘蔗後裔相承爲姓故云甘蔗也**三日種**謂甘蔗王由日炙甘蔗而生遂以日爲種故云日種**四舍夷**謂甘蔗王第四子名别成爲父擯出至雪山直樹林住其後建國名舍夷遂以其處爲姓故云舍夷**五釋迦**梵語釋迦華言能仁本行經云甘蔗王第一妃善賢生子名長壽第二妃生四子一名炬面二名金色三名象衆四名别成時善賢妃欲立長壽白王擯遣四子出國至雪山北住直樹林中其第四子别成爲王自立城居以德化人即爲强國父王追悔遣使往召辭過不還父王歎曰我子釋迦遂以德爲姓故云釋迦也

佛有五事（出增一阿含經）

一當轉法輪當轉法輪者謂如來出世既成道已當轉法輪度脱有情饒益一切如轉四諦法輪先度五比丘

等是也（四諦者苦諦集諦滅諦道諦也五比丘者一阿鞞二跋提三拘利四陳如五迦葉也）

【二與父說法】與父說法者謂如來既成道已惟念父恩最重當與說法令其享壽無窮正法始化及得遠離塵垢得法眼淨是故還於本國與父說法普曜經云佛出家時與父母誓若得佛道還度父母令得佛道必當還國說法度脫不違本誓也（法眼者謂見色心麤細因緣假名俗諦諸法也）

【三與母說法】與母說法者謂如來成道已惟念母恩育養情深況有誓願還度父母是故為其說法令得解脫如昇忉利天宮為母說法是也（梵語忉利華言三十三）

【四當與凡夫立菩薩行】當與凡夫立菩薩行者謂如來出世既成道已當度一切有情故說六度萬行之法與諸凡夫成立菩薩大乘之行轉度一切同成正覺也（六度者一布施二持戒三忍辱四精進五禪定六智慧）

【五當授菩薩莂】當授菩薩莂者莂即記莂佛授菩薩記分別當來成佛封國名號也謂如來既成道已觀諸大乘機器若行菩薩道已成熟者而為說法即授其記令彼當來皆得作佛也

五不赴請（出根本說一切有部毘柰耶）

根本毘柰耶云有一長者請佛及僧就家設供比丘皆去惟世尊獨留在寺令人取食不赴其請故說此五種因緣也（梵語比丘華言乞士）

【一為宴默而居】為宴默而居者謂如來深入禪定寂然宴默故不赴請

【二為諸天說法】為諸天說法者謂如來為諸天衆宣說法要故不赴請

【三為觀察病】為觀察病者謂時有病僧如來為瞻察調理故不赴請

【四為看諸卧具】

爲看諸卧具者時有商人施僧妙氎比丘得氎制新卧具棄舊卧具狼籍於地佛欲待比丘去往彼瞻看故不赴請**五爲制**其**學處**制謂制立學處即當學戒也以比丘不應制新卧具棄擲舊者佛欲制其學戒故不赴請

如來五種說法（出思益梵天所問經）

一言說　言說者以言音而說法也謂如來或說過去未來現在之法或說世間出世間法悉爲化導衆生乃至恒河沙刦說無窮盡雖如是說而不壞法性亦不著法性也**二隨宜**　隨宜者隨順衆生之所宜也謂如來所說種種諸法或偏或圓或頓或漸皆是隨順衆生之機稱其根器悉令開解也**三方便**　方即方法便即便宜猶善巧也謂如來說布施得大富說持戒得生天說忍辱得離諸瞋恚說精進得具諸功德說禪定得息諸散亂說智慧得捨諸煩惱如是種種方便開化衆生莫不爲令超脫苦輪得諸法樂也**四法門**　法者如來所說之法也門以出入爲義謂如來說諸妙法開解脫門普令一切有情皆得出離生死苦趣而入解脫清淨之域也**五大悲**　悲愍傷也謂如來愍衆生故與大悲心爲之說法而拔其苦也若衆生著貪愛者爲說不淨著瞋恚者爲說慈悲乃至染著法者說一切離染之法樂著衆苦不淨而居家者爲說出離之法如來作如是種種說者莫不爲令一切衆生脫離衆苦也

五種甚深（出法華論）

甚深者即如來所證眞如理

智境界也以此五法深妙難解非聲聞緣覺之所能知故也【二義甚深】義甚深者謂如來所證種智性義微妙不可思議也【三實體甚深】實體甚深者謂如來所證實相理體不空不有非如非異不可思議也【三內證甚深】內證甚深者謂如來所證所得一切智慧甚深無量其智慧門難解難入不可思議也【四依止甚深】依止甚深者謂如來所證真如法體徧一切處無染無淨不變不遷於一切法不即不離不可思議也【五無上甚深】無上甚深者謂如來所證阿耨多羅三藐三菩提而一切聲聞辟支佛等所不能思議也（梵語阿耨多羅三藐三菩提華言無上正等正覺辟支梵語具云辟支迦羅華言緣覺）

五所依土（出圓覺經略疏鈔）

【一法性土】謂如來清淨法身所依之土以真如爲體然此身土體無差別不變不遷離相寂滅是名法性土

【二實報土】謂如來圓滿報身所依之土以無漏五蘊爲體此由徃昔修習十力四無所畏等功德成就無礙莊嚴境智融泯稱實感報之所招感是名實報土（無漏者不漏落生死也五蘊者色蘊受蘊想蘊行蘊識蘊也十力者知是處非處智力知過現未來業報智力知諸禪解脫三昧智力知諸根勝劣智力知種種解智力知種種界智力知一切至處道智力知天眼無礙智力知宿命無漏智力知永斷習氣智力也四無所畏者一切智無所畏漏盡無所畏說障道無所畏說盡苦道無所畏也）

【三色相土】謂如來微塵相海身所依之土以自行後得智爲體此由萬德成就衆寶莊嚴周圓無際是名色相土（自行後得智者謂如來自行滿足覺體圓明後起妙用之智也）

【四他受用土】他受用者他機感見而受用也謂如來他受用身所依之土

以利他後得智爲體此由修德成就隨住十地菩薩所宜變現以大慈悲力而現大小勝劣種種淨土是名他受用土（十地者歡喜地離垢地發光地燄慧地難勝地現前地遠行地不動地善慧地法雲地也菩薩梵語具云菩提薩埵華言覺有情）

五變化土 改易不常爲變無而忽有爲化謂如來變化身所依之土以利他成事智爲體此由往昔修習利他之行故能隨衆生心變現淨穢種種國土是名變化土

五法（出楞伽經）

一名 名即假名也謂一切聖凡情與無情若根若塵各有自相逐體稱呼是爲名也（根者眼耳鼻舌身意六根也塵者色聲香味觸法六塵也）

二相 相即色相也謂三界一切品類洪纖妍醜情與無情及根塵諸法各有形狀是爲相也（三界者欲界色界無色界也）

三妄想 妄想者分別虛妄之念也謂由前名相二法起分別心認假名爲自己執幻相爲本身則有心心數法種種攀緣是爲妄想也（心即心王心數法即受想行等法也）

四正智 正智者如來明了正見之智也謂了前諸法如幻如化非斷非常超過一切凡夫小乘偏邪異見是爲正智也

五如如 如如者不變不異眞如之理也謂由前正智觀察名相皆悉如幻非有非無名相本空即眞如理理因智明智因理發以智如理以理如智是爲如如也

百法五位（出顯揚聖教論）

百法五位者謂色法十一心法有八心所法五十一不相應行法二十四無爲法六總成百法各有所屬列爲五位也

一色位 色以質礙爲義色有十一種即眼耳鼻舌身色聲香味觸及法處所

攝一分色以此十一種皆有質礙是名色位法處是意所取之境具有四分一心所法二不相應行三無爲四無表色今言法處所攝一分色正是無表色也無表色者謂意識緣於過去所見之境雖分別明了而無表對故云無表雖無所表於所緣境執著不忘故云色也

二心法位

心法有八種謂阿頼耶識眼耳鼻舌身意識及第七識雖有八種之名而皆出於心王故名心法位也梵語阿頼耶華言識即第八含藏識也

三心所有法位

心所有法五十一種謂徧行五法一作意能警覺爲性心未起能警令起心已起能引趣於境也二觸對境也三受領納前境也四想於境取像也五思起心造作諸業也由此五法起則同起故徧行也別境五法一欲希望樂境也二勝解於理明了無疑也三念明記不忘也四等持離昏沉掉舉曰等令心專注不散名持五慧揀擇名慧能揀擇善惡法也由此五法起時各起故名別境也善有十一法一信於善法深樂不疑也二慚恥己無德也三愧羞爲惡行也四無貪於五欲境心生厭離也五無瞋於違情境不起忿心也六無癡於事於理明解決了也七精進於諸善法精勤修習也八輕安遠離昏亂也九不放逸於不善法心不染著也十捨遠離掉舉也十一不害於有情之所不加損惱也煩惱有六法一貪引取無厭也二瞋忿怒不息也三慢自恃陵他也四無明於事於理無所明了也五見即邪見也六疑猶豫不決也由此六者皆昏煩之法惱亂心神故名煩惱也隨煩惱有二十法一忿暴怒也二恨怨恨也三覆令人不知己過也四惱外境違情不自安隱也五嫉心懷妒忌也六慳於一切財不能惠施也七誑詭詐不實也八諂媚悅人意也九害損惱有情也十憍矜己傲他也十一無慚不知羞恥也十二無愧陰爲不善也十三掉舉內心動搖也十四昏沉心神迷惑也十五不信邪見多疑也十六懈怠身心不勤也十七放逸縱恣欲境也十八失念

遺失正念也十九散亂心常放逸也二十不正知以妄爲真也由此煩惱隨逐前煩惱六法而起故名隨煩惱也不定法有四一惡作或作惡事心生追悔或不作善事心生追悔故屬不定法二睡眠識神昏昧也夢中見境或善或惡或不善不惡故屬不定法三尋尋即尋思心中所起之念也所起之念或善或惡或不善不惡故屬不定法四伺伺即伺察心中所起之念也尋思之心麤而浮伺察之心沉而細此心亦有善惡不善不惡故屬不定法如是諸法從阿賴耶識種子所生依心而起與心俱轉相應是名心所有法位也

四不相應行位

不相應行有二十四種一得於一切法造作成就也二命根第八識種子并出入息煖氣三者連持不斷人命得存也三衆同分如人之類其形相似也四異生性衆生妄性不同也五無想定外道所修之定心想俱滅故也六滅盡定得此定者受想心滅盡諸識不起也七無想報外道修無想定命終果報生無想天壽命五百劫想心不行如氷夾魚也八名身依事立名衆名聯合故曰名身也九句身積言成句衆句聯合故曰句身也十文身文即是字衆字聯合故曰文身也十一生諸法始起也十二住諸法未遷也十三老諸法漸衰也十四無常今有後無也十五流轉因果不斷相續轉故也十六定異善惡因果決定不同也十七相應因果和合不相違背也十八勢速諸法遷流不暫停住也十九次第編列有敘也二十時即時節也二十一方即方所也二十二數即數目也二十三和合不相乖違也二十四不和合相乖違故也由此二十四法是假施設性不與心相應不與色相應故名不相應行位也假施設性者以其有名無體故不屬於心法亦不屬於色法也

五無爲位

無爲位有六法一虛空無爲眞空之理離諸障礙猶如虛空無所作爲也二擇滅無爲擇揀擇滅斷滅以智斷惑所顯眞理無有作爲也三非擇滅無爲不假智力斷滅諸惑性本清淨無所作爲也四不動無爲不動地即第四禪天從地立名此天所修禪定之理無所作爲五想受

滅無爲想受心滅所顯眞理無所作爲也六眞如無爲不妄曰眞不異曰如眞如之理無所作爲也由此六法體本虛融無有作爲故名無爲位也

五類說法出華嚴經疏

一佛說　佛說者謂一切經法皆是佛說也然華嚴一經亦通菩薩聲聞等共說此言佛說者如阿僧祇品隨好品乃是如來親口宣說也梵語阿僧祇華言無數

二菩薩說　菩薩說者謂諸大菩薩互相宣說以顯主伴互融也如華嚴經中十住十行十迴向等品皆是菩薩所說也十住者發心住治地住修行住生貴住方便具足住正心住不退住童眞住法王子住灌頂住也十行者歡喜行饒益行無嗔恨行無盡行離癡亂行善現行無著行尊重行善法行眞實行也十回向者救一切衆生離衆生相回向不壞回向等一切佛回向至一切處回向無盡功德藏回向隨順平等善根回向隨順等觀一切衆生回向眞如相回向無縛解脫回向法界無量回向也

三聲聞說　聲聞說者謂聲聞之人佛力加被亦能說法也如華嚴經中法界品初即是聲聞所說也

四衆生說　謂衆生亦能說法者由衆生諸佛體本不二佛所說法即衆生說衆生說法即諸佛說是名衆生說也

五器界說　器界者世界如器即國土也謂器界亦能說法者即如來不思議神力而變現也如華嚴經菩提樹等能作佛事又如極樂國土水鳥樹林雲臺寶網皆演妙音是也梵語菩提華言道菩提樹等能作佛事者謂菩提樹及光明寶網皆能演說法音也

經五義亦云經下名出華嚴經疏

一湧泉義　湧泉義者謂如來正教義無窮盡猶如湧泉注而無竭也

二出生義　出生義者謂如來正教義理深長展轉出生而無盡也

三顯示義　顯示義者謂如來正教顯示事理無有隱覆而

能開悟羣迷也【四繩墨義】繩墨義者謂如來正教如彼繩墨楷定正邪令諸衆生歸於正道也【五結鬘義】謂結鬘因線線能貫華結以成鬘者取貫攝之義以喻如來正教貫穿諸法攝化衆生也

五人說經（出大智度論）

【一佛說】謂如來出現於世爲度衆生廣說種種諸經但自金口所宣者是名佛說【二弟子說】弟子即聲聞緣覺菩薩等諸大弟子也謂佛在世時承佛加被各運神通隨機演教化度衆生是名弟子說【三仙說】仙即佛會之中諸大仙人也謂其從佛入道誓弘佛化宣揚正法饒益有情是名仙說【四諸天說】天即梵釋等諸天也謂如帝釋每於善法堂上常爲忉利諸天演說般若大經等是名諸天說（梵語釋提桓因華言能天主言帝釋者華梵雙舉梵語忉利華言三十三梵語般若華言智慧）【五化人說】化人即三乘聖人隨機現化者也謂如羅睺羅化作金輪王而度城東者母先讚福果因緣後說大乘妙法是名化人說（三乘者聲聞乘緣覺乘菩薩乘也梵語羅睺羅華言覆障）

五種不翻（出翻譯名義）

翻即翻譯謂譯彼梵音而成此華言也不翻者以此五種不可翻故也【一秘密不翻】微妙深隱曰秘互不相知曰密謂諸陀羅尼是佛秘密之語經中悉存梵語是爲秘密故不翻也（梵語陀羅尼華言總持亦云咒也）【二多含不翻】謂如梵語薄伽梵具含自在熾盛端嚴名稱吉祥尊貴等六義經中但存梵語是爲多含義故不翻也【三此方無不翻】謂如梵語閻浮提華言勝金洲西域有樹名閻浮樹下有河河有金沙故

名勝金今不言勝金者以此方無此樹故諸經中但存梵語是爲此方無故不翻也

四順古不翻 謂如梵語阿耨多羅三藐三菩提華言無上正等正覺雖有此翻然自漢摩騰法師已來經中但存梵語是爲順古故不翻也

五尊重不翻 謂如梵語般若華言智慧大智度論云般若實相甚深尊重智慧輕薄是故但云般若而不言智慧是爲尊重故不翻也

華嚴五周因果 出華嚴經疏

一所信因果 謂華嚴第一會菩提場說如來依正果報法門自第一卷至第十一卷共六品前五品顯舍那依正果德後一品明佛本因令人信樂故名所信因果也 梵語菩提華言道謂如來成道說法之處故云菩提場六品者世主妙嚴品如來現相品普賢三昧品世界成就品華藏世界品遮那品也

二差別因果 謂第二會普光明殿至第七會重會普光明殿說十信十住十行十回向十地等覺差別因果之法門自十二卷至四十八卷共二十九品前二十六品辯因後三品明果亦名生解因果故名差別因果也 普光明殿者其殿衆寶所成光明照暎也十信者信心念心精進心慧心定心不退心護法心回向心戒心願心也十住者發心住治地住修行住生貴住方便具足住正心住不退住童真住法王子住灌頂住也十行者歡喜行饒益行無嗔恨行無盡行無癡亂行善現行無著行尊重行善法行真實行也十回向者救一切衆生離衆生相回向不壞回向等一切佛回向至一切處回向無盡功德藏回向隨順平等善根回向隨順等觀一切衆生回向真如相回向無縛解脫回向法界無量回向也十地者歡喜地離垢地發光地燄慧地難勝地現前地遠行地不動地善慧地法雲地也等覺者去後妙覺位猶有一等勝前諸位得稱覺也二十九品者如來名號品四聖諦品光明覺品菩薩問明品淨行品賢首品昇須彌山頂品須彌山頂偈讚品十住品梵行品初發心功德品明法品昇夜摩天宮品夜摩

宮中偈讚品十行品十無盡藏品昇兜率天宮品兜率天宮偈讚品十回向品十地品十定品十通品十忍品阿僧祇品如來壽量品諸菩薩住處品佛不思議法品如來十身相海品如來隨好光明功德品也

三平等因果 謂第七重會普光明殿說平等因果自第四十九卷至第五十二卷共二品前普賢行品辯因該果海後如來出現品明果徹因源因果不二故名平等因果也

四成行因果 謂第八會重會普光明殿說成行因果離世間法自第五十三卷至第五十九卷共一品初明五位因後明八相果故名成行因果也五位者十住十行十回向十地等覺也八相者降兜率托胎降生出家降魔成道說法入涅槃也

五證入因果 謂第九會逝多林說證入法界妙門自第六十卷至第八十卷共一品初明佛果大用後顯菩薩起用修因謂因果二門俱時證入故名證入因果也梵語逝多華言勝林菩薩梵語具云菩提薩埵華言覺有情

華嚴五爲出華嚴經疏

一正爲 華嚴出現品云此經不爲餘衆生說唯爲不思議乘菩薩說又云非餘境界之所能知普賢行人方能得入是名正爲菩薩梵語具云菩提薩埵華言覺有情

二兼爲 謂此經無爲未悟入衆生聞者而能信向成種經云如人食少金剛終竟不消故地獄衆生十地頓超而大海刦火不能爲障是名兼爲十地者歡喜地離垢地發光地燄慧地難勝地現前地遠行地不動地善慧地法雲地也

三引爲 謂權教菩薩不受圓融之法於十地中寄位顯勝借其三乘行布之名引導熏習方能信入圓融是名引爲寄位顯勝者謂以三乘之名安寄十地之位令權教菩薩修之漸顯圓融之法勝也三乘者聲聞乘緣覺乘菩薩乘也

四權爲 謂二乘之人既不能聞況於受持故諸菩薩權示聲

聞或在法會如聾如盲彰其絶分或示在道而能啟悟知可回心是名權爲（絶分猶言無分也在道則聞法而不爲聾盲之狀也）

五遠爲　謂諸凡夫外道闡提悉有佛性今雖不信尚知有法可謗因其知有法故後必當入是名遠爲（闡提梵語具云一闡提華言信不具）

五種般若（出金剛經纂要疏刊定記）

一實相般若　實相即般若體也謂明了一切諸法皆空離一切虛妄之相故名實相般若（梵語般若華言智慧）

二觀照般若　觀照即般若之智用也謂因觀照明了法無相悉皆空寂以顯即體之用故名觀照般若

三文字般若　文字是能詮之文般若是所詮之法能所合成以語言文字性本空寂故名文字般若

四境界般若　境界即諸法之境界也謂境無自相由智顯發以根本後得二智照了一切諸法境界悉本空寂從境得名故名境界般若（根本智者即菩薩親證本有之智也後得智者謂證根本智後所起化他之智也）

五眷屬般若　眷屬者即煖頂忍世第一及戒定慧解脫解脫知見也謂此諸法皆是觀照慧性之屬故名眷屬般若（煖者如木鑽火未見火出先得煖相以喻加行位人未得智火燒煩惱薪已見煖相頂者觀行轉明如登山頂皆悉明了忍者即忍可之義於苦集滅道之法忍可而樂修也世第一者於理雖未能證而於世間最勝也戒即戒律定即禪定慧即智慧解脫解縛得脫自在之謂也解脫知見者知謂智也見謂眼也智眼照了諸法皆空無有障礙得其自在也）

法華五重玄義（出法華玄義）

天台智者大師凡釋諸經皆立五重玄義所謂一釋名二辯體三明宗四論用五判教相故此法華一經亦有五重玄妙之義也

一法喻爲名　法即妙法喻即蓮華妙法者妙名不可思議法

即十界十如權實之法良以妙法難解假喻易彰妙法則權實一體蓮華則華果同時故以法喻爲名也十界者佛界菩薩界緣覺界聲聞界天界人界阿修羅界餓鬼界畜生界地獄界也十如者如是相如是性如是體如是力如是作如是因如是緣如是果如是報如是本末究竟等也權即三乘法實即一乘法也

二一實相爲體 謂中道實相爲此經所詮妙體故名實相爲體也

三一乘因果爲宗 一乘即一實相也宗即要也謂修此實相之行爲因證此實相之理爲果故名一乘因果爲宗也

四斷疑生信爲用 用即力用謂以大乘妙法開示圓機在迹門令斷權疑而生實信在本門令斷近疑而生遠信故名斷疑生信爲用也迹門者此經二十八品前十四品所談是也迹猶足迹如人住處則有行往之迹謂如來從久遠之本以垂近成之迹也本門者後十四品所談是也本猶根本也謂如來開近成之迹以顯久遠之本也

五無上醍醐爲教相 聖人垂訓之謂教分別同異之謂相此經純圓極妙異乎偏小諸教喻如醍醐上味不同乳酪生熟二酥故名無上醍醐爲教相也

修大涅槃得五事出大涅槃經

涅槃梵語具云摩訶般涅槃那華言大滅度大即法身滅即解脱度即般若此即大乘涅槃也

一不聞得聞 謂大涅槃甚深微密之義一切衆生心中無不具足以由曠大劫來無明覆故而不得聞今者修習大涅槃法達於如來性常之理昔所不聞而能得聞是爲不聞得聞也劫梵語具云劫波華言分別時節

二聞已利益 謂聞是大涅槃微妙經已思惟其義復能書寫讀誦爲他廣說令彼開解自利利他則爲一切天人之所敬仰不久得證佛果菩

提是名聞已利益也（梵語菩提華言道）

三能斷疑惑　謂聞是大涅槃甚深之法悉能斷除疑惑之心疑有二種一疑名二疑義言聽是經者疑名之心即斷能思惟者疑義之心即斷是名能斷疑惑也

四慧心正直　正則不邪直則不曲謂聞是大涅槃甚深之法則智慧增明造理眞實心無邪曲是爲慧心正直也

五能知如來密藏　謂聞是大涅槃微妙之法則知一切衆生皆有佛性乃至造極惡業謗法闡提悉得成於佛道如是等義秘密甚深今悉能了是爲能知如來密藏也（闡提梵語具云一闡提華言信不具）

天台五時（出天台四教儀）　天台五時者乃天台智者大師以如來所說一代聖教判爲五時也謂如來成道最初爲大菩薩說華嚴經次於鹿苑爲接引二乘說四阿含等經次於方等說楞伽等諸大乘經令諸二乘恥小乘而慕大法次說般若經遣除二乘執情後說法華涅槃二經開示衆生咸得作佛故爲五時也（天台山名智者大師乃隋煬帝所賜之號諱智顗以棲身入寂於天台山遂以此處命其名也二乘者聲聞乘緣覺乘也四阿含者增一阿含中阿含長阿含雜阿含也）

一華嚴時　華嚴經名也時者謂初說此經如日照高山之時也盖如來初爲大乘根熟者首談此經唯是無盡法界性海圓融空有齊彰色心俱入湛森羅於海印現刹土於毫端但化大乘菩薩是名華嚴時也（海印者即三昧之名喻佛智也謂如來之智鑑照諸法如海能現萬像也刹梵語具云刹摩華言土田此云刹土者華梵兼舉也）

二鹿苑時　鹿苑即鹿野苑是如來說阿含經之處也時者謂次說此經如日照幽谷之時

也葢如來爲小乘於前大法不見不聞猶如聾瞽於是寢大化而施小化故於鹿苑之中說四諦法演四阿含等經是名鹿苑時也（四諦者苦諦集諦滅諦道諦也）

三方等時 衆機普被曰方四教並談曰等時者謂次說方等諸經如日照平地之時也葢由前鹿苑中說小乘法二乘之人得少爲足便謂究竟故假維摩居士以呵斥之使其耻小慕大故說維摩楞伽等經是名方等時也（四教者藏教通教別教圓教也）

四般若時 梵語般若華言智慧經名也時者謂次說此經如日照禺中之時也葢由小乘既被彈呵回心向大然其執情未能頓泯由是廣談般若空慧之法而淘汰之是名般若時也（禺中巳時也）

五法華涅槃時 法華涅槃二經名也時者謂正說此經如日輪當午之時也葢如來於前四時調機純熟故於靈山會上稱性而談令其會權歸實了妄即眞演長遠之壽量顯至道之幽微上中下根咸蒙授記此法華一經所以說也猶有餘機未盡故說涅槃一經而捃拾之是名法華涅槃時也（捃拾者即收拾遺餘之意也）

五味（出涅槃經）如來因無垢藏王菩薩稱歎涅槃法勝乃說此五味而以醍醐比法華涅槃也隋朝天台智者大師因此約如來所說一代聖教次第立爲五時以對教之相生機之利鈍譬猶五味之有濃淡焉（梵語涅槃華言滅度）

一乳味 乳味從牛而出以喻十二部經從佛而宣說也謂如來最初時說華嚴圓頓之教唯被大機不攝二乘葢由此經最

初開演麤妙混融故譬之以乳味也十二部經者一契經二重頌三諷頌四因緣五本事六本生七希有八譬喻九論議十自說十一方廣十二授記也二乘者聲聞乘緣覺乘也

二略味

略味從乳而生以喻九部經從十二部經中而出也謂如來第二時於鹿苑說阿含等經接引二乘斷見思惑證眞空理乃從頓施漸故譬之以略味也九部經者一契經二重頌三諷頌四因緣五本事六本生七希有八譬喻九論議也見思惑者意根對法塵起諸分別曰見五根對五塵起諸貪愛曰思頓漸者頓教漸教也

三生酥味

生酥從略而出以喻九部後而說大乘方等法也謂如來第三時於方等會上說楞伽楞嚴諸大乘經讚歎大法呵責小教令諸小乘耻小慕大故譬之以生酥味也梵語楞伽華言不可往唯神通人方能到也楞嚴梵語具云首楞嚴華言健相分別

四熟酥味

熟酥從生酥而出以喻方等之後而說般若也謂如來第四時說諸般若空慧法門蕩除二乘疑執付之以大乘法財令其心漸通泰故譬之以熟酥味也

五醍醐味

醍醐從熟酥而出以喻般若之後而說法華涅槃也謂如來第五時於靈山會上說法華經開前四味三乘之權歸於一乘圓妙之實令諸衆生咸得作佛復說涅槃扶戒律而談常住之理故譬之以醍醐味也三乘者聲聞乘緣覺乘菩薩乘也一乘者佛乘也

五部律出翻譯名義

五部律者即如來所說律藏也而分爲五者世尊成道三十八年赴王舍城國王齋食訖令羅睺羅洗鉢因失手破爲五片是日有多比丘皆白佛言鉢破五片佛言表我滅後初五百年諸惡比丘分毘尼藏爲五部也後優波毱多果有五

弟子各執一見遂分如來一大律藏爲五部焉（梵語羅睺羅華言覆障梵語比丘華言乞士梵語毘尼華言善治即律藏也梵語優波毱多華言大護又云近護）

一曇無德部（亦名曇摩毱多）梵語曇無德華言法密密即隱覆之義又云法藏即四分律也大集經云我涅槃後有諸弟子受持如來十二部經書寫讀誦顛倒宣說以倒說故隱覆法藏是爲曇無德部（四分律者一比丘法二比丘尼法三受戒法四滅諍法也梵語涅槃華言滅度十二部經者一契經二重頌三諷頌四因緣五本事六本生七希有八譬喻九論議十自說十一方廣十二授記也）

二薩婆多部梵語薩婆多華言一切有即十誦律也謂此部計三世有實之法大集經云我涅槃後我諸弟子受持如來十二部經而復讀誦外典善能論議凡所問難悉能答對是爲薩婆多部（十誦者優波離十番誦出此律故名十誦梵語優波離華言近執以佛爲太子時能親近執侍故也）

三迦葉遺部梵語迦葉遺華言重空觀即解脫律也大集經云我涅槃後我諸弟子受持如來十二部經說無有我及以受者轉諸煩惱猶如死屍是爲迦葉遺部（轉諸煩惱猶如死屍者謂轉棄妄惑如死屍也）

四彌沙塞部梵語彌沙塞華言不著有無觀即五分律也大集經云我涅槃後我諸弟子受持如來十二部經不作地水火風相虛空識相是爲彌沙塞部（五分者一比丘戒二比丘尼戒三受戒法四滅諍法五僧法）

五婆蹉富羅部梵語婆蹉富羅華言犢子謂因上古有仙染犢生子自後種姓皆名犢子其部中計我非即五蘊亦不離五蘊而有實我律本不來此土大集經云我涅槃後我諸弟子受持如來十二部經皆說有我不說空相是爲婆蹉富羅部（五蘊

者色蘊受蘊想蘊行蘊識蘊也

大明三藏法數卷第十四

大明三藏法數卷第十五

上天竺前住持沙門一如等奉　勅集註

五攝論（出法寶標目）攝論者即攝大乘論也謂妆攝一切大乘聖教法門要義集而辨之也此論乃無著菩薩所造天親無性二菩薩各作論釋申通其義梁眞諦唐玄奘二法師翻譯不同故通名五攝論也

一無著攝論 謂無著菩薩造大乘攝論三卷成文是爲無著攝論

二天親攝論 謂天親菩薩因無著菩薩造大乘攝論復造論釋申明論議名大乘攝論釋一十五卷成文是爲天親攝論

三無性攝論 謂無性菩薩因無著攝論亦造論釋申通其義爲攝大乘論釋十卷成文是爲無性攝論

四梁攝論 謂梁朝眞諦三藏法師譯天親所造之論釋流傳此土是爲梁攝論

五唐攝論 謂唐朝玄奘法師譯無著菩薩論及無性菩薩所造論釋是爲唐攝論

五藏（出六波羅蜜經）藏即含藏之義謂經律論等皆能含藏無量法義故也

一素呾纜藏 梵語素呾纜即修多羅華言契經謂上契諸佛之理下契衆生之機也經者法也常也十界同遵之謂法三世不易之謂常經云若彼有情樂處山林常居閑寂修靜慮者而爲彼說素呾纜藏是也（十界者佛界菩薩界緣覺界聲聞界天界人界修羅界餓鬼界畜生界地獄界也三世者過去現在未來也）

二毘柰耶藏 梵語毘柰耶華言律律者法也謂能斷決重輕之罪也經云若彼有情樂習威儀護持正法一味和合令得久住而爲彼說毘柰耶藏是也

三阿毘達磨藏 梵語

阿毘達磨華言無比法即論藏也謂聖人智慧分別法義最勝無比經云若彼有情樂說正法分別性相循環研覈究竟甚深而爲彼說阿毘達磨藏是也**四般若波羅蜜多藏**梵語般若華言智慧梵語波羅蜜華言到彼岸即慧藏也謂諸衆生由迷般若居生死名此岸菩薩由修般若到涅槃名彼岸經云若彼有情樂習大乘眞實智慧離於我法執著分別而爲彼說般若波羅蜜多藏是也（梵語涅槃華言滅度）**五陀羅尼藏**梵語陀羅尼華言能持亦云呪即秘藏也謂集種種善法持令不失經云若彼有情不能受持契經調伏對治或復有情造諸惡業種種重罪使得消滅速疾解脫頓悟涅槃而爲彼說諸陀羅尼藏是也

五種藏（出華嚴經隨疏演義鈔）**一如來藏**藏即含藏也謂眞如法性之體不離一切衆生色心具足圓滿染淨諸法是名如來藏**二自性清淨藏**謂一切衆生自性清淨心從無始已來三智四德具足無缺煩惱垢纏不能染汚是名自性清淨藏（三智者一切智道種智一切種智也四德者常德樂德我德淨德也）**三法身藏**謂聖人自性清淨法身爲無上菩提河沙功德之所依止是名法身藏（梵語菩提華言道）**四出世間上上藏**謂聖人已得無量勝妙功德圓滿無上菩提顯示一切總持法門而能超過二乘及諸菩薩是名出世間上上藏（總持者謂持善不失持惡不生也二乘者聲聞乘緣覺乘也）**五法界藏**謂法界之理通因徹果外持一切染淨有爲内含一切恒沙性德是名法界藏

五覺（出起信論）

一本覺　本即真性，覺即智慧。論云：所言覺義者，謂心體離念。離念相者，等虛空界，無所不徧，即是如來平等法身。依此法身，說名本覺。（心體離念者，謂本覺心源之體，離於妄念也。等虛空界無不徧者，虛空無邊，以譬本覺之性體量充廓也。平等法身者，諸佛悟之不爲髙，衆生迷之不爲下，生佛不二也。）

二始覺　始覺者，謂本覺心源之體，從真起妄，而成不覺；若能返妄歸真，本覺體顯，說名始覺。

三相似覺　謂十信位人，以捨麤分別執著相故，無明之惑將破，本覺之體將顯，雖未真證，而似於真，是名相似覺。（十信者，信心、念心、精進心、慧心、定心、不退心、護法心、回向心、戒心、願心也。捨麤分別執著相者，謂於色聲香味觸法六塵之境，不分別好惡，不起貪嗔等執著之相也。）

四隨分覺　謂初住菩薩，乃至等覺位中，各破一品無明之惑，隨覺一分法性之理，覺道未圓，是名隨分覺。

五究竟覺　謂妙覺佛菩薩地盡，滿足方便，覺心初起，心無初相，以遠離微細念故，得見心性，心性即常住，是名究竟覺。（覺心初起者，謂覺知第八識心初起無明之妄惑也。心無初相者，至此究竟位中，達法性之底，窮無明之源，離念寂靜，則心無初動之相也。得見心性者，妄既窮源，則見本覺真心之性矣。心即常住者，心源既極，了無起滅，湛然常住也。）

五行（出涅槃經）

一聖行　聖即正也，謂菩薩依戒定慧所修之行，故名聖行。（菩薩，梵語具云菩提薩埵，華言覺有情。）

二梵行　梵即淨也，謂菩薩無空有二邊愛著之染，名之爲淨，以此淨心，運於慈悲，與衆生樂，拔衆生苦，故名梵行。

三天行　天即是第一義天，謂菩薩由天然之理而成妙行，故名天行。

四嬰兒行　嬰兒以喻人天小乘也，謂菩薩以慈悲之心，示同人天聲聞緣覺小善之行，故名嬰兒行。

五病行　謂

菩薩以平等心運無緣大悲示同衆生同有煩惱同有病苦故名病行

五種菩提 出大智度論

一發心菩提 梵語菩提華言道謂十信菩薩於無量生死中爲阿耨多羅三藐三菩提故而發大心名爲發心菩提 十信者信心念心精進心慧心定心不退心護法心迴向心戒心願心也菩薩梵語具云菩提薩埵華言覺有情梵語阿耨多羅三藐三菩提華言無上正等正覺

二伏心菩提 謂十住十行十迴向位菩薩折諸煩惱降伏其心行諸波羅蜜利益衆生是名伏心菩提 十住者發心住治地住修行住生貴住方便具足住正心住不退住童真住法王子住灌頂住也十行者歡喜行饒益行無嗔恨行無盡行離癡亂行善現行無著行尊重行善法行真實行也十迴向者救護衆生離衆生相迴向不壞迴向等一切佛迴向至一切處迴向無盡功德藏迴向隨順平等善根迴向隨順等觀一切衆生迴向真如相迴向無縛解脫迴向法界無量迴向也梵語波羅蜜華言到彼岸

三明心菩提 謂登地菩薩觀三世諸法本末總相別相分別籌量得諸法實相清淨明了與般若波羅蜜相應是名明心菩提 登地菩薩者即登初歡喜地菩薩也三世者過去現在未來也梵語般若華言智慧

四出到菩提 謂第八不動地第九善慧地第十法雲地三位菩薩於般若波羅蜜中得方便力故亦不著般若波羅蜜滅一切煩惱見一切十方諸佛得無生法忍出離三界到薩婆若是名出到菩提 無生法忍者謂忍可一切諸法性相本空畢竟無生也三界者欲界色界無色界也梵語薩婆若華言一切智

五無上菩提 謂等覺妙覺坐於道場斷諸煩惱成阿耨多羅三藐三菩提是名無上菩提 等覺者去後妙覺佛位猶有一等勝前諸位得稱爲覺妙覺者自覺覺他覺行圓滿也

五種性 出四教儀 種者能生之義性者不改之義性有三種不同有理性之性有性分之性

有數習之性此之五種乃數習性分之性也以由菩薩修觀斷惑證理歷位從十住至於等覺次第淺深不同故有五種之性也菩薩梵語具云菩提薩埵華言覺有情十住者發心住治地住修行住生貴住方便具足住正心住不退住童真住法王子住灌頂住也

一習種性謂十住菩薩研習空觀破見思惑是名習種性見思惑者謂意根對法塵起諸分別曰見眼耳鼻舌身五根對色聲香味觸五塵起諸貪愛曰思以其迷惑不了故皆稱惑也

二性種性謂十行菩薩不住於空而能教化衆生分別一切法性故名性種性十行者歡喜行饒益行無嗔恨行無盡行離癡亂行善現行無著行尊重行善法行真實行也

三道種性謂十回向菩薩因修中道妙觀通達一切佛法是名道種性十回向者救一切衆生離衆生相回向不壞回向等一切佛回向至一切處回向無盡功德藏回向隨順平等善根回向隨順等觀一切衆生回向真如相回向無縛解脫回向法界無量回向也

四聖種性謂前之十住十行十回向皆名爲賢此是十地菩薩由修中道妙觀破無明惑證入聖位故名聖種性十地者歡喜地離垢地發光地燄慧地難勝地現前地遠行地不動地善慧地法雲地也

五等覺性謂此位菩薩望後妙覺猶有一等勝前諸位得稱爲覺是名等覺性

五性成佛出華嚴經疏

一不定性半成佛不定性者根性不定也謂若近聲聞則習聲聞法若近緣覺則習緣覺法若近菩薩則習菩薩道習聲聞緣覺之法者沉滯小果不樂度生不求佛道故不成佛習菩薩利生之行者取證菩提而得成佛故名不定性半成佛

二無種性不成佛謂無有正信善根撥無因果不受化度甘溺生死不求解脫故名無種性不成佛

三聲聞性不成佛聲

聞者聞佛聲教而悟道之人也謂聲聞根性惟習生滅四諦之法而證眞空涅槃之果樂著空寂怖畏生死不能起行度生進求佛道故名聲聞性不成佛四諦者苦諦集諦滅諦道諦也梵語涅槃華言滅度

四緣覺性不成佛　緣覺者由觀因緣覺悟眞理也謂緣覺根性唯觀十二因緣之法而證眞空涅槃之果固執偏空不求佛道故名緣覺性不成佛十二因緣者一無明二行三識四名色五六入六觸七受八愛九取十有十一生十二老死也

五

菩薩性全成佛　菩薩梵語具云菩提薩埵華言覺有情謂菩薩能自覺己復能覺諸衆生也菩薩悲智雙運寃親等觀廣集衆因證菩提果故名菩薩性全成佛

寄位五相出華嚴經隨疏演義鈔

一寄位修行相　謂善財初見文殊寄十信之位智明生信發菩提心依此而起淨行參諸善友修遠離法見諸法空頓圓自性發足南行順智光明是名寄位修行相文殊梵語具云文殊師利華言妙德十信者信心念心精進心慧心定心不退心護法心廻向心戒心願心也

二會緣入實相　緣即一切事法也實即一眞之理也謂善財見摩耶至彌勒善知識寄等覺之位現大願身等於虛空一切衆生三世諸佛而各住自法安住不動不餘本量會衆事緣歸於實理是名會緣入實相摩耶梵語具云摩訶摩耶華言大術梵語彌勒華言慈氏三世者過去現在未來也不餘本量者本體之量廣大無外一切含攝而無所遺餘也

三攝德成因相　德即果德因即修因謂善財見德雲至瞿波寄三賢十聖之位顯不可思議攝三世聖賢事行之德成一念悉具之因是名攝德成因相梵語瞿波華言女三賢者即十住十行十廻向諸位菩薩也十聖者

即十地菩薩也

四智照無二相　智即實智，照即照了。謂善財初見文殊，後歷百一十城參諸善知識，信自己心一切善法悉得成就，復見文殊不異初心，智與理冥，始終不二，是名智照無二相。

五顯因廣大相　謂善財見普賢菩薩在如來前，於一一毛孔中現無邊光明雲，即摩頂言：我法海中微塵諸法，一文一句，未有不是捨轉輪王位而求得者。善財住自位已，與諸佛所證同等，是名顯因廣大相。

五品出法華文句

品者，次序之義。謂於圓教外凡位中而有淺深次序之別，故分五品也。外凡者因未登聖位，心居理外也。

一隨喜品　隨喜者，隨他修善，善他得成也。謂佛轉法輪，衆生得益，我助彼喜，是名隨喜品。經云：若聞是經而不毀呰，起隨喜心是也。

二讀誦品　看文曰讀，背文曰誦。謂內修圓觀，更加讀誦，如膏助火，心觀益明，是名讀誦品。經云：何況讀誦受持之者是也。

三說法品亦名解說品　說法者，宣傳聖言也。謂由讀誦故，內解轉勝，而復外資講說，導利於人，化功歸己，心倍勝前，是名說法品。經云：若有受持讀誦，爲他人說是也。化功歸己者，謂以說法廣濟於他，其功則歸於己矣。

四兼行六度品　六度者，布施、持戒、忍辱、精進、禪定、智慧也。謂前觀心雖熟，未遑涉事，今正觀稍明，旁兼利物，福德力故，倍增觀心，是名兼行六度。經云：況復有人能持是經，兼行布施等是也。

五正行六度品　正行六度者，謂圓觀稍熟，事理將融，涉事不妨於理，在理不隔於事，自行化他，事理具足，觀心無

礙轉勝於前是名正行六度品經云若人讀誦爲他人說復能清淨持戒等是也

五停心（出天台四教儀）停者止也謂修此五法以止其五種過失之心也

一多貪衆生不淨觀 謂多貪欲之人於男女身分互相染著須假作九想不淨之觀治之令其貪著之心不起故云多貪衆生不淨觀（九想者胖脹想青瘀想壞想血塗漫想膿爛想蟲噉想散想骨想燒想也）

二多嗔衆生慈悲觀 謂多嗔恚之人於諸違情之境輒生忿怒當用慈悲觀治之愛念愍傷一切衆生不於彼而起嗔心故云多嗔衆生慈悲觀

三多散衆生數息觀 謂心多散亂之人當用數息觀治之數息者以鼻中出入之息或數出息或數入息端心正念從一至十不多不少周而復始令心不散亂故云多散衆生數息觀

四愚癡衆生因緣觀 謂愚癡不了之人當以因緣觀治之因緣觀者即觀十二因緣也以其迷倒撥無因果執著斷常二見故令觀此十二因緣三世相續不斷不常以破愚癡之心故云愚癡衆生因緣觀（十二因緣者一無明二行三識四名色五六入六觸七受八愛九取十有十一生十二老死也三世者過去未來現在也）

五多障衆生念佛觀 謂障重之人當用念佛觀治之障有三種一昏沉暗塞障當想念應身佛三十二相相相分明以治於昏沉也二惡念思惟障當想念報身佛十力四無所畏治之三境界逼迫障當想念法身佛空寂無爲治之故云多障衆生念佛觀（三十二相者足安平相千輻輪相手指纖長相手足柔輭相手足縵網相足跟滿足相足趺高好相腨如鹿王相手過膝相馬陰藏相身縱廣相毛孔生青色相身毛上靡相身金色相身光

面各一丈相安膚細滑相七處平滿相兩腋滿相身如師子相身端直相肩圓滿相四十齒相齒白齊密相牙白淨相頰車如師子相咽中津液得上味相廣長舌相梵音深遠相眼色如金精相眼睫如牛王相眉間白毫相頂肉髻成相也十力者知是處非處智力知過現未來業報智力知諸禪解脫三昧智力知諸根勝劣智力知種種解智力知種種界智力知一切至處道智力知天眼無礙智力知宿命無漏智力知永斷習氣智力也四無所畏者一切智無所畏漏盡無所畏說障道無所畏說盡苦道無所畏也境界逼迫者謂火焚水溺之類也

五忍（出仁王護國經）

一伏忍　伏即隱伏忍即忍可又安忍也謂地前三賢之人未得無漏未能證果但有智故能伏煩惱而不能斷故名伏忍（三賢者十住十行十回向諸菩薩也無漏者不漏落生死也）

二信忍　信者隨順不疑也謂初地二地三地菩薩得無漏信故名信忍（初地即十地中初歡喜地二地即離垢地三地即發光地）

三順忍　順即隨順亦從也謂四地五地六地菩薩順菩提道趣向無生之果故名順忍（四地即燄慧地五地即難勝地六地即現前地）

四無生忍　謂七地八地九地菩薩妄惑已盡了知諸法悉皆不生故名無生忍（七地即遠行地八地即不動地九地即善慧地）

五寂滅忍　謂第十法雲地等覺菩薩妙覺果佛諸惑斷盡清淨無爲湛然寂滅故名寂滅忍（等覺者以去後佛位猶有一等勝前諸位得稱爲覺也妙覺者智照圓明不可思議也若論四十二位則開十住十行十回向十地等覺妙覺各爲一位今但論四十位則以等覺妙覺攝於法雲地也）

觀身五種不淨（出析玄記）

一種子不淨　種子不淨有二一者內種謂觀此身從昔煩惱業生二者外種謂攬父母遺體而成此身以是觀之此身內外因種實爲不淨大智度論云是身種不淨非餘妙寶物不從白淨生但從穢中出是也

二住處不淨　住處不淨者謂觀此身十月在於母胎生藏之下熟

藏之上臭穢中住實爲不淨大智度論云是身如臭穢不從華間生不因瞻蔔有又不出寶山是也（梵語瞻蔔華言黄華）**三自體不淨**自體不淨者謂觀此身以四大不淨所成猶如世間飲食不可久停終成不淨設以四大海水傾洗此身終無香潔大智度論云地水火風質能變成不淨傾海洗此身不能令香潔是也（四大者地大水大火大風大也）**四外相不淨**外相不淨者謂觀此身現見外相皆是不淨九孔常流種種穢惡如眼出眵淚耳出結聹鼻出膿涕口出涎唾大小便道不淨常流如破皮囊滿盛不淨大智度論云種種不淨物充滿於身中常流出不止如漏囊盛物是也**五究竟不淨**究竟不淨者謂觀此身非唯現在不淨審實思惟至於死後捐棄塚間爛壞臭穢尤極不淨大智度論云審諦觀此身必歸於死處是也

五蘊（出大乘廣五蘊論）

蘊者積聚之義謂衆生由此五法積聚成身復因此身積聚有爲煩惱等法能受無量生死也亦名五陰者陰即蓋覆之義謂能蓋覆眞性也翻譯名義云積集有爲蓋覆眞性是也**一色蘊**色即質礙之義謂眼耳鼻舌身諸根和合積聚故名色蘊**二受蘊**受即領納之義謂六識與六塵相應而有六受和合積聚故名受蘊（六識六塵六受者眼識受色塵耳識受聲塵鼻識受香塵舌識受味塵身識受觸塵意識受法塵也）**三想蘊**想即思想之義謂意識與六塵相應而成六想和合積聚故名想蘊（六想者謂意識著色想色著聲想聲著香想香著味想味著觸想觸著法想法也）**四行蘊**行即遷流造作之義謂因意識思

想諸塵造作善惡諸行和合積聚故名行蘊

五識蘊 識即了别之義謂以眼耳鼻舌身意六種之識於諸塵境上照了分别和合積聚故名識蘊

五蘊實相（出大般若經）五蘊即色受想行識也蘊者積聚之義謂由積聚色等五法以成色身也實相者眞如無妄之理也即此五蘊而是實相之理故名五蘊實相也

一色蘊實相 色即質礙之義謂色是質礙幻色實是般若眞空即幻色而明眞空是名色蘊實相（梵語般若華言智慧）

二受蘊實相 受即領納之義謂受是六根幻受實是般若眞空即幻受而明眞空是名受蘊實相（六根者眼根耳根鼻根舌根身根意根也）

三想蘊實相 想即思想之義謂想是緣思幻想實是般若眞空即幻想而明眞空是名想蘊實相

四行蘊實相 行即造作之義謂行是造作幻行實是般若眞空即幻行而明眞空是名行蘊實相

五識蘊實相 識即分别之義謂識是分别幻識實是般若眞空即幻識而明眞空是名識蘊實相

五蘊喻（出大莊嚴經）五蘊色受想行識也蘊以積聚爲義謂一切衆生皆由此五法積聚而成身也故佛爲瓶沙王説世間諸法皆非堅實而以此五種爲喻焉（梵語瓶沙亦名頻婆娑羅華言模實謂身模充實也）

一色如聚沫喻 色即衆生色身沫即水沫謂沫因風吹水成聚虛有相狀體本不實以譬衆生色身亦如聚沫虛假不實也

二受如水泡喻 受即領受之義水泡即浮漚也謂水因風動或因物繫忽爾

成泡須臾即没以譬衆生所受苦樂之事亦如水泡起滅無常也

三想如陽燄喻

想即想念之義陽燄即日光也謂遠望曠野日光發燄如水溶漾而實非水渴者想爲水故以譬衆生妄想亦如陽燄本無實體因念成想皆是虚妄也

四行如芭蕉喻

行即造作之義謂芭蕉體是危脆之物無有堅實以譬衆生造作諸行亦如芭蕉之虚脆而無堅實也

五識如幻事喻

識即分別之義幻事即幻術之事也謂如幻巾爲馬幻草木爲人皆幻力所成本無實體以譬衆生識心分別諸法皆隨境生滅亦無有實也

轉五蘊成五分法身（出請觀音經疏）

蘊即積聚之義五蘊即色受想行識也五分法身身亦聚集之義即戒定慧解脱解脱知見也謂衆生若能持戒修習定慧行諸淨業則能轉此五蘊色身而爲五分法身也涅槃經云因滅是色獲得常色乃至受想行識亦復如是是也

一轉色蘊成戒身

色蘊者即眼耳鼻舌身諸根積聚之名戒防止身三口四之法謂衆生若能持戒堅固得身清淨則戒體成就無持無犯此即轉色蘊而成戒身也（身三者殺盗婬也口四者妄言綺語惡口兩舌也）

二轉受蘊成定身

受蘊者即六識領納六塵積聚之名定即正定也謂衆生若能修習無漏禪定則根塵泯淨離諸散亂此即轉受蘊而成定身也（六識者眼識耳識鼻識舌識身識意識也六塵者色塵聲塵香塵味塵觸塵法塵也無漏者謂不漏落三界生死也）

三轉想蘊成慧身

想蘊者即意識思想六塵積聚之名

慧即智慧也謂衆生若能悟諸妄想皆是虚妄生滅則意地明淨照了無礙此即轉想蘊而成慧身也

四轉行蘊成解脱身 行蘊者即造作種種諸業積聚之名因此業行而有累縛也解脱即自在之義謂衆生若能不作諸業則脱其累縛而得自在此即轉行蘊而成解脱身也

五轉識蘊成解脱知見身 識蘊者即和合積聚之名解脱知見者知屬智知見屬眼見即無生智眼自在照了也謂衆生若能照了識心皆是虚妄分別則無生之智眼自在明了此即轉識蘊而成解脱知見身也

轉五蘊成三德（出攝大乘論）

五蘊者色受想行識也三德者法身般若解脱也法身即真如之理般若即會真之智解脱即自在之用此之三德皆由轉五蘊而成也（五蘊者蘊乃積聚之義謂衆生積聚色等五法而成身也梵語般若華言智慧解脱即自在之義謂解脱業惑之縛也）

一轉色蘊成法身 色即質礙之義謂佛身相好無邊音聲無見頂相悉由轉色蘊而成故云轉色蘊成法身也

二轉受蘊成解脱 受即領受之義謂佛無量廣大自在法樂悉由轉受蘊而成故云轉受蘊成解脱也

三轉想蘊成解脱 想即想念之義謂如來以無礙智辯説一切諸法之相無不自在悉由轉想蘊而成故云轉想蘊成解脱也

四轉行蘊成解脱 行以遷流生滅爲義謂如來神通變現以清淨法攝化大衆生令得自在悉由轉行蘊而成故云轉行蘊成解脱也

五轉識蘊成般若 識即了別之義梵語般若華言智慧謂如來大

圓鏡智平等性智妙觀察智成所作智無不自在以由轉識蘊而成故云轉識蘊成般若也（大圓鏡智者如來真智猶大圓鏡也平等性智者如來性智觀諸法平等也妙觀察智者如來妙智善觀諸法也成所作智者如來真智成所作事也）

色蘊有五種相（出顯揚聖教論）

一自相 自相者即色身諸法自相謂堅是地相濕是水相煖是火相動是風相各別不同故也

二共相 共相者即色身諸法和合之相也謂此色身皆從地水火風和合爲相也

三所依能依相 所依能依相者謂色身四大種子是所依相四大造色是能依相也（四大者地大水大火大風大也境色者即眼耳鼻舌身諸根也）

四受用相 受用相者謂眼等諸根有增上力故而外諸色塵境界得生即有苦樂逆順受用之相也

五業相 業相者即業行之相謂色身能作種種業行之相故一切業行皆依色身攝受增長也

五受（出析玄記） 受者領納也謂六根之識領受六塵之境也（六根者眼根耳根鼻根舌根身根意根也六塵者色塵聲塵香塵味塵觸塵法塵也）

一憂受 謂心於違情之境而受煎逼之憂是名憂受

二喜受 謂心於順情之境而受忻悅之喜是名喜受

三苦受 謂身於違情之境而受逼迫之苦是名苦受

四樂受 謂身於順情之境而受安逸之樂是名樂受

五捨受 謂心於不違不順之境而受無苦無樂無憎無愛之捨是名捨受

五根（出法界次第） 謂修行之人修四念處觀雖善萌微發根猶未生根未生故善萌易壞今修五法使善根生故以根爲名也（四念處者一觀身不淨二觀受是苦三觀心無常四觀法無我也）

一信根 謂信於

正道及助道法則能出生一切無漏禪定解脫是名信根（正道者即四念處觀也助道者即五停心之觀也無漏者因修禪定不落生死也）**二精進根**謂既信四念處正觀及諸助道善法倍策精進勤求不息是名精進根**三念根**謂但念正道及諸助道一心觀想不令邪妄得入是名念根**四定根**謂攝心正道及諸助道一心寂定相應不散是名定根**五慧根**謂四念處之慧為定法所攝內性自照不從他知是名慧根

五力（出法界次第）

止觀輔行問云名何於根何須更立答善根雖生惡猶未破更須修習令根增長根成惡破復名為力**一信力**謂信正道及助道法若信根增長則能遮諸煩惱不為偏小諸疑所動故名信力**二精進力**謂行此正道及助道法時若精進根增長則能除身心懈怠成辦出世之法是為精進力**三念力**謂念正道及助道法若念根增長則能破諸邪想則能成就一切出世功德是名念力**四定力**謂攝心正道及助道法若定根增長則能破諸亂想發諸事理禪定是為定力（事理禪定者事即色界無色界禪定也理即聲聞等依理修習所發禪定是也）**五慧力**謂四念處之慧照了一切諸法若慧根增長則能除一切邪妄之執破一切偏小之慧故名慧力

五識（出法界次第）

一眼識謂眼根由對色塵即生其識此識生時但能見色是名眼識**二耳識**謂耳根由對聲塵即生其識此識生時但能聞聲是名耳識**三鼻識**謂鼻根由對香塵即生其識此識生時但能嗅香是名

鼻識四舌識謂舌根由對味塵即生其識此識生時但能嘗味是名舌識五身識謂身根由對觸塵即生其識此識生時但能覺觸是名身識

又五識出起信論疏

一業識業識者即根本無明之惑也謂本覺心源初無動相以不覺故動爲業識論云以依不覺故心動說名爲業是也二轉識轉識者亦名見相謂依前業識初動之相轉成能見即此能見初動之相是名轉識論云以依動故能見不動則無見是也三現識謂有能見則一切境界妄現此之境界如鏡之明能現色像是名現識論云以依能見故境界妄現是也四智識謂於前現識之相不了自心所現故起分别染淨之智是名智識論云依於境界心起分别是也五相續識謂依前分别境界起念相續無有間斷是名相續識論云依於智故生其苦樂覺心起念相應不斷是也

五通出大智度論

一天耳通天耳通者謂於世間一切衆生苦樂憂喜種種音聲悉能聞也二天眼通天眼通者謂於世間一切種種形色及諸衆生死此生彼苦樂之相悉能見也三宿命通宿命通者謂於自身他身多生所行之事悉能知也四他心通他心通者謂於他人心中思惟種種善惡之事悉能了知也五神足通亦名如意通神足通者謂隨意變現飛行自在一切所爲無有障礙也

五種通出宗鏡錄

一道通道即道理謂證中道之

理而能起用無心應物緣化萬有猶如影像水月空華無有定體是名道通**二神通**神即心神謂靜心照物宿命記持種種分明皆隨定力無有障礙是名神通**三依通**依即依憑謂依憑術法任意無礙如乘符往來藥餌靈變之類是名依通（乘符往來藥餌靈變皆神仙之術也）**四報通**謂鬼神先知諸天變化中陰了生神龍隱變是名報通（中陰了生者謂人死之後未曾託生於中陰中即能了知託生之處也）**五妖通**謂狐狸老變木石精化附傍人神聰慧奇異是名妖通

五神通（出菩薩處胎經）神名天心通名慧性天然之心徹照無礙故名神通經云妙勝菩薩白佛言世尊菩薩修習何法得神通道佛遂爲說欲界中之五通焉**一足不履地**謂身能飛行履空如地是爲足不履地**二知人心命**謂能知他人之心行善行惡生善處惡處是爲知人心命**三田眼千里**謂於天下衆生之類若好若醜城郭屋舍山岩樹木田眼之持無有遠近皆悉能見是爲田眼千里**四呼名即至**謂於天下男女及象馬巨細等聲無不能聞若有呼其名者或遠或近隨即而至是爲呼名即至**五石壁無礙**謂於天下周旋往來山河石壁無所障礙是爲石壁無礙

五後得智（出攝大乘論釋）後得智者菩薩行滿化他之智也謂菩薩起行度生分別顯示而能覺了通達諸法憶持不失建立正教令他修行觀一切法隨緣和合隨意所欲無不滿足故有五種之别也**一通達**通達者謂

菩薩由此後得智而能於觀心中所知所見境界一切諸法皆悉無礙也【二隨念】隨念者亦名憶持謂菩薩由後得智於前觀心中通達諸法境界之相出觀之後皆能隨念憶持不失也【三安立】安立亦名成立謂菩薩由後得智於所通達諸法境界能立正教令他修行也【四和合】和合亦名相雜謂菩薩由後得智於先所緣一切諸法和合相雜境界而能觀察照了由此觀察即得轉一切煩惱而依菩提也【五如意】如意者謂菩薩由後得智既得轉煩惱依菩提故於一切所欲皆悉隨意如轉大地作黄金等是也（轉猶變也）

五輪三昧

（出釋禪波羅蜜次第法門）輪有運轉摧碾之義梵語三昧華言正定謂行者修習禪定三昧亦必勇猛精進摧破惑業從淺至深從凡入聖亦猶輪之義也【一地輪三昧】地有二義一住持不動二出生萬物謂行者修習禪定三昧若證未到地定頓覺身心相空泯然入定定法持心如地不動由未到地出生初禪種種功德亦猶地之能生物也是名地輪三昧（未到地定者謂於欲界中修禪身雖未到初禪而已得初禪定也）【二水輪三昧】水有二義一潤漬生長二體性柔輭謂行者修習禪定三昧於地輪中若證水輪三昧即發諸禪種種功德定水潤心善根增長即潤漬之義由得定故身心濡輭折伏高慢隨順善法即柔輭之義是名水輪三昧【三風輪三昧】風有三義一遊空無礙二鼓動萬物三能破壞謂行者修習禪定三昧發相似智慧無

礙方便如風遊空一切無礙既得智慧無礙方便即能擊發種種出世善根功德生長如風之鼓動萬物由此之智慧無礙方便即能摧破一切諸見煩惱亦由風之破壞於物是名風輪三昧（相似智慧者謂於初果已上所得智慧由未眞證故名相似）

四金沙輪三昧 金則譬眞沙喻無著謂行者修習禪定三昧若破見思惑明發眞慧無染無著則得道果若是菩薩即能破一切塵沙煩惱是名金沙輪三昧（果即初果二果三果也）

五金沙輪三昧 金剛體堅用利能摧碎諸物謂行者修習禪定三昧不爲妄惑所侵能斷一切結使成阿羅漢若在菩薩即能破無明惑證一切種智是名金剛輪三昧（結使即三界見思惑也梵語阿羅漢華言無學一切種智即佛智也）

五因（出涅槃經）

一生因 生因者即業惑也謂諸衆生因業惑而生此身如諸草木種子依地而生也

二和合因 和合因者如善法與善心和合不善法與不善心和合無記法與無記心和合也（無記法即不善不惡之法也）

三住因 住因者謂如屋有柱則不傾墮山河樹木因大地故而得住立蓋謂一切衆生皆依四大煩惱而住也（四大者地大水大火大風大也）

四增長因 增長因者謂衆生因衣服飲食等能令身根增長如外草木種子火所不燒鳥所不食則得增長又如因父母故子得增長也

五遠因 遠因者謂如人因呪力鬼不能傷毒不能中依憑國王無有盜賊如水鑽人爲酥遠因如名色等爲識遠因父母精血爲衆生遠因也（水鑽人者謂取酥時以水和乳而人用鑽攪之三事）

備具然後成酥也

五種果 出顯揚聖教論

一異熟果 謂諸衆生現世作不善業則招來世惡趣之果若作有漏善業則招來世善趣之果以其異世成熟是名異熟果 不善法者殺盜婬妄也惡趣者修羅餓鬼畜生地獄也有漏善法者漏即三界之惑雖修人天之善未能斷惑故也善趣者人天二道也

二等流果 等即同等流即流類謂諸衆生由修不善故樂住不善則不善之業轉多若修善法故樂住善法則善法增長果隨業轉業與果同業果相似是名等流果

三離繫果 離繫者遠離繫縛也謂諸衆生因修八正道而遠離煩惱不受果報是名離繫果 八正道者正見正思惟正語正業正命正精進正念正定也

四士用果 士用者士夫所用也謂於世間諸法隨依一種起士夫用如營農商賈書筭計數等事由依此故農者因稼而成熟商者因貨而獲利是名士用果

五增上果 增上者謂根身有增上勝力也如眼根雖有見性若無眼識緣境則無照用之力是故根識和合而成一切事果耳鼻舌身意諸根識亦由和合照境而成諸事是故諸根各有增上勝力是名增上果

現在五果 出華嚴經疏并演義鈔

謂以十二因緣分爲三世因果無明與行二者是過去之因愛取有三者是現在之因生老死二者是未來之果識與名色六入觸受五者是現在五陰之身故名現在五果也 五陰者色陰受陰想陰行陰識陰也

一識 識者謂初入胎阿賴耶現行之識種也以由過去無明業行爲因而此識與父母三緣和合乃有色身增長是爲胎

中現在果也（梵語阿賴耶，華言藏識）【二名色】名即識心，色即羯邏藍也。此之名色，是胎中初七日之形位，諸根未成之稱，即五蘊肉團之體，是爲胎中現在果也。（梵語羯邏藍，華言凝滑。五蘊者，色蘊、受蘊、想蘊、行蘊、識蘊也）【三六入】六入者，即六根也。謂四七日後，六根漸漸增長滿足，此之六根能入諸塵，故名爲入，是爲胎中現在果也。（六根者，眼根、耳根、鼻根、舌根、身根、意根也）【四觸】謂六根成就，十月滿足而出於胎，身根觸風而知寒熱，故名爲觸，是爲出胎現在果也。【五受】謂出胎之後，諸根領納前境好惡等事，故名爲受，是爲出胎現在果也。

解脫有五義（出華嚴經隨疏演義鈔）

【一生死不能縛】生死即五陰起滅輪轉之相也。衆生爲生死所縛，菩薩不爲生死所縛，故云生死不能縛。【二境相不能縛】境相即一切境界之相也。菩薩離凡，雖見一切境界而不生著，故云境相不能縛。【三現惑不能縛】現惑即現前分別之見也。菩薩於所見之境不著，而能見之心亦無，故云現惑不能縛。【四有不能縛】有即一切有爲之法，皆所見之相也。菩薩離凡，所見皆空而無所著，故云有不能縛。【五惑不能縛】惑即無明煩惱也。菩薩了妄即眞，無明即是菩提，無著無不著，故云惑不能縛。（梵語菩提，華言道）

賢首五教（出華嚴經疏）

賢首國師，唐則天時，於王宮講華嚴經，感五雲凝空，四華垂地，因賜以賢首之號。師以如來所說之法而有淺深不同，乃約義立此五種之教，以華嚴一經是佛稱性宣揚圓融法界之性，判爲一

乘圓教餘經律論判屬小始終頓四教故名賢首五教五雲者五色之雲也四華者四色之華也**一小教**此教以隨機故但說人空不明法空縱少說法空亦不明顯但依六識三毒建立染淨根本未盡法源唯論小乘名爲小教六識者眼識耳識鼻識舌識身識意識也三毒者貪毒瞋毒癡毒也**二始教**亦名分教此教未盡大乘法理名之爲始不言定性聲聞無性闡提作佛故亦名分於中廣說法相少說法性決擇分明是大乘之初名爲始教定性聲聞者其性決定不樂大乘也闡提梵語具云一闡提華言信不具**三終教**亦名實教此教言定性聲聞無性闡提悉當成佛方盡大乘至極之說名之爲終以稱實理亦名爲實於中少說法相多說法性雖說法相亦會歸性是大乘之終極名爲終教**四頓教**此教明一念不生即名爲佛不依地位漸次而說名之爲頓於中不說法相唯明眞性一切所有唯是妄想一切法界唯是絕言名爲頓教**五圓教**此教所說唯是無盡法界性海圓融緣起無礙相即相入如帝網珠重重無盡於中明一位即一切位一切位即一位故十信滿心即成正覺名爲圓教帝網珠者謂帝釋殿前千珠寶網光相交映互攝無礙也十信者信心念心精進心慧心定心不退心護法心迴向心戒心願心也

慧觀五教出華嚴經疏并演義鈔

上元道場寺僧慧觀以如來所說一代聖教約施化次第而立此五種之教是爲慧觀五教也**一有相教**謂如來於十二年前廣制衆戒皆是因果實有之法小乘於此得道是名有相教十二年前者即說阿含等經之時也**二無相教**謂如來說四阿

含經後即說般若空慧法門空諸有相小乘解空得道是名無相教（梵語般若華言智慧）【二抑揚教】謂如來說淨名思益等經抑挫小果聲聞褒揚大乘菩薩是名抑揚教【四同歸教】謂如來說般若之後涅槃之前說法華經以會三歸一萬善悉向菩提是名同歸教（會三歸一者會合聲聞緣覺菩薩三乘而歸於一佛乘也梵語菩提華言道）【五常住教】謂如來說涅槃經明一切衆生皆有佛性一闡提輩皆得作佛廣談佛性賸演圓常是名常住教（闡提梵語具云一闡提華言信不具）

波頗五教（出華嚴經疏）波頗梵語具云波頗蜜多華言明支中天竺三藏沙門也唐貞觀年間於大興善寺譯星陀羅尼經等以如來所說諸經聖教約其義趣淺深不同令衆生修行有序而立五教故名波頗五教（中天竺即西土之國名也三藏者經藏律藏論藏也梵語沙門華言勤息）【一四諦教】謂佛於阿含經說苦集滅道四諦之法爲令聲聞之人修此而悟眞空涅槃之理是名四諦教（梵語涅槃華言滅度）【二無相教】謂佛於般若經中說諸空慧法門空諸有相爲令二乘悟大乘法空是名無相教（二乘者聲聞乘緣覺乘也）【三觀行教】謂佛於華嚴經中說諸觀行法門行列排布種種修因證果之理爲令衆生觀察修行是名觀行教【四安樂教】謂佛於涅槃經中說常樂我淨四德常住寂滅之理爲令衆生得大安樂是名安樂教【五守護教】謂佛於大集經中說守護正法爲令衆生保持不失是名守護教

劉虬五教（出華嚴經疏）齊朝隱士劉虬以如來所說一代聖教始自成道終至涅槃亦約其

漸頓淺深次第立爲五教故名劉虬五教梵語涅槃華言滅度

一人天教 謂如來始初成道先爲提謂長者說人天戒善乃是因緣果報實有之法是名人天教

二有相教 謂如來說阿含經時廣制衆戒皆是因果實有之法小乘之人持之而得道果是名有相教

三無相教 謂如來說四阿含經後談般若空慧法門空諸有相爲令小乘之人解空得道是名無相教四阿含者長阿含中阿含增壹阿含雜阿含也

四同歸教 謂如來於般若之後涅槃之前說法華經以會三歸一萬善悉向菩提是名同歸教會三歸一者會聲聞乘緣覺乘菩薩乘同歸佛乘也梵語菩提華言道

五常住教 謂如來說涅槃經明一切衆生皆有佛性一闡提輩皆得作佛廣談佛性賸演圓常是名常住教梵語一闡提華言信不具

不分教五意出華嚴經疏

不分教五意者唐清涼國師推原佛教有此五種意也

一理本一味殊途同歸 謂佛所說諸法理本無二隨機異解故有殊途機見雖殊終歸一實故不分也

二一音普應一雨普滋 謂佛一音說法平等普應大小機器皆得利益如大地草木一雨普滋故不分也

三原佛本意爲一事故 謂佛本爲大事因緣出現於世開示衆生咸得作佛法華經云我此九部法隨順衆生說入大乘爲本佛意如斯故不分也九部者一契經二重頌三諷頌四因緣五本事六本生七希有八譬喻九論議也

四隨一一文衆解不同 謂如佛說無常法或以生滅爲無常或以不生不滅爲無常法本是一機解不同故不分也

五多種說法成枝流故 謂法欲滅時有多種

異說恐混純源之一味成差別之枝流故不分也

大明三藏法數卷第十五

大明三藏法數卷第十六

上天竺前住持沙門一如等奉　勅集註

大乘五位（出華嚴經隨疏演義鈔）

一資糧位　謂十住十行十回向諸位菩薩以福德智慧爲助道資糧故名資糧位（十住者發心住治地住修行住生貴住方便具定住正心住不退住童眞住法王子住灌頂住也十行者歡喜行饒益行無嗔恨行無盡行離癡亂行善現行無著行尊重行善法行眞實行也十回向者救一切衆生離衆生相回向不壞回向等一切佛回向至一切處回向無盡功德藏回向隨順平等善根回向隨順等觀一切衆生回向眞如相回向無縛解脫回向法界無量回向也）

二加行位　謂四加行位菩薩由得福智資糧加功用行而入見道住眞如性是名加行位（四加行者煖頂忍世第一也見道即歡喜地菩薩位也）

三通達位（亦名見道位）　謂初地菩薩體會眞如智照於理得見中道故名通達位（初地即歡喜地也）

四修習位　謂第二地至第十地菩薩得見道已爲斷除障而復修習根本之智故名修習位（第二地至第十地者離垢地發光地燄慧地難勝地現前地遠行地不動地善慧地法雲地也根本智者即菩薩親證本有之智也）

五究竟位　謂妙覺佛證此果位最極清淨更無有上故名究竟位（妙覺者自覺覺他覺行圓滿不可思議也）

菩薩有五種生（出地持經）

一息苦生　謂菩薩以願力自在力於饑饉世受大魚等身以肉救濟一切衆生於疾病世爲大醫王救治衆生於刀兵世爲大力主以善方便誠信之言等心救濟息於戰諍於繫縛鞭打逼迫之處爲息惱故生於王家以正法化邪見衆生於外道奉事天神造諸惡行之家亦生彼處斷彼邪見及諸惡行如是無量生處悉皆往生是名息苦生

二隨類生　謂菩薩以願力自在力於種種衆生天龍鬼神

阿修羅等及諸外道邪見惡行等類菩薩悉生其中爲其導首引令入正及以善法廣爲宣說是名隨類生【三勝生】謂菩薩示現受生於壽命色力果報勝過一切天人是名勝生【四增上生】謂菩薩從淨心住乃至最上菩薩住在所受生而獨殊勝於閻浮提自在受生乃至大自在究竟地一切受生處於中最爲奇特是名增上生（淨心住者即十地中第七地也此地菩薩離諸惑業故名淨心最上菩薩住即第十法雲地也居九地之上故名最上梵語閻浮提華言勝金洲大自在究竟地者即色界天主所住處也）【五最後生】謂最上菩薩住受生時求證菩提萬行滿足生刹利婆羅門家得阿耨多羅三藐三菩提作一切佛事是名最後生（梵語菩提華言道梵語刹利華言田主即王種也梵語婆羅門華言淨行梵語阿耨多羅三藐三菩提華言無上正等正覺）

菩薩五種相（出莊嚴經論）【一憐愍相】謂菩薩以慈悲菩提之心愍念一切衆生廣行方便饒益攝受是爲憐愍相【二愛語相】謂菩薩能於一切佛法巧妙宣說柔言輭語令諸衆生而得正信是爲愛語相【三勇健相】謂菩薩爲衆生故於諸難行苦行而悉行之不生退屈是爲勇健相【四開手相】開手者開手以物與人也謂菩薩悲願深重能行布施濟貧拔苦而以財慧普攝一切是爲開手相【五釋義相】謂菩薩爲衆生故施無礙辯解經釋義以最上法而攝受之是名釋義相

菩薩五種自在（出大寶積經）菩薩悲智並運萬行滿足其於壽命受生等事故得自在無礙也【一壽命自在】謂菩薩成就法身慧命了

無生死壽夭延萬劫不爲長促一念不爲短但爲度脫有情以諸方便而隨機示現長短壽命之相其心無所罣礙是爲壽命自在**二生自在**謂菩薩爲度脫有情以大悲心隨類受生饒益一切處天宮不爲樂入地獄不爲苦去住無礙是名生自在**三業自在**謂菩薩萬行具足悲智雙運或現神通或說妙法或入禪定或修苦行所作行業但爲利他縱任無礙是爲業自在**四覺觀自在**初心曰覺細心曰觀謂菩薩或修禪觀之行或起利生之心雖有思惟離諸散亂隨願度生平等無礙是爲覺觀自在**五衆具果報自在**謂菩薩因行深廣果報殊勝於一切所須之具不假營爲自然周足心無染礙是爲衆具果報自在

五怖畏（出百法論鈔并毘婆沙論）**一不活畏**謂初學菩薩雖行布施之行而不能盡已所有又恐自已不能過活是名不活畏**二惡名畏**謂初學菩薩雖欲與衆生同事而攝化之入諸酒肆等恒懼譏謗不得似大菩薩安行自若是名惡名畏（同事者同其所作即酒肆等事也若大菩薩證果之後以同事攝諸衆生逆行順化屠坊酒肆無往不可所以安行自若也）**三死畏**謂初學菩薩雖欲運廣大心內外俱施然有時施以財物而於身命顧惜不能自捨是名死畏（內外施者內則身命外則財物等也）**四惡道畏**謂初學菩薩懼生惡道於不善法分別對治令其不生是名惡道畏**五大衆威德畏**謂初學菩薩或於王庭執理之處或於善解法義人前申宗敵論唯恐有失是名大衆威德畏

小乘五位（出天台四教儀）

一資糧位　資糧位者，如人遠行必賫糧以爲路資也。其位有三：一五停心，二別相念，三總相念。若欲出於三界，必以此三種觀法而爲資糧也。（五停心者，一多貪衆生不淨觀，二多瞋衆生慈悲觀，三多散衆生數息觀，四愚癡衆生因緣觀，五多障衆生念佛觀。別相念、總相念者，謂四念處：一觀身不淨，二觀受是苦，三觀心無常，四觀法無我。若各各觀察，則名別相念；若總觀察，則名總相念。三界者，欲界、色界、無色界也。）

二加行位　加行位者，其位有四：一煖位（如木鑽火，未見火出，先得煖相；以喩加行位人未見智火，已得煖相。）二頂位（如觀行轉明，如登山頂，悉皆明了。）三忍位（忍即忍可之義，謂於苦集滅道四諦之法，忍可而樂修也。）四世第一位（於理雖未能證，而於世間最勝。）謂此四位加功用行，取證道果也。

三見道位　見道位者，即聲聞初果也。謂斷三界見惑而見眞空之理，故名見道也。（初果即須陀洹也。）

四修道位　修道位者，謂修四諦道法，斷欲界思惑，而證第二第三果，故名修道也。（第二果即斯陀含，第三果即阿那含也。）

五無學位　無學位者，即聲聞第四果阿羅漢也。此位斷三界見思惑盡，眞理究竟，無法可學，故名無學也。（梵語阿羅漢，華言無學，又云無生。）

初度五人（出翻譯名義）

謂佛初出家入山修道，父王思念，乃命陳如等五人尋訪隨侍。及佛成道，因念五人當先度脫，故在鹿苑，先調其根性，爲說苦集滅道四諦之法，而得解脫，是爲初度五人也。

一阿若憍陳如　梵語阿若，華言已知，此其名也。梵語憍陳如，華言火器，此其姓也。以其是婆羅門種，由先世事火，故云火器，乃佛之舅氏也。（梵語婆羅門，華言淨行。事火者，法華文句云：火有二義，照也，燒也。照則暗不生，燒則物不生，所以事之，因爲姓也。）

二頞鞞　梵語頞鞞，華言馬勝，亦云

馬師乃佛之家族也**二跋提**梵語跋提華言小賢乃佛之家族也**四十力迦葉**梵語迦葉又云婆敷無翻亦佛之舅氏非大迦葉亦非三迦葉也大迦葉即摩訶迦葉三迦葉即優樓頻羅迦葉那提迦葉伽耶迦葉也**五拘利太子**拘利太子乃斛飯王之長子即佛之從兄弟也

五種聲聞出法華文句

一決定聲聞謂久習小乘積劫功圓而證得小果是名決定聲聞**二退道聲聞**謂此聲聞本習大乘積劫修道中間爲厭生死退大道心取證小果是名退道聲聞**三應化聲聞**謂諸佛菩薩爲前二種聲聞故內祕佛菩薩之行外現聲聞之形引誘小乘令入大乘是名應化聲聞**四增上慢聲聞**謂厭居生死欣樂涅槃修習小乘以少爲足未得謂得未證謂證是名增上慢聲聞**五大乘聲聞**謂以佛道聲令一切聞不住化城終歸寶所是名大乘聲聞化城者無而倏有名化防非禦敵名城以喻小乘涅槃能防見思之非而禦生死之敵也寶所即大乘實相之理也

五性出華嚴經隨疏演義鈔

一定性聲聞因果不易名曰定性聞佛聲教而得覺悟名曰聲聞謂惟習聲聞之因而證聲聞之果更不進求佛道是名定性聲聞也**二定性緣覺**謂觀因緣生滅之法覺悟眞空之理故曰緣覺謂唯習緣覺之因而證緣覺之果更不進求佛道是名定性緣覺也**三菩薩性**菩薩梵語具云菩提薩埵華言覺有情謂菩薩悲智雙運寃親等觀廣利衆生證菩提果是名菩薩性也**四不定性**謂遇緣熏習修行不定若近聲聞而習聲聞法若近緣覺

而習緣覺法若近菩薩而習菩薩法各隨所習而成其性是名不定性也**五無種性**無種者無善種也謂人撥無因果不受化度甘溺生死不求解脫是名無種性也 撥者絕也

五種阿那含 出涅槃經 梵語阿那含華言不來又云不還謂不還來欲界受生即第三果也以其根有利鈍行有勤怠於證阿羅漢果有先後之不同故分爲五也 梵語阿羅漢華言無學又云無生

一中般涅槃中即中陰亦名中有以人死之後未得托生之識身也梵語般涅槃華言滅度謂此阿那含從欲界沒生色界時於色界中有身便斷上地餘惑證阿羅漢得般涅槃也 上地即無色界也

二生般涅槃生者於色界受生也謂此阿那含於欲界得第三果已從欲界沒生於色界便斷上地餘惑得阿羅漢入般涅槃也

三有行般涅槃有行即加功用行也謂此阿那含於欲界得第三果已從欲界沒生於色界不能速疾趣涅槃果更經多時勤修加行方斷上地餘惑得阿羅漢入般涅槃也

四無行般涅槃無行即不加功行也謂此阿那含於欲界得第三果已從欲界沒生於色界更經多時不能加功用行懈怠慢縱任運經久方斷上地餘惑得阿羅漢入般涅槃也

五上流般涅槃上即無色界流即流行謂此阿那含從欲界沒生於色界不能便證涅槃要須流行色界餘天之中次第生已方斷上地餘惑得阿羅漢入般涅槃也 餘天即色界初禪後二禪三禪四禪天也

五果回心（出涅槃經）五果須陀洹斯陀含阿那含阿羅漢辟支佛所證之果也謂此五人經劫不等斷盡煩惱回心向大證取菩提故名五果回心（劫梵語具云劫波華言分別時節梵語菩提華言道）

初果八萬劫回心 初果即須陀洹也謂斷三結之惑而得此果超四惡趣於人天中七返受生方斷諸苦入於涅槃過八萬劫當得無上正等菩提是名初果回心（梵語須陀洹華言預流謂出凡流而預聖流也三結者身見戒取疑即三界見惑也四惡趣者修羅趣餓鬼趣畜生趣地獄趣也七返者天上人間共七翻也梵語涅槃華言滅度）

二果六萬劫回心 二果即斯陀含也謂斷欲界六品思惑而得此果於天人中一翻受生方斷諸苦入於涅槃過六萬劫當得無上正等菩提是名二果回心（梵語斯陀含華言一往來謂一生天上一生人間得證涅槃也六品思惑者眼耳鼻舌身五根對色聲香味觸五塵而起貪愛之心曰思此惑有九品今云六品者謂斷九品中前之六品也）

三果四萬劫回心 三果即阿那含也謂斷五下分結而得此果更不受生過四萬劫當得無上正等菩提是名三果回心（梵語阿那含華言不來謂不來欲界受生也五下分結者即欲界貪嗔身見戒取疑也）

四果二萬劫回心 四果即阿羅漢也謂永斷二界貪欲嗔恚愚癡之惑而得此果過二萬劫當得無上正等菩提是名四果回心（梵語阿羅漢華言無生謂斷見思惑盡更不受三界生也）

五果十千劫回心 五果即辟支佛也謂永斷三界貪欲瞋恚愚癡之惑而得此果過十千劫當得無上正等菩提是名五果回心（辟支梵語具云辟支迦羅華言緣覺）

五分法身（出法華玄義釋籤）五分法身者分即分齊法者戒定慧諸法也身者聚也聚集諸法

以成其身也（聚集諸法者謂聚集色受想行識之法也）

一戒身 謂二乘因持無作之戒戒法成就證得此身故名戒身（二乘者聲聞乘緣覺乘也無作戒者不作意持任運無犯名無作戒也）

二定身 謂二乘因修無漏淨禪證此身故名定身（無漏者不漏落生死也淨禪者謂因修禪定能斷諸漏漏即三界煩惱既無煩惱心則清淨故名無漏淨禪也）

三慧身 謂二乘因修無漏智慧得證此身故名慧身（無漏智慧者即是觀十二因緣及觀四諦之智慧也修此智慧者即能斷三界煩惱出離有漏生死也）

四解脫身 解縛得脫故名解脫有二種一者有為解脫謂以無漏智慧斷有漏煩惱二者無為解脫謂一切煩惱滅盡無餘煩惱既盡理本無為由二種解脫得證此身故名解脫身

五解脫知見身 知以智知見以眼見謂二乘因此智眼於一切法知覺照了當體即空悉皆如幻得證此身故名解脫知見身

五論師（出翻譯名義）

一阿濕縛窶沙論師 梵語阿濕縛窶沙華言馬鳴摩訶衍論云過去世中有一大王名曰輪陀有千白鳥皆悉好聲若鳥出聲大王增德若不出聲大王損德如是諸鳥若見白馬則出其聲若不見時常不出聲爾時大王徧求白馬終日不得作如是言若外道衆能令此鳥鳴者都破佛教若佛弟子能令此鳥鳴者都破外道爾時菩薩用神通力現千白馬令千鳥皆鳴紹隆正法令不斷絕是故世尊字此菩薩名曰馬鳴又本傳云此師說法時能感羣馬悲鳴故號馬鳴以其造起信論大乘莊嚴等論故稱論師

二那伽曷樹那論師 梵語那伽曷樹那華言龍猛舊翻龍樹

其母於樹下生之因龍成其道故號曰龍樹輔行云龍樹之學廣通天下無敵欲謗佛經龍接入宮一夏但誦七佛經目知佛法深妙遂出家降伏外道明第一義以其作中觀大智度等論故稱論師也

三提婆論師梵語提婆華言天乃龍樹弟子也以其造百論大丈夫等論故稱論師

四鳩摩羅邏多論師梵語鳩摩羅邏多華言童受以其闡揚論義故稱論師

五室利邏多論師梵語室利邏多華言勝受謂此論王如日照世能破諸暗故稱論師

五種法師（出法華文句）

法者軌則也師者匠也法雖可軌體不自弘弘之在人是故五種弘經之人皆得稱爲法師也

一受持信力故受念力故持謂於如來言教以堅固深信受之於已憶持不忘是爲受持法師

二讀經對文曰讀謂正心端坐目覩經文口宣句讀是爲讀經法師

三誦經背文曰誦謂習讀既熟不須對文自然成誦是爲誦經法師

四解說謂聖教之義難解若能分明解釋訓授於人是爲解說法師

五書寫謂於諸佛經典若能書寫廣傳流通大法是爲書寫法師

五種阿闍黎（出四分律）梵語阿闍黎華言軌範謂其能爲人軌範故云阿闍黎也

一出家阿闍黎出家阿闍黎者即比丘剃度之師也謂出家者必須依師而得剃度律云所依得出家者是也（梵語比丘華言乞士）

二受戒阿闍黎受戒阿闍黎者即比丘受戒之師也謂既得出家必須依師求受戒法律云於受戒

時得作羯磨者是也（梵語羯磨華言作法）**三教授阿闍黎**教授阿闍黎者即比丘教授之師也謂既得戒法必須得師教授威儀律云從教授得威儀者是也**四受經阿闍黎**受經阿闍黎者即比丘受經之師也謂出家者必須依師受習經文解說義理律云從所受經得讀修妒路若說義乃至一四句偈等是也（梵語修妒路又云修多羅華言契經）**五依止阿闍黎**依止阿闍黎者即比丘依止之師也謂比丘度夏當依師住或依止作宿律云乃至依住一宿者是也

五種大師功德（出瑜伽師地論）

一戒行無失謂比丘於如來所制戒律常能堅守執持無有毀犯過失具是功德方宜爲人戒法之師也（梵語比丘華言乞士）**二善建立法**謂比丘於諸戒律善能建立一切法則令人修學無所違越具是功德方宜爲人戒法之師也**三善制立所學**謂比丘於律儀中當學之法善能裁制安立令無差謬具是功德方宜爲人戒法之師也**四善斷疑惑**謂比丘於所建立法則及所當學或衆有所疑善能廣爲開說斷除其惑令得如式修持具是功德方宜爲人戒法之師也**五教授出離**謂比丘以如來所制戒法教授於人令其如法受持成就聖道出離生死具是功德方宜爲人戒法之師也

五種僧（亦名五僧差別出顯宗論）

一無恥僧謂毀犯禁戒不守眞風形預僧流行過俗務是名無恥僧**二瘂羊僧**謂於三藏教無所了達譬如瘂羊無辯說用是名瘂羊僧（三藏者經藏律藏論藏）

也**三朋黨僧**謂好於遊散惟務鬭諍善生機巧結構朋黨是名朋黨僧**四世俗僧**謂昏昏度日兀兀延生心想閑緣身營世務是名世俗僧**五勝義僧**謂解慧有餘辯才無礙隨機演教接物利生是名勝義僧

僧五淨德（出諸德福田經）

一發心離俗謂出家之人發勇猛心脫離凡俗習佛菩提而能懷佩道妙爲世福田是爲初淨德也（梵語菩提華言道）**二毀其形好**謂出家之人剃除鬚髮毀壞相好去世俗之塵衣著如來之法服具佛威儀爲世福田是爲第二淨德也**三永割親愛**謂投佛出家割絕父母親愛之情一心精勤修道以報父母生成之德兼能爲世福田是爲第三淨德也**四委棄軀命**謂出家之人能委棄身命無所顧惜惟務一心求證佛道兼能爲世福田是爲第四淨德也**五志求大乘**謂出家之人常懷濟物之心專志勤求大乘之法度脫一切有情爲世福田是爲第五淨德也

苾芻草五德（出翻譯名義）

苾芻雪山香草謂其有五種德以喻比丘亦具此德故稱爲苾芻也（梵語比丘華言乞士）**一體性柔輭**體性柔輭者以喻比丘能折伏身語意業之麤獷也**二引蔓旁布**引蔓旁布者以喻比丘傳法度人延綿不絕也**三馨香遠聞**馨香遠聞者以喻比丘戒德芬馥爲衆所聞也**四能療疼痛**能療疼痛者以喻比丘能斷煩惱毒害之痛苦也**五不背日光**不背日光者以喻比丘正見思惟常向佛日而不背也

比丘入衆五法（舊名入衆五心出四分僧羯磨）

一修慈愍物

謂比丘入大衆中應修慈心憐愍於物嚴淨律儀整束身心精勤學道是爲修慈愍物梵語比丘華言乞士**二謙下自卑**謂比丘入大衆中常用謙和永絕憍慢應自卑下如拭塵巾是爲謙下自卑**三善知坐處**謂比丘入大衆中動止有時若見上座不應安坐若見下座不應起立是爲善知坐處上座者謂戒臘在前道德聞達之比丘也**四說於法語**謂比丘入於大衆中不宜雜說論世俗事若自說法若請人說法是爲說於法語**五見過默然**謂比丘入大衆中若見僧中有不如理之事若便言說恐致別異故當安忍默而不言是爲見過默然

五衆出翻譯名義**一比丘**梵語比丘華言乞士乞是乞求之名士是清雅之稱謂上乞法以資慧命下乞食以資色身淨命自活福利衆生破憍慢心謙下自卑以成清雅之德也淨命者以清淨之食自活其命也**二比丘尼**梵語尼華言女大智度論云尼得無量律儀故應次於比丘佛以儀法嫌於混雜令在沙門後故名比丘尼女人出家始於佛姨母大愛道也梵語沙門華言勤息**三式叉摩那**梵語式叉摩那華言學法女行事鈔云式叉尼具學三法一根本謂不作四重即殺盜婬妄也二學六法一不染心相觸二不盜四錢三不斷畜生命四不小妄語五不非時飲食六不飲酒三學行法即大尼所行一切行法爲學此三法故名式叉摩那**四沙彌**梵語沙彌華言息慈謂息世染之情以慈濟羣生也蓋出家之人初入佛法多存俗情故須息惡行慈是名沙彌**五沙彌尼**玄奘法師云梵語室利摩拏理迦華言勤

策女謂勤行善法策進功德故名沙彌尼

乞食遮五處（出顯揚聖教論）謂比丘乞食比之五處當避嫌疑不可往也（梵語比丘華言乞士）

一唱令家 唱令家者謂歌唱曲令但取歡娛能亂禪定比丘若行乞食此處不可往也

二婬女家 婬女家者行止不潔聲名不正色欲因緣障道根本比丘若行乞食此處不可往也

三酤酒家 酤酒家者謂酒是起罪因緣能生過失比丘若行乞食此處不可往也

四王宮 王宮者貴戚之處嚴禁之所非可干冐比丘若行乞食此處不可往也

五旃陀羅（又作旃茶羅）梵語旃陀羅華言屠者謂屠者之家殺心盛大惱害衆生見者傷慈壞善根本比丘若行乞食此處不可往也（旃茶羅者華言嚴熾謂此屠者惡業自嚴行時搖鈴持竹爲幖幟以使人知其爲惡者也）

沙門受食五觀（出大藏一覽）梵語沙門華言勤息謂勤行善法息滅惡事凡受食時先作五觀然後方食故名沙門受食五觀也

一計功多少量彼來處 計功多少者智度論云此食墾植收穫舂磨淘汰炊煑及成工用甚多量彼來處者僧祇律云施主減其妻子之分求福故施凡受食時當作此觀

二忖已德行全缺應供 忖已德行全缺應供者毘尼母律云若不坐禪誦經營三寶事及不持戒受人信施爲施所墮則不宜受食德行若全則可應供受食凡受食時當作此觀（三寶者佛寶法寶僧寶也）

三防心離過貪等爲宗 防心離過貪等爲宗者明了論疏云出家先須防心三過謂於上味食起貪下味食起嗔中味食起癡以此不知慚愧墮三

惡道凡受食時當作此觀（三惡道者餓鬼道畜生道地獄道也）

四正事良藥爲療形枯　正事良藥爲療形枯者謂饑渴爲主病四百四病爲客病故須以食而爲醫藥用資其身凡受食時當作此觀（四百四病者人身假地水火風四大所成一大不調則生百一種病四大共成四百四病也）

五爲成道業應受此食　爲成道業應受此食者謂不食則饑渴病生道業何成增一阿含經云多食致苦患少食氣力衰處中而食者如秤無高下凡受食時當作此觀

五種邪命（出大智度論）

謂以此五種邪法用求利養而自活命爲比丘者當深戒之（梵語比丘華言乞士）

一詐現異相　謂諸比丘違佛正教於世俗人前詐現奇特之相令其心生敬仰而求利養是爲邪命

二自說功能　謂諸比丘以辯口利詞抑人揚已自逞功能令所見者心生信敬而求利養是爲邪命

三占相吉凶　謂諸比丘攻學異術卜命相形講談吉凶而求利養是爲邪命

四高聲現威　謂諸比丘大語高聲詐現威儀令人畏敬而求利養是爲邪命

五說所得利以動人心　謂諸比丘於彼得利於此稱說於此得利於彼稱說令人動心而求利養是爲邪命

五法不得授人戒（出四分律）

謂比丘當深信因果常生慚愧戒行精進法義無忘方堪授人戒法若不能如是者則不可也（梵語比丘華言乞士）

一無信　信爲萬善之本衆德之基比丘若不具足正信則於戒法自必不能持守何況爲師而授人戒也

二無慚　慚謂慚耻比丘之心若無慚耻自必肆情縱慾戒行有

虧故不可爲師而授人戒也三無愧愧謂羞愧比丘之心若無羞愧自必毁犯戒法不能悔過故不可爲師而授人戒也四懶墯謂比丘懶墯恣縱則自於戒律必不能堅守何况爲師而授人戒也五多忘謂比丘於諸法義不能强記心多忘失則自於戒檢必有所遺故不可爲師而授人戒也

五不退出起信論疏

一信不退謂十信位菩薩發大信心篤信中道圓妙之理常住平等不還不變信行滿足而無退轉也十信者信心念心精進心慧心定心不退心護法心回向心戒心願心也二位不退謂菩薩十信滿足入十住位乃至十行十回向位即得分見法身住正定位而不退轉也十住者發心住治地住修行住生貴住方便具足住正心住不退住童眞住法王子住灌頂住十行者歡喜行饒益行無嗔恨行無盡行離癡亂行善現行無著行尊重行善法行眞實行也十回向者救一切衆生離衆生相回向不壞回向等一切佛回向至一切處回向無盡功德藏回向隨順平等善根回向隨順等觀一切衆生回向眞如相回向無縛解脱回向法界無量回向也三證不退謂菩薩三賢位滿即入初地乃至七地證徧滿法身生無邊佛土而不退轉也三賢者即十住十行十回向諸位菩薩也初地至七地者歡喜地離垢地發光地焰慧地難勝地現前地遠行地也徧滿法身者謂法身之體徧滿一切處也四行不退謂菩薩七地功德滿足入於第八無功用地一切功行永無退失也第八無功用地即不動地也五煩惱不退謂菩薩十地滿足入等覺位了煩惱即是菩提豈更有煩惱之可退轉也十地者即前七地更加不動地善慧地法雲地是爲十地也等覺位者去後妙覺佛猶有一等勝前諸位得稱爲覺

五法退菩提出涅槃經

一樂在外道出家謂人之出家當從正法修習善業成菩提果若從

外道則增諸邪見作不善業而菩提之心未有不退失者矣（梵語菩提華言道）

一不修大慈之心　謂修菩薩行者當以平等大慈之心愛念一切衆生與其清淨法樂然後得成菩提之果若非此行而菩提之心未有不退失者矣

二好求法師過罪　謂修菩薩行者奉承師長如事父母聽受其教則菩提之果可成若窺伺以求其過則不惟無聽受之誠且虧事師之道而菩提之心未有不退失者矣

四常樂處在生死　謂修菩薩行者當勤精進以求出離則菩提之果可成若躭著五欲造諸惡業於諸生死心無厭離而菩提之心未有不退失者矣（五欲者色欲聲欲香欲味欲觸欲也）

五不善讀誦經典　謂修菩薩行者當信受如來所説經典誠心讀誦求其妙義依解進修成菩提果若不喜樂受持讀誦則所修之行無所依據而菩提之心未有不退失者矣

五乘（出華嚴一乘教義分齊章）

一佛乘　佛梵語具云佛陀華言覺乘即運載之義謂如來以一乘實相之法運諸衆生同到涅槃彼岸故名佛乘（梵語涅槃華言滅度）

二菩薩乘　菩薩梵語具云菩提薩埵華言覺有情謂菩薩之人以六度萬行爲乘運諸衆生同出三界故名菩薩乘（六度者一布施二持戒三忍辱四精進五禪定六智慧也五界者欲界色界無色界也）

三緣覺乘　謂緣覺之人因觀十二因緣除於我執而悟真空涅槃之理以此之法運出三界故名緣覺乘（十二因緣者一無明二行三識四名色五六入六觸七受八愛九取十有十一生十二老死也）

四聲聞乘　謂聲聞之人聞佛聲教修苦集滅道四諦

之法而悟眞空涅槃之理以此之法運出三界故名聲聞乘【五小乘】小乘者即人天乘也謂人天以五戒十善爲乘運出四趣故名小乘（五戒者不殺不盜不邪婬不二語不飲酒也十善者不殺不盜不邪婬不妄語不兩舌不惡口不綺語不貪欲不瞋恚不邪見也四趣者修羅趣餓鬼趣畜生趣地獄趣也）

又五乘（出華嚴一乘教義分齊章）【一佛乘】佛梵語具云佛陀華言覺乘即運載之義謂如來以一乘實相之法運諸衆生同到涅槃彼岸是爲佛乘（梵語涅槃華言滅度）【二緣覺乘】謂緣覺之人由觀十二因緣生滅除於我執等惑覺悟眞空之理以此因緣之法運出三界是爲緣覺乘（十二因緣者一無明二行三識四名色五六入六觸七受八愛九取十有十一生十二老死也三界者欲界色界無色界也）【三聲聞乘】謂聲聞之人聞佛聲教修生滅四諦之法而悟眞空涅槃之理以此四諦之法運出三界是爲聲聞乘（四諦者苦諦集諦滅諦道諦也）【四天乘】天即色界天也謂彼諸天修根本有漏禪觀欲惑不染以此根本禪定運出欲界是名天乘（有漏者謂漏落生死也根本禪即色界禪謂能出生一切禪定故也）【五梵乘】梵即淨也謂諸菩薩以慈悲喜捨四無量心運諸衆生出生死海是名梵乘（慈悲喜捨者慈能與樂悲能拔苦喜則離苦得樂捨則冤親平等此四無量心以由衆生無量故菩薩之心亦無量也）

又五乘（出盂蘭盆經疏）乘即運載之義謂人天等各以所修之法爲乘運載至其所至之處故有五乘也【一人乘】人者忍也於世間違順情境悉能安忍故也謂人以三歸五戒爲乘運出四趣生於人道故名人乘（三歸依歸依佛歸依法歸依僧也五戒者不殺不盜不邪婬不妄語不飲酒也四趣者修羅趣餓鬼

趣畜生趣地獄趣也**二天乘**天者謂天然自然樂勝身勝也天以十善爲乘運出五道得生欲天於修十善時更能修習禪定即生色界無色界天故名天乘十善者不殺生不偷盜不邪婬不妄語不兩舌不惡口不綺語不貪欲不瞋恚不邪見也五道者人道修羅道餓鬼道畜生道地獄道也**三聲聞乘**聲聞者聞如來聲教而得悟道也謂聲聞以四諦爲乘運出三界到於涅槃故名聲聞乘四諦者苦諦集諦滅諦道諦也三界者欲界色界無色界也梵語涅槃華言滅度**四緣覺乘**緣覺者謂觀十二因緣覺悟眞空之理也以十二因緣爲乘運出三界到於涅槃故名緣覺乘十二因緣者一無明二行三識四名色五六入六觸七受八愛九取十有十一生十二老死也**五菩薩乘**菩薩梵語具云菩提薩埵今稱菩薩者從畧也華言覺有情謂覺悟一切有情衆生也以六度爲乘運諸衆生同出三界而到涅槃彼岸故名菩薩乘六度者一布施二持戒三忍辱四精進五禪定六智慧也

五事生天上出辯意經謂諸衆生能行此五事則得生於天上也**一慈心**謂人不殺衆生愛惜物命令衆得安是名慈心**二賢良**謂人不盜他人財物布施無慳濟諸窮乏是名賢良**三貞潔**謂人不犯外色護戒奉齋是名貞潔**四誠信**謂人不欺於人護口四過永無諂佞是名誠信口四過者妄言綺語兩舌惡口也**五不醉酒**謂人尊崇善法堅修梵行不酗於酒而發狂亂是名不醉酒

始生天有五種相出正法念處經**一光明覆身相**謂人初生天時光明覆身身無衣服心作是念勿令他天見我裸露即於念時他見有衣而實無衣是爲第一相**二欲見園林相**

謂人初生天時已見天上所有之物生希有心而於園林等則未曾見故欲見之而遍觀看是爲第二相**三見天女生慚相**謂人初生天時見天中女顔色羞慚未敢正看是爲第三相**四見天生疑相**謂人初生天時若見餘天雖欲前近心生疑慮意志不定是爲第四相**五升空生怖相**謂人初生天時欲升虚空心生怖畏設飛不高去則不遠或傍城壁或依附地是爲第五相

五淨居天出楞嚴經

五淨居天者謂聲聞之人斷欲界九品思惑盡證第三阿那含果而居其中亦名五不還天若據俱舍圖言此五天次第而上若據楞嚴經言此五天皆横在第四禪天中彼四禪天但能聞此五天之名而不能知見如世間聖地道場多有羅漢所居而人不能見也九品者欲界思惑正品中每品又各分上中下三品故言九品也梵語阿那含華言不來不來即不還謂不還來欲界受生也

一無煩天謂此天苦樂兩滅心境不交則無煩惱故名無煩天也苦樂兩滅者離欲界苦及色界樂也心境不交者心與境不交接也

二無熱天熱即熱惱謂此天機括獨行研交無地故名無熱天也機括獨行者機謂弩牙括與筈同謂箭所受弦之處皆取可發之義以喻於心也前苦樂之境雖滅猶存能滅之念故云機筈獨行至此天中研究此心與境交接之念無依無處則無熱惱故云研交無地也

三善見天謂此天於十方世界妙見圓澄更無塵像及一切沉垢故名善見天也十方世界等者謂一心在定定能發慧於慧心中見十方界圓徧澄凝更無世界内外塵像及無心地昏沉之垢也

四善現天謂此天精見現前陶鑄無礙故名善現天也精見現前陶鑄無礙者範土曰陶鎔金曰鑄以妙精明見陶鑄一切像空無障礙故也

五色究竟天謂此天究竟羣機

窮色性性入無邊際故名色究竟天也（究竟聲幾者幾謂幾微言究盡諸色幾微之處也窮色性性入無邊際者色性所依之性故云性性性本無邊若研窮之則入於無邊際矣）

初禪天定五支功德（出法界次第）

支即支分如樹之根幹是一枝條有異禪支之義亦爾從一定心出生五支故也又支持之義謂定心淺薄易於揺動若得覺觀等法支持則定心安隱牢固故名支也

一覺支　初心在緣爲覺謂行者於定中發初禪清淨色法觸其身根心大驚悟爾時初覺此觸故名覺支

二觀支　細心分別爲觀謂行者既證初禪即以細心分別禪中諸妙功德境界分明故名觀支

三喜支　欣慶之心爲喜謂行者獲得初禪天定利益甚多如是思惟懽喜無量故名喜支

四樂支　怡悅之心爲樂謂行者喜心既息則恬然靜慮受禪之樂故名樂支

五一心支　心與定法相應爲一謂行者初證禪時心依覺觀喜樂之法故有細微散亂若喜樂心息自然心與定一故名一心支

二禪天定五支功德（出法界次第）

一捨支　離喜不悔之心爲捨謂行者欲離二禪時以種種因緣訶責於喜喜既滅謝三禪即發若證三禪之樂則捨二禪之喜不生悔心故名捨支

二念支　念即愛念謂行者既發三禪之樂樂從内起應須愛念樂則增長故名念支

三慧支　解知之心爲慧謂行者既發三禪之樂此樂微妙若非善巧解慧則不能方便長養故名慧支

四樂支　怡悅之心爲樂謂行者發三禪樂已若能善用捨念

慧三支將獲此樂樂則徧身若離三禪餘地更無徧身之樂故名樂支**五一心支**心與定法相應爲一謂行者受樂心息則心與定一澄渟不動故名一心支

欲天五婬（出天台四教儀集註）

一地居二天形交成婬謂四天王天居須彌山腹忉利天居須彌山頂故名地居此之二天男女和合與世無異也（四天王者東方持國天王南方增長天王西方廣目天王北方多聞天王也梵語須彌華言妙高梵語忉利華言三十三）**二夜摩天勾抱成婬**梵語夜摩華言善時分此天於諸欲境知時分故不以形交但勾抱也**三兜率天執手成婬**梵語兜率華言知足此天於諸欲境知止足故而不勾抱但執手也**四化樂天對笑成婬**謂此天欲心微薄亦不執手但對笑也**五他化天相視成婬**謂此天欲念漸盡亦不對笑但相視也

五種梵音（出長阿含經）梵音者即大梵天王所出之聲而有五種清淨之音也**一正直音**謂諸梵天禪定持身無諸欲行而其音聲端正質直而不邪曲是名正直音**二和雅音**謂諸梵天心離欲染愛樂律儀而其音聲柔和典雅離諸麤獷是名和雅音**三清徹音**不濁曰清透明曰徹謂諸梵天戒行清淨心地圓明而其音聲清淨明徹是名清徹音**四深滿音**謂諸梵天淨行圓滿心光湛寂而其音聲幽深充滿而不淺陋是名深滿音**五周遍遠聞音**足備曰周普通曰遍謂諸梵天心光瑩淨普映十方而其音聲周遍遠聞而不迫窄是名周遍遠聞音

天大五衰相（出法苑珠林）**一衣服垢穢**謂諸天衆

銖衣妙服光潔常鮮福盡壽終之時自生垢穢是爲大衰相也（銖衣者十黍重曰銖諸天之衣重六銖故名銖衣）

二頭上華萎 謂諸天衆寶冠珠翠彩色鮮明福盡壽終之時頭上冠華自然萎悴是爲大衰相也

三腋下汗流 謂諸天衆勝體微妙輕清潔淨福盡壽終之時兩腋自然流汗是爲大衰相也

四身體臭穢 謂諸天衆妙身殊異香潔自然福盡壽終之時忽生臭穢是爲大衰相也

五不樂本座 謂諸天衆最勝最樂非世所有福盡壽終之時自然厭居本座是爲大衰相也

天小五衰相（出法苑珠林）

一樂聲不起 謂諸天音樂不鼓自鳴衰相現時其聲自然不起是爲小衰相也

二身光忽滅 謂諸天衆身光赫奕晝夜昭然衰相現時其光不現是爲小衰相也

三浴水著身 謂諸天衆肌膚香膩妙若蓮華不染於水衰相現時浴水霑身停住不乾是爲小衰相也

四著境不捨 謂諸天衆欲境殊勝自然無有躭戀衰相現時取著不捨是爲小衰相也

五眼目數瞬 謂諸天衆天眼無礙普觀大千衰相現時其目數瞬是爲小衰相也

國王五種可愛樂法（出佛爲優填王說王法政論經）

一恩養蒼生可愛樂法 謂國王能布德施仁利濟羣生使各遂其性咸歸治化是以普天之下咸被恩澤無不愛樂也

二英勇具足可愛樂法 謂國王英武神授智勇天錫德覆萬邦威加四海未降伏者能降伏之已降伏者能攝護之是以普天之下畏威懷德無不愛樂也

三善權方便可愛樂法 謂國

王智謀機變神用莫測於柔順服從者方便而保愛之强戾梗化者則方便而制伏之是以普天之下畏威懷德無不愛樂也（梗化者謂强梗弗順化也）**四正受境界可愛樂法**謂國王善能籌量府庫儲蓄多寡以仁愛心錫與親族人民凡疾病者令醫治之貧乏者悉賑濟之是以普天之下咸被恩澤無不愛樂也**五動修善法可愛樂法**謂國王具足淨信能信過去未來善不善業人天果報修習正因以證聖果是以普天之下尊仰效慕無不愛樂也

生淨土五不退（出淨土十疑論）

大悲攝持不退謂衆生得生淨土者以阿彌陀佛大悲願力攝持不捨故得不退轉也**佛光照燭不退**謂衆生得生淨土者常被佛光照燭故菩提之心日得增長而不退轉也**常聞法音不退**謂衆生得生淨土者聞諸水鳥樹林風聲樂響皆說苦空無我之法是以常起念佛念法念僧之心而不退轉也**善友同居不退**謂衆生得生淨土者以由彼國純諸菩薩以為勝友內無煩惱惑業之累外無邪魔惡緣之境故一生之後即不退轉也**壽命無量不退**謂諸衆生得生淨土者即得壽命無量與佛菩薩平等無二故一生之後即不退轉也

五事生人中（出辯意經）謂諸衆生能行此五事則得於人中受生也**一布施**謂人常行仁慈不悋財寶賑濟貧窮是名布施**二持戒**謂人心常念戒憶持無忘不作諸惡是名持戒**三忍辱**謂人若遇非理相干能以情恕

安忍不動是名忍辱

四精進 謂人直心向道勤行衆善無有懈怠是名精進

五忠孝 謂人秉心端正事君能致其身事親能竭其力是名忠孝

人有五苦（出法苑珠林并五苦章句經）

一母人懷妊從死得生 謂人托胎居母腹中生臟之下熟臟之上迫迮倒懸苦痛無量及至出胎熱風觸身如履刀劍失聲大叫頓昧前因是爲生苦

二老人顔色敗壞 謂人老年髮白齒落目昏耳聵四大不調百節疼痛頭低腰屈起坐呻吟是爲老苦（四大者地大水大火大風大也）

三病人困劣 謂人以四大爲體一大不調百一病生四大不調四百四病同時俱作形骸苦痛如被杖楚手足不任氣力虛竭起坐須人是爲病苦

四人死風刀斷脉 謂人臨命終時四大分散痛毒辛酸慈親孝子莫能相救風刀解身苦不可忍是爲死苦

五犯罪人束縛送獄 謂人違國正法冒犯罪愆枷鎖縈身繫閉牢獄受諸刑罰苦不可言是爲獄苦

衆生五事恃怙（出出曜經）恃怙猶倚賴也佛爲愚癡衆生恃怙所有不念世相無常恣意放逸不求出世無爲之道故說此五事以警發之

一恃怙年少 謂人倚賴年少血氣剛强隨情任意恣作非爲而不顧衰老之逼身也

二恃怙端正 謂人倚賴形貌端正嬌媚於人取相生欲不自羞愧而不顧老醜之逼身也

三恃怙力勢 謂倚賴勢力强盛任作威福淩蔑於他無所畏忌不顧衰患之逼身也

四恃怙才器 謂倚賴才調器量

超越卓異妄自尊大輕藐於人而不顧禍患之逼身也

五恃怙貴族謂人倚賴種族尊貴閥閱高顯憍慠縱恣侮慢於人而不顧衰敗之相尋也

大明三藏法數卷第十六

大明三藏法數卷第十七

上天竺前住持沙門一如等奉　勅集註

五人非器（出華嚴經疏）謂此五人皆非受道之器也**一無信非器**謂有衆生溺於邪見聞於大經而生疑謗墮諸惡道是爲無信非器**二違真非器**謂有衆生心自違真逐妄依傍經法以求名利不淨說法集諸邪行是爲違真非器**三乖實非器**謂有衆生乖於實道多無正見但依言取文隨聲取義超情至理不入於心是爲乖實非器（超情至理者謂超越情量至極之理也）**四陋劣非器**華嚴出現品云一切二乘不聞此經何況受持故雖在座如聾如瞽是爲陋劣非器（二乘者聲聞乘緣覺乘也）**五守權非器**謂三乘共教諸菩薩等隨宗所修行布行位權小之法不信圓融具德之道是爲守權非器（三乘者聲聞乘緣覺乘菩薩乘也共教者三乘共學般若之教也隨宗者隨三乘所宗之法也行布行位者謂行列排布行位之次第也）

五種不男（出法華文句記）法華經云菩薩不應親近五種不男之人以爲親厚正謂此五種也**一生不男**謂人從生來男根不滿是名生不男**二犍不男**犍謂人以刀去其男根是爲犍不男**三妬不男**謂男根似無見他行婬因生妬心遂或有根是名妬不男**四變不男**謂根能變現也遇男則變爲女遇女則變爲男是名變不男**五半不男**謂半月能男半月不能男是名半不男

女有五障（出法華經）法華經中謂舍利弗不知龍女是大乘根器宿習圓因而得成佛以爲例同報障女流故說女人有五種障也然

說此五障者欲令女人知有此障即當發菩提心行大乘行早求解脫也

一不得作梵天王 謂梵天因中修持戒善得獲勝報而爲天王若女人身器欲染則不得作梵天王

二不得作帝釋 謂帝釋勇猛少欲修持戒善報爲天主若女人雜惡多欲則不得作帝釋也帝釋梵語釋提桓因華言能天主即忉利天主也

三不得作魔王 謂魔王因中十善具足尊敬三寶孝奉二親報生欲界他化自在天而作魔王若女人輕慢嫉妬不順正行則不得作魔王也魔王即他化自在天王也十善者不殺不盜不邪婬不妄言不兩舌不惡口不綺語不貪欲不嗔恚不邪見也三寶者佛寶法寶僧寶也

四不得作轉輪聖王 謂轉輪聖王因中行十善道慈愍羣生報作輪王若女人無有慈愍淨行則不得作轉輪聖王也

五不得作佛 謂如來行菩薩道愍念一切心無染著乃得成佛若女人身口意業情欲纏縛則不得作佛也

結胎五位 出析玄記

一羯邏藍 梵語羯邏藍華言雜穢謂人於胎位中初七日內受質之相狀如凝酥是名羯邏藍

二頞部曇 梵語頞部曇華言疱謂人於胎位中二七日內形成之相狀如瘡疱是名頞部曇

三閉尸 梵語閉尸華言凝結謂人於胎位中三七日內形成之相狀如厚肉是名閉尸

四健南 梵語健南華言凝厚謂人於胎位中四七日內形成之相狀漸堅硬是名健南

五鉢羅賒佉 梵語鉢羅賒佉華言形位謂人於胎位中五七日之後四支諸根形分具足是名鉢羅賒佉四支者二手二足也諸根者眼耳鼻舌身意也

五行（出圖覺鈔）五行者於六度中合定慧二度爲止觀一門故名五行也**一布施**布施者謂内外資財以清淨心悉能施之而無吝惜也（内資財即身命法也外資財即世間財物也）**二持戒**持戒者即防非止惡之義謂奉持如來戒律則能防止身口所作之惡也**三忍辱**忍辱者謂於違逆之境過諸毁駡惱害之事皆能安忍心無恚恨也**四精進**精進者謂修諸善道精勤無怠心心相續不自放逸也**五止觀**止觀者止是禪定之勝因觀是智慧之由籍謂若能成就二法自然定慧圓明也

修行五門（出起信論疏）**一修行施門**施有三義謂若見一切來求索者所有財物隨力施與捨自慳貪令彼歡喜即資生施也若見厄難恐怖危逼隨巳堪任方便救濟令彼無畏即無畏施也若有衆生來求法者隨巳所解方便爲説不爲貪求名利恭敬唯念自利利他回向菩提即法施也是名修行施門**二修行戒門**謂不作衆惡遠離憒閙修頭陀行乃至小罪心生怖畏慚愧改悔不輕如來所制禁戒常護譏嫌防止過失故名修行戒門（梵語頭陀華言抖擻謂抖擻塵勞也）**三修行忍門**謂能忍受他人損惱心不懷報亦當忍於利衰毁譽稱譏苦樂等八法故名修行忍門**四修行進門**謂於諸善事心不懈退立志堅强勤修一切功德自利利他速離衆苦是名修行進門**五修行止觀門**止謂遮止一切境界散亂之相隨順奢摩他故觀謂分别因緣生滅之相隨順毗鉢舍那故以此二義漸漸修習不相捨離令得

成就是名修行止觀門（梵語奢摩他華言止梵語毘鉢舍那華言觀）

布施離五種法（出優婆塞戒經）

一不選有德無德　謂菩薩行慧施時平等普濟不擇寃親於有德人生愛敬心於無德人起憐愍心是名不選有德無德

二不說善惡　謂菩薩行慧施時以平等慈於善不善各隨所願普皆饒益是名不說善惡

三不擇種姓　謂菩薩行慧施時無分種姓貴賤凡有所需普皆施與是名不擇種姓

四不輕求　謂菩薩行慧施時見來乞者起慇重心而給所須以濟其乏是名不輕求

五不惡口罵　謂菩薩行慧施時凡有求索者不出醜惡之語而毀辱之是名不惡口罵

施食獲五福報（出施食獲五福報經）

一施命　謂人七日不得食則死若能以食施之即爲施命其施命者得世世長壽財富無量報

二施色　謂人不得食顏色顦悴若能以食施之即爲施色其施色者得世世端正人見懽喜報

三施力　謂人不得食身羸力弱若能以食施之即爲施力其施力者得世世多力終無耗減報

四施安　謂人不得食心愁身危不能自安若人以食施之即爲施安其施安者得世世安隱不遇災患報

五施辯　謂人不得食困不能言若能以食施之即爲施辯其施辯者得辯慧通達聞者喜悦報

施果感五不死（出付法藏經）

經云毘婆尸佛時有一比丘患頭痛薄拘羅尊者持一訶梨勒果施彼食之其病即愈因施果故九十一

劫天上人間享福快樂未嘗有病最後生婆羅門家其母早亡父娉後妻苦厭拘羅五度加害皆無所損及年既長出家學道得阿羅漢果（梵語毘婆尸華言勝觀梵語薄拘羅華言善容梵語訶梨勒華言天主持來劫梵語具云劫波華言分別時節梵語婆羅門華言淨行梵語阿羅漢華言無學）**一置鏊不死** 謂薄拘羅年幼後母作餅從而索之後母憎嫉擲置鏊上鏊雖燋熱不能燒害也 **二釜煑不死** 謂薄拘羅後母煑肉從而索之母益瞋恚尋擲釜中釜雖極熱亦不能害也 **三水溺不死** 謂薄拘羅後母向河從而逐去母即嫌惡尋擲水中水雖深而不能溺也 **四魚吞不死** 謂薄拘羅由擲水中雖大魚吞之而不能害也 **五刀割不死** 謂薄拘羅被魚吞之其魚亦遭捕入市遇父買歸將剖魚腹拘羅尚活告父安庠無致傷兒父既見子喜抱而出即無損傷也

五戒（出增壹阿含經）

一不殺戒 謂人若於彼衆生妄加殺害而奪其命死墮惡道或生人中亦壽命短促若不作是事名不殺戒 **二不偷盜戒** 謂人若於有主物不與而竊取之死墮惡道或生人中亦受貧乏報若不作是事名不偷盜戒 **三不邪婬戒** 謂人若婬泆無度好犯他人妻妾死墮惡道或生人中妻妾亦不貞良若不作是事名不邪婬戒 **四不妄語戒** 謂人若妄造虛言隱覆實事誑惑衆聽死墮惡道或生人中亦口氣臭惡爲人所憎若不作是事名不妄語戒 **五不飲酒戒** 謂人若飲酒則縱逸狂悖昏亂愚癡無有智慧若不飲者是名不飲酒戒

五戒配五常五行（出仁王經疏）

一不殺配仁　慈愛好生曰仁，五行之木亦主於仁，仁則不殺，故以不殺配仁也。

二不盜配智　邪正明了曰智，五行之水亦主於智，智則不盜，故以不盜配智也。

三不邪婬配義　制事合宜曰義，五行之金亦主於義，義則不邪婬，故以不邪婬配義也。

四不妄語配信　真實不欺曰信，五行之土亦主於信，信則不妄語，故以不妄語配信也。

五不飲酒配禮　處事有則曰禮，五行之火亦主於禮，禮則防於過失，故以不飲酒配禮也。

忍辱五種功德力（出法集經）

一能忍所打　謂菩薩以得如響平等智力，雖被人捶打而能忍受不加報也。（如響者，謂如空谷之答衆響也。）

二能忍所惱　謂菩薩以得鏡像平等智力，雖被人惱害而能忍受不加報也。（鏡像者，謂如明鏡之現衆像也。）

三能忍所瞋　謂菩薩以得如幻平等智力，雖被人瞋呵而能忍受不加報也。（如幻者，謂如變幻而不實也。）

四八法不動　八法者，利、衰、毀、譽、稱、譏、苦、樂也。謂菩薩以得清淨平等智力，故世間八法皆不能動也。

五煩惱不染　謂菩薩以得世法清淨平等智力，故一切煩惱皆不能染也。

修忍五相（出菩薩善戒經）

忍即安忍。菩薩爲化度一切衆生，而諸衆生雖以種種諸惡加我，悉無瞋恨，故有五種相也。

一衆生相　菩薩若被他人打罵，即觀宿世流轉生死之時，一切衆生皆我父母師長，當生恭敬。由此觀故，滅怨憎相，生親友相，如是修於慈忍，成就衆生，是爲衆生相。

二法相　菩薩修慈忍

時諦觀世間一切諸法皆即法界真實之理無取無捨無瞋無喜平等一相由是觀故滅衆生相成就法相是爲法相

三無常相 菩薩修慈忍時思惟一切衆生及諸萬物皆悉無常誰是罵者誰是受者言語性空刹那不住由是觀故破於常相成就忍心是爲無常相（梵語刹那華言一念）

四苦相 菩薩修慈忍時觀察衆生皆有生死之苦若遭其辱不應瞋恚當救彼苦我若瞋恚其若轉增由能修忍斷諸苦惱成無上道是爲苦相

五無我我所相 我主宰之義即衆生所執之假名也我所即五陰之身菩薩以智慧觀察四大本空五陰非有則我及我所俱不可得是爲無我我所相（五陰者色陰受陰想陰行陰識陰也四大者地大水大火大風大也）

說法五福德（出賢者五福德經）

一長壽 謂前世說法時上中下語一一皆善若好殺者以聞法故而能止殺是故今世得長壽福德（上中下語即經之序分正宗分流通分也）

二多財 謂前世說法時上中下語教人布施若盜竊者聞法不盜便能行施是故今世得多財福德

三端正無比 謂前世說法時上中下語隨順正法令聞法者和氣安心顏色悅懌自生光澤是故今世得端正無比福德

四名譽遠聞 謂前世說法時上中下語以善及人令聞法者歸敬三寶相從者衆是故今世得名譽遠聞福德（三寶者佛寶法寶僧寶也）

五聰明大智 謂前世說法時上中下語樂說無吝今聞法者妙慧開解是故今世得聰明大智福德

菩薩聽法五種想（出瑜伽師地論）

一作寶想 謂菩薩

聽法當念正法尊貴希有難得是名作寶想【二作眼想】謂菩薩聽法當念此法如眼開我昏暗令生智慧是名作眼想【三作明想】謂菩薩聽法當念正法如日光明一切等照是名作明想【四作大果勝功德想】謂菩薩聽法當念此法令我能得涅槃及大菩提勝功德果是名作大果勝功德想（梵語涅槃華言滅度梵語菩提華言道）【五作無罪大適悦想】謂菩薩聽法當念於現法中雖未證得涅槃及大菩提即當於法如實修行止觀離諸罪垢得大悦樂是名作無罪大適悦想（止觀者止即止息散亂觀即觀照昏暗也）

聽法五種不作異意（出瑜伽師地論）論云謂諸菩薩欲從善友聽聞法時於説法師有五種處不應作異意當以純淨心屬耳而聽也【一於壞戒不作異意】謂若聽法時須一心信受不可起念此説法師破戒不住律儀我今不應從彼聽法是名於壞戒不作異意【二於壞族不作異意】謂若聽法時須一心信受不可起念此説法師種姓微賤我今不應從彼聽法是名於壞族不作異意【三於壞色不作異意】謂若聽法時須一心信受不可起念此説法師容貌醜陋我今不應從彼聽法是名於壞色不作異意【四於壞文不作異意】謂若聽法時須一心信受不可起念此説法師言辭不文我今不應從彼聽法是名於壞文不作異意【五於壞美不作異意】謂若聽法時須一心信受不可起念此説法師多懷忿恚不以美言宣説諸法我今不應從彼聽法是名於壞美

不作異意

五心 出宗鏡錄

一率爾心　率爾猶卒然也謂人一念之心初對於境卒然任運而起未分別善惡是名率爾心

二尋求心　謂人一念之心既對於境明了即推尋求覓而生分別是名尋求心

三決定心　謂人一念之心於所緣境法既能分別則審知善惡決定不謬是名決定心

四染淨心　謂人一念之心於法既審知是善是惡則染淨自然而分是名染淨心

五等流心　等謂平等流即流類謂人一念之心於善惡法染淨既分則各隨類相續於善法則繼淨想於惡法則繼染想念念相續前後無異是名等流心

治五種染 出華嚴經疏

一持戒治破戒染　謂修菩薩行者能持諸戒律以淨身心制伏過非則離一切破戒之汙染也

二入禪治貪欲染　謂修菩薩行者修習禪定安心理境寂靜無爲則離一切貪欲之汙染也

三神通治邪歸依染　妙用不測謂之神自在無礙謂之通若諸衆生歸依邪師邪行者菩薩能以神通攝化令其捨邪歸正則無邪妄歸依染也

四四無量治妄行功德染　四無量即慈悲喜捨之心也妄行謂所行非正也功德謂所求邪福也若諸衆生淫祀求福妄修功德者菩薩能以此四心攝化令其依於正法修諸善業則無妄行功德染也

五四無色定治妄修解脫染　四無色定者即無色界中空處定識處定無所有處定非非想處定也若諸外道以有漏心妄修邪定以求解脫者菩薩能以此四無色

定攝化令其依於正法修證解脫則無妄修解脫之染也

修淨土五念門 出無量壽經論

一禮拜門 謂修淨土之人清淨身業面對阿彌陀如來一心翹勤恭敬禮拜願生彼國是名禮拜門 梵語阿彌陀華言無量壽

二讚嘆門 謂修淨土之人清淨口業稱嘆如來名號功德光明智相如實修行求生彼國是名讚嘆門

三作願門 謂修淨土之人清淨意業發大誓願如實修行奢摩他求生彼國是名作願門 梵語奢摩他華言止謂止息散亂之心也

四觀察門 謂修淨土之人用觀觀察則有三種一觀察彼佛國土功德莊嚴二觀察阿彌陀佛功德莊嚴三觀察彼諸菩薩功德莊嚴如實修行毘婆舍那求生彼國是名觀察門 梵語毘婆舍那華言觀謂觀破昏暗之心也

五回向門 謂修淨土之人觀察一切世間苦惱衆生願同生彼國土所有自己功德善根悉以回向一切衆生共證無上覺是名回向門

五種懺悔 出小彌陀懺

普賢觀經云若國王大臣欲懺悔者當修行五事即是名懺悔也

一不必禮拜應常憶念第一義空 謂不必拘於禮誦之功但當存心憶念正理不謗三寶不於修梵行人作惡留難是即懺悔也

二孝養父母恭敬師長 梵網經云孝名爲戒亦名制止既能孝養父母恭敬學法受戒之師則無悖逆之罪是即懺悔也

三正法治國不邪枉人民 謂以正順之道治安邦國亦常教化人民敬信三寶修持戒善勿以邪法枉屈於人是即懺悔也

四於六

齋日勅諸境内令行不殺 六齋日即每月初八十四十五二十三二十九三十日以此六日四天王差遣使者巡察世間若遇修善人民注祿增壽不善人民即降災殃若能勅諸境内令行不殺則合國常臻福善永享安榮是即懺悔也（四天王者東方持國天王南方增長天王西方廣目天王北方多聞天王）

五深信因果知佛不滅 所作爲因感報爲果謂若信因果不虚則無造惡之過若知法身常住則無斷滅之見是即懺悔也

懺悔五法（出圓覺畧疏鈔）懺梵語具云懺摩華言悔過今云懺悔者華梵兼稱也謂比丘有罪須請大比丘爲證具此五法而行懺悔也（梵語比丘華言乞士大比丘即上座也）

一袒右肩 謂行懺悔時須著袈裟當袒右肩以便執侍作務使令也

二右膝著地 謂行懺悔時當右膝著地以顯翹勤懇切之誠也

三合掌 謂行懺悔時須合掌當胸以表誠心之不亂也

四禮足 謂行懺悔時當頂禮大比丘足以見卑下至敬之禮也

五說罪名 謂行懺悔時當說自身所犯罪名或得僧殘罪或波逸提罪之類對衆發露不得覆藏也（僧殘罪者如人被斫猶有咽喉故名爲殘若犯此罪僧作法除故也梵語波逸提華言墮謂死墮地獄也）

五悔（出天台四教儀）五種皆稱悔者以其皆能滅罪故也懺悔則滅身口意所作之業勸請則滅波旬請佛入滅之罪隨喜則滅嫉他修善之愆回向則滅求生三界之心發願則滅修行退志之過也（梵語波旬華言惡三界者欲界色界無色界也）

一懺悔 懺梵語具云懺摩華言悔過華

梵兼舉故稱懺悔懺名修來悔名改往謂修將來之善果改已往之惡因是爲懺悔

二勸請勸請有二一者謂十方世界有佛將入涅槃者勸請住世利濟衆生二者謂十方世界有佛初成正覺者勸請轉法輪度諸衆生雖不面見諸佛而虔心勸請以達歸敬之誠是爲勸請（梵語涅槃華言滅度）

三隨喜謂隨他修習善因喜他得成善果是爲隨喜

四回向謂三業所修一切諸善乃至懺悔勸請隨喜種種功德回施法界一切衆生同證菩提是爲回向（三業者身業口業意業也梵語菩提華言道）

五發願謂發誓願要制其心凡所修行期證道果若不要心或恐退失所謂若不發心萬事不成是故諸佛菩薩莫不發諸誓願而成正覺是爲發願

禮拜五功德（出增一阿含經）

一端正謂因見佛相好發懽喜心而生渴仰以此因緣來世即得相貌端正也

二好聲謂因見如來相好已三稱佛號南無如來以此因緣來世得好音聲也（梵語南無華言歸命）

三多財饒寶謂於如來所而作大施散華然燈而供養之以此因緣來世獲大財寶也

四生長者家謂若見如來相好心無染著長跪叉手至心禮佛以此因緣來世得生長者家也

五身壞命終生善處天上謂由恭敬禮拜如來所獲功德來世得生善處及於天上也

內五法（出難提釋經）經云佛於俱舍梨國坐夏將竟難提以久不見佛特往瞻禮佛告難提云汝若見我若不見我常當行內五法然此五法亦名內五事皆稱內者以此五法

皆從心發故也

一捨不信意　謂佛弟子當於如來之法常存正信之意則無量法門皆可從此而入所謂信者道之源功德之母也設有不信之意悉當除去是爲捨不信意

二捨不淨行　謂佛弟子當受持如來戒法常令三業清淨則一切煩惱不能染汚設有不淨之行悉當除去是爲捨不淨行（三業者身業口業意業也）

三捨慳貪心　謂佛弟子當以財法廣施於人蓋財以資人之生法以資人慧命於此二者時常樂行則能饒益一切設有慳貪之心悉當除去是爲捨慳貪心

四捨愚癡心　謂佛弟子當以智慧之心照了諸法通達無礙不爲惑業之所覆蔽設有愚癡之心悉當除去是爲捨愚癡心

五莫樂不聞　謂佛弟子常當親近善友於諸法要廣學多聞究明其義設若遠離知識則獨學寡聞無所開悟而於諸行不能進修是爲莫樂不聞

五種善根發相（出修習止觀坐禪法要）

一息道善根發相　謂修禪之人由先數息而修止觀故得身心調適妄念皆止因是自覺漸漸入定泯然空寂或經一日二日乃至一月二月不退不失即於定中忽覺身心運動而發痛痒冷煖等觸觸相發時身心安定悅豫清淨不可爲喻是爲息道善根發相

二不淨觀善根發相　謂修禪之人於其定中身心虛寂忽然見他男女身死死已壞爛白骨狼藉其心悲喜厭患所愛是爲不淨觀善根發相

三慈心善根發相　謂修禪之人於其定中忽然發心慈念衆生或緣親人

或緣怨人乃至五道衆生得樂之相即發深定悦樂清淨不可爲喻是爲慈心善根發相（五道者天道人道餓鬼道畜生道地獄道也）

四因緣觀善根發相 謂修禪之人於其定中忽然覺悟心生推尋三世無明行等諸因緣中不見人我之相即離斷常破諸邪見得定安隱解慧開發心生法喜是爲因緣觀善根發相（三世者過去現在未來也無明行者即十二因緣中之二名也斷常者即斷常二見也）

五念佛善根發相 謂修禪之人於其定中忽然憶念諸佛功德相好及神通變化無礙説法悉皆不可思議作是念時敬愛心生三昧開發身心快樂清淨安隱無諸惡相是爲念佛善根發相

慈有五利（出檀持羅經）

慈即愛念一切衆生之心也

一刀不傷 謂由慈心慜諸物故無害他念即刀不能傷也

二毒不害 謂由慈心起饒益念奉行衆善利濟羣生即一切惡毒不能害也

三火不燒 謂由慈心内無熱惱外得清涼即火不能燒也

四水不没 謂由慈心内無貪愛遠離欲流即水不能没也

五嗔惡見喜 謂由慈心常行利樂普濟衆生無寃親想故嗔惡之人見則生喜也

孝順五善根（不孝反此）

一少病 少病者謂諸衆生若能孝養敬順父母則感病苦不侵身得安樂也

二端正 端正者謂諸衆生若能孝養敬順父母則感顔貌端正無諸陋劣也

三有大威勢 有大威勢者謂諸衆生若能孝養敬順父母則感勢力增勝威德盛大也

四生上種族 生上種族者謂諸衆生若能孝養敬順父母則感生於大姓種族不

生貧賤之家也**五多有資生**多有資生者謂諸衆生若能孝養敬順父母則感財寶具足資生豐盛無諸乏少也

瞻病五德（出四分律）僧祇律云有比丘久病佛因見之躬與阿難爲其洗身及衣又爲說法問云汝曾看病否答不曾佛言汝既不看誰當看汝佛乃制戒自今以後令諸弟子應看病比丘若欲供養我應供養病人故說瞻病有五德也（梵語阿難華言慶喜）

一知病人可食不可食謂供給病人飲食所須當看其可食者則與之不可食者則不與也**二不惡賤病人大小便利唾吐**謂若看病人所有大小便利唾吐臭穢但盡心親近爲其洗滌無起惡賤之心也**三有慈愍心不爲衣食**謂或有病比丘死佛令常視病者受其衣物時有畧曾瞻病者亦取衣物佛言不應如是故看病人但當以慈愍爲心不可爲衣食也**四能經理湯藥物等**謂病人若喜服藥及別所須當如實語之應服與服不應服則不與也**五能爲病人說法**謂看病之人當爲說法能令病者懽喜亦令自己善法有所增益也

五道（出正法念處經）五道者天人地獄餓鬼畜生也若言六道則加阿修羅此不言者以阿修羅一道攝於天人畜生餓鬼諸趣之中故也（梵語阿修羅華言無端正）

一天道天者最高最上極大極尊受用出於自然快樂莫非如意由昔廣修淨行故感此報是名天道**二人道**人者忍也謂能安忍世間苦樂之境也又仁也如梵摩喻經云清信善人守仁不殺

知足不盜貞潔不婬執信之人言不欺誑忠孝之人不嗜醉酒盖天地所生惟人爲貴由習善行報感此身是爲人道

三地獄道 地獄謂在地之下也婆沙論云贍部洲下過五百踰繕那乃有地獄然此地獄其量大小不同其壽延促各異皆由衆生造極惡業報盡命終至此受苦也（梵語贍部洲即閻浮提華言勝金洲梵語踰繕那又云由旬華言限量）

四餓鬼道 謂此鬼類羸瘦醜惡見者畏懼窮年卒歲不遇飲食或居海底或近山林樂少苦多壽長劫遠由昔慳貪所報獲此身也

五畜生道 畜生亦名旁生婆沙論云畜謂畜養謂其橫生覆身而行稟性愚癡不能自立爲他畜養故名畜生又名旁生者謂其形旁而行不正偏在諸處由昔惡業報生此道也

方色喻五道（出圓覺經畧疏鈔） 經云譬如清淨摩尼寶珠映於五色隨方各現以其體性瑩淨絕無瑕纇以喻圓覺淨性在於五道隨類各應故以方色喻五道也（梵語摩尼華言如意）

一白色喻天 謂天因純善白業所感乃得爲天故以西方白色而喻之也

二黃色喻人 謂人由持五戒功德所感乃得爲人以人不在四趣之苦不在諸天之樂處得其中故取中方黃色以喻之也（五戒者不殺不盜不邪婬不妄語不飲酒也四趣者修羅趣餓鬼趣畜生趣地獄趣也）

三黑色喻地獄 謂地獄由上品十惡黑業所感乃獲斯報故取北方黑色以喻之也（十惡者一殺生二偷盜三邪婬四妄言五綺語六兩舌七惡口八貪欲九瞋恚十邪見也十惡分上中下三品者謂欲作正作作已此三時心無悔者名上品作已能悔者名中品正作能悔者名下品也）

四青色喻餓鬼 謂餓鬼由中品十惡之

業所感身常饑瘦面多青色故取東方青色以喻之也五赤色喻畜生謂畜生由下品十惡之業所感常爲刀杖之所傷害受報血塗故取南方赤色以喻之也

五無間獄（出地藏經）五無間獄者謂法界有情衆生隨所造業受此苦報無間斷也一趣果無間趣即向也謂諸有情不問男子女人老幼貴賤及天龍神鬼罪業所感悉同受之故名趣果無間二受苦無間謂諸有情於劒樹刀山鑊湯爐炭洋銅鐵汁備受諸苦無有休歇故名受苦無間三時無間謂諸有情墮此地獄歷劫受罪無時間歇故名時無間四命無間謂諸有情墮此地獄從初入時至百千萬劫一日一夜萬死萬生受苦無間故名命無間五形無間謂此地獄縱廣八萬由旬一切有情於中受苦一人亦滿多人亦滿故名形無間（梵語由旬華言限量）

龍五不能隱形（出僧護經）經云佛與衆僧在給孤獨園有海龍王變爲人形來求出家諸比丘不知是龍即度出家時龍比丘攝心坐禪龍性多睡即便睡眠不能隱形身滿房中同住比丘後來入房見龍大驚喚衆比丘龍聞喚聲即便覺悟還爲比丘跏趺坐禪大衆雲集但見比丘不見龍形衆大驚疑即往白佛佛言此非人也乃是龍王遂喚龍比丘來爲其說法令還龍宮後不許比丘度龍出家故佛說此五種因緣也一生不能隱形生不能隱形者謂龍初生之時但是本形不能化爲異類之身也二死

不能隱形死不能隱形者謂龍報終之時必是本形不能化爲異類之身也三婬不能隱形婬不能隱形者謂龍交遘之時必是本形不能化爲異類之身也四瞋不能隱形瞋不能隱形者謂龍瞋怒之時必是本形不能化爲異類之身也五睡不能隱形睡不能隱形者謂龍睡眠之時必是本形不能化爲異類之身也

破戒五過 出四分律

一自害謂毀戒之人身口意業悉皆不淨常受貧窮福不歸身善神遠離是名自害二爲智所訶謂毀戒之人諸善比丘皆悉訶責而常畏避如惡死屍是名爲智所訶 梵語比丘華言乞士 三惡名流布謂毀戒之人三業不淨與不善人共住善人亦不喜見不善之名聞於遠近是名惡名流布 三業者身業口業意業也 四臨終生悔謂毀戒之人老死臨期惡境現前追悔無及是名臨終生悔五死墮惡道謂毀戒之人既絕梵行全無善因福盡苦至即墮惡趣是名死墮惡道 梵行即淨行也

犯戒五衰 出釋氏要覽

一求財不遂求財不遂者謂犯戒之人既違佛制梵行全虧所求貲財皆不遂意也二設得衰耗設得衰耗者謂犯戒之人既缺淨行縱使苦求所得貲財福薄難消悉皆衰耗也三衆不愛敬衆不愛敬者謂犯戒之人威儀既缺細行全無衆所憎嫌而不愛敬也四惡名流布謂犯戒之人惡友常從善人皆離既無戒德惡聲日著遠近流布也五死入地獄謂犯戒之人既無戒行萬善俱虧臨命終時墮

無間獄也

五逆出華嚴孔目

一殺父母謂父母養育恩同天地爲子者當竭力孝養奉事以報其恩況行殺逆若行此事是爲逆罪即墮地獄四分律云若殺父母者不許出家受具足戒也具足戒者即二百五十戒也

二破和合僧謂比丘集衆行布薩時和合作法若後來者當隨順寂默或當出避若以嗔惡之心破其法事令不和合是爲逆罪律云破和合僧者不許出家受具足戒也梵語比丘華言乞士梵語布薩華言淨住

三出佛身血謂佛是一切衆生慈父能令衆生悟明自心出離苦趣衆生歷劫供養不能報其恩德萬一而況出其身血若行此事是爲逆罪興起行經云提婆達多推山擲佛山神接之迸一小石傷佛足指即有血出以此因緣後墮地獄梵語提婆達多華言天熱

四殺阿羅漢梵語阿羅漢華言無學謂無法可學又名應供應受人天供養故也衆生即當供養恭敬以爲種福之田況行殺逆若行此事是爲逆罪律云殺阿羅漢者不許出家受具足戒也

五破羯磨僧梵語羯磨華言作法辦事謂比丘受具足戒或行懺悔法時當依和尚阿闍黎行羯磨法作法成就方爲得戒若有人見者當隨順寂默或當出避若以惡心破其作法令不得戒是爲逆罪律云破羯磨者不許出家受具足戒也和尚梵語鄔波遮迦於闐國翻和尚華言力生梵語阿闍黎華言軌範

五篇配五刑出翻譯名義

一波羅夷配死梵語波羅夷華言極惡此即根本極惡之戒也謂

修行之人若犯此戒道果無分死墮地獄四分律云譬如斷人頭不可復生若犯此法不復成比丘以由此罪極重故以死配之

【二僧殘配流】毘尼母云僧殘者如人爲他所斫殘有咽喉故名爲殘蓋言人若犯此罪僧作法除庶幾戒德可復猶如斫殘咽喉未斷早救尚可以由此罪稍輕於前故以流罪配之

【三波逸提配徒】梵語波逸提華言墮十誦律云墮在燒煮覆障地獄入熱通爲燒煮入寒黑暗通爲覆障以由此罪輕於僧殘故以徒罪配之(八熱者想獄黑繩獄堆壓獄叫喚獄大叫喚獄燒炙獄大燒炙獄無間獄也八寒者頞浮陀獄泥頼浮陀獄阿吒吒獄阿波波獄嘔喉獄鬱波羅獄波頭摩獄芬陀利獄也)

【四提舍尼配杖】梵語提舍尼華言向彼悔從對治境以立名僧祇律云此罪應發露也蓋言此罪輕於前之三罪乃容對衆發露悔過故以杖罪配之

【五突吉羅配笞】善見律中梵語突吉羅華言惡作四分律本中梵語式叉迦羅尼華言應當學謂餘戒罪重易持此戒難持易犯常須念學故不列罪名但言應當學此又輕於前故以笞罪配之

五見(出涅槃經)

【一身見】謂於五陰中妄計有身強立主宰恒起我見執我我所是名身見(五陰者色陰受陰想陰行陰識陰也執我我所者計執一陰爲我餘四陰爲我所也)

【二邊見】謂計我身或斷或常執斷非常執常非斷但執一邊是名邊見

【三邪見】謂邪心取理顛到妄見不信因果斷諸善根作闡提行是名邪見(闡提梵語具云一闡提華言信不具外道名也)

【四戒取見】謂於非戒之中謬以爲戒强執勝妙希取進行是名戒取見

【五見取】謂於非

眞妙法中謬計涅槃心生取着妄計所得爲勝是名見取（梵語涅槃華言滅度）

五結（出阿毘達磨集論）結即繫縛之義謂衆生因煩惱妄惑造諸惡業而爲衆苦繫縛流轉三界不能出離故云結也（三界者欲界色界無色界也）

一貪結　謂衆生貪著三界生死之法廣行不善由此能招未來苦果不得解脱是名貪結

二恚結　謂衆生心有惱害廣行不善由此能招未來苦果不得解脱是名恚結

三慢結　自恃凌他曰慢謂衆生常起我慢邪慢等廣行不善由此能招未來苦果不得解脱是名慢結（我慢者恃己之能凌侮於他也邪慢者不禮塔廟不敬三寶不誦經典也）

四嫉結　謂衆生躭著利養心無厭足若見他榮即起妬心廣行不善由此能招未來苦果不得解脱是名嫉結

五慳結　謂衆生躭著利養而於資生等物其心悋惜不能惠施貧乏廣行不善由此能招未來苦果不得解脱是名慳結

五上分結（出天台四教儀集註）上分結者即色界無色界之結惑也

一色愛結　色愛者即色界思惑也謂色界衆生雖無欲界麤染貪愛而於上妙五欲取著無厭由此愛惑繫縛不能出離故名結也（五欲者色欲聲欲香欲味欲觸欲也）

二無色愛結　無色愛者即無色界思惑也謂無色界衆生雖無色質而於受想等法未能捨離取着四空禪定欲樂境界由此愛惑繫縛不能出離故名結也（四空者即無色界天中空處識處無所有處非想非非想處也）

三掉結　掉者動也謂上二界衆生心念散動退失禪定由此掉心繫縛不能出離故名結也（上二界者色界無色界也）

四慢

結　慢者自恃輕他也謂上二界衆生愛染未斷慢心不息由此慢心繫縛不能出離故名結也

五無明結　無明者無所明了也謂上二界衆生躭著禪定而於真性無所明了由此無明繫縛不能出離故名結也

五下分結（出天台四教儀集註）

下分結者即欲界之結惑也

一貪結　貪者貪著無厭也謂欲界衆生於順情境上起於貪生無有厭足由此貪惑繫縛三界無有出期故名結也（三界者欲界色界無色界也）

二嗔結　嗔者忿怒之心也謂欲界衆生於違情境上起於瞋心而不自已由此嗔惑繫縛三界無有出期故名結也

三身見結　身見者謂欲界衆生於名色五陰十二入十八界妄計爲身由此見惑繫縛三界無有出期故名結也（名色者名即心也色即色身也五陰者色陰受陰想陰行陰識陰也十二入者眼入耳入鼻入舌入身入意入色入聲入香入味入觸入法入也十八界者眼界色界眼識界耳界聲界耳識界鼻界香界鼻識界舌界味界舌識界身界觸界身識界意界法界意識界也）

四戒取結　戒取者謂諸外道於非戒中取以爲戒即邪戒也由此邪執繫縛三界無有出期故名結也

五疑結　疑者迷心乖理狐疑不決也謂欲界衆生由此疑惑迷真逐妄背覺合塵由此疑惑繫縛三界無有出期故名結也

五住地惑（出華嚴經隨疏演義鈔）

五住者謂三界見惑爲一住三界思惑分爲三住根本無明爲一住共成五住也由此五惑能令衆生住著生死故名住地也（三界者欲界色界無色界也根本無明者能生見思二惑故名根本也）

一一切見住地惑　一切見者即三界分別見惑也謂諸衆生由意根

對法塵分別起諸邪見住著三界故名一切見住地惑【一欲愛住地惑】欲愛者即欲界思惑也謂諸衆生由五根對五塵境起貪愛心而於欲界住著生死故名欲愛住地惑（五根者眼根耳根鼻根舌根身根也五塵者色塵聲塵香塵味塵觸塵也）【三色愛住地惑】色愛者即色界思惑也謂諸衆生不了此惑住著色界禪定不能出離故名色愛住地惑【四色愛住地惑】有愛者即無色界思惑也謂諸衆生不了此惑住於禪定不能出離故名有愛住地惑【五無明住地惑】無明者即根本無明惑也謂聲聞緣覺未了此惑沉滯真空即住方便土大乘菩薩方能除斷由餘惑未盡住實報土故名無明住地惑（方便土者謂修方便道斷見思惑即聲聞緣覺所居之土也實報土者稱實感報故也謂菩薩斷惑相有未盡者居此土也）

五利使（出天台四教儀集註）利即快利之義謂此五種妄惑動念即生造次恒有也使即驅役之義謂諸衆生爲此五種妄惑驅役心神流轉三界無有出期故名使也（三界者欲界色界無色界也）【一身見使】身見者謂諸衆生於名色五陰十二入十八界中妄計爲身也由此身見驅役心神流轉不息故名爲使（名色者名即心也色即色身也五陰者色陰受陰想陰行陰識陰也十二入者眼入耳入鼻入舌入身入意入色入聲入香入味入觸入法入也十八界者眼界色界眼識界耳界聲界耳識界鼻界香界鼻識界舌界味界舌識界身界觸界身識界意界法界意識界也）【二邊見使】邊見者謂諸衆生於前之身見或執爲斷或執爲常各執一邊也由此邊見驅役心神流轉不息故名爲使【三邪見使】邪見者謂諸衆生邪心取理撥無因果

斷滅一切善根也由此邪見驅役心神流轉不息故名爲使（撥者絕也）

四見取使 見取者謂諸衆生於非真勝法中謬計涅槃生心取着於邪見中執爲正見也由此見取驅役心神流轉不息故名爲使（梵語涅槃華言滅度）

五戒取使 戒取者謂諸外道於非戒中謬以爲戒如鷄狗等邪戒以爲真戒取以進行也由此戒取驅役心神流轉不息故名爲使（鷄狗戒者謂外道自計前世從鷄狗中來今即學鷄一足獨立如狗敢糞穢也）

五鈍使（出天台四教儀集註）

五鈍者鈍即遲鈍也謂此五種妄惑由推前身見等五種利使而生對利説鈍故名鈍使

一貪欲使 貪即引取無厭也謂諸衆生貪著世間色欲財寶恣縱心情而無厭足由此貪惑之所驅役流轉三界故名爲使（三界者欲界色界無色界也）

二瞋恚使 瞋即忿怒謂諸衆生於違情境上起諸嗔恚惱亂自他由此嗔惑之所驅役流轉三界故名爲使

三無明使 無明即迷惑不了乃癡惑也謂諸衆生以迷心緣境於一切法不能明了由此癡惑之所驅役流轉三界故名爲使

四慢使 慢即自恃輕他也謂諸衆生自恃種姓富貴有德有才輕蔑於他由此慢心之所驅役流轉三界故名爲使

五疑使 疑即猶豫不决也謂諸衆生迷心乖理不能通達法相由此疑惑之所驅役流轉三界故名爲使

大明三藏法數卷第十七

大明三藏法數卷第十八

上天竺前住持沙門一如等奉　勅集註

五欲（出天台四教儀）　止觀云五塵非欲而其中有味能起行人須欲之心故言五欲常能牽人入諸魔境故也（五塵者色塵聲塵香塵味塵觸塵也）

【一色欲】謂男女形貌端莊及世間寶物玄黃朱紫種種妙色能令衆生樂著無厭故名色欲

【二聲欲】謂絲竹環珮之聲及男女歌詠等聲能令衆生樂著無厭故名聲欲

【三香欲】謂男女身香及世間一切諸香能令衆生樂著無厭故名香欲

【四味欲】謂種種飲食肴饍等美味能令衆生樂著無厭故名味欲

【五觸欲】謂男女身分柔輭細滑寒時體温熱時體涼及衣服等種種好觸能令衆生樂著無厭是名觸欲

又五欲（出華嚴經隨疏演義鈔）

【一財欲】財即世間一切貲財也謂人以財物爲養己之資故至貪求戀著不捨是爲財欲

【二色欲】色即世間青黃赤白及男女等色也謂人以色悅情適意故至貪求戀著不能出離三界是爲色欲（三界者欲界色界無色界也）

【三飲食欲】飲食即世間肴饍衆味也謂人必假飲食資身活命故至貪求樂著無厭是爲飲食欲

【四名欲】名即世間之聲名也謂人因聲名能顯親榮己故至貪求樂著而不知止是爲名欲

【五睡眠欲】睡眠即情識昏昧而睡眠也謂人之睡眠亦有時節若怠憜放縱樂著無厭是爲睡眠欲

五蓋（出法界次第）　蓋即蓋覆之義謂諸衆生由此貪等五惑蓋覆心識而於正道不能明了

沉滯三界不能出離也（三界者欲界色界無色界也）

一貪欲蓋 貪欲者引取無厭曰貪希須樂慕爲欲謂諸衆生貪愛世間男女色聲香味觸法及財寶等物無有厭足以此貪欲蓋覆心識禪定善法不能發生沉滯三界不得出離故名蓋也

二瞋恚蓋 瞋恚者即忿怒之心也謂諸衆生或於違情境上或追憶他人惱我及惱我親而生忿怒以此瞋恚蓋覆心識禪定善法不能發生沉滯三界不得出離故名蓋也

三睡眠蓋 睡眠者意識惛熟曰睡五情闇冥曰眠謂諸衆生以此睡眠蓋覆心識禪定善法不能發生沉滯三界無有出期故名蓋也（五情者即眼耳鼻舌身五根也）

四掉悔蓋 掉悔者掉動也身無故遊行爲掉掉己思惟心中憂惱爲悔謂諸衆生以此掉悔蓋覆心識禪定善法不能發生沉滯三界無有出期故名蓋也

五疑蓋 疑者猶豫不決之義即癡惑也謂諸衆生無明暗鈍不別眞僞猶豫之心常無決斷以此疑惑蓋覆心識禪定善法不能發生沉滯三界無有出期故名蓋也

五慳（出成實論）

一住處慳 謂有衆生心作是念於此之處唯獨我住不容餘人是名住處慳

二家慳 謂有衆生心作是念獨我出入此家不容餘人設有餘人我當於中爲勝是名家慳

三施慳 謂有衆生心作是念我於此中獨得布施勿與餘人設有餘人勿令過我是名施慳（過我者謂所施過多於我也）

四稱讚慳 謂有衆生心作是念獨稱讚我勿讚餘人設讚餘人勿令勝我是名稱讚慳

五法慳

謂有衆生心作是念獨我能知諸經深義秘惜隱藏不爲人說是名法慳

五苦（出析玄記）

一生老病死苦　謂衆生初受生時在母腹中窄隘不淨及出胎時冷風觸身如被物刺至於衰老氣力羸劣動止不寧復有疾痛寒熱所惱至於命終四大分離神識飄散此等因緣悉皆是苦是爲生老病死苦（四大者地大水大火大風大也）

二愛別離苦　謂常所親愛之人乖違離散不得共處是爲愛別離苦

三怨憎會苦　謂常所憎惡之人欲其遠離而反共聚是爲怨憎會苦

四求不得苦　謂於世間色聲之境及一切利養種種可愛樂者心欲而不能得是爲求不得苦

五五陰盛苦　五陰者色受想行識也陰即蓋覆之義謂能蓋覆眞性不令顯發也盛即盛大之義謂前諸苦皆是五陰之所聚集是爲五陰盛苦

五心栽（出成實論）

一疑佛　疑佛者謂衆生心作如是念佛爲大耶富蘭那等爲大耶由此疑念不信佛是智人惡口譏謗栽斷自心善根故名心栽（梵語富蘭那無翻即空見外道謂一切法無所有如虛空不生滅也）

二疑法　疑法者謂衆生心作如是念佛法爲勝耶韋陀等法爲勝耶由此疑念不信正法惡口譏謗栽斷自心善根故名心栽（梵語韋陀華言智論即外道邪智之論也）

三疑僧　疑僧者謂衆生心作如是念佛之弟子爲勝耶富蘭那弟子爲勝耶由此疑念不信三寶惡口譏謗栽斷自心善根故名心栽（三寶者佛寶法寶僧寶也）

四疑戒　疑戒者謂衆生心作如是念佛所說戒爲勝耶鷄狗等戒爲勝耶由此

疑念不信正戒毁破律儀惡口讒謗裁斷自心善根故名心裁（鷄狗戒者即外道所持之戒謂如鷄獨足而立如狗歟糞穢依此而行皆行以爲持戒也）

五疑教化 疑教化者謂衆生心作如是念爲佛所教化爲正耶富蘭那等教化爲正耶由此疑念不信正教惡口讒謗裁斷自心善根故名心裁

五妄想（出楞嚴經）

一堅固妄想 堅固妄想者即色陰也謂諸衆生體因想生心因想起命因想傳諸想交固以成色身經云汝現色身名爲堅固第一妄想

二虛明妄想 虛明妄想者即受陰也謂諸衆生欲想登高足先酸澁違順二相損益現馳是則受陰無體虛有所明經云汝今現前順益違損二現驅馳名爲虛明第二妄想

三融通妄想 融通妄想者即想陰也謂衆生念慮是虛情色身是實質雖虛實不倫而能相使者由想融之也心生虛想形取實物其心形異用而能相應者由想通之也至於寤寐心境相隨而無間斷者皆妄想也經云則汝想念搖動妄情名爲融通第三妄想

四幽隱妄想 幽隱妄想者即行陰也謂衆生一期色身生化之理自幼至衰無暫停息運運密移體遷無覺經云則汝諸行念念不停名爲幽隱第四妄想（一期者從生至死也）

五顛倒妄想（亦名微細精想） 顛倒妄想者即識陰也謂衆生識精之湛非眞湛然如急流水望似恬靜其實流急細不可見經云則湛了內罔象虛無名爲第五顛倒微思精想

五散亂（出華嚴孔目）

一自性散亂 自性散亂者謂五識不守自性隨逐外境念念變易也（五識

者眼識耳識鼻識舌識身識也二外散亂外散亂者謂意根馳動隨逐外塵起種種分別也三內散亂內散亂者謂心生高下念念遷流不定也四麤重散亂麤重散亂者謂計我我所等麤重之法不得解脫也計我者謂於色身之中妄計爲我也我所者色身及財宅眷屬也五思惟散亂思惟散亂者謂棄捨大乘憶念小乘不得寂靜也

土有五種出華嚴經疏一唯性土唯性者即如來所證法性之體也謂如來之體身外無土土外無身身土不殊唯一法性是名唯性土二雙泯土謂如來身土一如融通無礙猶若虛空性相俱寂是名雙泯土三俱性相土謂如來以如實智變化無邊相海衆實莊嚴隨衆生心示現國土境界種種性相是名俱性相土四融三世間土隔別名世間差名間三世間者有情世間器世間智正覺世間也謂如來法界之身徧一切處以一切衆生國土即是如來清淨法身如來之身能爲衆生身及國土虛空身交徹混融無障無礙是名融三世間土有情世間即衆生世間器世間即國土世間智正覺世間即佛世間五總攝土謂如來所證十身四智一一圓融稱性周徧言一土則融一切土舉一身則攝一切身法法互融塵塵無礙是名總攝土十身者菩提身願身化身力持身相好莊嚴身威勢身意生身福德身法身智身也四智者大圓鏡智妙觀察智平等性智成所作智也

土體五重出華嚴經疏演義鈔一眞如眞如者乃眞實無妄之理即法性土之體也此清淨法身所依之土以由法身無相土亦如是身土雖分體原不二故眞如爲體也二眞智

眞智者乃根本無分別智即實報土之體也此是如來圓滿報身所依之土以由實智功圓萬德成就體無分別境智一如故以眞智爲體也（根本無分別智者如來感業淨盡親證本有圓明之智此智照了萬法不待分別也）

【三本識】本識者乃根本清淨識心即色相土之體也此是如來微塵相海身所依之土以由福慧無邊相好具足莊嚴悉備性相如如故以本識爲體也

【四四塵】四塵者色香味觸也此之四塵乃後得智所現之色相即他受用土之體也此是如來他受用身所依之土以由利他行滿隨諸菩薩所宜變化而現種種上妙色相諸塵境界故以四塵爲體也（後得智者即根本智後所得之智也他受用者因他機感現而受用也）

【五諸事】諸事者乃成事智即變化土之體也此是如來化身所依之土以由往昔修習利他因緣故能隨諸有情心之所宜而現種種淨穢國土令其成辦衆事故以諸事爲體也

大劫五喩（出大藏一覽）

【一草木喩】謂大千世界草木皆寸斬爲籌人間百年但取一籌取盡此籌乃爲一劫是名草木喩（梵語具云劫波華言分別時節）

【二沙細喩】謂殑伽河廣四十里滿中沙細如麪人間百年但取一粒取盡此沙乃爲一劫是名沙細喩（梵語殑伽華言天堂來謂其從高處流來也）

【三芥子喩】謂有城四方而各百里其中滿堆芥子人間百年但取一粒取盡此芥乃爲一劫是名芥子喩

【四碎塵喩】謂以大千世界碎爲微塵人間百年但取一塵取盡此塵乃爲一劫是名碎塵喩

【五佛石喩】謂一石廣二由旬厚半由旬兜率天一

百年以六銖衣拂一遍拂盡此石乃爲一刦是名拂石喻（梵語由旬華言限量梵語兜率華言知足六銖衣者謂衣重六銖也）

末世五法令正法不滅（出十誦律）

一尊重正教 謂諸比丘唯依正教進修遠離小乘及諸外道偏邪之說是故能令正法不滅（梵語比丘華言乞士）

二止息瞋恚 謂諸比丘常行忍辱不生瞋恚德譽遠聞令人歸仰是故能令正法不滅

三敬事上座 謂諸比丘於大德之人居上座者恭敬順事勤求法要是故能令正法不滅

四愛樂正法 謂諸比丘於上座所聞說妙法深生愛樂歡喜奉行是故能令正法不滅

五善誨初習 謂諸比丘於大乘法方便演說令初心習學之人有所依憑進修於道是故能令正法不滅

末法五亂（出法苑珠林）

一當來比丘從白衣說法 梵語比丘華言乞士謂末法之時白衣詐稱師範無識比丘反從彼而受學也

二白衣居上座比丘處下 謂末法之時白衣詐言我解大乘坐當居上比丘行微坐宜處下也

三比丘說法不行聽受 謂末法之時比丘說法不行承受而聽白衣所說之法受而不捨也

四魔說爲眞正法爲僞 謂末法之時魔之所說以爲眞道而以佛之正法反爲不眞也

五當來比丘畜養妻子 謂末法之時比丘不持戒律畜養妻子與俗無異也

五五百年（出華嚴經隨疏演義鈔）

五五百年者乃如來出世正像末法之年數也謂正法一千年像法一千年末法一萬年今以二千五百

年分爲五者其初二五百年爲正法之時有修證解脫禪定之人次二五百年爲像法之時人雖有修行而無證果唯有多聞布施之者後五百年乃末法一萬年之初五百年也此時之人無修無證但以鬭諍而爲正修以法有盛衰不同故分此五五百年也

第一五百年解脫堅固　解脫即自在之義謂諸比丘於正法五百年中不攻異學唯務大乘利益衆生解脫自在堅固不變也（梵語比丘華言乞士）

第二五百年禪定堅固　謂諸比丘於正法五百年中厭居生死求證涅槃頓息攀緣深修禪定堅固不變也（梵語涅槃華言滅度）

第三五百年多聞堅固　謂諸比丘於像法五百年中少持戒律息習禪定唯尚多聞依語生解堅固不變也

第四五百年塔寺堅固　謂諸比丘於像法五百年中少習禪定喜種福田廣結善緣多修塔寺堅固不變也

第五五百年鬭諍堅固　謂諸比丘於末法五百年中不修戒律唯尚鬭諍增長邪見堅固不變也

依次五百年（出毘尼母律）五百年者像法後末法初之五百年也此五百年中比丘雖云無修無證亦有解脫禪定持戒多聞布施者佛知其法漸衰故說其次第也（梵語比丘華言乞士）

第一一百年得堅固脫禪　謂此一百年中比丘唯務智理說法利生悟明大乘解脫自在堅固不變也（智理者以智慧照了於理也）

第二一百年得堅固定　謂此一百年中比丘樂修禪定頓息外緣悟明自心得證道果堅固不變也

第三一百年得堅固持戒　謂此一

百年中比丘少習禪定惟樂持戒不犯律儀無諸放逸堅固不變也【第四一百年得堅固多聞】謂此一百年中比丘於禪定戒律不勤修習唯樂博覽羣典多聞解義堅固不變也【第五一百年得堅固布施】謂此一百年中比丘不修戒定雖有修持少證道果但習善緣多行布施堅固不變也

五濁（出法苑珠林）

【一衆生濁】謂衆生多諸弊惡不孝敬父母尊長不畏惡業果報不作功德不修齋法是名衆生濁【二見濁】謂正法已滅像法漸起邪法轉生邪見增盛不修善道是名見濁【三煩惱濁】謂衆生多諸愛欲慳貪鬬諍諂曲虛誑攝受邪法惱亂心神是名煩惱濁【四命濁】謂往古世時人壽八萬四千歲今時人壽轉減百歲者稀以惡業增故壽數短促是名命濁【五刦濁】刦梵語具云刦波華言分別時節謂減刦中人壽減至三十歲時饑饉災起減至二十歲時疾疫災起減至一十歲時刀兵災起世界衆生無不被害是名刦濁

日行五風（出起世因本經）

經云佛告諸比丘日天宮殿縱廣五十一由旬上下四方悉皆正等墻壁欄楯皆以金銀瑠璃所成宮殿之形四方遠看似圓宮殿之中有五種風吹轉而行故名日行五風也（月宮亦有五風衆寶殿飾種種墻壁欄楯與日宮無異但縱廣止有四十九由旬也梵語由旬華言限量）【一持】持者任持也謂日宮殿因風任持行於空中而不墜落也【二住】住者安住也謂日宮殿因風任持之力而於空中得安住也【三隨順轉】謂日宮殿因風所吹而於空中任運

隨轉也。四波羅訶迦，梵語波羅訶迦，月宮殿中亦有五風，餘風名義皆同，唯第四一種名攝，疑此日宮波羅訶迦亦是攝之義也。攝者，攝持也，謂日宮殿因風攝持而行也。五將行，謂日宮殿因風將助，能於空中速疾而行也。

世間五種難得寶（出四分律）

世之珍寶雖世間希有，求之易得；若值佛出世及聞正法，又能聞法信解，如法而行，展轉教化，人能信樂，此之五種尤爲世間希有，故皆名難得寶也。一佛出世間，謂諸佛世尊雖法身常住不滅，衆生盲冥，難可得見，今佛出現世間，爲令一切衆生成就大事因緣，甚爲希有，是爲世間難得之寶。二聞佛說法爲他人說，謂諸衆生既得見佛聞法，復爲他人隨力演說，令其出離生死，成無上道，甚爲希有，是爲世間難得之寶。三聞法信解，謂諸衆生既聞法已，又能起正信心，思惟其義，依教修行，甚爲希有，是爲世間難得之寶。四如法而行，謂諸衆生既信受正法，思惟其義，復能如法精進修行，當得無上菩提之道，甚爲希有，是爲世間難得之寶。五得信樂者，謂諸衆生爲人演說正法，而得其人信樂不疑，則其教法流通，展轉獲益，甚爲希有，是爲世間難得之寶。

五種眷屬（出法華玄義）

五種眷屬者，謂如來說法必假彼緣，緣即受道之人也。人受道已，因法爲親，即成眷屬，譬如父母遺體，攬以成身，得爲天性，天性親愛，更相敬順，故名眷屬也。一理性眷屬，謂諸佛衆生理性平等

自然相關法華經云我於衆聖中尊世間之父一切衆生皆是吾子是則未曾受道者亦得稱爲眷屬故名理性眷屬也**二業生眷屬**謂由往昔聞法之善業復生佛世受道得度故名業生眷屬**三願生眷屬**謂昔由聞法結緣未得證果曾發誓願務在得道今乘宿願見佛聞法故名願生眷屬**四神通眷屬**謂先世值佛破惑見理或生他方因佛出世以神通力來生此界輔佛行化故名神通眷屬**五應生眷屬**謂菩薩既破無明之惑已得法身之本即能起用化他應入生死導引衆生令向佛道如淨飯王摩耶夫人是千佛之父母羅睺羅是千佛之子諸聲聞內秘菩薩行是皆應生於此故名應生眷屬（摩耶梵語具云摩訶摩耶華言大術梵語羅睺羅華言覆障）

五精舍（出翻譯名義）釋迦譜云息心所棲故曰精舍行者精練之所也**一給孤獨園**給孤獨長者之名以其仁而聰敏積而能散賑乏濟貧哀孤恤獨時美其德號給孤獨嘗側金布地以買祇陀太子園遂名給孤獨園因建精舍奉佛佛於其中說法也（梵語祇陀華言戰勝）**二鷲嶺**鷲嶺山名也以其山形似於鷲鳥故以名焉中爲精舍佛居此而說法也**三獼猴江**獼猴江者以獼猴嘗於此江沐浴故以名焉大智度論云毘耶離有一精舍名獼猴池佛曾於此說法翻譯名義云那蘭陀池旁建伽藍即其處也（梵語毘耶離華言廣嚴梵語那蘭陀華言施無厭佛昔行菩薩道時爲大國王建都此地憐愍衆生好樂周給時美其德號施無厭伽藍梵語具云僧伽藍華言衆園）**四菴羅樹**

【園】梵語菴羅華言柰果名也此樹開華華生一女國人歎異以園封之園既屬女女人守護故言菴羅樹園此女以宿善冥熏見佛懽喜以園奉佛佛即受之於中建立精舍而說法也

【五竹林精舍】大智度論云竹林精舍在耆闍崛山中其地平坦嚴淨勝於餘處佛曾於中說法故有精舍或云迦蘭陀竹園是也（梵語耆闍崛華言靈鷲迦蘭陀無翻）

五種結界相（出善見毘婆沙律）

五種結界相者乃是如來制比丘結界之法也謂比丘若作法事若行布薩若建塔寺或於空地或在山林或於水邊隨其形量廣狹大小必須結界以立界相故說此五種之名相也（梵語比丘華言乞士梵語布薩華言淨住謂比丘當每月二番聚衆宣說戒法以淨身口意三業故云淨住也）

【一方相】方相者謂結界之地其形方正也以其四方或一方有長流之水則以水爲界相若是無源不常流者則不可爲界相或有樹則以樹爲界相若是枯朽之樹及不相連者亦不可也或有路則以路爲界相若是斷絶之路亦不可也或有石則以石爲界相若是散漫之石亦不可也此處若無水樹等則當立石或種樹於四邊以爲界相也

【二圓相】圓相者謂結界之處其形圓圓也以此處或水樹等其勢周圍圓繞或立石種樹以爲界相也

【三鼓形相】鼓形相者謂結界之處如鼓之形也以此處或水或路等生勢狀如鼓形或立石種樹以爲界相也

【四半月形相】半月形相者謂結界之處如半月之形也以此處或水或路等生勢狀如半月或立石種樹

以爲界相也**五三角相**三角相者謂結界之處其形三角也以此處水路等三角圍繞或立石種樹以爲界相也

掃地五種勝利（亦名掃地五德出根本一切有部毘奈耶集）根本部云給孤長者每於晨朝往逝多林禮世尊足禮已掃寺內地後於一時長者他緣不遑入寺世尊經行見地不淨即自執箒（涂醉切）竹掃帚也掃於林中時舍利子等悉皆執箒共掃園林時佛世尊及聖弟子遍掃除已入食堂中就座而坐佛告諸苾芻凡掃地者有五勝利故說此五種功德也（梵語逝多華言勝林給孤長者謂其能賑濟孤貧也苾芻者乃西天香草名謂其體性柔輭以喻出家人能折伏身語麤獷也）

一自心清淨（亦名自除心垢）謂若人掃於寺地因地淨故心得清淨是名自心清淨

二令他心淨（亦名除地垢）謂若人掃於寺地因地淨故他人見無塵垢心得清淨是名令他心淨

三諸天歡喜（亦名去憍慢）謂若人掃於寺地即是去其憍慢塵垢諸天觀見地淨無塵生懽喜心是名諸天歡喜

四植端正業（亦名調伏心）謂若人淨掃寺地即是調伏自心植立端正福業他世必獲相貌端正是名植端正業

五命終之後當生天上（亦名長功德）謂若人淨掃寺地因淨地故功德增長而於命終當生天上

五體（出華嚴經隨疏演義鈔）凡禮敬三寶必須五體投地所以折伏憍慢用表虔誠故也（三寶者佛寶法寶僧寶也）

一右膝疏云願我右膝著地之時令諸衆生得正覺道也

二左膝疏云願我左膝著地之時令諸衆生於外道法不起邪見悉得安立正覺道中也

三右手疏云願

我右手著地之時猶如世尊坐金剛座地震現瑞證大菩提也梵語菩提華言道**四左手**疏云願我左手著地之時令諸衆生遠離外道難調伏者以四攝法而攝取之令入正道也四攝法者布施攝愛語攝利行攝同事攝也**五首頂**疏云願我首頂著地之時令諸衆生離憍慢心悉得成就無見頂相也

出世五食出華嚴經疏　謂世間之食但能資益生死之身修行之人於世美味心不貪嗜常持正念以禪悅法喜等爲食則能長養善根出離生死成就菩提故有出世間五種食也梵語菩提華言道**一念食**謂修聖道之人常持正念長養一切善根如世之食資益身根是爲念食**二法喜食**謂修出世行人愛樂大法資長道種心生歡喜是爲法喜食**三禪悅食**謂修出世行人由得定力自資長養慧命道品圓明心常喜樂是爲禪悅食**四願食**謂修聖道之人以願持身不捨萬行長養一切善根如世之食資益身根是爲願食**五解脫食**解脫即自在之義也謂修聖道之人離諸業縛於法自在即得長養一切菩提善根如世之食資益身根是爲解脫食

五種淨食出根本有部毘柰耶集　佛制諸禁戒令諸比丘勿啖生氣若有草菜瓜果當以火刀爪等先淨之方可得食故有此五種淨食也梵語比丘華言乞士生氣即生物也**一火淨**謂一切瓜果等物先當以火燒煮令熟後方食之是名火淨律云以火觸著是也**二刀淨**謂一切瓜果等物當先以刀去其皮核然後食之是

名刀淨律云以刀損壞是也**三爪淨**謂一切瓜果等物先當以爪甲去其皮殼然後食之是名爪淨律云以爪甲傷損是也**四蔫乾淨**蔫乾者物不鮮也謂一切瓜果等物自蔫自乾不堪爲種比丘當食是名蔫乾淨律云自蔫乾不堪爲種是也**五鳥啄淨**謂一切瓜果等物若因鳥啄殘損比丘可食是名鳥啄淨律云鳥觜啄損是也

五種淨肉 出楞嚴經會解

一不見殺謂眼不曾見殺者是爲淨肉**二不聞殺**謂耳不曾聞殺聲者是爲淨肉**三不疑爲我殺**謂知彼爲祠天等故殺而不專爲我殺是爲淨肉**四自死**謂諸鳥獸命盡自死者是爲淨肉**五鳥殘**謂鷹鷂等所食鳥獸餘殘者是爲淨肉

五種不應施 出法苑珠林

一非理求財謂不順理所得財物是不淨物故不應施與人也**二酒及毒藥**謂酒及毒藥能令衆生狂亂失命故不應施與人也**三罝羅機網**罝兔網也羅鳥網也機機弩也網即網罟也皆設以掩取禽獸者心謂是惱害衆生之器故不應施與人也**四刀杖弓箭**謂刀杖弓箭是殺害衆生之器故不應施與人也**五音樂女色**謂音樂女色而能惑亂衆生正性故不應施與人也

五果 出翻譯名義

律戒比丘不敢生物謂如棗杏等果必以火熟之方食膚殼之果須以刀去其皮然後食故說此五果之名也梵語比丘華言乞士

一核果核果者謂棗杏等是也**二膚果**膚果者謂梨柰等是也**三殼果**殼果者謂椰子胡桃石榴等是也**四檜果**檜果者

謂松栢等子是也【五角果】角果者謂大小諸荳等是也

五辛（出梵網經）首楞嚴經云是五辛熟食發婬生啖增恚十方天仙嫌其臭穢咸皆遠離諸餓鬼等舐其唇吻常與鬼住福德日銷大力魔王現作佛身來爲説法非毀禁戒讃婬怒癡命終爲魔眷屬永墮無間地獄是故求菩提者當斷世間五種辛菜也（梵語首楞嚴華言健相分別　梵語菩提華言道）【一大蒜】大蒜者至葷至辛之物也【二茖葱】茖葱者薤也其形似韭類山葱也【三慈葱】慈葱者乃葱之正名也【四蘭葱】蘭葱者即小蒜也雜阿含經云非小蒜木葱是也木葱即韭也【五興渠】興渠者葉如蔓菁根如蘿蔔生熟皆臭如蒜出于闐國華夏不産故不翻也

五明（出華嚴經疏鈔）【一聲明】聲即聲教明即明了謂世間文章算數建立之法皆悉明了通達故曰聲明【二因明】因即萬法生起之因謂世間種種言論及圖書印璽地水火風萬法之因皆悉明了通達故曰因明【三醫方明】醫方即醫治之方法也謂世間種種病患或癲癇蠱毒四大不調鬼神咒詛寒熱諸病皆悉曉了其因通達對治故曰醫方明（四大者地大水大火大風大也）【四工巧明】工即工業巧即巧妙謂世間文詞讃詠乃至營造城邑農田商賈種種音樂卜筭天文地理一切工業巧妙皆悉明了通達故曰工巧明【五内明】内即佛法内教也謂以持戒治破戒以禪定治散亂以智慧治愚癡乃至種種染淨邪正生死涅槃對治之法皆悉明了

通達故曰內明（梵語涅槃，華言滅度）

五眼（出大智度論）眼即照燭之義瑜伽師地論云能觀衆色故名爲眼眼是總名從用分別則有五種一肉眼肉眼者假父母氣血所成也即人中能見之眼見近不見遠見前不見後見內不見外見晝不見夜見上不見下因有色質障礙故也二天眼天眼者謂諸天因修禪定而得也此眼遠近前後內外晝夜上下皆悉能見以無色質障礙故也三慧眼慧眼者謂二乘之人以所得慧眼觀一切法皆空不見有衆生相及滅一切異相捨離諸著不受一切法也（二乘者聲聞乘緣覺乘也）四法眼法眼者菩薩爲度衆生以清淨法眼徧觀一切諸法能知能行謂因行是法得證是道亦知一切衆生種種方便門令修令證也五佛眼佛眼者謂具前四眼之用無不見知如人見極遠處佛見則爲至近人見幽暗處佛見則爲顯明乃至無事不見無事不知無事不聞聞見互用無所思惟一切皆見也

五夢法（出華嚴經隨疏演義鈔）一熱氣多見火謂如人鑽火得火復理火事以煖相分多煖想即生故夢於火是則熱氣多而見火也二冷氣多見水謂如人鑿井得水復理水事以冷相分多冷想即生故夢於水是則冷氣多而見水也三風氣多見飛墜謂如人乘風登高運轉初息以動相分多動想即生故夢飛墜是則風氣多而見飛墜也四聞見多熟境謂如人坐禪誦經調練身心以慣習分多所習之想即生故夢熟境是則

聞見多而見熟境也。

五天神與心靈所感 謂如人平昔向善喜奉神天以敬奉故念想不忘故夢天神是則天神與心靈所感也

五奇特夢（出過去現在因果經）

世尊往昔因中在山修道號善慧比丘得五種奇特夢走白普光如來請爲解說所夢之相（梵語比丘華言乞士）

一夢臥大海 普光云夢臥大海者汝身現居生死海中未到彼岸未證涅槃也（梵語涅槃華言滅度）

二夢枕須彌 普光云夢枕須彌者以表出生死海登於彼岸將證涅槃也

三夢海中一切衆生入我身內 普光云夢大海中一切衆生入身內者以示當於塵勞海中爲諸衆生作歸依處濟度有情超於彼岸也

四夢手執日 普光云夢執日者以表智慧光明普照法界開導昏迷歸正覺路也

五夢手執月 普光云夢執月者以表方便之智入於生死塵勞界內用清涼法化導衆生令離熱惱也

五種樂（出華嚴經隨疏演義鈔）

一出家樂 出家樂者謂世間之人多諸業惑煩惱出家達道永斷是苦也

二遠離樂 遠離樂者即初禪天之樂也謂初禪能遠離欲界愛染煩惱得覺觀禪定而生喜樂也（覺觀者初心在緣曰覺細心分別禪味曰觀也）

三寂靜樂 寂靜樂者即二禪天之樂也謂二禪離初禪覺觀散動澄心寂靜乃發勝定之樂也

四菩提樂 梵語菩提華言道謂菩薩無漏果成自受菩提之樂以慈心故復以此樂轉施衆生也（無漏者不漏落生死也）

五涅槃樂 梵語涅槃華言滅度謂菩薩息化

歸真入無餘涅槃獲最寂靜是名涅槃樂也（無餘者色身與惑滅盡而無所遺餘也）

五位無心（出成唯識論）

無心謂無分別識心也非全無心但分別識心不行故言五位無心也

一睡眠　謂衆生睡眠之時六識昏昧不能見聞覺知是名睡眠無心（六識者眼識耳識鼻識舌識身識意識也）

二悶絶　謂諸衆生驚倒悶絶六識昏昧見聞覺知一時頓息是名悶絶無心

三無想定　無想定者即色界無想天所修之定也謂修無想定時身心俱滅念慮灰凝諸想不起是名無想定無心

四無想報　謂因中厭生滅心習無想定故感報生無想天經五百刧心想不行是名無想報無心（刧梵語具云刧波華言分別時節）

五滅盡定　謂入此定時一切受領思想之心一時滅盡都無見聞覺知出入之息亦盡是名滅盡定無心

洗浴五利（出十誦律）

十誦律云佛在舍衛國時有比丘癩病求治於藥師耆域耆域告病比丘言汝可洗浴病即得瘥比丘言佛未聽入浴室諸比丘以是事白佛佛遂聽入洗浴故説此五種利也（梵語舍衛華言豐德　梵語比丘華言乞士　梵語耆域華言能活）

一除垢　除垢者謂澡浴身體則諸垢穢悉皆除去也

二身清淨　身清淨者謂澡浴身體垢穢既除則身體清淨也

三除寒冷　除寒冷者謂澡浴身體則清淨和暢一切寒冷自除也

四除身中風　除身中風者謂澡浴身體得無寒冷則風邪等病自除也

五得安隱　得安隱者謂澡浴身體既無風邪則四支自得安隱也

五不應答（出法苑珠林）

一試問不答　謂此人心懷

輕慢或先自曉了而作念言我且設問試彼爲解不解若作此試問者不應爲答也**二無疑問不答**謂凡所演説爲令衆生開其昏迷解釋疑網彼既不疑假設爲問者不應爲答也**三不爲悔所犯故問不答**謂此人既知所犯不生悔過之心設爲他故而問者不應爲答也**四不受語故問不答**謂此人先曾爲説彼不聽受今又故意設爲問辭者不應爲答也**五語難故問不答**謂此人作意而言此語難曉他必不解我且設問爲能答否如是而故問者不應爲答也

五力不可到（出諸經要集）俱舍論云若人捨命應至無量世界外受生此中陰識神遊空而去俄頃即到所生之處皆由業力所持雖禪定神通等力而不能遮其不往亦不能令其住於餘道故名力不可到也（中陰者謂諸衆生身死之後未曾托生是名中陰也）**一定力**定力者即諸佛大定之力也謂諸衆生中陰識神往於他界受生之時以由業力所持速疾而去即生彼處雖諸佛大定之力亦不能遮其不生故云不可到**二通力**通力者即諸佛神通之力也謂諸衆生中陰識神往於他界受生之時以由業力所持速疾而去即生彼處雖諸佛神通之力亦不能遮其不生故云不可到**三大願力**大願力者即諸佛大誓願之力也謂諸衆生中陰識神往於他界受生之時以由業力所持速疾而去即生彼處雖諸佛大願之力亦不能遮其不生故云不可到**四法威德力**法威德力

者即佛法威德之力也謂諸衆生中陰識神往於他界受生之時以由業力所持速疾而去即生彼處雖諸佛威德之力亦不能遮其不生故云不可到**五借識力**借識力者即二禪已上無有尋伺語言若欲說法應用則假初禪之識而爲己用也謂諸衆生中陰識神往於他界受生之時以由業力所持速疾而去即生彼處雖借識之力亦不能遮其不生故云不可到（二禪已上者即三禪四禪天也）

五力難判（出宗鏡錄）五難判者謂定等五種之力唯識論中不能判攝也然三界唯心萬法唯識而不能判此五力者由斯五種乃聖人不思議境界不與心識相應此所以爲難判宗鏡錄云有五力唯識不判是也（三界者欲界色界無色界也）

一定力定力者即如來大寂定力也謂此定力無染無淨非空非有生死不能拘結業不能縛不起此定而能普應十方不與識法相應是故唯識難判也

二通力通力者即如來神通之力也謂此通力變化無窮隨感而應不謀而知徹照萬法非思議之可及豈識法之相應是故唯識難判也

三借識力借識力者謂如二禪已上無有尋伺語言若欲說法應用則借初禪眼耳身三識以成已用由此假他之用非因本起不屬唯識是故唯識難判也（借初禪三識者由初禪不著香味二塵已無鼻舌二識惟有眼耳身三識二禪已上不著五塵故五識俱無若欲應用則借初禪三識也）

四願力願力者即如來大願之力也而此願力非因愛見不假思惟乃是聖人曠劫度生功用而

成非思議之可及豈識法之相應是故唯識難判也（梵語具云封波華言分别時節）

五法威德力　法威德力者即如來應化威德之力也謂此威德之力乃是聖人不思議境界如演一音則普應羣機施一法則衆魔皆伏利生無盡功德難量不與識法相應是故唯識難判也

五種比量（出顯揚聖教論）

比量者謂思惟決擇推度境界定其理也

一相比量　謂隨其所有相貌相屬或由現在及先所見推度境界如以見幢故比知有車以見烟故比知有火如是以王比國以夫比妻以角犎（音封即槖駞也）比牛以形輭（軟同）髮黑輕舉色美比知是少以面皺髮白等比知是老以具如來微妙相好智慧寂靜勝行辯才比知如來應正等覺具一切智諸如是等名相比量

二體比量　謂由現見彼自體性故比類彼物不現見體或現見一分自體比類餘分如以現在比類去來或以過去比未來事或以現近事比現遠事又以一分成熟比餘熟分如是等類名體比量

三業比量　謂以作用比業所依如見遠物無有動搖鳥集其上如是等類比知是杌若有動搖等事比知是人若見跡步寬長比知是象身曳地行比知是蛇見比於眼聞比於耳等又若見瞑目執杖蹎（音顛）蹷失路等比知是盲高聲側聽比知是聾以所作業比知正信聰睿如是等類名業比量

四法比量　謂於一切相屬著法以一比餘如屬無常比知有苦以屬苦故比空無我以屬生故比有老

法以屬老故比有死法以屬有色有見有礙比有處所及有形質屬有漏故比知有苦屬無漏故比知無苦屬有爲故比知是生住異滅之法屬無爲故比知非生住異滅之法如是等類名法比量

五因果比量 謂因果相比如見物行比有所至見有所至比先有行若見有人如法事王比知當獲廣大祿位見大祿位比知先已如法事王若見備善作業比知必當獲大財富見大財富比知先已備善作業若見修道比知當獲聖果見獲聖果比知先已修道如是等類名因果比量

五種色法（出華嚴經隨疏演義鈔）

色即質礙之義凡依正色法不出此五也（依正色法者依是衆生依報即山河大地屋宇之類也正是正報即衆生五陰之身也此二種皆有形量分段故云色法也）

一極畧色 謂於色上分析長短形相麤細以至極微故名極畧也

二極逈色（亦名自礙色）謂上見虛空青黃等色乃是顯色若下望之則此顯色至遠而爲難見是名極逈色

三受所引色 受則領受引即引取如受諸戒品戒是色法所受之戒即是受所引色又如意識領納聲香味觸等法乃至憶念過去曾見境界皆名受所引色

四徧計所起色 謂諸衆生於諸識所變影像及第六識所緣三世境界空華水月等悉生計著是名徧計所起色（第六識者即意識也三世者過去現在未來也）

五定自在所生色 定即禪定自在所生色者謂解脫靜慮所緣境色也如菩薩入定所現光明及現一切色像境界如入火定則有火光發現是名定自在所生色（菩薩梵語

具云菩提薩埵華言覺有情

五塵（出法界次第）塵即垢染之義謂此五塵能染汚眞性故也

一色塵 謂眼所見青黄赤白及男女形貌等色是名色塵

二聲塵 謂耳所聞絲竹環珮之聲及男女歌詠等聲是名聲塵

三香塵 謂鼻所嗅栴檀沉水飲食及男女身分所有香等是名香塵

四味塵 謂舌所嘗種種飲食肴饍美未等是名味塵

五觸塵 謂身所觸男女身分柔輭細滑及上妙衣服等是名觸塵

隣虚五塵（出決定藏論）塵即色塵謂眼耳鼻舌身五種勝義根及色聲香味觸等法乃至禪定中所發之色識心緣想過去未來之境皆是塵也以此色塵微細難見不可分析隣於虚空故名隣虚然於此極微之中又有五種不同非人天之眼能見乃慧眼等所見之色也（勝義根者即五根所具能照境發識清淨之色也慧眼者智慧之眼即二乘所證之眼也）

一極微細 謂此色塵分析至於至微至細之極人天之眼所不能見是爲極微細也

二色邊際 謂此色塵分析至於微細色相之際人天之眼所不能見是爲色邊際也

三極畧色 謂此細色畧之至極無可與比人天之眼所不能見是爲極畧色也

四無方分 謂極微之色無有影像不礙方分是爲無方分也

五隣虚 謂諸識色及定中色無障無礙似於虚空而實非虚空故名隣虚也

大明三藏法數卷第十八

大明三藏法數卷第十九

上天竺前住持沙門一如等奉　勅集註

薄伽梵六義（出華嚴經隨疏演義鈔）梵語薄伽梵亦云婆伽婆名具六義佛地論云自在熾盛與端嚴名稱吉祥及尊貴如是六德義圓滿是故彰名薄伽梵唐玄奘法師明五種不翻中第二多含不翻即薄伽梵是也（五種不翻者秘密不翻多含不翻此方無不翻順古不翻尊重不翻也）

【一自在義】謂如來永不屬諸煩惱之所繫縛故曰自在

【二熾盛義】謂如來猛燄智火洞達無際故曰熾盛

【三端嚴義】謂如來三十二相莊嚴妙好故曰端嚴（三十二相者足安平相足千輻輪相手指纖長相手足柔軟相手足縵網相足跟滿足相足趺高好相腨如鹿王相手過膝相馬陰藏相身縱廣相毛孔生青色相身毛上靡相身金色相身光面各一丈相皮膚細滑相七處平滿相兩腋滿相身如師子相身端直相肩圓滿相四十齒相齒白齊密相四牙白淨相頰車如師子相咽中津液得上味相廣長舌相梵音深遠相眼色金精相眼睫如牛王相眉間白毫相頂肉髻成相也）

【四名稱義】謂如來圓滿一切殊勝功德十方世界無不聞知故曰名稱

【五吉祥義】謂如來既具勝妙之德故一切世間讚歎供養者亦獲吉祥故曰吉祥

【六尊貴義】謂如來始從兜率天中降生王宮及出家已而登極果之位方便利益一切衆生故曰尊貴（梵語兜率華言知足）

如來勝德六義（出阿毘達磨雜集論）

【一自性義】謂諸佛法身皆依真如理體而爲自性是名自性義

【二因義】謂諸佛於無量無數劫中修習勝果之因是名因義（梵語具云劫波華言分別時節）

【三果義】謂諸佛永斷一切煩惱等障證得無上菩提之果是名果義（梵語菩提華言道）

【四業義】謂諸佛以清淨身業現大神通清淨口業

演大法義清淨意業種種調伏方便導引可化衆生令其出離生死證大菩提是名業義**五相應義**應當也謂諸佛因中能行種種難行苦行所生十力四無所畏等功德而與法性之理相應故名相應義十力者知是處非處智力知過現未來業報智力知諸禪解脱三昧智力知諸根勝劣智力知種種解智力知種種界智力知一切至處道智力知天眼無礙智力知宿命無漏智力知永斷習氣智力也四無所畏者一切智無所畏漏盡無所畏說障道無所畏說盡苦道無所畏也**六差別義**謂諸佛說法度諸衆生則現法報應三身差別之相故名差別義

如來功德六種相出瑜伽師地論　功德者如來萬行之因法身之果德也爲令衆生如佛修行皆得成就無上道果故說六種相也**一圓滿**謂諸如來萬行具足種智圓明於世間出世間一切功德皆悉成就超過聲聞緣覺菩薩之上故曰圓滿菩薩梵語具云菩提薩埵華言覺有情**二無垢**謂諸如來由證常樂我淨之德而無一切煩惱汙染故曰無垢**三不動**謂諸如來由證大寂滅定所有功德一切外道魔軍盜賊親屬乃至火水風等皆不能撓亂變壞故曰不動**四無等**謂諸如來所有種種功德廣大尊勝威力自在一切有情乃至菩薩無與比者故曰無等**五能作有情利益**謂諸如來成就無上功德方便示現利他之行度脱有情令成聖道故曰能作有情利益**六功能**謂諸如來於所作利益有情之事無所作願無所取捨而自然圓就故曰功能

六即佛出觀無量壽佛經疏妙宗鈔　六即佛者約事故明

六約理故明即即者其體不二名之爲即然明此六即者或顯法門高深或明修行次第若論六者位次高下有序則修行之人不生上慢若論即者理體初後皆是則修行之人不生退屈以理言之即處常六六處常即蓋由事理不二故也

一理即佛　謂衆生本具佛性之理與諸如來無二無別故涅槃經云一切衆生即是佛是爲理即佛

二名字即佛　謂或從知識處聞或從經卷中見知此理性即佛之名於名字中通達解了一切諸法皆是佛法是爲名字即佛

三觀行即佛　謂既知一切法皆是佛法必須心觀明了理慧相應所行如所言所言如所行是爲觀行即佛此五品位也理慧相應者理即所觀之理境慧即能觀之智慧應者當也謂境智相當則言行一致也五品者隨喜品讀誦品說法品兼行六度品正行六度品也

四相似即佛　謂於觀行即中愈觀愈明愈止愈寂雖未能眞證其理而於理彷佛有如眞證是爲相似即佛此十信位也愈觀愈止者觀即觀照以觀觀昏也止即止息以止止散也十信者信心念心精進心慧心定心不退心護法心回向心戒心願心也

五分證即佛　謂無明之惑有四十一品至此破一品無明證一分中道是爲分證即佛此十住十行十回向十地等覺位也十住者發心住治地住修行住生貴住方便具足住正心住不退住童眞住法王子住灌頂住也十行者歡喜行饒益行無嗔恨行無盡行離癡亂行善現行無著行尊重行善法行眞實行也十回向者救一切衆生離衆生相回向不壞回向等一切佛回向至一切處回向無盡功德藏回向隨順平等善根回向隨順等觀一切衆生回向眞如相回向無礙解脫回向法界無量回向也十地者歡喜地離垢地發光地焰慧地難勝地現前地遠行地不動地善慧地法雲地也等覺者去後妙覺佛位猶有一等勝前諸位得稱覺也

六究竟即佛　謂道

窮妙覺種智俱圓是爲究竟即佛此極果妙覺佛也種智者即一切種智也妙覺者覺體圓明不可思議也

六念法出別譯雜阿含經

一念佛　謂念佛具足十號大慈大悲智慧光明神通無量能拔衆苦我以清淨質直之心得親近佛心生歡喜以歡喜故身得快樂以快樂故其心得定以得定故其心平等修念佛觀必趣涅槃是名念佛十號者一如來二應供三正徧知四明行足五善逝六世間解無上士七調御丈夫八天人師九佛十世尊也梵語涅槃華言滅度

二念法　謂法是如來所有功德即十力四無所畏等我以清淨質直之心得親近法心生歡喜以歡喜故身得快樂得快樂故其心得定以得定故其心平等修念法觀必趣涅槃是名念法十力者知是處非處智力知過現未來業報智力知諸禪解脫三昧知力知諸根勝劣智力知種種解智力知種種界智力知一切至處道智力知天眼無礙智力知宿命無漏智力知永斷習氣智力也四無所畏者一切智無所畏漏盡無所畏說障道無所畏說盡苦道無所畏也

三念僧　謂僧是如來弟子得無漏法具戒定慧能爲世間衆生作良福田應當恭敬我以清淨質直之心得親近僧心生歡喜以歡喜故身得快樂得快樂故其心得定以得定故其心平等修念僧觀必趣涅槃是名念僧無漏法者謂修戒定慧之法則不漏落生死也

四念戒　謂念諸禁戒能遮諸惡煩惱我以清淨質直之心得親近戒心生歡喜以歡喜故身得快樂以快樂故其心得定以得定故其心平等修念戒想必趣涅槃是名念戒

五念施　謂念巳所施獲得善利一切世間爲慳嫉所覆我於今者得離如是慳貪之垢住捨心中於一切物心無悋惜持用布施既布施巳我

心應喜以喜心故身得快樂以快樂故其心得定以得定故其心平等修念施想必趣涅槃是名念施

六念天 謂念欲界天等悉因往昔戒施善根得生彼處受天快樂我亦見有如是戒施功德捨命之時必生彼天以念天故離於惡法心生歡喜心歡喜故身得快樂得快樂故其心得定以得定故其心平等修念天想必趣天道是名念天

六慧法（出菩薩瓔珞本業經）

一聞慧 謂別教菩薩於十住位中因聞中道之理知一切法離二邊相故名聞慧（十住者發心住治地住修行住生貴住方便具足住正心住不退住童真住法王子住灌頂住也二邊相者空有二邊之相也）

二思慧 謂別教菩薩於十行位中思惟中道之理發生一切智慧故名思慧（十行者歡喜行饒益行無嗔恨行無盡行離癡亂行善現行無著行尊重行善法行真實行也）

三修慧 謂別教菩薩於十回向位中修習中道之理發生一切智慧故名修慧（十回向者救一切衆生離衆生相回向不壞回向等一切佛回向至一切處回向無盡功德藏回向隨順平等善根回向隨順等觀一切衆生回向真如相回向無縛解脫回向法界無量回向也）

四無相慧 謂別教菩薩於十地位中證知中道之理空無性相發生一切智慧故名無相慧（十地者歡喜地離垢地發光地焰慧地難勝地現前地遠行地不動地善慧地法雲地也）

五照寂慧 照即中道之用寂即中道之體謂別教等覺菩薩以中道之觀慧照中道之理體故名照寂慧（等覺者謂去後妙覺佛位猶有一等勝前諸位得稱爲覺也）

六寂照慧 謂別教妙覺果佛之智慧能於中道之理即寂而照即照而寂寂照不二定慧平等故名寂照慧（妙覺者謂佛自覺覺他覺行圓滿不可思議也）

六堅法出菩薩瓔珞本業經

一信堅 謂別教菩薩於十住位中修習空觀信一切法皆即真諦無能毀壞故名信堅十住者發心住治地住修行住生貴住方便具足住正心住不退住童真住法王子住灌頂住也空觀者謂觀一切法性相皆空也

二法堅 謂別教菩薩於十行位中修習假觀知一切法皆即俗諦無能毀壞故名法堅十行者歡喜行饒益行無嗔恨行無盡行離癡亂行善現行無著行尊重行善法行真實行也假觀者謂觀一切法無不具足也

三修堅 謂別教菩薩於十回向位中修習中觀了一切法皆即中諦無能毀壞故名修堅十回向者救一切眾生離眾生相回向不壞回向等一切佛回向至一切處回向無盡功德藏回向隨順平等善根回向隨順等觀一切眾生回向真如相回向無縛解脫回向法界無量回向也中觀者謂觀一切法非空非假即中道也

四德堅 謂別教菩薩於十地位中因修中觀破一分無明顯一分三德無能毀壞故名德堅十地者歡喜地離垢地發光地焰慧地難勝地現前地遠行地不動地善慧地法雲地也三德者法身德般若德解脫德也

五頂堅 謂別教等覺菩薩居十地頂惑破德顯無能毀壞故名頂堅等覺者去後妙覺佛位猶有一等勝前諸位得稱為覺也

六覺堅 謂別教妙覺果佛覺了一切法皆即中道無能毀壞故名覺堅妙覺者謂自覺覺他覺行圓滿不可思議也

六忍法出菩薩瓔珞本業經

一信忍 謂別教菩薩於十住位中修習空觀信一切法皆悉空寂能於空法忍可忍證故名信忍十住者發心住治地住修行住生貴住方便具足住正心住不退住童真住法王子住灌頂住也空觀者謂觀一切法性相皆空也

二法忍 謂別教菩薩於十行位中修習假觀雖知一切法空無所有而能假立一切法化諸眾生於假法中忍可忍證故名法忍十行者歡喜行饒益行無嗔恨行無盡行離癡亂行善現行無著行尊重行善法行真實行也假觀者謂觀一切法無不具足也

三修

忍謂別教菩薩於十回向位中修習中觀知一切法事理和融於中道中忍可忍證故名修忍十回向者救一切衆生離衆生相回向不壞回向等一切佛回向至一切處回向無盡功德藏回向隨順平等善根回向隨順等觀一切衆生回向真如相回向無縛解脱回向法界無量回向也中觀者謂觀一切法非空非假即中道也

四正忍 謂別教菩薩於十地位中正破無明之惑而於中道之理忍可忍證故名正忍十地者歡喜地離垢地發光地焰慧地難勝地現前地遠行地不動地善慧地法雲地也

五無垢忍 謂別教菩薩於等覺位中斷除無明惑染而於自性清淨心體忍可忍證故名無垢忍等覺者去後妙覺佛位猶有一等勝前諸位得稱爲覺也

六一切智忍 智者知也謂別教妙覺果佛斷一十二品無明惑盡徧知一切中道之法而於此法忍可忍證故名一切智忍妙覺者謂自覺覺他覺行圓滿不可思議也十二品者十地等覺妙覺所斷之惑各一品也

六受法出大集法門經

一眼觸受 觸即觸著亦對也受領納也謂眼與好惡之色相觸對時即生苦樂之受是名眼觸受

二耳觸受 謂耳與好惡之聲相觸對時即生苦樂之受是名耳觸受

三鼻觸受 謂鼻與香臭之物相觸對時即生苦樂之受是名鼻觸受

四舌觸受 謂舌與美惡之味相觸對時即生苦樂之受是名舌觸受

五身觸受 謂身與美妙麤惡之境相觸對時即生苦樂之受是名身觸受

六意觸受 謂意分別五塵好惡妍醜之境即生苦樂之受是名意觸受五塵者色塵聲塵香塵味塵觸塵也

六觀法出菩薩瓔珞本業經

一住觀 心會於理爲住謂別教菩薩於十住位中修習空觀故名住

觀（十住者，發心住、治地住、修行住、生貴住、方便具足住、正心住、不退住、童眞住、法王子住、灌頂住也。空觀者，謂觀一切法性相皆空也。）

二行觀 行即進趣之義，謂別教菩薩於十行位中修習假觀，故名行觀。（十行者，歡喜行、饒益行、無嗔恨行、無盡行、離癡亂行、善現行、無著行、尊重行、善法行、眞實行也。假觀者，謂觀一切法無不具足也。）

三向觀 向即回因向果之義，謂別教菩薩於十回向位中修習中觀，故名向觀。（十回向者，救一切衆生離衆生相回向、不壞回向、等一切佛回向、至一切處回向、無盡功德藏回向、隨順平等善根回向、隨順等觀一切衆生回向、眞如相回向、無縛解脫回向、法界無量回向也。中觀者，謂觀一切法非空非假，即中道也。）

四地觀 地即能生佛智任持不動之義，謂別教菩薩於十地位中修習中觀，能生佛智，故名地觀。（十地者，歡喜地、離垢地、發光地、焰慧地、難勝地、現前地、遠行地、不動地、善慧地、法雲地也。）

五無相觀 謂別教菩薩於等覺位中修習中觀，了知惑染性相本空，故名無相觀。（等覺者，謂去後妙覺佛位猶有一等，勝前諸位，得稱爲覺也。）

六一切種智觀 種即能生之義，謂別教妙覺果佛中道觀成，能知一切道種差別，故名一切種智觀。（妙覺佛者，謂自覺、覺他、覺行圓滿，不可思議也。）

六行觀（出禪波羅蜜次第法門）

謂厭下苦麤障，欣上勝妙利，各有因果，依此六法修行，是名六行觀。

一厭苦觀 謂思惟身中所起心數，緣於貪欲，不能出離，是爲因苦；復思欲界報身饑渴寒熱、病痛刀杖等種種所逼，是爲果苦。苦因苦果，皆須厭惡也。（心數者，受想行也。）

二厭麤觀 謂思惟欲界五塵能起衆惡，是爲因麤；復思此身爲三十六物屎尿臭穢之所成就，是爲果麤。麤因麤果，皆須厭惡也。（五塵者，色塵、聲塵、香塵、味塵、觸塵也。三十六物者，外相十二，謂髮、毛、爪、齒、眵、淚、涎、唾、屎、尿、垢、汗也；身器十二，謂皮、膚、血、肉、筋、脈、骨、髓、肪、膏、腦、膜也；內含十二，謂肝、膽、腸、胃、脾、腎

心肺生藏熱藏赤痰白痰也**三厭障觀**謂思惟煩惱障覆眞性不能顯發是爲因障復思此身質礙不得自在是爲果障因障果障皆須厭惡也**四忻勝觀**謂既厭欲界下劣貪欲之苦即忻初禪上勝禪定之樂是爲因勝復厭欲界饑渴等苦即忻初禪禪味之樂是爲果勝得樂勝苦皆須忻喜也**五忻妙觀**謂既厭欲界貪欲五塵之樂心亂馳動爲麤即忻初禪禪定之樂心定不動是爲因妙復厭欲界臭穢之身爲麤即忻受得初禪之身如鏡中像雖有形色無有質礙是爲果妙得妙勝麤皆須忻喜也**六忻出觀**謂既厭欲界煩惱蓋障即忻初禪心得出離是爲因出復厭欲界之身質礙不得自在即忻初禪獲得五通之身自在無礙是爲果出得出勝障皆須忻喜也五通者天眼通天耳通他心通宿命通神足通也

法華六瑞 出法華經文句

謂法華一經妙理玄微人難信受故先以瑞相警變常情常情既變而生渴仰則聞法染心妙道易階容有所表故具明六瑞焉**一說法瑞**謂佛將說法華先說無量義經而爲法華作序從一法說無量義會無量義歸於一法故無量義經爲法華會多歸一之序經云說大乘經名無量義是也且說法乃佛之常儀何得爲瑞蓋佛說無量義經雖竟時衆不散待於後聞此事奇特與常說異故名說法瑞**二入定瑞**謂佛將說法華而欲會多歸一故先入此無量義處定經云入於無量義處三昧是也且入定亦佛之常儀何得爲

瑞蓋佛雖入開定意在合定與常入定有異故名入定瑞（梵語三昧華言正定闕定者即無量義處定也合定者即法華會多歸一之定也）

三雨華瑞　謂佛將說法華故天雨四華以表十住十行十回向十地諸菩薩當獲成佛之因故名雨華瑞經云天雨曼陀羅等四華是也（十住者發心住治地住修行住生貴住方便具足住正心住不退住童眞住法王子住灌頂住也十行者歡喜行饒益行無嗔恨行無盡行離癡亂行善現行無著行尊重行善法行眞實行也十回向者救一切衆生離衆生相回向不壞回向等一切佛回向至一切處回向無盡功德藏回向隨順平等善根回向隨順等觀一切衆生回向眞如相回向無縛解脫回向法界無量回向也十地者歡喜地離垢地發光地焰慧地難勝地現前地遠行地不動地善慧地法雲地也梵語曼陀羅華華言適意又云白華四華者曼陀羅華摩訶曼陀羅華曼殊沙華摩訶曼殊沙華也）

四地動瑞　謂佛將說法華故地六種震動以表圓教十住十行十回向十地等覺妙覺六番破無明惑也爲無明盤礴未曾侵毀方將破壞故先動地以表之故名地動瑞經云普佛世界六種震動也（六種震動者一動二起三涌四震五吼六擊也等覺者去後妙覺佛位猶有一等勝前諸位得稱爲覺也妙覺者謂自覺覺他覺行圓滿不可思議也）

五衆喜瑞　謂大衆既見雨華動地知佛世尊必說大法欣躍內充以表大機當發經云大衆得未曾有歡喜合掌一心觀佛是也且喜怒人之常情何得爲瑞蓋天華悅眼地動震心是外瑞心喜是內瑞非常之喜昔雖曾有而不爲喜所動今爲喜動而能一心觀佛故名衆喜瑞

六放光瑞　謂佛將說法華先放毫光照於此土以至他土與常放光有異故名放光瑞經云佛放眉間白毫相光徧照東方萬八千世界是也

妄盡還源觀六門（出華嚴還源觀）此觀門者乃唐賢

首國師以華嚴大經之義富博宏深覽之者詎究其源尋之者罕窮其際由是統收玄奧囊括大宗述此六門令諸後學修習觀法斷除諸妄復歸眞源也

一顯一體　一體即自性清淨圓明之體也蓋此體性從本以來圓明湛寂在塵勞而不垢處涅槃而非淨在聖不增居凡不減煩惱覆之則隱智慧了之則顯故云顯一體也

二起二用　二用者謂依前淨體起於二用也一者海印森羅常住用謂入海印三昧照眞如性妄盡心澄衆德並現猶如大海風息水澄萬象齊鑒森然交羅常住不動也二者法界圓明自在用謂入華嚴三昧照法界體衆德具足萬行莊嚴光明照徹圓融無礙也（梵語三昧華言正定）

三示三徧　三徧者即依前二用一一普周法界也一者一塵普周法界徧謂塵無自性攬眞理而成立眞既無邊塵亦隨爾故一一塵中皆見法界二者一塵出生無盡徧謂塵無自體起必依眞眞如既具恒沙衆德依眞起用萬法繁興無有窮盡三者一塵含容空有徧謂塵無自性即空也幻相宛然即有也眞空不空妙有不有事理該羅容納無礙也

四行四德　四德者即依前一塵能徧之境而修行四德也一者隨緣妙用無方德謂隨順機緣起諸妙用萬別千差神變不測也二者威儀住持有則德謂行住坐卧整肅威儀闡揚教法拯物導迷堪忍住持可軌可範也三者柔和質直攝生德謂慈悲平等調柔和順言行相符質直無僞唯以正法攝

化衆生也四者普代衆生受苦德謂諸衆生受苦無量常懷悲憫拯拔救濟亦復出生入死爲其說法咸令得樂也

五入五止

五止者即依前能行四德之心而修五止也一者照法清淨離緣止謂觀照眞俗二諦之法空有不二清淨虛廓能緣之智既寂而所緣之境亦亡也二者觀人寂泊絶欲止謂觀五藴之身諸法本空寂然淡泊諸欲皆盡無願無求也三者性起繁興法爾止謂依體起用名爲性起應用萬差故曰繁興任運常然名法爾也四者定光顯現無念止謂入此止三昧中光明炳現内外洞徹無思無慮也五者理事玄通非相止謂眞性之理幻相之事隱顯俱融性相雙泯也五藴者色藴受藴想藴行藴識藴也

六起六觀

六觀者即依前五止而修即止之六觀也一者攝境歸心眞空觀謂觀世間一切諸法唯一心造心外更無一法可得境本空寂無有實體也二者從心現境妙有觀謂依體起用具修萬行莊嚴佛土成就報身也三者心境秘密圓融觀所言心者謂無礙心諸佛證之以成法身也境者謂無礙境諸佛證之以成淨土也然如來報身及所依淨土圓融無礙或身中現土土中現身心境雙融了無迫隘也四者智身影現衆緣觀謂智體唯一能鑑衆緣猶如日輪照現迥處虛空有目之流無不親見也五者多身入一鏡像觀謂以大止妙觀法力加持故得一身作多身多身入一身如鏡現像無有障礙也六者主伴互現帝網觀謂毘

盧遮那自身爲主十方諸佛菩薩爲伴或以一身爲主多身爲伴主伴互現重重無盡如帝網珠光光交映無有窮盡也（帝網者帝釋殿前千珠寶網也梵語毘盧遮那華言遍一切處）

六事明經意（出五苦章句經）經云佛有三達之智來今往古靡不通焉佛經衆多以虚空爲量佛智弘深以無造爲原經中所演不可思議或有反覆難了難明粗以六事可知其意（三達即三明宿命明天眼明漏盡明也）

一正道　謂佛所說之經旨意深奥無作無爲無行無得自然合道是爲正道

二善權　謂佛說經善權變化無有方所或出或處皆順機宜隨類開演令人悟解悉得證入是爲善權

三至教　謂如來說經爲諸衆生指示罪福令知作如是因得如是果未有作善得罪作惡得福其事明白至爲易曉是爲至教

四誘導　謂如來說經蓋爲蒙昧愚癡之人難便開化故以現世可獲福報因緣等勸誘引導令其歡喜順從而生正信是爲誘導

五福德　謂佛說經爲令衆生修習布施持戒忍辱精進禪定智慧等行調伏諸根無所放逸則得天人果報長樂無窮是爲福德

六禁戒　謂佛說經制諸禁戒令一切衆生攝持身口意業清淨不犯即能超脫三惡趣苦是爲禁戒（三惡趣者餓鬼趣畜生趣地獄趣也）

六離合釋（出華嚴經隨疏演義鈔）謂一名之中有能所等互相混濫故須明此六種之釋復以依主等皆有離合之意故云六離合釋（離合意者如依主釋中以眼與識分說爲離眼識通說爲合持業中藏與識有財中金剛與人相違中眼與耳帶數中五與蘊隣近中念與慧其意皆與此同）

一依主釋

謂所依爲主，如言眼識，眼是所依爲勝，識是能依爲劣，將劣依勝，故名眼之識，如臣依主，能所相彰，是爲依主釋。（眼之識若云眼即識，即屬持業釋也。）

二持業釋 持謂任持，業謂業用。如說第八藏識，識是本體，藏是業用，攝用歸體，體能持用，藏即是識，故名藏識，體持業用，是爲持業釋。

三有財釋 謂從他所有以得其名，如言金剛，金剛本是護法之神，因執金剛寶杵，得金剛名。又如梵語俱含，華言藏，藏有舍藏之義，以其舍藏文義，猶如世之庫藏能積聚財物，故名藏，將他名以顯已，是爲有財釋。

四相違釋 謂如說眼及耳等體性各別，皆自爲主，猶如水火不相隨順，兩别雙舉，故名相違釋。

五帶數釋 謂法上度量，以數顯義也。如說五蘊，因數有五，帶起本數，即名五蘊，乃至二諦等法，無不皆然，體帶數量，故名帶數釋。（五蘊者，色蘊、受蘊、想蘊、行蘊、識蘊也。二諦者，眞諦、俗諦也。）

六隣近釋 謂從隣近爲名，如說四念住，本是以慧觀察身受心法，今云念者，慧即揀擇照了，念即明記不忘，以念與慧其義隣近，故隱慧之名而言四念，所謂隱已從他也。又如意與識之類皆然，故名隣近釋。（四念住即四念處，一觀身不淨，二觀受是苦，三觀心無常，四觀法無我也。）

六種本迹（出宗鏡錄）

本謂根本，如樹之有根也；迹猶足跡，如人依處則有行迹，故名本迹。

一理事本迹 謂從實相眞諦之理爲本，出生一切諸法俗諦之事爲迹，此迹雖名爲事，乃理中所具之事，亦屬於理，故名理事本迹。（眞諦者，謂泯絕一切法也。俗諦者，謂建立一切法也。）

二理教本迹

謂如上理之與事俱不可說皆名爲本本即理也說理說事皆名爲迹迹謂教也故名理教本迹

三教行本迹 謂如上理事之教皆名爲本稟教修行名之爲迹故名教行本迹

四體用本迹 謂如上稟教修行契理證於法身之體爲本即法身之體起應身之用爲迹故名體用本迹

五權實本迹 謂最初實得法應二身皆名爲本中間化度衆生數數唱生唱滅種種權施法應二身皆名爲迹故名權實本迹（最初者得法應二身謂佛於過去無數劫前最初破無明惑證法性身而起應用也中間者謂過去世初成佛時乃至于今菩提樹下示成正覺之中間也）

六今已本迹 今即是本謂法華經從地涌出品已後所說久遠理事乃至權實皆名爲本已即是迹謂法華經從安樂行品已前及華嚴鹿苑方等般若已說事理權實等法皆名爲迹故名今已本迹

六成就（出華嚴經疏）

六成就者即如是我聞等六事乃諸經之通序也佛將入滅阿難問云世尊滅後諸經之首當安何語佛答言當安如是我聞一時佛在某處爲某衆等蓋言佛所說法以此六事和合方能成就故名六成就（梵語阿難華言慶喜）

一信成就 信即如是也言如是者乃諸經之法體也大智度論云佛法大海唯信能入信者言是事如是不信者言是事不如是謂如是之法是佛所說信受不疑故名信成就

二聞成就 聞即我聞也言我聞者謂如是之法阿難自言我曾親從佛聞故名聞成就

三時成就 時即一時也言一時者法王啟運嘉會之

時也謂衆生有緣能感佛即現身垂應感應道交不失其時故名時成就

四主成就　主即佛也佛梵語具云佛陀華言覺即自覺覺他覺行圓滿也謂佛爲世間出世間說法化導之主故名主成就

五處成就　處即佛說法之處也謂或在天上或在人間或摩竭提國或舍衛國等即是其處故名處成就梵語摩竭提華言不害以其國法無刑戮故梵語舍衛華言聞物以其名聞勝於諸國又寶物多出此故

六衆成就　衆即菩薩二乘天仙等諸大衆也謂佛說法必有菩薩等大衆雲集同聽故名衆成就菩薩梵語具云菩提薩埵華言覺有情二乘者聲聞乘緣覺乘也

又六事成就出莊嚴論　論云菩薩爲成就六度故決定應行六事也菩薩梵語具云菩提薩埵華言覺有情六度者一布施二持戒三忍辱四精進五禪定六智慧也

一供養　供養者謂因成就檀度故興供養若不長時供養三寶則檀度不得圓滿也梵語檀華言施三寶者佛寶法寶僧寶也

二學戒　學戒者謂因成就戒度故學習持戒若不長時學戒則戒度不得圓滿也

三修悲　修悲者謂因成就忍度故修習大悲心饒益衆生若不長時忍受及不饒益衆生則忍度不得圓滿也

四勤善　勤善者謂因成就進度故勤修衆善若心放逸不修諸善則進度不得圓滿也

五離諠　離諠者謂因成就禪定故離諠鬧若在聚落鬬諍雜亂則禪定不得圓滿也

六樂法　樂法者謂因成就智度故愛樂佛法若不遍歷十方承事諸佛聽法無厭如海納流無時盈溢則智度不得圓滿也

六度出六度集經

一檀那　梵語檀那華言布施施

有二種一者財施謂以飲食衣服田宅珍寶及一切資身之具悉能施之二者法施謂從諸佛及善知識聞說世間出世間善法以清淨心轉爲他說也

二尸羅　梵語尸羅華言性善謂好行善道不自放逸此據義而譯也正翻止得謂止惡得善也又翻爲戒謂戒能防止身口所作之惡也

三羼提　梵語羼提華言忍辱忍辱有二種一者生忍謂於恭敬供養中不生憍逸於嗔罵打害中不生怨恨也二者法忍謂於寒熱風雨饑渴等法惱害之時能安能忍不生嗔恚憂愁也

四毘梨耶　梵語毘梨耶華言精進精進有二種一者身精進謂若勤修善法行道禮誦與夫講說不自放逸也二者心精進謂若勤行善道心心相續不自放逸也

五禪那　梵語禪那華言靜慮專心斂念守一不散之謂也禪有二種一者世間禪謂色界無色界凡夫所修禪也二者出世間禪謂聲聞緣覺菩薩所修禪也

六般若　梵語般若華言智慧謂照了一切諸法皆不可得而能通達一切無礙爲諸衆生種種演說也

六妙門（出法界次第）　妙名涅槃門名能通修此六法則能通至涅槃故名六妙門前三是定後三是慧定愛慧策能發眞明出離生死（梵語涅槃華言滅度定愛慧策者愛謂樂於禪策謂策進眞行也眞明者眞性之明也）

一數息門　數息者修行之人調和氣息不澁不滑安詳徐數從一至十攝心在數不令馳散蓋欲界衆生心多馳動麤散難攝故須數息制其散亂是爲入定之要故

以數息爲初門也【二隨息門】隨息者細心依隨息之出入任而不散也謂修行之人雖因前數息心暫得任而禪定未發若猶存數則有起念之失故須捨數修隨心隨於息入時知入出時知出心安明淨禪定自發故以隨爲門也【三止門】止者攝心靜慮也謂修行之人雖因前隨息心安明靜而定猶未發若心依隨則微有起想之亂苟欲澄渟安隱莫若於止故次捨隨修止凝心寂慮禪定自發故以止爲門也【四觀門】觀者分別觀察之心也謂修行之人雖因前止證諸禪定而解慧未發若心住定則有味著之失是故不著於止起觀分別則無漏方便因此開發故以觀爲門也（無漏方便者漏謂因見思惑漏落生死也將斷此惑而證無生故名無漏方便）【五還門】還者轉心反照也謂修行之人雖修前觀分別觀察而眞明未發即當捨觀修還反照能觀之心念念皆不可得不加功力任運返本還源故以還爲門也【六淨門】淨者心無所依不起妄想分別之垢也謂修行之人雖修前還而眞明猶未能發即當捨還修淨淨心成就即發三乘聖道故以淨爲門也（三乘者聲聞乘緣覺乘菩薩乘也）

六神通（出法界次第）

瓔珞經云神名天心通名慧性天然之慧徹照無礙故名神通【一天眼通】謂能見六道衆生死此生彼苦樂之相及見一切世間種種形色無有障礙是名天眼通（六道者天道人道阿修羅道餓鬼道畜生道地獄道也）【二天耳通】謂能聞六道衆生苦樂憂喜語言及世間種種音聲是名天耳通【三知他心通】

謂能知六道衆生心中所念之事是名知他心通

四宿命通　謂能知自身一世二世三世乃至百千萬世宿命及所作之事亦能知六道衆生各各宿命及所作之事是名宿命通

五身如意通　謂身能飛行山海無礙於此界没從彼界出於彼界没從此界出大能作小小能作大隨意變現是名身如意通

六漏盡通　漏盡通者漏即三界見思惑也謂羅漢斷見思惑盡不受三界生死而得神通是名漏盡通（三界者欲界色界無色界也見思惑者謂意根對法塵起諸分別曰見惑眼耳鼻舌身五根對色聲香味觸五塵起諸貪愛曰思惑梵語阿羅漢華言無學）

六聚戒名義（出翻譯名義）　聚者集也由衆生罪有重輕故佛制諸戒結罪不一因隨其重輕集分六類故云六聚也

一波羅夷　梵語波羅夷華言棄謂犯此罪者永棄於佛法之外也又云極惡釋義有三一者由犯此戒道果無分二者不與僧中共住三者捨此身已當墮地獄故名極惡

二僧伽婆尸沙　梵語僧伽婆尸沙華言僧殘謂犯此罪者如人被他斫殘命雖未盡形已殘廢小有可救之理僧爲作法除此之罪故名僧殘

三偷蘭遮　梵語偷蘭善見律云偷蘭名大遮是華言謂遮障善道此華梵兼舉也謂犯此罪者大障善道墮於惡趣也（善道者人天也惡趣者餓鬼畜生地獄也）

四波逸提　梵語波逸提華言墮謂犯此罪者當墮八寒八熱地獄也（八寒者頞浮陀獄泥賴浮陀獄阿吒吒獄阿波波獄嘔喉獄鬱波羅獄波頭摩獄芬陀利獄八熱者想獄黑繩獄堆壓獄叫喚獄大叫喚獄燒炙獄大燒炙獄無間獄也）

五波羅提提舍尼　梵語波羅提提舍尼華言

向彼悔僧祇律云此罪應對衆發露懺悔是也

大突吉羅 善見律云梵語名突吉羅華言惡作謂身口所作之惡也四分律本云梵語名式义迦羅尼華言應當學謂此戒難持易犯常須念學故不列罪名但云應當學

六種性（出瓔珞本業經）

種性者種別性分也種即種子有發生之義性即性分乃自分不改之義瓔珞經對別教十住十行十回向十地等覺妙覺而論故有六種性然性通六位種局在因故前之四位名種等覺雖在因然勝前得稱爲覺故不言種也（局在因者謂十住十行十回向十地皆屬於因位故也）

一習種性 謂十住菩薩研習空觀破見思惑故名習種性（十住者發心住治地住修行住生貴住方便具足住正心住不退住童眞住法王子住灌頂住也）

二性種性 謂十行菩薩雖證本性眞空之理不住於空而能分別一切諸法化諸衆生故名性種性（十行者歡喜行饒益行無瞋恨行無盡行離癡亂行善現行無著行尊重行善法行眞實行也）

三道種性 謂十回向菩薩因修中道妙觀通達一切佛法故名道種性（十回向者救一切衆生離衆生相回向不壞回向等一切佛回向至一切處回向無盡功德藏回向隨順平等善根回向隨順等觀一切衆生回向眞如相回向無縛解脫回向法界無量回向也）

四聖種性 謂前諸位皆名賢位十地菩薩由修中道妙觀破無明惑證入聖地故名聖種性（十地者歡喜地離垢地發光地焰慧地難勝地現前地遠行地不動地善慧地法雲地也）

五等覺性 謂望後妙覺猶有一等勝前諸位得稱爲覺是名等覺性

六妙覺性 謂自覺覺他覺行圓滿不可思議故名妙覺性（自覺覺他者謂旣能覺悟自己而又覺悟他人也）

六相（出華嚴一乘教義分齊章）六相者，謂一眞法界之體而有六種名義之相也。然法界體同，本無異相，由法入於義，遂有六名。名雖有六，不離一體，交徹融通，一多無礙故也。

一總相　一即具多爲總，謂一法界之體，能具多種之義也。如人之身，能具眼耳等諸根而爲一體，故云總相。

二別相　多即非一爲別，謂理體雖一，而有種種差別之義也。如身體雖一，而眼耳鼻舌諸根各各不同，故云別相。

三同相　義不相違名同，謂義雖有種種差別，而同一法界緣起故也。如眼耳等諸根雖各不同，而共一身，不相違背，故曰同相。

四異相　多義相望爲異，謂種種差別之義，雖同一體，而各適其宜，不相混濫也。如眼耳等諸根，各得其用而不雜亂，故云異相。

五成相　一多緣起和合爲成，謂種種緣起之義，共成法界總相之體也。如眼耳等諸根，共成一身之用，故云成相。

六壞相　諸法各住本位爲壞，謂諸法之義，各各自住本位，則總相不成也。如眼耳等諸根，各住自位，一體不成，故云壞相。

六因（出大智度論）

一相應因　應，當也。謂心王與心所共相應故，如親友知識和合成事，故名相應因。（心王即第八識也。心所即受想行也。）

二俱有因　俱有因亦名共因，謂心與心所更相佐助，如兄弟同生，互相成濟，故名俱有因。

三同類因　同類因亦名自種因，謂過去善法與現在善法爲因，現在善法與未來善法爲因，故名同類因。惡無記法亦復如是。（惡無記法者，惡即惡法，無記即不善不惡之法也。）

四遍行因　謂苦集二諦下

惑也此惑徧於二諦故名遍行因（苦諦下惑十使具足即身見邊見見取戒取邪見貪瞋癡慢疑也集諦下惑但有七使除身見邊見戒取也）**五異熟因**謂行善惡因得善惡報異
世而熟故名異熟因**六能作因**謂眼與色
爲緣能生眼識乃至意與法爲緣能生意
識等皆名能作因

六種因（出楞嚴經）**一當有因**謂現在六根對於六
塵所作之法爲因此因能招未來當有之
果故名當有因（六根者眼根耳根鼻根舌根身根意根也六塵者色塵聲塵香塵味塵觸塵法塵也）**二相續因**謂因一念之心
攀緣根塵以成善惡之業而招未來之果
於未來果復起善惡之業展轉無有斷絕
故名相續因**三相因**謂以所作善惡業相
爲因由因感果無有斷絕故名相因**四作
因**謂作勝因已獲勝報於勝報上更作勝
因故名作因**五顯示因**謂一念妄想若生
必有所作善惡業相如燈照物顯然可見
故名顯示因**六待因**待即對也謂妄想滅
時還作作時還滅若相續念斷則妄想不
生以妄對不妄故名待因

六種調伏（出菩薩善戒經）**一性調伏**謂菩薩宿有善
根種性故能修習善法調伏身心諸煩惱
障由是得證菩提是名性調伏（菩薩梵語具云菩提薩埵華言覺有情梵語菩提華言道）**二衆生調伏**謂菩薩善
能調伏一切衆生若有聲聞性者令得聲
聞道有緣覺性者令得緣覺道乃至有人
天性者令其得人天樂是名衆生調伏（聲聞道即四諦也緣覺道即十二因緣也）**三行調伏**謂菩薩以萬
行調伏諸煩惱故而能具足佛道復爲衆
生故修習苦行心無悔恨是名行調伏**四**

方便調伏 謂菩薩以種種方便調伏衆生，如初發心者教持禁戒脫離生死，已發心者教令親近善友受持經法，是名方便調伏。

五熟調伏 謂菩薩爲諸衆生無善根者說人天樂，令其發菩提心；有善根者說出世法，令其增長成熟善果，是名熟調伏。

六熟調伏印 印即法印，以法自印其心也。印有三種：一謂菩薩專念菩提，其心柔輭，未能清淨，名下熟調伏印；二謂菩薩雖得清淨，未能具足最大寂靜，名中熟調伏印；三謂菩薩修行多劫，具足清淨，獲大寂靜，道品圓滿，名上熟調伏印也。（劫，梵語具云劫波，華言分別時節。）

種子識六義（出成唯識論）

種即能生之義也。謂於八識之中，隨一識起時，能生一切善惡之法，故名種子識。（八識者，眼識、耳識、鼻識、舌識、身識、意識、末那識、阿賴耶識也。）

一剎那滅義 梵語剎那，華言一念。謂眼等諸識種子一念纔生，生則隨滅，念念不停，剎那變異；耳鼻舌身意等諸識種子，各各亦復如是，是爲剎那滅義。

二果俱有義 果即識與根也。謂識與根同時俱起，以成力用也。如眼根照色境時，眼識隨即同緣；耳根照聲境時，耳識隨即同緣，於諸實境分明顯了；鼻舌身意亦復如是，是爲果俱有義。

三恒隨轉義 謂諸識起時，種子隨轉。如眼根照境時，眼識種子隨即相續，無有間隔；耳鼻舌身意等諸識各各起時，亦復如是，恒隨相續，是爲恒隨轉義。

四性決定義 謂諸識各各所緣善惡無記三性，無有間雜也。如眼識緣惡境，則成惡法，不能

成善法如緣善境則成善法不能成惡法若緣無記則不能成善惡二法諸識起時亦復如是是爲性決定義無記性不善不惡之性也

五待衆緣義謂識非一因而生必假衆緣而後成就如眼識種子須得空明根境等緣方得顯發耳鼻舌身意等諸識種子亦待衆緣而得成就是爲待衆緣義空即無壅明即光明

六引自果義謂諸識各引自體果用非是色心交互而成也如眼根照時眼識即緣所對實境而不混於聲香之別體耳鼻舌身意等諸識亦復如是是爲引自果義

大明三藏法數卷第十九

大明三藏法數卷第二十

上天竺前住持沙門一如等奉　勑集註

六輪對位（出菩薩瓔珞本業經）輪有二義一運轉二摧碾謂佛菩薩轉於法輪則能摧碾衆生惑業故以六輪對諸位次也

一銅寶輪對十住位 銅似金色不具金用雖無鐵之麤垢而猶有渣滓若鍊磨攻治則能成諸器皿濟用於世謂十住菩薩已斷見思之惑如離麤垢於四十一品無明之惑未能盡斷如銅之猶有渣滓惑旣分斷德亦分顯故能從體起用隨類現形化諸衆生如器成濟世故以銅寶輪對十住位也（十住者發心住治地住修行住生貴住方便具足住正心住不退住童眞住法王子住灌頂住也四十一品者謂十住十行十回向十地等覺各一品也）

二銀寶輪對十行位 銀體瑩潔不受塵垢雖經鎔鍊性恒不變謂十行菩薩不加功力任運分斷無明之惑顯發本然清淨之性如銀之瑩潔鎔鍊不變故以銀寶輪對十行位也（十行者歡喜行饒益行無嗔恨行無盡行離癡亂行善現行無著行尊重行善法行眞實行也）

三金寶輪對十回向位 金體貴重濟用極大土埋火煅其色不變謂十回向菩薩功行加深教化亦廣雖混衆塵而不爲塵垢所染雖居五欲而不爲欲火所燒故以金寶輪對十回向位也（十回向者救一切衆生離衆生相回向不壞回向等一切佛回向至一切處回向無盡功德藏回向隨順平等善根回向隨順等觀一切衆生回向眞如相回向無縛解脫回向法界無量回向也五欲者色欲聲欲香欲味欲觸欲也）

四瑠璃寶輪對十地位 梵語瑠璃華言青色寶出須彌山一切衆寶皆不能壞謂十地菩薩所證眞實不爲外魔之所動壞故以瑠璃寶輪對十地位也（梵語須彌華言

妙高十地者歡喜地離垢地發光地燄慧地難勝地現前地遠行地不動地善慧地法雲地也

五摩尼寶輪對等覺位 梵語摩尼又云末尼華言離垢此寶光淨不爲塵垢所染若以青物裹之投水水色即青紅黃赤白亦復如是謂等覺菩薩無明之惑將盡位居十地之上其隨類現形化用自在故以摩尼寶輪對等覺位也等覺者望後妙覺猶有一等勝前諸位得稱爲覺也

六水精寶輪對妙覺位 水精內外映徹無物不現謂妙覺果佛諸惑淨盡萬德圓明常住湛然有感則應故以水精寶輪對妙覺位也妙覺者自覺覺他覺行圓滿不可思議也

六種住出菩薩地持經

六種住者約別教位次而論也以此六人所證之位皆不退失故名爲住

一種性住 種即能生之義性即自分不改之義謂別教菩薩於十住十行位中道種成就無有退失數數增進故名種性住十住者發心住治地住修行住生貴住方便具足住正心住不退住童眞住法王子住灌頂住也十行者歡喜行饒益行無嗔恨行無盡行離癡亂行善現行無著行尊重行善法行眞實行也

二解行住 解即解了行即修行謂別教菩薩於十回向位中修習中觀爲入初地之方便故名解行住十回向者救一切衆生離衆生相回向不壞回向等一切佛回向至一切處回向無盡功德藏回向隨順平等善根回向隨順等觀一切衆生回向眞如相回向無縛解脫回向法界無量回向也

三淨心住 謂別教菩薩於初地斷根本見惑得出世間心離凡夫我相障故名淨心住初地即歡喜地也根本見惑者即三界外見惑以界內諸惑由之而生也凡夫我相者謂凡夫之人於五陰身執爲我也

四行道迹住 迹猶足迹謂別教菩薩從二地至七地修習中觀皆斷根本思惑而有證入之迹故名行道迹住二地至七地者離垢地發光地燄慧地難勝地現前地遠行地也

五決定住 謂別教菩薩從八地九地已得眞實之行不還不退故名決定住（八地九地者不動地善慧地也）**六究竟住** 謂此非圓教妙覺果佛之究竟乃是別教第十地菩薩學行滿足究竟不退故名究竟住（第十地者法雲地也）

六種決定（出大乘莊嚴經論）論云菩薩由六度增上得六種決定 **一財成決定** 謂菩薩由布施力必定常得大財成就是名財成決定 **二生勝決定** 謂菩薩由持戒力必定常得貴勝之家隨意受生是名生勝決定 **三不退決定** 謂菩薩由忍辱力所修善法必定常不退失是名不退決定 **四修習決定** 謂菩薩由精進力常時修習善法必定無有間息是名修習決定 **五定業決定** 謂菩薩由禪定力成就衆生正定之業必定永不退失是名定業決定 **六無功用決定** 謂菩薩由智慧力不加功行必定自然住理是名無功用決定

六種攝（出菩薩地持經）攝即攝取亦攝受也謂菩薩以此六種攝諸衆生過去已攝現在今攝未來當攝乃至歷塵數劫無有疲厭故名六種攝（劫梵語具云劫波華言分別時節）

一頓攝 頓遽也謂菩薩從初發心於一切衆生作父母想隨力所能眞以一切樂事饒益而攝取之是名頓攝（菩薩梵語具云菩提薩埵華言覺有情）

二增上攝 增上猶增勝也謂菩薩既已發心若於父母起尊重心種種方便勸修善法隨時供養知恩報恩若於妻子眷屬教修善法令其勝進或菩薩爲王即攝受人民如法正化不加非罰以財以法而爲饒益隨其力

能教諸衆生令修善法是名增上攝　**三取攝**　謂菩薩常以二種攝取衆生一者常以捨心以財饒益一切衆生令其離於貧窮二者常以慈悲心以法饒益一切衆生拔惡邪見教修正法是名取攝　**四久攝**　謂菩薩攝取衆生多歷時數久久教化乃得成熟是名久攝　**五不久攝**　謂菩薩攝取衆生教化不久即得成熟是名不久攝　**六後攝**　謂菩薩於前五攝之後攝取衆生於此生內即能成熟是名後攝

六種阿羅漢（出法華玄義）

梵語阿羅漢華言無生又云無學謂三界生死已盡故名無生無法可學故名無學（三界者欲界色界無色界也）

一退法阿羅漢　謂因遇違緣退失所得道法即第四果退至初果故名退法（違緣者涅槃經明五緣一樂多事二樂說世事三樂睡眠四樂近在家五樂多遊行皆名違緣也第四果即阿羅漢初果即須陀洹也）

二思法阿羅漢　謂常自思惟所得之法恐有退失故名思法

三護法阿羅漢　謂於所證之法心生愛樂善加守護故名護法

四住法阿羅漢　謂住於所證之法不退不進故名住法

五進法阿羅漢　謂能加功進行至不動法故名進法

六不動法阿羅漢　謂不被煩惱之所動亂故名不動法

六法師（出大智度論）

法華文句云法者軌則也師者訓匠也謂師於妙法自行成就又能以妙法訓導於他故稱法師

一信力故受　信向也受領納也謂以信向之力聽聞正法乃至一句一偈領納在心故名信力故受

二念力故持　念憶念也持執持也謂所

聞之法由憶念之力執持不失故名念力故持**三看文爲讀**謂目視經卷之文以口習宣演故名看文爲讀**四不忘爲誦**謂習讀既熟不假看文自然成誦無有忘失故名不忘爲誦**五宣傳爲說**宣揚也傳轉也謂自己所得之法展轉爲他人說故名宣傳爲說**六難曉須釋**謂佛所說經教義趣深遠卒難曉了必須解釋方能解悟故名難曉須釋

六和敬（出法界次第）和敬者和同愛敬也此六者通名和敬蓋外同他善謂之和內自謙卑謂之敬令稱僧爲六和蓋出於此

一同戒和敬謂比丘通達實相正理知罪不可得爲欲安立衆生於實相正理以方便善巧同持戒品無有乖諍亦知衆生同此戒善未來必得菩提大果是以敬之如佛故名同戒和敬也（梵語比丘華言乞士梵語菩提華言道）

二同見和敬謂比丘通達實相正理而能了知諸法本無所得亦無所知見爲欲安立衆生於實相正見以方便善巧同一切知見無有乖諍亦知衆生因此知見必得種智圓明是以敬之如佛故名同見和敬也（種智者即一切種智也）

三同行和敬謂比丘通達實相正行而能了知無作無行爲欲安立衆生於實相正行以方便善巧同修諸行無有乖諍亦知衆生同此諸行漸積功德當成佛道是以敬之如佛故名同行和敬也

四身慈和敬謂比丘住平等大慈以修其身常與衆生一切樂事無有乖諍亦知衆生悉有佛性未來必得金剛之身是以敬之如

佛故名身慈和敬也（金剛者言法性之身不可壞也）**五口慈和敬**謂比丘住平等大慈以修其口常與衆生說一切法令其得樂無有乖諍亦知衆生悉有佛性未來必得上上清淨口業是以敬之如佛故名口慈和敬也（上上謂佛也）**六意慈和敬**謂比丘住平等大慈以修其意常知衆生諸根性欲與衆生樂無有乖諍亦知衆生悉有佛性未來必得心如佛心是以敬之如佛故名意慈和敬也

六羣比丘（出十住毘婆沙論）梵語比丘華言乞士謂此等比丘於佛世時聚集成衆作諸非威儀事羣出隊入故名六羣比丘**一闡陀**又云闡那即車匿又云闡釋迦（無翻）是釋種也**二迦留陀夷**梵語迦留陀夷華言麤黑以其顏貌麤黑故也是婆羅門種此二人性多貪癡不受人語住迦尸黑山聚落作諸非威儀事時黑山聚落諸優婆塞來白佛言六羣比丘於彼聚落作諸非法佛令阿難同六十比丘往彼作驅出羯磨二人知之便出一由旬外迎請阿難即求懺悔言我所作非善從今已去不敢復作即同阿難還至佛所後迦留陀夷因入婆羅門家說法被賊打殺（梵語婆羅門華言淨行梵語優婆塞華言清淨士梵語阿難華言慶喜梵語羯磨華言作法）**三三文陀達多**又云難陀**四摩醯沙達多**又云跋難陀梵語三文陀達多摩醯沙達多（無翻）此二人是釋種性多愚癡不受人語住黑山聚落作諸非威儀事聞佛令阿難來作驅出羯磨二人便走到於王道聚落後三文陀達多以猪祠廟生天**五馬師**又云馬宿**六滿宿**馬師

性多愚癡滿宿性多嗔恚此二人本是田夫亦釋種也共議我等作田辛苦可共出家於佛法中衣食自然復更籌量就誰出家即到舍利弗目犍連所求欲出家既出家已住雞咤山聚落不受人語作諸非威儀事於六羣比丘中最爲上首後二人因多愚癡嗔恚墮生龍中（梵語舍利弗華言身子梵語目犍連華言采菽氏皆佛之弟子也）

三寶有六義（出諸經要集）

三寶者佛法僧也乃四生之導首六趣之舟航爲世所貴故名爲寶（四生者胎生卵生濕生化生也六趣者天趣人趣阿修羅趣餓鬼趣畜生趣地獄趣也）

一希有義　謂如世珍寶貧窮之人所不能得三寶亦爾薄福衆生百千萬世不能值遇故名希有

二離垢義　謂如世珍寶內外瑩徹體無瑕穢三寶亦爾諸漏淨盡無有垢染故名離垢（諸漏淨盡者謂一切惑業斷盡無遺不漏落生死也）

三勢力義　謂如世珍寶除貧去毒有大勢力三寶亦爾具六神通拔濟衆生出離苦趣故名勢力（六神通者天耳通天眼通宿命通他心通神足通漏盡通也）

四莊嚴義　謂如世珍寶嚴飾身首令人姝好三寶亦爾能以正法嚴飾行人令得身心清淨故名莊嚴

五最勝義　謂如世珍寶諸物中勝三寶亦爾一切世間最爲殊勝故名最勝

六不改義　謂如世眞金燒打磨鍊不能變改三寶亦爾不爲世間八法之所變易故名不改（八法者一利二衰三毀四譽五稱六譏七苦八樂也）

六欲天（出楞嚴經）

欲即色欲四天王以形交爲欲忉利以風爲欲夜摩以抱持爲欲兜率以執手爲欲化樂以視笑爲欲他化但以視

爲欲也謂之天者天然自然樂勝身勝亦名最勝亦名光明以其所欲不同故名六欲天

一四天王天 東方持國天王謂能護持國土故居須彌山黃金埵南方增長天王謂能令他善根增長故居須彌山瑠璃埵西方廣目天王謂能以淨天眼常觀擁護此閻浮提故居須彌山白銀埵北方多聞天王謂福德之名聞四方故居須彌山水晶埵（梵語須彌華言妙高梵語閻浮提華言勝金洲）

二忉利天 梵語忉利華言三十三大智度論云昔有婆羅門姓憍尸迦與知友三十二人共修福德命終皆生須彌山頂憍尸迦爲天主名帝釋天三十二人爲輔臣周圍列居而帝釋獨處其中又淨名疏云昔迦葉佛滅後有一女人發心修塔報爲天主有三十二人助修報爲輔臣君臣合之爲三十三也（梵語婆羅門華言淨行梵語憍尸迦又云釋提桓因華言能天主言帝釋者華梵雙舉也三十二人名字經論不載據正法念處經所載三十三天各有住處謂善法堂天山峯天山頂天善見城天鉢私他天俱吒天雜殿天懽喜園天光明天波利耶多天離險岸天谷崖岸天摩尼藏天旋行天金殿天鬘影天柔軟天雜莊嚴天如意天微細行天歌音喜樂天威德輪天月行天閻摩那娑羅天速行天影照天智慧行天衆分天曼陀羅天上行天威德顏天威德燄輪光天清淨天也）

三夜摩天 梵語夜摩華言善時亦名時分謂其時時唱快樂故以蓮華開合分其晝夜此天依空而居

四兜率天 梵語兜率華言知足謂其於五欲境知止足故此王依空而居（五欲者色欲聲欲香欲味欲觸欲也）

五化樂天 化樂天者謂自化五塵之欲而娛樂故此天依空而居（五塵者色塵聲塵香塵味塵觸塵也）

六他化自在天 他化自在天者謂假他所化以成已樂故此天依

空而居即魔王天也

六界聚（出中阿含經）　界即界分，聚即聚集。謂人之身聚集六法，各有分齊，故名六界聚。

一地界聚　地以堅礙為性。謂人之身有內地界而受於生，即髮毛爪齒麤細皮膚骨肉筋腎心肝脾肺之類，是名地界聚。

二水界聚　水以潤濕為性。謂人之身有內水界而受於生，即腦髓眼淚汗涕唾膿肪血涎痰之類，是名水界聚。

三火界聚　火以燥熱為性。謂人之身有內火界而受於生，即熱身煖身煩悶身溫壯身及能消飲食之類，是名火界聚。

四風界聚　風以動轉為性。謂人之身有內風界而受於生，即出息入息及掣縮等風之類，是名風界聚（掣縮風者，凡身動轉皆屬於風故也）。

五空界聚　空以無礙為性。謂人之身有內空界而受於生，即眼空耳空鼻空口空咽喉動搖食消下過之類，是名空界聚。

六識界聚　識以分別為性，即心識也。所謂樂識苦識喜識憂識，是名識界聚。

六難（出涅槃經）

一佛世難遇　謂諸佛不常出世，衆生懸遠難遇，而況衆生不修勝因，不行衆善，雖佛出世亦不得遇，故云佛世難遇。

二正法難聞　謂雖值佛出世，或緣有違逆，身有障難，根有愚鈍，不能聽受；又若佛滅後，或有說正法處，身為他人制伏，不能往聽，或生邪見，雖聽不能信受，故云正法難聞。

三善心難生　謂人生世間，宿習垢重，惡緣易染，而況邪惑蔽心，生諸貪著，若不遇善知識勸教，則終不能發心修習善行，故云善心難生。

四中國難生　謂中華之國聖人

出生其中仁義昭明佛法流布實爲文物之地若非持戒修福不得生此故云中國難生

五人身難得 謂因行五常五戒出離四趣方得人身經云得人身者如爪上土失人身者如大地土以其得少失多故云人身難得（五常者仁義禮智信也五戒者不殺不盜不邪婬不妄語不飲酒也四趣者阿修羅趣餓鬼趣畜生趣地獄趣也）

六諸根難具 謂難得人身或有盲聾瘖瘂則爲殘廢六根完具是亦難得故云諸根難具（六根者眼根耳根鼻根舌根身根意根也）

父六親（出善見毘婆沙律） 謂佛令比丘避於譏嫌不得於非親之女及比丘尼洗浣故衣若父母之親可使洗浣故說父六親及母六親也（梵語比丘華言乞士梵語尼華言女）

一伯 伯者即父之伯於已爲伯祖也

二叔 叔者即父之叔於已爲叔祖也

三兄 兄者即父之兄於已爲伯也

四弟 弟者即父之弟於已爲叔也

五兒 兒者即父之子於已爲兄弟也

六孫 孫者即父之孫乃兄弟之子於已爲姪男也

母六親（出善見毘婆沙律）

一舅 舅者即母之舅乃外祖母之兄弟於已爲舅公也

二姨 姨者即母之姨乃外祖母之姊妹於已爲姨婆也

三兄 兄者即母之兄於已爲舅也

四弟 弟者即母之弟於已亦爲舅也

五兒 兒者即母之女於已爲姊妹也

六孫 孫者即母之孫乃兄弟之子於已爲姪女也

人死六驗（出諸經要集） 謂人生世間作善作惡罪福昭然纖毫無隱及臨終時將感來生善惡果報先有六驗

一驗生人中 謂若作善之人將死之時先從足冷至臍臍上猶溫

然後氣盡者即生人中**二驗生天上**謂若作善之人將死之時頭頂皆温然後氣盡者即生天上**三驗生餓鬼中**謂若作惡之人從頂冷至腰腰下猶温然後氣盡者即生餓鬼中**四驗生旁生中**旁生即畜生也謂若作惡之人從頂冷至膝膝下猶温然後氣盡者即生旁生中**五驗生地獄中**謂若作極惡之人從頂冷至足足底猶温然後氣盡者即生地獄中**六驗入涅槃**謂若羅漢聖人入於涅槃或心及頂數日皆温者是也（梵語羅漢華言無生梵語涅槃華言滅度）

廣六度行（出成具光明定意經亦名六德行）

一廣施曠大曰廣捨財曰施謂行施者既懷廣大之心應當知身非常四大不淨會歸敗壞知身既不我有財物亦是虛幻乃至世間萬物皆悉無常由是觀身非身觀物非物縱心恣施了無罣礙復能廣弘法施開化愚蒙故曰廣施（四大者地大水大火大風大也）

二廣戒戒律也戒品雖多不出身口意之三業謂或見衆寶珍琦凡諸可意之物身雖貧乏不妄貪取或見細妙之色内觀朽爛生厭離心乃至不殺不盜不婬等皆身戒也或以惡言加已乃以善言和語至誠而答乃至不妄言不綺語不兩舌皆口戒也復能思惟生死常懷解脱又能修習道品之要深入無爲之理乃至不貪不嗔不癡等皆意戒也修行之人於此三業之戒自既堅持不犯復能展轉化他廣弘戒法故曰廣戒

三廣忍忍者耐也謂菩薩修行之時若人罵詈知其從聲而出於此觀了言語性空意亦如

是視諸慙辱空無所有如此則瞋恚不生忍行可進身既能爾復能展轉化他令行忍耐故曰廣忍（菩薩梵語具云菩提薩埵華言覺有情）

四廣精進 謂菩薩修行道品當勤精進節其飲食除於睡卧晨夜惺惺莫令怠墮乃至爲人廣說法要不以爲煩開教愚頑不辭勞倦自既能爾復能展轉化他令其精進故曰廣精進

五廣一心 一心者心不雜亂也謂菩薩修行禪定之時一心寂靜離諸散亂於孝事父母尊敬師友斷愛遠俗空閑寂寞皆當專一其心乃至多欲多諍多作多惱或譽或毀或利或失於是等處並當專一其心不撓不動自既能爾復能展轉化他於一切時處皆一其心故曰廣一心

六廣智慧 智慧者照了萬法通達無礙也謂菩薩修行之時若墮見聞則有一切塵境所蔽當以智慧一一照了觀其所起察其所滅處愛欲中心在道品之藏寄濁惡界心遊清淨之鄉入險隘路心思方便之道故能絕三界之妄想證涅槃之真空自既能爾復能展轉化他令修智慧故曰廣智慧（三界者欲界色界無色界也梵語涅槃華言滅度）

六種戒（出瑜伽師地論）

一廻向戒 廻向戒者謂菩薩利他心大則以持戒善利普皆廻向一切衆生同成佛果也（菩薩梵語具云菩提薩埵華言覺有情）

二廣博戒 廣博戒者謂菩薩運心廣大普博雖持一戒而能廣攝一切所學諸戒也

三無罪歡喜戒 無罪歡喜戒者謂菩薩遠離五欲而於諸戒無所毀犯故得歡喜之樂也（五欲者色欲聲欲香欲味欲觸欲也）

四恒常戒 恒常戒者

謂菩薩於所學諸戒雖盡形壽亦不棄捨也**五堅固戒**堅固戒者謂菩薩持戒時一切利養恭敬及諸貪瞋煩惱悉皆不能惑動而毀壞也**六尸羅莊嚴具相應戒**梵語尸羅華言清涼以能除破戒熱惱故也謂菩薩持戒則能莊嚴一切所修善法而具足一切諸相應戒也（相應戒者謂與戒法相應也）

六齋日（出四天王經并增一阿含經）六齋日者據毘婆沙論所說凡遇持齋之日則過中不食**一每月初八日**帝釋勑四天王各治一方至此日四王遣輔臣觀察世間人民善惡（帝釋梵語釋提桓因華言能天主言帝釋者華梵雙舉也四天王者東方持國天王南方增長天王西方廣目天王北方多聞天王也）**二每月十四日**此日四天王遣太子按行天下伺察人民善惡**三每月十五日**此日四天王親自按行天下有慈孝父母恭敬三寶及尊長者并修六度持八戒齋者諸天相慶則降善福注禄增筭如不修善持齋唯造惡業諸天憂感降以不祥減禄除筭（六度者一布施二持戒三忍辱四精進五禪定六智慧也八戒者不殺生不偷盜不邪婬不妄語不飲酒不坐高廣大牀不著華鬘瓔珞不習歌舞戲樂也齋者過午不食也）**四每月二十三日**此日四天王遣輔臣觀察與初八日同**五每月二十九日**此日四天王遣太子觀察與十四日同**六每月三十日**此日四天王躬自按行觀察與十五日同

六種巧方便（出菩薩地持經）**一隨順巧方便**謂菩薩欲爲衆生說法先以善巧方便隨順教誡令生信樂之心然後以如來甚深法義分別解說令其易解易入獲大利益是名隨順巧方便（菩薩梵語具云菩提薩埵華言覺有情）**二立要巧**

方便要即誓約也謂若有衆生來從菩薩求索田宅飲食錢財種種資生之具菩薩即與立要誓之言汝能供養父母沙門婆羅門及受持禁戒我當施與如其不能則不施與彼諸衆生既聞如是要誓即能如說修行滿所願欲是名立要巧方便（梵語沙門華言勤息梵語婆羅門華言淨行）

三異相巧方便謂菩薩既教衆生供養父母沙門婆羅門及受持禁戒者或有不順其教菩薩則現乖異瞋責之相令彼有所畏懼捨惡從善是名異相巧方便

四逼迫巧方便謂菩薩於自眷屬作是教言若我眷屬有不供養父母乃至犯諸禁戒者我當斷其供給或加謫罰或至擯斥彼諸眷屬畏其謫罰即修衆善斷諸惡法彼雖不樂逼令修習是名逼迫巧方便

五報恩巧方便謂菩薩先有恩德及於衆生或施以財物或脱諸苦難及免諸恐怖救療衆病令得安樂而衆生知恩欲酬報者菩薩則不欲其世間財利但勸其供養父母乃至受持禁戒是名報恩巧方便

六清淨巧方便謂菩薩住究竟地生兜率天從兜率天來生世間或生王宮捨上妙樂出家學道令諸衆生捨離高慢及成無上菩提又令衆生堅固信樂同求佛道所有惑染悉皆清淨是名清淨巧方便（究竟地即佛地梵語兜率華言知足）（出攝大乘論）

思修六意

一廣大意謂菩薩修行發廣大心歷無數劫而得菩提於此時劫常捨身命及以恒河沙數世界滿中七寶供施如來從初至終其心猶不滿足是名菩

薩廣大意（菩薩梵語具云菩提薩埵華言覺有情梵語菩提華言道七寶者金銀琉璃玻瓈硨磲瑪瑙赤真珠也）

二長時意　謂菩薩修行從初發心乃至成佛心不放捨常行布施持戒歷無數劫無有厭足是名菩薩長時意

三歡喜意　謂菩薩修行常行六度之行利益一切衆生而於自他皆生無等歡喜是名菩薩歡喜意（六度者一布施二持戒三忍辱四精進五禪定六智慧也）

四有恩德意　謂菩薩修行常行六度之行利益一切衆生雖見彼於我有大恩德而不見自身於彼有恩是名菩薩有恩德意

五大志意　謂菩薩修行常行六度之行其所生功德善根以無著心回施一切衆生令彼皆得可愛果報是名菩薩大志意

六善好意　謂菩薩修行常行六度之行所生功德善根令一切衆生平等皆得仍復爲彼迴向無上菩提是名菩薩善好意

六種意樂（出攝大乘論）　謂菩薩修習一切法門皆須作意欣樂也（菩薩梵語具云菩提薩埵華言覺有情）

一廣大意樂　謂菩薩以滿恒河沙等世界七寶奉施如來復能持戒忍辱精進禪定智慧乃至現世得證佛果猶無厭足是名廣大意樂（七寶者金銀琉璃玻瓈硨磲碼碯赤真珠也）

二長時意樂　謂菩薩行於六度乃至現世得證佛果心常好樂無有間息是名長時意樂（六度者一布施二持戒三忍辱四精進五禪定六智慧也）

三歡喜意樂　謂菩薩能以六度饒益有情由此所作心生歡喜是名歡喜意樂

四荷恩意樂　荷負也謂菩薩以此六度饒益有情不見自身於彼有恩是名荷恩意樂

五大志意樂　謂菩薩即

以如是六度所集善根功德廻施一切衆生令其同得勝果是名大志意樂

六純善意樂 謂菩薩復以如是六度所集善根功德共諸衆生廻求佛果心無間雜是名純善意樂

起塔有六意（出華嚴經疏）

一爲表人勝 謂如來三界至尊最勝無比故建塔以表之令人瞻禮而歸敬也（三界者欲界色界無色界也）

二令生淨信 謂建造佛塔蓋令一切衆生瞻仰頂禮而生崇重正信之心也

三令標心有在 謂建造佛塔蓋令一切衆生心有所向而敬慕歸依也

四令供養生福 謂建造佛塔蓋令一切衆生至心恭敬供養則能生諸福利也

五爲報恩行畢 謂建造佛塔非惟利益於已身蓋將荅報四恩而畢無邊之行願也（四恩者國王父母師友檀越也）

六生福滅罪 謂建造佛塔非惟生自巳之福滅自巳之罪蓋令一切衆生凡瞻覩頂禮者無不生一切福滅一切罪也

六法令他歡喜（出根本說一切有部毘柰耶雜事）

一身業行慈 謂於諸賢聖及同修梵行人處起慈善心以爲禮敬燒香散華種種供養若見其病苦隨時供給令他歡喜是名身業行慈（梵行即淨行也）

二語業行慈 謂於諸賢聖及同修梵行人處起慈善心以語讚歎彰其實德他不聞者令他得聞復讀誦經典晝夜精勤令他歡喜是名語業行慈

三意業行慈 謂於諸賢聖及同修梵行人處起慈善心不生妬害慳嫉之想於諸衆生起悲愍心起利益心令他歡喜是名意業行慈

四如

法利養　謂凡所有資生之物乃至得少飲食於同修梵行之人情無彼此悉皆共他受用令他歡喜是名如法利養

五受持戒法　謂於所受戒法始終堅持不毀不犯而於同修梵行之人不生輕鄙令他歡喜是名受持戒法

六能生正見　謂於一切道法發起正見無有疑惑而與同修梵行之人共同此見令他歡喜是名能生正見

外道六師

（出陀羅尼集經并翻譯名義）

邪心見理發於邪智不稟正教故名外道輔行云六師元祖是迦毘羅支流分異遂爲六宗（梵語迦毘羅華言黃色）

一富蘭那迦葉　梵語富蘭那字也（無翻）迦葉因母之姓而爲姓也其人起邪見謂一切法斷滅無君臣父子忠孝之道名爲色空外道以色破欲界有以空破色界有謂空爲至極故也

二末伽黎拘賒黎　梵語末伽黎華言不見道字也梵語拘賒黎（無翻）因母之名而爲名也其人起邪見謂衆生苦樂不由自行而得皆是自然而有此計自然者即是無因亦邪見也

三刪闍夜毘羅胝　梵語刪闍夜華言正勝字也梵語毘羅胝華言不作因母之名而爲名也其人起邪見謂道不須求經生死劫數苦盡自然而得又云八萬劫滿自然得道也（劫梵語具云劫波華言分別時節）

四阿耆多翅舍欽婆羅　梵語阿耆多翅舍字也梵語欽婆羅麤衣名因以爲名也（無翻）其人起邪見非因計因着麤弊衣自拔其髮以烟熏鼻及五熱炙身修諸苦行爲道自謂今身併受諸苦則後身常得樂也（非因計因者本非得樂之因而妄計此因能得樂也五熱者四面火

聚更加頭上有日故云五熱炙身

五迦羅鳩馱迦旃延 梵語迦羅鳩馱華言牛領字也梵語迦旃延華言剪髮姓也其人謂諸法亦有相亦無相即邪見也（有相即常見無相即斷見）

六尼揵陀若提子 梵語尼揵陀華言離繫此外道出家之總名梵語若提（無翻）因母之名而爲名也其人謂罪福苦樂本有定因要當必受非行道所能斷如此計者即邪見也

六苦行外道（出大涅槃經）

一自餓外道 謂外道修行不羨飲食長忍飢虛執此苦行以爲得果之因是名自餓外道

二投淵外道 謂外道修行寒入深淵忍受凍苦執此苦行以爲得果之因是名投淵外道

三赴火外道 謂外道修行常熱炙身及熏鼻等甘受熱惱執此苦行以爲得果之因是名赴火外道

四自坐外道 謂外道修行常自躶形不拘寒暑露地而坐執此苦行以爲得果之因是名自坐外道

五寂默外道 謂外道修行於屍林塚間以爲住處寂默不語執此苦行以爲得果之因是名寂默外道

六牛狗外道 謂外道修行自謂前世從牛狗中來即持牛狗戒齕草噉汚唯望生天執此苦行以爲得果之因是名牛狗外道

六道（出法華文句）

道即能通之義謂六道生死展轉相通故名六道

一天道 天即天然自然樂勝身勝是名天道

二人道 人者忍也於世苦樂之境而能安忍是名人道

三阿修羅道 梵語阿修羅華言無酒又言無端正又言無天此道或居海岸海底或居半須彌山巖窟宮殿嚴飾懷猜忌心常好鬬戰

是名阿修羅道（無酒者法華疏云修羅於四天下採華醖海爲酒魚龍業力其味不變於是嗔妬誓願斷酒故云無酒無端正者修羅種類男醜女端故云無端正無天者淨名疏云此神果報最勝隣次諸天而非天又無天德故云無天）

四餓鬼道 謂此道或居海底或在人間山林中或似人形或似獸形不得飲食業重者飢火炎炎不聞漿水之名次者伺求人間蕩滌膿血糞穢輕者時薄一飽是名餓鬼道

五畜生道 畜生亦云旁生謂此道徧在諸處披毛戴角鱗甲羽毛其類非一互相吞噉受苦無窮是名畜生道（旁生者婆沙論云形旁行旁形旁者謂身形橫生不正也行旁者謂其宿世所行之行偏邪不正也）

六地獄道 謂此獄在地之下而有鑊湯劒樹等苦是名地獄道

六蔽心（出大智度論）

一慳心 謂衆生由此慳悋蔽覆於心不能行於布施縱行布施亦不能以好物與人是名慳心

二破戒心 謂衆生由貪瞋癡等煩惱蔽覆於心行於惡行不能堅持禁戒是名破戒心

三瞋恚心 謂衆生由瞋恨忿恚蔽覆於心歷事對境常懷惱害於他而無忍辱之行是名瞋恚心

四懈怠心 謂衆生由懈怠蔽覆於心不能精進勤修聖道之行是名懈怠心

五亂心 謂衆生由散亂蔽覆於心妨於禪定如風中燈雖有光明不能照物是名亂心

六癡心 謂衆生由愚癡蔽覆於心而無智慧於一切事皆不能知受着邪法不起正見是名癡心

六染心（出起信論） 六染心者謂心體本淨離諸妄染以依不覺忽起無明由無明熏習力故遂有六種染心之相

一執相應染 謂於苦

樂等境不了虛無妄起執着與心相應見思煩惱之惑汙其淨心故名執相應染即是六麤中第三執取相第四計名字相也見思者見即分別也謂意根對法塵起諸邪見故名見惑思即思惟也又貪染曰思謂眼耳鼻舌身五根貪愛色聲香味觸五塵而起想着故名思惑六麤者智相相續相執取相計名字相起業相業繫苦相也

二不斷相應染　不斷即相續也謂於苦樂等境與心相應數數起念相續不斷故名不斷相應染即是六麤中第二相續相也

三分別智相應染　謂能分別世間出世間諸法染淨故云智也此智分別亦是法執與心相應故名分別智相應染即是六麤中第一智相也

四現色不相應染　現色者謂依根本無明熏動淨心令現境界之相雖現境界之相而根本無明最極微細不與心王心所相應故名不相應染即是三細中第三現相也根本無明者謂其能生見思等惑也心王者即第八識也心所者受想行也三細者業相轉相現相也

五能見心不相應染　能見心者謂根本無明動故能令心有所見雖令心有所見而不與心王心所相應故名不相應染即是三細中第二轉相也

六根本業不相應染　根本業者即根本無明也謂以無明力故不覺心動動即成業雖動成業而不與心王心所相應故名不相應染即是三細中第一業相也

六着心（出華嚴孔目并演義鈔）

一貪着心　引取之心爲貪謂於六塵等順情之境引取無厭戀着不捨故名貪着心六塵者色塵聲塵香塵味塵觸塵法塵也

二愛着心　貪取之心爲愛謂於六塵等順情之境而生愛欲戀着不捨故名愛着心

三

瞋着心 忿怒之心爲瞋謂於一切違情之境即起忿怒不能捨去故名瞋着心

四癡着心 迷惑之心謂癡謂於一切事理諸法無所明了妄生邪見執着不捨故名癡着心

五欲着心 樂取之心爲欲謂於可愛之境而起樂欲戀着不捨故名欲着心

六慢着心 自恃輕他之心爲慢謂自恃種姓高貴有多才能輕蔑於他不能捨去故名慢着心

六相應想（出大集法門經）

一眼相應想 謂眼根對色時與識相應而起想念是名眼相應想

二耳相應想 謂耳根聞聲時與識相應而起想念是名耳相應想

三鼻相應想 謂鼻根聞香時與識相應而起想念是名鼻相應想

四舌相應想 謂舌根甞味時與識相應而起想念是名舌相應想

五身相應想 謂身根覺觸時與識相應而起想念是名身相應想

六意相應想 謂意根分別諸法之時與識相應而起想念是名意相應想

六種散亂（出阿毘達磨雜集論）

一自性散亂 謂五識自性馳逐外緣乖於靜定故名自性散亂（五識者眼識耳識鼻識舌識身識也）

二外散亂 謂正修善時於五欲境上其心馳散不能寂靜故名外散亂（五欲者色欲聲欲香欲味欲觸欲也）

三內散亂 謂修定時發起沉掉及於諸塵而生味着退失靜定故名內散亂（沉掉者沉即昏沉掉即掉擧謂動散也）

四相散亂 謂欲令他人信已有德詐見修善之相由此因緣所修善法漸更退失故名相散亂

五麤重散亂 謂修善法時起我我所執及我慢等邪見由此邪執麤重力故所修

善法永不清淨是名麤重散亂我者於色受想行識五陰中計有我也我所者即色身及財宅眷屬也**六作意散亂**謂或依餘乘或依餘定作意修習不能證悟發起散亂是名作意散亂餘乘者謂人天乘也餘定者謂世間禪定也

六麤相出起信論六麤謂由業轉現三細而生故名六麤業轉現即第八藏識中初起之三相以其微細故名三細也**一智相**謂依三細中第三境界相不了自心所現妄起分別染淨之相於淨境則愛於染境則不愛是名智相境界相即三細中之現相也**二相續相**謂依前智相分別於愛境則生樂於不愛境則生苦覺心起念相應不斷是名相續相**三執取相**謂依前相續緣念苦樂等境心起着故是名執取相**四計名字相**謂依前妄執分別假名言說之相是名計名字相假名者虛假之名謂依前執取相上更立假名也已上四相皆論起惑**五起業相**謂依前名字執取生着造種種業是名起業相**六業繫苦相**苦即生死之苦也謂業繫縛則有生死逼迫之苦不得自在是名業繫苦相

六種俱生惑出大乘百法明門論惑即昏迷不了之義謂貪瞋等惑與身俱生故名俱生惑**一貪惑**謂於五塵順情境上引取無厭昏迷不了是名貪惑五塵者色塵聲塵香塵味塵觸塵也**二瞋惑**謂於五塵違情境上忿怒暴起昏迷不了是名嗔惑**三癡惑**謂於一切事理之法無所分別顛倒妄執起諸邪見昏迷不了是名癡惑**四慢惑**謂我能他不能我解他不解因此起輕慢心凌傲於人昏迷不了是名慢惑**五疑惑**謂無正信之心於正法中猶

豫無決昏迷不了是名疑惑**六覺惑**謂無正知正見而於五塵之境常起惡覺染愛生着昏迷不了是名覺惑

六欲（出釋禪波羅蜜次第法門）**一色欲**謂若見青黃赤白及男女等色無智愚人不知其患心生貪着是名色欲**二形貌欲**謂若見端容美貌無智愚人不知其患心生貪着是名形貌欲**三威儀姿態欲**謂若見行步輕徐舉止詳緩揚眉頓臉含笑嬌盈無智愚人不知其患便生愛染是名威儀姿態欲**四言語音聲欲**謂若聞巧言美語稱情適意音聲清雅歌詠讚歎無智愚人不知其患便生愛着是名言語音聲欲**五細滑欲**謂男女身分軟細滑澤等無智愚人不知其患躭染没溺是名細軟欲**六人相欲**謂若男若女必得所愛之人五相貪染是名人相欲

六煩惱（出瑜伽師地論）謂貪瞋等昏煩之法惱亂心神名爲煩惱**一貪煩惱**貪即貪愛謂於五欲順情等境求而未獲愛而不捨以不捨故便起煩惱故名貪煩惱（五欲者色欲聲欲香欲味欲觸欲也）**二瞋煩惱**謂於五欲違情等境即起瞋恚忿恨纏結記憶在心而生煩惱故名瞋煩惱**三慢煩惱**慢即輕慢謂自任其能輕凌於他起不敬心傲慢結縛而生煩惱故名慢煩惱**四無明煩惱**謂於一切諸法無所明了故曰無明以不了故起貪瞋癡等煩惱故明無明煩惱**五疑煩惱**猶豫不決爲疑謂因前無明不了即起疑惑以亂眞心或是或非或善或惡展轉纏結而生煩惱故名疑煩惱**六不正見煩惱**謂因前疑

心不了所見不正以不正故遂起邪見含藏結縛而生煩惱故名不正見煩惱

大明三藏法數卷第二十

大明三藏法數卷第二十一

上天竺前住持沙門一如等奉　勑集註

六觸生愛（出阿毘達磨發智論）觸即觸着亦對也**一眼觸生愛**謂眼能觸對一切世間所有青黃赤白等種種之色貪愛不捨是名眼觸生愛**二耳觸生愛**謂耳能觸對一切世間所有絲竹歌詠等種種之聲貪愛不捨是名耳觸生愛**三鼻觸生愛**謂鼻能觸對一切世間所有栴檀沉水等種種之香貪愛不捨是名鼻觸生愛**四舌觸生愛**謂舌能觸對一切世間所有珍羞美饌等種種之味貪愛不捨是名舌觸生愛**五身觸生愛**謂身能觸對男女身分柔輭細滑及世間所有種種上妙衣服等貪愛不捨是名身觸生愛**六意觸生愛**謂意能觸對一切世間所有色聲香味觸等種種之法貪愛不捨是名意觸生愛

六垢法（出華嚴孔目并顯宗論）垢穢也謂此六法皆能穢汙真心故名爲垢**一誑**誑虛妄也謂以不實之言欺已欺人也**二諂**諂佞也謂以巧言取悅於人使其親厚於已也**三憍**憍慢也謂重已輕人而無謙讓之德也**四惱**惱侵撓也謂其無利樂之行常懷侵撓之心使人不安其所也**五恨**恨怨恨也謂有一言忤意即起瞋忿之心常懷怨恨也**六害**害傷害也謂無慈愍之心而行慘毒之行傷害於物也

六漏（出大乘阿毘達磨雜集論）漏即失也落也謂因煩惱惑業漏落三界生死也（三界者欲界色界無色界也）**一漏自性**謂六根對於六塵而起貪瞋癡等

煩惱諸惑由惑造業遂招三界生死是則惑自性業爲有漏之因是名漏自性六根者眼根耳根鼻根舌根身根意根也六塵者色塵聲塵香塵味塵觸塵法塵也

二漏相屬謂有漏之法屬心心所及眼等諸根相應而有是名漏相屬心心所者心即第六識心心所即受想行也

三漏所縛謂有漏善法相續不斷招後世生是名漏所縛有漏善法即天人所修五戒十善等法也

四漏所隨謂如在欲界天人生死中亦爲餘界諸有漏法之所隨逐是名漏所隨餘界者即十界中修羅界餓鬼界畜生界地獄界也

五漏隨順謂雖爲有漏煩惱所隨然能順於正道決擇對治建立無漏是名漏隨順無漏者謂不漏落三界生死也

六漏種類謂阿羅漢現世惑業雖已斷盡尚餘有漏五蘊之身亦由前世煩惱所起是名漏種類梵語阿羅漢華言無學五蘊者色蘊受蘊想蘊行蘊識蘊也

依正無礙六句出華嚴經疏依謂依報即世間國土也爲身所依故名依報正謂正報即五陰身也正由業力感報此身故名正報既有能依之身即有所依之土故國土亦名報也六道衆生因有漏業而感生死之身即依穢惡國土而住諸佛菩薩因無漏清淨業而感法性之身即依清淨國土而住今云依正無礙者蓋言諸佛居常寂光土而於果後示現下三國土及九界身化諸衆生以不思議神通之力或身中現土土中現身身土圓融變現自在故名依正無礙五陰者色陰受陰想陰行陰識陰也六道者天道人道修羅道餓鬼道畜生道地獄道也有漏業者謂六道衆生由所作業漏落生死也無漏業者謂二乘菩薩由修戒定慧清淨之業不漏落生死也常寂光土者常即法身寂即解脫光即般若也下三國土者同居土方便土實報土以對上常寂光土故云下也九界者菩薩界緣

覺界聲聞界天界人界阿修羅界餓鬼界畜生界地獄界也

一依內現依 依內現依者謂於一國土復現一切國土也如成就品偈云一一塵中難思剎隨衆生心普現前一切剎海靡不周如是方便無差別是也剎梵語具云剎摩華言土田今略言剎即國土也

二正內現正 正內現正者謂於一身中復現一切身也如僧祇品偈云於一微細毛端處有不可說諸普賢如一毛端一切爾如是乃至徧法界是也

三正內現依 正內現依者謂於一身中復現一切國土也如經偈云於一微細毛孔中不可說剎次第入毛孔能受彼諸剎諸剎不能徧毛孔是也

四依內現正 依內現正者謂於一切國土復現一切身也如現相品偈云一切剎土微塵數常現身雲悉充滿普爲衆生放大光各雨法雨稱其心是也

五依內現依正 依內現依正者謂於國土微塵中現無數佛身復現一切佛剎如現相品偈云一一塵中無量身復現種種莊嚴剎是也

六正中現正依 正中現正依者謂於自身中即現諸佛之身復現諸佛國土如成就品偈云一切剎土入我身所住諸佛亦復然汝應觀我諸毛孔我今示汝佛境界是也所住諸佛即現正也示佛境界即現依也

六種震動 出華嚴經疏

六種震動者動起涌三種是形震吼擊三種是聲於形聲中各舉一種故言震動六種中復名有三相遂成十八種震動之相也

一動 動者搖颺不安之謂動有三相一方獨動名動四方俱動名徧動八方齊動名普徧動

二起 起者自下

漸高之謂起有三相一方獨起名起四方俱起名徧起八方齊起名普徧起**三涌**涌者忽然騰舉之謂涌有三相一方獨涌名涌四方俱涌名徧涌八方齊涌名普徧涌**四震**震者隱隱出聲之謂震有三相一方獨震名震四方俱震名徧震八方齊震名普徧震**五吼**吼者雄聲猛烈之謂吼有三相一方獨吼名吼四方俱吼名徧吼八方齊吼名普徧吼**六擊**擊者砰磕發響之謂擊有三相一方獨擊名擊四方俱擊名徧擊八方齊擊名普徧擊（砰披萌切磕克合切水激石曰砰石相築曰磕）

六種動相（出大乘同性經并大智度論）　相即涌沒之相涌謂涌起沒謂隱沒也以東西南北中邊互而言之故有六種焉亦名六種震動**一東涌**謂於世界東方而涌也**二西沒**謂於世界西方而沒也**三南涌**謂於世界南方而涌也**四北沒**謂於世界北方而沒也**五中涌**謂於世界中間而涌也**六邊沒**謂於世界邊際而沒也

六根（出首楞嚴經）　根即能生之義謂六根能生六識故名六根**一眼根**謂眼能於色境盡見諸色瑜伽論云能觀衆色是也**二耳根**謂耳能聽聞衆聲瑜伽論云數由此故聲至能聞是也**三鼻根**謂鼻能齅聞香氣瑜伽論云數由此故能齅於香是也**四舌根**謂舌能嘗於食味瑜伽論云能嘗衆味數發言論是也**五身根**謂身爲諸根之所依止瑜伽論云諸根積聚是也**六意根**謂意於五塵境界若好若惡悉能分別也（五塵者色塵聲

塵香塵味塵觸塵也

六根功德出首楞嚴經　六根功德者，六根所具之功德也。而此功德雖具於六根之內，而涉乎世界而成，故有一千二百之數量。所謂世爲遷流，界爲方位，三世四方宛轉十二，流變三疊一十百千是也。三世者，過去現在未來也。四方者，東西南北也。宛轉十二者，以四方涉三世，三世涉四方而成十二也。流變三疊一十百千者，乃以三世遷流變易之數而成三疊也。初從三世涉於四方，疊成十二之數，一疊也。又以此十二之數變一爲十，則疊成一百二十，二疊也。復以此一百二十之數變十爲百，則疊成一千二百，三疊也。故云流變三疊一十百千也。以此方世一千二百之數而成乎六根功德者，蓋由衆生六根織妄相成，世界相涉，而所緣境量不出三世四方故也。然此六根功德以體具言之，則各有一千二百；以了別功用言之，則優劣全缺不同。是故眼鼻身三根惟有八百功德，耳舌意三根則具有一千二百也。織妄者，根塵相織，妄有諸相也。

一眼根八百功德　謂衆生一身方位，具前後左右四方。若以一千二百功德定其數量，則四方各具三百之數，共成一千二百。今眼根惟八百者，以眼但能見前方三百，左右各二百五十，共成八百之數也。所謂三分言功，一分無德，故知眼根惟八百功德。

二耳根千二百功德　謂耳能周聽，隨彼聲之動處，雖則有近有遠，耳若靜聽，則十方無遺，故知耳根圓滿一千二百功德。

三鼻根八百功德　謂鼻能齅聞，通出入息。息出則能取香，息入則能聞香，出入之中無能，故曰而闕中交。所謂三分言功而缺中交一分之德，故知鼻根惟八百功德。

四舌根千二百功

德謂舌能宣揚世間出世間一切諸法言說雖有限量其理則無窮盡此但論其言說不論嘗味以其嘗味之功劣言說之德勝故知舌根圓滿一千二百功德

五身根八百功德 謂身能覺觸了知逆順苦樂之境以其與物合時則有知覺與物相離則不知覺所謂三分言功一分無德故知身根惟八百功德

六意根千二百功德 謂意根靜默一切世間法出世間法無不包容故知意根圓滿一千二百功德（世間法即人天所修之法出世間法即三乘人所修之法）

六根互用（出楞嚴經）

六根互用者謂眼等六根更互而有其用也如涅槃經云如來一根則能見色聞聲齅香別味覺觸知法一根既爾餘根亦然此眞六根互用也若據法華經法師功德品中所明謂人以持經力故得勝根用雖未入初地亦能一根具五根用此相似六根互用也若此言阿那律陀無目而見等爲六根互用者經云不由前塵所起知見明不循根寄根明發由是六根互相爲用是也（明不循根者謂眞妙覺明不循根境即不逐緣生不因境起了然自覺也寄根明發者謂眞妙覺明不依根塵而始顯發特寄於根塵而顯發耳由此寄故互相爲用也）

一阿那律陀無目而見 梵語阿那律陀華言如意謂其於過去世以一食施辟支佛感九十一劫受如意樂增一阿含經云佛在給孤獨園爲衆說法那律於中眠睡佛以偈呵曰咄咄何爲睡螺螄蚌蛤類一睡一千年不聞佛名字那律聞已達曉不眠遂失眼根獲天眼通觀三千世界猶如掌果故云無目而見（辟支梵語

具云辟支迦羅華言緣覺掌果者掌中之果也

二跋難陀龍無耳而聽 梵語跋難陀華言善歡喜謂其能護國土雨澤以時缾沙王年爲一會以報之百姓聞皆歡喜故也以其無耳能聽故云無耳而聽 梵語缾沙又云頻婆娑羅華言模實以身模充實也

三殑伽神女非鼻聞香 梵語殑伽華言天堂來河名謂此河源自雪山頂無熱惱池流出故也此女即主河之神遂以爲名以其無鼻能聞故云非鼻聞香

四憍梵鉢提異舌知味 梵語憍梵鉢提華言牛呞法華文句云昔五百世曾爲牛王牛若食後常事虛噍蓋其餘報未除舌嘗味時亦事虛噍故人稱爲牛呞以其異舌而能嘗味故云異舌知味

五舜若多神無身覺觸 梵語舜若多華言虛空即主空神也纂要云但無麤相之身亦有微妙之色經云如來光中暎令暫現其質如風以其無身而能知觸故云無身覺觸

六摩訶迦葉圓明了知不因心念 梵語摩訶迦葉華言大飲光謂其修滅盡定意根已滅雖滅意根而能了知一切諸法故云圓明了知不因心念 滅盡定者受想心滅身證此定也

龜藏六 出法句譬喻經 佛在世時有一道人在河邊樹下學道十二年中想念不除六根貪染曾無寧息不能入道佛知其可度化作沙門至彼寄宿須臾月明有龜從河中出來至樹下復有水狗饑行求食便欲噉龜龜乃縮其頭尾及與四足藏於甲中遂不能噉於是道人問沙門曰此龜有護命之鎧水狗不能加害沙門答云吾念世人不如

此龜不知無常放恣六情外魔得便即說頌曰藏六如龜防意如城慧與魔戰勝則無患（六根者眼根耳根鼻根舌根身根意根也梵語沙門華言勤息六情即六根也）

一頭喻眼 頭喻眼者謂龜以頭藏於甲中以譬衆生收攝眼根不令觀色則不被一切色塵之所害也

二前左足喻耳 前左足喻耳者謂龜以前左足藏於甲中以譬衆生收攝耳根不令聞聲則不被一切聲塵之所害也

三前右足喻鼻 前右足喻鼻者謂龜以前右足藏於甲中以譬衆生收攝鼻根不令齅香則不被一切香塵之所害也

四後左足喻舌 後左足喻舌者謂龜以後左足藏於甲中以譬衆生收攝舌根不令嘗味則不被一切味塵之所害也

五後右足喻身 後右足喻身者謂龜以後右足藏於甲中以譬衆生收攝身根不令覺觸則不被一切觸塵之所害也

六尾喻意 尾喻意者謂龜以尾藏於甲中以譬衆生收攝意根不令知法則不被一切法塵之所害也

六識（出法界次第）六識者眼耳鼻舌身意各有識也謂依五根能見五塵而爲五識於五塵境而起分別爲第六識

一眼識 謂眼根若對色塵即生眼識眼識生時但能見色而未起分別也

二耳識 謂耳根若對聲塵即生耳識耳識生時但能聞聲而未起分別也

三鼻識 謂鼻根若對香塵即生鼻識鼻識生時但能齅香而未起分別也

四舌識 謂舌根若對味塵即生舌識舌識生時但能嘗味而未起分別也

五身識 謂身根若

對觸塵即生身識身識生時但能覺觸而未起分別也【六意識】謂意根若對法塵即生意識意識生時即能於五塵之境分別善惡好醜也

六種味（出阿毘達磨俱舍論）謂凡調和飲食之味各有所宜無出此之六種雖進修道行之人不尚於味然滋益色力亦由於此所謂身安則道隆故有六味之須也【一淡味】淡薄味也味之淡者是受諸味之體也【二鹹味】鹹鹽味也其性潤能滋於肌膚故味之調者必以鹽爲首【三辛味】辛辣味也其性熱能煖腑臟之寒故味之辣者爲辛【四酸味】酸酢味也其性涼能解諸味之毒故味之酢者爲酸【五甘味】甘甜味也其性和能和脾胃故味之甜者爲甘【六苦味】苦苦味也其性冷能解腑臟之熱故味之冷者爲苦

六入（出法界次第）入即趣入之義謂六根爲六識所依能入六塵故名六入【一眼入】謂眼根爲識所依能入於色故名眼入【二耳入】謂耳根爲識所依能入於聲故名耳入【三鼻入】謂鼻根爲識所依能入於香故名鼻入【四舌入】謂舌根爲識所依能入於味故名舌入【五身入】謂身根爲識所依能入於觸故名身入【六意入】謂意根分別五塵能入於法故名意入

六塵（出涅槃經）塵即染汙之義謂能染汙情識而使眞性不能顯發涅槃經中稱此六塵名六大賊以能劫奪一切善法故也【一色塵】謂青黃赤白之色及男女形貌色等是名色塵【二聲塵】謂絲竹環佩之聲及男女歌

詠聲等是名聲塵**三香塵**謂栴檀沉水飲食之香及男女身分所有香等是名香塵**四味塵**謂種種飲食肴饍美味等是名味塵**五觸塵**觸即着也謂男女身分柔軟細滑及妙衣上服等是名觸塵**六法塵**謂意根對前五塵分別好醜而起善惡諸法是名法塵

六種力 出增一阿含經

一小兒啼為力謂小兒欲有所求不能言語唯事啼哭故名小兒啼為力**二女人瞋為力**謂女人柔弱有所爭說必依瞋恚而起故名女人瞋為力**三沙門忍為力**梵語沙門華言勤息謂沙門常以忍辱為心而能禦諸惡境無所瞋恚故名沙門忍為力**四國王憍慢為力**謂國土威勢尊重天下歸伏故名國王憍慢為力**五羅漢專精為力**羅漢梵語具云阿羅漢華言無學謂羅漢修行精進勇猛心不放逸故名羅漢專精為力**六諸佛慈悲為力**佛梵語具云佛陀華言覺謂佛運慈悲之心弘益一切衆生無所障礙故名諸佛慈悲為力

六種夢 出華嚴經隨疏演義鈔

一正夢正夢者謂內心無所感動而自形於夢也**二噩夢**噩夢者謂因內心有所驚愕而形於夢也 噩韻會作愕 **三思夢**思夢者謂因內心有所思惟而形於夢也**四寤夢**寤夢者謂因晝有所見夜則形於夢也**五喜夢**喜夢者謂因內心有所欣喜而形於夢也**六懼夢**懼夢者謂因內心有所怖懼而形於夢也

六種身風 出顯宗論

一入息風謂諸衆生處胎卵

位時先於齊中有業風起穿身成穴如藕根莖復有外風漸從口鼻相續而入名入息風

二出息風 謂入息風適至身內有風續出名出息風

三發語風 謂風從齊中生流轉衝喉鼓動唇舌由此勢力而能發聲名發語風

四除棄風 謂有別風鑷內穢物心生苦受欲除棄之以風引出因此風力令身安穩名除棄風

五隨轉風 謂有別風徧隨身支諸毛孔轉名隨轉風

六動身風 謂身動轉皆屬於風名動身風

捨由六緣（舊名捨心由六出俱舍論）

一由受心斷壞故捨 謂心先受一切惡法今或得戒得定作是念言我從今時棄先所受是名由受心斷壞故捨

二由勢力斷壞故捨 謂由淨信力故煩惱勢力自然斷壞如弓放箭勢力盡時便止是名由勢力斷壞故捨

三由作業斷壞故捨 謂如所受惡法作諸惡業由改悔故後更不作是名由作業斷壞故捨

四由事物斷壞故捨 謂所施諸物及所施為等事皆悉斷壞無常是名由事物斷壞故捨

五由事物斷壞故捨 謂所依壽命有斷壞故是名由壽命斷壞故捨

六由善根斷壞故捨 謂起加行斷壞欲界一切非色善法是名由善根斷壞故捨（非色善法者謂非色界善法乃欲界之善法根斷即上生色界也）

六種論（出瑜伽師地論）謂決擇是非議論得失故名爲論

一言論 謂以一切言說決擇是非辯論得失故名言論

二尚論 尚高也尊也謂世間一切事理隨所尊尚隨所應聞決擇是非辯論得失故名尚論

三諍論 諍止也

謂以言論互止其失也或因諸欲更相侵奪而起或因身口惡行互相譏毀而起或因有無等見彼此執着而起皆由未離欲界貪瞋癡惑堅執縛着更相發忿而起鬭諍與種種論故名諍論

四毀謗論 謂人懷恨發憤或以麤惡語或以不遜語或以不實語等更相毀謗故名毀謗論

五順正論 謂人隨順正法爲諸衆生研究義理決擇是非令斷疑惑故名順正論

六教導論 教即教訓導即導引謂決擇是非辯論得失教導於人令其開悟眞實之智心未定者令心得定心已定者令得解脱故名教導論

僧用六物（出僧祇律并翻譯名義）

一僧伽棃 梵語僧伽棃華言合又云重謂割之合成而重疊也此衣於説法時着

二鬱多羅僧 梵語鬱多羅僧華言上着衣謂加於安陀會之上也此衣於入衆禮誦時着

三安陀會 梵語安陀會華言中宿衣謂於宿睡及作務時着

四漉水囊 會正記云西方用白氎東土宜用密絹若是生絹小虫直過可取熟絹爲之此護生之具故比丘用之（梵語比丘華言乞士）

五鉢多羅 梵語鉢多羅華言應器發軫鈔云應法之器也謂體色量三者皆須與法相應體有二泥及鐵也色者熏作黑赤色或孔雀咽色鴿色量者大受三斗小受一斗半故名應器

六尼師壇 梵語尼師壇華言坐具或云坐衣業疏云長四尺廣三尺是也

七佛（出翻譯名義）

七佛者謂過去莊嚴劫中三佛

現在賢劫中四佛也劫梵語具云劫波華言分別時節莊嚴劫者謂此劫中多所莊嚴也賢劫者謂此劫中多賢人也

一毗婆尸佛 梵語毗婆尸華言有四以其如月圓智滿則云徧見魄盡惑亡則云淨觀既圓且淨則云勝觀勝見是爲七佛之首也

二尸棄佛 梵語尸棄華言火又云持髻謂無分別智最爲尊上處於心頂也過毗婆尸佛三十劫後而成正覺無分別智者即根本智謂爲衆智之本也

三毗舍浮佛 梵語毗舍浮華言徧一切自在謂煩惱斷盡於一切處無不自在而爲莊嚴劫中千佛之最後一佛也煩惱者無明也

四拘留孫佛 梵語拘留孫華言所應斷謂斷一切煩惱永盡無餘於賢劫中第九減劫人壽減至六萬歲時出世成佛爲千佛首

五俱那含牟尼佛 梵語俱那含牟尼華言金寂謂金則明現寂則無礙也大智度論又名迦那迦牟尼華言金仙人謂身金色故也人壽減至四萬歲時於閻浮提出世成佛梵語閻浮提華言勝金洲

六迦葉佛 迦葉梵語具云迦葉波華言飲光謂身光顯赫能飲蔽一切光明故也人壽減至二萬歲時出世成佛

七釋迦牟尼佛 梵語釋迦牟尼華言能仁寂默能仁是姓寂默是字以寂默故不住生死以能仁故不住涅槃悲智雙運利物無窮故立此號也人壽減至一百歲時出世爲賢劫中第四佛

婆伽婆七義出涅槃經 婆伽婆者總萬德至極之名也經云婆伽婆具此七義不翻華言者多含義故即五種不翻之一也五種不翻者祕密不翻多含義不翻此方無不翻順古不翻生善不翻

一能破煩惱 破

者裂斷也煩惱者昏煩之法惱亂心神也謂如來斷諸煩惱乃至無明之惑淨盡無餘故云能破煩惱

二能成就諸善法 謂如來於往昔無量劫中恭敬父母和尚諸師上座乃至脩行六度四無量等一切善法故云能成就諸善法（劫梵語具云劫波華言分別時節六度者一布施二持戒三忍辱四精進五禪定六智慧也四無量者慈無量悲無量喜無量捨無量之四心也）

三善解諸法義 謂如來於無量劫中脩習信進念定慧善根常爲法利不爲食利若讀若誦而於諸法義理無不通達曉了故云善解諸法義（信進念定慧名爲五根亦名五力謂信則信於正道助道之法進則於正助之道精進勤修也念則觀想思念正助之道也定則攝心在定慧則內性自照也）

四有大功德無能勝 謂如來於無量劫常脩出世間心及出家心無爲之心無諍訟心而能成就無上大菩提心故云有大功德無能勝（梵語菩提華言道）

五有大名聞遍十方 謂如來能具十力四無所畏常樂我淨之德大千世界無不聞知故云有大名聞遍十方也（十力者是處非處智力過現未來業報智力諸禪解脫三昧智力諸根勝劣智力種種解智力種種界智力一切至處道智力天眼無礙智力宿命無漏智力永斷習氣智力也四無所畏者一切智無所畏漏盡無所畏說障道無所畏說盡苦道無所畏也常樂我淨者不遷不變名常離生死苦名樂自在名我惑盡名淨也）

六能種種大惠施 謂如來於無量劫中常爲衆生而行布施乃至衣服珍寶頭目髓腦無所恪惜故云能種種大惠施

七無量阿僧祇劫吐女根 梵語阿僧祇劫華言無數時吐者不受之義即出離也謂如來於初阿僧祇劫尸棄佛時已離女身永不復受故云吐女根也（梵語尸棄華言火又云持髻）

如來七勝事 出優婆塞戒經

一身勝 謂如來身眞金色相好光明而自莊嚴一切無比衆生樂見無有厭足是名身勝

二法住勝 謂如來既於諸法自得利益住於眞如法位又復憐愍一切衆生皆欲令其安住於此與已無異是名法住勝 眞如法位者謂一切諸法皆以眞如理性而爲位也

三智勝 謂如來所具智慧無量無邊非諸聲聞緣覺所及是名智勝

四具足勝 謂如來於行命戒見四者無不具足非諸聲聞緣覺所及是名具足勝 行者六度梵行即布施持戒忍辱精進禪定智慧也命者清淨正命也戒者大小戒品也見者清淨正見也

五行處勝 謂如來所修百千三昧九種大禪一切勝行具足圓滿非諸聲聞緣覺菩薩所及是名行處勝 梵語三昧華言正定九種大禪者自性禪一切禪難禪一切門禪善人禪一切行禪除煩惱禪此世他世禪清淨淨禪也菩薩梵語具云菩提薩埵華言覺有情

六不可思議勝 謂如來所有神通道力萬行圓成諸法具足聲聞緣覺菩薩不能測其少分是名不可思議勝

七解脱勝 解脱者離諸繫縛自在無礙也謂如來一切煩惱惑業淨盡無餘自在無礙超勝一切故名解脱勝

七種無上 出菩薩地持經

一身無上 謂如來以三十二相八十種好莊嚴其身世出世間無有超過其上是名身無上也 三十二相者足下安平相千輻輪相手指纖長相手足柔軟相手足縵網相足跟滿足相足趺高好相腨如鹿王相手過膝相馬陰藏相身縱廣相毛孔生青色相身毛上靡相身金色相身光面各一丈相皮膚細滑相七處平滿相兩腋滿相身如師子相身端直相肩圓滿相四十齒相齒白齊密相四牙白淨相頰車如師子相咽中津液得上味相廣長舌相梵音深遠相眼色如金精相眼睫如牛王相眉間白毫相頂肉髻成相也八十種好一指爪狹長二手足指圓三手足各等無差四手足圓滿五筋脈盤結六兩踝深隱七行步

正直八行步威容齊整九行步安平十行步有儀十一回身顧視十二支節殊勝十三骨節交結十四膝輪圓滿十五隱處妙好十六身支潤滑十七身容敦肅十八身支堅固十九身支安定二十身相端嚴二十一身有圓光二十二腹形方正二十三臍深右旋二十四臍厚妙相二十五肌膚勻淨二十六手掌充滿二十七手文深長二十八唇色紅潤二十九面門圓滿三十舌相長廣三十一發聲威震三十二音韻美妙三十三鼻高脩直三十四諸齒方整三十五諸牙明潔三十六目廣清淨三十七眼相脩廣三十八眼睫齊整三十九雙眉脩長四十雙眉綺靡四十一雙眉高朗四十二耳厚脩長四十三兩耳相好四十四容儀端麗四十五額廣圓滿四十六身分殊勝四十七首髮脩長四十八首髮香潔四十九首髮齊整五十首髮堅固五十一首髮光滑五十二身分堅實五十三身體莊嚴五十四諸竅清淨五十五身力充美五十六身相嚴好五十七面輪脩廣五十八顏貌舒泰五十九面顏光澤六十身支嚴淨六十一毛孔出香六十二面門出香六十三首相妙好六十四身毛纖柔六十五法音圓辯六十六頂相高妙六十七指網分明六十八行不履地六十九神力自持七十威德遠震七十一音聲和雅七十二觀機說法七十三一音演說七十四次第說法七十五等觀有情七十六先觀後作七十七相好具足七十八頂骨堅實七十九顏容奇妙八十胸臆妙好

二道無上

謂如來以慈悲之道自利利他度脫無量無邊諸天世人世出世間無有超過其上是名道無上也

三見無上

謂如來以正戒正見正威儀正命之法成就其身如此之見世出世間無有超過其上是名見無上也

四智無上

謂如來具法無礙智義無礙智辭無礙智樂說無礙智故能遍知一切諸法辯說融通了無凝滯世出世間無有超過其上是名智無上也（法無礙者謂通達諸法分別無滯也義無礙者謂了知諸法義理通達無滯也辭無礙者謂於諸法義理隨順衆生爲其演說也樂說無礙者謂隨順衆生所樂聞法而爲說也）

五神力無上

謂如來神通之力不可思議世出世間所有神力無有超過其上是名神力無上也

六斷障無上

謂如來能斷一切煩惱業障永盡無餘

世出世間無有超過其上是名斷障無上也**七住無上**謂如來本住大寂滅定而復有三種住一者住聖人之位二者多於天中住三者多於淨土中住世出世間無有超過其上是名住無上也

如來有七種語出涅槃經**一因語**謂如來於現在因中說未來果如云衆生樂殺乃至樂行邪見以此爲因是人當受地獄果報若不樂殺生乃至不行邪見以此爲因是人當受天人果報是名因語**二果語**謂如來於現在果中說過去因如云貧窮衆生顔貌醜陋不得自在此之果報皆由是人前世破戒嗔妬無有慚愧之心而爲其因若見衆生多財巨富諸根完具威德自在此之果報皆由是人前世持戒布施精勤慚愧無有嗔妬之意而爲其因是名果語**三因果語**謂如來說衆生現在六入觸等之果乃由過去之業爲因如來亦說六入觸等能起惑業爲未來之因而招未來之果是名因果語六入者眼入色耳入聲鼻入香舌入味身入觸意入法也**四喻語**謂如來說法爲衆生根鈍非由譬喻則不能領解如師子王以喻佛身乃至大象王大龍王波利質多羅樹七寶聚大海須彌山船師導師若是等喻皆名喻語梵語波利質多羅華言圓生以其枝葉四布也七寶者金銀琉璃玻黎硨磲碼碯赤眞珠也梵語須彌華言妙高**五不應語**謂如來說法必依眞俗二諦之理眞則言一切法離性離相皆即中道俗則言世間出世間之法法法宛然不可斷滅如是說者無不於理相應言不應者如云天地可合河不入海如是

等說於理不應故名不應語

六世流布語　謂如來隨順衆生凡所演說即同世間流布之語如說男女大小車乘房舍乃至城邑僧坊之類是名世流布語

七如意語　謂如來於諸衆生凡所教誡悉如其意方便而說如云我所訶責毀禁之人令彼自責護持禁戒乃至說諸衆生悉有佛性爲令不放逸故之類是名如意語

周行七步（出涅槃經）　周者周帀四方上下四維也經云如來於閻浮提林微尼園示現從母摩耶而生生已即周行七步唱如是言我於天人阿修羅中最尊最上父母人天見已驚喜生希有心而諸人等謂是嬰兒而我此身無量劫來久離是法如來身者即是法身非是肉血筋脉骨髓之所成立隨順世間衆生法故示爲嬰兒也（梵語閻浮提華言勝金洲梵語林微尼或云藍毘尼華言解脫處摩耶梵語具云摩訶摩耶華言大術佛母也梵語阿修羅華言無端正嬰兒者小兒也劫梵語具云劫波華言分別時節）

一南行七步　南行七步者示現欲爲無量衆生作上福田故也

二西行七步　西行七步者示現生盡永斷老死是最後身故也

三北行七步　北行七步者示現已度諸有生死故也

四東行七步　東行七步者示現爲衆生而作導首故也

五四維行七步　四維者東南東北西南西北也四維行七步者示現斷滅種種煩惱四魔種性成於如來應正遍知故也（四魔者天魔陰魔死魔煩惱魔也正遍知者即如來十號之一也）

六上行七步　上行者謂升虛空而行也上行七步者示現不爲不淨之物之所染污猶如虛空故也

七下行七步　下行

者謂從虛空而下也下行七步者示現法雨滅地獄火令彼衆生受安隱樂爲毀禁戒者示作霜雹而能淨洗其故也

華嚴七處說（出華嚴經隨疏演義鈔）華嚴者因行如華莊嚴果德也七處者佛說華嚴經之處也所謂人間三處即菩提場普光明殿逝多林天上四處即忉利天夜摩天兜率天他化天也

第一處菩提場　梵語菩提華言道謂佛在摩竭提國阿蘭若菩提場中始成正覺於此處說如來依正果報法門共六品經一世主妙嚴品二如來現相品三普賢三昧品四世界成就品五華藏世界品六毘盧遮那品也（梵語摩竭提華言善勝又云無惱梵語阿蘭若華言閑靜處菩提場者如來成道之場也）

第二處普光明殿　普光明殿者謂其殿衆寶所成光明映照也又佛於中說法普放光明故也此處凡三番聚會共說十八品經初於此處說十信等法門共六品經一如來名號品二四聖諦品三光明覺品四菩薩問明品五淨行品六賢首品次於此處說等覺法門凡十一品經一十定品二十通品三十忍品四阿僧祇品五壽量品六菩薩住處品七佛不思議品八十身相海品九如來隨好光明品十普賢行品十一如來出現品後於此處說離世間法即經中離世間品也

第三處忉利天　梵語忉利華言三十三即須彌山頂帝釋所居之處也此處說十住等法門共六品經一升須彌山品二山頂偈讚品三十住品四梵行品五發心功德品六明法品也（梵語須彌華言妙高帝釋梵語釋提桓因華言能天主今

言帝釋者華梵雙舉也

第四處夜摩天 梵語夜摩華言善時謂此天時時唱快樂故也此處說十行等法門共四品經一升夜摩天品二夜摩偈讚品三十行品四十無盡藏品也

第五處兜率天 梵語兜率華言知足謂於五欲境上知止足故也此處說十回向等法門共三品經一升兜率天品二兜率偈讚品三十回向品也五欲者色欲聲欲香欲味欲觸欲也

第六處他化天 他化者諸欲樂境不勞自化皆由餘天所化而自在受用故也此處說十地法門即經中十地品也

第七處逝多林 梵語逝多華言勝林即給孤獨園此處說入法界法門即經中入法界品也給孤獨園者即給孤長者買祇陀太子之園以奉佛也

華嚴經題七字義出華嚴經大疏第三卷

一大 大即當體得名常徧爲義謂曠兼無際體不變易豎窮三際橫亙十方也三際者即過去現在未來三世也

二方 方即就法得名軌持爲義謂雙持體相十界常規能令一切衆生師軌而生解也雙持體相者體即是性謂持性與相也十界者佛界菩薩界緣覺界聲聞界天界人界修羅界餓鬼界畜生界地獄界也

三廣 廣即從用得名包博爲義謂稱性而周用無有盡包容法界普徧十方也

四佛 佛即就人得名覺照爲義謂覺斯玄妙開解一切悟大夜之重昏朗萬法之幽邃也

五華 華即從喻得名感果嚴身爲義謂行敷榮心華開覺萬行圓成衆德備體也

六嚴 嚴即功用得名資粧爲義謂曠劫脩成衆法悉備資廣大之體用粧眞應之佛身也劫梵語具云劫波華言分別時節

七經 經即能詮得名貫攝爲義謂蘊無窮

之性相注無竭之湧泉貫玄凝之妙義攝無邊之海會也

觀心釋華嚴經題七字（出華嚴經疏）

一大是心體　大即常也徧也體即心體也謂此心體含容法界稱性周遍平等廣博不變不遷無外無際故云大是心體

二方是心相　方即方法相即軌持也謂無邊法相恒沙性德皆由此心軌持含攝故云方是心相

三廣是心用　廣即包博用即業用也謂此心業用廣博無際而能出生萬法應用無盡故云廣是心用

四佛是心果　佛即覺也果即菩提之果也謂能離諸煩惱覺了萬法具一切智而得無上菩提乃是證此心之果非從外得故云佛是心果（梵語菩提華言道）

五華是心因　華即喻也因即行也謂以種種萬行之因華皆由此心而能開覺故云華是心因

六嚴是心功　嚴即莊嚴功即功用也謂能以萬行因華莊嚴法身果體皆由此心運用之功故云嚴是心功

七經是心教　經即能詮之名教即言量也謂於一文一句諸法衆理行布圓融地位法門皆由此心詮量該通故云經是心教

七種立題（出天台四教儀集註）　隋天台智者大師謂一大藏經題不出人法譬三者而已因以單複具足不同遂立爲七種也

一單法立題　單人者如佛說阿彌陀等經是也謂釋迦佛爲能說之人阿彌陀佛爲所說之人此經以兩土果人立名故云單人立題（梵語釋迦華言能仁梵語阿彌陀華言無量壽兩土果人者釋迦佛爲娑婆國土之果人彌陀佛爲極樂國土之果人也）

二單法立題　單法者如大般

涅槃等經是也謂大般涅槃以法立名故云單法立題（梵語般涅槃華言滅度謂大患永滅超度生死是究竟之法也）

三單譬立題 譬者比喻之義如梵網等經是也謂梵網以譬喻立名故云單譬立題（梵網者謂梵天寶網其目不同以譬戒律之目亦各各不同也）

四人法立題 人法者如文殊問般若等經是也謂文殊是人般若是法以二者合言故云人法立題（文殊梵語具云文殊師利華言妙德梵語般若華言智慧）

五法譬立題 法譬者如妙法蓮華等經是也謂妙法是法蓮華是譬以二者合言故云法譬立題

六人譬立題 人譬者如如來師子吼等經是也謂如來是人師子是譬以二者合言故云人譬立題

七具足立題 具足者如大方廣佛華嚴等經是也謂大方廣是法佛是人華嚴是譬也以三者具足故云具足立題

法華七喻（出法華文句）

一火宅喻 火譬眾生五濁等苦宅譬三界謂三界眾生爲五濁八苦之所煎逼而不得安隱猶大宅被火所燒而不能安居故以火宅爲喻也（五濁者劫濁見濁煩惱濁眾生濁命濁也三界者欲界色界無色界也八苦者生苦老苦病苦死苦愛別離苦怨憎會苦求不得苦五陰盛苦也）

二窮子喻 謂二乘之人無大乘功德法財之所莊嚴猶貧窮之子缺乏衣食之資以活身命故以窮子爲喻也（二乘者聲聞乘緣覺乘也大乘功德法財者即六度萬行也）

三藥草喻 藥草者譬三乘人根性也草有三種謂小草中草大草小草喻天人中草喻聲聞緣覺大草喻藏教菩薩藥草雖有大小不同若蒙雲雨霑潤皆得敷榮茂能治眾病以喻三乘之人根器雖高下不同若

掌如來慈雲法雨潤澤則能成大醫王普救羣品故以藥草爲喻也三乘者聲聞乘緣覺乘菩薩乘也

四化城喻 無而忽有名化防非禦敵名城以喻涅槃能防見思之非禦生死之敵也謂如有人欲至寶所而於中途退還有聰慧導師權化作城暫止息然後令其得至寶所以譬二乘之人初聞大教中即忘失流轉生死故世尊權設方便令其先斷見思煩惱而暫證眞空涅槃以爲穌息然後到於究竟寶所故以化城爲喻也梵語涅槃華言滅度見思者謂意根對法塵起諸分別曰見眼耳鼻舌身五根對色聲香味觸五塵起諸貪愛曰思也寶所者喻實相之理即究竟大涅槃也

五衣珠喻 衣珠者衣中之珠也謂如有人至親友家醉酒而卧親友即以寶珠繫其衣內而不覺知自受貧苦後因親友告言汝身衣內自有無價寶珠何爲衣食乃至如是其人於是得珠受用無極以喻一乘之人昔於大通佛所曾下大乘之種因無明所覆不能覺了後因如來方便開示遂乃得證大乘之果利樂無窮故以衣珠爲喻也

六髻珠喻 髻珠者輪王髻中之珠也輪王喻如來髻喻二乘權教珠喻一乘實理珠在髻中猶實理爲權所隱也此謂如來於法華會上開權顯實授記二乘而得作佛猶輪王解髻中之珠以與功臣故以此爲喻也

七醫子喻 醫喻如來子喻三乘人也謂諸子無知飲他毒藥心即狂亂父設方便令服好藥以瘥其病此譬三乘之人信受權教不得正道如來設諸方便令服大乘法藥速除苦惱無復衆患故以醫子爲喻也

大明三藏法數卷第二十一

大明三藏法數卷第二十二

上天竺前住持沙門一如等奉　勑集註

七處徵心（出楞嚴經）

七處徵心者佛於楞嚴會上徵詰阿難心目所在之處也此由阿難遭摩登伽之幻術佛勑文殊將咒往護提獎阿難歸來佛所佛問其發心出家之始阿難以見佛勝相而答佛遂徵其心目所在阿難答以目在外而心在內及佛徵其心不在內又計之在外如是展轉窮逐徵詰至於無所著處使其妄心無所依止蓋由阿難不知妙淨明心偏一切處無在無不在而妄認緣塵分別影事以爲心相佛欲破其妄想緣心顯其妙淨明體故有七處徵心之說也（梵語阿難華言慶喜梵語摩登伽華言本性文殊梵語具云文殊師利華言妙德）

一在內 在內者謂阿難因佛徵問心目所在阿難答云心居身內目在於外佛遂問云汝心若在身內則應先見身中心肝脾胃等物然後能見外境若不先見身中之物汝心豈在身內故云汝言覺了能知之心住在身內無有是處

二在外 在外者謂阿難被佛徵心非內則又計之於外故以燈光譬之謂衆生心在身外不見身中如燈光在室外不能照於室內也佛又問云汝心若在身外則身心兩異各不相知若相知者云何在外故云汝言覺了能知之心住在身外無有是處

三潛根 潛根者謂阿難被佛徵心非外則又計爲潛伏根裏（根謂眼根）故以瑠璃籠眼爲喻謂眼合於心如瑠璃籠於眼上若眼見物時心即隨能分別無有障礙如瑠璃合眼不

礙於見物也佛乃責其法喻不齊汝若以瑠璃喻眼則眼亦可見眼若可見即同於境矣眼若同境則心境各異豈可云心潛伏根內隨即分别耶故云汝言覺了能知之心潛伏根裏無有是處

四在暗內　在暗內者謂阿難被佛徵詰心不在根裏則又計云諸衆生身腑藏在中竅穴居外如我今者開眼見明爲見外閉眼見暗爲見內佛乃問其汝當閉眼見暗之時此暗境界與眼對否若與眼對暗在眼前云何成內若不對者云何成見故云汝言見暗名見內者無有是處

五隨所合處　隨所合處者謂阿難被佛徵詰不在暗內則又計之隨所合處心則隨有佛乃問云汝言隨所合處心隨有者是心無體則無所合心若有體則汝以手自挃其身汝心必能知覺此知覺心爲復內出爲從外來若於內出則見身中若從外來先合見面既非內外則無出入出入既無體性何有若無有體誰爲隨合故云隨所合處心隨有者無有是處

六在中間　在中間者謂阿難被佛徵詰心非隨所合處而有則又計心在於根塵中間佛又問云汝心若在根塵之中此之心體爲復兼於根塵爲不兼於根塵若兼於根塵則根有知而塵無知成敵兩立云何爲中若不兼者不屬根塵即無體性中何有相故云當在中間無有是處（成敵兩立者謂根與塵而成敵對有知與無知而成兩立也）

七無著　無著者謂阿難被佛徵詰心不在中間則又計之一切無著名之爲心佛又問云汝言不著名

爲心者如世間虛空水陸飛行一切物像汝心不著此等物像爲有爲無若言無者則同龜毛兎角云何更有不著之物而言不著若言有者物在則心亦在云何無著故云一切無著名覺知心無有是處

大乘七種大義（出大乘莊嚴經論）

一緣大 謂菩薩修行大乘之法由無量修多羅廣大法義而以爲緣故名緣大（菩薩梵語具云菩提薩埵華言覺有情梵語修多羅華言契經）

二行大 謂菩薩修行大乘既能自利復能利他自利利他妙行具足故名行大

三智大 謂菩薩修行大乘常以智慧觀察了知人法無我於一切境善能分別故名智大

四勤大 謂菩薩修行大乘由曠大劫來發廣大心精修無間期登聖果成就菩提故名勤大（劫梵語具云劫波華言分別時節梵語菩提華言道）

五巧大 謂菩薩修行大乘由善巧方便化導於他不捨生死垂形諸趣於生死中去住自在故名巧大

六畏大 畏即無所畏也謂菩薩修行大乘智力內充明了決定於大衆中廣説一切法義既決定無失則無所恐懼故名畏大

七事大 謂菩薩修行大乘爲令一切衆生了其大事因緣故數數示現世間演大妙法入大涅槃故名事大（梵語涅槃華言滅度）

大乘七善（出法華文句）夫七善之法乃通大小今依法華所明是圓頓大乘之七善也

一時節善 謂法華一經具乎序正流通三分即初善中善後善也蓋如來演説圓頓一乘之法雖該序正流通皆是當機得益之時是名時節善

二義善 謂法華一經所説之

法其義深遠即是頓教了義之理非聲聞緣覺所能測其邊底是名義善**三語善**謂法華一經所說之法其語巧妙乃如來金口梵音會理直說菩薩之心無不歡喜即圓頓一乘妙教之文是名語善**四獨一善**謂法華一經所說之法純一無雜獨爲菩薩不共二乘即圓頓一乘妙教是名獨一善（二乘者聲聞乘緣覺乘也）**五圓滿善**謂法華一經所說之法具明世間出世間滿足之理即圓頓一乘妙教是名圓滿善**六調柔善**謂法華一經所說之法清淨潔白唯談中道之理而無空假二邊瑕穢之相即圓頓一乘妙教調和柔順是名調柔善**七無緣慈善**謂法華一經所說之法備有梵行之相即無緣慈也言無緣者心不攀緣一切衆生而於一切衆生自然現益是名無緣慈

七種性自性（出入楞伽經）性即不遷變之義此不遷變性是如來之自性故云性自性（雖有七種之名不出如來第一義心也）

一集性自性集即聚也其性自性乃是萬善聚集之因也此約聖而論故經云即三世如來性自性第一義心也**二性自性**謂由前第一義心所集萬善之因各有自性存於內故是名性自性**三相性自性**覽而可別曰相謂由前第一義心所集萬善之因各有自相形於外故是名相性自性**四大種性自性**大種即地水火風四大之種子也無處不有故名爲大言大種性自性者謂四大種各有自性也大種本通凡聖今約聖報而言即此大種性自性是法性五陰之果是名大種性自

性五陰者色陰受陰想陰行陰識陰也言法性五陰者謂如來轉生死五陰而成法性五陰蓋即色是真常之色至即識是真常之識是也

五因性自性　因即能生爲因謂前所證大種之果必有所起之因即是第一義因心也是名因性自性

六緣性自性　緣即緣助謂證第一義自性果德雖由因心須假衆緣助顯而成是名緣性自性因心者即因中智慧之心也衆緣者即萬行也

七成性自性　成即成就謂因緣合而成果也蓋成就如來第一義果德之性是名成性自性

七空出入楞伽經　由凡夫執著妄想自性故如來爲說空法以破之諸經所說空義不一今言七種者乃赴一時之機如應病與藥也

一相空　謂一切諸法之性自他共離之相皆空是爲相空一切性者即自他共離之四性也謂如計一念心從根生即自性從塵生即他性根塵合生即共性離根塵生即離性於此四性之相皆不執著是名皆空

二性自性空　謂於當念觀一切所生之法悉由因緣和合而成本無自生之性是爲性自性空

三行空　謂五陰之身本無有我亦無我所衆生不了執陰成我從我起行若能順性推求則五陰之法了不可得是爲行空五陰者色陰受陰想陰行陰識陰也我者謂於五陰中强立主宰執之爲我也我所者即五陰之身是也

四無行空　謂不離前所作行而能了達諸陰展轉緣起無有自性可得亦無所作之行是爲無行空

五一切法離言說空　謂一切法皆是妄想而成本無自性離諸言說是爲一切法離言說空

六第一義聖智大空　謂佛自覺聖智能空一切見過習氣所空既空能空亦空是爲第一義聖智大空自覺聖智者佛所證第一

義心也見過者一切見惑之過失也習氣者即見惑餘習之氣分也

六彼彼空謂彼外道所計之空但能空於彼而不能空於此是爲彼彼空空於彼而不能空於此者謂能空於境而不能空於心也

七種第一義境界出入楞伽經七種境界者即諸佛菩薩所證所得之境界也而皆云第一義者乃約究竟極處而言然此七種有通別之異前六種通於佛及菩薩後一種乃如來自到境界也

一心境界謂中道之理無二無別即諸佛菩薩心之所造至極之處是名心境界

二慧境界謂至極之理心既能造即發通明慧性以此慧性分明照了是名慧境界

三智境界謂既發慧明則成智用智力現前於一切法無所不知是名智境界

四見境界謂智用既成則發正見正見現前則無諸邪妄是名見境界

五超二見境界謂正見現前則能超過斷常二見是名超二見境界斷常二見者謂外道妄計此身滅已再不更生是名斷見復計此身滅已後當更生是名常見也

六超子地境界子地即登地菩薩等視衆生猶如一子謂諸佛菩薩能以第一義心發明智慧正見現前則超於十地而成正覺是名超子地境界十地者歡喜地離垢地發光地焰慧地難勝地現前地遠行地不動地善慧地法雲地菩薩得證此地能發生佛法故言地也

七如來自到境界謂諸如來以性自性第一義心成就世間出世間上上之法是名如來自到境界如來性自性者性即不遷不變之義謂如來以此之性而爲自性也成就世間出世間者世間即示同人法而化他也出世間即同聲聞緣覺菩薩之三乘也上上法者唯佛與佛能究竟自到也

七眞如出瑜伽師地論

一流轉眞如流轉即運動之

義眞如者眞名不僞如名不異也謂諸衆生造作一切行業流轉生死而眞如之體本無動搖然亦不妨隨緣轉變論云一切行無先後性是也（無先後性者謂於一切行業不離眞如之理性故也）

二實相眞如　無虛妄相故名實相謂一切法中無人法二執也人執者於諸法中計著假名執以爲我法執者於五陰身執爲實法計我所有若能了此二執皆空即是實相眞如之理也論云一切法補特伽羅無我性及法無我性是也（五陰者色陰受陰想陰行陰識陰也梵語補特伽羅華言人又云數取趣）

三唯識眞如　識即心也謂一切行業皆由識心而起而此識心全由眞如之理變現是名唯識眞如論云了別一切行唯是識性是也

四安立眞如　安立即建立之義謂如來所說一切衆生色身業行有爲之法迷眞逐妄受生死苦皆依眞如之體建立是名安立眞如論云我所說諸苦聖諦是也（苦聖諦者聖正也諦即審實不虛之義謂諦了生死實是苦也）

五邪行眞如　謂如來所說一切煩惱妄惑邪行之法雖是邪妄不離眞如之體是名邪行眞如論云我所說諸集聖諦是也（集聖諦者集即招集之義謂惑業招集生死之苦也）

六清淨眞如　清淨者不垢不染之義謂如來所說涅槃清淨寂滅之理本無染汚是名清淨眞如論云我所說諸滅聖諦是也（梵語涅槃華言滅度滅聖諦者謂滅生死之苦而證涅槃寂滅之樂也）

七正行眞如　謂如來所說一切道品正行之法皆依眞如理體而立是名正行眞如論云我所說諸道聖諦是也（道品者即三十七道品總而言之不出戒定慧也道聖諦者道即能通之義謂修道品而能通至涅槃也）

七常住果出楞嚴經 常住者無滅無生不還不變之謂也果者在修曰因在證曰果謂此七種即諸佛所證法身之果德也以其清淨圓滿體性堅凝皆名常住果也**一菩提**梵語菩提華言道即諸佛所得清淨究竟之理也以其無滅無生不變不還是爲常住果**二涅槃**梵語涅槃華言滅度即如來所證究竟法身之果以其無滅無生不還不變是爲常住果**三眞如**離妄曰眞不異曰如即諸佛所證眞實無妄之德以其無滅無生不還不變是爲常住果**四佛性**佛性者覺性也即諸佛所證眞覺湛明之性無染無淨離過絶非以其無滅無生不還不變是爲常住果**五菴摩羅識**梵語菴摩羅華言清淨又云白淨無垢此識即諸佛清淨本源心體湛若太虛纖塵不立非生死之所拘非涅槃之能寂以其無滅無生不還不變是爲常住果**六空如來藏**空如來藏者含攝萬法而無所積聚也即諸佛所證清淨法身之體煩惱蕩盡應用無窮以其無滅無生不還不變是爲常住果**七大圓鏡智**大圓鏡智者洞照萬法無所不知即諸佛所得本有圓明覺照之智應物無迹體不動揺以其無滅無生不還不變是爲常住果

七辯出華嚴經疏 **一捷辯**謂菩薩智慧通達諸法名字分别無滯捷如影響故名捷辯菩薩梵語具云菩提薩埵華言覺有情**二迅辯**謂菩薩明於事理心無疑暗善赴機緣隨問即答語言迅疾猶若懸河故名迅辯**三應辯**謂菩薩以一

切文字名義莊嚴種種法語應時應機無有差異隨其所問應答無窮故名應辯**四無踈謬辯**謂菩薩隨一切衆生根性所樂聞法而爲說之皆契眞理無有差失故名無踈謬辯**五無斷盡辯**謂菩薩於一字中能說一切字一語中能說一切語一法中能說一切法相續連環不斷故名無斷盡辯**六多豐義味辯**謂菩薩能知名數事理其義無礙其味無窮答問辯說皆無有量故名多豐義味辯**七最上妙辯**謂菩薩所說諸法分別明了清徹遠聞聲如頻伽衆生樂聽最勝無比故名最上妙辯頻伽梵語具云迦陵頻伽華言妙聲鳥

七種定名出翻譯名義定即禪定也禪有二種一者世間禪二者出世間禪而定名不出此七種也世間禪者即色界四禪無色界四無色定等也出世間禪者即八背捨八勝處等也

一三摩呬多梵語三摩呬多華言等引遠離沉掉曰等發生功德曰引謂能修此定則離諸煩惱而引發勝妙功德也沉即昏沉掉即掉舉謂動也

二三摩地梵語三摩地華言等持又云正心行處謂衆生心行從無始來常曲不直能修此定心則端直安住一境而不動也

三三摩鉢底梵語三摩鉢底華言等至謂能修此定正受現前大發光明慶快殊勝處染不染無有退轉也

四馱那演那梵語馱那演那華言靜慮謂澄神息慮專思寂想也

五質多翳迦阿羯羅多梵語質多翳迦阿羯羅多華言心一境性謂攝心一境策勵正勤而修習也

六奢摩他梵語奢摩他華言止謂止息諸根惡

不善法能滅一切散亂煩惱故也**七現法樂住**現法樂住者謂修習禪定離一切妄想身心寂滅現受法喜之樂而安住不動也（法喜者謂因聞法而得歡喜也）

七方便（亦名七賢出天台四教儀集註）方謂方法便謂便宜猶善巧也謂一切衆生欲出三界斷除煩惱惑業而證眞空涅槃之理必先以此七種法門而爲方便也（三界者欲界色界無色界也梵語涅槃華言滅度）

一五停心停止也住也心即慮知心也謂衆生多貪者以不淨觀治之多嗔者以慈悲觀治之多散者以數息觀治之愚癡者以因緣觀治之多障者以念佛觀治之修此五法能止住五種妄心故名五停心（因緣觀者謂觀十二因緣也）**二別相念**別謂各別相謂行相念即觀也謂四念處觀身不淨觀受是苦觀心無常觀法無我四種行相各別不同故名別相念**三總相念**總相者以身受心法四種一念俱觀如觀身不淨則知受心法皆不淨乃至觀法無我則知身受心亦無我故名總相念**四煖位**煖者從喻立名以前別相總相念處觀於四諦之境能發相似之解伏煩惱惑得佛法氣分猶如鑽木求火火雖未現先得煖氣故名煖位（四諦者苦諦集諦滅諦道諦也相似解者謂於眞空之理雖未眞證已有相似之解也）**五頂位**頂者謂修四諦法所得相似之解轉復增勝定觀分明在於煖位之上如登山頂觀望四方悉皆明了故名頂位**六忍位**忍者忍可也謂由前所得相似之解增進善根於四諦境堪忍樂欲故名忍位**七世第一位**世即世間也謂修四諦

行至此漸見法性將入初果雖未得於聖道而於世間稱爲第一故名世第一位初果即須陀洹果也

七覺分出法界次第

覺即覺了謂覺了所修之法是眞是僞也分即支分謂此七種法各有支派分齊不相雜亂故名七覺分亦名七覺支擇進喜三覺分屬慧除捨定三覺分屬定念覺分兼屬定慧故摩訶止觀云修此七覺即得入道是也

一擇法覺分　擇即揀擇謂用智慧觀察諸法之時善能簡別眞僞而不謬取虛僞之法故名擇法覺分

二精進覺分　不雜名精無間名進謂修諸道法之時善能覺了不行無益苦行而於眞正法中常能用心專一無有間歇故名精進覺分

三喜覺分　喜即懽喜謂心契悟眞法得懽喜時善能覺了此喜不從顚倒法生住眞法喜故名喜覺分

四除覺分　除即斷除謂斷除諸見煩惱之時善能覺了除去虛僞之法增長眞正善根故名除覺分

五捨覺分　捨即捨離謂捨離所見念著之境善能覺了虛僞不實永不追憶故名捨覺分

六定覺分　定即禪定謂發禪定之時善能覺了諸禪不生煩惱妄想是名定覺分

七念覺分　念即思念謂修諸道法之時善能覺了常使定慧均平若心昏沉之時當念用擇法精進喜三覺分觀察諸法令不昏沉若心浮動之時當念用除覺分除身口之過非用捨覺分捨於觀智用定覺分入正禪定攝其散心令不浮動是名念覺分

七知（亦名大乘七丈夫出涅槃經）七知者謂佛於涅槃會上告諸菩薩住於大乘知七善法名具足梵行是也（梵語涅槃華言滅度菩薩梵語具云菩提薩埵華言覺有情）

一知法 知法者謂知十二部經能詮之法也（十二部經者一契經二重頌三諷頌四因緣五本事六本生七希有八譬喻九論議十自說十一方廣十二授記也）

二知義 知義者謂知十二部經中一切文字語言所詮之義理也

三知時 知時者謂善知如是時中任修寂靜如是時中任修進精如是時中任修捨定如是時中任供養佛如是時中任供養師如是時中任修布施忍辱乃至般若等也（任者堪也當也）

四知足 知足者謂於飲食衣藥行住坐卧睡寤語默之類常知止足也

五知自 知自者謂自知我有如是信如是戒如是多聞如是捨如是慧如是正念如是善行皆悉明了也

六知衆 知衆者謂知如是等是剎利衆婆羅門衆居士衆沙門衆應知是衆如是行來如是坐起如是說法如是問答皆悉明了也（剎利梵語具云剎帝利華言田主王種也梵語婆羅門華言淨行梵語沙門華言勤息）

七知人尊卑 知人尊卑者人有二種一者信二者不信信者爲善人知其爲尊不信者爲惡人知其爲卑又如二乘之人但能自度不能度人知其爲卑若菩薩之人不願自度但求度他而能以慈悲之心利益安樂一切衆生則知其爲尊也（二乘者聲聞乘緣覺乘也）

七淨華（出翻譯名義）不染曰淨華乃對果而言即因中所修之行也謂二乘修習無漏之業以七種淨行爲華而證道果故言七淨華也維摩經云定入湛然滿布以七淨華是

也二乘者聲聞乘緣覺乘也無漏業者謂修戒定慧之業不漏落三界生死也

一戒淨華 戒淨華者謂攝律儀等戒即正語正業正命也謂二乘持守戒法攝身口意業若戒行清淨則道果自成也攝律儀者謂一切戒法無不聚攝也正語正業正命者即身口意三業也正即不邪也若三業不邪則戒體清淨矣

二心淨華 心淨華者即精進正念正定也謂二乘修習禪定當精勤正念若內心清淨則道果自成也

三見淨華 見淨華者即正見正思惟也謂二乘修無漏行常正思惟則正見現前若所見清淨則道果自成也

四斷疑淨華 斷疑淨華者即見道也謂初果須陀洹修無漏行觀斷除疑惑見道分明則內心清淨道果自成也梵語須陀洹華言預流疑惑即見惑謂意根對法塵起諸分別也

五分別淨華 分別淨華者謂二果斯陀含三果阿那含修無漏行斷除思惑於眞空理善能分別則內慧清淨道果自成也梵語斯陀含華言一來梵語阿那含華言不來思惑者謂眼耳鼻舌身五根對色聲香味觸五塵起諸貪愛也

六行淨華 行淨華者謂二果三果修無漏行斷除思惑則智見分明慧行清淨道果自成也

七涅槃淨華 梵語涅槃華言滅度涅槃淨華者即無學道也謂四果阿羅漢既斷見思二惑無法可學知見清淨則涅槃之果自成也

七財 出十誦律并未曾有因緣經

財者信等七種出世間之法財也一切衆生行此七法資成道果故謂之財

一信財 信即信心謂信能決定受持正法以爲成佛之資故名信財

二進財 進即精進謂未能見眞諦理而一心精進求出離道以爲成佛之資故名進財

三

戒財 戒即戒律謂戒爲解脫之本能防身口意之非止身口意之惡以爲成佛之資故名戒財

四慚愧財 慚者慚天愧者愧人謂既能慚愧則不造諸惡業以爲成佛之資故名慚愧財

五聞財 聞爲三慧之首聞必能思思必能修謂若能聞佛聲教則開發妙解如說而行以爲成佛之資故名聞財（三慧者聞慧思慧修慧也）

六捨財 捨即捨施謂若能運平等心無憎無愛身命資財隨求給施無所悋惜以爲成佛之資故名捨財

七定慧財 定慧即止觀也定則攝心不散止諸妄念慧則照了諸法破諸邪見以爲成佛之資故名定慧財

藏教七階（出天台四教儀集註）

藏教者即小乘經律論三藏教也階者階級次第也謂藏教菩薩修行之次第也（菩薩梵語具云菩提薩埵華言覺有情）

一四弘誓願 弘者大也誓者要制其心也願者志求滿足也謂菩薩從初發心觀四諦境發四弘誓一未度者令度即衆生無邊誓願度此觀苦諦境二未解者令解即煩惱無數誓願斷此觀集諦境三未安者令安即法門無量誓願學此觀道諦境四未得涅槃者令得涅槃即佛道無上誓願成此觀滅諦境也（梵語涅槃華言滅度）

二三祇修六度 三祇者三阿僧祇劫也六度者布施持戒忍辱精進禪定智慧也度越也越生死流到涅槃岸也謂菩薩既發心已必須行六度行塡滿本願是爲三祇修六度（梵語阿僧祇劫華言無數時）

三百劫種相好 劫梵語具云劫波華言分別時節百劫種相好者一增一減爲

一小劫凡歷二十番增減爲一中劫八十番增減爲一大劫謂菩薩於百劫中種諸相好用百福德成一相好如是至三十二相具足而身清淨也人壽從十歲增至八萬四千歲名增劫從八萬四千歲減至十歲名減劫如是一增一減名一小劫三十二相者足下安平相千輻輪相手指纖長相手足柔軟相手足縵網相足跟滿足相足趺高好相腨如鹿王相手過膝相馬陰藏相身縱廣相毛孔生青色相身毛上靡相身金色相身光面各一丈相皮膚細滑相七處平滿相兩腋滿相身如師子相身端直相肩圓滿相四十齒相齒白齊密相四牙白淨相頰車如師子相咽中津液得上味相廣長舌相梵音深遠相眼色如金精相眼睫如牛王相眉間白毫相頂肉髻成相也

四六度相滿

六度相滿者謂菩薩修行六度之相圓滿也如尸毘王代鴿即檀度滿也普明王捨國即戒度滿也羼提仙人被歌利王割截身體慈忍不動血變爲乳即忍度滿也大施太子抒海即精進度滿也尚闍黎鵲巢頂上即禪度滿也劬嬪大臣分閻浮提爲七分城邑山川均等故能息諍即智度滿也如上六人皆釋迦往昔所修之行是爲六度相滿梵語尸毘華言與代鴿者遍割身肉與鷹以代鴿命身肉俱盡不惱不死自誓眞實感身平復也梵語羼提華言忍辱梵語歌利華言惡世無道大施太子求如意珠濟貧得珠墜海抒海取之言欲酌海乾而取之也筋骨斷壞終不懈廢諸天見而問之答曰吾生生不休諸天愍之助其抒海海水減半龍恐海乾令夜叉送珠還之尚闍黎者螺髻仙人名此人得四禪定出入息斷鳥謂爲木於髻生卵定起欲行恐鳥母不來即更入定待鳥飛去方始出定梵語閻浮提華言勝金洲梵語釋迦華言能仁

五兜率降生

梵語兜率華言知足降生者謂菩薩將補佛處出世度生即從兜率天降生人間以補其處是爲兜率降生菩薩即釋迦佛也補佛處者前佛既滅而此菩薩即補其處也

六降神出家

謂菩薩既降神出胎厭生老病死之苦而欲脫離故求出家入山修

道是爲降神出家**七菩提樹下成道**梵語菩提華言道謂菩薩自知成道時至於菩提樹下破諸魔衆魔王敗績鬼兵退散菩薩安坐不動即成佛道是爲菩提樹下成道（菩提樹者謂佛於此樹下成道故名菩提樹也）

菩薩七相憐愍（出瑜伽師地論）**一無畏憐愍**謂菩薩於諸有情以無畏力起憐愍心隨順衆生身語意業利益安樂是名無畏憐愍（菩薩梵語具云菩提薩埵華言覺有情）**二如理憐愍**理即法也謂菩薩於諸有情如法憐愍利益一切而終不以非法非律非賢善行勸化有情乖違於理是名如理憐愍**三無倦憐愍**謂菩薩於諸有情慇懃憐愍隨其所宜發起一切饒益事業曾無厭倦是名無倦憐愍**四無求憐愍**謂菩薩於諸有情不待求請自起憐愍爲作利益是名無求憐愍**五無染憐愍**謂菩薩於諸有情無愛染心而起憐愍廣饒益他不祈恩報亦不希望當來之果是名無染憐愍**六廣大憐愍**謂菩薩於諸有情起憐愍心至廣至大雖遭一切不饒益事寧自身受苦終不棄捨令其安樂是名廣大憐愍**七平等憐愍**謂菩薩以如上種種憐愍衆生功德相狀普於一切平等饒益無有分限是名平等憐愍

菩薩有七種大（出菩薩地持經）**一法大**法即諸佛所說之法也謂菩薩能受持十二部經之法最上最大故名法大（菩薩梵語具云菩提薩埵華言覺有情十二部經者一契經二重頌三諷誦四因緣五本事六本生七希有八譬喻九論議十自說十一方廣十二授記也）**二心大**心即諸佛廣大之心也謂菩薩能發阿耨多羅三藐三菩提

心故名心大（梵語阿耨多羅三藐三菩提華言無上正等正覺也）【三解大】解謂解了謂菩薩由解十二部經了知諸法義理悉無疑礙故名解大【四淨心大】謂菩薩既能解了十二部經依而行之則能離諸惑染超過一切解行心得清淨故名淨心大【五衆具大】謂菩薩所修福德智慧皆是成佛之具畢竟證得無上菩提故名衆具大（梵語菩提華言道）【六時大】時即時數謂菩薩歷三阿僧祇劫修行六度畢竟當得無上菩提故名時大（三阿僧祇劫者梵語阿僧祇劫華言無數時初阿僧祇劫從古釋迦佛至尸棄佛二阿僧祇劫從尸棄佛至然燈佛三阿僧祇劫從然燈佛至毘婆尸佛六度者一布施二持戒三忍辱四精進五禪定六智慧也）【七得大】謂菩薩由前六種功德爲因證得無上菩提之果故名得大

善友七事（出華嚴經疏）謂菩薩常爲利樂一切衆生示現世間而作善友勸導誘掖開示教化也（菩薩梵語具云菩提薩埵華言覺有情）【一遭苦不捨】謂菩薩運大悲心憐憫六道衆生受諸苦惱故隨類現形種種開示令得出離雖代受其苦心無棄捨是爲遭苦不捨（六道者天道人道修羅道餓鬼道畜生道地獄道也）【二貧賤不輕】謂菩薩運平等心見一切衆生雖乏功德法財以自莊嚴而知其本有法身無德不備是以心常愛念不生輕慢是爲貧賤不輕【三客事相告】謂菩薩見諸衆生本性圓明衆德元具無始以來爲一切客塵煩惱之所隱覆不能顯現故委曲相告令其斷除開發本性是爲客事相告（客塵者謂無明之惑暫自外至名之爲客以能染汚眞性名之爲塵也）【四遮相覆藏】謂菩薩見諸衆生善根未熟未能深信實道故覆實理而以

權法示之及其善根既熟堪任實化故覆其權法而以實理示之是爲遞相覆藏

五難作能作 謂菩薩但爲誘掖衆生人所難爲者悉能爲之故雖著弊垢衣不以爲貧執除糞器不以爲賤是爲難作能作

六難與能與 謂菩薩以自已所悟眞實之理方便教化亦令一切衆生皆得本有眞實之性猶解髻中明珠而以與人心無恪惜是爲難與能與

七難忍能忍 謂菩薩見諸衆生違佛教化作不善業生諸惡道即起哀愍之心方便度脱雖經多劫心無退轉是爲難忍能忍（劫梵語具云劫波華言分别時節）

小乘七種聖（又名七士夫趣亦名七丈夫出天台四教儀集註）

聖正也捨凡性入正性故名爲聖賢首宗立爲七士夫趣亦名七丈夫名異義同也

一隨信行 行即進趣之義謂鈍根之人憑他生解依信而行進趣於道故名隨信行

二隨法行 謂利根之人自以智力依法而行進趣於道故名隨法行

三信解 謂前信行之人轉入修道以鈍根故依憑信力起發眞解故名信解（修道者謂二果斯陀含三果阿那含也）

四見得 謂前法行之人轉入修道以利根故見法得理故名見得

五身證 謂受想心滅現身即證涅槃寂靜之定故名身證（現身即現生之身梵語涅槃華言滅度）

六時解脱 謂前信行鈍根之人欲待時節及以縁具方堪入道故名時解脱（縁具有六謂衣食床具處所説法人同學人也）

七不時解脱 謂前法行利根之人能於一切時中進修善業不待時節及以縁具而入於道故名不時解脱

七流（出華嚴孔目）

流者即見思二惑也此惑能漂流衆生入生死海故也謂四果之人因修四諦之法能斷見思之惑而不流轉三界故有七流之義焉（見思惑者謂意根對法塵起諸分別曰見惑眼耳鼻舌身五根對色聲香味觸五塵起諸貪愛曰思惑也四果者須陀洹果斯陀含果阿那含果阿羅漢果也四諦者苦諦集諦滅諦道諦也三界者欲界色界無色界也）

一見諦所滅流 謂初果之人見眞諦理能斷欲界見惑因滅此惑不流轉欲界故云見諦所滅流（初果即須陀洹果也）

二修道所滅流 謂第二果第三果之人因修四諦之觀能斷欲界思惑因滅此惑不爲欲界漂流故云修道所滅流（二果即斯陀含果三果即阿那含果也）

三遠離所滅流 謂第四果之人因修四諦之觀而於見思之惑斷盡無餘則能遠離三界不復流轉故云遠離所滅流（四果即阿羅漢果也）

四數事所滅流 數事即五蘊十二入十八界等法也謂第四果之人能觀五蘊等法皆悉空寂而見思之惑俱盡不復流轉三界故云數事所滅流（五蘊者色蘊受蘊想蘊行蘊識蘊也十二入者眼入耳入鼻入舌入身入意入色入聲入香入味入觸入法入也十八界者眼界色界眼識界耳界聲界耳識界鼻界香界鼻識界舌界味界舌識界身界觸界身識界意界法界意識界也）

五捨所滅流 謂第四果之人已空五蘊等法所空之法既無能空之心亦捨能所兩亡無憎無愛一味平等證於無學不復流轉三界故云捨所滅流（無學者謂阿羅漢見思惑盡無法可學也）

六護所滅流 謂第四果之人見思惑盡而證無學於已所證恐有退失善加守護令見思習氣更不再起不復流轉三界故云護所滅流（見思習氣謂見思惑之餘習氣分也）

七制伏所滅流 謂第四果之人見思惑縛

已斷色身果縛猶在應須制伏令見思習氣永不復起三界流轉即得止息故云制伏所滅流（縛猶束繫也謂由色身所繫不得自在也）

華嚴宗七祖（出佛祖統紀）

一馬鳴尊者 馬鳴乃西土十一祖也東天竺國人說法時能感羣馬得解悲鳴故曰馬鳴依百本大乘經造起信論是爲初祖

二龍樹尊者 龍樹乃西土十三祖也南天竺國梵志之裔始生之日在於樹下因入龍宮而得成道故號龍樹申明起信論義是爲二祖（梵語梵志華言淨裔）

三帝心法師 帝心號也姓杜諱法順世間聾啞者遇之必能聞能語唐太宗詔謂之曰朕苦勞熱師之神力何以蠲除師曰聖德御宇微恙何憂但頒大赦聖躬自安上從之疾遂瘳因錫號曰帝心作法界觀門專弘華嚴是爲三祖

四雲華法師 雲華寺名也師居是寺因以名之姓趙諱智儼得帝心之親傳以授賢首其教大行是爲四祖

五賢首法師 賢首謚號也諱法藏其先康居國人唐則天詔於太原寺開華嚴宗旨感白光自口而出須臾成蓋萬衆懽呼召對長生殿指殿隅金獅子以喻法界體用而爲說法則天領解遂著其說爲金獅子章是爲五祖

六清涼法師 清涼號也姓夏侯氏諱澄觀會稽人造華嚴大疏唐德宗誕節召對內殿能以妙法清涼帝心遂賜號清涼憲宗問華嚴宗旨豁然有得加號大統清涼國師文宗開成三年示寂凡歷九朝爲七帝門師是爲六祖（九朝者唐玄宗肅宗代宗德宗順宗憲宗穆宗敬宗文宗也七帝者即代宗以下七帝也）

七圭峯法

師圭峯終南山之別名也師居是山因得是名姓何諱宗密果州人清涼嘗謂之曰毘盧華藏能隨我遊者其汝乎遂著圓覺華嚴等疏鈔唐文宗詔問佛法大意賜號大德是爲七祖（毘盧梵語具云毘盧遮那華言遍一切處華藏即華藏世界也）

七識住（出阿毘曇論）

識即心識住者謂此識隨所感報而安住也論中不及四禪天非想非非想天者偈曰善處在欲界及色界三地無色界亦然是說爲識住（色界三地者初禪二禪三禪也無色界亦然者謂亦有三地空處識處無所有處也）

一欲界人天識住 謂欲界中人若初受生此識即托母胎遂依母息出入及出胎後依身而住又若因修戒善感報而生欲天此識即依化生之身而住是爲欲界人天識住（戒善者五戒十善也）

二初禪天識住 謂於欲界修習禪定之時忽覺身心凝然運運而動如雲如影感報而生色界初禪天此識即依化生之身而住是爲初禪天識住

三二禪天識住 謂厭初禪覺觀動散因攝在定澹然澄靜覺觀即滅乃發勝定之喜感報而生色界二禪天此識即依化生之身而住是爲二禪天識住（覺觀者初心在緣曰覺細心分別曰觀也）

四三禪天識住 謂厭二禪喜心湧動定不堅固因攝心諦觀喜心即謝泯然入定綿綿之樂從內心發感報而生色界三禪天此識即依化生之身而住是爲三禪天識住

五空處天識住 謂既得三禪天定猶厭身色繫縛乃轉加功力觀察色身猶如羅縠內外通徹一心念空無諸色相感報而生無色界空處

天此識即依空處而住是爲空處天識住**六識處天識住**謂既得空處天定識緣虛空定心復散亂即捨虛空轉心緣識心定不動感報而生無色界識處天此識即依識處而住是爲識處天識住**七無所有處天識住**謂既得識處天定此心緣識無量無邊能壞於定惟有無心識處心無依倚乃爲安隱感報而生無色界無所有處天此識即依無所有處而住是爲無所有處天識住

七衆出仁王護國經并翻譯名義七衆者謂出家五衆比丘比丘尼沙彌沙彌尼式叉摩那在家二衆優婆塞優婆夷也**一比丘**梵語比丘華言乞士謂上乞法以資慧命下乞食以資色身也亦名苾芻蓋苾芻雪山香草名草有五義以喻比丘五德五義五德者一體性柔軟義喻比丘折伏身語麤獷之德二引蔓旁布義喻比丘度人不絕之德三馨香遠聞義喻比丘戒香芬馥之德四能療疼痛義喻比丘能斷煩惱之德五不背日光義喻比丘常向佛日之德也**二比丘尼**亦名苾芻尼梵語尼華言女大智度論云尼得無量律儀故應次於比丘又佛以儀法不便故在比丘之後**三沙彌**梵語沙彌又云室利摩理洛迦華言息慈謂止息世染之情慈濟羣生也以初人佛法之時多存俗情故須息惡行慈是名沙彌**四沙彌尼**梵語沙彌尼又云室利摩理迦華言勤策女謂精勤策進佛法功行故也**五式叉摩那**梵語式叉摩那華言學法女行事鈔云式叉尼具學三法一學根本二學六法三學行法是名學法女根本者謂不殺不盜不婬不妄語也六法者不染心相觸不盜人四錢不斷畜生命不小妄語

不非時食不飲酒也行法者謂大尼之戒行也**六優婆塞**梵語優婆塞華言清淨士梵語舊云鄔波索迦華言近事男謂其自行清淨親近承事佛法也**七優婆夷**梵語優婆夷華言清淨女梵語舊云鄔波斯迦華言近事女謂其自行清淨親近承事佛法也

七種人出涅槃經師子吼菩薩問佛言若一切衆生既有佛性何須更習八聖道耶佛言性雖本具要須修習聖道方見佛性譬如恒河邊有七種人或爲洗浴或畏賊寇或爲採花則入河中河喻生死大河浴喻出家受戒清淨賊喻煩惱採花喻七淨花以爲其因而求涅槃之果也八聖道又云八正道即正見正思惟正語正業正命正精進正念正定也恒河之恒梵語又云殑伽華言天堂來謂此河從高流下也入河者既言出家合云出河而言入者要於生死之中而求涅槃故也

七淨花者戒淨花心淨花見淨花斷疑淨花分別淨花行淨花涅槃淨花以此七淨花爲因中之行也梵語涅槃華言滅度**第一人入水則沒**此一種羸無勢力不習浮故以喻一闡提也闡提之人親近惡友聽受邪法以惡業重故又無信力沒生死河不能得出故云入水則沒梵語一闡提華言信不具由過去無宿善因故譬羸劣無力現在無信心故譬不習浮無善無信則不能出於生死大河矣**第二人雖沒還出出已還沒**此一種以喻人天將進而退者也爲斷善根沒生死河故云沒復能親近善友能生信心雖沒而出故云還出既得出已又遇惡友聽受邪法仍沒生死大河故云出已還沒**第三人沒已即出出更不沒**此一種以喻內凡之人發意欲度生死大河由昔斷善根沒生死河故云沒今因親近善友能生信心雖沒而出故云

沒已即出復能堅持淨戒讀誦書寫解說經典後證道果故云出更不沒（內凡者已入佛法名內未登聖位名凡也）

第四人入已便沒沒已還出出已即住徧觀四方　此一種以喻四果之人昔斷善根故云沒親近善友而得信心故云出由信心故受持書寫解說經典修習智慧以利根故心不退轉故云住證得四果故云遍觀四方（四果者須陀洹斯陀含阿那含阿羅漢也）

第五人入已即沒沒已還出出已即住住已觀方觀已即去　此一種以喻緣覺之人沒出住等義與前第四人同言即去者以其根利過於四果心求前進得證緣覺無有退轉但能自度不能度人怖畏生死故云即去也

第六人入已即去淺處則住　此一種以喻菩薩由利根故堅住信心而斷諸煩惱也言入已即去者謂菩薩爲度他故雖入生死而不住於生死淺處則住者謂雖入生死而又不爲生死所溺也

第七人既至彼岸登上大山離諸寃賊受大快樂　此一種以喻佛也由利根故堅住信心無有退轉即便前進既前進已得度生死大河到於彼岸而登涅槃大山離諸煩惱寃賊得大快樂也

世間七丈夫（出華嚴經疏）謂能制心離欲身無過惡心懷道德修諸梵行具此七法名爲世間丈夫也（梵行即淨行也）

一長壽　長壽者謂壽命延長久住世間能修梵行故名丈夫

二妙色　妙色者謂形儀英偉色相端嚴能修梵行故名丈夫

三無病　無病者謂宿福深厚無病少惱能修梵行故名丈夫

四非半擇

迦梵語半擇迦華言變謂有能變男女之形即五種不男之一也今言非者非是不男非僕非女能修梵行故名丈夫**五智慧**智慧者謂有智慧信受正法身心猛利能修梵行故名丈夫**六威肅**威肅者謂威容整肅發言人所信服能修梵行故名丈夫**七大宗葉**大宗葉者謂其家世貴盛宗支奕葉流芳永久能修梵行故名丈夫

七法不可避（出法苑珠林）

一生不可避謂人受生皆由前世善惡之業若前世作善今生善處前世作惡今生惡處若欲避惡報而求生善處欲辭善處而從惡報者皆不可得故云生不可避**二老不可避**謂人年幼顏色鮮澤髮黑齒白氣力堅強一旦老耄頭白齒落氣短呻吟形神昏昧欲使不老終不可得故云老不可避**三病不可避**謂人強健之時行步輕捷飲食自恣若四大不調或業緣所感疾病卒至眠伏床枕不能起離欲使常安無病終不可得故云病不可避（四大者地大水大火大風大也）**四死不可避**謂人生於世一期果報或夭或壽皆由前定毫髮無差業盡報終豈容逃免故云死不可避（一期者自生至死也）**五罪不可避**謂人愚癡邪見不信三寶不忠不孝多造惡業生遭刑法死墮惡道如影隨形欲求脫免了不可得故云罪不可避（三寶者佛寶法寶僧寶也）**六福不可避**謂人先世敬重三寶持戒修善常行惠施忠孝君親於後世時生人天中安樂富貴隨意受用如此福報似響應聲毫髮無失故云福不可避**七因緣不可避**能生爲因助

成爲緣由前生依如是因則今世遇如是緣所謂父母兄弟妻子田宅產業等或得如意或不如意皆由前生作善惡業因今世則招貧富苦樂業緣之報故云因緣不可避

七種不淨（出天台四教儀集註）謂修行之人恐於自他身分而起貪著妨於正道故令假作此不淨之想破其著心故有七種也

一種子不淨 種子有二一內種謂人之身從昔煩惱業因而生二外種謂此身受父母遺體而生故名種子不淨

二受生不淨 謂人之生父母交遘赤白和合以成其身故名受生不淨

三住處不淨 謂女人之體是不淨聚處胎十月居生熟二臟之間故名住處不淨（生熟二臟者謂初受飲食爲生飲食變壞爲熟也）

四食噉不淨 謂處於胎中唯食母血以資其身故名食噉不淨

五初生不淨 謂十月滿足頭向產門流血淋漓腥穢狼籍故名初生不淨

六舉體不淨 謂此身薄皮所覆從頭至足純是穢物故名舉體不淨

七究竟不淨 謂業盡報終捐棄塚間如朽敗木大小不淨流溢於外胖脹爛壞骨肉縱橫故名究竟不淨（大小者如以身爲大四肢爲小之類也）

大明三藏法數卷第二十二

大明三藏法數卷第二十三

上天竺前住持沙門一如等奉　勅集註

七種禮佛（出法苑珠林）　謂天竺勒那三藏覩此方俗不習禮佛之儀遂傳此七種之法雖通云禮佛而有是非淺深不同蓋欲令人知我慢求名二種之非而歸於身心禮等五種之正從淺至深修行獲益故有七種禮佛之名也（勒那梵語具云勒那摩提華言寶意中印度人也）

一我慢禮　謂人禮佛身雖設拜無有敬心外覩似恭内懷我慢是名我慢禮

二求名禮（又名唱和禮）　謂人禮佛但爲要其修行名譽詐現威儀常行禮拜而實無慇重之心是爲求名禮又名唱和禮者謂口雖稱唱佛名心實馳求外境是名唱和禮

三身心禮　謂人禮佛口唱佛名心存相好身業翹勤恭敬供養無有異念是名身心禮

四發智清淨禮　謂人禮佛慧心明利達佛境界内外清淨虛通無礙禮一佛時即是禮一切諸佛禮一切諸佛即是禮一佛以諸佛法身體本融通故禮一拜遍通法界禮佛如是禮法禮僧亦然是爲發智清淨禮

五遍入法界禮　謂人禮佛想自己身心等法從本以來不離法界諸佛不離我心我心不離諸佛性相平等本無增減今禮一佛即遍通諸佛如一室中懸百千鏡有人觀鏡鏡皆現像鏡無不照影無不現如是正觀則功歸法界德用無邊是名遍入法界禮

六正觀修誠禮　謂人禮佛攝心正念雖對佛身即是自禮自身佛也蓋由一切衆生本有覺性與佛平等爲隨染緣迷於己性妄認

爲惡無始以來未曾將一燈一香一禮供養已身佛性若能返照本覺則解脫有期故維摩經云觀身實相觀佛亦然是名正觀修誠禮

七實相平等禮 謂人禮佛前正觀中猶存有禮有觀自他兩異今此一禮無自無他凡聖一如體用不二若見佛可尊可敬見凡可卑可慢起此之心即成邪執故金剛經云是法平等無有高下能禮所禮其性空寂是名實相平等禮

七種懺悔心 出慈悲懺本

懺梵語具云懺摩華言悔過華梵兼舉故云懺悔懺名修來悔名改往若欲懺悔者先當起七種心也

一生大慚愧心 慚即慚天愧即愧人謂自惟我與釋迦如來同爲凡夫而今世尊成道以來已經劫數而我等輪轉生死未有出期此實可慚可愧當以此心而行懺悔也 梵語釋迦華言能仁劫梵語具云劫波華言分別時節

二恐怖心 謂我等既是凡夫身口意業常與罪相應以是因緣命終之後應墮地獄畜生餓鬼受無量苦如此實爲可驚可恐可怖可懼當以此心而行懺悔也

三厭離心 謂我等當觀生死之中虛假不實如水上泡速起速滅往來流轉猶如車輪此身衆苦所集一切皆是不淨甚可厭離當以此心而行懺悔也

四發菩提心 梵語菩提華言道謂欲得如來身者當發菩提心救度衆生於身命財無所悋惜當以此心而行懺悔也

五冤親平等心 謂於一切衆生無冤無親起慈悲心無彼我相平等救度當以此心普爲懺悔也

六念報佛恩心 謂如來往昔無量

劫中爲我等故修諸苦行捨頭目髓腦等如此恩德實難酧報我等欲報如來恩者須於此世勇猛精進不惜身命廣度衆生同入正覺當以此心而行懺悔也**七觀罪性空心**謂我罪性本空無有實體但從因緣顛倒而生當知罪性不在內外不在中間本來是空罪亦何有若能運此心觀即是眞懺悔也

七周行慈出天台四教儀集註周者周遍也佛爲多嗔衆生令修衆生緣慈之觀而對治之不出七境先親而後寃者從易而至難也若以平等之心觀之何寃何親於此七境境境悉以三樂與之使寃親無間故先假作此觀以破嗔障而於衆生實未得其樂也多嗔者謂於違情之境多所忿恨也衆生緣慈者謂緣念一切衆生如父母等想慈愍忿而與其樂也從易至難者謂親與樂則易而寃則難也三樂者謂佛之樂爲上樂菩薩之樂爲中樂諸天之樂爲下樂也

一上品親上品親謂巳之父母師長也**二中品親**中品親謂巳之兄弟姊妹也**三下品親**下品親謂巳之朋友知識也**四中人**中人謂非巳之寃非巳之親也**五下品寃**下品寃謂曾害巳之朋友知識者也**六中品寃**中品寃謂曾害巳之兄弟姊妹者也**七上品寃**上品寃謂曾害巳之父母師長者也

外道七種無常出入楞伽經**一作巳而捨無常**作即造也捨者捨前造作之相也謂外道計地水火風四大和合而造後見四大相異如地堅水濕火煖風動各各不同遂執爲無常故云作巳而捨無常**二形處壞無常**形處即形狀也謂外道計四大造色能造

所造色體畢竟不壞但觀形狀長短變壞等相以爲無常故云形處壞無常

三即色無常 謂外道計前形處見其變壞以爲無常今謂此形色即是無常故云即色無常

四色轉變中間無常 色轉變者謂生住異滅也生即生相住即成相異即變相滅即無相如金作莊嚴之具金性不壞中間相續轉變無常自然異滅故云色轉變中間無常

五性無常 謂外道計自心妄想非常非無常性自性不壞而能壞諸法自性故云性無常（性自性者謂本體之自性也）

六性無性無常 謂外道計四大之性皆無自性能造及所造之相皆歸變壞故云性無性無常（能造者地水火風四大也所造者色香味觸四微也）

七一切法不生無常 謂外道計一切法皆本不生故云一切法不生無常

七見（出華嚴孔目）分别曰見謂外道於諸法中執巳爲是以正爲非迷惑不解失於正理故有七種之見也

一邪見 謂無正信誹謗正法而於善惡果報及正因緣所生善法一切撥以爲無是爲邪見（正因緣者謂眼等六根爲因色等六塵爲緣能生一切諸法非如外道計從梵天生或計從微塵生此則爲邪因緣也）

二我見 謂不知此身五蘊所成虛假不實妄計爲身强立主宰恒執爲我是爲我見（五蘊者色蘊受蘊想蘊行蘊識蘊爲五也）

三常見 謂不知己身及諸外物皆悉無常終歸壞滅而反妄計爲常是爲常見

四斷見 謂不知諸法本性空寂常住不壞而反起斷滅之見妄計此身死已不復更生是爲斷見

五戒盜見（亦名見取）謂不知如來正戒而於邪戒中妄自分

别取以進行如牛狗等戒執取爲實得少功德自以爲足私竊邪計不修正因是爲戒盜見（牛狗戒者謂外道計前世從牛狗中來即以食草噉穢爲戒而修苦行也）

六果盜見　謂不知正因正果於不善事生妙善想勤加精進如以寒熱塗灰卧棘等事執爲正行小有所得私竊邪計以爲極果是爲果盜見（寒熱塗灰卧棘者謂外道寒則臝形自凍熱則五熱炙身或以灰塗身或眠卧荆棘自以爲苦行而求得果也五熱者謂四方是人上則日也）

七疑見　謂於諸法或執有我或執無我或執爲常或執非常等心生猶豫不能決了是爲疑見

七有（出長阿含十報法經）　因果不亡曰有謂由身口意所作善惡之因能招六趣生死之果因果相續故名七有（六趣者天趣人趣修羅趣餓鬼趣畜生趣地獄趣也）

一地獄有（亦名不可有）　地獄者此獄在地之下也謂衆生由過去惡逆之因感現在地獄之果因果不亡故名地獄有

二畜生有　畜生者禽獸之類也謂衆生由過去愚癡之因感現在畜生之果因果不亡故名畜生有

三餓鬼有　餓鬼者常受饑餓也謂衆生由過去慳悋之因感現在饑餓之果因果不亡故名餓鬼有

四天有　天者天然自然樂勝身勝也謂衆生由過去戒定之因感現在快樂之果因果不亡故名天有

五人有　人者忍也於世違順之境能安忍故謂衆生由過去戒善之因感現在人倫之果因果不亡故名人有

六業有（亦名行有）　業者謂身口意所作善惡之業因能招未來善惡之業果因果不亡故名業有

七中有　中有亦名中陰謂諸衆生此身死後識未託胎

現在所作善惡業因必取當來善惡諸趣之果因果不亡故名中有

七遮罪（亦名七逆罪出梵網經）遮謂遮障聖道逆謂不順於理行此七罪不復成就善根經云法師不得與七逆人現身受戒是也

一出佛身血佛是一切衆生慈父能令衆生悟明自心出離苦趣衆生當歷劫供養以報其恩況復出其身血如興起行經云提婆達兜舉石擲佛迸石小片傷佛足指即破出血後墮地獄是也（劫梵語具云劫波華言分別時節梵語提婆達兜亦云提婆達多華言天熱以其生時人天等衆心皆驚熱故也）

二弒父弒者下殺上也謂父者子之所天即當竭力孝養以報恩德豈宜悖戾妄加殺害地藏經云若有衆生不孝父母或至殺害者當墮無間地獄千萬億劫求出無期是也（無間地獄者即阿鼻地獄也）

三弒母謂母之恩德不異於父即當恭敬供養以期報答豈宜悖戾妄加殺害所以經云犯者得波羅夷罪（梵語波羅夷華言極惡）

四弒和尚和尚梵語鄔波遮迦于闐國翻爲和尚華言力生即親教師也謂出家者因師之力生長法身出功德財養智慧命功莫大焉即當恭敬供養以報其恩豈宜悖戾妄加殺害若以惡心瞋心而殺之者得波羅夷罪

五弒阿闍黎梵語阿闍黎華言軌範言堪爲後學之軌範即得戒教授等師也必當親事恭敬供養以報其恩豈宜悖戾妄加殺害若以惡心瞋心而殺之者得波羅夷罪

六破羯磨僧梵語羯磨華言作法謂比丘俱集一處和合作法若以惡心瞋心破之令其不和合者

得波羅夷罪（梵語比丘華言乞士）

七弑阿羅漢　梵語阿羅漢華言無學謂無法可學也又名應供謂應受人天供養也即當恭敬供養以種其福豈宜悖戾妄加殺害若以惡心嗔心而殺之者墮無間獄求出無期

七聚（出翻譯名義）

聚即類聚謂聚衆律以成其類隨犯而制之故名七聚也

一波羅夷　梵語波羅夷華言極惡有三義一者退没由犯此罪道果無分没溺惡道二者不供住謂非但失道而已不得於說戒羯磨僧中共住三者墮落捨此身已墮在阿鼻地獄也（梵語羯磨華言作法　梵語阿鼻華言無間）

二僧殘　殘者如人被斫命雖未盡而身已傷殘也謂若犯此罪僧爲作法懺除其過故名僧殘

三偷蘭遮　梵語偷蘭華言大遮即遮障善道華梵兼稱故云偷蘭遮謂大障一切善根也

四波逸提　梵語波逸提華言墮謂犯此罪死墮地獄也

五提舍尼　梵語提舍尼華言向彼悔僧祇律云此罪應對衆發露懺悔是也

六突吉羅　梵語突吉羅華言惡作惡說謂身惡作口惡說也四分律本又名式叉迦羅尼華言應當學謂此罪微細難持令其隨學隨守是名應當學也

七惡說　惡說者謂口好惡說多諸論議也即突吉羅中開出惡說以成此七聚也

七支（出法界次第）

支即支分身三支謂殺盜婬口四支謂妄言綺語兩舌惡口總名七支即十惡中之七也

一殺生　謂斷一切衆生之命故名殺生

二偷盜　謂潛起惡心取他財物故名偷盜

三邪婬　謂非已妻妾而行欲

事故名邪婬**四妄言**謂以虛誕之言欺誑他人故名妄言**五綺語**綺即文飾也謂綺飾言語取悅於人故名綺語**六惡口**謂以惡言加彼令他受惱故名惡口**七兩舌**謂搆合是非之言向此說彼向彼說此令其爭鬭故名兩舌

七垢 出瑜伽師地論

一欲垢欲即希求之義垢者塵也汚也謂人於諸所有功德不求他知若欲令他知我成就如是功德是名欲垢**二見垢**見者執著分別也謂人於諸所有功德無執著分別之見若生執著是名見垢**三疑垢**疑者迷惑不了也謂人於諸所有功德若或疑惑爲功德耶爲過失耶如是疑者是名疑垢**四慢垢**慢者恃己凌他也謂人不以己之所有功德與他校量而生輕慢若生輕他之心是名慢垢**五憍垢**憍者矜誇自高也謂人不以己之所有功德而生忻喜若生忻喜貢高之心是名憍垢**六隨眠垢**依附不捨曰隨五情暗冥曰眠謂人於諸所有功德常加護念不爲隨眠煩惱之所蓋覆若煩惱習氣未斷是名隨眠垢 五情者即眼耳鼻舌身之情也煩惱習氣者謂煩惱餘習之氣分也 **七慳垢**謂人於諸所有功德回施一切衆生無悋惜心若生慳惜之念是名慳垢

七種慢 出楞嚴經并毗婆沙論

謂諸衆生無明妄惑障覆於心而生執取恃己凌他貢高自大於佛法中自謂滿足所計不同故有七種也

一慢慢者謂同類相傲也如於相似法中執己相似又於下劣中執己爲勝也**二過慢**過慢者謂於同類相似法中執己爲勝

或復他人勝於已處執爲相似言我與他同也**三慢過慢**慢過慢者於勝爭勝也謂他本勝於已而執已爲勝言我定能勝於他也**四我慢**我慢者恃已凌他也謂倚恃已之所能欺凌於他也**五增上慢**增上慢者未得謂得也謂未得上聖之法自謂已得未證上聖之理自謂已證也**六卑劣慢**卑劣慢者以劣自誇也謂已但有下劣少分之能反自矜誇以彼多分之能不及於我也**七邪慢**邪慢者謂實無德妄爲有德執著邪見不禮塔廟不敬三寶不誦經典也（三寶者佛寶法寶僧寶也）

慳法七報（出成實論）財法不能惠施曰慳此專言慳悋於法而不施與人者得七種報**一生盲報**謂從母胎出便不能見日月光明名爲生盲由其宿世慳悋法故於現生中而得此報也**二愚癡報**謂於諸法中迷惑不了名爲愚癡由其宿世慳悋法故於現生中而得此報也**三生惡家報**謂不信三寶造作重罪名爲惡家又有寃之家亦名惡家由其宿世慳悋法故於現生中而得此報也**四胎夭報**胎夭者胎中夭死也由其宿世慳悋法故於現生中而得此報也**五物恐報**物恐者謂爲一切惡物恐怖也由其宿世慳悋法故於現生中而得此報也**六善人遠離報**善人遠離者謂賢善之人悉皆遠離而不親近由其宿世慳悋法故於現生中而得此報也**七無惡不作報**無惡不作者謂於一切惡無所不作也由其宿世自既慳法亦教人慳法滅佛法種三

世十方諸佛以爲寃賊是以於現生中而得此報也（三世者過去現在未來也）

七隨眠（亦名七使出阿毘達磨毘婆沙論）煩惱妄惑依附不捨曰隨五情暗冥曰眠以無明種子潛伏藏識而能生起一切煩惱結業故名隨眠又名七使者使猶驅使也由此妄惑驅使心神流轉三界故也（五情者即眼耳鼻舌身之情也藏識者即第八識能含藏一切善惡種子故也三界者欲界色界無色界也）

一貪隨眠　貪者引取無厭也謂此貪欲之惑潛伏藏識隨附不捨而爲種子能生一切貪染之欲故名貪隨眠

二嗔隨眠　嗔者忿怒不息也謂此嗔恚之惑潛伏藏識隨附不捨而爲種子能起一切麤重忿怒故名嗔隨眠

三愛隨眠　愛者於順情境上愛著不捨也謂此愛惑種子潛伏藏識隨附不捨能生三界麤重愛欲故名愛隨眠

四慢隨眠　慢者恃己凌他也謂慢惑種子潛伏藏識隨附不捨能生種種麤重憍慢故名慢隨眠

五無明隨眠　無明者無所明了也謂此無明種子潛伏藏識隨附不捨能生種種麤重煩惱故名無明隨眠

六見隨眠　見者分別執取也謂此分別妄惑種子潛伏藏識隨附不捨能生三界種種妄見故名見隨眠

七疑隨眠　疑者猶豫不決也謂此疑惑種子潛伏藏識隨附不捨能生三界麤重疑惑故名疑隨眠

輪王七寶（出修行本起經）

長阿含經云增劫中則有輪王出世以一增一減爲一小劫人壽增至八萬四千歲歷過百年壽減一歲如是減至十歲名爲減劫此後過百年復增一

歲或云子倍父壽若父十歲子則二十歲名爲增刦如是增至八萬四千歲時則有金輪王出生在王家紹灌頂位於十五日香湯沐浴受持齋戒升高臺殿臣僚輔翼東方忽有金輪寶現舒妙光明來應王所若王欲往東方輪即東轉王則將諸兵衆隨其後行金輪寶前有四神導引輪所住處王即止駕南西北方隨輪所至亦復如是於四天下普勸人民修十善道是名金輪王亦名轉輪聖王而具足七寶馬刦梵語具云刦波華言分別時節金輪王太子紹位之時取四大海水以灌其頂方紹父位以爲金輪王名灌頂位十善道者不殺不盜不邪婬不妄語不兩舌不惡口不綺語不貪欲不嗔恚不邪見也

一金輪寶亦名勝自在

金輪者其輪千輻徑一丈四尺具足轂輞雕文刻鏤衆寶間錯光明洞達天匠所成非世所有也謂轉輪聖王既得此輪隨王心念輪則爲轉案行天下須臾周帀是爲金輪寶

二白象寶亦名青山

白象者謂轉輪聖王清旦升殿有白象寶忽然出現其身純白其首雜色口有六牙牙七寶色力能飛行若王乘時一日之中周徧天下朝往暮回不勞不疲若行渡水水不動搖亦不濡足是名白象寶

三紺馬寶亦名勇疾風

紺馬者青赤色馬也謂轉輪聖王清旦升殿有紺馬寶忽然出現髦鬣貫珠洗刷之時珠則墮落須臾之間更生如故其珠鮮潔色勝於前鳴聲遠聞一由旬內力能飛行王若乘之案行天下朝去暮回力不疲極馬脚觸塵皆成金沙是名紺馬寶梵語由旬華言限量有三等不同上八十里中六十里下四十里

四神珠寶亦名光藏雲

神珠者謂轉輪聖王清

旦升殿有神珠寶忽然出現其色瑩潔無有瑕纇夜懸空中隨國大小明照内外如晝無異是名神珠寶

五玉女寶 亦名淨玉妙德 女者謂顏貌端正色相具足身則冬溫夏凉於諸毛孔出栴檀香口出青蓮華香言語柔輭舉動安詳食自消化非同世間女人有諸不淨是名玉女寶

六典財寶 亦名大財 典財又曰典寶藏臣謂轉輪聖王欲得七珍寶時典藏臣舉身向地地出七寶向水水出七寶向山山出七寶向石石出七寶是爲典財寶阿含經又云居士寶其人宿福深厚眼能徹見地中伏藏有主無主皆悉見知其有主者爲之衛護其無主者取供王用是也

七主兵寶 亦名離垢眼 主兵又曰典兵臣謂轉輪聖王意欲得四種兵若干若萬乃至無數顧視之間兵即已辦行陣嚴整是爲主兵寶阿含經又云其人智謀雄猛韜略獨出即詣王所白言大王有所討伐不足爲憂若欲象馬車步四種兵者我自能辦是也

七寶 出飜譯名義 七寶諸經所載不同舊出二種其間名同而華梵不一今依翻譯名義亦列二種皆以梵語爲名而用華言各釋其下也

一蘇伐羅 梵語蘇伐羅華言金大智度論云金出山石沙赤銅中而有四義一者色無變二者體無染三者轉作無礙四者令人富以是等義故名爲寶

二阿路巴 梵語阿路巴華言銀大智度論云銀出燒石中世名白金亦有四義與前金同故名爲寶

三琉璃 梵語琉璃華言青色寶觀經

琉又云吠瑠璃耶華言不遠謂西域有山去波羅奈城不遠山出此寶故以名之此寶青色一切衆寶皆不能壞色體堅瑩世所希有故名爲寶（梵語波羅奈華言鹿苑）**四頗黎**梵語頗黎或云塞頗胝迦華言水玉即蒼玉也或云水精體色瑩潤世所希有故名爲寶**五牟娑洛揭拉婆**梵語牟娑洛揭拉婆華言青白色寶即硨磲也其狀如車之渠車之牙輞也因以名焉以其體堅色明世所希有故名爲寶**六摩羅伽隸**梵語摩羅伽隸華言碼碯其色赤白如馬之腦因以名焉以其可琢成器世所希有故名爲寶**七鉢摩羅伽**梵語鉢摩羅伽華言赤真珠佛地論云赤虫所出大智度論云此寶出魚腹蛇腦中其色明瑩最爲殊勝故名爲寶

又七寶（出翻譯名義）**一鉢攞娑**梵語鉢攞娑華言珊瑚大智度論云海中石樹也謂西南漲海中去七八里許有珊瑚洲洲底有磐石此寶生其上人以鐵網取之世所希有故名爲寶**二阿濕摩揭婆**梵語阿濕摩揭婆華言琥珀其色紅瑩世所希有故名爲寶**三摩尼**梵語摩尼又云末尼華言離垢即珠寶也此寶光淨不爲垢穢所染故圓覺鈔又云如意謂意中所須財寶衣服飲食種種之物此珠悉能出生令人皆得如意故名爲寶**四甄叔迦**梵語甄叔迦華言赤色寶西域傳云甄叔迦樹名其花赤色形大如手此寶色如此花故以名焉**五釋迦毘楞伽**梵語釋迦毘楞伽華言能勝謂此

寶能勝一切世間衆寶世所希有故名爲寶**六摩羅伽陀**梵語摩羅伽陀大智度論云綠色珠此寶出金翅鳥口邊能辟一切諸毒世所希有故名爲寶**七跋折羅**梵語跋折羅華言金剛此寶出於金中色如紫英百鍊不銷至堅至利可以切玉世所希有故名爲寶

七金山（出翻譯名義）七金山者謂山皆有金色光明故也七重環繞須彌山外高廣形量次第減半如須彌山高八萬四千由旬雙持山止高四萬二千由旬之類是也（梵語由旬華言限量有三等不同上八十里中六十里下四十里）

一雙持山雙持山者謂二山相倚也又言持雙者文互用耳此山高廣各四萬二千由旬**二持軸山**持軸山者謂山峯上聳形如車軸也高廣各二萬一千由旬**三檐木山**檐木樹名以山形似此樹故名檐木高廣各一萬五百由旬**四善見山**善見山者謂見者稱善也高廣各五千二百五十由旬**五馬耳山**馬耳山者謂狀如馬耳也高廣各二千六百二十五由旬**六障礙山**障礙山者謂此山有障礙神故又名象鼻山形如象鼻故也高廣各一千三百一十二由旬半**七持地山**持地山者謂與地相持故又名地持者文互用耳又名魚觜山者以海中有魚觜尖其山形如彼魚故也又名持邉山者以此山護持圍繞內六山故也高廣各六百五十六由旬零

七海（出法集名數經）**一鹽水海**金剛三昧經云海有金剛輪隨時轉故令大海水同一鹹味故

名鹽水海**二乳海**謂世有一海其味如乳故名乳海**三酪海**謂世有一海其味如酪故名酪海**四酪海**謂世有一海其味如酥故名酥海**五蜜水海**謂世有一海其味如蜜故名蜜水海**六吉祥草海**謂世有一海生吉祥草故名吉祥草海**七酒海**謂世有一海其味如酒故名酒海

七大（出楞嚴經）

大即體性圓融周徧無外之義蓋由萬法不離地水火風而成依空建立因見有覺因識有知舉此七種則自他依正色心一切萬法無不攝矣然以衆生迷失本心根塵對起知見妄分聽不出聲見不超色但於日鏡和合處見火起月珠和合處見水生各不相容執相成礙殊不知如來藏中水火性空本周法界隨衆生心循業發現故世尊於楞嚴會上開悟阿難及諸大衆會七大萬法皆歸如來藏故説此七大之相也（依正色心者依即所依國土正謂正受果報即能依之身也色即色身心即心識也）

一地大麤爲大地細爲微塵析則成空合聚爲地衆生昏迷但見其相不知地性融通遍周法界隨衆生心循業發現清淨本然寧有方所故名地大（循業即隨業也）

二火大火性無我寄於諸緣如執鏡艾對日火生衆生昏迷但見其相不知火性融通遍周法界隨衆生心循業發現如一處執鏡一處火生遍法界執滿世間起起徧世間寧有方所故名火大（火性無我者言火性無體也）

三水大水性不定流息無恒如執珠盤對月出水衆生昏迷但見其相不知水性融通遍周法界隨衆生心循業發現如一

處執珠一處水出遍法界執滿法界生生滿世間寧有方所故名水大

四風大 風性無體動靜不常如人整衣則有微風拂他人面衆生昏迷但知微風不知風性融通遍周法界隨衆生心循業發現如一人整衣有微風出遍法界拂滿國土生周遍世間寧有方所故名風大

五空大 空性無形因色顯發如人鑿井出土一尺中間則有一尺虛空衆生昏迷但見此空不知性覺眞空遍周法界隨衆生心循業發現如一井空空生一井十方虛空亦復如是圓滿十方寧有方所故名空大

六見大 見覺無知因色空有如朝明夕昏一切色相因見分析衆生昏迷但見明暗之相不知性見精明遍周法界隨衆生心循業發現以由色空既遍見亦周遍六根互用聞聽覺知亦復如是圓滿十虛寧有方所故名見大（六根互用者謂如眼見色亦能聞聲齅香知味覺觸之類也十虛即十方虛空也）

七識大 識性無源因於六種根塵而出如根塵對起分別妄生衆生昏迷但隨分別不知性識明知遍周法界隨衆生心循業發現以由根境無邊識亦無盡含吐十虛寧有方所故名識大（六種根塵者根即眼耳鼻舌身意六根也塵即色聲香味觸法六塵也十虛者十方虛空也）

地動七因（出華嚴經疏）

一令諸魔生怖 魔有多種故曰諸魔令生怖者謂佛成道時必須地動令邪魔恐怖而回正念也

二令衆生心不散亂 令衆生心不散亂者謂佛欲說法時必先地動令諸衆生恭敬嚴謹心不散亂而能信受也

三令放逸者生覺知 令放

逸生覺知者謂佛說法時或有放逸之人不能畢集必須地動令其覺知皆來諦聽也

四令衆生知法相 令衆生知法相者謂佛說法微妙難知必先地動普令一切衆生心生警悟覺了諸法之相也

五令衆生觀說法處 令衆生觀說法處者謂佛說法時欲令十方世界統爲一佛國土必須地動令諸衆生得見說法殊勝之處也

六令成熟者得解脫 令成熟得解脫者謂佛說法時若有根緣成熟衆生來聞正法必須地動令其覺悟而得解脫也

七令隨順問正義 令隨順問正義者謂佛說法時爲諸衆生不解正義必須地動令其警覺隨順請問各得開解也

七難（出觀音玄義疏）難即厄難苦惱之處也謂火有焦身絶命之憂故爲初難水有沉有浮故爲二難羅刹雖暴緩於火水故爲三難刀杖非隨得隨戮必須研罪虛實故爲四難鬼取非的命衰逢害故爲五難枷鎖繫身未爲失命故爲六難怨賊覔寶與寶即脫故爲七難而此七難一一皆有果報惡業煩惱三種今但明人中果報之一種也有以羅刹難中風難足爲八難者非也

一火難 觀音經云若有持是觀世音菩薩名者設入大火火不能燒蓋持者口爲誦持心爲秉持言其執持無少懈也設入者不定之辭若人遭此難者一心稱名必得解脫如應驗傳云晋元康中竺長舒居於洛陽時爲延火將及草屋在於下風豈有免理一心稱菩薩名即風回火轉狹識淺見者

以爲偶爾後因風燥之日故擲火燒之三擲三滅其人即叩頭謝罪如此應驗非一而已

二水難　經云若爲大水所漂稱其名號即得淺處蓋水言大而不言小者小不爲難也若遭此難稱菩薩名即得淺處如應驗傳云海鹽郡有溺水者同伴皆沉此人稱觀世音菩薩忽遇得一石困倦如眠夢見兩人乗船喚入即時覺悟開眼果見人船送至岸上則不復見矣

三羅刹難　梵語羅刹華言暴惡經云若有衆生爲求金銀等寶入於大海假使黑風吹其船舫漂墮羅刹鬼國其中若有一人稱觀世音菩薩名者是諸人等皆得解脫羅刹之難蓋羅刹者食人鬼也一人稱名悉得解脫者憂感休咎衆所共之口不同稱心亦覓福故獲均濟如應驗傳云外國百餘人從師子國泛海向扶南忽遇惡風漂墮鬼國其羅刹鬼便欲盡食一船衆人皆稱觀音中有一小乗沙門不信觀音不肯稱名鬼即索此沙門沙門學稱菩薩名號亦得免脫（梵語沙門華言勤息）

四刀杖難　經云若復有人臨當被害稱觀世音菩薩名者彼所執刀杖尋段段壞而得解脫如應驗傳云晋太元中彭城有一人被枉問爲賊臨刑將舊所供養觀音金像帶在髻中後伏法刀下但聞金聲刀即三折頭終不傷解髻看像像有三痕由是得脫

五鬼難　經云若三千大千國土滿中夜叉羅刹欲來惱人聞其稱觀世音菩薩名者是諸惡鬼尚不能以惡眼視之況復加害蓋鬼所以畏觀音名者以

觀音有威有恩若非懷恩則是畏威聞名尚不能惡眼相視豈復生於傷害之心耶（三千者小千中千大千也今言三千大千者總別兼稱也梵語夜叉華言勇健）

六枷鎖難　經云若復有人若有罪若無罪杻械枷鎖檢繫其身稱觀世音菩薩名者皆悉斷壞即得解脫蓋杻械枷鎖刑獄之具也繫即繫縛檢即封檢其人若能稱觀世音菩薩者重關自開鐵木斷壞如應驗傳云蓋護山陽人繫獄應死三日三夜稱菩薩名心無間息即見觀音放光照之鎖脫關開尋光而去行二十里光明方息

七寃賊難　經云有一商主將諸商人齎持重寶經過險路遇諸寃賊乃至其中一人作是唱言諸善男子勿得恐怖汝當一心稱觀世音菩薩名號衆商人一稱其名故即得解脫蓋寃本奪命賊本求財今寃爲賊必財命兩圖由菩薩力故得解脫如應驗傳云僧慧達於晉隆安二年北隴上掘甘草于時羌餓捕人食之達爲羌人所獲閉在棚中擇肥者先食達即一心稱名誦經餘人已盡唯達并一小兒準擬明日命盡達竟夜稱誦不輟向曉羌來取之忽見一虎從草跳出咆吼羌人驚走虎因齧棚作一穴而去達將小兒走竄得免

七災難（出仁王護國經）　七災難者謂佛爲十六大國波斯匿王等而說也若國土中有此七種災難當講讀仁王般若波羅蜜經其難即滅萬姓安樂也（梵語波斯匿華言勝軍）

一日月失度難　謂日月失其所躔之度時序不調或赤日出或黑日出或二三四五日出或日蝕

無光或日輪一重現乃至四五重現是爲日月失度難**二星宿失度難**謂二十八宿及金星彗星火星水星風星刀星南斗北斗等星各各失其所躔之度是爲星宿失度難（二十八宿者角亢氐房心尾箕斗牛女虛危室壁奎婁胃昴畢觜參井鬼柳星張翼軫也）**三災火難**謂火災起時萬姓燒盡或鬼火龍火天火山神火人火樹木火賊火如是種種災異是爲災火難**四雨水變異難**謂陰陽不順大水漂沒冬雨夏雪冬行雷電夏雨霜雹或雨赤黑等水或雨土石沙礫江河逆流如是種種災異是爲雨水變異難**五惡風難**謂大風起時山河樹木一時吹壞或黑風赤風青風天風地風火風如是種種災異是爲惡風難**六亢陽難**亢極也謂天地亢陽炎火洞然百草枯瘁五穀不登如是種種災異是爲亢陽難（五穀者禾麻黍菽麥也）**七惡賊難**謂四方賊來侵擾境界或內外賊起火賊水賊風賊鬼賊百姓驚惶刀兵競起如是種種災異是爲惡賊難

七種受胎（出善見毘婆沙律）**一相觸受胎**謂女人月水生時喜樂男子若男子以身觸其身分即生貪著而便懷胎是名相觸受胎**二取衣受胎**謂如優陀夷共婦出家分別已久優陀夷往到婦處兩情欲愛不止各相發問欲精汚衣尼得此衣後即懷胎是名取衣受胎（梵語優陀夷華言出現日出時生故）**三下精受胎**謂往昔有一道士小便與精俱下鹿母飲之遂便懷胎生鹿子道士是名下精受胎**四手摩受胎**謂如睒菩薩父母俱盲帝釋遥

知下至其所爲言宜合陰陽當生兒子荅言夫婦既悉出家爲道法故不得如此帝釋復言不合陰陽當以手摩臍下即便懷胎果如其言而生睒子是名手摩受胎（睒音閃目暫見）**五見色受胎**謂有女人月華水成不得男子交合欲情極盛唯視男子即便懷胎是名見色受胎**六聞聲受胎**謂如白鷺鳥悉雌無雄到春來時陽氣始布雷聲初鳴雌鷺一心聞聲即便懷胎雞亦有聞雄雞聲亦得懷胎是名聞聲受胎**七齅香受胎**謂如犢牛母但齅犢氣而亦懷胎是名齅香受胎（犢牛名犢牛子也）

七種生死（出翻譯名義）

一分段生死分即分限段即形段謂三界果報壽有長短分限身有大小形段皆不免於生死是爲分段生死

二變易生死（三界者欲界色界無色界也）因移果易名爲變易謂阿羅漢辟支佛菩薩既離三界生死出生方便等土就其斷惑證果之時因移果易論爲生死是名變易生死（因移果易者如初果爲因二果爲果二果爲因三果爲果三果爲因四果爲果是也方便土者二乘之人修方便道斷見思惑而居此土也）

三流入生死謂衆生有識之初迷眞逐妄流入生死苦海漂溺不息是爲流入生死

四反出生死謂衆生若發心修行背妄歸眞則能反出生死至於涅槃是爲反出生死（梵語涅槃華言滅度）

五因緣生死謂初歡喜地已後諸位菩薩皆以所觀不思議理爲因能觀眞無漏智爲緣共破無明之惑復爲化衆生故示現生死是爲因緣生死（眞無漏智者即菩薩智慧也由此智慧斷諸惑業而不漏落生死以對乘之智名爲眞耳）

六有後生死謂第十

法雲地菩薩因有最後一品無明未斷尚有一番變易生死是爲有後生死（最後一品者謂無明惑有四十二品今是最後之一品也）

七無後生死 謂等覺菩薩破最後一品無明煩惱究竟永盡入妙覺位不受後身是爲無後生死

七日輪出（出法苑珠林）

七日輪出者劫末之相也天地始終謂之一劫劫盡壞時火災將起一切人民皆作惡業遂使天久不雨所種不生諸水泉源皆悉枯竭久久之後風入海底取日宮殿於須彌山邊置日道中遍照世間草木凋落如是一日乃至七日次第而出消竭海水大地烟起乾坤洞然直至梵天悉皆蕩盡故有七日出現之說也（劫梵語劫波華言分別時節梵語須彌華言妙高直至梵天者謂火災起時燒至色界初禪天也）

一日出 一日出時百草樹木一時凋落

二日出 二日出時四大海水從百由旬乃至七百由旬內自然枯涸（梵語由旬華言限量或八十里或六十里或四十里）

三日出 三日出時四大海水千由旬乃至七千由旬內展轉消盡

四日出 四日出時四大海水深千由旬亦皆乾竭

五日出 五日出時四大海水縱廣七千由旬亦皆竭盡長阿含經云五日出已其後海水轉減猶如春雨後牛跡中水遂至涸盡不漬人物也

六日出 六日出時此地厚六萬八千由旬皆悉烟出從須彌山乃至三千大千世界及八大地獄無不燒滅烟燼無餘人民命終及六欲諸天皆悉命終宮殿皆空一切無常不得久住（三千者小千中千大千也今言三千大千者總別兼稱也八大地獄者活地獄黑繩地獄合會地獄叫喚地獄大叫喚地獄熱地獄大熱地獄阿鼻地獄也六欲天者四天王天忉

利天夜摩天兜率天化樂天他化自在天也

七日出 七日出時大地須彌山漸漸崩壞百千由旬永無遺餘山皆洞然諸寶爆裂烈焰震動至于梵天一切惡道皆悉蕩盡

法沒時七穢行 出出曜經

一百歲持戒爲惡所破 謂法將滅時有人持戒滿百歲已一彈指頃遂爲惡知識之所破壞是爲法沒時之穢行也

二久行慈心爲嗔所壞 謂法將滅時有人久行平等慈忍未嘗少息一旦逆境現前不能安忍嗔恚倏起壞滅善根是爲法沒時之穢行也

三薄賤不隨師教 謂法將滅時善行寡少爲此道者悉皆輕薄汚賤之徒不修威儀進止不順師長教誨眈習下流無所聞見是爲法沒時之穢行也

四互諍勝負 謂法將滅時正教不行人我妄興是此者則非彼是彼者則非此交相毀諍以求勝負唯務較短量長不思反邪歸正是爲法沒時之穢行也

五鬬亂彼此 謂法將滅時出家之人或居城郭村落貪求利養我慢貢高悖理亂常爭長競短向彼說此向此說彼互相毀謗爭鬬不已惟知構造其非不解弘持其教是爲法沒時之穢行也

六貪著利養 謂法將滅時出家之人多貪利養廣殖田園惟思口體之奉不以勤苦爲勞遂致身多疾病不能流通佛教是爲法沒時之穢行也

七凡聖皆被毀辱 謂法將滅時教道不明以僞亂真以邪混正是非不明凡聖無別故自凡夫之僧至阿羅漢一槩被人輕賤毀辱既辱其徒何有其教是爲法沒時之穢行也 梵語

大明三藏法數卷第二十三

阿羅漢 華言無學

大明三藏法數卷第二十四

上天竺前住持沙門一如等奉　勅集註

如來八相（出釋迦譜）如來八相者法華經中明釋迦如來無量劫前已成正覺因大悲願力利益衆生數數於十方國土示生示滅處處不同豈但於此南閻浮提一方出現而已今論出現本末則具有八相皆所以示同人法也（梵語釋迦華言能仁劫梵語具云劫波華言分別時節梵語閻浮提華言勝金洲）

一降兜率相　梵語兜率華言知足以此天於五欲境知止足故謂菩薩從兜率天將降神時觀此閻浮提内迦毘羅國最爲處中往古諸佛出興皆生於此爾時菩薩即現五瑞一者放大光明二者大地震動三者諸魔宮殿隱蔽不現四者日月星辰無復光明五者天龍等衆悉皆驚怖現此瑞已於是下生是名降兜率相（五欲者色欲聲欲香欲味欲觸欲也菩薩即釋迦如來梵語迦毘羅華言黃色）

二託胎相　謂菩薩將託胎時觀淨飯王性行仁賢摩耶夫人前五百世曾爲菩薩母應往彼託胎大機之人見乘栴檀樓閣小機之人見乘六牙白象與無量諸天作諸伎樂從右脅入身暎於外如處琉璃是名託胎相（梵語摩耶具云摩訶摩耶華言大術）

三降生相　謂四月八日日初出時摩耶夫人在毘嵐園手攀無憂樹枝菩薩漸漸從右脅出于時樹下生七莖蓮華大如車輪菩薩處於華上周行七步舉右手而言曰我於一切天人之中最尊最勝爾時難陀龍王跋難陀龍王於空中雨温涼二水灌太子身身黃金色三十二相放大光明普照三千大千世界是

名降生相（毘嵐梵語具云嵐毘尼華言解脫處梵語難陀華言懽喜梵語跋難陀華言善歡喜此二龍王即兄弟也三十二相者足下安平相千輻輪相手指纖長相手足柔軟相手足縵網相足跟滿足相足趺高好相腨如鹿王相手過膝相馬陰藏相身縱廣相毛孔生青色相身毛上靡相身金色相身光面各一丈相皮膚細滑相七處平滿相兩腋滿相身如師子相身端直相肩圓滿相四十齒相齒白齊密相四牙白淨相頰車如師子相咽中津液得上味相廣長舌相梵音深遠相眼色如金精相眼睫如牛王相眉間白毫相頂肉髻成相也三千者小千中千大千也言三千大千者總別兼稱也）

四出家相　謂太子年至十九時出遊四門見老病死之相厭世無常心思出家往白父王願聽出家父王不許於二月七日身放光明照四天王宮乃至淨居天宮諸天見已到太子所頭面禮足白言無量劫來所修行願今正成熟之時太子遂於後夜乘馬逾城至跋伽仙人苦行林中剃除鬚髮是名出家相（四天王者東方持國天王南方增長天王西方廣目天王北方多聞天王淨居天即色界天也）

五降魔相　魔梵語具云魔羅華言能奪命謂菩薩於菩提樹下將成道時大地震動放大光明隱蔽魔宮時魔波旬即令三女亂其淨行菩薩以神力故變其魔女皆成老母魔王大怒徧勑部從上震天雷雨熱鐵丸刀輪器仗交橫空中挽弓放箭箭停空中變成蓮華不能加害羣魔憂戚悉皆迸散是名降魔相（梵語菩提華言道梵語波旬華言惡即魔王名也）

六成道相　謂菩薩降伏魔已放大光明即便入定悉知過去所造善惡死此生彼之事於臘月八日明星出時豁然大悟得無上道成最正覺是名成道相

七說法相　謂菩薩既成道已便欲說法度諸衆生即自思惟無能信受者若我住世於事無益不如入

於涅槃爾時梵天前白佛言世尊今日法海已滿法幢已立潤濟開導今正是時云何欲捨一切衆生入於涅槃而不說法是時如來受梵王請已即往鹿野苑中先爲憍陳如等五人轉四諦法輪及說大小乘種種教法是名說法相（五人者憍陳如馬勝跋提十力迦葉拘利太子也四諦者苦諦集諦滅諦道諦也）

八涅槃相

梵語涅槃華言滅度謂如來度人已竟將入涅槃二月十五日於拘尸那城娑羅雙樹間臥七寶床其林忽然變白猶如白鶴爾時佛受純陀長者最後供已與文殊師利等言諸善男子但當自修其心愼莫放逸遂於中夜而入涅槃諸天人等以千端㲲纏裹其身七寶爲棺盛滿香油積諸香木以火焚之收取舍利以爲八分起塔供養是名涅槃相（梵語拘尸那華言角城其城三角故也梵語娑羅華言堅固謂冬夏不改色也梵語文殊師利華言妙德八分者拘尸城一分波肩羅婆國一分師伽那婆國一分阿勒遮國一分毘耨國一分毘離國一分遮羅迦羅國一分摩伽陀國一分也）

八大自在我（出涅槃經）我即自在之義謂如來有大神力有大智慧故能隨機示現自在巧妙經中謂如來常樂我淨之我具此八義故稱我德（常者不遷不變也樂者無生死苦也我者即八自在也淨者惑業淨盡也）

一能示一身以爲多身

一身多身者於一身中現無量身也經云如來身數猶如微塵充滿十方無量世界蓋如來所證法身之體遍一切處全此之體起於應用故能一多自在也

二示一塵身滿大千界

一塵身滿大千界者謂如來法身體無不遍故一塵之身與法身之量同一廣大大

千世界悉皆充滿自在無礙也

三大身經舉遠到大身輕舉遠到者謂如來廣大之身飛行輕舉無遠不到自在無礙也經云如來能以滿大千世界之身輕舉飛空過於二十恒河沙等諸佛世界而無障礙是也

四現無量類常居一土現無量類常居一土者謂如來雖爲衆生現衆類之身而所居常在一土自在無礙也經云如來之心安住不動而能隨諸衆生現無量形類又云如來之身常住一土而令他土一切悉見是也

五諸根互用諸根互用者謂如來眼等諸根互相爲用自在無礙也經云如來一根亦能見色聞聲齅香別味覺觸知法一根既然諸根亦爾是也（一根者即眼耳鼻舌身意六根中之一根也）

六得一切法如無法想得一切法如無法想者謂如來知一切法本性空寂若言有法而可證得則爲虛妄故雖有所證而無能證之想於法融通自在無礙也經云若是有者可名爲得實無所有云何名得以自在故非得而得是也

七說一偈義經無量劫說一偈義經無量劫者謂如來智慧辯才演說一偈之義雖經多劫無有窮盡稱性宣揚自在無礙也經云如來演一偈之義經無量劫義亦不盡是也（劫梵語具云劫波華言分別時節）

八身徧諸處猶如虛空身徧諸處猶如虛空者謂如來爲諸衆生處處現身說法猶如虛空了無形相可得隨緣應化自在無礙也經云虛空之性不可得見如來亦爾實不可見以自在故令一切見是也

八音出法界次第 八音者謂如來所出音聲言辭清雅令諸衆生聞即解悟而有此八種也

一極好音 謂一切諸天二乘菩薩雖各有好音未足爲極唯佛音聲聞者無厭得入妙道好中之最故名極好音 二乘者聲聞乘緣覺乘也

二柔輭音 謂佛以慈善爲心所出音聲巧順物情能令聞者喜悅皆捨剛强之心故名柔輭音

三和適音 謂佛常居中道妙解從容所出音聲和雅調適能令聞者心皆融釋因聲會理故名和適音

四尊慧音 謂佛德位尊高慧心明徹所出音聲能令聞者尊重慧解開明故名尊慧音

五不女音 謂佛住首楞嚴定有大雄之德所出音聲能令一切聞者敬畏天魔外道莫不歸伏故名不女音 梵語首楞嚴華言健相分別謂能降伏一切魔也

六不誤音 謂佛智圓明照了無礙所出音聲詮審真實無有差謬能令聞者各獲正見故名不誤音

七深遠音 謂佛智幽深行位高極所出音聲自近而遠徹至十方令近聞非大遠聞不小皆悟甚深幽遠之理故名深遠音

八不竭音 謂如來願行無盡住於無盡法藏所出音聲聞者尋其語義無盡無窮故名不竭音

八支語 出顯揚聖教論

一上首語 首始也謂佛凡有所說必以趣向涅槃之道而爲首先故名上首語 梵語涅槃華言滅度

二美妙語 謂佛所說法言辭柔輭嘉美微妙令人樂聞故名美妙語

三顯了語 謂佛說法隨機演暢於諸事理顯然明了故名顯了語

四易解語 謂佛說法善巧方便令諸衆生即得解悟故名

易解語【五樂聞語】謂佛說法稱適機宜語音宣暢事理該明當機之衆無不喜樂聽聞故名樂聞語【六無依語】謂佛說法隨機開導無所依著亦不希望他人信已而後爲說故名無依語【七不逆語】謂佛說法知諸衆生根量隨順不違使其各得獲益故名不逆語【八無邊語】謂佛說法具大智慧具大辯才稱性宣演無有窮極故名無邊語

八分分如來舍利（出涅槃經後分）釋迦如來於拘尸城荼毘已竟諸國起兵奪取舍利時有婆羅門爲息相奪諍故分作八分八國起塔供養也（梵語釋迦華言能仁拘尸梵語具云拘尸那華言角城謂此城三角故也梵語荼毘華言焚燒梵語舍利華言骨身梵語婆羅門華言淨行）【一拘尸城】拘尸城諸力士得一分舍利即於國中起塔供養【二波肩羅婆國】波肩羅婆國力士得一分舍利歸國起塔供養【三師伽那婆國】師伽那婆國拘樓羅衆得一分舍利歸國起塔供養【四阿勒遮國】阿勒遮國諸刹帝利得一分舍利歸國起塔供養（梵語刹帝利華言田主）【五毘耨國】毘耨國諸婆羅門得一分舍利歸國起塔供養【六毘離國】毘離國諸黎車得一分舍利歸國起塔供養【七遮羅迦羅國】遮羅迦羅國諸釋子得一分舍利歸國起塔供養【八摩伽陀國】摩伽陀國阿闍世王得一分舍利歸國起塔供養（梵語摩伽陀華言善勝梵語阿闍世華言未生怨）

八大靈塔（出八大靈塔經）佛之靈塔有八經云若人發大信心修建塔廟承事供養得大利益獲大果報具大名稱是人命終即得生天

然佛之舍利人間天上建塔甚多此經所載乃如來降生等處所建之塔也（梵語舍利華言骨身）

一在迦毘羅城龍彌你園　梵語迦毘羅華言黃色梵語龍彌你又云嵐毘尼華言解脫處佛之降生即此園也乃造寶塔以表靈蹟焉

二在摩伽陀國泥連河邊　梵語摩伽陀華言善勝梵語泥連未見翻譯佛於此河邊菩提樹下而成正覺故建塔於此以供養焉（梵語菩提華言道）

三在波羅奈城　梵語波羅奈華言鹿苑佛於此處為聲聞緣覺說四諦法故建塔以供養焉（四諦者苦諦集諦滅諦道諦也）

四在舍衛國祇陀園　梵語舍衛華言豐德梵語祇陀或云祇洹華言戰勝佛於此園說法度生故建塔以供養焉

五在曲女城　此城由往昔大樹仙人呪九十九女一時腰曲故名曲女佛從忉利天說法下降於此故建塔以供養焉（梵語忉利華三十三）

六在王舍城　此城往昔由千王共居故名王舍佛於此處說法度生故建塔以供養焉

七在廣嚴城　其城廣博嚴淨故名廣嚴佛於此處思念壽量故建塔以供養焉

八在拘尸那城　梵語拘尸那華言角城其城三角故也佛於此城娑羅雙樹間入般涅槃故建塔以供養焉（梵語娑羅華言堅固梵語般涅槃華言滅度）

八藏（出華嚴經隨疏演義鈔）

藏即含藏之義謂含藏諸法文理而有經律論呪之不同經者法也常也凡聖之所軌則曰法魔外不能變壞曰常律者法也謂分判輕重持犯之罪如世之法律論議也謂論議種種諸法甚深之義也呪者願也謂祈願種種如意殊勝

等事也蓋以聲聞緣覺大小乘之不同故有八藏之名焉（魔外者天魔外道也）**一經藏**經藏者即四阿含經是也（梵語阿含華言無比法謂世間之法無可比也四阿含者增一阿含長阿含中阿含雜阿含也）**二律藏**律藏者即四分十誦律等是也（四分者一比丘法二比丘尼法三受戒法四滅諍法也十誦者謂佛弟子優波離十番誦出也）**三論藏**論藏者即阿毘曇等論是也（梵語阿毘曇華言無比法謂聖人分別法義不可比也）**四咒藏**咒藏者即除一切疾病陀羅尼辟除諸惡陀羅尼等是也（梵語陀羅尼華言咒亦云能持謂持善不失持惡不生也已上經律論咒是聲聞四藏也）**五經藏**經藏者即妙法蓮華經大方廣佛華嚴等經是也**六律藏**律藏者即菩薩善戒經梵網戒等經是也**七論藏**論藏者即大智度論十地經等論是也**八咒藏**咒藏者即楞嚴咒大悲等咒是也（已上經律論咒是菩薩四藏也）

八藏（出處胎經）

藏即含藏之義謂佛滅度後阿難結集如來所說經法以此八藏類攝無遺也（梵語阿難華言慶喜）**一胎化藏**胎化藏者謂佛說胎中化現等事如菩薩處胎等經是也**二摩訶衍藏**梵語摩訶衍華言大乘摩訶衍藏者即佛所說法華涅槃華嚴等諸大乘經是也**三中陰藏**謂此色身死後未託生前名為中陰中陰藏者如佛所說中陰等經是也**四戒律藏**戒律藏者謂佛所制在家出家及大乘小乘諸品戒法如僧祇等律部是也**五菩薩藏**菩薩藏者謂佛所說大乘諸經明諸菩薩修因證果之法是也**六雜藏**雜藏者謂月所說大小乘經共明聲聞緣覺菩薩及諸天人修因證果等法是也**七金剛藏**金剛藏者謂佛所說等覺

菩薩修因證果之法以其破惑之智最爲堅利能斷極後微細無明之惑故名等覺菩薩爲金剛心是也（等覺者去後妙覺猶有一等勝前諸位得稱爲覺也）

八佛藏　佛藏者謂佛所說大乘諸經明一切諸佛所說之法及神通變現導利衆生等事是也

八部般若（出般若經）

梵語般若華言智慧佛於第四時中所說之經既多法亦不一故有八部之名焉

一大品般若　謂佛演說五蘊十二入十八界三十七道品等法皆從六波羅蜜生其般若波羅蜜最大最勝最爲第一餘之五度若無般若導達則不得名爲波羅蜜也以其卷帙多故是名大品般若（五蘊者色蘊受蘊想蘊行蘊識蘊也十二入者眼入耳入鼻入舌入身入意入色入聲入香入味入觸入法入也十八界者眼界色界眼識界耳界聲界耳識界鼻界香界鼻識界舌界味界舌識界身界觸界身識界意界法界意識界也三十七道品者觀身不淨觀受是苦觀心無常觀法無我是四念處已生惡令永斷未生惡令不生已生善令增長未生善令得生是四正勤欲如意足念如意足精進如意足思惟如意足是四如意足信根精進根念根定根慧根是五根信力進力念力定力慧力是五力擇法覺分精進覺分喜覺分除覺分捨覺分定覺分念覺分是七覺分正見正思惟正語正業正命正精進正念正定是八正道已上諸法總爲三十七道品也梵語波羅蜜華言到彼岸六波羅蜜者一布施二持戒三忍辱四精進五禪定六智慧也）

二小品般若　謂與前大品所說之法大要是同因對大品以其卷帙少故是名小品般若

三放光般若　謂世尊入于三昧從足千輻輪相放大光明上至肉髻及諸毛孔中皆放光明遍照十方國土爲諸菩薩而說此經是名放光般若（梵語三昧華言正定）

四光讚般若　光即光明讚即講說謂佛從舌本出無數光明照三千界其光明中自然而現

無數金蓮華其蓮華上各有諸佛講説此經是名光讃般若（三千界者小千中千大千也）

五道行般若 謂佛説法令諸衆生聞者喜樂展轉相告於中受學成就道行是名道行般若

六金剛般若 金剛喻也般若法也以金之剛貞至堅至利能斷難斷能碎萬物譬喻般若空慧能斷諸衆生難斷之惑是名金剛般若

七勝天王般若 勝天王問佛云菩薩摩訶薩云何修學一法通達一切法佛即荅云菩薩摩訶薩修學般若波羅蜜經則能通達檀波羅蜜乃至智波羅蜜等此經由勝天王發問而説是名勝天王般若（菩薩梵語具云菩提薩埵華言覺有情梵語摩訶華言大梵語檀華言施）

八文殊問般若 文殊師利白佛言我觀如來不異相不動相不作相無生相無滅相不有相不無相等佛即荅云若能如是見於如來心無所取亦無不取等甚爲希有此經因文殊發問而説是名文殊問般若（梵語文殊師利華言妙德）

八還辯見（出楞嚴經）

還者復也辯者分别也見即能見之性也八還辯見者以所見八種可還之境而辯能見之性不可還也此由阿難不知塵有生滅見無動摇而妄認縁塵隨塵分别故如來以心境二法辯其眞妄言心則曰令當示汝無所還地言境則曰吾今各還本所因處此顯所見之境可還而能見之性不可還也遂以八種變化之相以辯之（梵語阿難華言慶喜）

一明還日輪 經云此大講堂洞開東方日輪升天則有明曜而言還者謂此講堂日出則明無日則暗是

則明因於日故復還於日也然明是所見之塵境非能見之性也以塵境則有生滅見性元無生滅是故所見之明則可還能見之性不可還也若能見之性亦可還者則不明時無復見其暗矣故曰明還日輪

二暗還黑月 經云中夜黑月雲霧晦冥則復昏暗而言還者以由白月則明黑月便暗是則暗因黑月故復還於黑月也當知所見之暗則可還能見之性不可還也若能見之性亦可還者則不暗時無復見其明矣故曰暗還黑月

三通還戶牖 經云戶牖之隙則復見通而言還者以有戶牖則見通若無戶牖則不見通是則通屬戶牖故復還於戶牖也當知所見之通則可還能見之性不可還也若能見之性亦可還則不通處無復見其壅矣故曰通還戶牖（隙者戶牖之空處也）

四壅還墻宇 經云墻宇之間則復觀壅而言還者以有墻宇則見壅若無墻宇則不見壅是則壅屬墻宇故復還於墻宇也乃知所見之壅則可還能見之性不可還也若能見之性亦可還者則無壅處不復見其通矣故曰壅還墻宇

五緣還分別 經云分別之處則復見緣而言還者謂有分別所對之處則有所緣之相若無所對五塵之境則無緣相而可分別是則緣屬分別故復還於分別也當知所緣分別之相可還而能分別之性不可還也若能分別之性亦可還者則不緣境時無復知其無分別矣故曰緣還分別（緣者繫也謂心緣繫色聲香味觸之五塵也所對之處即五塵之境也）

六頑虛還空 頑

者無知也頑虛者謂無形相頑然無有知覺也經云頑虛之中徧是空性而言還者謂無形相之礙則徧是虛空若有形相則不見其虛矣是則頑虛即空故復還於空也當知所見之虛則可還能見之性不可還也若能見之性亦可還者則不虛時無復見其形相矣故曰頑虛還空

七鬱埻還塵 鬱者滯也埻者氣盛貌經云鬱埻之象則紆昏塵而言還者以有塵象則見鬱埻無塵則不見其昏滯是則鬱埻屬於塵象故復還於塵象也當知所見鬱埻之象則可還能見之性不可還也若能見之性亦可還者則無塵時不復見其清明矣故曰鬱埻還塵（紆者縈也）

八清明還霽 經云澄霽斂氛又觀清淨而言還者以澄霽則見清淨昏暗則不能見其明淨矣是則清明屬霽故復還於霽也當知所見清明之象可還而能見之性不可還也若能見之性亦可還者則不明時無復見其昏暗矣故曰清明還霽

涅槃八味（出方等般泥洹經）

涅槃梵語具云摩訶般涅槃那華言大滅度大即法身滅即解脫度即般若是乃三德秘密理藏也比之理藏在諸佛不增在衆生不減而有八種法味故泥洹經立此八味之名也（法味者謂諸法中之義味也）

一常住 謂此涅槃之理徹三際以常存亘十方而常在故曰常住（三際者即過去未來現在三世也十方者四方四維上下也）

二寂滅 謂此涅槃之理寂絶無爲大患永滅故曰寂滅（大患者生死也）

三不老 謂此涅槃之理不遷不變無增無減

故曰不老【四不死】謂此涅槃之理從本不生今亦不滅故曰不死【五清淨】謂此涅槃之理安住清涼諸障悉淨故曰清淨【六虛通】謂此涅槃之理虛徹靈通圓融無礙故曰虛通【七不動】謂此涅槃之理寂然不動妙絕無爲故曰不動【八快樂】謂此涅槃之理無生死逼迫之苦有真常寂滅之樂故曰快樂

大海八不思議喻涅槃（出涅槃經）

【一漸漸轉深】謂如來所說涅槃之法隨順衆生根性利鈍大小無不令其各各獲益次第修證而至于究竟之地如經所說優婆塞戒沙彌戒比丘戒菩薩戒須陀洹果乃至菩薩果佛果之類猶如大海之流從淺而至深也（梵語涅槃華言滅度梵語優婆塞華言清淨士梵語沙彌華言息慈梵語比丘華言乞士梵語具云菩提薩埵華言覺有情優婆塞戒即五戒也沙彌戒即十戒也比丘戒即二百五十戒也菩薩戒即十種戒也梵語須陀洹華言入流）

【二深難得底】謂如來所說涅槃之法理智圓融妙不決定一切二乘菩薩皆莫測其所至如經云或說我無我或說常無常或說淨不淨或說空不空乃至或說五陰即是佛性之類於如是等法說無窮盡猶如大海之深難得底也（二乘者聲聞乘緣覺乘也五陰者色陰受陰想陰行陰識陰也）

【三同一鹹味】謂如來所說涅槃之法雖有四教之異莫不爲令衆生同得實相之理同躋大覺之地如經所說一切衆生同有佛性同一解脫同一因果乃至一切同得常樂我淨之類猶如大海雖納百川同一鹹味也（四教者藏教通教別教圓教也）

【四潮不過限】謂如來說涅槃之時扶律談常制諸禁戒令諸

弟子如法受持不得踰越如經所說制諸比丘不得受畜八不淨物之類猶如海潮朝夕往來不過其限也（八不淨物者一置買田宅二種植根栽三貯聚穀粟四畜養奴婢五畜養羣畜六藏積金銀財寶七藏積象牙刻鏤等物八藏積銅鐵釜鑊以自煑爨也）

五有種種寶藏 謂如來所說涅槃之法爲世珍寶可尊可貴凡衆生窘於法財者令其修習悉得免離逼迫之苦而成出世饒益之樂如經所說寶者謂四念處四正勤乃至如來功德智慧之類無所不具猶如大海種種諸寶皆悉含藏也（四念處者觀身不淨觀受是苦觀心無常觀法無我也四正勤者已生惡令永斷未生惡令不生已生善令增長未生善令生也）

六大身衆生居住 謂如來所說涅槃之法甚深無量一切佛及菩薩莫不依此而住如經所說佛菩薩有大智慧大神通乃至大慈悲之類無非聖法之所含攝猶如大海一切鯤鯨大身之類咸依之而居也

七不宿死屍 謂如來所說涅槃之法專爲扶持戒律而談常住不令衆生起斷滅見於末法中生清淨正信之心離一切邪惡之人如經所說闡提誹謗方等非法說法法說非法受畜八種不淨之物佛物僧物隨意而用或於比丘比丘尼所作非法事皆爲死屍是經離如是等猶大海之不宿死屍也（闡提梵語具云一闡提華言信不具外道名梵語尼華言女）

八萬流大雨不增不滅 謂如來所說涅槃之法廣談佛性盛演圓常平等清淨不生不滅衆生諸佛同一覺源曾無有異如經所說無邊際故無始終故常住不生不滅故一切衆生悉平等故一切佛性同一性故猶萬流大雨之歸

大海而不增不減也

八背捨（亦名八解脫出禪波羅蜜）背謂違背捨即棄捨大智度論云背此淨潔五欲捨此著心故名背捨修此觀故發無漏智慧斷三界見思惑盡證羅漢果即轉名八解脫也（淨潔五欲者若欲界色聲香味觸即名麤弊五欲名爲不淨若色界無色界色聲香味觸即名淨潔五欲也無漏智慧者謂二乘等由此智慧斷除惑業不漏落生死也三界者欲界色界無色界也見思惑者謂意根對法塵起諸分別曰見惑眼等五根對色等五塵起諸貪愛曰思惑梵語阿羅漢華言無學）

一內有色相外觀色　謂行人先觀自己色身相狀壞爛不淨不可愛樂一心靜定更想皮肉脫落但見白骨有八色光明故云內有色相又爲欲界貪欲難斷雖已自觀內色不淨故須復以不淨觀於他人之色令生厭惡以求斷除故又云外觀色此即初背捨位在初禪天定（八色光明者謂見地色如黃白淨地見水色如淵中澄清之水見火色如烟薪清淨之火見風色如無塵清風見青色如金精山見黃色如薝蔔花見赤色如春朝霞見白色如珂雪也）

二內無色相外觀色　謂行人爲入二禪已滅內身色相故云內無色相又爲欲界貪欲難斷故猶觀外不淨之相令生厭惡以求斷除故又云外觀色此即第二背捨位在二禪天定

三淨背捨身作證　淨即緣於淨相也謂行人於第二背捨後除棄外色不淨之相但於定中練習八色光明清淨皎潔猶如妙寶之色故云淨背捨心既明淨樂漸增長徧滿身中悉皆怡悅故又云身作證此即第三背捨位在三禪天定

四虛空處背捨　謂行人於欲界後已除棄自身不淨之色初背捨後又除棄內身白骨之色第二背捨後又除棄外身

一切不淨之色尚餘八種淨色皆依心住若心捨色色即謝滅一心緣空與空相應即入無邊虛空處定故云虛空處背捨此即第四背捨位在四禪天定

五識處背捨 謂行人若捨虛空處一心緣識入定時即觀此定依五陰等悉皆無常苦空無我虛誑不實心生厭背而不受著故云識處背捨（五陰者色陰受陰想陰行陰識陰也無常者謂五陰之身終歸壞滅也苦者謂身有生死逼迫等苦也空者謂身由四大假合而成本來空也無我者謂四大各離誰是我耶）

六無所有處背捨 謂行人若捨識處一心緣無所有處入定時即觀此定依五陰等悉皆無常苦空無我虛誑不實心生厭背而不受著故名無所有處背捨

七非有想非無想處背捨 謂行人若捨無所有處一心緣非有想非無想入定時即觀此定依五陰等悉皆無常苦空無我虛誑不實心生厭背而不愛著故名非有想非無想背捨

八滅受想背捨 受即領納想即思想即五陰中受想二心也謂行人厭患此心散亂欲入定休息故背滅受想諸心是名滅受想背捨

八勝處（出禪波羅蜜）

八勝處者謂修八背捨後觀心純熟轉變自在若淨若不淨隨意能破也禪波羅蜜云初二勝處位在初禪第三第四勝處位在二禪第五至第八勝處位在四禪三禪不立勝處者以三禪天樂多心鈍故不立也

一內有色相外觀色少若好若醜是名勝知勝見 謂行人先觀自己色身相狀壞爛不淨不可愛樂一心靜定更想皮肉脫落但見白骨有八色光明故

云内有色相又以觀道未增若觀多色恐難攝持故觀少色是以自觀已身不淨亦觀所愛之人身亦不淨故云外觀色少若好若醜者謂觀外諸色善業果報故名好惡業果報故名醜或時繫心一處觀欲界中色能生貪欲者是淨色名爲好能生瞋恚者是不淨色名爲醜勝知勝見者謂觀心純熟於好色中心不貪愛於醜色中心不瞋恚也八色光明者謂見地色如黄白淨地見水色如淵中澄清之水見火色如無烟薪清淨之火見風色如無塵清風見青色如金精山見黄色如薝蔔華見赤色如春朝霞見白色如珂雪也

二內有色相外觀色多若好若醜是名勝知勝見謂行人先觀自已色身相狀壞爛不淨不可愛樂一心靜定更想皮肉脱落但見白骨有八色光明故云内有色相觀於内身色相既熟則觀外色雖多亦無妨礙所謂諦觀一死屍至十百千萬等死屍若觀一肨脹時悉見一切肨脹乃至壞爛青瘀剥落亦復如是故云外觀色多若好若醜者謂觀外諸色善業果報故名好惡業果報故名醜或時繫心一處觀欲界中色能生貪欲者是淨色名爲好能生瞋恚者是不淨色名爲醜勝知勝見者謂觀心純熟於好色中心不貪愛於醜色中心不瞋恚也

三內無色相外觀色少若好若醜是名勝知勝見謂行人入二禪已滅内心色相故云内無色相又以觀道未增若觀多色恐難攝持故觀少色是以自觀已身不淨亦觀所愛之人身亦不淨故云外觀色少若好若醜者謂觀外諸色善業果報故名好惡業果報故

名醜。或時繫心一處，觀欲界中色，能生貪欲者是淨色，名爲好；能生瞋恚者是不淨色，名爲醜。勝知勝見者，謂觀心純熟，於好色中心不貪愛，於醜色中心不瞋恚也。

四內無色相外觀色多若好若醜是名勝知勝見 謂行人入二禪已，滅內身色相，故云內無色相。觀內身色相既無，則外觀色相雖多，亦無妨礙。所謂諦觀一死屍至千萬死屍；若觀一胖脹，悉見一切胖脹，乃至壞爛剥落，亦復如是。若好若醜者，謂觀外諸色，善業果報故名好，惡業果報故名醜。或時繫心一處，觀欲界中色，能生貪欲者是淨色，名爲好；能生瞋恚者是不淨色，名爲醜。勝知勝見者，謂觀心純熟，於好色中心不貪愛，於醜色中心不瞋恚也。蓋行人爲欲界煩惱難破，故於第二禪中重修第三、第四勝處，除滅欲界煩惱，令無遺餘，亦令觀道增進，牢固不失，工力轉勝也。

五青勝處 謂行人觀青色照耀，勝於背捨八色光明中所見青色，不起法愛，故名勝處。

六黄勝處 謂行人觀黄色照耀，勝於背捨八色光明中所見黄相，亦不起法愛，故名勝處。

七赤勝處 謂行人觀赤色照耀，勝於背捨八色光明中所見赤相，亦不起法愛，故名勝處。

八白勝處 謂行人觀白色照耀，勝於背捨八色光明中所見白相，亦不起法愛，故名勝處。

八正道（出法界次第） 謂此八法不依偏邪而行，故名爲正；復能通至涅槃，故名爲道。（梵語涅槃，華言滅度）

一正見 謂人修無漏道，見四諦分明，破

外道有無等種種邪見是爲正見（無漏道者即戒定慧修此道者能斷三界有漏生死也四諦者苦諦集諦滅諦道諦也）

二正思惟 謂人見四諦時正念思惟觀察籌量令觀增長是爲正思惟

三正語 謂人以無漏智慧常攝口業遠離一切虛妄不實之語是爲正語

四正業 謂人以無漏智慧修攝其心住於清淨正業斷除一切邪妄之行是爲正業（清淨正業者謂戒定慧等出世之善業也）

五正命 謂出家之人當離五種邪命利養常以乞食自活其命是爲正命（五種邪命者一詐現異相二自說功能三占相吉凶四高聲現威五說所得利以動人心也）

六正精進 不雜名精無間名進謂人勤修戒定慧之道一心專精無有間歇是名正精進

七正念 謂人思念戒定慧正道及五停心助道之法堪能進至涅槃是名正念（五停心者多散衆生數息觀多貪衆生不淨觀多嗔衆生慈悲觀愚癡衆生因緣觀多障衆生念佛觀也）

八正定 謂人攝諸散亂身心寂靜正住真空之理決定不移是名正定

八智（出四教儀集註）

一苦法智 苦是欲界生死之苦法是所證真如之理智是能證之智謂觀欲界生死之苦真智發而證真如之理是名苦法智

二苦類智 謂觀欲界苦諦之後復觀上二界苦諦真智明發是欲界苦法智之流類是名苦類智（上二界者謂色界無色界也）

三集法智 謂觀欲界集諦見惑真智明發而證真如之理是名集法智

四集類智 謂觀欲界集諦之後復觀上二界集諦真智明發是欲界集法智之流類是名集類智

五滅法智 謂觀欲界滅諦滅前苦集真智明發而證真如之理是名滅法智

六滅類智

謂觀欲界滅諦之後復觀上二界滅諦眞智明發是欲界滅法智之流類是名滅類智

七道法智 謂觀欲界道諦修三十七道品眞智明發而證眞如之理是名道法智三十七道品者觀身不淨觀受是苦觀心無常觀法無我是四念處已生惡令永斷未生惡令不生已生善令增長未生善令得生是四正勤欲如意足念如意足精進如意足思惟如意足是四如意足信根進根念根定根慧根是五根信力進力念力定力慧力是五力擇法覺分精進覺分喜覺分除覺分捨覺分定覺分念覺分是七覺分正見正思惟正語正業正命正精進正念正定是八正道已上諸法總爲三十七道品也

八道類智 謂觀欲界道諦之後復觀上二界道諦眞智明發是欲界道法智之流類是名道類智

八念 出大智度論

念者內心存憶也論云佛諸弟子於閑靜處乃至山林曠野善修不淨等觀厭患其身忽生驚怖及爲惡魔作種種惡事惱亂其心憂懼轉增是故如來爲說八念法若存心於此恐怖即除也

一念佛 謂修禪觀之人若遭恐怖障難之時應念諸佛慈悲救濟衆生功德無量如是一心念念不捨怖障即除也

二念法 謂修禪觀之人若遭恐怖障難之時應當念法法力廣大通達無礙能滅煩惱如是一心念念不捨怖障即除也

三念僧 謂修禪觀之人若遭恐怖障難之時應當念僧僧是佛之弟子能修正道能證聖果爲世福田如是一心念念不捨怖障即除也

四念戒 謂修禪觀之人若遭恐怖障難之時應當念戒戒是無上菩提之本能遮諸惡得安隱處如是一心念念不捨怖障即除也梵語菩提華言道

五念捨 謂修禪觀之人若遭恐怖之時

應當念捨捨有二種一捨施能生大功德二捨煩惱因此得大智慧如是一心念念不已怖障即除也

六念天 謂修禪觀之人若遭恐怖障難之時應當念四天王天乃至他化自在天如是等天果報清淨利安一切如是一心念念不捨怖障即除也（四天王者東方持國天王南方增長天王西方廣目天王北方多聞天王也他化自在天即欲界第六天也）

七念出入息 息即鼻中出入之氣念出入息者謂修禪觀之人若遭恐怖之時應當念息息是治散亂之良藥入禪定之捷徑如是念念不已則心不馳散怖障即除也

八念死 謂修禪觀之人若遭恐怖障難之時應當念死死有二種一者自死謂報盡而死二者他緣死謂遇惡緣而死此二種死從生以來常與身俱無可避處如是一心念念不已怖障即除也

大人八念（出中阿含經）

阿那律陀在枝提瘦水渚林中宴坐思惟心作是念道從無欲非有欲得乃至道從智慧非愚癡得於是世尊以他心智知彼心中所念而現其前爲說大人八念也（梵語阿那律陀華言無滅佛之弟子）

一道從無欲非有欲得 謂比丘修道當於一切塵境不生希欲之心雖自得無欲而不令他知此所以能得道也是名道從無欲非有欲得

二道從知足非無厭得 謂比丘修道衣但覆形食但支命一切所需悉當知足此所以能得道也是名道從知足非無厭得

三道從遠離非聚會得 謂比丘修道於世間諸法及已身心俱當遠離此所以能得道也是名道從遠離非聚會得

四道從精

勤非懈怠得謂比丘修道當常行精進斷惡不善修諸善法恒自起意專一堅固不捨方便此所以能得道也是名道從精進非懈怠得**三道從正念非邪念得**謂比丘修道當觀察身心内外諸法悉皆空寂無有邪念此所以能得道也是名道從正念非邪念得**六道從定意非亂意得**謂比丘修道當遠離諸惡之法凝心禪定無有散亂此所以能得道也是名道從定意非亂意得**七道從智慧非愚癡得**謂比丘修道當觀察世間興衰之法而得智慧明達分別曉了悉除惑業盡生死苦此所以能得道也是名道從智慧非愚癡得**八道從不戲樂非戲行得**謂比丘修道當常寂靜遠離嬉戲之樂遊觀之行安住無為之理正意而解此所以能得道也是名道從不戲樂非戲行得

八覺（出華嚴經疏）覺猶念也因此八種引起一切煩惱即惡覺也**一欲覺**欲即貪欲謂貪欲心起常念可意之事故名欲覺**二瞋覺**瞋即瞋恨謂瞋恚心起常念忿恨於他故名瞋覺**三惱覺**惱即惱害謂憎嫉心起常念惱害於他故名惱覺**四親里覺**謂常憶念親戚鄉里故名親里覺**五國土覺**謂常念國土安危故名國土覺**六不死覺**謂因多財資養常念不死故名不死覺**七族姓覺**族即姓族姓即種姓謂矜誕心起常念世族種姓有高有下故名族姓覺（矜誕者誇大之謂也）**八輕侮覺**侮即慢也謂恃己才德常念輕慢於人故名輕侮覺

八忍（出四教儀集註）

一苦法忍　苦即欲界生死之苦法即真如之理忍即忍可亦印證之義也謂於四善根位中因觀欲界生死之苦至世第一後心真如理顯生無漏法忍是名苦法忍（四善根者即四加行煖位頂位忍位世第一位也無漏者謂不漏落三界生死也）

二苦類忍　苦即色界無色界生死之苦類即流類謂觀欲界苦諦之後復觀上二界苦諦亦生無漏法忍是欲界苦法忍之流類是名苦類忍（上二界者即色界無色界也）

三集法忍　集即招集之義謂觀欲界集諦見思之惑真如理顯生無漏法忍是名集法忍（見思惑者謂意根對法塵起諸分別曰見惑眼等五根對色等五塵起諸貪愛曰思惑也）

四集類忍　謂觀欲界集諦之後復觀上二界集諦生無漏法忍是欲界集法忍之流類是名集類忍

五滅法忍　滅即滅無之義謂觀欲界滅諦滅前苦集真如理顯生無漏法忍是名滅法忍

六滅類忍　謂觀欲界滅諦之後復觀上二界滅諦生無漏法忍是欲界滅法忍之流類是名滅類忍

七道法忍　道即三十七道品謂觀欲界道諦修此道品真如理顯生無漏法忍是名道法忍（三十七道品者觀身不淨觀受是苦觀心無常觀法無我是四念處已生惡令永斷未生惡令不生已生善令增長未生善令得生是四正勤欲如意足念如意足精進如意足思惟如意足是四如意足信根進根念根定根慧根是五根信力進力念力定力慧力是五力擇法覺分精進覺分喜覺分除覺分捨覺分定覺分念覺分是七覺分正見正思惟正語正業正命正精進正念正定是八正道已上諸法總爲三十七道品也）

八道類忍　謂觀欲界道諦之後復觀上二界道諦生無漏法忍是欲界道法忍之流類是名道類忍

八大人覺（出佛遺教經論）　覺即覺悟謂此八法乃是

菩薩緣覺聲聞大力量人之所覺悟故名八大人覺（菩薩梵語具云菩提薩埵華言覺有情）

一少欲覺 謂人寡欲乃得心安是則卧覺一榻之寛覆覺一衾之温食覺一餐之飽處覺容膝之適心無過想是名少欲覺

二知足覺 謂人雖貧乏常知止足是則雖服粗弊而有狐狢之温雖食藜糗而有膏粱之美雖居蓬蓽而有厦屋之安是名知足覺

三寂靜覺 謂人離衆憒閙閑居獨處厭世纏縛思滅貪欲之苦本而能斷除煩惱寂靜其心是名寂靜覺

四正念覺 謂人思念正道一心專注無有間雜不起邪想是名正念覺

五正定覺 謂人修習禪定攝諸亂想而得身心寂靜三昧現前是名正定覺（梵語三昧華言正定）

六精進覺 謂人勇猛精勤修習善法不令間斷則道業日進無有退失是名精進覺

七正慧覺 謂人欲入道者必須從聞而思從思而修以此三者而自增益則智慧眞正離諸邪見斷惑證果是名正慧覺

八無戲論覺 以言朝謔名爲戲論謂人欲得涅槃寂靜之樂必須清淨口業捨諸戲論一循正語是名無戲論覺（梵語涅槃華言滅度）

八識（出宗鏡録）

一眼識 謂眼以色爲緣而生眼識眼識依根而生眼根因識能見而能見者是名眼識

二耳識 謂耳以聲爲緣而生耳識耳識依根而生耳根因識能聽而能聽者是名耳識

三鼻識 謂鼻以香爲緣而生鼻識鼻識依根而生鼻根因識能齅而能齅者是名鼻識

四舌識 謂舌以味爲緣而生舌識舌識依根而生舌根因識能嘗而

能嘗者是名舌識

五身識 謂身以觸爲緣而生身識身識依根而生身根因識能覺而能覺者是名身識

六意識 謂意以法爲緣而生意識意識依根而生意根因識而能分別以能分別前五根所緣色等五塵境界是名意識（五根者眼根耳根鼻根舌根身根也五塵者色塵聲塵香塵味塵觸塵也）

七末那識 梵語末那華言意亦名相續識又名分別識此識本無定體即第八識之染分依第八識自證分而生緣第八識見分而執爲我爲第六識之主執轉第六識所緣善惡之境而爲染淨皆由此識也前第六識名意識今此識亦名意者謂第六識依根而得名此識當體而立號第六識雖能分別五塵好惡而由此識傳送相續執取也（依根者根即意根也當體者即分別之體也）

八阿賴耶識 梵語阿賴耶華言藏識以其無法不含無事不攝故也此識染淨同源生滅和合而具有四分如摩尼珠體本清淨又如明鏡能含萬像若以染分言之無明依之而起結業由之而生具足煩惱塵勞變現根身世界即前七種識境皆是也若以淨體言之即本覺心源離念清淨在聖不增在凡不減也（四分者一相分即形相謂此識能變現根身世界及諸法名義相狀皆由第八識此分而生如鏡中所現之影像也二見分見即照了之義謂此識能照燭一切諸法及解了諸法義理如鏡中之明能照萬像也三自證分自證所具之法謂此識能持見分相分親證無礙如鏡之圓體能持其明能含衆像也四證自證分證即能證之體自證即所具之法能持前自證分見分相分皆不離此分是第八識本體如鏡之背也梵語摩尼華言離垢根身者即眼等諸根也）

八識緣境廣狹（出宗鏡錄并瑜伽師地論）

一眼識緣唯實

唯量境 謂眼見色時即有識生能緣青黃赤白實有之色名爲性境此識對境名爲現量以其但能見色未起分別是故所緣之境狹也（性境者謂現前所有實見之境也現量者謂見現前之色而能量度也）

二耳識緣唯實唯量境 謂耳聞聲時即有識生能聞言語等實有之聲名爲性境此識對境名爲現量以其但能聞聲未起分別是故所緣之境狹也

三鼻識緣唯實唯量境 謂鼻齅香時即有識生能齅好惡實有之香名爲性境此識對境名爲現量以其但能齅香未起分別是故所緣之境狹也

四舌識緣唯實唯量境 謂舌嘗味時即有識生能嘗鹹酸苦淡實有之味名爲性境此識對境名爲現量以其但能嘗味未起分別是故所緣之境狹也

五身識緣唯實唯量境 謂身覺觸時即有識生能緣細滑麤强實有之觸名爲性境此識所緣名爲現量以其但能覺觸未起分別是故所緣之境狹也

六意識徧緣一切通徹假實三量 謂此識心徧緣現前實有之境於實境上分別長短方圓等相名爲假是則此識三境皆緣三量皆具以其徧能分別假實諸境是以所緣之境廣也（三境者一性境說見上二獨影境謂思量過去之境唯有影現於心三本質境謂於現身境上分別質相三量者一現量說見上二比量謂於現前物上比度而知如隔墻見烟知彼有火三非量謂追緣過去未來之事）

七第七識見分唯假唯實 謂此識無別體相依第八識爲因而起復緣第八見分而爲相分分別思量常執第八爲我能緣之心是假所緣之境是實以其唯起我執生諸氣習不能徧緣諸境

是故所緣之境最狹也第八識者即藏識也見分者謂能見之識也相分者謂所見之境相也生諸氣習者謂我見等惑氣分熏習而生也

八第八識緣根身器界唯實唯量根身者即眼等諸根也器界者以世界如器也謂此根本之識染淨同源一切根身器界依之而生而此根界是八識相分皆為所緣是實有現前之量是故所緣之境最廣也根本識即第八藏識也

八義證有本識出瑜伽師地論謂第八識是出生一切善惡諸法之根本故名本識今論以此八義證第八識之相也

一依止執受謂此識能為染淨諸法之所依止執持不失是名依止執受

二最初生起謂此識最初於母腹託胎之時如磁石吸鐵是名最初生起磁石喻識鐵喻父精母血

三有明了性謂此識於一切善惡無記三性諸法皆悉明了分別無有暗昧是名有明了性無記性者謂不善不惡之性也

四有種子性謂此識能任持世間出世間諸法種子令不散失是名有種子性

五業用差別謂此識隨染緣而造惡業隨淨緣而造善業差別不同是名業用差別

六身受差別身以積聚為義謂此能含藏一切諸法故名為身由能領受第七末那識染淨之緣所熏而於善惡諸法不相混濫是名身受差別梵語末那華言意

七處無心定謂入無想定或滅盡定雖受想心滅出入息斷而此識不滅是名處無心定無心定者即無想天定也滅盡定者謂受想心滅身證此定即阿羅漢所證之定也

八命終時識謂命將終時冷觸漸起唯有此識能執持身此識若捨四大分散是名命終時識四大者地

大水大火大風大也

八健度出八健度論

梵語健度華言法聚謂佛弟子迦旃延以諸法門各從其類分爲八聚故名八健度論梵語迦旃延華言不定佛十大弟子中之一也

一雜健度

如經爲聲聞說四善根及四聖果有餘無餘涅槃等法不一故名雜健度四善根者煖位頂位忍位世第一位即四加行也四聖果者謂初果須陀洹二果斯陀含三果阿那含四果阿羅漢也梵語涅槃華言滅度有餘涅槃者謂四果羅漢雖煩惱惑盡尚餘身智未滅也無餘涅槃者謂惑障既盡身智亦滅無有餘也

二結使健度

結即纏縛使即驅役也謂三結五蓋上五分下五分等惑總而言之不出百八煩惱也因此煩惱惑業纏縛驅役行人心神流轉三界故名結使健度三結者身見結戒取結疑結也五蓋者貪蓋瞋蓋睡眠蓋掉悔蓋疑蓋也上五分者色界無色界之惑也一色愛二無色愛三掉四慢五無明也下五分者欲界之惑也一貪二瞋三身見四戒取五疑也百八煩惱者謂眼等六根對色等六塵於六塵中各好惡平三種則成十八此好惡平三種於六根中各主二受復成十八是則六根六塵共成三十六更約過去現在未來三世各有上之三十六種總成一百八煩惱也

三智健度

智即智慧謂初果二果三果四果之人因修戒定慧道品斷除惑障所發無漏之智慧也初果梵語須陀洹華言預流二果梵語斯陀含華言來三果梵語阿那含華言不來四果梵語阿羅漢華言無學無漏者不漏落三界生死也

四行健度

行即身口意三業所起善惡諸行也善行者身不殺盜婬口不妄言綺語兩舌惡口意不貪嗔癡惡行者身行殺盜婬口起妄言綺語兩舌惡口意起貪嗔癡故名行健度

五四大健度

四大即地水火風也以其無處不有稱之爲大約過去未來現在三世論四大所造善色惡色故名四大健度

六根健度

根即六根五根等法約

四果及三世而說故名根犍度（六根者眼根耳根鼻根舌根身根意根也五根者信根進根念根定根慧根即聲聞之人所修之法也）

七定犍度 定即欲界天定色界天定無色界天定及聲聞緣覺所修之定種種不同故名定犍度

八見犍度 見即凡夫外道斷常二見及六十二見等種種不同故名見犍度（斷見者外道妄計此身滅已更不再生也常見者妄計此身雖滅後報復生也六十二見者外道於色受想行識五陰法中每一陰起四種邪見五陰各四則成二十見約三世論之則成六十見此六十見以斷常二見爲根本總成六十二也）

立頌八意（出華嚴經疏）

一少字攝多義 謂於一字中包攝多義也如圓覺經長行文中佛爲普眼菩薩說四大和合各離之相文義甚長至於重頌則以四句收攝多義偈云身相屬四大心性歸六塵四大體各離誰爲和合者等是也（長行者經之散文重頌者經之偈文也四大者地大水大火大風大也六塵者色塵聲塵香塵味塵觸塵法塵也）

二讚歎多以偈頌 謂諸經中凡菩薩等稱讚歎美佛之功德多以偈頌也

三爲鈍根重說 謂佛爲弟子說長行經竟有根鈍不能解悟更爲重說偈頌也

四爲後來之徒 謂佛爲弟子說長行經竟或有新來之衆未聞前說佛則更爲重說偈頌也

五爲隨喜樂 謂佛隨衆機有喜樂偈頌者即爲演說偈頌也

六爲易受持 謂佛因長行文句繁多恐難受持故說偈頌令人記憶如爲槃特說偈云守口攝意身莫犯如是行者得度世等是也（槃特梵語具云槃陀伽華言繼道）

七增明前說 謂初於長行文中說義未盡後於重頌廣明其義也

八長行未說 謂不說長行而直說偈頌如金光明經空品是也

大明三藏法數卷第二十四

大明三藏法數卷第二十五

上天竺前住持沙門一如等奉　勅集註

八成立因（出阿毘達磨雜集論）

【一立宗】宗猶主也要也，以所立之法爲宗要也。謂如五蘊等法皆假因緣而生實無自性於中求我決不可得故說諸法無我以破執我立論者是名立宗（五蘊者色蘊受蘊想蘊行蘊識蘊也因緣者謂眼等六根爲因色等六塵爲緣也執我立論者謂執五蘊之身爲我而自立論議也）

【二立因】因即因由亦所依之義立因所以破執有我者之論也謂若於五蘊等法施設實有我者此之五蘊既從衆緣而生皆是生滅之法蘊既生滅我不成就若離五蘊而於餘處施設有我者我無所因我亦無用是知皆無有我是名立因

【三立喻】喻即辟喻以別法喻所立之法也謂如現在相中施設實有過去相者蓋此現在相已生未滅不應於現在未滅法中施設過去已滅之相若離現在而於餘處施設過去相者然過去世之相既已滅壞不應施設有相此言過去之相不可得以喻諸法中求我決不可得是名立喻

【四合】合即相合之義引餘義合此正說之理也謂如五蘊法中本無有我而人顛倒妄執有我既遮破已即知無我既知無我則知常等亦無是名合

【五結】謂結前無我究竟之理決定無異是知五蘊皆是無我乃至無常是名結

【六現量】現即顯現量即量度指定之義也謂眼識乃至身識對於顯現五塵之境離妄分別無籌度之心而能於境度量指定諸法自性之相而不錯謬是名現量（五塵者色塵聲塵香塵味塵觸

塵也**七比量**比即比類謂以第六意識比類量度知有諸境如遠見烟知彼有火是名比量**八聖教量**謂聖人所說現量比量之言教皆不相違定可信受是名聖教量

八法（出首楞嚴經義海）八法者地水火風名爲四大以其四種無處不有故也色香味觸名爲四微以其四種體性微細故也謂人之身因四大假合而有此之四大亦由四微所成故總稱爲八法也**一地大**地以堅礙爲性謂眼耳鼻舌身等名爲地大圓覺經云髮毛爪齒皮肉筋骨等皆歸於地是也**二水大**水以潤濕爲性謂唾涕津液等名爲水大圓覺經云唾涕膿血津液涎沫痰淚精氣大小便利皆歸於水是也**三火大**火以燥熱爲性謂身中暖氣名爲火大圓覺經云暖氣歸火是也**四風大**風以動轉爲性謂出入息及身動轉名爲風大圓覺經云動轉歸風是也**五色微**謂眼所見種種諸色以其微細故名色微**六香微**謂鼻所齅種種諸香以其微細故名香微**七味微**謂舌所嘗種種諸味以其微細故名味微**八觸微**謂身分所覺種種諸觸以其微細故名觸微

八種喻（出涅槃經）**一順喻**謂佛說法隨順世諦次第從小向大而爲喻也如經云天降大雨溝瀆皆滿溝瀆滿故小坑滿小坑滿故大坑滿如是漸次乃至大海滿如來法雨亦復如是衆生戒滿乃至解脫滿解脫滿故涅槃滿是名順喻（梵語涅槃華言滅度）**二逆喻**謂佛說法逆於世諦次第從大向小而爲喻也

如經云大海有本所謂大河大河有本所謂小河小河有本所謂大池如是乃至溝澮有本所謂大雨如來亦復如是涅槃有本所謂解脫乃至持戒有本所謂法雨是名逆喻

三現喻 謂如來說法爲令衆生易解即以現前之事而爲喻也如經云衆生心性猶如獼猴獼猴之性捨一取一衆生之性亦復如是取着色聲香味觸法無暫住時是名現喻

四非喻 謂如來說法假設其辭爲喻而非實有其事如經中佛告波斯匿王云有親信人從四方至各作是言有大山從四方來欲害人民王若聞者當設何計王言世尊設有此來無逃避處佛復告言四山即是衆生生老病死常來逼人云何大王不脩戒施之類是名非喻 梵語波斯匿華言勝軍

五先喻 謂如來開示衆生先設譬喻而後以法合也如經云譬如有人貪着妙花採取之時爲水所漂衆生亦爾貪愛五欲爲生死水之所漂沒是名先喻 五欲者色欲聲欲香欲味欲觸欲也

六後喻 謂如來開示衆生先說法而後設喻以顯之也如經所說莫輕小罪以爲無殃水滴雖微漸盈大器是名後喻

七先後喻 謂如來開示衆生先後所說皆是譬喻之意如經云譬如芭蕉生果則死愚人得養亦復如是如騾懷妊命不久全是名先後喻 得養者謂得其利養也

八徧喻 謂如來說法始末皆假喻以顯之也如經云三十三天有波利質多羅樹其根入地深五由延枝葉四布葉熟則黃黃必墮落落必變色變必生皰皰必生觜觜必開剖

開剖之時香氣周遍光明普照諸天隨見即生歡喜夏三月時在下受樂皆譬喻佛之弟子也葉黃喻欲出家葉落者喻剃除鬚髮乃至夏三月者喻三三昧三十三天受快樂者喻諸佛住大涅槃得常樂我淨也是名徧喻（三十三即忉利天也梵語波利質多羅華言圓生即天樹王也梵語由延又曰由旬華言限量梵語三昧華言正定三三昧者空三昧無相三昧無願三昧也梵語涅槃華言滅度）

八種異熟因果（出華嚴經）謂現生所作之因而於異世成熟其果也蓋業通三世如前世所作之因皆善則現世受其福報所作之因不善則現世受其惡報又如今世所作善惡之因不同後世成熟善惡果報亦異故此異熟因果凡有八種焉

一壽量圓滿 謂菩薩脩行於諸衆生起大慈憫無殺害心以此爲因異生感果即得壽命長遠無諸損減脩習善法利己利人是名壽量圓滿（菩薩梵語具云菩提薩埵華言覺有情）

二色相圓滿 謂菩薩脩行於諸如來菩薩形像之前及諸黑闇之處施以燈燭令其光明以此爲因異生感果即得色相具足識見高明衆人愛敬而不生輕慢是名色相圓滿

三種族圓滿 謂菩薩脩行於諸同類忍辱柔和心常謙下以此爲因異生感果即得生於豪貴之家爲世宗重令諸衆生隨順言教是名種族圓滿

四自在圓滿 謂菩薩脩行於貧乏之人隨其所欲而行給施以此爲因異生感果得大財位及大眷屬所作隨心無不自在是名自在圓滿

五信言圓滿 謂菩薩脩行常以真實和輭之語教化衆生以此

爲因異生感果即得出言誠諦凡所决疑人必信受是名信言圓滿

六大勢圓滿 謂菩薩脩行於佛法僧父母師長之前常生卑下之心敬事孝養以此爲因異生感果即得豪貴自在有大勢力令諸衆生咸從正化是名大勢圓滿

七丈夫相圓滿 謂菩薩脩行於諸佛菩薩心生敬樂於女人身心常厭棄以此爲因異生感果即得男子之身諸根完具無有殘缺是丈夫相圓滿

八勇力圓滿 謂菩薩脩行恒以自巳身力供事一切衆生及施以飲食之物令其色力增盛以此爲因異生感果即得勇猛道力脩集一切善法復能教化一切衆生勇猛精進求無上道是名勇力圓滿

菩薩八種因果 出地持經

一壽因壽果 壽即壽命謂不殺物命無傷害心是名壽因由不殺故長壽住世是名壽果

二色因色果 色即色身謂施燈明供佛及以淨物施人是名色因由施燈明及淨物故則得顏容光澤身形端正是名色果

三種姓因種姓果 種即種類姓即族姓謂捨離憍慢之心是名種姓因由離憍慢故則得生於上族是名種姓果

四自在因自在果 謂能以床敷卧具飲食湯藥及種種所須之物惠施於人令他自在是名自在因由惠施故即得大富大財大衆大眷屬凡所作爲無不遂意得大自在是名自在果

五信言因信言果 謂口不妄言綺語兩舌惡口是名信言因由離口過凡所出言人皆信聽是名信言果

六大力因大力果 力即力用謂作大功

德立大誓願恭敬三寶孝養父母是名大力因由恭敬三寶等故即得大名稱大福德大智慧有大勢力爲一切人之所敬重是名大力果（三寶者佛寶法寶僧寶也）

七丈夫因丈夫果 謂樂丈夫法厭女人法復能說丈夫法饒益他人是名丈夫因由成就丈夫法故來世即得男子之身堪爲一切功德法器是名丈夫果

八力因力果 謂於他人有如法之事隨其力能悉往營助是名力因由成就力因故即得少病少惱有力堪任脩諸善法是名力果

八種變化（出法界次第）

一能作小 謂菩薩以變化力能化自他之身而作小身或化世界內所有小物皆如微塵是名能作小（菩薩梵語具云菩提薩埵華言覺有情）

二能作大 謂菩薩以變化力能化自他之身而作大身或化世界內所有大物乃至滿虛空中是名能作大

三能作輕 謂菩薩以變化力能令自己身輕亦能令人身輕或使世界及所有物悉令輕如鴻毛是名能作輕

四能作自在 謂菩薩以變化力能以大爲小以小爲大以長爲短以短爲長如是等相種種自在無礙是名能作自在

五能有主 主即主宰也謂菩薩以變化力能化爲大人而作主宰降伏攝受一切衆生而得自在是名能有主

六能遠到 謂菩薩以變化力而能遠到凡有四種一飛行遠到二此沒彼出三移遠令近不往而到四一念徧到十方是名能遠到

七能動地 謂菩薩以變化力能令大地六種震動是名能動地（六種震動者一動二起三涌四震五

吼六擊也

八隨意所欲盡能得 謂菩薩以變化力能令一身作多身多身作一身通岩透石履水蹈空地作水水作地火作風風作火金作石石作金是名隨意所欲盡能得

八種言 出瑜伽師地論

言即言音瑜伽師地論云爲法師者處衆宣説當具八種言也

一可喜樂言 謂法師説法須有經文證據其未解者更爲譬喻而説文句清雅言詞顯了人若聽者無不欣喜好樂故名可喜樂言

二開發言 謂法師説法開發深隱之義令其顯了復開發麤淺之義令解深妙使大小之機獲益故名開發言

三善釋難言 釋即解釋難即疑難謂法師説法人若有疑難諮問須善解釋令義理分明易得開解故名善釋難言

四善分析言 謂法師説法辯才無礙能以善巧言詞於一法中分析無量義理故名善分析言

五善順入言 謂法師説法須隨順佛經顯了解釋令其聞者咸皆信順入於正道終不引餘外道邪論以惑於人故名善順入言

六引餘證言 謂法師説法義或未能通暢當引餘經之言證巳所説令人信受故名引餘證言

七勝辯才言 謂法師説法以勝妙辯才分別一切義理皆無疑難故名勝辯才言

八隨宗趣言 宗即宗要趣即理趣謂法師説法須隨順所宗義趣如理解釋令諸衆生悟明法要故名隨宗趣言

阿難八不思議 出涅槃經

梵語阿難華言慶喜經云佛語文殊師利言阿難事我二十餘年具足八種不可思議是故我稱阿難比丘

爲多聞藏（梵語文殊師利，華言妙德。梵語比丘，華言乞士。）

一不受別請 謂阿難事佛二十餘年，雖多聞第一，出諸弟子之上，動必隨衆，未嘗受別施主之請，背衆而食也。

二不受故衣 謂阿難事佛，雖如來陳故衣服，亦不敢受也。

三見不非時 謂阿難爲佛侍者，見必以時，如佛對機說法之時，或代衆發問之類，則至佛所；非此之時，則不往見也。

四見女人不生欲心 謂阿難事佛，遠離貪愛，無諸欲想，隨侍應供，出入見諸女人及天龍女，不生染着之心也。

五法不再問 謂阿難事佛，聞所說十二部經，一經於耳，即能解悟，不假再問，如瀉各瓶之水，置之一瓶，皆能受持也。（十二部經者，一契經，二重頌，三諷頌，四因緣，五本事，六本生，七希有，八譬喻，九論議，十自說，十一方廣，十二授記也。）

六知佛所入定 謂阿難事佛，雖未獲得知他心智，常知如來所入諸定，鑒何等機而說何等法要也。

七知衆會得益 謂阿難事佛，凡一切衆生到於佛所，聞說法要，有現在能得聖果者，及有後時得者，有得人身天身者，隨其獲益所證不同之相，悉能知之也。

八悉知佛所說法 謂阿難事佛，聞如來所說之法，雖根器有大小不同，教法有偏圓之異，而秘密之意，悉能了知也。

阿難具八法（出涅槃經）梵語阿難，華言慶喜。經云：佛語文殊師利言：阿難具足八法，能持十二部經，是故阿難爲多聞藏。（梵語文殊師利，華言妙德。十二部經，一契經，二重頌，三諷頌，四因緣，五本事，六本生，七希有，八譬喻，九論議，十自說，十一方廣，十二授記。）

一信根堅固 信即信順，根即能生之義。謂阿難聞如來所說十二部經

信受堅固由信心故則能生長一切善法功德華嚴經云信是道源功德母長養一切諸善法是也【二其心質直】質即質朴之義謂阿難聞如來所說十二部經其心質直常依正法而住永離虛妄邪曲之見故名其心質直【三身無病苦】謂若世間人能以藥物施人者所感果報尚得一生少病何況阿難累劫熏脩其利他之行莫可測知豈得現身有於病苦故名身無病苦(劫梵語具云劫波華言分別時節)【四常勤精進】不雜名精無間名進謂阿難聞如來所說十二部經一心受持如法脩習無有懈怠故名常勤精進【五具足念心】謂阿難聞如來所說十二部經心常憶念思惟不令忘失故名具足念心【六心無憍慢】謂阿難聞如來所說十二部經皆能憶持而心不放逸亦不敢憍慢於衆故名心無憍慢【七成就定意】謂阿難既聞如來所說十二部經能依此法脩攝其心得發禪定故名成就定意【八從聞生智】謂阿難聞如來所說十二部經義趣無量則智慧增明無不了達故名從聞生智

尼八敬戒(出翻譯名義引會正記)

中本起經云佛成道後姨母大愛道求出家學道佛不許阿難白佛願聽出家佛言止止無使女人入我法中爲沙門也譬如族姓之家多女少男即知其家衰弱不得強盛阿難再請佛乃說八敬法若能依此聽許出家大愛道頂戴信受遂度爲尼(梵語阿難華言慶喜梵語沙門華言勤息梵語尼華言女)【一尼百歲禮初夏比丘足】梵語比丘

華言乞士謂比丘尼壽雖百歲若見初受戒比丘纔經一夏者即當禮拜於足下也

二不得罵謗比丘 謂比丘尼當恭敬比丘不得妄加罵詈謗毀也

三不得舉比丘過 謂比丘有過比丘尼不得舉比丘尼若有過聽比丘舉當自省察也

四從僧受具戒 謂比丘尼奉持具足禁戒應從大德比丘處求受也

五有過從僧懺 謂比丘尼有過失應在比丘衆中懺悔自首以除憍慢之心也

六半月從僧教誡 謂比丘尼每月當二次於大德比丘處求教誡法以自策進道業也

七依僧三月安居 謂比丘尼結夏三月禁足安居當與比丘同處朝夕諮問法義增益見聞以自脩習也

八夏訖從僧自恣 自即自陳己過恣即恣他舉罪謂從四月十五日安居至七月十五日夏竟應從比丘衆中行自恣法有過則對衆懺悔也

尼八棄戒 出楞嚴義海

梵語尼華言女棄却也謂尼犯此八罪棄却於佛法之外也

一殺 殺即損傷物命也謂一切有情皆惜身命尼若不能憫彼反更傷殘是故為衆所棄也

二盜 盜即竊取他物也謂尼於他人所有財物生貪樂心不與而取是故為衆所棄也

三婬 婬即染欲也謂尼不能以禮自防以戒自守貪着色欲汙犯淨行是故為衆所棄也

四妄 妄乃虛妄不實也謂尼隱覆實事虛言誑他是故為衆所棄也

五觸 觸即觸着謂尼若與男身相觸起染欲心是故為衆所棄也

六八 八者八事也謂尼與

染心男子兩手相捉或捉其衣或同入屏處或屏處共坐或共語或共行或相倚或與相期犯此八事是故爲衆所棄也（屏處者僻靜處也）

七覆 覆即遮覆也謂尼與大衆說戒作法之時遮覆他罪不肯對衆陳露是故爲衆所棄也

八隨 隨即依也謂尼於大僧衆中未與作共住法而隨彼共住是故爲衆所棄也

八定（出禪波羅蜜）

定即攝散歸靜之義色界無色界各有四定故云八定也

一初禪天定 謂人於欲界中脩習禪定之時忽覺身心凝然運運而動如雲如影又覺徧身毛孔氣息悉皆出入入無積聚出無分散是名初禪天定

二二禪天定 謂既得初禪天定已心厭初禪覺觀動散因攝心在定澹然澄靜覺觀即滅乃發勝定之喜如人從暗室中出見日月光明朗然洞徹是名二禪天定（覺觀者初心在緣曰覺細心分別禪味曰觀）

三三禪天定 謂既得二禪天定已而又厭二禪喜心湧動定不堅固因攝心諦觀喜心即謝於是泯然入定綿綿之樂從內心發樂法增長徧滿身中於世間樂最爲第一是名三禪天定

四四禪天定 謂既得三禪天定已又覺三禪樂法擾心令不清淨一心厭離加功不止即得安隱出入息斷空明寂靜如明鏡離垢淨水無波湛然而照萬像皆現絕諸妄想正念堅固是名四禪天定

五空處天定 空即虛空也謂既得四禪天定已猶厭身色繫縛不得自在乃轉加功力觀察已身猶如羅穀內外通徹一心念空惟見

虛空無諸色相其心明淨無礙自在如鳥出籠飛騰自若是名空處天定

六識處天定 識即心也謂既得空處天定已即以識心徧緣虛空而虛空無邊以無邊故定心復散於是即捨虛空轉心緣識與識相應心定不動現在過去未來之識悉現定中與定相應心不分散此定安隱清淨寂靜是名識處天定

七無所有處天定 謂離上空處識處故名無所有處得識處天定已以心緣現在過去未來之識無量無邊能壞於定惟有無心識處心無依倚乃爲安隱於是即捨識處專繫心於無所有處精勤不懈一心內淨怡然寂靜諸想不起是名無所有處天定

八非想非非想處天定 謂前識處是有想無所有處是無想至此則捨前有想名非想捨前無想名非非想蓋此天既得無所有處天定已又知此處如癡如醉如眠如暗以無明覆蔽無所覺了無可愛樂於是一心專精即於非有非無常念不捨則無所有處定便自謝滅加功不已忽然真實定發不見有無相貌泯然寂絕清淨無爲三界定相無有過者是名非想非非想處天定（三界者欲界色界無色界也）

凡小八倒（出涅槃經）凡即凡夫小即小乘倒即顛倒謂凡夫着有妄於無常法中計常苦中計樂無我計我不淨計淨及小乘之人但着於空常計無常樂計非樂我計無我淨計不淨故有凡小八倒之名焉（小乘即聲聞緣覺乘也）

一非常計常 非常計常者謂世間一切有爲之事皆悉無常虛幻不實豈能長久

凡夫妄計是常，即成常顛倒。

二非樂計樂　非樂計樂者，謂世間五欲之樂，皆是招苦之因，凡夫不了，妄計爲樂，即成樂顛倒。（五欲者，色欲、聲欲、香欲、味欲、觸欲也。）

三非我計我　非我計我者，謂此身皆因四大假合而成，本無有我。若一大是我，三大應非我；若四大俱是我，應有多我。畢竟是誰爲我？故知我即不可得。凡夫不了，於自身中强生主宰，妄計爲我，成我顛倒。（四大者，地大、水大、火大、風大也。）

四不淨計淨　不淨計淨者，謂已身他身具有五種不淨，凡夫不了，妄生貪着，執以爲淨，即成淨顛倒。（已上四計是凡夫四倒。五種不淨者，種子不淨、住處不淨、自體不淨、外相不淨、究竟不淨也。）

五常計無常　常即法身常住之義，無常即變異之義。謂聲聞緣覺爲無明所覆，於如來常住法身，妄計有生滅變異之相，是名無常顛倒。（無明者，無所明了也。）

六樂計非樂　樂即涅槃清淨之樂，非樂即苦也。謂二乘爲無明所覆，於如來清淨涅槃，妄計是苦，是名非樂顛倒。（梵語涅槃，華言滅度。二乘者，聲聞乘、緣覺乘也。）

七我計無我　我即佛性真實之我，無我即佛性中無有我也。謂二乘爲無明所覆，不了無我法中而有真我，故於佛性真我之中，妄計無我，是名無我顛倒。

八淨計不淨　淨即如來常住之身，非雜食身，非煩惱身，非血肉身，非是筋骨纏裹之身。二乘爲無明所覆，但覩世間一切諸色皆爲不淨，不了如來常住法身之淨，是名不淨顛倒。（已上四計是小乘四倒。）

八位胎臟（出法苑珠林）

一羯羅藍　梵語羯羅藍，華言凝滑，謂初受胎七日，父母二氣凝聚，狀

如凝酥故名羯羅藍**二遏部曇**梵語遏部曇華言疱謂受胎二七日狀如瘡疱故名遏部曇**三閉尸**梵語閉尸華言凝結謂受胎三七日狀如就血或云聚血或云輭肉故名閉尸**四健南**梵語健南華言凝厚謂受胎四七日漸已堅厚雖有身意二根眼耳鼻舌四根未具故名健南**五鉢羅奢佉**梵語鉢羅奢佉華言形位謂受胎五七日肉團增長四支身分之相初現故名鉢羅奢佉**六毛髮爪齒位**謂受胎六七日毛髮爪齒初具故名毛髮爪齒位**七根位**謂受胎七七日眼耳鼻舌諸根圓滿故名根位**八形位**謂受胎八七日已後在胎藏中形相具足故名形位

聞經八種功德（出大莊嚴經）

一端正好色端正好色者謂人以正信之心嚴潔其身聽聞佛經以是功德報得色身端正而無醜惡之相也**二力勢強盛**力勢強盛者謂人以精進勇猛之力聽聞佛經以是功德報得福力威勢降伏一切而不怯弱也**三心悟通達**心悟通達者謂人聽聞佛經解知義趣深遠理與心會無不通達以是功德故能徹悟一切法相了無罣礙也**四得妙辯才**得妙辯才者謂人聽聞佛經深達一切法相以是功德得妙辯才能以一句之義演說無窮也**五獲諸禪定**獲諸禪定者謂人聽聞佛經思惟甚深妙義以是功德即能攝心歛念妄想不生寂然入定也**六智慧明了**智慧明了者謂人聽聞佛經廣解其義以是功德開發本有智慧照徹無礙也

七出家殊勝出家殊勝者謂人聽聞佛經厭惡塵俗以是功德即出家學道復能以所聞之法傳化於人爲世導師也**八眷屬强盛**得法之人稱爲眷屬謂人聽聞佛經復能依經爲人演説以是功德生他法身即成眷屬展轉流布日强日盛也

八關齋戒（出毘婆沙論并雜阿含經）關者禁也謂禁閉殺盜婬等八罪使之不犯故也論云夫齋者過中不食也以八戒助成齋法共相支持故又名八支齋法每月初八日十四日十五日二十三日二十九日三十日是爲六齋日於此六日能脩行此八齋戒者諸天相慶即爲註福禄增壽筭也**一不殺生**不殺生者謂不斷一切衆生之命也自不殺生亦不教人殺生**二不偷盜**不偷盜者謂不竊取他人財物也自不偷盜亦不教人偷盜**三不邪婬**不邪婬者謂於非己妻妾不行婬欲之事也**四不妄語**不妄語者謂自不妄言亦不可以虚妄之言而誑於他也**五不飲酒**不飲酒者謂酒是亂性之本起過之門故不可酣飲也**六不坐高廣大床**高廣大床者阿含經云床高一尺六寸非高也闊四尺非廣也長八尺非大也但過此量者名高廣大床不宜坐也**七不著花鬘瓔珞**不著花鬘瓔珞者謂不以花爲鬘珠璣爲瓔珞而作身首之飾也**八不習歌舞戲樂**不歌舞戲樂者謂自不習歌舞戲樂及不得輒往他處觀聽亦不教人歌舞戲樂也

春秋八王日（出法苑珠林引提謂經）春秋八王日者是

天地陰陽交代之日也此之八日帝釋輔臣案行天下比校善惡定生注死增減罪福樂善者若能避禁持齋致生善處也

一立春 立春則三陽交泰天氣下降地氣上升萬物萌生是日持齋脩道即能致福也

二春分 春分則天地和煦萬物長茂是日持齋脩道即能致福也

三立夏 立夏則草木盛長百物懷孕是日持齋脩道即能致福也

四夏至 夏至則日長之極生物繁盛是日持齋脩道即能致福也

五立秋 立秋則秋令之始生物將遂是日持齋脩道即能致福也

六秋分 秋分則秋律平分萬物成遂是日持齋脩道即能致福也

七立冬 立冬則天氣始肅萬物歛藏是日持齋脩道即能致福也

八冬至 冬至則一陽初生履長之始是日持齋脩道即能致福也

八種人起塔 出翻譯名義

一如來塔 如來有三義若云無所從來亦無所去此法身義也第一義諦名如正覺名來此報身義也乘如實道來成正覺此應身義也謂如來萬德悉備三覺俱圓天上人間所共尊仰是故滅後應當起塔供養 第一義諦者謂實相中道之理無二無別也萬德者萬行功德圓滿也三覺者自覺覺他覺行圓滿也

二菩薩塔 菩薩梵語具云菩提薩埵華言覺衆生又云覺有情謂菩薩上求佛道下化衆生憫物情重隨類現身度脫無量是故滅後應當起塔供養

三緣覺塔 謂觀十二因緣覺真諦理故名緣覺以其三界生死已盡能爲人天而作福田應當起塔供養 十二因緣者一無明二行三識四名色五六入六觸七受八愛九取十有十一生十二老死也三界

者欲界色界無色界也**四阿羅漢塔**梵語阿羅漢華言無生又云無學又云應供謂三界生死已斷故名無生以其煩惱已盡無法可學故名無學以其應受人天供養爲世福田故名應供是故滅後應當起塔供養**五阿那含塔**梵語阿那含華言不來謂斷欲界惑盡不來欲界受生故名不來以其應受人天供養爲世福田是故滅後應當起塔供養**六斯陀含塔**梵語斯陀含華言一來謂欲界有九品思惑前之六品已斷後之三品尚在更須欲界一番受生故名一來以其應受人天供養爲世福田是故滅後應當起塔供養思惑者謂眼等五根對色等五塵而起貪愛也**七須陀洹塔**梵語須陀洹華言預流謂斷三界見惑已盡預入聖道法流故名預流以其應受人天供養爲世福田是故滅後應當起塔供養見惑者謂意根對法塵而起分別也**八轉輪聖王塔**謂轉輪聖王雖未斷惑未出三界然以福德之力治四天下又以十善化育群生爲世之所尊敬是故滅後應當起塔供養四天下者東弗于逮南閻浮提西瞿耶尼北鬱單越也十善者不殺生不偷盜不邪婬不妄語不兩舌不惡口不綺語不貪不瞋不邪見也

八福田出梵網經并菩薩戒義疏

八福田者謂佛聖人僧三種名敬田和尚阿闍黎生我法身者父母生我肉身者此四名恩田救濟病人名病田亦名悲田此八種皆堪種福故名田也若人能盡力從事此八種者亦猶農之力田則獲秋成之利也**一佛田**佛梵語具云佛陀華言覺謂覺道俱圓位登極果世出世間最勝無比人能恭敬供養豈但獲

一切福亦能滅一切罪故名佛田（世出世間者世謂人天出世間即菩薩緣覺聲聞也）

二聖人田 謂菩薩緣覺聲聞出離三界證悟聖道具足無量功德智慧人能恭敬供養即獲勝福故名聖人田（三界者欲界色界無色界也）

三僧田 僧梵語具云僧伽華言和合衆謂處衆和同敬順無諍是佛弟子人能恭敬供養即獲福利故名僧田

四和尚田 和尚梵語鄔波遮迦于闐國譯云和尚華言力生即教授師也謂出家者因師教誨之力生長法身其恩實重人能供養恭敬即獲福利故名和尚田

五闍黎田 闍黎梵語具云阿闍黎華言正行以能糾正弟子之行即教授得戒等師也因依此戒得生禪定智慧其恩實重人能供養恭敬即獲福利故名闍黎田（糾督責也）

六父田 父爲資形之始有生成之德自孩提以至於長教誡育養其恩罔極爲人子者固當竭力奉養豈有求福之念設若心之至孝之純則亦自然獲福故名父田

七母田 謂母始自懷孕分娩以至乳哺鞠育護持長養慇念劬勞其恩罔極爲人子者固當竭力奉養豈有求福之念設若心之至孝之純則亦自然獲福故名母田

八病田 謂見人有病即當念其苦楚用心救療給與湯藥則能獲福故名病田

又八福田 此八福田葢言救人之危濟人之乏恭敬三寶孝事父母與夫普度幽靈脱離苦趣亦皆種福之事也

一曠路義井 謂於曠遠道路穿鑿義井以濟往來渴乏之人是爲福田

二建造橋梁 謂於通津斷港

之處脩造橋梁用濟往來之人以免病涉之苦是爲福田**三平治險隘**謂道路巇嶮之處則平坦之窄隘之處則開闢之以免往來顛墜之患是爲福田**四孝養父母**謂父母爲形生之本教養鞠育愛念切至子當竭力奉養順適親意以報劬勞之恩是爲福田**五恭敬三寶**三寶者佛法僧也可尊可貴稱之爲寶以其具大功德普濟群生超登覺岸故當歸依恭敬是爲福田**六給事病人**謂患病之人衆苦集身實可悲憫當給施湯藥及所須之物使其四大調和身得安樂是爲福田（四大者地大水大火大風大也）**七救濟貧窮**謂貧窮之人所須缺乏飢餓逼切無所哀告當起慈憫之心隨其所須皆周給之是爲福田**八設無遮會**無遮即周徧之義謂脩設普度大會使一切沉魂滯魄悉仗三寶慈力皆得脫離苦趣而獲超升善道是爲福田

八福生處（出瑜伽師地論）謂脩五戒十善兼行布施福業優劣不等故感報所生之處則亦高下不同故名八福生處（五戒者不殺不盜不邪婬不妄語不飲酒也十善者不殺不盜不邪婬不妄語不綺語不兩舌不惡口不貪不瞋不邪見也）

一人中富貴人中富貴者謂天地所生惟人爲貴既得爲人而又富貴則其所脩福業必勝餘人故於今生得此報也**二四天王天**四天王天者東方持國天王南方增長天王西方廣目天王北方多聞天王此四天王居須彌山腹由脩施戒二種最勝福業是以感報得生其中也（梵語須彌華言妙高）**三忉利天**梵語忉利華言三十三昔有三

十三人同脩勝業同生此天居須彌山頂四角各有八宫中有帝釋殿帝釋即天主此天由脩施戒二種福業勝四天王天是以感報得生其中也（三十三人其一即帝釋也餘三十二人之名經論不載帝釋梵語釋提桓因華言能天主言帝釋者華梵雙舉也）

四夜摩天 梵語夜摩華言善時謂時時唱快樂故也此天由脩施戒二種福業勝忉利天是以感報得生其中也

五兜率天 梵語兜率華言知足謂於上妙五欲知止足故也此天由脩施戒二種福業勝夜摩天是以感報得生其中也（五欲者色欲聲欲香欲味欲觸欲也謂之上妙者以勝欲界麁弊五欲故也）

六化樂天 化樂天者謂欲得五欲樂時皆自變化以相娛樂故也此天由脩施戒二種福業勝兜率天是以感報得生其中也

七他化天 他化天者謂欲得樂境之時他天爲其變化假他所成以爲己樂故也此天即欲界天主由脩施戒二種福業勝化樂天是以感報得生其中也

八梵天 梵淨也謂離欲界垢染上升色界故名爲淨若大梵天即娑婆世界主由脩施戒二種福業勝他化天又兼脩禪定是以感報得生其中也（梵語娑婆華言能忍）

八部鬼衆（出翻譯名義）

一乾闥婆 梵語乾闥婆華言香陰謂不噉酒肉唯香資陰是帝釋天樂神也（陰即身也帝釋梵語釋提桓因華言能天主言帝釋者華梵雙舉也）

二毘舍闍 梵語毘舍闍華言噉精氣謂其噉人精氣及五穀之精氣也（五穀者禾麻黍菽麥也）

三鳩槃茶 梵語鳩槃茶華言甕形以其陰似甕故即厭魅鬼也

四薜荔 梵語薜荔多華言餓鬼以其長劫不聞漿水之名故

也（劫梵語具云劫波華言分別時節）

五諸龍衆 諸龍衆者，謂龍有四種：一守天宮殿持令不落，二興雲致雨利益人間，三地龍決江開瀆，四伏藏龍守轉輪王大福人寶藏也。

六富單那 梵語富單那，華言臭餓鬼，是主熱病鬼也。

七夜叉 梵語夜叉，華言勇健，有三種：一地夜叉，二虛空夜叉，三天夜叉也。

八羅刹 梵語羅刹，華言速疾鬼，又云可畏，以其暴惡可畏故也。

八熱地獄（出顯宗論）

在地之下，故名地獄。婆沙論云：南贍部洲下過五百踰繕那，乃有其獄。然此地獄有大有小，大則八寒八熱，小則一一大獄四門各有四小獄，共爲十六小獄，名爲遊增獄，謂受罪衆生遊彼獄時，其苦轉增故也。（梵語贍部洲，又云閻浮提，華言勝金洲。梵語踰繕那，又云由旬，華言限量。）

一想地獄 此獄俱舍論中亦名等活地獄。顯宗論云：其中衆生手生鐵爪，其爪長利，互相嗔忿，懷毒害想，以爪相攫，肉即墮落，或被斫刺磨擣，想爲已死，冷風吹之，皮肉還生，尋復活起，故名想地獄。

二黑繩地獄 謂此獄中獄卒以熱鐵繩絣牽罪人，然後斬鋸，復有惡風吹熱鐵繩籠絡其身，燒皮徹肉，焦骨沸髓，苦毒萬端，故名黑繩地獄。

三堆壓地獄 此獄亦名衆合地獄。獄中有大石山，罪人入至其中，山自然合，堆壓其身，骨肉糜碎，故名堆壓地獄。

四叫喚地獄 謂受罪衆生既至此獄，獄卒以其罪人擲大鑊中，沸湯烹煮，受諸痛苦，號咷叫喚，故名叫喚地獄。

五大叫喚地獄 謂獄卒既將罪人沸湯烹煮已，業風吹活，又捉

向熱鐵鏊中煎熬痛苦極切發聲大叫故名大叫喚地獄

六燒炙地獄　謂此獄以鐵爲城烈火猛燄内外燒炙皮肉糜爛痛苦萬端故名燒炙地獄

七燒炙地獄　謂獄卒將彼罪人置鐵城中烈火燒城内外俱赤燒炙罪人又有火坑火燄熾盛其坑兩岸復有火山捉彼罪人貫鐵叉上著於火中皮肉糜爛痛苦萬端故名大燒炙地獄

八無間地獄　謂有罪衆生至彼受苦無有間歇故名無間此於八熱中又爲最重之獄也成實論明五種無間一者趣果無間謂有極重罪者即向彼獄受其果報無有間歇二者受苦無間謂至彼獄受諸痛苦無有間歇三者時無間謂至彼獄受苦時節無有間歇四者命無間謂彼地獄壽命一中刦無有間歇五者形無間謂彼地獄受罪衆生生而復死死已還生身形無有間歇也（一中劫者二十小劫爲一中劫也）

八寒地獄（出翻譯名義）

一頞浮陀地獄　梵語頞浮陀或云頞部陀華言皰謂受罪衆生因寒苦所逼皮肉皰起也

二泥賴浮陀地獄　梵語泥賴浮陀或云泥剌部陀華言皰裂謂受罪衆生因寒苦所逼皰即拆裂也

三阿吒吒地獄　梵語阿吒吒或云嚯嚯（皆無翻）謂受罪衆生由寒苦增極唇不能動唯於舌中作此聲也

四阿波波地獄　梵語阿波波或云唬唬婆（無翻）謂受罪衆生寒苦增極舌不能動唯於唇間作此聲也

五嘔喉地獄　嘔喉地獄者謂受罪衆生由寒苦增極唇舌俱不能動但於咽喉内振氣而作此聲

也**六贊波羅地獄**梵語贊波羅或云嗢鉢羅華言青蓮華謂受罪衆生由寒苦增極皮肉開拆似此華也**七波頭摩地獄**梵語波頭摩或云鉢特摩華言紅蓮華謂受罪衆生由寒苦增極肉色大拆似此華也**八芬陀利地獄**梵語芬陀利華言白蓮華謂受罪衆生由寒苦增極皮肉脱落其骨之色似此華故或云摩訶鉢特摩地獄梵語摩訶鉢特摩華言大紅蓮華皮肉凍拆似此華也

八憍配八鳥（出法華文句）憍即矜也謂人矜誇自巳有勝於他如鳥有凌高下視之過故文句引文殊問經八憍配八種鳥也**一盛壯憍如鵄**謂人恃巳強盛壯大凌他劣弱如鵄鵶之鳥恃強凌弱故名盛壯憍如鵄**二姓憍如梟**謂人恃巳種姓強大凌慢於他如梟不孝之種而食其母故名姓憍如梟**三富憍如鵰**謂人恃巳富有財物凌慢於他如鵰有勢力執伏衆禽故名富憍如鵰**四自在憍如鷲**謂人恃巳長大稱意所作而得自在凌慢於他如鷲食宿山林去住自由故名自在憍如鷲（鷲鳥名其鳥黑色多子西域多有此鳥）**五壽命憍如鷲**謂人恃巳壽高凌慢於他如烏是反哺之鳥命長不死故名壽命憍如烏**六聰明憍如鷲**謂人恃巳聰利明達凌慢於他如鵲性至聰能報人吉凶故名聰明憍如鵲**七行善憍如鳩**謂人恃己能行少善便即凌慢有德之人如鳩性雖純不知自拙故名行善憍如鳩**八色憍如鴿**謂人恃巳顏容美妙凌慢於他如鴿類

多種以色取勝況復多婬故名色憍如鴿

八難（出維摩所說經）八難者八處障難也此之八處雖感報苦樂有異而皆不得見佛不聞正法故總稱爲難也**一在地獄難**謂南贍部洲之下過五百由旬有八寒八熱等獄皆名地獄衆生因惡業所感墮於彼處長夜冥冥受苦無間障於見佛聞法故名地獄難（梵語贍部洲即閻浮提華言勝金洲八寒獄者頞浮陀獄泥賴浮陀獄阿吒吒獄阿波波獄嘔侯獄鬱波羅獄波頭摩獄芬陀利獄也八熱獄者想獄黑繩獄堆壓獄叫喚獄大叫喚獄燒炙獄大燒炙獄無間獄也）**二在畜生難**謂畜生種類不一亦各隨因受報或爲人畜養或居山海等處常受鞭打殺害又或互相吞噉受苦無窮障於見佛聞法故名畜生難**三在餓鬼難**謂餓鬼有三種一其業最重者長劫不聞漿水之名二其業次重者唯在人間伺求蕩滌膿血糞穢三其業輕者時或一飽加以刀杖駈逼塡河塞海受苦無量障於見佛聞法故名餓鬼難（劫梵語具云劫波華言分別時節）**四在長壽天難**謂此天以五百劫爲壽即色界第四禪中無想天也言無想者以其心想不行如氷魚蟄虫外道脩行多生其處障於見佛聞法故名長壽天難**五在北鬱單越難**梵語鬱單越華言勝處謂此處感報勝東西南三洲也其人壽一千歲命無中夭爲著樂故不受教化是以聖人不出其中不得見佛聞法故名北鬱單越難（東西南三洲者東弗于逮西瞿耶尼南閻浮提也）**六盲聾瘖瘂難**謂此等人雖生中國而業障深重盲聾瘖瘂諸根不具值佛出世而不能見佛雖說法亦不能聞故名盲聾瘖

瘂難**七世智辯聰難**謂世間之人邪智聰利者唯務躭習外道經書不信出世正法故名世智辯聰難**八生在佛前佛後難**謂佛出現於世爲大導師令諸衆生離生死苦得涅槃樂人有緣者乃得值遇其生在佛前佛後者由業重緣薄既不見佛亦不聞法故名生在佛前佛後難（梵語涅槃華言滅度）

八苦（出涅槃經）

一生苦生苦有五種一者受胎謂識託母胎之時在母腹中窄隘不淨二者種子謂識託父母遺體其識種子隨母氣息出入不得自在三者增長謂在母腹中經十月日內熱煎煮身形漸成住在生臟之下熟臟之上間夾如獄四者出胎謂初生下有冷風熱風吹身及衣服等物觸體肌膚柔嫩如被物刺五者種類謂人品有貴富貧賤相貌有殘缺妍醜是名生苦**二老苦**老苦有二種一者增長謂從少至壯從壯至衰氣力羸少動止不寧二者滅壞謂盛去衰來精神耗減其命日促漸至朽壞是名老苦**三病苦**病苦有二種一者身病謂四大不調衆病交攻若地大不調舉身沉重水大不調舉身胮腫火大不調舉身蒸熱風大不調舉身傴強二者心病謂心懷苦惱憂切悲哀是名病苦**四死苦**死苦有二種一者病死謂因疾病壽盡而死二者外緣謂或遇惡緣或遭水火等難而死是名死苦**五愛別離苦**謂常所親愛之人乖違離散不得共處是名愛別離苦**六怨憎會苦**謂常所怨讎憎惡之人本求遠離而反集聚是名怨憎會苦**七求不得苦**

謂世間一切事物心所愛樂者求之而不能得是名求不得苦

八五陰盛苦　五陰者色受想行識也陰即盖覆之義謂能盖覆真性不令顯發也盛即盛大之義謂前生老病死等衆苦聚集故名五陰盛苦

八不正見（出大集經）

一我見　謂衆生於五陰法中妄計有我我所執之爲實強立主宰是名我見（五陰者色陰受陰想陰行陰識陰也我我所者我即衆生假名我所即五陰之身也）

二衆生見　謂衆生妄計五陰衆共和合而生是名衆生見

三壽命見　謂衆生於五陰法中妄計我受一期果報壽命有長有短是名壽命見（一期者謂人從生至死也）

四士夫見　謂衆生妄計我有士夫之用而能商賈書筭營農等事是名士夫見

五常見　謂衆生於五陰之身妄計今世雖滅後世復生相續不斷是名常見

六斷見　謂衆生於五陰之身妄計今世滅已更不再生則成斷滅是名斷見

七有見　謂衆生妄計一切諸法實從因緣和合而生執之爲有是名有見（因緣者眼等六根爲因色等六塵爲緣也）

八無見　謂衆生於一切諸法妄計皆無自性執之爲無是名無見

八妄想（出宗鏡録）

一自性妄想　謂妄執根塵等法各有體性不相混濫是名自性妄想

二差別妄想　謂妄計色等有可見可對之色有不可見可對之色有不可見無對之色是名差別妄想（可見可對色者即青黄等色眼可見亦可對也不可見可對色者即聲香味觸四者雖不可見而有對於耳鼻舌身也不可見無對色者即意識緣過去所見之境皆不可見亦無表對也）

三攝受積聚妄想　謂妄計色受想行識五蘊之法攝持聚集

而成一切衆生是名攝受積聚妄想**四我見妄想**謂於色受想行識五蘊法中妄計有我是名我見妄想**五我所妄想**謂於色受想行識五蘊法中妄執我身及所受用之物皆爲我所是名我所妄想**六念妄想**謂妄分別可愛淨境緣念不斷是名念妄想**七不念妄想**謂妄分別可憎之境不起緣念是名不念妄想**八念不念俱相違妄想**謂於念不念愛憎之境違理分別是名念不念俱相違妄想

八部（出翻譯名義）夫佛之垂化也道濟百靈法之傳世也慈育萬有三乘賢聖既肅爾以歸依八部鬼神亦森然而翊衛故諸經中多列八部之衆也（三乘者聲聞乘緣覺乘菩薩乘也）**一天**天者天然自然樂勝身勝清淨光明尊勝無比故名爲天列位雖多必以大梵帝釋爲首蓋大梵是大千世界之主帝釋是三十三天之主故也（大梵即色界天也帝釋梵語釋提桓因華言能天主三十三天主者謂帝釋與三十二人同脩戒善生忉利天而帝釋爲天主也）**二龍**龍者神靈之物孔雀經及大雲等經各列諸龍并龍王名字不一皆言其能護持佛法也**三夜叉**梵語夜叉華言勇健亦名暴惡有三種一者在地二者在虛空三者在天地夜叉不能飛騰虛空與天二夜叉皆能飛行也**四乾闥婆**梵語乾闥婆華言香陰陰即身也不噉酒肉惟香資陰故名香陰是帝釋天主樂神在須彌山南金剛窟住天主欲作樂時即上天也（梵語須彌華言妙高）**五阿脩羅**梵語阿脩羅華言無端正以男多醜而女端正故又云非天謂此神果

報最勝鄰次諸天而行非天也其所居宮殿城郭器用降于地居天一等亦有婚姻男女法式略如人間（地居天者即三十三天及四天王天也）

六迦樓羅 梵語迦樓羅華言金翅即金翅鳥神其翮金色故也兩翅相去三百三十六萬里頭有如意珠以龍爲食

七緊那羅 梵語緊那羅華言疑神似人而頭有角亦帝釋天主樂神也

八摩睺羅伽 梵語摩睺羅伽華言大腹行羅什法師云是地龍而腹行又云是大蟒神而腹行也

地動八緣（出增一阿含經）

一因水火風動故地動 經云此閻浮提地南北闊二萬一千由旬東西闊七千由旬厚六萬八千由旬地下有水厚八萬四千由旬水下有火厚八萬四千由旬火下有風厚六萬八千由旬風下有金剛輪過去諸佛舍利咸在其中或有時大風忽動火亦隨動火既動已水復隨動水既動已地即隨動故云因水火風動故地動（梵語閻浮提華言勝金洲梵語由旬華言限量或四十里或六十八十里也）

二菩薩處母胎故地動 經云菩薩從兜率天降神來處母胎是時地亦大動（梵語兜率華言知足佛在兜率天時稱爲菩薩）

三菩薩出母胎故地動 經云菩薩出母胎時是時地亦大動

四菩薩成道故地動 經云菩薩出家學道成無上正覺即名爲佛是時地亦大動

五佛入涅槃故地動 梵語涅槃華言滅度是時地亦大動

六比丘欲現神通故地動 梵語比丘華言乞士經云有大神通比丘欲現多種變化或分一身爲千百身還復爲一飛行虛空山石無礙涌沒自由是時地亦

大動**七諸天捨本形位得作天主故地動**經云諸天有大神通神德無量從彼命終還生彼處由佛得力捨本天形得作帝釋或作梵主是時地亦大動（帝釋梵語釋提桓因華言能天主梵主即梵天主也）**八飢饉刀兵將起故地動**經云若衆生命終福盡或互相攻伐或值飢饉或遇刀兵是時地亦大動

珠寶八功德（出正法念處經）此珠即轉輪聖王七寶中之神珠寶也以其具八種功德故分別之（輪王七寶者金輪寶白象寶紺馬寶神珠寶玉女寶典財寶主兵寶也）

一能作光明謂此珠於夜闇中能作光明遍照百由旬如秋月行空遠離雲翳又能晝日熱時放冷光明除諸熱惱而得清凉也

二能濟渴乏謂此珠於曠野無水之處人衆渴乏之能令發清淨水解一切渴也

三隨順王意謂此珠若轉輪王憶念水時即能隨順王意流清淨水以濟世之乏少也

四體具衆色謂此珠八楞具足而一一楞放種種色青黃赤白等靡不鮮明也（楞角也）

五能離病苦謂此珠能令百由旬內人皆離病心行正直一切所欲無不隨願也

六能降甘雨謂此珠勢力能令惡龍不降惡雨若其降者必清凉甘雨也

七能生諸物謂此珠於無水處及無草木處能令花木繁茂池水流溢無不隨願也

八在處利益謂此珠所在之處人無夭閼不相殺害離諸瞋恚常自和悅也

大明三藏法數卷第二十五

大明三藏法數卷第二十六

上天竺前住持沙門一如等奉　勅集註

八功德水（出稱讚淨土經）八功德水謂阿彌陀佛極樂淨土池中之水有八種功德也 一澄淨 謂其水澄渟潔淨是為澄淨功德 二清冷 謂其水清瑩涼冷是為清冷功德 三甘美 謂其水甘甜嘉美是為甘美功德 四輕輭 謂其水輕浮柔輭是為輕輭功德 五潤澤 謂其水滋潤澤物是為潤澤功德 六安和 謂其水人若飲時身心即得安隱調和是為安和功德 七除患 謂其水人若飲時能除飢渴等患是為除患功德 八增益 謂其水人若飲時即能長養善根增益四大是為增益功德（四大者即人身中地水火風也）

八風（亦名八法出佛地經論）謂此八法世間所愛所憎而能扇動人心名之為風苟心有所主安住正法不為愛憎之所惑亂即八風不能動也 一利 利者利益謂凡有益於我者皆名為利要覽云得可意事曰利是也 二衰 衰者減也謂凡有減損於我者皆名為衰要覽云失可意事曰衰是也 三毀 毀者毀謗也謂因惡其人構合異語潛地而訕謗之要覽云陰為毀訕曰毀是也 四譽 譽即讚譽謂因喜其人雖不對面亦必潛以善言而讚譽之要覽云陰為讚美曰譽是也 五稱 稱即稱道謂因推重其人凡於衆中必稱道其善以美之要覽云陽為讚美曰稱是也 六譏 譏者誹也謂因惡其人本無其事妄為實有對衆明說要覽云陽為誹刺曰譏是也 七苦 苦即逼迫之義謂或遇

惡縁惡境身心受其逼迫要覽云逼惱身心曰苦是也**八樂**樂即歡悅之意謂或遇好縁好境身心皆得歡悅要覽云適悅身心曰樂是也

八種粥（出十誦律）佛在迦尸國竹園中與諸比丘一處安居爾時諸居士作種種粥持詣竹園以施佛僧故有八種之名（梵語比丘華言乞士居士者清淨自居也）**一酥粥**酥粥者謂以牛馬等酥和於米粟煑爲粥也**二油粥**油粥者謂以荏酥麻等油和於米粟煑爲粥也**三胡麻粥**胡麻粥者謂取胡麻子和於米粟煑爲粥也**四乳粥**乳粥者謂以牛馬等乳和於米粟煑爲粥也**五小荳粥**小荳粥者謂以綠荳赤荳等和於米粟煑爲粥也**六摩沙荳粥**摩沙荳疑即大荳也葢梵語摩訶華言大今云摩沙者乃梵音遠近不同也謂以此荳和於米粟煑爲粥也**七麻子粥**麻子粥者謂以黄麻子和於米粟煑爲粥也**八薄粥**薄粥者或用米或用粟煑爲稀粥也

八不淨物（出華嚴經隨疏演義鈔）佛在世時誡諸弟子乞食自活少欲知足不許畜此等物以其能生貪戀計着之心染汚梵行故有此八不淨之名也（梵行即淨行也）**一置買田宅**謂比丘當依衆居止勤修出世清淨無爲之道若私置田宅以圖自足是爲不淨（梵語比丘華言乞士）**二種植根栽**謂比丘當勤修道業於世間資生之事不生貪著若不爲衆私自種植田園内妨行業是爲不淨**三貯聚穀粟**謂比丘當乞食資身清淨活命若不爲衆私自藏貯穀粟米麥是爲不淨**四畜養奴婢**

謂比丘當閑居淨處修攝其心行安樂行若不爲衆畜養奴婢驅使作務是爲不淨**五畜養群畜**謂比丘當持禁戒慈心不殺若畜養牛馬等畜孳生之類以汚梵行是爲不淨**六藏積金銀錢寶**謂比丘當以清雅爲高安貧樂道身無長物若貪積世間所重金銀資財等物資生求利計筭出納有乖道行是爲不淨**七藏積象牙刻鏤等物**謂比丘當奉佛戒志尚儉素於諸玩好心不貪戀布衣草座常懷知足若貪世間稀有雕飾之物是爲不淨**八藏積銅鐵釜鑊以自煮爨**謂比丘與衆居止當與衆同飡或乞食自活勵精梵行成就道業若藏積釜鑊以自煮爨别衆而食是爲不淨

八依（出瑜伽師地論）

一施設依施設猶建立也謂人依五蘊中假用言説施設我及衆生各各不同有如是生類如是種姓如是名字如是飲食如是苦樂壽夭等是名施設依（五蘊者色蘊受蘊想蘊行蘊識蘊也）**二攝受依**攝受含攝容受也謂人依於父母妻子奴婢僮僕等以爲我所攝受故名攝受依**三住持依**謂人依段觸思識四種之食則能攝養諸根住立支持故名住持依（段食者段即分段謂以香味觸三塵爲體入腹變壞資益諸根也觸食者謂眼識等所對色等諸塵柔輭細滑等觸而生喜樂資益諸根也思食者謂第六意識思於可愛之境生希望意而潤益諸根也識食者識即第八識也謂由前三食勢分所資能令此識增勝執持諸根也）**四流轉依**謂人依五蘊中受想行識四心起諸煩惱業因流轉三界生死故名流轉依**五障礙依**謂諸天魔外道隨有修善法處即往其前爲作障礙故名障礙依**六苦惱依**謂人

依於欲界領受一切憂苦不生厭離之心故名苦惱依

七適悅依 謂人依諸禪定靜息思慮身心湛寂得法喜樂故名適悅依

八後邊依 謂阿羅漢三界惑業已盡更不受生其最後身依有餘涅槃而住故名後邊依（梵語阿羅漢華言無生又云無學三界者欲界色界無色界也有餘涅槃者羅漢三界惑業已盡尚餘色身未滅故也梵語涅槃華言滅度）

佛具九惱（出大智度論并興起行經）如來已離一切障礙成就無量諸勝功德豈有如是種種業報之實蓋亦善巧方便令諸衆生知造善惡業因必有苦樂果報故說此九種惱事也

一六年苦行 佛言往昔波羅奈城邊有婆羅門子名火鬘復有瓦師之子名護喜二子少小心相敬念護喜謂火鬘曰共見迦葉如來火鬘荅曰何用見此髡道人如是至三後日護喜復曰可共暫見荅曰何用見此髡頭道人何有佛道於是護喜捉火鬘頭曰爲汝共見如來火鬘驚怖心念此非小緣必有好事耳即曰今放我頭我共汝去既至佛所禮迦葉足護喜白佛火鬘不識三寶願佛開化火鬘覩佛相好心生歡喜出家學道時火鬘者即我身是護喜者我爲太子逾城出家時作瓶天子導我者是我往昔以惡言道迦葉佛故受諸苦報由此餘殃今欲臨成佛時復受六年苦行也（梵語波羅奈華言江遶城梵語婆羅門華言淨行梵語迦葉華言不飲光三寶者佛寶法寶僧寶也作瓶天子即色界淨居天也）

二孫陀利謗 佛言往昔波羅奈城有博戲人名淨眼時有婬女名鹿相淨眼誘此女人共車出城至樹園中共相娛樂時彼園中有辟支佛修

行道法淨眼待辟支佛入城乞食遂殺鹿相埋辟支佛廬中後累辟支佛將至死地淨眼見已即起悲心我所造作自當受之故自説罪因國王即殺淨眼時彼淨眼者則我身是彼鹿相者孫陀利是以是因緣無數千歳受無量苦今雖得佛由此餘殃故獲孫陀利女謗也（辟支佛梵語辟支迦羅華言緣覺）

三

木槍　佛在羅閲祇竹園精舍入城乞食忽有木槍迸在佛前心自念言此是宿緣我當受之衆見驚愕佛復心念現償宿緣使衆人見不敢造惡便踊身虚空去地一仞木槍逐佛乃至七由延槍亦隨之佛於空中化一青石厚闊十二由延佛立石上槍即穿石出在佛前又化地水火風各厚闊十二由延佛立其上槍亦穿過佛復上四天王宫次第乃至梵天槍亦次第而上至於佛前所過諸天與説宿緣佛復從梵天下至羅閲祇城槍亦尋下國人隨從看此因緣佛恐衆人見償此緣皆悶死是故佛語衆人各自還歸亦勑諸比丘衆各還房已佛便心念當償宿緣遂疊大衣數座而坐即展右足木槍便從足趺徹過舍利弗等皆至佛所禮拜慰問爲説宿緣往昔有兩部主賈客入海取寶後遇水漲爭船第二部主與第一部主格戰第二部主以鑛矛鑛第一部主脚過即便命終佛告舍利弗爾時第二部主者即我身是第一部主者今提婆達兜是我時鑛彼脚以是因緣受諸苦報今雖得佛由此殘緣故受木槍刺脚也（梵語羅閲祇華言王舍城梵語由延即由旬華言限量四天王者東）

方持國天王南方增長天王西方廣目天王北方多聞天王也梵語比丘華言乞士梵語舍利弗華言鶖子梵語提婆達兜亦云提婆達多又云調達華言天熱

四　馬麥　佛言過去世時有比婆葉如來在槃頭摩跋城中與大比丘衆俱有槃頭王與諸臣民請佛供養及比丘僧佛默然許之王還具饌已畢即執香爐啓曰唯願屈尊來受我供佛勑大衆往詣王宮食畢各還時爲病比丘取食而歸爾時城中有婆羅門教五百童子佛從婆羅門所過時婆羅門見食香美便起妬意此髡沙門正應食馬麥不應食甘饌亦教童子言此等師主皆食馬麥時婆羅門者即我身是五百童子者五百羅漢是我時言他食馬麥故受諸苦報今雖得佛由此殘緣我及衆等於毘蘭邑食馬麥九十日也梵語沙門華言息心又云勤息

比婆葉槃頭摩跋毘蘭俱無翻

五　流離王殺釋種　佛在世時波斯匿王新紹王位使臣求親於迦毘羅國釋種之家時摩訶男婢生一女顏貌端正送與波斯匿王後生一子名曰流離及年八歲與梵志子好苦詣摩訶男家時迦毘羅國新起一講堂欲請如來於中供養爾時流離太子往至講堂即陞師子之座時諸釋種見之罵言此婢生物敢入中坐於是出語梵志子好苦曰此諸釋種捉我毀辱乃至於此我後紹王位時汝當告我此事流離太子後紹王位好苦以前事告之流離集兵往伐釋種佛告比丘往昔之時此羅閱城有捕魚村時世饑儉彼村有池多魚時城中人向於池中捕魚食之池中有二種魚一名麩二名多舌各懷報

怨時有一小兒在岸見魚跳而喜以杖打彼魚頭爾時羅閱人者今釋種是麩魚者今流離王是多舌魚者今梵志好苦是小兒者即我身是以是因緣故流離王殺釋種也（梵語波斯匿華言勝軍梵語迦毘羅華言黃色）

六乞食空鉢

佛嘗入婆羅門聚落中乞食不得空鉢而還

七旃茶女謗

佛言往昔有佛名盡勝如來會中有兩種比丘一名無勝一名常歡時波羅奈城有大愛長者婦名善幻兩種比丘往來其家以爲檀越無勝比丘爲斷漏故供養無乏常歡比丘結使未除供養微薄常歡比丘與嫉妬心誹謗無勝與善幻通不以道法供養乃恩愛耳時常歡者則我身是善幻婦者今旃茶是（旃茶亦名旃沙）我時謗無勝故受諸苦報今雖得佛由此餘殃我爲外道比丘王臣說法之時却被多舌童女繫盂起腹來至我前謗曰沙門何以不說家事乃說他事今汝自樂不知我苦汝先共我通使我有身今當臨月事須酥油以養小兒盡當給我爾時衆會皆低頭默然時釋提桓因化作一鼠入其衣裏齧盂繫斷忽然落地衆等見已皆大歡喜（旃茶梵語具云旃茶羅華言嚴幟又云屠者謂惡業自嚴行時搖鈴持竹爲標幟也梵語檀華言施言檀越者華梵兼舉耳謂能行施則超越貧窮之海也斷漏者言斷生死之漏也結使者即惑業也梵語釋提桓因華言能天主）

八調達推山

佛往昔於羅閱祇城有長者名須檀家富多財子名須摩提其父須檀命終已後摩提異母弟名修耶舍摩提不欲與弟分財一日與弟執手共登耆闍崛山將至高崕便推置崕底以石塠之其弟命絶佛告

舍利弗長者須檀者我父王白淨是也須摩提者則我身是修耶舍者今提婆達多是也以是因緣我於耆闍崛山經行爲提婆達多舉崕石以擲我頭山神以手接石石邊小片迸中我脚拇指破而血出（梵語耆闍崛華言鷲頭即靈鷲山也須檀須摩提俱無翻）

九寒風索衣　佛於阿羅婆伽林中冬至前後八夜寒風破竹嘗索三衣禦寒（阿羅婆伽無翻）

大乘九部（出大智度論）　謂佛所說大乘諸經無因緣論議譬喻之三部故云九部也以大乘直說大法不假因緣唯談圓理故絶論議獨顯真常不待譬喻是以大乘諸經唯存方廣等九部也別論雖爾若通而言之凡大小乘經無不具有十二部也

一修多羅　梵語修多羅華言契經契者上契諸佛之理下契衆生之機也經法也常也乃聖教之總名今言修多羅即經中長行之文也謂直說法相隨其義理長短不以字數爲拘是爲長行

二祇夜　梵語祇夜華言應頌又云重頌或云偈謂應前長行之文重宣其義也或二句四句六句八句乃至多句等皆名爲頌

三伽陀　梵語伽陀華言諷頌謂不頌長行之文但直說偈句如金光明經中空品等是也亦名孤起如楞嚴經中阿難讚佛偈云妙湛總持不動尊等是也（楞嚴梵語具云首楞嚴華言健相分別梵語阿難華言慶喜）

四伊帝目多　梵語伊帝目多華言本事謂如來說諸菩薩等因地所行之事也如法華經中說藥王菩薩曾於日月淨明德佛所得法歡喜然身然臂以爲供養行諸苦行求菩提

道等是也（菩薩梵語具云菩提薩埵華言覺有情）**五闍多伽**梵語闍多伽華言本生謂佛說諸菩薩等本地受生之事及自說爲菩薩時修諸苦行等事如涅槃經云比丘當知我於過去作鹿作羆作麞作兎作粟散王轉輪聖王龍金翅鳥諸如是等行菩薩道時所受身之類是也**六阿浮達磨**梵語阿浮達磨華言未曾有亦云希有如佛生時即行七步足跡之處皆有蓮華放大光明遍照十方世界而發是言我是度一切衆生生老病死者地大震動天雨衆華樹出音聲作天妓樂如是等無量希有之事是名未曾有又四衆等凡有聞所未聞見所未見皆名未曾有（四衆者比丘比丘尼優婆塞優婆夷也）**七優陀那**梵語優陀那華言自說謂無有人問如來以他心智觀衆生機而自宣說如楞嚴會上說五十種魔事不待阿難請問又如阿彌陀經無有緣起自告舍利弗等是也（五十種魔事者謂於色受想行識五陰中各有十種也梵語阿彌陀華言無量壽梵語舍利弗華言鶖子）**八毘佛畧**梵語毘佛畧華言方廣正理名方包富名廣謂大乘方等經典其義廣大猶如虛空即諸經之理體也**九和伽羅**梵語和伽羅華言授記謂如來爲諸菩薩緣覺聲聞授作佛記如法華經云汝阿逸多於當來世而成佛道號曰彌勒等是也（梵語阿逸多華言無能勝梵語彌勒華言慈氏）

華嚴九會說（出華嚴經隨疏演義鈔）

華嚴者謂如來以萬行因華莊嚴法身果德也九會說者如來與菩薩四衆天龍八部於菩提場等處九番聚會而廣說此法也（菩薩梵語具云菩提薩埵華言

覺有情四衆者比丘比丘尼優婆塞優婆夷也八部者天龍夜叉乾闥婆阿修羅迦樓羅緊那羅摩睺羅伽也梵語菩提華言道樹名也如來於此樹下成道故其處名菩提場

第一會 此會菩提場普賢菩薩說如來依報因果法門自第一卷至十一卷共六品經 依報者即所依之國土也六品者世主妙嚴品如來現相品普賢三昧品世界成就品華藏世界品毗盧遮那品也

第二會 此會普光明殿文殊師利菩薩等說十信等法門自第十二卷至十五卷共六品經 普光明殿者其殿衆寶所成光明照映又佛於中說法普放光明故也梵語文殊師利華言妙德十信者信心念心精進心慧心定心不退心護法心迴向心戒心願心也六品者如來名號品四聖諦品光明覺品菩薩問明品淨行品賢首品也

第三會 此會忉利天宮法慧菩薩說十住等法門自第十六卷至十八卷共六品經 梵語忉利華言三十三即帝釋等三十三天所居之處也十住者發心住治地住修行住生貴住方便具足住正心住不退住童真住法王子住灌頂住也六品者昇須彌山頂品須彌山頂偈讚品十住品梵行品初發心功德品明法品也

第四會 此會於夜摩天宮功德林菩薩說十行等法門自第十九卷至二十一卷共四品經 梵語夜摩華言善時分以此天時時唱快樂故也十行者歡喜行饒益行無嗔恨行無盡行離癡亂行善現行無着行尊重行善法行真實行也四品者昇夜摩天宮品夜摩宮中偈讚品十行品十無盡藏品也

第五會 此會兜率天宮金剛幢菩薩說十迴向等法門自第二十二卷至三十三卷共三品經 梵語兜率華言知足以此天於五欲境知足故也十迴向者救護衆生離衆生相迴向不壞迴向等一切佛迴向至一切處迴向無盡功德藏迴向隨順平等善根迴向隨順等觀一切衆生迴向真如相迴向無縛解脫迴向法界無量迴向也三品者兜率天宮品兜率天宮偈讚品十迴向品也

第六會 此會他化天宮金剛藏菩薩說十地法門自第三十四卷至三十九卷共一品經 他化者謂諸欲樂境不勞自化皆由他化而自在受用即他化自在天也十地者歡喜地離垢地發光地燄慧地難勝地現前地遠行地不動地善慧地

法雲地也一品即十地品也

第七會 此會復於普光明殿毗盧遮那如來說阿僧祇數量法門普賢菩薩亦說十大三昧等及等覺法門自第四十卷至五十二卷共十一品經梵語毗盧遮那華言遍一切處梵語阿僧祇華言無數梵語三昧華言正定等覺者去後妙覺佛位猶有一等勝前諸位得稱覺也十大三昧者普光大三昧妙光大三昧次第遍往諸佛國土大三昧清淨深入行大三昧知過去莊嚴藏大三昧智光明藏大三昧了知一切世界佛莊嚴大三昧衆生差別身三昧法界自在大三昧無礙輪大三昧也十一品者十定品十通品十忍品阿僧祇品如來壽量品諸菩薩住處品佛不思議法品如來十身相海品如來隨好光明功德品普賢行品如來出現品也

第八會 此會復於普光明殿普賢菩薩說離世間法門自第五十三卷至五十九卷共一品經離世間法者謂超越世間大乘之法也一品即離世間品也

第九會 此會逝多林文殊師利菩薩等說入法界法門自第六十卷至八十卷共一品梵語逝多華言勝林即給孤獨園也法界者交徹融攝故曰法界即諸佛平等法身之理也一品即入法界品也

九種大禪出地持經

禪梵語具云禪那華言靜慮謂菩薩既憑弘誓利益衆生則當進修深廣大行然深廣之行莫若禪定言禪則一切皆攝所謂若諸菩薩成道轉法輪入涅槃勝妙功德思惟修法利生方便皆在其中是故說此九種禪定之相也梵語涅槃華言滅度

一自性禪 謂於菩薩藏聞思從前所行世間出世間善一心安住或止分或觀分或俱分無不攝也菩薩藏者菩薩所修之法藏也聞思從前所行世間出世間善者聞持思念已往所行世間出世間一切善法也止分者謂攝心不散即定也觀分者謂分別照了即慧也俱分者謂止觀雙修定慧平等也分者位也謂安於止觀相應位分也菩薩於所修法藏聞持思念過去所行一切善法一心安住止觀平等大慧利益衆生也而言自性者謂菩薩所修之禪觀心實相不從外得即本

有之定也

二一切禪 謂修此禪定則自行化他一切諸法無不攝也名有三種一者現法樂住禪謂離一切妄想身心止息第一寂滅捨離味著及一切相現得法喜之樂而住於定也二者出生三昧功德禪謂出生種種不可思議無量無數一切三昧功德也三者利益衆生禪謂衆生所作皆與同事復以法義開導饒益莫不令其離苦得樂也捨離味著及一切相者謂內於禪定之味外及一切諸相心能捨離而不樂著也梵語三昧華言正定同事者謂隨諸衆生同其行事而饒益之也

三難禪 難禪者謂此禪定不易修也名有三種第一難禪謂久習勝妙禪定於諸三昧心得自在哀愍衆生欲令成就捨第一禪樂而生欲界也第二難禪謂依此定出生無量無邊不可思議諸深三昧出過聲聞辟支佛上也第三難禪謂依此定得無上菩提也第一禪樂者即勝妙禪定之樂也辟支梵語具云辟支迦羅華言緣覺梵語菩提華言道

四一切門禪 門即出入之義謂一切禪定皆由此門而出名有四種一者有覺有觀禪謂初心在緣名覺細心分別禪味曰觀即色界初禪定也二者喜俱禪謂得此禪定喜心共發即第二禪也三者樂俱禪謂得此禪定則發勝妙之樂即第三禪也四者捨俱禪謂入此禪則心平等而無善惡憎愛之意即第四禪也

五善人禪 謂一切善法無所不攝乃大善根衆生之所共修名有五種一者不味著謂於禪定之味不樂著也二者慈心俱謂愛念衆生之心與禪俱發也三者悲心俱謂悲愍衆生之心與禪俱發也四者喜心俱謂歡喜

衆生離苦得樂之心與禪俱發也五者捨心俱謂無憎無愛平等之心與禪俱發也

六一切行禪 謂大乘一切行法無不含攝名有十三種一者善禪謂此禪定能攝一切善法也二者無記化化禪謂不待作意思惟自然能於定中作種種變化而無窮也三者止分禪謂攝心不散與定相應也四者觀分禪謂分別照了與慧相應也五者自他利禪謂正定現前則能自利利他也六者正念禪謂於定中正念思惟無諸雜想也七者出生神通力功德禪謂得此大定則一切神通功德悉皆由之而出生也八者名緣禪謂於一切諸法名相因緣悉得通達無礙也九者義緣禪謂於一切諸法義理因緣悉能通達曉了也十者止相緣禪謂於寂靜因緣之相圓明洞徹永離一切散亂也十一者舉相緣禪謂能照了諸法起滅因緣悉皆清淨無礙也十二者捨相緣禪謂於一切善惡法相因緣悉皆捨離清淨而無染着也十三者現法樂住第一義禪謂因此定現得法喜之樂而安住於第一義也（第一義者謂實相中道之理無二無別也）

七除惱禪 謂修此禪定能除滅衆生種種苦惱名有八種一者呪術所依禪謂因此定能以呪術之力除諸毒害霜雹寒熱鬼病一切苦患也二者除病禪謂因此定能除地水火風四大所起衆病也三者雲雨禪謂因此定能興致甘雨消滅災旱救諸饑饉也四者等度禪謂因此定能濟諸恐難及一切水陸人非人怖也五者饒益禪謂

因此定能以飲食饒益曠野飢渴衆生也六者調伏禪謂因此定能以財物調伏衆生也七者開覺禪謂因此定能覺悟迷惑衆生也八者等作禪謂因此定能令衆生所作悉皆成就也（非人者即龍鬼之類也）

八此世他世樂禪 謂修此禪定能令衆生悉得現在未來一切之樂名有九種一者神足變現調伏衆生禪謂因此定而能變現種種神足通力調伏一切衆生也二者隨說調伏衆生禪謂因此定而能隨順說法調伏一切衆生也三者教誡變現調伏衆生禪謂因此定能以正法教誨誡諭調伏一切衆生也四者爲惡衆生示惡趣禪謂因此定能爲惡業衆生示現修羅餓鬼畜生地獄等趣令其改惡遷善也五者失辯衆生以辯饒益禪謂因此定而於衆生不能辯說正法者即以辯才而饒益之令其心識開悟也六者失念衆生以念饒益禪謂因此定而於衆生失正念者能以正念而饒益之令其邪見不生也七者造不顛倒論微妙讚頌摩得勒伽爲令正法久住世禪謂因此定開發妙慧心不顛倒能造微妙讚頌摩得勒伽之論而令正法流通久住於世也八者世間技術義饒益攝取衆生禪謂因此定能以書數筭計資生方法如是等種種衆具攝取饒益一切衆生也九者暫息惡趣放光明禪謂因此定放大光明暫令修羅等趣息其苦惱也（神足者謂神通滿足也梵語摩得勒伽亦云摩怛理伽華言本母即論名謂能興立教義爲本爲母故也）

九清淨淨禪 謂依此禪定一切煩惱惑業悉

皆斷盡即得大菩提清淨之果名爲清淨重言淨者以清淨之相亦不可得也名有十種一者世間清淨淨不味不染汚禪謂依此定於一切天人所修世間禪定悉不味著亦不見有染汚之相名爲清淨重言淨者以此淨相亦不可得也二者出世間清淨淨禪謂依此定於一切聲聞縁覺所修出世間禪定悉無染礙名爲清淨重言淨者以此淨相亦不可得也三者方便清淨淨禪謂依此定能善巧方便演說無量妙法化度一切衆生悉無染礙名爲清淨重言淨者以此淨相了不可得也四者根本清淨淨禪謂依此定於色界四禪根本之定悉無染礙名爲清淨重言淨者以此淨相亦不可得也五者根本上勝進清淨淨禪謂依此定於色界四禪根本雖得最上殊勝增進之定悉無染礙名爲清淨重言淨者以此淨相亦不可得也六者入住起力清淨淨禪謂依此定或入或住或起力用自在無染無礙名爲清淨重言淨者以此淨相亦不可得也七者捨復入力清淨淨禪謂依此定捨而復入力用自在無染無礙名爲清淨重言淨者以此淨相亦不可得也八者神通所作力清淨淨禪謂依此定能以種種神通力用變現自在利益一切悉無染礙名爲清淨重言淨者以此淨相亦不可得也九者離一切見清淨淨禪謂依此定而於斷常有無一切諸見悉皆遠離而無染礙名爲清淨重言淨者以此淨相亦不可得也十者煩惱智障斷

清淨淨禪謂依此定於見思等諸煩惱惑及障理之智皆已斷滅悉無染礙名爲清淨重言淨者以此淨相亦不可得也四禪者初禪二禪三禪四禪也根本定者謂四禪之定爲諸禪之根本能出生一切禪定也斷常者謂外道妄計此身滅已更不再生名斷見復計此身滅已還生名常見也障理之智者謂聲聞雖得人空之智若大乘菩薩以此智即是障理之惑故也

九次第定出法界次第　九者自初禪至滅受想定凡九種也次第者謂人若入禪時智慧深利能從一禪又入一禪如是次第而入心心相續不生異念無間無雜定者攝心不亂也

初禪次第定謂人修禪定離欲界惡不善法有覺有觀離生喜樂定觀均齊其心次第而入無有雜念間隔也有覺有觀者初心在緣曰覺細心分別禪味曰觀即是初禪之定相離生喜樂者慶悅之心名爲喜恬淡之心名爲樂初禪既離欲界惡不善法故生此喜樂也定觀均齊者觀即是心所謂定慧平等也

二禪次第定謂人修禪定從初禪入二禪時一心無覺無觀定生喜樂其心次第而入無有雜念間隔也無覺無觀者既入二禪即離初禪覺觀動散也定生喜樂者既無覺觀攝心在定則生喜樂此即二禪之定相也

三禪次第定謂人修禪定從二禪入三禪時離喜行捨而受身樂唯聖人能說而復捨念行樂其心次第而入無有雜念間隔也離喜行捨者謂厭離二禪大喜動散攝心不受也受身樂者既離二禪之喜而身受三禪之樂也聖人能說者此樂極勝超過一切之樂非凡夫所知也捨念行樂者謂能捨二禪之喜念而行三禪之樂也

四禪次第定謂人修禪定從三禪入四禪時斷喜樂故不喜不樂其心次第而入無有雜念間隔也斷喜樂者謂斷二禪之喜及三禪之樂也不喜不樂者謂心無善惡寂然平等即是四禪之定相也

五虛空處次第定謂人修禪定從色界入無色界則滅一切色相不念種種異

相入無邊虛空處其心次第而入無有雜念間隔也（滅一切色相者謂滅根境可見可對一切色相也既得四禪定已猶厭色界色質爲礙不得自在於是心求出離滅一切色相而修虛空處定心與虛空之法相應則不念種種異相也）**六識處次第定**謂人修禪定既得虛空處定已心緣虛空虛空無邊緣多則散能破於定即捨虛空轉心緣識心與識法相應則過一切無邊虛空處入一切無邊識處其心次第而入無有雜念間隔也（過一切無邊虛空處者既入識處則超過虛空處也）**七無所有處次第定**無所有處者即不緣一切内外境界也謂人修禪定既得識處定已三世心識無量無邊緣多則散能破於定即捨所緣之識轉心緣無所有處其心次第而入無有雜念間隔也（内外境者内即識處外即虛空處也三世者過去現在未來也）**八非想非非想次第定**非想者非識處之有想也非非想者非無所有處之無想也謂人修禪定既得無所有處定已深知無想處如癡有想處如癰如瘡即捨無所有處緣念非有想非無想之法其心次第而入無有雜念間隔也（如癡者譬無心想也如癰如瘡者譬有痛即覺譬有心想也）**九滅受想次第定**滅受想者即受想心滅而不復起也謂人修禪定從非有想非無想入滅受想定時其心明利次第而入無有雜念間隔是爲滅受想次第定若得此定不久即證阿羅漢果也（梵語阿羅漢華言無學又云無生）

九識（出宗鏡録）識以了別爲義謂能照了分別一切諸法故也**一眼識**謂眼與色爲緣而生眼識眼識依根而生眼根因識能見是能見者名爲眼識**二耳識**謂耳與聲爲緣而

生耳識耳識依根而生耳根因識能聽是能聽者名爲耳識

三鼻識 謂鼻與香爲緣而生鼻識鼻識依根而生鼻根因識能齅是能齅者名爲鼻識

四舌識 謂舌與味爲緣而生舌識舌識依根而生舌根因識能嘗是能嘗者名爲舌識

五身識 謂身與觸爲緣而生身識身識依根而生身根因識能覺是能覺者名爲身識

六意識 謂意法爲緣而生意識意識依根而生意根因識即能分別以能分別前五根所緣色等五塵境界是名意識若斷此識即成聲聞緣覺（五根者即眼根耳根鼻根舌根身根也五塵者即色塵聲塵香塵味塵觸塵也）

七末那識 梵語末那華言意亦名相續識又名分別識此識本無定體即第八識之染分依第八識自證分而生緣第八識見分而執爲我爲第六識之主執轉第六識所緣善惡之境而成染淨皆由此識也前第六識名意識今此識亦名意者謂第六識依根而得名此識當體而立號第六識雖能分別五塵好惡而由此識傳送相續也若斷此識即成菩薩（依根者根即意根也當體者即分別之體也）

八阿賴耶識 梵語阿賴耶華言藏識此識染淨同源生滅和合而具有四分如摩尼珠體本清淨又如明鏡能含萬像若以染分言之無明依之而起結業由此而生具足煩惱塵勞變現根身世界即前七種識境皆是也若以淨體言之即本覺心源離念清淨等虛空界即後之菴摩羅識是也無法不含無事不攝是名藏識若轉此識即成佛果（四分者一相分相即形相謂此識能變現根身世界

及諸法名義相狀皆由第八識此分而生如鏡中所現之影像也二見分見即照了之義謂此識能照燭一切諸法及解了諸法義理如鏡中之明能照萬像也三自證分自證取具之法謂此識能持見分相分親證無礙如鏡之圓體能持其明能含衆像也四證自證分證即能證之體自證即所具之法能持前自證分見分相分皆不離此分是第八識本體如鏡之背也梵語摩尼華言離垢根身者眼等諸根色身也

九菴摩羅識梵語菴摩羅華言清淨識亦云白淨無垢識此識乃一切衆生清淨本源心地諸佛如來所證法身果德在聖不增在凡不減非生死之能羈非涅槃之能寂染淨俱泯纖塵不立明同皎月湛若太虛是名清淨識梵語涅槃華言滅度

九緣生識出成唯識論并宗鏡錄

緣即助成之義九緣生識者謂明空根境等九種之緣生眼耳鼻舌等八種之識也以眼耳鼻舌身五識依第八識相分建立由第八識種子而生攬明空諸境而爲相也第六識緣第八識相分而得生取五塵境界而分別依第七識而能執取也第七識緣第八識見分而得起轉第六識染淨而爲依也第八識爲衆識之根本含諸法之種子依第七識而能轉托五根識而爲相也由是而知識藉緣生緣因識有更互爲依遮相倚托而有多少不同故言九緣生識也相分者相即形相分謂分齊謂世間種種色像境界凡有名相者皆是第八識之相分也五塵者色塵聲塵香塵味塵觸塵也

一明緣明者日月之光能顯諸色相也謂眼因明而見無明則不能發於眼識故明爲眼識之緣也

二空緣空者蕩然無礙而能顯諸色相也謂眼以空而能見耳以空而能聞無空則不能發眼耳之識故空爲眼識耳識之緣也

三根緣根者眼

耳鼻舌身五根也謂眼識依眼根而能見耳識依耳根而能聞鼻識依鼻根而能齅舌識依舌根而能嘗身識依身根而能覺若無五根則五識無所依故五根爲五識之緣也

四境緣 境者色聲香味觸五塵之境也謂眼等五根雖具見聞齅嘗覺等五識若無色等五種塵境作對則五識無由能發故境爲五識之緣也（五識者眼識耳識鼻識舌識身識也）

五作意緣 作意者即心所法有警察之義謂如眼初對色時便能覺察引領趣境使第六識即起分別善惡之念及耳鼻舌身初對境時亦能如是覺察引領是以徧行一切識境皆由作意故作意爲眼等六識之緣也（心所者受想行也六識者眼識耳識鼻識舌識身識意識也）

六根本依緣 根本即第八阿賴耶識依即倚託也謂第八識是諸識之根本眼等六識依第八識相分而得生第八識相分託眼等六識而得起故根本依爲六識及第八識之緣也（梵語阿賴耶華言藏識）

七染淨依緣 染淨依者即第七末那識也謂一切染淨諸法皆依此識而轉也謂眼耳等六識於色聲等六塵境上起諸煩惱惑業則轉此煩惱染法歸於第八識而成有漏若六識修諸道品白淨之業則轉此道品淨法歸於第八識而成無漏故名染淨依也然此第七識亦依第八識而能轉第八識依第七識而隨緣更互爲依遞相倚託故染淨依爲眼等八種識之緣也（梵語末那華言意八種識者眼識耳識鼻識舌識身識意識第七識第八識也）

八分別依緣 分別者即第六識也此識能分別善惡有漏無漏

色心諸法以眼等五根雖能取境然皆依此識而有分別也是知五根境之好惡由分別而生第七識之染淨由分別而知第八識之相分由分別而顯故分別依爲眼等八種識之緣也

九種子緣　種子即眼等八種識之種子也謂眼識依眼根種子而能見色耳識依耳根種子而能聞聲鼻識依鼻根種子而能聞香舌識依舌根種子而能嘗味身識依身根種子而能覺觸意識依意根種子而能分別第七識依染淨種子而能相續第八識依含藏種子而能出生一切諸法以諸識各依種子而生故種子爲眼根等諸識之緣也

如來藏九喻（出寶性論）

如來藏即是衆生本源清淨心地諸佛法身之果德也具足諸法包含萬像諸佛證此藏心利益羣生應用無盡衆生迷此藏心常爲無明煩惱障覆業惑之所纏縛而不能證得佛令衆生修行一切善法斷除煩惱無明顯出自己如來藏清淨法身之體故說此九種譬喻也（無所明了故曰無明昏煩之法惱亂心神故曰煩惱）

一萎華佛身喻　萎枯顇也萎華譬無明煩惱佛身譬如來藏也謂一切衆生煩惱身中本有功德莊嚴如來藏身而爲無明貪惑所覆而不能見也論云功德莊嚴佛住在萎華中是也

二巖蜂淳蜜喻　巖蜂譬煩惱蜜以譬如來藏謂蜂爲人所觸則放毒螫人爲境所逆則生嗔害也蓋一切衆生如來藏中具有功德法味而爲無明嗔恚之所纏繞不得其用猶彼淳美之蜜而爲群蜂之所圍遶而

不能得其味也論云上妙美味蜜爲群蜂圍遶是也**三糠糩粳米喻**糠穀皮糩糠之麤者譬煩惱也秔米譬如來藏法身之體也蓋如來藏法身之體隱在衆生無明癡惑之中不得受用猶粳米在糠糩之內而不可充食也論云穀實在糩中無人能受用是也**四糞穢真金喻**糞穢譬煩惱真金譬如來藏性謂法身本淨猶如真金爲煩惱糞穢覆汚而不明潔蓋一切衆生飄流三界而迷失如來藏性於煩惱之中亦猶人遺棄真金於糞穢之內也論云如人行遠路遺金糞穢中是也（三界者欲界色界無色界也）**五貧家寶藏喻**貧家譬衆生寶藏譬如來藏性謂一切衆生無明煩惱身中而有如來藏性猶貧人屋內而有珍寶之藏也貧人雖有寶藏爲地所覆而不能見衆生雖具法身爲無明煩惱所覆而不能顯也論云譬如貧人舍地有珍寶藏是也**六菴羅內實喻**菴羅梵語具云菴摩羅華言奈果名也內實者即果內之種子果譬煩惱妄惑內實譬如來藏中菩提種子謂諸衆生煩惱妄惑之中而有如來藏菩提種子安住不動猶菴羅果內而有種子含藏不朽也論云如種種果樹子芽不朽壞是也（梵語菩提華言道）**七弊衣金像喻**弊衣即破垢之衣譬煩惱金像即佛身之像譬如來藏謂如來藏清淨法身爲無明弊垢之所纏覆墮在生死道中猶弊垢之衣纏裹真金之像棄於道路也論云弊衣纏金像在於道路中是也**八貧女貴胎喻**貧女譬無明煩惱貴

胎者即貧女胎中所懷貴人譬如來藏謂一切衆生無明煩惱之中而有如來清淨法身之體而不能見如貧女懷貴人之胎而不自知也論云譬如孤獨女身懷轉輪王是也**九焦模鑄像喻**焦模者焦土所爲之模範譬煩惱鑄像者所鑄金像譬如來藏謂如來藏性在衆生無明暗惑之中猶鎔眞金鑄像在於焦模之內而不能顯見也論云如人鎔眞金鑄在泥模中是也

金剛九喻（出金剛經論釋）

金剛九喻者乃是金剛般若經中九種譬喻也此經有三譯一姚秦鳩摩羅什法師譯二魏菩提流支法師譯三陳眞諦法師譯此九種譬喻乃是魏時所譯之文所謂一切有爲法如星瞖燈幻露泡夢電雲應作如是觀是也（梵語般若華言智慧）（梵語鳩摩羅什華言童壽）（梵語菩提流支華言覺希）

一星喻謂星宿夜則明朗日光一照衆星皆隱以譬衆生昏迷執著諸見自爲明了若以正智之心照之則衆見皆滅也論云譬如星宿爲日所映而不現故智日心法亦復如是**二瞖喻**謂人目有障瞖則見空華等相以譬衆生無明覆障則見一切有爲虛妄之境界也論云如目有瞖則見空華觀有爲法亦復如是**三燈喻**謂燈因膏油而熖熖無窮以譬衆生妄識依貪愛境界而生生不絕也論云譬如燈光識亦如是依止貪愛諸法住故**四幻喻**謂諸幻化之事無而忽有體本不實皆因幻師呪術之力假作種種形相以譬世間山河大地皆是虛妄幻化以因衆生惑業力故而妄有種種境界也

論云譬如幻事所依住處亦復如是以器世間無實體故（器世間者謂世界如器即山河大地等物是也）【五露喻】謂露霑於草木體不久停爲風所吹須臾即落以譬衆生幻身雖於世間暫爾留住爲無常風所吹倏忽變滅也論云譬如朝露身以如是暫時住故【六泡喻】泡水漚也謂水泡因渧水風三者和合而成以譬衆生根境識三法和合而有苦樂受用之境也論云譬如水泡所受用事亦復如是根境識等三法合故（渧水點也根境識者根即眼根耳根鼻根舌根身根意根也境即色塵聲塵香塵味塵觸塵法塵也識即眼識耳識鼻識舌識身識意識也）【七夢喻】謂晝緣諸境夜則感夢本無實體惟因想生以譬衆生緣念過去造作諸事境雖已滅緣想即現蓋言一切有爲之法皆因妄想而成亦如夢境也論云又如夢境過去諸法亦復如是【八電喻】謂雷電之光刹那不住以譬一切現在諸法猶如電光倏忽則滅也論云譬如電光刹那不住現在諸法亦復如是（梵語刹那華言一念）【九雲喻】謂雲能降雨澤又能變現不常以譬衆生阿賴耶識含藏諸法能持未來種種境界變現不定也論云譬如雲影未來諸法亦復如是阿賴耶識與一切法爲種子根本故（梵語阿賴耶華言藏識即第八識也）

小乘九部（出大智度論）部即部類謂佛所說經有大乘小乘不同故分十二部及九部之別也小乘諸經於十二部中無方廣授記無問自說之三部故云九部法華經云我此九部法隨順衆生說是也別論雖爾若通而言之凡大小乘經無不具有十二部也

無方廣部者方廣乃大乘常住之理以小乘惟說生滅之法故無也無授記者以小乘之人未得作佛故無也無無問自說者以小乘之人說必假緣故無也假緣者假問答發起之緣也

一修多羅 梵語修多羅華言契經契者上契諸佛之理下契衆生之機也經法也常也乃聖教之總名今言修多羅即經中長行之文也謂直說法相隨其義理長短不以字數爲拘是爲長行也法者十界同遵也常者三世不易也

二祇夜 梵語祇夜華言應頌又云重頌或云偈謂應前長行之文重宣其義也或二句四句六句八句乃至多句等皆名爲頌

三伽陀 梵語伽陀華言諷頌謂不頌長行之文直說偈句如金光明經中空品等是也亦名孤起如楞嚴經中阿難讚佛偈云妙湛總持不動尊等是也楞嚴梵語具云首楞嚴華言健相分別梵語阿難華言慶喜

四尼陀羅 梵語尼陀羅華言因緣如諸經中有人問故爲說是事律中有人犯是事故制是戒凡一切佛語緣起之事皆名因緣如法華經化城喻品說宿世因緣等是也

五伊帝目多 梵語伊帝目多華言本事謂如來說諸菩薩等因地所行之事也如法華經中說藥王菩薩曾於日月淨明德佛所得法歡喜然身然臂以爲供養行諸苦行求菩提道等是也

六闍多伽 梵語闍多伽華言本生謂如來說諸菩薩等本地受生之事及自說爲菩薩時修諸苦行等事如涅槃經云比丘當知我於過去作鹿作羆作麞作兎作粟散王轉輪聖王龍金翅鳥諸如是等行菩薩道時所受身等之類是也梵語比丘華言乞士

七阿浮達磨 梵語阿浮達磨華言未

曾有亦云希有如佛生時即行七步足跡之處皆有蓮花放大光明遍照十方世界而發是言我是度一切衆生生老病死者地大震動天雨衆花樹出音聲作天妓樂如是等無量希有之事是名未曾有又四衆等凡有聞所未聞見所未見皆名未曾有（四衆者比丘比丘尼優婆塞優婆夷也）

八婆陀 梵語婆陀華言譬喻謂如來說法爲鈍根者未能即解故假譬喻以曉示之令其易悟是名譬喻如法華經中火宅藥草等喻是也

九優婆提舍 梵語優波提舍華言論議謂諸經中問答辯論諸法之事是爲論議如法華經提婆達多品中智積菩薩與文殊師利相見論說妙法等是也（梵語提婆達多又云調達華言天熱）（梵語文殊師利華言妙德）

菩薩修行九種差別（出大乘莊嚴經論）

一善行生死 菩薩成就道業爲化導有情雖出沒於生死中不爲生死染着譬如病人服苦澁藥但爲除病不生嫌棄也

二善行衆生 菩薩於諸衆生起大悲心設有病苦常行救濟不生疲怠譬如良醫親近病者心無厭捨也

三善行自心 菩薩能調伏自心破除煩惱增長菩提譬如有智之人善能調伏奴僕之類也（梵語菩提華言道）

四善行欲塵 菩薩雖處欲塵而不染着精修梵行增長法財譬如商人善於販賣獲大利益也

五善行三業 菩薩精修於身口意三者之業思惟策勵悉令清淨譬如善浣衣人能除穢垢也

六善行不惱衆生 菩薩於諸衆生常起憐憫之心雖有加惡於我不生瞋惱譬如慈

父愛念小兒雖有穢垢不生憎惡也

七善行修習 菩薩修習菩提之道勇猛精勤心無間斷譬如以木鑽火未熱不息也

八善行三昧 梵語三昧華言正定菩薩修習正定不亂不昏遂使功德資長譬如出財與人得人保息方獲利益也

九善行般若 梵語般若華言智慧菩薩以清淨智照了世間一切諸法心無疑惑譬如幻師知諸幻事悉由幻作求其眞實皆不可得也

九病（出長阿含經）

經云人壽增至四萬歲時其人作是念言我等由修善故壽命延長今可更增少善即孝養父母敬事師長延於壽命至八萬歲當此之時人已有此九種之病也

一寒病 謂人必寒溫得宜則身體安樂若爲寒凍所逼則成一切病也

二熱病 謂人必溫凉得宜則身體和暢若爲熱毒所中則成一切病也

三饑病 謂人必假飲食以資其身則諸根強健若不得食則虚弱而成一切病也

四渴病 謂人必假漿水以養其體若不得漿水之飲則腸胃枯焦而成一切病也

五大便病 謂人必假飲食資益諸根入腹變壞須便利以時若強忍過當即能生一切病也

六小便病 謂人必得湯水資潤色身入腹之後須便利以時若強忍過當即能生一切病也

七欲病 謂人貪於婬欲則能成癆怯虚弱一切病也

八饕餮病（饕他刀切 餮他結切） 饕餮即貪食也謂人必須飲食以養其身若貪食過度即能生一切病也

九老病 謂人年老則筋力衰弱或起居食息不能中節即成一切病也

九種橫死（出藥師經）謂人生於世間當勤修佛法敬依國化不作諸惡奉行衆善斯能盡其天年不然則必遭橫逆而死故有此九種也【一得病無醫】謂人得病雖輕然無醫藥及看病者或遇常醫而不投以良藥又有不知正法惟信世間邪魔外道妖孽之師妄說禍福便生恐動卜問吉凶殺諸衆生求神請福欲希延年終不能得以此而喪其生皆爲橫死【二王法誅戮】謂人妄作非爲遭罹國憲被王法之所誅是爲橫死【三非人奪精氣】謂人或耽獵嬉戲或躭婬嗜酒放逸無度橫爲非人鬼怪之類奪其精氣而死是爲橫死（奪精氣者如法華經中羅刹女等奪一切衆生精氣者是也）【四火焚】謂人或被火焚燒而喪其命是爲橫死【五水溺】謂人或因墮水沉溺而喪其命是爲橫死【六惡獸啖】謂人或於山林因被虎狼惡獸之所啖食是爲橫死【七墮崖】謂人或於山間墜墮巖崖顛仆而喪其命是爲橫死【八毒藥呪咀】謂人或被毒藥及呪詛厭魅起尸鬼等之所中害而喪其生是爲橫死（起尸鬼者謂呪死尸起而厭人也）【九饑渴所困】謂人或被饑渴之所困逼不得飲食而喪其生是爲橫死

九住心（出大乘莊嚴經論）【一安住心】謂修行之人於習禪時或數息或觀心當須繫緣一境念念相續安住其心不令散亂也【二攝住心】謂修行之人於習禪時攝心寧靜則禪定可成若覺一念稍動即便攝持令心安住也【三解住心】謂修行之人於習禪時既解知覺觀之心攀緣外廣即當收斂安住也

初心在緣曰覺細心分別禪味曰觀

四轉住心　謂修行之人於習禪時覺心既息不妄搖動得靜定功轉樂安住也

五伏住心　謂修行之人於習禪時心住靜定久或生厭隨而折伏益加精進也

六息住心　謂修行之人於習禪時忽覺內心動亂而生過失於一念間即令止息也

七滅住心　謂修行之人於習禪時或由外緣忽起貪愛等念即當猛省方便滅除無令增長也

八性住心　謂修行之人於習禪時既能息諸妄念則知心性本來明靜任運安住也

九持住心　謂修行之人於習禪時功行純熟安住正定不由作意任運持善不失持惡不生也

大明三藏法數卷第二十六

大明三藏法數卷第二十七

上天竺前住持沙門一如等奉　勅集註

九齋日（出釋氏要覽并四天王經）齋猶戒也過中不食爲齋謂外道有以終日不食爲戒者世間之人又有飲食無度放逸自恣者皆不得中道佛令比丘日中一食清淨自活端肅身心安禪入道以爲修行之常法本無月日之數今言正五九之三月及每月之六日爲九齋日者以天帝釋及四天王等於此月日察人善惡人當食素持齋以修善福此亦如來隨機攝化善巧方便也（梵語比丘華言乞士梵語釋提桓因華言能天主言帝釋者華梵兼舉也四天王者東方持國天王南方增長天王西方廣目天王北方多聞天王也）

一正月　天帝釋以大寶鏡正月照南贍部洲而察人之善惡也又北方毘沙門天王巡察四洲正月在南洲亦如鏡之所照故南洲人宜於此月食素持齋修善也（梵語贍部即閻浮提華言勝金洲梵語毘沙門華言多聞四洲者東弗于逮南閻浮提西瞿耶尼北欝單越也）

二五月　天帝釋以大寶鏡從正月照南贍部洲二月照西瞿耶尼三月照北欝單越四月照東弗于逮至五月復照此洲而察人之善惡也北方毘沙門天王巡察四洲五月至南洲亦如鏡之所照故此洲之人宜於此月食素持齋修善也（梵語瞿耶尼華言牛貨梵語欝單越華言勝處梵語弗于逮華言勝）

三九月　天帝釋以大寶鏡從五月照南贍部洲而六月七月八月次第輪照察餘之三洲至九月復照此洲而察人之善惡也北方毘沙門天王巡察四洲亦如鏡之所照故此洲之人宜於此月食素持齋修善也（已上爲年三長齋月）

四每月初八日

天帝釋勅四天王各治一方至此日四王遣輔臣觀察世間人民善惡人於此日宜加修善是名齋日

五每月十四日 此日四天王遣四太子按行天下伺察人民善惡人於此日宜加修善是名齋日

六每月十五日 此日四天王親自按行天下有慈孝父母恭敬三寶及尊事長上并修六度等行者諸天相慶則降善錫福注祿增算如不修善持齋惟造惡業諸天憂慼降以不祥減祿除算人於此日宜加修善是名齋日 三寶者佛寶法寶僧寶也六度者一布施二持戒三忍辱四精進五禪定六智慧也

七每月二十三日 此日四天王遣輔臣觀察與初八日同

八每月二十九日 此日四天王遣太子觀察與十四日同

九每月三十日 此日四天王躬自按行觀察與十五日同 已上爲六齋日

外道計九執生世間 出華嚴經隨疏演義鈔

謂諸外道不了法本無生法亦無滅因緣和合虛妄有生因緣別離虛妄名滅生滅隨緣本無自性却乃隨情計度妄生執着以爲一物而能出生世間萬物故有九種邪見之論也

一執時 時即時節謂時散外道執一切物皆從時生如種植等物有時生果有時不生遂以時有作用或舒或卷令彼枝條隨時榮枯時雖微細固不可見以節氣華實之類故知有時是故執時是常是一是萬物因是涅槃因也 梵語涅槃華言滅度

二執方 方即方所謂方論師計東西南北四方皆能生人人生天地滅後還入於方蓋謂盡虛空界無不是方是所一切人物

或生或死不離方所故執方是常是一是萬物因是涅槃因也

三執微塵 微塵極細之塵也謂路伽耶論計色心等法皆從極細所生謂四大極細是常能生麁色雖是極微而體實有以世間麁物無常極微之因不壞是故執極微是常是一是萬物因是涅槃因也（梵語路伽耶華言順世四大者地大水大火大風大也）

四執空 空即虛空謂口力論師執虛空爲萬物因以爲從空生風從風生火從火生煖煖生水水生凍凍堅作地地生五穀五穀生命命沒還歸虛空是故執空是常是一是萬物因是涅槃因也（五穀者禾麻黍菽麥也）

五執大種 謂順世外道執地水火風四大種子是能生萬物之因以爲世間萬物從四大生滅後還歸四大如身根堅相是地濕相是水熱相是火動相是風乃知身與萬物不離四大是故執四大種是常是一是萬物因是涅槃因也

六執神我 神我者外道執第八藏識爲神我也謂迦毘羅外道論二十五諦之主以爲冥初生覺從覺生我心從我心生色聲香味觸五塵從五塵生地水火風空五大從五大生眼耳鼻舌身意手足口大遺小遺十一根并神我共成二十五諦以前二十四諦從神我而生依神我爲主謂神我常覺明了安處其中常住不壞攝受諸法是故執神我是常是一是萬物因是涅槃因也（梵語迦毘羅華言黃色謂其頭如金色嘗作僧佉論者是也冥初者又曰冥諦謂外道能觀八萬劫事八萬劫前則冥然不見故也覺者即知覺也我心者即外道我慢之心也）

七執勝妙 勝妙者謂那羅延天最勝最妙也盖韋陀

論師執那羅延天能生四姓謂口生婆羅門兩臂生刹利兩脞生毘舍兩脚生首陀蓋那羅延臍中生大蓮花蓮花之上生梵天梵天能生萬物乃以此天是梵天之主最勝最妙是故執此是常是一是萬物因是涅槃因也梵語那羅延華言鉤鎖力又云堅固梵語韋陀華言智論梵語婆羅門華言淨行梵語刹帝利華言田主即天種也梵語毘舍華言商賈梵語首陀華言農人

八執自在天

自在天者即色究竟天三千世界之主也此塗灰外道并諸婆羅門共執自在天是萬物之因謂此天有四德一體實二徧三常四能生諸法又計此天有三身一者法身謂體常周徧量同虛空能生萬物二受用身謂在色天之上三變化身謂隨形六道教化衆生是故執此天是常是一是萬物因是涅槃因也色究竟天即色界第十八天也塗灰者謂以灰塗身而爲苦行因而名也六道者天道人道阿脩羅道餓鬼道畜生道地獄道也

九執大梵天

大梵天色界初禪天也即韋陀論師所執那羅延天能生四姓又從臍中生大蓮花蓮花之上有梵天祖翁梵天能生一切有命無命之物是故執此天是常是一是萬物因是涅槃因也祖翁者謂梵天是萬物之祖也

九種轉變出楞伽經

轉即運動變即改易此是外道妄計形相等九種各有還變之不一也蓋外道不了法從緣生本無自性一切境界起滅唯心而妄計有無遂成邪執如來恐諸末世衆生墮斯等見故於楞伽會上對大慧菩薩說此九種邪計之相也梵語楞伽華言不可往

一形處轉變

形處即四大諸根形質之處也外

道見其形質隨時變異衰謝不常遂計爲轉變也（四大者地大水大火大風大也）【二相轉變】相即諸法生滅之相外道見念念之間生住滅相遷流不停遂計爲轉變也【三因轉變】因即所作之因也外道見一切所作之因漸漸成熟熟必感果展轉相因遂計爲轉變也【四成轉變】成即所成之果也外道見果藉因成成必有壞因是相仍遂計爲轉變也【五見轉變】眼能觀色曰見外道以見能隨物遷改未曾暫停遂計爲轉變也【六性轉變】性即根性外道計自性隨業流轉生生不息無有窮盡遂計爲轉變也【七緣分明轉變】緣即一切事緣分明者見處明了也外道見一切因緣之事分明曉了皆從變滅遂計爲轉變也【八所作分明轉變】所作即一切造作也外道見世間諸所作爲分明曉了生滅不定遂計爲轉變也【九事轉變】事即有爲之世事也外道見諸世事遷換無常新新不住遂計爲轉變也

鬼分九類（出阿毗達磨順正理論）

贍部洲南邊直下深過五百踰繕那有琰魔王都縱廣之量亦爾其處有三種鬼一者無財二者少財三者多財無財復有三種一者炬口二者鍼口三者臭口少財亦有三種一者鍼毛二者臭毛三者癭鬼多財亦有三種一者希祀二者希棄三者大勢合之而有九類也（梵語贍部即閻浮提華言勝金洲梵語琰魔華言靜息梵語踰繕那即由旬華言限量）

【一炬口鬼】謂此鬼口中常吐猛焰熾然不息身如被燎多羅樹形蓋其因中極慳故招如是苦果也（梵語

多羅華言岸形如此方樓櫓樹也【二鍼口鬼】謂此鬼腹大量如山谷咽如鍼孔雖見種種上妙飲食不能吞噉饑渴難忍也【三臭口鬼】謂此鬼口中恒出極惡腐爛臭氣過於糞穢惡氣自薰恒常嘔逆設遇飲食亦不能受常被飢渴所惱也已上三類無財鬼也【四鍼毛鬼】謂此鬼身毛堅剛銛利不可附近內鑽自體外射他身如鹿中箭毒脪香靳切狂走苦痛難忍時逢不淨少濟飢渴也毒脪者毒氣脪痛也【五臭毛鬼】謂此鬼身毛臭過糞穢熏爛饑骨蒸坌蒲問切腸腹衝喉變嘔荼毒難忍攫厥縛切體拔毛傷裂皮膚轉加劇苦時逢不淨少濟飢渴也【六癭鬼】謂此鬼由惡業故於咽上而生大癭猶如癰腫熱脪酸疼更相劇普碑切擠子禮切手擠也臭膿湧出爭共取食少得充飢也已上三種少財鬼也【七希祀鬼】謂此鬼恒時向祠祀中饗受他祭能歷異方如鳥凌空往還無礙蓋由先世積集貲財心常慳悋不能布施故生此鬼中又由先世預起希望謂我若命終諸子孫等必常祀我資具飲食故爲此鬼住本舍邊便穢等處希望子孫追念以時祭祀也【八希棄鬼】謂此鬼時常希望他人所棄吐殘等物用充其食由彼宿生慳悋是以於有飲食之處或見穢物或復見空或樂淨物而又見穢此類之鬼隨其宿業厚薄不同所求之食或得豐饒也【九夫勢鬼】謂諸藥叉及邏刹娑恭畔茶等或依樹林或住靈廟或居山谷或處空宮所受富樂與諸天同其勢大也已上三類多財鬼也梵語藥叉亦云夜叉華言勇健梵語邏刹娑華言護士梵語恭畔茶即鳩

槃茶華言甕形

九心成輪 出宗鏡錄

謂眾生一念之心緣於塵境隨有九種之相如輪旋轉周而復始無有休息故云九心成輪也**一有分心**有分即心本有之分謂如眾生初受生時心雖未能分別亦有自然任運緣境之分也**二能引發心**謂眾生一念之心既有境對遂於此境能引發分別也**三見心**謂此一念之心於所緣之境既能引發分別則內外照矚一一明見也**四尋求心**謂此一念之心於境既能明見即起希慕追尋求覔也**五貫徹心**謂此一念之心於境既能求覔則貫透通徹知其善惡也**六安立心**謂此一念之心於境既已通達善惡遂能安立言語分別是非也**七勢用心**謂此一念之心既於善惡有所安立遂起動作之勢用也**八返緣心**謂此一念之心動作既興遂休廢道業返緣所作之事也**九有分體心**謂此一念之心既返緣已還歸前有分之體任運緣境相續無已也

九結 出阿毘達磨集論

結即繫縛之義謂一切眾生因此妄惑造作諸業而為眾苦繫縛流轉三界不能出離故云結也三界者欲界色界無色界也**一愛結**謂諸眾生為貪愛故廣行不善由此遂招未來生死之苦流轉三界不能出離是名愛結廣行不善者謂廣作殺盜婬妄等惡業也**二恚結**謂諸眾生為瞋恚故廣行不善由此遂招未來生死之苦流轉三界不能出離是名恚結**三慢結**

謂諸衆生爲慢過慢慢過慢我慢增上慢下劣慢邪慢故廣行不善由此遂招未來生死之苦流轉三界不能出離是名慢結慢者同類相傲也過慢者相似法中執已爲勝也慢過慢者他本勝己强謂勝他也我慢者恃己凌他也增上慢者未得之法自謂已得也下劣慢者己本無能反自矜誇也邪慢者執著邪見凌慢他人也

四無明結

謂諸衆生爲無明所覆於苦法集法不能解了廣行不善由此遂招未來生死之苦流轉三界不能出離是名無明結苦法者三界生死衆苦之法也集法者積集三界有爲之法即惑業也

五見結

謂諸衆生於身見邊見邪見妄興執著廣行不善由此遂招未來生死之苦流轉三界不能出離是名見結身見者謂於五陰身中强作主宰計著有我也邊見者謂於身見中計斷計常各執一邊也邪見者謂執有執無及撥無因果也

六取結

取即取著謂諸衆生於見取戒取妄計執著廣行不善由此遂招未來生死之苦流轉三界不能出離是名取結見取者即身見邊見邪見也外道取著此等邪見以爲正見也戒取者謂外道妄計自身前世從牛狗中來即使食草噉穢取以進行以爲戒也

七疑結

謂諸衆生於佛法僧寶妄生疑惑不修正行廣行不善由此遂招未來生死之苦流轉三界不能出離是名疑結

八嫉結

謂諸衆生躭着利養見他榮富起心嫉妬廣行不善由此遂招未來生死之苦流轉三界不能出離是名嫉結

九慳結

謂諸衆生躭著利養於資生具其心悋惜不能捨施廣行不善由此能招未來生死之苦流轉三界不能出離是名慳心悋惜不能捨施廣行不善由此能招未

三界九地出釋氏要覽

謂欲界五趣雜居一地色界四禪分爲四

地無色界四空分爲四地共爲九也地有持載之義衆生依之而住此之九地從忉利天已下及四趣皆爲地居夜摩已上以至非非想天皆爲空居從所依處得名故皆言地也

一五趣雜居地　五趣者即欲界六天人餓鬼畜生地獄也本該六趣以阿修羅通於諸趣故但言五雜居者五趣雖果報苦樂不同總居於欲界故也（欲界六天者四天王天忉利天夜摩天兜率天化樂天他化自在天也梵語阿修羅華言無端正）

二離生喜樂地　離生喜樂地者即色界初禪天也謂此天已離欲界欲惡之法得覺觀禪定身心凝靜而生喜樂住於此定一切苦惱皆不能逼也（覺觀者初心在緣曰覺細心分別禪味曰觀）

三定生喜樂地　定生喜樂地者即色界二禪天也謂此天已離初禪覺觀動散攝心在定淡然凝靜而生勝定喜樂住於此定如人從暗室中出見日月光明朗然洞徹也

四離喜妙樂地　離喜妙樂地者即色界三禪天也謂此天已離二禪天喜之踊動因攝心諦觀泯然入定而得勝妙之樂住於此定樂法增長徧滿身中也

五捨念清淨地　捨念清淨地者即色界四禪天也謂此天捨二禪之喜及三禪之樂心無憎愛一念平等清淨無雜住於此定空明寂靜萬像皆現也

六空無邊處地　空無邊處地者即無色界第一天也謂此天厭色界色質爲礙不得自在故加功用行滅一切色相而入虛空處定住於此定其心明淨無礙自在也

七識無邊處地　識無邊處地者即無色界第二天也謂此天厭空處無

邊轉心緣識與識相應心定不動三世之識悉現定中住於此定清淨寂靜也（三世者過去現在未來也）

八無所有處地 無所有處地者即無色界第三天也謂此天厭空處無邊識處三世流轉無際捨此二處而入無所有處定住於此定怡然寂靜諸想不起也

九非非想處地 非非想處地者非前識處之有想非無所有處之無想即無色界第四天也謂此天厭無所有處如癡故捨之而入非非想處定住於此定不見有無相貌泯然寂絕清淨無爲也

九想（出禪波羅蜜門）

謂佛爲衆生貪着世間五欲以爲美好躭戀沉迷輪迴生死無有出期是故令修此九種不淨觀法想念純熟心不分散若得三昧成就自然貪欲除滅惑業消盡得證道果此之九種雖是假想作觀然用之能成大事譬如大海中死屍溺人附之即得度也（五欲者色欲聲欲香欲味欲觸欲也梵語三昧華言正定）

一胮脹想（胮普降切脹知亮切） 謂修行之人心想死屍見其胮脹如韋囊盛風異於本相是爲胮脹想（韋囊者皮囊也囊本空虛盛風則滿以譬死屍胮脹之狀也）

二青瘀想（瘀依據切） 謂修行之人觀胮脹已復觀死屍風吹日曝皮肉黃赤瘀黑青黚（黚依檻切）是爲青瘀想

三壞想 謂修行之人觀青瘀已復觀死屍風日所變皮肉裂壞六分破碎五臟腐敗臭穢流溢是爲壞想（六分者頭身手足也五臟者脾肺肝心腎也）

四血塗漫想 謂修行之人既觀壞已復觀死屍從頭至足遍身膿血流溢汚穢塗漫是爲血塗漫想

五膿爛想 謂修行

之人觀塗漫已復觀死屍身上九孔虫膿流出皮肉壞爛狼籍在地臭氣轉增是爲膿爛想（九孔者兩眼兩耳兩鼻孔口大便小便也）

六虫噉想謂修行之人觀膿爛已復觀死屍虫蛆（子余切）唼（色甲切）食鳥獸咀（在呂切）嚼（疾雀切）殘缺剥落是爲虫噉想

七散想謂修行之人觀虫噉已復觀死屍爲禽獸所食分裂破散筋斷骨離頭足交橫是爲散想

八骨想謂修行之人既觀散已復觀死屍形骸暴露皮肉已盡但見白骨狼籍如貝如珂是爲骨想（貝海中甲虫也珂螺之類也）

九燒想謂修行之人既觀骨已復觀死屍爲火所燒爆裂煙臭白骨俱然薪盡火滅同於灰土是爲燒想

九種食（出增壹阿含經）

食有長養資益之義言九種者世間之食有四以其能資養生死色身也出世間之食有五以其能資益法身慧命也經云佛告諸比丘當共專念捨除世間四種之食求辦出世間之食蓋令衆生但以世間之食資養色身不當貪着須求出世間之法食增長菩提慧命也（梵語比丘華言乞士梵語菩提華言道慧命者以智慧爲命也）

一段食段即形段食有資益之義謂以香味觸三塵爲體入腹變壞資益諸根故名段食佛地論云任持名食謂能任持色身令不斷壞故也古譯經律皆云摶食

二觸食觸即觸對謂六識所對色等諸塵柔軟細滑冷煖等觸而生喜樂俱能資益諸根故名觸食又第六識觸對可愛之境而生喜樂長養諸根亦名觸食（六識者眼識耳識鼻識舌識身識意識也按飜譯名義註釋云見色愛着名食豈非觸食義耶）

（設觸非食何以觀戲劇等終日不食而不飢也）

三思食 思即意思謂第六識思於可愛之境生希望意而能潤益諸根如人飢渴至飲食處望得飲食而身不死故名思食（諸根者即眼耳鼻舌身也）

四識食 識以執持為相即第八識也由前三食勢分所資能令此識增勝執持諸根故名識食（已上四種名世間食第八識即藏識也按翻譯名義注釋云識食地獄衆生及無色界中無邊識處天等皆用識持以為其食）

五禪悅食 謂修行之人以禪法資其心神而得禪定之樂即能增長善根資益慧命猶世間之食能養諸根支持其命故名禪悅食

六法喜食 謂修行之人聞法歡喜即得增長善根資益慧命猶世間之食能養諸根支持其命故名法喜食

七願食 願即誓願謂修行之人發弘誓願度脫衆生欲斷煩惱而證菩提以願持身常修萬行即得增長善根資益慧命猶世間之食能養諸根支持其命故名願食

八念食 念即護念亦憶念也謂修行之人常當憶持所得出世善法存心定意護念不忘即得增長善根資益慧命猶世間之食能養諸根支持其命故名念食

九解脫食 解脫即自在之義謂修行之人因修出世聖道斷除煩惱惑業之縛不受生死逼迫之苦即得增長善根資益慧命猶世間之食能養諸根支持其命故名解脫食（已上五種即出世間食也）

九淨肉（出涅槃經）

九淨肉者律中但聞不見不聞不疑三種楞嚴要解加自死鳥殘為五種而此經復加不為己等是為九淨肉也然如來護生

戒殺而聽比丘食此淨肉者蓋因地多砂石草菜不生之處聽以活命此亦權巧方便耳若大慈利物皆所應斷故此經復制諸比丘悉不得食也【一不見殺】謂眼自不曾見其殺也【二不聞殺】謂耳自不曾聞其殺亦不從無信人前聞其語爲我故殺也【三不疑爲已殺】僧祇律云比丘於檀越家見羊後再往彼見其頭脚在地即生疑而問言前所見羊爲在何處若言爲阿闍黎殺則不應食若言我爲祠天故殺是名不疑爲已殺也（梵語比丘華言乞士梵語檀華言施言檀越者華梵兼舉謂行施者能超越貧窮之海也梵語阿闍黎華言軌範）【四不爲已殺】謂因於他事或爲他人而殺不專爲我而殺也【五自死】謂非因人故殺亦非爲他物之所傷害乃其命盡報終而死也【六鳥殘】謂於山林間而爲鷹鸇等之所傷害者也【七生乾】謂不由湯火而爇亦非鷹鸇之所傷殘乃因死已日久自乾也【八不期遇】謂不因期約偶然相遇而食也【九前已殺】謂非今時因我而殺乃是前時先已殺者也

如來十身（出華嚴教門指掌）

【一菩提身】梵語菩提華言道謂如來於菩提樹下降伏外魔朗然大悟成等正覺是名菩提身【二願身】謂如來本願徧周法界誓度一切衆生故從兜率降生人間說法利生酬宿因願是名願身（梵語兜率華言知足）【三化身】謂如來隨類化現普應群機若月臨衆水是名化身【四力持身】謂如來神力任持全身碎身永久不壞作衆生福田是名力持身（全身即如來眞身也碎身即如來化身滅後舍利也）【五相好莊嚴身】謂如來證得微塵

數相好莊嚴實報之身是名相好莊嚴身

六威勢身 謂如來處於衆會道場威德廣大一切天魔外道無不歸伏如月光明掩暎衆星是名威勢身

七意生身 謂如來隨自他意處處受生度諸有情意有所往身即隨到是名意生身

八福德身 謂如來福德具足猶如大海無不涵容是名福德身

九法身 謂如來法性眞常湛然清淨周徧法界經云佛以法爲身清淨如虛空是名法身

十智身 謂如來妙智圓明決了諸法通達無礙是名智身

十號（出佛說十號經）此十號義若總略釋之則無虛妄名如來良福田名應供知法界名正徧知具三明名明行足不還來名善逝知衆生國土名世間解無與等名無上士調他心名調御丈夫爲衆生眼名天人師知三聚名佛具兹十德名世間尊祖師所述經教皆依此義而釋今此經中合世間解無上士以爲一號雖開合不同其義則一故兩存之（三明者天眼明宿命明漏盡明也　三聚者正定聚邪定聚不定聚也）

一如來 如來之義有三謂法身報身應身也金剛經云無所從來亦無所去此法身如來也轉法輪論云第一義諦名如正覺名來此報身如來也成實論云乘如實道來成正覺此應身如來也

二應供 謂萬行圓成福慧具足應受天上人間供養饒益有情故號應供

三正徧知（亦名正等覺）謂具一切智於一切法無不了知故號正徧知以一切法平等開覺一切衆生成無上覺故號正等覺

四明行足 明即三明也行足者

謂身口意業正真清淨於自願力一切之行善修滿足故號明行足**五善逝**善逝者即妙往之義也謂以無量智慧能斷諸惑妙出世間能趣佛果故號善逝**六世間解****無上士**世間解者謂世間出世間因果諸法無不解了也無上士者謂業惑淨盡更無所斷於三界天人凡聖之中第一最上無等故號世間解無上士**七調御丈夫**謂具大丈夫力用而說種種諸法調伏制御一切衆生令離垢染得大涅槃故號調御丈夫（梵語涅槃華言滅度）**八天人師**謂非獨與四衆爲師所有天上人間魔王外道釋梵天龍悉皆歸命依教奉行俱作弟子故號天人師（四衆者比丘比丘尼優婆塞優婆夷也）**九佛**佛梵語具云佛陁華言覺謂智慧具足三覺圓滿故號爲佛（三覺者自覺覺他覺行圓滿也）**十世尊**謂以智慧等法破彼貪瞋癡等不善之法滅生死苦得無上覺天人凡聖世間出世間咸皆尊重故號世尊

如來十力（出圓覺略鈔并大智度論）如來證得實相之智了達一切無能壞無能勝故名力也**一知是處非處智力**謂如來於一切因緣果報審實能知如作善業即知定得樂報名知是處若作惡業得受樂報無有是處名知非處如是種種皆悉徧知故名知是處非處智力**二知過現未來業報智力**謂如來於一切衆生過去未來現在三世業緣果報生處皆悉徧知故名知過現未來業報智力**三知諸禪解脫三昧智力**梵語三昧華言正定謂如來於諸禪定自在無礙其

淺深次第如實徧知故名諸禪解脫三昧智力

四知諸根勝劣智力 謂如來於諸衆生根性勝劣得果大小皆實徧知故名知諸根勝劣智力

五知種種解智力 謂如來於諸衆生種種欲樂善惡不同如實徧知故名知種種解智力

六知種種界智力 謂如來於世間衆生種種界分不同如實徧知故名知種種界智力

七知一切至處道智力 謂如來於六道有漏行所至處涅槃無漏行所至處如實徧知故名知一切至處道智力（六道者天道人道修羅道餓鬼道畜生道地獄道也有漏行者謂六道衆生由身口意所作業行而漏落生死也梵語涅槃華言滅度無漏行者謂一乘修戒定慧道品之行而不漏落生死也）

八知天眼無礙智力 謂如來證知天眼清淨見諸衆生死時生時端正醜陋善惡業緣皆悉無礙故名知天眼無礙智力

九知宿命無漏智力 謂如來於種種宿命一世乃至百千萬世一劫乃至百千萬劫死此生彼死彼生此姓名飲食苦樂壽命如實徧知故名知宿命無漏智力（劫梵語具云劫波華言分別時節）

十知永斷習氣智力 謂如來於一切惑餘習氣分永斷不生如實徧知故名知永斷習氣智力

佛十無礙（出華嚴經隨疏演義鈔）

謂盧舍那佛說華嚴經現法界無盡身雲眞應相融一多無礙雖常在此處而不離他處雖遠在他方而恒住此方身雖不異而亦非一同時異處而是一身蓋佛之體用與法界同故混萬化而即眞會精麤而一致圓融無礙隨機教異耳（梵語盧舍那華言淨滿亦云光明遍照眞應者即眞身應身也）

一用周無礙 謂佛於刹塵等處現法界身雲

起無邊業用故經云一一微塵中能證一切法如是無所礙周行十方國又云佛演一妙音周聞十方國衆音悉具足法雨皆充滿如是等用無量無邊法界微塵無不周徧是爲用周無礙

二相徧無礙　謂佛於十方一切世界無量佛刹種種神變皆有如來示現受生之相隨現一相衆相皆具萬德斯圓是爲相徧無礙

三寂用無礙　謂佛常住三昧爲寂無妨利物爲用即定即用無礙自在經云如來境界不可量寂而能演遍十方是爲寂用無礙（梵語三昧華言正定）

四依起無礙　謂佛雖寂用無心而能依海印三昧之力即起無礙之用經云衆生形相各不同行業音聲亦無量如是一切皆能現海印三昧威神力是爲依起無礙（海印三昧謂香海澄渟湛然不動一切形像皆於中現如印印文以喻如來智海無心一切衆生皆在其中頓現也）

五眞應無礙　眞即遮那眞身也應即釋迦應身也眞身是體應身是用全體起用用即是體故釋迦遮那圓融自在本無二體經云如來眞身本無二應物分形滿世間是爲眞應無礙（遮那梵語具云毗盧遮那華言徧一切處梵語釋迦華言能仁）

六分圓無礙　分即支分圓即全身謂支分不礙全身全身不礙支分故遮那一一身分手足眼耳乃至一毛皆有舍那全身經云佛身一切相悉現無量佛是爲分圓無礙

七因果無礙　謂佛往昔本生行菩薩行修習波羅蜜因而證遮那佛果故所受報身及所成事業亦現十方一切菩薩身雲自在無礙經云佛以本願現神通一切十方無不照如佛往昔修治

行光明網中皆演說是爲因果無礙（梵語波羅蜜華言到彼岸）

八依正無礙 依謂依報即佛所依之國土正謂正報即佛能依之色身依正相入二皆無礙經云或作日月遊虛空或作河池泉井水是爲依正無礙

九潛入無礙 謂佛智潛入衆生心內即名如來藏雖作衆生不失自性如大海水因風成波而不失濕性佛亦如是隨衆生所感萬類殊形而不失自性經云汝應觀佛一毛孔一切衆生悉在中是爲潛入無礙

十圓通無礙 謂佛融大法界而爲其身理無不具事無不攝故一多依正人法因果此彼無礙經云一身爲無量無量復爲一了知諸世間現形徧一切是爲圓通無礙

佛十種化不失時（出華嚴經）

一成等正覺化不失時 謂如來出現世間成佛道已隨機應感適彼時緣而起化導是爲成等正覺化不失時

二成熟有緣化不失時 謂如來了知衆生善根成熟隨時化度咸令解脫是爲成熟有緣化不失時

三授菩薩記化不失時 謂如來能知菩薩久修梵行功業成就者即與授菩提之記是爲授菩薩記化不失時（梵語菩提華言道）

四示現神力化不失時 謂如來隨其衆生所宜示現威神之力令生信樂而得開解是爲示現神力化不失時

五示現佛身化不失時 謂如來隨順衆生所宜而現相好之身令其咸獲利益是爲示現佛身化不失時

六住於大捨化不失時 謂如來修無着行具大捨心隨順時緣化利一切衆生而不見有能化所化之相

是爲住於大捨化不失時

七入諸聚落化不失時 謂如來以大悲心隨順時緣攝化一切衆生遍入城邑聚落普作饒益是入諸聚落化不失時

八攝諸淨信化不失時 謂如來具無礙智能知衆生清淨信心隨順時緣而攝化之是爲攝諸淨信化不失時

九調惡衆生化不失時 謂如來以大威神之力調伏暴惡衆生令其捨惡遷善不失時宜是爲調惡衆生化不失時

十現佛神通化不失時 謂如來以不思議力示現神通於一念中饒益一切衆生不失時宜是爲現佛神通化不失時

說徧十處（出華嚴經隨疏演義鈔）

謂毘盧遮那如來現法界無盡身雲徧周微塵剎海常說華嚴大經令諸衆生咸歸性海也（梵語毘盧遮那華言遍一切處）

一說遍閻浮提 梵語閻浮提華言勝金洲謂如來於閻浮提七處九會爲諸大衆演說此法而遍滿十方法界閻浮提亦同一時而說故云說偏閻浮提（七處者一菩提場二普光明殿三忉利天四夜摩天五兜率天六他化天七逝多林也九會者一會菩提場二會普光明殿三會忉利天四會夜摩天五會兜率天六會他化天七會八會皆在普光明殿九會逝多林也）

二說遍百億同類一界 同類一界者以百億世界與一世界同類也謂如來於一百億世界說法時而一一世界之中各有百億閻浮提乃至百億色究竟天於此之時悉見如來坐蓮花藏獅子之座爲十佛剎微塵數諸菩薩衆之所圍繞而演說法故云說遍百億同類一界（色究竟天即色界第十八天也十佛剎即十方佛土也）

三說遍異類樹形等剎 謂樹形世界江河形世界迴轉形世

界等一切異類形相不同而如來遍於其中轉斯法輪故云說遍異類樹形等剎

四說遍剎種 剎梵語具云剎摩華言土田謂最中無邊妙華光香水海中有世界名普照十方熾然寶光明而為世界之種攝二十重佛剎微塵數世界乃至不可說佛剎微塵數世界而如來遍於其中常演說法故云說遍剎種（世界種者種猶本也謂含攝無盡剎海也二十重佛剎者一最勝光遍照二種種香蓮華妙莊嚴三一切寶莊嚴普照光四種種光明華莊嚴五普放妙華光六淨妙光明七衆華焰莊嚴八出生威力地九出妙音聲十金剛幢十一恒出現帝青寶光明十二光明照耀十三娑婆十四寂靜離塵光十五衆妙光明燈十六清淨光遍照十七寶莊嚴藏十八離塵十九清淨光普照二十妙寶焰也）

五說遍華藏 華藏者謂香水海蓮華上含藏諸世界也謂一華藏世界有十不可說佛剎微塵數世界種每一種中含攝二十重佛剎微塵數世界乃至各有不可說佛剎微塵數世界布列安住此諸世界如來往昔因中修行嚴淨故於其中恒說斯經故云說徧華藏

六說遍餘剎海 謂華藏世界之外十方各有無盡法界剎海而一一剎海如來徧於其中常說斯經故云說徧餘剎海

七說遍前六類剎塵 謂上六種各是一類彼諸剎土皆以塵成一一塵中皆有佛剎是故如來遍彼塵內剎中常演斯法經云華藏世界所有塵一一塵中見法界故云說遍前六類剎塵

八說遍盡虛空界 謂於此不論成剎之塵唯取盡虛空界但可容一毛端之處各有無邊剎海如來於中常轉法輪經云一毛端處所有剎其數無量不可說盡虛空量諸毛端一

一處刹悉如是故云說遍盡虛空界**九說遍猶帝網**謂如來演說此法遍諸刹塵猶如帝網無盡也蓋前諸類一一微塵各攝無邊刹海此之刹海所有微塵彼諸塵內復有刹海是則塵塵不盡刹刹無窮猶如帝釋殿上珠網交光重重無盡而如來遍於其中常演說法亦復如是故云說遍猶帝網（梵語釋提桓因華言能天主言帝釋者華梵雙舉也）**十餘佛同**謂如來遍前九類微塵刹海常演斯法調伏衆生令歸性海一佛既爾餘十方佛亦復如是徧諸刹海恒演斯法故云餘佛同

如來十恩（出華嚴經隨疏演義鈔）

一發心普被恩謂如來最初發菩提心修習勝行成就功德皆爲普被法界群生咸令利益安樂是爲發心普被恩（梵語菩提華言道）**二難行苦行恩**謂如來往昔因中捨頭目髓腦國城妻子剜身千燈投形飼虎雪嶺亡軀如是難行苦事積劫行之皆爲利樂衆生是爲難行苦行恩（剜身千燈者菩薩本行經云佛昔以刀剜身肉千處注以酥油然作千燈求聞一偈時婆羅門爲說偈曰常者皆盡高者皆墮合會有離生者有死是也投形飼虎者謂佛昔爲薩埵太子遊山見虎飢餓投身虎前以濟之也雪嶺亡軀者謂佛昔爲婆羅門於雪山修行有羅刹唱云諸行無常是生滅法聞已欲求全偈羅刹飢渴必得肉血食之乃肯爲說因得後半偈云生滅滅已寂滅爲樂遂遍書樹石乃以身施之也劫梵語具云劫波華言分別時節）**三一向爲他恩**謂如來積劫修諸功德不顧自身但爲度脫一切衆生未曾一念自爲於己是爲一向爲他恩**四垂形六道恩**謂如來垂化身形於天人修羅地獄畜生餓鬼六道之中救濟衆苦令得安樂是爲垂形六道恩**五隨逐衆生恩**謂如來見諸衆生無有出離生死

之心長劫不捨故運平等大慈隨逐救濟令其離苦得樂是爲隨逐衆生恩

六大悲深重恩 謂如來見衆生造惡如割支體心生痛切不能自安復覩衆生墮三惡道受種種苦心大憂惱即起大悲而救護之若見作善生大歡喜是爲大悲深重恩（三惡道者餓鬼道畜生道地獄道也）

七隱勝彰劣恩 謂如來爲大乘小乘之機而起勝應劣應之用如說華嚴則爲普賢等諸大菩薩示現實報勝應之身有十蓮華藏世界海微塵數微妙相好無盡勝德若說三乘之教則隱勝妙之相但彰三十二相劣應之身二乘及小教菩薩方蒙利益也法華經云脫珍御服着弊垢衣執除糞器往到子所是爲隱勝彰劣恩（三乘者聲聞乘緣覺乘菩薩乘也三十二相者足下安平相千輻輪相手指纖長相手足柔輭相手足縵網相足跟滿足相足趺高好相腨如鹿王相手過膝相馬陰藏相身縱廣相毛孔生青色相身毛上靡相身金色相身光面各一丈相皮膚細滑相七處平滿相兩腋滿相身如師子相身端直相肩圓滿相四十齒相齒白齊密相四牙白淨相頰車如師子相咽中津液得上味相廣長舌相梵音深遠相眼色如金精相眼睫如牛王相眉間白毫相頂肉髻成相也小教菩薩者即小始終頓圓五教中小教之菩薩也）

八隱實施權恩 謂如來觀諸衆生根器狹劣隱蔽大乘實教乃以人天三乘權法誘引衆生而令成熟然後以大乘而度脫之是爲隱實施權恩

九示滅令慕恩 謂如來若久住於世薄德之人不種善根不生難遭之想是故示現滅度令諸衆生知佛出世難可值遇心懷戀慕便種善根是爲示滅令慕恩（滅度者謂人患永滅超度三界也）

十悲念無盡恩 謂如來悲念一切衆生故留餘福教以救濟之如示同人壽住世百

年而八十即入滅者則留二十年餘福以蔭末法弟子復留三藏教法廣令衆生依之修行皆成勝果悲愍愛念利益無窮是爲悲念無盡恩（三藏者經藏律藏論藏也）

佛十宿緣（出佛說興起行經）謂佛在摩竭提國竹園中阿耨大泉與大比丘衆俱時舍利弗問佛孫陀利等十事宿緣佛答皆從往劫造衆惡因無數千歲受無量苦報餘殃未盡於成道後復償宿對復告舍利弗汝觀如來衆惡皆盡萬善普備猶不免此宿緣者蓋欲示人凡造惡業果報難逃故說是宿緣也（梵語摩竭提華言善勝阿耨梵語具云阿耨達華言無熱惱池名也梵語舍利弗華言身子劫梵語具云劫波華言分別時節）

一孫陀利謗佛緣 佛言往昔波羅柰城有博戲人名淨眼時有婬女名鹿相淨眼誘此女人共車出城至樹園中共相娛樂時彼園中有辟支佛修行道法待其入城乞食淨眼遂殺鹿相埋其廬中後累辟支佛將至死地淨眼見已即起悲心我所造作自當受之故自說罪因被國王殺時彼淨眼者則我身是彼鹿相者孫陀利是以是罪緣無數千歲受無量苦今雖得佛由此餘殃故獲孫陀利女之謗也（梵語波羅柰華言鹿苑辟支梵語具云辟支迦羅華言緣覺）

二奢彌跋謗佛緣 佛言過去遠劫有婆羅門名延如達常教五百童子復有一梵天婆羅門婦名淨音爲延如達作檀越飲食衣服皆悉供養後有辟支佛入城乞食淨音見已即請供養自是以後日具美食而供養之延如達自覺薄已厚彼便興嫉妬復令童子謗此道士無有淨行與淨音

通後辟支佛現神變入滅衆人乃知延如達虛妄時延如達者則我身是淨音者奢彌跋是五百童子者五百羅漢是我時起嫉妬心受諸苦報今雖得佛由此餘殃故受奢彌跋之謗也（梵語婆羅門華言淨行　梵語檀華言施言檀越者華梵兼稱謂行施者能超越貧窮之海也）

三佛患頭痛緣　佛言過去遠世羅閱祇城穀貴人飢掘百草根以續微命時彼城東有吱（九支切）越村人民衆多村東有多魚池故彼村人各將妻子詣止池邊捕魚食之時捕魚人取魚在岸而跳我爲小兒以杖打彼魚頭時池中有兩種魚一名麩（音夫）魚一名多舌自相語曰我等不犯人橫見苦我等後世當報時吱越村人則今釋種是小兒者則我身是麩魚者流離王是多舌魚者婆羅門惡舌是爾時魚跳我以小杖打彼魚頭以是因緣受諸苦報今雖得佛由此殘緣流離王伐釋種時我即頭痛也（羅越祇梵語具云羅閱祇伽衆羅言王舍城）

四佛患骨節煩疼緣　佛言往昔羅閱祇城有長者子得病甚困即呼城中大醫子曰爲我治愈大與卿財醫即治之病既差巳不報其功於後復病又治之差至三不報後復得病續呼治之醫子曰前巳三治三差而不見報見欺如此今我治彼當令斷命即與非藥病遂增劇而死時醫子者則我身是病子者今提婆達兜是我時與非藥致死以是因緣受諸苦報今雖得佛由此殘緣故有骨節煩疼也（梵語提婆達兜即調達華言天熱）

五佛患背痛緣　佛言往昔羅閱祇國節日聚會有兩力士一刹帝利種一婆

羅門種時共相撲婆羅門語剎帝利曰卿莫撲我當與卿財剎帝利便不盡力二人得稱皆受王賞後婆羅門不報所許到後節會復聚相撲亦求如前得賞如上復不相報如是至三剎帝利力士念曰此人數欺我今當使其死便右手捺頭左手捉腰躄之挫折其脊撲地即死王大歡喜賜金錢十萬時剎帝利者則我身是婆羅門者提婆達兜是我時貪財瞋恚撲殺力士以是罪緣受諸苦報今雖得佛由此殘緣故有背痛也（梵語剎帝利華言田主）

六佛被木槍刺脚

【緣】佛於羅閱祇竹園精舍入城乞食忽有木槍迸在佛前心自念言此是宿緣我當受之衆見驚愕佛復心念現償宿緣使衆人見不敢造惡便踊身虛空去地一仞木槍逐佛乃至七由延槍亦隨之佛於空中化一青石厚濶十二由延佛立石上槍即穿石出在佛前復化水火風各厚濶十二由延佛立其上槍亦穿過佛復上四天王宮次第乃至梵天槍亦次第而上至於佛前所過諸天與說宿緣佛復從梵天下至羅閱祇城槍亦尋下國人隨從看此因緣佛恐衆人見償此緣皆當悶死故語衆人各自還歸亦勑諸比丘衆各還巳房佛便心念當償宿緣遂疊大衣數座而坐即展右足木槍便從足趺徹過舍利弗等皆至佛所禮拜慰問爲說宿緣往昔有兩部主賈客入海取寶後遇水漲爭船第二部主與第一部主格戰第二部主以鑹（七亂切）矛鑹第一部主脚徹過即便命終佛告舍利

弗爾時第二部主者則我身是第一部主者今提婆達兜是我時鐄彼脚以是因緣受諸苦報今雖得佛由此殘緣故受木槍刺脚也梵語由延亦名由旬華言限量四天王者東方持國天王南方增長天王西方廣目天王北方多聞天王也梵天即色界初禪天也梵語舍利弗華言身子

七佛被擲石出血緣

佛言往昔羅閱祇城有須檀長者子名須摩提父命終後有異母弟名修耶舍時須摩提設計不與修耶舍分其家財乃語修耶舍曰共詣耆闍崛山上有所論說弟曰可爾即執弟手上山至高崖上推置崖底以石塠都回切落也之即便命終時須摩提者我身是修耶舍者今提婆達兜是我以貪財害彼以是因緣受諸苦報今雖得佛不免殘對故我於耆闍崛山經行爲提婆達兜舉崖石以擲我頭山神以手接石石邊小片迸墮擊我脚指血出受此報也梵語耆闍崛華言鷲頭

八佛被旃沙繫盂謗緣

佛言往昔有佛名盡勝如來會中有兩種比丘一名無勝一名常歡時波羅奈城有大愛長者婦名善幻兩種比丘往來其家以爲檀越無勝比丘爲斷漏故供養無乏常歡比丘結未盡故供養微薄常歡比丘興妬嫉心誹謗無勝與善幻通不以道法供養乃恩愛耳時常歡者則我身是善幻婦者今旃沙是我時謗無勝故受諸苦報今雖得佛由此餘殃故爲外道比丘王臣說法之時却被多舌童女繫盂起腹來至我前謗曰沙門何以不說家事乃說他事汝今自樂不知我苦汝先共我通使我有身今當臨月事須酥油養於

小兒盡當給我爾時衆會皆低頭默然時釋提桓因化作一鼠入其衣裹嚙盂繫斷忽然落地衆等見巳皆大歡喜梵語比丘華言乞士斷漏者斷除生死之漏也結未盡者謂結業未盡也梵語祐沙華言嚴幟即多舌童女也

九佛食馬麥緣

佛言過去世時有比婆葉如來在槃頭摩跋城中與大比丘衆俱有槃頭王與諸臣民請佛供養及比丘僧爾時城中有婆羅門教五百童子王設會先請佛默然許之王還具饌巳畢即執香爐啟曰惟願屈尊來受我供佛勅大衆往詣王宮食畢各還時爲病比丘請食而歸過婆羅門所時婆羅門見食香美便起妬意此髠頭沙門正應食馬麥不應食甘饌亦教童子言此等師主皆食馬麥時婆羅門者則我身是五百童子者五百羅漢是我時言他食馬麥故受諸苦報今雖得佛由此殘緣我及衆等於毘蘭邑食馬麥九十日以償殘報也

十佛經苦行緣

佛言往昔波羅㮈城邊有婆羅門子名火鬘復有瓦師子名護喜二子少小心相敬念護喜語火鬘曰共見迦葉如來火鬘答曰何用見此髠道人如是至三後日護喜復曰可共暫見答曰何用見此髠頭道人髠頭道人何有佛道於是護喜捉火鬘頭曰爲汝共見如來火鬘驚怖心念此非小緣必有好事耳火鬘即曰今放我頭我共汝去禮迦葉足護喜白佛火鬘不識三寶願佛開化火鬘覩佛相好心生歡喜出家學道時火鬘者則我身是護喜者我爲太子時踰城出家作瓶天子導我者是我時以惡言

道迦葉佛故受諸苦報由此餘殃今臨成佛時復受六年苦行以償餘業也（三寶者佛寶法寶僧寶也作瓶大子即色界淨居天也）

十種見佛（出華嚴經疏）

謂菩薩脩殊勝行離諸障礙稱佛所行得見十佛了了分明如是見者乃名真見故云十種見佛也

一安住世間成正覺佛無着見　謂如來乘如實道示成正覺安住世間而不着涅槃不着生死菩薩稱佛無着而見是名安住世間成正覺佛無着見（梵語涅槃華言滅度）

二願佛出生見　謂如來乘願出生無處不現菩薩稱佛出生而見是名願佛出生見

三業報佛深信見　謂如來脩萬行善業之因感相好莊嚴之報蓋此淨業果報皆由因中深信而起菩薩稱佛深信而見是名業報佛深信見

四住持佛隨順見　謂如來隨順衆生以身舍利住持世間永久不壞菩薩稱佛隨順而見是名住持佛隨順見（梵語舍利華言骨身）

五涅槃佛深入見　梵語涅槃華言滅度謂如來化身示現滅度皆由深入涅槃生死境界故能示現菩薩稱佛深入而見是名涅槃佛深入見（滅度者謂大滅超度三界）

六法界佛普至見　謂如來之身充滿清淨法界無所不至菩薩稱佛普至而見是名法界佛普至見

七心佛安住見　謂如來之心湛然不動安住真性菩薩稱佛安住而見是名心佛安住見

八三昧佛無量無依見（梵語三昧華言正定）　謂如來清淨無量三昧寂然常照無念無依恒現在前菩薩稱佛無量無依而見是名三昧佛無量無依見

九本性佛明了見　謂如來

本覺真性清淨湛然洞徹明了菩薩稱佛明了而見是名本性佛明了見

十隨樂佛普授見 謂如來隨自他意之樂欲普授一切之身菩薩稱佛普授而見是名隨樂佛普授見

融三世間十身（出華嚴經疏） 融者通也會也三世間者一有情世間二器世間三智正覺世間也謂菩薩知諸衆生心隨其所樂融會三種世間以爲十身復以十身及自身通互相作融通無礙是名融三世間十身也（隔別名世間差名間有情世間即衆生世間器世間即國土世間謂世界如器故也智正覺世間即佛世間以其一一隔別間差故通稱爲世間也通互相作者謂菩薩如以衆生身作自身亦作國土身乃至虛空身之類此之十身與菩薩自身一一通互相作融通無礙也）

一衆生身 衆生身者謂五蘊衆共和合而生其身即有情世間諸衆生身也菩薩知諸衆生心之所樂即以衆生身作自身亦作國土身乃至虛空身也（五蘊者色蘊受蘊想蘊行蘊識蘊也）

二國土身 國土身者謂山河大地諸器世間刹土身也菩薩知諸衆生心之所樂即以國土身作自身亦作衆生身乃至虛空身也

三業報身 業報身者謂煩惱爲因所感業報身也菩薩知諸衆生心之所樂即以業報身作自身亦作衆生身乃至虛空身也

四聲聞身 聲聞身者謂聞佛聲教悟真諦理所證聲聞身也菩薩知諸衆生心之所樂即以聲聞身作自身亦作衆生身乃至虛空身也

五獨覺身 獨覺身者謂出無佛之世獨宿孤峰觀物變化無師自悟所證獨覺身也菩薩知諸衆生心之所樂即以獨覺身作自身亦作衆

生身乃至虛空身也

六菩薩身 菩薩梵語具云菩提薩埵華言覺有情謂菩薩於有情衆生之中既自覺悟亦能覺他有情所證菩薩身也菩薩隨彼心之所樂即以自身現衆生身乃至虛空身也

七如來身 如來身者謂乘如實道來成正覺爲如來身也菩薩隨諸衆生心之所樂即以如來身作自身亦作衆生身乃至虛空身也

八智身 智身者謂智慧圓明一切諸法皆能決了爲智慧身也菩薩隨諸衆生心之所樂即以智身作自身亦作衆生身乃至虛空身也

九法身 法身者謂所證無漏法界之體而爲法身也菩薩知諸衆生心之所樂即以法界身作自身亦作衆生身乃至虛空身也（無漏者謂惑業淨盡不漏落三界生死也）

十虛空身 虛空身者謂非衆生國土諸有量身乃是無名無相之虛空身也菩薩隨彼心之所樂即以虛空身作自身亦作衆生身乃至法身也

大明三藏法數卷第二十七

大明三藏法數卷第二十八

上天竺前住持沙門一如等奉　勑集註

十種佛（出華嚴經）

佛，梵語具云佛陁，華言覺，謂自覺、覺他、覺行圓滿也。

一成正覺佛 謂佛於菩提樹下降伏諸魔，朗然大悟，證無上果，是名成正覺佛。（梵語菩提，華言道，謂之菩提樹者，以佛於此樹下成道而得名也。）

二願佛 謂佛從兜率下生人間，說法度生，酬宿因願，是名願佛。（梵語兜率，華言知足。）

三業報佛 謂佛修萬行清淨業因，感相好莊嚴果報，是名業報佛。

四住持佛 謂佛真身及於舍利住持世間，永久不壞，是名住持佛。（梵語舍利，華言骨身。）

五涅槃佛 梵語涅槃，華言滅度，謂佛應身化事既終，示現滅度，是名涅槃佛。（滅度者，謂大患永滅，超度三界也。）

六法界佛 謂佛證一真法界無漏之體，有大智慧，放大光明，徧照一切，是名法界佛。（無漏者，謂惑業淨盡，不漏落三界生死也。）

七心佛 謂佛心體離念，虛徹靈通，本來真覺，寂然獨照，是名心佛。

八三昧佛 梵語三昧，華言正定，謂佛常住大定，如如不動，了知一切，是名三昧佛。

九本性佛 謂佛具大智慧，照了自性本來是佛，具足恒沙性妙功德，是名本性佛。

十隨樂佛 謂佛隨機樂欲，如意速疾，即爲現身說法，令其行業成就，是名隨樂佛。

華嚴十類經（出華嚴經疏）

謂毘盧遮那如來以本願力，現法界無盡身雲，遍一切處，常轉無上法輪，令諸衆生入華藏海，無有窮盡，故知此經難可限量，然自狹至寬，略明十類。故現相品云：毘盧遮那佛，願力周法界，一切國土中，恒轉無上輪，是也。（梵語毘盧遮那，華言遍一

切處【一略本經】謂此經一部三十九品八十卷文現傳世間乃是下本十萬偈中之四萬五千偈未得具足故名略本經【二下本經】謂此經蓋文殊與阿難結集已龍神收入龍宮後因龍樹菩薩入龍宮見此大不思議經具有上中下三本下本十萬偈四十八品龍樹遂記出流傳於世故名下本經文殊梵語具云文殊師利華言妙德梵語阿難華言慶喜龍樹者本傳云其母樹下生之又因龍接入宮以成其道遂以爲號大智度論云大不思議經即華嚴經也【三中本經】謂此經龍樹於龍宮所見有四十九萬八千八百偈一千二百品故名中本經【四上本經】謂此經龍樹於龍宮所見有十箇三千大千世界微塵數偈一四天下微塵數品故名上本經四天下者即東弗于逮南閻浮提西瞿耶尼北鬱單越之四洲也【五普眼經】謂此經中

普眼法門於一法之中能見無量之法即海雲比丘所持以大海爲墨須彌聚筆書此法門一品中一門一門中一法一法中一義一義中一句不得少分何況能盡故名普眼經海雲比丘者即善財童子第三所參之善知識以此普眼法門開導善財者也【六同說經】謂佛約百億同類世界遍於虛空皆有主伴同說無盡法輪不思議品云如一佛身轉如是無盡法輪如是盡虛空界一一毛端分量之處一一化身皆如是說音聲文字句義一一充遍法界故名同說經【七異說經】謂佛約樹形等異類世界其中衆生報類亦別於彼現身說法化導羣生施設不同故名異說經樹形者謂世界之形如樹也【八主伴經】謂毗盧遮那與十方佛互爲主伴重重無盡而說此經如此方

遮那爲主說此法時十方諸佛爲伴彼方爲主此方爲伴如此方說十住時十方來證皆言我等國土皆說此法則知十方國土一切諸佛互爲主伴皆說此經故名主伴經（十住即經中十住品也）**九眷屬經** 謂佛隨順機宜之教是此經之眷屬蓋下劣之機不能聞圓頓一乘大法故佛隨宜說三乘教作勝方便引入此門經云普眼修多羅以佛刹微塵數修多羅以爲眷屬故名眷屬經（三乘者聲聞乘緣覺乘菩薩乘也梵語修多羅華言契經）**十圓滿經** 謂此經名圓滿因輪融上九經爲一無盡修多羅海隨一會一品一文一句皆攝無盡法海圓滿具足經云顯現自在力爲說圓滿經無量諸衆生悉授菩提記故名圓滿經（因輪即根本法輪也根本法輪若轉一切法輪皆轉也）

十種教體（出華嚴經疏） 教者謂如來所說一大藏教也體即體性教之本也然如來所說之教詮顯權實義趣淺深不同故分十體收攝一切教法罄無不盡也（權者三乘權教謂聲聞緣覺菩薩乘也實者一乘實教也）**一音聲語言體** 謂言音語業爲教體也故佛唱號言辭評量論說是爲教體楞嚴經云此方真教體清淨在音聞是也 **二名句文身體** 名者依事立名句者衆語合成文者聯合衆義皆言身者身即聚集之義謂此三者長短高下次第行布而能詮顯教法之體也 **三通取四法體** 謂通取聲名句文四法而爲能詮教體也淨名經云通用四法爲佛教體是也 **四通攝所詮體** 謂經文通攝所詮義理爲教體也蓋文是所依義是能依文是能詮義是所

詮此明文義相成也經云文隨於義義隨文是也

五諸法顯義體　謂世間一切諸法能顯義理皆爲教體也淨名經云或有佛土以佛光明而作佛事香積世界餐香飯而三昧顯極樂佛國水鳥樹林皆宣妙法華嚴性海雲臺寶網同演法音毛孔光明皆作佛事是也（香積佛國土名也香飯者即維摩詰遣化人詣彼國所取之香飯也梵語三昧華言正定）

六攝境唯心體　謂以前五種一切諸法唯心所現故攝爲教體也起信論云所言法者謂衆生心是心則攝一切世間出世間法是也

七會緣入實體　謂會前六門緣起差別教法同入真如一實之體也葢諸聖教皆從真如流出故因緣事相本空全是真如體性也

八理事無礙體　謂真如是理教法是事此二無礙爲教體也葢一切教法雖全體即真如而不礙事相宛然雖真如全體爲一切教法而不礙理性明現二互交徹無礙融通也

九事事無礙體　謂一切法文義圓融以無障礙法界爲教體也葢所起教稱性融通事事無礙遂令一言一音一文一義一因一果一毛一塵含攝法界圓融無礙遞互交叅重重無盡經云佛以一妙音周聞十方國衆音悉具足法雨皆充遍是也

十海印炳現體　謂海印三昧爲教體也然海印是喻三昧是定如來說華嚴經時入是三昧一切諸法炳然齊現大寂定中猶如香海澄渟湛然不動四天下中一切衆生色身形像皆於其中歷歷頓現如印印文其差別無盡教法及所化機雖大小不同亦同

緣起炳現定中經云或現童男童女形天龍及以阿修羅乃至摩睺羅伽等隨其所樂悉令見衆生形相各不同行業音聲亦無量如是一切皆能現海印三昧威神力是也（四天下者即東弗于逮南閻浮提西瞿耶尼北鬱單越之四洲也梵語阿修羅華言無端正梵語摩睺羅伽華言大腹行地龍也）

教起十因（出華嚴經疏）謂如來出現說華嚴經必有因緣故出現品云非以一緣非以一事如來出現以無量因緣而得成就令斯教興故以因緣二字各開十義以顯無盡先彰十因後顯十緣故云教起因緣也

一法應爾 法應爾者理本當然也謂如來出現法應說此華嚴經故所以諸佛皆於無盡世界常轉無盡法輪令諸衆生返本還源佛佛道同法皆如此也

二酬宿因 酬宿因者謂如來說法爲酬宿世願因也蓋如來於因中精脩道行願度衆生今既成佛當酬宿願是以悲智雙運行願齊周說廣大法度諸衆生也

三順機感 謂如來說教必由機緣所感若無當機之衆雖說無益所以說者必隨順機宜也

四爲教本 謂如來先說此一乘圓頓之法爲諸教之本然後漸施末教調停小機根器既熟使其悟入如來智慧也（末教者即聲聞緣覺小教也）

五顯果德 謂如來顯揚妙果勝德令人信樂若不知佛果德安能渴仰懇求故佛舉揚華藏世界微妙十身依正果德蓋爲此也（依正果德有二種一依果即華藏世界也二正果即如來十身也十身者菩提身願身化身力持身相好莊嚴身威勢身意生身福德身法身智身也）

六彰地位 謂此經彰顯菩薩脩行地位從因至果有階差也

然有二種一行布位即排布行列次第升進也二圓融位即一位攝一切位也如初地等一地之中具攝一切諸地功德是也初地者即十地中初歡喜地也【七說勝行】謂如來宣說殊勝妙行令人信向也蓋欲登妙位非行不階故說無量勝行使一切菩薩及諸衆生依教立行造脩證入也【八示真法】謂如來出世宣示真實大法令人開解也蓋欲脩諸勝行決須解了法理不達法理行亦非真經云不了真實法諸佛故興世是也【九開因性】謂如來開示一切衆生本有性德也蓋以如上真法勝行因果皆衆生性中本有但相變體殊情生智隔不能覺了故談斯經令其開悟也相變體殊者謂生佛之相既變理性之體亦殊也【十利今後】謂如來說法利益今世後世一切衆生也經云我等諸佛護持此法令未來世一切菩薩皆悉得聞獲大利益是也

教起十緣出華嚴經疏

【一依時】時即說經時分也謂如來心冥至道則混一古今一念與多劫圓融本無時分可限今以無時之時略顯十時恒演此經經云諸佛得菩提實不計於日是也劫梵語具云劫波華言分別時節十時者一念時盡七日時徧三際時攝同類劫時收異類劫時以念攝劫時劫念重收時異類界時彼此相入時以本收末時也【二依處】處即說經處所也謂諸佛菩薩於十方盡虛空徧法界微塵剎海乃至容一一毛端之處皆有七處九會頓演此經猶如帝網重重無盡故云依處也七處者一菩提場二普光明殿三忉利天四夜摩天五兜率天六他化天七逝多林九會者六處各說一會惟普光明殿三會說也【三依主】主即說經

教主也謂毘盧遮那佛現法界無盡身雲周徧十方微塵剎海常說華嚴經云如於此處見佛坐一切塵中亦復然故云依主也梵語毘盧遮那華言遍一切處

四依三昧　梵語三昧華言正定謂佛說經必先入三昧定靜鑒法理權實分明然後從定而起應機而說故云依三昧也權實分明者謂說小乘法爲權大乘法爲實也

五依現相　現相即說經之初現瑞相也謂或放光動地華雨香雲皆爲說法之瑞故於諸會將欲說法必先放光警動物機故云依現相也

六依說人　說人即說法之人也謂法無廢興弘之由人經云佛法無人說雖慧莫能了故云依說人也

七依聽人　聽人即聽法之人也謂佛說法若無聽者終無有說故云依聽人也

八依德本　德本謂談經必以智慧行願爲本也若內無德本外豈能談故佛告金剛幢菩薩言由汝智慧清淨故告普賢菩薩言亦以汝修諸菩薩行願故令汝入於三昧而演說法故云依德本也

九依請人　請人即諮請法要之人也謂說法之人慈悲深厚雖無人請問而或自談若敬法重人要須誠請而後爲說故云依請人也

十依能加　能加謂如來以神力加被菩薩而說經也然加有二種一者顯加即佛以三業神力顯然加被二者冥加即佛密與智慧令他說法故云依能加也三業者身業口業意業也

教被十機出華嚴經疏

教者謂華嚴一乘圓頓之法也蓋毘盧遮那如來演說此經化被羣機通有十類故云教被十機也梵語毘盧遮那華言

徧一切處**一被無信機**謂邪見衆生無有善根不能信受或時聞已反生誹謗墮諸惡道雖墮惡道由聞名故熏成其種是名被無信機**二被違真機**謂人違圓教真法而依傍此經以求名利不淨說法集邪善因雖違真教佛作饒益曾無厭捨是名被違真機**三被乖實機**謂人執着文言即乖違實之理而圓妙義門不入其心雖乖實理由熏聞成種是名被乖實機**四被狹劣機**謂二乘之人根器狹小故雖在法會如聾如啞不聞此經根雖狹劣宿種蒙熏是名被狹劣機二乘者聲聞乘緣覺乘也**五被守權機**權即權巧方便機即所化之機謂權教之人執守三乘之法次第證脩不信圓融具德之教雖執權小之教然蒙佛饒益終能醒悟是

名被守權機三乘者聲聞乘緣覺乘菩薩乘也**六被正爲機**謂佛正爲一乘圓機說此具德之教使其聞而信解脩行悟入即運不思議之妙乘遊入蓮華藏海是名被正爲機遊入華藏海者以喻所證法界之理無不周遍而含攝也**七被無爲機**謂人聞此經雖未悟入而能信受成堅固種經云如人食少金剛終竟不消此約未證悟者稱之爲無是名被無爲機**八被引爲機**謂前權教菩薩不信圓融具德之法故於十地之中以六相圓融之義借其三乘行布之名寄位增勝誘引演說令彼信受即入圓融是名被引爲機十地者歡喜地離垢地發光地焰慧地難勝地現前地遠行地不動地善慧地法雲地也六相者總相別相同相異相成相壞相也**九被權爲機**謂二乘聾瞽不聞者乃是諸大菩薩權示聲聞之行在於法會假言

不聞及至逝多林中却頓悟法界示小乘根亦可得入是名被權爲機（梵語逝多華言勝林）

十被遠爲機 謂久遠之機令其成熟也蓋凡夫外道無性闡提及未來世一切衆生悉有佛性咸是所被今雖不信後必當入遠熏成種是名被遠爲機（闡提梵語具云一闡提華言信不具）

十宗收教（出華嚴經疏）

唐賢首法藏國師爲宗計不同乃開十宗判五教收釋一代聖教理無不盡故前六宗收小乘教第七宗收始教第八宗收頓教第九宗收終教第十宗收圓教故云十宗收教也

一我法俱有宗 謂此宗執着有我及計有無等法悉皆是有是爲我法俱有宗

二法有我無宗 謂此宗計諸法是有不離色心而於我相了不可得是爲法有我無宗

三法無去來宗 謂此宗計一切現在法是有計過去未來之法俱無是爲法無去來宗

四現通假實宗 謂此宗計現在法通假通實也通實者計五蘊法以爲實有通假者計十二處十八界以爲虛假是爲現通假實宗（五蘊者色蘊受蘊想蘊行蘊識蘊也十二處者眼處耳處鼻處舌處身處意處色處聲處香處味處觸處法處也十八界者眼界色界眼識界耳界聲界耳識界鼻界香界鼻識界舌界味界舌識界身界觸界身識界意界法界意識界也）

五俗妄真實宗 謂此宗計世俗之法皆是虛妄出世之法皆是真實是爲俗妄真實宗

六諸法但名宗 謂此宗計一切諸法唯有假名無實體性是爲諸法但名宗

七三性空有宗 謂此宗但說徧計一種性是空依他圓成二種性是有是爲三性空有宗（徧計性者謂衆生迷惑不了諸法本空妄於我身及一切法周徧計度也依他性者謂所有諸法皆依衆緣相應而起都

無自性也圓成性者謂真如之性不遷不變圓滿成就也

八真空絕相宗 謂此宗說真空實相之中絕一切虛妄假名之相故般若心經云是故空中無色無受想行識等是爲真空絕相宗

九空有無礙宗 謂此宗說空是即有之空故不礙有談有是即空之有故不礙空二互交徹圓融無礙是爲空有無礙宗

十圓融具德宗 謂此宗說一切諸法稱性圓融具足衆德周徧含融事事無礙主伴無盡是爲圓融具德宗主即佛也伴即菩薩也

玄門無礙十因出華嚴經疏

玄門者即十玄門也以此十法性德爲因起大業用令被玄門諸法混融無礙重重無盡故云玄門無礙十因也玄者妙也

一唯心所現 謂世間出世間一切諸法唯是真心所現然法唯心現全法是心心既圓融法亦無礙經云知一切法即心自性是也

二法無定性 謂一切諸法既唯心現從緣而起無定性也所謂小非定小於一微塵能含太虛大非定大輪圍無數入毛端中經云金剛圍山數無量悉能安置一毛端是也輪圍者金剛輪圍山也

三緣起相由 謂緣起之法遞相由藉然法界緣起義門無量略舉十義緣起方成故云緣起相由也十義者諸緣各異義互徧相資義俱存無礙義異體相入義異體相即義體用雙融義同體相入義同體相即義俱融無礙義同異圓滿義也

四法性融通 謂法界之性圓融通達無礙然一切事法依性建立不異真性性既融通事亦如之故一一微塵各含法界經云華藏世界所有塵一一塵中見法界是也

五如幻夢 幻者猶如幻師能以一物爲種種

物幻種種物而爲一物夢者如一夢中所見廣大事業自謂歷時久遠經云如人睡夢中造作種種事雖經億千歲一夜未終盡是也

六如影像 謂一切法從心所現而能含明了性猶如明鏡各各互現諸法影像也經云遠物近物雖皆影現影不隨物而有遠近是也

七因無限 謂往昔因中稱法界性脩無量殊勝之因故今得果妙用無邊經云往脩勝行無有邊今獲神通亦無量是也

八佛證窮 佛證窮者謂佛證果窮極也故三覺圓明六通自在稱法界性說圓滿經經云佛住甚深真法性所流圓滿脩多羅是也三覺者自覺覺他覺行圓滿也六通者天眼通天耳通他心通宿命通身如意通漏盡通也梵語脩多羅華言契經

九深定用 深定用者謂入甚深大定而起妙用也蓋以海印等諸三昧力令一切法炳然齊現無礙圓融經云入微塵數諸三昧一出生塵等定是也海印三昧者梵語三昧華言正定海印是喻三昧是定一切諸法炳然齊現大寂定中猶如香海甚然不動一切色相歷歷顯現如印印文也

十神通解脫 解脫即自在之義謂佛以神通不思議解脫之力令一切法於一法中建立顯現圓融自在經云於一塵中建立三世一切佛法是也三世者過去現在未來也

十玄門出華嚴經隨疏演義鈔

玄者妙也門即能通之義謂玄妙之門能通蓮華藏海故也蓋此十門乃晉雲華尊者依華嚴大經一乘圓頓妙義而立也

一同時具足相應門 謂舉一法時頓具一切諸法一法既具法法亦然交互同時皆得相應具足圓滿經云一切法門無盡海同會一法道場中是也

二

廣狹自在無礙門 謂大而無外名廣小而無內名狹然大非定大置毛端而不窄小非定小含太虛而有餘所謂事得理融自在無礙經云能以小世界作大世界大世界作小世界等是也 **三一多相容不同門** 謂一佛土與十方一切佛土互相容納而不壞一多之相名為不同經云以一佛土滿十方十方入一亦無餘是也 **四諸法相即自在門** 謂一切諸法互融互即不相妨礙如一法捨巳同他則舉體全是於彼若一法攝他同巳則令彼一切即是巳體經云一即是多多即一是也 **五祕密隱顯俱成門** 謂一切諸法互攝無礙如一法攝多法則一法顯而多法隱如多法攝一法則多法顯而一法隱顯中有隱隱中有顯名為俱成由此隱顯體無前後不相妨礙名為祕密疏云如初八夜月半隱半顯隱顯同時不同晦月唯隱無顯望月唯顯無隱然其半隱半顯之月非但明與暗俱而明下有暗暗下有明也 **六微細相容安立門** 謂一能含多名曰相容一多不雜乃稱安立然所含微細如琉璃瓶盛多芥子炳然齊現不相妨礙經云於一塵中一切國土曠然安住是也 **七因陀羅網境界門** 梵語因陀羅華言天珠天即帝釋天也珠即珠網蓋帝釋殿珠網覆上於一明珠內萬像俱現衆珠盡然互相現影影復現影遞互交光重重無盡今此法門亦復如是一一法中一一位中一一世界互相交參重重無盡經云諸佛知一切世界如因陀羅網

世界是也**八託事顯法生解門**謂寄託一事即顯無盡法門令人深生信解疏云自在即稱爲王潤益即名法雲金色世界即是本性彌勒樓閣即是法門勝熱婆羅門火聚刀山即是般若是也梵語彌勒華言慈氏勝熱婆羅門者即善財五十三參中第九參之善知識也**九十世隔法異成門**謂三世各三爲別一念爲總故名十世三世區分不相雜亂故云隔法三世互在遞相成立乃稱異成經云菩薩有十種說三世過去說過去過去說現在過去說未來現在說過去現在說平等現在說未來未來說過去未來說現在未來說無盡又云無量無數劫解之即一念是也平等者謂現在中現在望前後過去未來得平等故也無盡者謂未來中未來於未來際無有盡故也**十主伴圓明具德門**謂如來說圓教之法理無孤起必眷屬隨生故十方諸佛菩薩互爲主伴重重交參同時頓唱圓教法門如淨空明月列星圍繞淨器百川近遠炳現名主伴圓明一一法會所說法門稱性極談具足衆德名爲具德經云法界修多羅以佛刹微塵數修多羅以爲眷屬是也梵語修多羅華言契經

緣起十義出華嚴經疏緣起者謂諸法所起因緣遞相攝持涉入無礙分爲十種以釋前十玄門之義也**一諸緣各異義**諸緣各異者謂諸法緣起各不同也盖諸法遞互相望要須體用各別不相雜亂方成緣起經云多中無一性一亦無有多是也**二互徧相資義**互徧相資者謂諸法所起更互周徧相應資助方成緣起也如一緣徧應多緣

此一則具多一若不多一則應不徧不成緣起當知此法界中一緣具多法法皆爾無不互徧相資經云知以一故衆知以衆故一是也

三俱存無礙義俱存無礙者謂凡是一緣要具前之二義方成緣起無礙也然必由各異方得待緣必由徧應方自具德是故自一多一自在無礙經云諸法無所依但從和合起是也自一多一者謂如十數中以一為自一以自一應餘九為多一也

四異體相入義異體相入者謂諸法異體遞相涉入也蓋諸法力用遞相依持方成緣起如一持多則多入一內如多持一則一入多內也

五異體相即義異體相即者謂諸法異體更互相望全體形奪也然具有體無體方成緣起若一緣有體能起諸緣即是一緣若一緣無體所起之緣即是諸緣一緣有體無體既爾諸緣有體無體亦然經云一即是多多即一是也全體形奪者謂有無之體更互形比與奪也一緣者即一法之因緣也

六體用雙融義體用雙融者謂會前異體相入相即二種皆融通也蓋諸法體用交涉無礙方成緣起以體無不用故舉體全是用以用無不體故舉用全是體互不相礙交徹圓融也

七同體相入義同體相入者謂一緣多緣無別體故名為同體若一緣有力則能持多一若多一無力則依彼一緣是故一能攝多多便入一多能攝一一便入多也

八同體相即義同體相即者謂本一多一同是一體故相即也蓋本一有體能作多一多一無體由本一成多一即本一也故本一有體則多一無體

多一有體則本一無體也（本一者謂多數中隨其所用之一即爲本也）

九俱融無礙義　俱融無礙者謂融前同體相入相即二種皆無礙也蓋體無不用則有同體相入而無相即之義用無不體則有同體相即而無相入之義今既全體全用則亦入亦即也

十同異圓滿義　同異圓滿者謂前九義有同有異總合爲一成大緣起令多義門同時具足皆悉圓滿也

十妙（出法華玄義）　不可思議名妙即實相之理也實相之理精微玄妙清淨寂絕經云是法不可示言辭相寂滅是也總論因果自他故具明十妙妙體無殊也

一境妙　境即理境也謂十如是等境心佛衆生三無差別不可思議經云唯佛與佛乃能究盡諸法實相所謂諸法如是相等是也（十如是者如是相如是性如是體如是力如是作如是因如是緣如是果如是報如是本末究竟等也）

二智妙　智即全境所發之智也以境妙故智亦隨妙函蓋相應不可思議經云我所得智慧微妙最第一是也（函蓋相應者函喻境蓋喻智應當也）

三行妙　行即所修之行也以智妙故智導於行行亦隨妙不可思議經云行此諸道已道場得成果是也

四位妙　位即修行所歷之位次也謂十住十行十回向十地等諸位以行妙故所證之位亦妙不可思議經云乘是寶乘遊於四方是也（十住者發心住治地住修行住生貴住方便具足住正心住不退住童真住法王子住灌頂住也十行者歡喜行饒益行無瞋恨行無盡行離癡亂行善現行無著行尊重行善法行眞實行也十回向者救一切衆生離衆生相回向不壞回向等一切佛回向至一切處回向無盡功德藏回向隨順平等善根回向隨順等觀一切衆生回向眞如相回向

無縛解脫回向法界無量回向也十地者歡喜地離垢地發光地焰慧地難勝地現前地遠行地不動地善慧地法雲地也四方即東西南北表前四十位也

五三法妙 三法即真性觀照資成之三法也真性是理觀照是慧資成是定此之三法是佛所證不可思議經云佛自住大乘如其所得法定慧力莊嚴是也資成者謂定力能資助成就智慧也

六感應妙 感即衆生應即佛也謂衆生能以圓機感佛佛即以妙應應之如水不上升月不下降而一月普現衆水不可思議經云一切衆生皆是吾子是也

七神通妙 天心名神慧性名通天然慧性徹照無礙名為神通謂如來無謀之應善權方便稱適機宜變現自在不可思議經云今佛世尊入于三昧是不可思議現希有事是也梵語三昧華言正定

八說法妙 謂說大小乘偏圓之法咸令衆生悟入佛之知見一音宣演不可思議經云如來能種種分別巧說諸法言辭柔軟悅可衆心是也偏圓者謂小乘之法所談之理非中名偏大乘之法所談之理具足圓滿名圓也

九眷屬妙 謂佛出世十方諸大菩薩皆來贊輔或以神通而來生者或以宿願而來生者或以應現而來生者皆名眷屬俱不可思議經云但教化菩薩無聲聞弟子是也

十利益妙 謂佛說法一切衆生咸得開悟本性入佛知見猶如時雨普洽大地蒙益不可思議經云現在未來若聞一句一偈我皆與授阿耨多羅三藐三菩提記是也梵語阿耨多羅三藐三菩提華言無上正等正覺

十不二門出法華玄義釋籤 十門何為而設也蓋荊溪大師因釋法華玄義其中廣明十妙之

旨法相該慱學者難入故於迹本二門之間對前十妙立此十門復於門門之下結歸一念爲令修學之人於一念心開妙解立妙行故云不可不了十妙大綱故撮十妙爲觀法大體然此十門皆以不二命名者蓋法華以前四時三教所談色心等十一一隔異名之爲二至于法華開顯四時三教所談偏權之法皆即圓實實理既彰色心等法圓融自在互攝無外咸名不二十門既對十妙而立妙即不二不二即妙故此十門不二爲目門即能通之義蓋欲以十門之易而通十妙之難也（四時者華嚴時鹿苑時方等時般若時也三教者藏教通教別教也偏權圓實者謂藏通別三教爲偏爲權圓教爲圓爲實也）

一色心不二門

有形質礙之法而無知覺之用既異於心故稱爲色雖有知覺之用而無質礙可見以能緣慮名之爲心諸文有云名色者心不可見但有其名名即心也故智度論云一切諸法中但有名與色更無有一法出於名色者然以情見言之色心二法有異以理而論一切諸法唯心本具即是妙色妙心心即是色色即是心心外無色色外無心互具互攝故名不二此之不二不出一念故心法妙所以爲門也

二內外不二門

此就內外二境論內外二觀也謂衆生諸佛及以依報名爲外境自已心法名爲內境於此內外二境皆以三觀觀之即名內外二觀也然若論修觀次第必先觀內心若論機入不同故須內外並列復爲顯其妙義必須內外互融隨觀一境皆能徧攝故名不二此

之不二不出一念故心法妙所以爲門也依報者即身所依之國土也三觀者空觀假觀中觀也離性離相謂之空無法不備謂之假非空非假謂之中也

三修性不二門修謂修治造作即隨緣變造之事也性謂本有不改即真如不變之理也性德不出色心修德莫非三觀今示全性起修則諸行無作全修在性則一念圓成是則修外無性性外無修互泯互融故稱不二此之不二不出一念故心法妙所以爲門也泯絶也亡也論性則修全在於性性外無修修泯亡也論修則性全在於修修外無性性泯亡也融即圓融性不礙修修不礙性性即是修修即是性也

四因果不二門因即從迷而言果乃就悟而說始從人天終至等覺菩薩皆名爲因唯妙覺佛獨稱爲果良以九界衆生無明惑覆實相之理未顯名因唯妙覺佛無明淨盡實相之理究竟顯發隨機應現設化無方乃名果也十界迷悟雖殊實相始終理一故名不二此之不二不出一念故心法妙所以爲門也等覺者去後妙覺佛猶有一等勝前諸位得稱覺也妙覺者謂自覺覺他覺行圓滿不可思議也九界者菩薩界緣覺界聲聞界天界人界修羅界餓鬼界畜生界地獄界兼佛即名十界也

五染淨不二門無明之用爲染法性之用爲淨無明法性體本不二用乃有殊迷則全法性而爲無明全起無明之用以在纏心變造諸法念念住着名之爲染悟則全無明而爲法性全起法性之用以離障心應赴衆緣念念捨離名之爲淨然在纏染心本具妙理與淨不殊故名不二此之不二不出一念故心法妙所以爲門也在纏心者纏即纏縛謂衆生心識爲惑業之所纏縛也離障心者障即障礙謂佛心想惑業淨盡離乎障礙也

六依正不二門依者依止

之處即所依之土也正者正受其報即能依之身也如佛果後示現下三國土名為依報示現前三教主及九界身名為正報法華開顯三土即是寂光九界無非圓佛寂光即所依之土圓佛乃能依之身以寂光圓佛理本無二故能依中現正正中現依果既依正不二因亦復然由理同故即知諸佛衆生體用不二此之不二不出一念故心法妙所以為門也（下三國土者同居土方便土實報土以對常寂光土在上故名下也前三教主者即藏通別三教果佛也九界身者即菩薩等九界之身也寂光者即常寂光土也）

七自他不二門

自即自己他謂他機此就三法論也佛法衆生法皆名為他唯己心法名之為自以由十界互具則心佛衆生各有生佛若己生佛顯則與他佛生佛同俱為能化唯他衆生生佛而為所化故云他生他佛尚與心同況己心生佛寧乖一念既同一念自他豈殊故名不二此之不二不出一念故心法妙所以為門也

八三業不二門

三業者如來果後垂化清淨身口意業也謂身輪現通口輪說法意輪鑑機當知身尚無身說亦非說身口平等等彼意輪心色一如故名不二此之不二不出一念故心法妙所以為門也（身口意輪者輪有摧碾之用喻佛鑑機現通說法皆能摧碾衆生惑業故名輪也心色一如者心即意色即身口謂身口意三業皆同一體無有別也）

九權實不二門

權謂權謀即九界七方便之法也實謂真實即佛界圓乘之法也蓋法華已前四時未會權實不融至法華開顯九界七方便之權即是佛界圓乘之實實即是權權即是實實外無權權外

無實皆稱秘妙故云不二此之不二不出一念故心法妙所以爲門也七方便者方即方法便即便宜謂藏通兩教二乘爲四及藏通別三教菩薩共爲七以其同修方便之道故也

十受潤不二門受潤者從喻而立名也受即領納以三草二木喻七方便衆生爲能受也潤即沾潤謂如來說前四時三教之法如雲注雨爲能潤也法華開前四時三教之法皆即圓法七方便衆生咸蒙授記作佛譬如三草二木皆一地所生一雨所潤無復差降故名不二此之不二不出一念故心法妙所以爲門也三草二木喻七方便者下草喻人天中草喻聲聞緣覺上草喻藏教菩薩小樹喻通教菩薩大樹喻別教菩薩也此七方便因對下草故列人天而合藏通兩教二乘但爲二也上之七方便因對論權實之法故不及人天也

十乘出摩訶止觀

十乘者十乘觀法也此十通名乘者乘即運載之義如世車乘堪能運載也蓋言修行之人依此十法修之則能運出生死之苦到於涅槃彼岸也梵語涅槃華言滅度數至十者由修觀之人上中下根不等上根者唯觀初不思議境即得破惑顯理其次者於初種觀法修之不入須用第二發心乃至第八對治助開方能破惑顯理又其次者於前七種觀之不入須用第八知位次乃至第十離法愛方能破惑顯理故止觀大意云上根唯一法中根二或七下根方具十又爲知妙境爲九乘之本稱本修九方堪入於初住是故備論此十乘也初住者即十住中初發心住也

一觀不思議境觀即能觀境即所觀所觀者何不出色心色從心造全體是心故經云三界無別法唯是一心

作即衆生日用現前以根對塵所起一念之妄心也此心既全真成妄今達妄即真即此妄心具足諸法無有缺減即心是一切法一切法是心非一非異不前不後玄妙寂絶非識所識非言所言故指此心爲不思議境也於此一心念念以即空即假即中三觀觀之若觀一法即一切法假觀也觀一切法即一法空觀也非一非一切而一而一切中觀也空觀破見思惑證般若德假觀破塵沙惑證解脱德中觀破無明惑證法身德三觀既即一而三三惑豈前後而破三德非次第而證說之次第理非次第由證三德即入初住所謂上根之人唯用一法即指此初觀也三界者欲界色界無色界也以根對塵者謂以眼耳鼻舌身意之六根對色聲香味觸法之六塵也不前不後者一心不在前諸法不在後也空假中者離性離相謂之空無法不備謂之假非空非假謂之中也非一非一切者中觀雙遮空假也而一而一切者中觀雙照空假也見思惑者謂意根對法塵而起分別曰見惑眼等五根對色等五塵起諸貪染曰思惑塵沙惑者謂衆生之惑種類數多如塵若沙也無明惑者謂於中道之理無所明了也三德者法身德般若德解脱德也

二發真正菩提心

梵語菩提華言道初起大志造趣所期名之爲發不依偏權之教而依圓實中道妙境名曰真正菩提即所期之果妙境即所行之路心即能行能趣之心也盖由中根之人觀上妙境不悟須再加發心於静心中思惟彼我痛憫自他無量劫來沉淪生死縱發小志迷菩提心我今雖知行猶未備故依前妙境發四弘誓謂衆生無邊誓願度煩惱無數誓願斷此二誓下化衆生也法門無盡誓願知佛道無上誓願成此二

誓上求佛道也發此誓願如理思惟豁然悟理入凡聖位是爲發真正菩提心也偏權圓實者謂藏通別三教爲偏爲權圓教爲圓爲實也弘誓者弘廣也誓制也謂發願廣制其心也凡聖位者凡即五品十信之位聖即十住等位也

三善巧安心　善巧安心者善以法性自安其心也以法性爲所安以寂照爲能安寂即是止照即是觀若信此心但是法性則起是法性起滅是法性滅了其實不起滅妄謂起滅如是體達功成法界俱寂是名爲止若觀察此心體是無明無明癡惑即是法性無明法性本來皆空空亦不可得法界洞朗名之爲觀若離法性無安心處若離止觀無安心法由上發心不悟故用此方便善巧令心得安也

四破法徧　破法徧者謂以三觀能破之法徧破諸惑也藏通二教但用空觀破見思惑不得言徧別教先以空觀破見思惑次以假觀破塵沙惑後以中觀破無明惑無明未盡亦不得言徧今圓頓教三觀秪在一心心空故一空一切空即諸法皆空空則三惑俱破也心假故一假一切假即諸法皆假假則三諦皆立也心中故一中一切中即諸法皆中中則無惑不破無理不顯故名徧也若上善巧安心惑破理顯不俟更破由未安故故須此破法徧也三諦皆立者謂真諦俗諦中諦之法皆建立也

五識通塞　通即通達謂菩提涅槃六度等法其性虛通而能顯發實相之理皆名爲通塞即蔽塞謂生死煩惱六蔽等法其性昏暗以能蔽塞實相之理不能顯發皆名爲塞若一槩言之如前破法徧中所破諸惑爲塞

能破之法爲通若別途言之於能破觀法復起愛著亦名爲塞所謂於通起塞此塞須破於塞得通此通須護但破塞存通如除膜養珠破賊護將由上破法徧中脩之未悟復恐於通起塞於塞無通所以立此通塞一門撿彼破法徧令於塞得通於通無塞故名識通塞也（六度者一布施二持戒三忍辱四精進五禪定六智慧也煩惱者謂昏煩之法惱亂心神也六蔽者一慳貪二破戒三瞋恚四懈怠五散亂六愚癡也除膜養珠者膜謂眼中所瞖之膜珠即眼中之睛也）

【六】**道品調適**　道即能通之義品類不同故名道品謂三十七道品而能通至涅槃也調適者調謂調停亦調試也適當也宜也從別言之故有三十七品若從總而言此三十七品不出戒定慧即是以戒定慧而調適也若脩四念處能生正勤正勤發如意足如意足生五根五根生五力五力生七覺七覺入八正道是爲調停適當也若隨人根性於諸道品何者相應可以入理是爲調試適宜也當知道品即四諦之道諦也今依圓教無作四諦三十七品成於一心三觀也於上破法徧及識通塞若不以道品調適何能疾與真法相應故大論云三十七品是行道法脩道之人若欲破惑入理必須此道品調適也（三十七道品者觀身不淨觀受是苦觀心無常觀法無我是四念處已生惡令永斷未生惡令不生已生善令增長未生善令得生是四正勤欲如意足念如意足精進如意足思惟如意足是四如意足信根精進根念根定根慧根是爲五根信力精進力念力定力慧力是爲五力念覺分擇法覺分精進覺分喜覺分除覺分定覺分捨覺分是七覺分正見正思惟正語正業正命正精進正念正定是八正道以上諸法總爲三十七品也）

【七】**對治助開**　對即對待治即攻治謂行人正脩

觀時忽或邪倒心起障於正行不能前進隨所着心須以相應之法而對破之著心既息則正行可進實理可顯如世醫治病之術藥必對病而用其患冷病者必以熱藥治之患熱病者必以冷藥治之患不冷不熱者必以温和之藥治之藥力若效其病即愈病既愈已身即安康今論對治之法亦猶是也而言助開者蓋由邪倒之心障蔽正行而使解脱之門不開今修此對治助道之法助於正觀之行開彼解脱之門故名對治助開試就六蔽六度言之若人修上道品調適解脱不開而慳貪忽起激動觀心於身命財守護保著當用捨施之法而對治之若破戒心起乖違淨禁當確持戒律而對治之若瞋恚暴怒常生忿恨當用忍辱而對治之若放逸懈怠恣縱閑蕩當用精進而對治之若浮掉馳騁散亂不定當用禪定而對治之若沉昏暗塞愚癡迷惑當用智慧而對治之前之六種觀法皆名正行六度等法名爲助道涅槃經云衆生煩惱非一種佛説無量對治門是也

八知位次 位即行行所歷之地位次即次第謂所歷之位高下淺深不相混雜也若修行者不知位次下根障重非惟正助不明却生上慢謂已均佛未得謂得未證謂證故小乘經中四禪比丘謂得四果大乘經中魔爲菩薩授記若知位次則無如是之失故須知位次也（正助者正即所修止觀之行助即六度等道之行以助助於正也四禪者即色界第四禪也梵語比丘華言乞士四果者即聲聞所證須陀洹果斯陀含果阿那含果阿羅漢果也授記者聖言説與曰

授果與心期日記也

九安忍 安即不動忍即忍耐謂修觀之人初觀不思議境至第八知位次或入五品障轉慧開神智爽利本不聽學能解經論欲釋一義辯不可盡或說一兩句法或說一兩則禪初對一人傳誦漸廣則外招名利內動宿障宿障縱少名利彌至為衆圍繞廢損自行非惟正行不進障道還與惟當自勉於名利心安然不動復須忍耐內外榮辱策勵其心故名安忍（五品者隨喜讀誦說法兼行六度正行六度也障轉者謂惑業之障轉成解脫也慧開者謂觀理之智開明也一兩則猶一兩段也宿障者謂宿世過去之業也內外榮辱者謂內心外身之榮辱也）

十離法愛 離法愛者謂於中道之法遠離愛著之心也蓋言修行之人修前九種觀法已過內外二障應入初住而不入者由住六根清淨之位愛著中道相似之法所以不能進入也此相似位無內外障唯有法愛法愛若斷即得發真中道入於初住故名離法愛也第八第九第十三種皆為下根之人修前七種觀法不能入理故須明之所謂下根方具十也（內外障者內即惑業外即名利等皆能障蔽正行故也六根清淨者謂眼耳鼻舌身意已離惑業染污之法而獲清淨功德也相似法者謂於中道之理未能真證而發相似之解也）

十境（出摩訶止觀）

十境一一皆前十乘觀法所觀之境若論十境生起由觀陰入發下九境能所相扶次第出生故成於十若論下之九境互發不定則無復次第當知陰境常自現前若發不發恒得為觀下之九境發則皆用十乘觀法觀之不發不觀也（陰入者謂五陰十二入也能所相扶者如初陰境能生煩惱陰為能生煩惱為所生餘境展轉

相生亦然互發者更互發起也如正觀病境或發煩惱或發餘境餘境互發亦然

一陰境 陰覆蓋之義即色受想行識五陰也亦名五蘊蘊即積聚之義若言覆蓋一切善法此就因得名若言積聚無量生死此就果得名十境以陰居初者有二義一現前二依經現前者謂人受一期果報之身即是五陰五陰重擔常自現前是故初觀依經者大品般若云聲聞依四念處行道五陰即四念處所觀之境又經中凡列法門無不以五陰為首是故初觀此且就五陰通總而言若專論所觀之境必須於五陰中除却前四的取第五識陰為所觀之境也一期者謂人從生至死也重擔者生死重沓名重人所荷負名擔四念處者觀身不淨觀受是苦觀心無常觀法無我故云五陰即四念處所觀之境除却前四者謂除色受想行也

二煩惱境 昏煩之法惱亂心神又貪瞋等法與心作煩令心得惱故云煩惱謂無始以來積集重惑今因用觀觀察陰境煩惱即發譬如流水尋常不覺其急若槩之以木流即奔迸莫能止遏是時應捨陰境而觀煩惱境也

三病患境 病起之因雖多不出四大增損致有患生又由觀陰惑激動四大致有患生身若染病癈修聖道若能觀察彌益用心復須識其病之原由宜以何法治之或內觀力或術或醫其病若愈聖道可修為是須觀病患境也四大者地大水大火大風大也謂人攬外四大而成內身四大皮肉筋骨等屬地涕唾涎沫等屬水煖氣屬火轉動及出入息屬風言增損者水增則火損火增則水損風增則地損地增則風損四大不調病即生也陰惑者陰即陰境惑即煩惱境也

四業相境 業即身口所作之業謂修行之人無量劫來所作善惡諸業或已受

報不復更發或未受報於靜心中忽然俱發蓋善業將受報故發惡業來責報故發於此善惡業相現時勿喜勿怖彌須用觀令業謝行成一心取道爲是須觀業相境也（劫梵語具云劫波華言分別時節）

五魔事境

魔梵語具云魔羅華言殺者謂能奪人智慧之命故言魔事者大論云魔以破人善法爲事又天魔正以順生死貪五欲退菩提爲事故名魔事此由觀前諸境惑雖未破天魔猶恐出其境界而復化度於他失我民屬空我宮殿又慮夫得大神通得大智慧必當調伏控制於我我今應預破之壞彼善根故有魔事發也治魔之法有三初觀察訶棄如守門人遮惡不進二當從頭至足一一諦觀身心了不可得魔從何來欲惱何等如惡人入舍處處照撿不令得住三觀之不去即當强心抵捍以死爲期一心用觀合道行成就爲是須觀魔事境也（天魔者即欲界第六他化自在天也五欲者色欲聲欲香欲味欲觸欲也梵語菩提華言道）

六禪定境

禪梵語具云禪那華言靜慮謂魔事已過而且真明未顯以修觀故發過去習諸禪紛現當置魔事用觀觀之良以禪樂美妙喜生耽味雖免魔害更爲定縛如避火墮水無益正行爲是須觀禪定境也（過去習即宿習也諸禪者即色界中初禪二禪三禪四禪等禪也）

七諸見境

非一曰諸邪解曰見謂推理不當而偏見分明作决定解名爲見也此之諸見或因禪發或因聞發因禪發者謂初因心靜後觀轉明見解通徹有如妙悟因聞發者謂聽本不多廣能曉悟見解分明問答

聽辯雖因禪因聞而發既推理不當皆屬邪見實非辯悟此等見發即須用觀觀之令達正道不爲所障爲是須用觀諸見境也

八慢境　自恃輕他之心名慢謂既伏諸見妄執之心則息無智者謂爲涅槃濫叨高位起大輕慢慢心既發廢於正行爲是須觀慢境也（梵語涅槃華言滅度）

九二乘境　謂聲聞緣覺以四諦之法而修則能運出生死之苦名之爲乘謂見慢之心既因修觀而息則先世所習小志因靜而生蓋小志溺於空寂不能至于大乘究竟之地所謂寧起㾗癩野干心勿學聲聞緣覺行故二乘境界若發亦須用觀觀察毋令生著爲是須觀二乘境也（四諦者苦諦集諦滅諦道諦也野干似狐而小形色青黃如狗羣行夜鳴如狼）

十菩薩境　菩薩梵語具云菩提薩埵華言覺有情天台大師解云用諸佛道成就衆生謂由上見慢之心既息或發先世所習若憶本願則不墮二乘之境而發三教菩薩境界之心今修觀者既依大乘圓頓妙教開解立行故藏等三教菩薩境界若發亦須觀察毋令生著爲是須觀菩薩境也（三教者藏教通教別教也）

十如是（出法華經玄義）　不異名如無非曰是謂十法界始自地獄終至佛界各具十如是因果之法天台大師依義讀文凡有三轉一云是相如是性如乃至是報如如名不異即空之義也二云如是相如是性乃至如是報名字施設各各不同即假之義也三云相如是性如是乃至報如是如於中道實相之是即中之義也（十法界者地獄界畜生界餓鬼界脩羅界

人界天界聲聞界緣覺界菩薩界佛界也空假中者雖性離相謂之空無法不具謂之假非空非假謂之中也

一如是相 相即相貌相以據外覽而可別謂始自地獄終至佛界各各相貌不同是名如是相相據外者謂相在外而可依據也

二如是性 性即性分性以據內自分不改謂始自地獄終至佛界其性各各不同是名如是性

三如是體 體即體質謂始自地獄終至佛界俱以色身而爲體質是名如是體

四如是力 力即力用謂始自地獄終至佛界皆有力用功能是名如是力

五如是作 作即造作謂始自地獄終至佛界皆能運爲造作是名如是作

六如是因 因即習因謂始自地獄終至佛界善惡業因皆由自種而生習續不斷是名如是因

七如是緣 緣即緣助謂始自地獄終至佛界各有緣起之法助成習因是名如是緣

八如是果 果即習果謂始自地獄終至佛界皆由習因習續於前習果剋獲於後是名如是果

九如是報 報即報果謂始自地獄終至佛界皆由習因習果而感其報是名如是報

十如是本末究竟等 謂初相爲本後報爲末此之本末皆同實相一理平等無二是名如是本末究竟等

大明三藏法數卷第二十八

大明三藏法數卷第二十九

上天竺前住持沙門一如等奉　勅集註

十普門（出觀音玄義）普徧也門即能通之義謂菩薩以圓融中道妙觀通入常住實際理地故立此十門也

一慈悲普　慈能與樂悲能拔苦蓋菩薩即於一念之中遍觀十界善惡苦樂而起慈悲與拔之想普令衆生離一切苦得一切樂故名慈悲普（十界者佛界菩薩界緣覺界聲聞界天界人界脩羅界餓鬼界畜生界地獄界也）

二弘誓普　弘者廣也誓者制也廣求勝法制御其心也謂菩薩依四諦境發弘誓願若見苦諦逼迫楚毒之相緣此起誓故言未度者令度若見集諦迷惑繫縛甚可哀傷約此起誓故言未解者令解若見清淨之道能出生死至安樂地欲示衆生行此道故乃言未安者令安若見滅煩惱處名爲涅槃約此起誓故言未得涅槃者令得涅槃故名弘誓普（梵語涅槃華言滅度）

三明修行普　行有五種不同一者聖行謂戒定慧二者梵行謂慈悲喜捨三者天行謂證第一義天由理成行故四者嬰兒行謂示同三乘七方便人所脩之行五者病行謂示爲六道之身現有三障之相此之次第五行雖菩薩所脩而未名爲普如涅槃經云復有一行名如來行所謂大乘大般涅槃大乘是圓因涅槃是圓果菩薩能修此之一行故名脩行普（慈悲喜捨即四無量心也第一義天者天即天然自然之義謂中道之理無二無別自然而然非造作也三乘者聲聞乘緣覺乘菩薩乘也七方便者五停心別相念處總相念處此三位名外凡煖位頂位忍位世第一位此四位名內凡是七方便位也六道者天道人道脩羅道餓鬼道畜生道地獄道也三障者業障報障煩惱障）

也

四斷惑普 謂圓教菩薩即觀中道正破無明無明既破一切見思塵沙之惑自然先斷故名斷惑普（見思惑者謂意根對法塵而起分別曰見眼等五根對色等五塵而起貪愛曰思塵沙惑者謂衆生見思之惑種類衆多如塵若沙也）

五入法門普 謂二乘之人若入一法門則不能入二此即歷別之行證有階差今菩薩圓脩三諦則無量法門悉入其中故名入法門普（二乘者聲聞乘緣覺乘也三諦者眞諦俗諦中諦也）

六神通普 神名天心通名慧性天然之性徹照無礙名爲神通謂羅漢天眼見大千世界辟支佛見百佛國土小教菩薩見河沙佛土皆是限量之神通圓教菩薩遍見法界而無限極所發六通自在變現無有限量故名神通普（羅漢梵語具云阿羅漢華言無學又云無生辟支梵語具云辟支迦羅華言緣覺小教菩薩者即藏通二教菩薩也六通者天眼通天耳通他心通宿命通身如意通漏盡通也）

七方便普 方即方法便即便宜脩方便道普化衆生也謂二乘及小教菩薩方便化他則止齊其所得未名爲普圓教菩薩以眞俗二諦爲方便照眞則以眞身益物照俗則以應身赴機資發中道利十界機故名方便普

八說法普 謂二乘及小教菩薩不能一時徧答衆問未得名普今圓教菩薩一音演法殊方異類皆悉得解故名說法普

九供養諸佛普 謂菩薩之所供養非止一佛一國土微塵諸佛能以身命財及一切供具周至十方供養諸佛乃至不可說不可說佛無不供養故名供養諸佛普

十成熟衆生普 謂圓教菩薩饒潤成熟一切衆生而無限量譬如大雨四方俱下一切卉木叢林徧令生

長華果悉皆成就故名成就衆生普雙貼釋觀音普門（出觀音玄義）天台智者大師通釋妙法蓮華經一部之外復以觀世音菩薩普門品世多持誦故別立玄疏詳釋此品品題之中乃約人法等十雙一一貼釋以觀音普門具有此十雙之義該括自行化他始因終果之法故歷陳之助顯其義可謂無餘蘊矣（玄即玄義通釋品題玄謂幽微難見義則別有所以也疏即義疏別解品內之文疏通也決也謂令經文所詮義理通決而無壅礙也）

一人法　人即觀世音法即普門觀世音者謂此菩薩以中道妙智觀於世間衆生受苦求救之聲一時皆令解脱也普門者普徧也門即能通之義謂實相妙理互通徧攝無所障礙也此品具兩問答依前問答論觀世音人故經云以是因緣名觀世音依後問答論普門示現種種說法故經云方便之力其事云何以人能秉法故言人法也（前後問答者無盡意初問以何因緣名觀世音佛答云若有無量百千萬億衆等是也次問云何遊此娑婆世界等答云若有國皆衆生應以佛身等是也）

二慈悲　慈即愛念謂以愛樂歡喜起大慈心能與他樂也悲即愍傷謂以惻愴憐愍起大悲心能拔他苦也令依前問答論觀世音大悲拔苦百千苦惱皆得解脱也依後問答論普門示現大慈與樂即應以得度而爲說法也良由觀音之人觀於普門之法達於實相之理愍諸衆生理具情迷枉受衆苦失於本性之樂是以即起慈悲誓拔其苦而與其樂故以慈悲次人法而明之也

三福慧　福即福德謂布施持戒精進忍辱禪定五度也慧即智慧謂般若

一度也五資於慧慧導於五猶目與足不可互闕今觀世音智慧莊嚴也普門福德莊嚴也以智慧莊嚴則大悲誓滿拔苦義成以福德莊嚴則大慈誓滿與樂義成故以福慧次慈悲而明之也

四眞應 眞即眞實謂眞身也應即應現謂應身也眞身是體應身是用今觀世音中道妙智契於實相之境即是眞身普門說法隨所應現即是應身若福資於慧顯出眞身慧導於福顯出應用故眞應次福慧而明之也

五藥珠 藥即藥樹珠即如意珠藥能愈病喻觀世音眞身益物以眞身冥理理顯則三惑皆消珠能雨寶喻普門應身益物以應身對機機感則衆善普會故藥珠次眞應而明之也（如意珠者天上勝寶狀如芥粟能出衆寶隨心降雨也冥理者契合於理也三惑者見思惑塵沙惑無明惑也）

六冥顯 冥即冥密顯即顯現謂觀世音眞身被物冥作利益以衆生不見不知稱之爲冥普門應身對機說法顯作利益以衆生有見有知稱之爲顯故以冥顯次藥珠而明之也

七權實 權即權巧權智也實即眞實實智也今觀世音隨自意以實智照之衆生即得冥益普門隨他意以權智照之衆生即得顯益如是冥顯獲益不同者蓋由二智之力權巧無方赴機允當不失其宜故以權實次冥顯而明之也（權實二智者權即一切智道種智實即一切種智也）

八本迹 本猶根本迹猶足跡譬人所居之處則有行往之迹今觀世音不動本際而能實智益物普門曲垂迹化而能權智益物觀音既是過去正法明佛其本已高所作

權實之迹則妙故以本迹次權實而明之也

九緣了 緣謂緣助了謂曉了即性德本具緣了二因也前之八雙從人法至眞應是自行次第藥珠至本迹是化他次第此乃順論生起也今推流尋源逆而推之則眞身智慧悲誓及觀音之人皆是性德了因種子而顯發也應身福德慈誓及普門之法皆是性德緣因種子而顯發也自行次第既爾化他次第亦然謂本證實智冥益藥樹屬乎了種迹化權智顯益珠王功歸緣種故緣了次八雙之後而明之也緣助者以緣資了也本具緣了二因者謂緣了二因一切衆生本性元具也若順性而修了因顯至果則成智德緣因顯至果則成斷德緣了二因皆名種子者種有發生之義謂果上智斷二德之顯皆從因中緣了二因而發生也

十智斷 智能照理斷能斷惑即果上所顯智斷二德也智德即般若斷德即解脫亦涅槃也前明緣了是却討因源此明智斷是順論究竟所謂始則起自了因終至菩提大智始則起自緣因終至涅槃斷德若入涅槃衆行梵息故居第十也梵語涅槃華言滅度却討者却退也謂從果德之中却退推討因德之源也梵語菩提華言道

順流十心出摩訶止觀

順即隨順流即流轉謂諸衆生因此十心則隨順煩惱流轉生死故也

一無明昏闇 謂諸衆生從無始來闇識昏迷無所明了煩惱所醉於一切法妄計人我起諸愛見想計顚倒起貪瞋癡廣造諸業是以流轉生死也

二外加惡友 謂諸衆生内具煩惱外值惡友扇動邪法勸惑於我倍加隆盛無由開悟進修善業是以流轉生死也

三善不隨喜 謂諸衆生内外

惡緣既具即內滅善心外滅善事又於他人所作善事不生隨喜之心是以流轉生死也**四三業造罪**謂諸衆生恣縱身口意三業起殺盜婬妄貪瞋等過無惡不爲是以流轉生死也**五惡心徧布**謂諸衆生雖所造惡事不廣而爲惡之心徧布一切處所欲以惱害於人是以流轉生死也**六惡心相續**謂諸衆生唯起惡心增長惡事晝夜相續無有間斷是以流轉生死也**七覆諱過失**謂諸衆生所作惡行諱忌人知不自發露無悔改心是以流轉生死也**八不畏惡道**謂諸衆生心性險狠不知戒律於殺盜婬妄種種惡事無不爲之而於惡道恬然不畏是以流轉生死也**九無慚無愧**謂諸衆生愚癡所蔽造諸惡業上不慚天下不愧人雖自隱覆是以流轉生死也**十撥無因果**謂諸衆生不具正信之心但生邪惡之見而於一切善惡因緣果報悉皆撥以爲無是以流轉生死也

逆流十心（出摩訶止觀）謂脩行之人由前順流十心昏倒造惡積集重累生死浩然而無際畔今欲懺悔應當逆此罪流用十種心翻除惡法也**一深信因果**謂脩行之人先須正信因果業種雖久終不敗亡豈有自作他人受果是以深信善惡果報不生疑惑以此翻破撥無因果之心也**二生重慚愧**謂修行之人剋責往昔無羞無恥棄捨淨業習諸惡行天見我之隱罪是故慚天人知我之顯過是故愧人以此翻破無慚無愧之心也**三生大怖畏**謂修行之人自念

人命無常一息不存千載長往幽途緜邈無有資糧苦海悠深那得不怖因是苦切懺悔不惜身命以此翻破不畏惡道之心也**四發露懺悔**謂脩行之人所有過失不可隱覆即當發露懺悔以此翻破覆諱過失之心也**五斷相續心**謂脩行之人所作惡行既懺悔已即須決斷不可更作以此翻破惡念相續之心也**六發菩提心**梵語菩提華言道謂脩行之人往昔專起惡念徧惱一切今則廣發兼濟之心徧虛空界利益於他以此翻破徧布之惡心也**七斷惡脩善**謂脩行之人昔因恣縱身口意業造作諸惡不計晝夜今則策勵不休斷諸惡行脩功補過無善不爲以此翻破三業造罪之心也**八守護正法**謂脩行之人昔自滅善見他行善而生嫉妬無隨喜心今則守護正法方便增廣以此翻破善不隨喜之心也**九念十方佛**謂脩行之人昔親狎惡友信受其言起諸邪見今則念十方佛有大福慧能救拔我以此翻破隨順惡友之心也**十觀罪性空**謂脩行之人從無始來不知諸法本性空寂廣造諸惡今則了知貪瞋癡等一切惡行起於妄念妄念起於顛倒顛倒起於人我之見今既了達我心本空罪性無依以此翻破無明昏闇之心也

理事無礙十門（出華嚴經疏）

理者一真法界之性也事者一切世間之相也蓋真如不守自性隨緣成一切法故一切法全理而不礙衆相之發揮真理全事而不礙一性之明

現十回向品云於有爲界示無爲法而不滅壞有爲之相於無爲界示有爲法而不分別無爲之性理事相望融通無礙互有不同開爲十門也一理徧於事門理徧於事門者謂一眞法界之理徧在一切事法也然理無分限事有分限事既即理亦無分限故一一微塵具足眞理經云法性徧在一切處一切衆生及國土三世悉在無有餘亦無形相而可得是也三世者過去現在未來也二事徧於理門事徧於理門者謂理既徧於事而事亦徧於理以有分限之事而具無分限之理故一微塵即徧法界也三依理成事門依理成事門者謂依於眞如之理而成世間之事事無別體全攬理成如波依水全水成波也水喻理也波喻事也四事能顯理門事能顯理門者謂理無形相即事而明事既依理而成理乃藉事而顯如波相盡水體全現也五以理奪事門以理奪事門者謂事相既虛全體是理故一切事法了不可得般若心經云是故空中無色無受想行識是也色受想行識即五陰也六事能隱理門事能隱理門者謂眞理既隨緣而成事相遂令事顯而理不現如水成波動顯靜隱經云法身流轉五道名曰衆生是也五道者天道人道餓鬼道畜生道地獄道也七眞理即事門眞理即事門者謂眞如理性即是事法非理之外而別有事如水即是波非波之外而別有水般若心經云空即是色是也八事法即理門事法即理門者謂世間一切事法本無自性皆由因緣會集而有舉體即是

眞性而不出乎事法之外般若心經云色即是空是也

九眞理非事門

眞理非事門者謂事即眞理而非是事葢理絶諸相眞妄有異即妄之眞異於妄故如水濕性則非波之動相也（即妄之眞猶云即事之理異於妄故者謂理異於事也）

十事法非理門

事法非理門者謂全理之事而非是理葢以事有差別性相異故是以舉體全理而事相宛然如波之動相非是水之濕性也

十門釋經（出華嚴經疏）

唐清涼國師將欲解釋華嚴大經故先總啟十種義門列於經前懸談一經大意使知教法興起有所自來然聖人言不虚發説必有由非大因緣莫宣斯典故第一論教起因緣因緣既興有所起教不出三藏十二分教故第二論藏教所攝然藏教皆通權實今揀權取實唯圓教攸故第三論義理分齊既知圓義包含廣博未審被何根器故第四論教所被機雖知正被圓機未知能詮何爲教體故第五論教體淺深已知教體該羅未知所宗尊崇何義故第六論宗趣通局既知旨趣冲深未委能詮文言廣狹故第七論部類品會既知部類廣則無盡畧乃百千而亦未知何年傳譯有何感應使宗承有緒故第八論傳譯感通大旨既陳隨文解釋先明總目故第九論總釋經題總意雖知在文難曉故第十論別解文義故云十門釋經也（三藏者經藏律藏論藏也百千者十萬也此經有十萬偈故攝論稱此經名百千經也）

一教起因緣

教起因緣者明此經教法興起之因緣也謂如來出現最初欲

說甚深大法即從眉間白毫相中放大光明以清淨智眼普觀法界一切衆生具有如來智慧德相但以妄想執著不知不見於是稱法界性而說此經令諸衆生修習聖道永離妄想執著自於身中得見如來廣大智慧與佛無異此則開示衆生等有佛智因緣而令斯教興也

二藏教所攝　藏即含藏之義謂經律論之三藏各能包含無量義理也教即契經重頌授記諷頌自說因緣譬喻本事本生方廣希有論議十二分教也所攝者謂此經與彼三藏十二分教互相攝也若彼攝此於三藏中屬經藏攝十二分中屬契經方廣二分所攝若此攝彼則三藏十二分教皆屬此經攝也蓋此經一法能含無盡法門而況法法圓融重重無盡經云一切法門無盡海同會一法道場中是也（契經者謂長行散說之文也重頌者謂再頌長行之文也授記者謂佛授菩薩作佛之記也諷頌者謂不須長行而直說偈也自說者謂佛不待他問而自說也因緣者謂有人問故爲說是事也譬喻者謂假譬而說也本事者謂說弟子前世之事也本生者謂說菩薩所修行之事也方廣者謂說正理之廣大也希有者謂佛現神力種種等事也論議者謂決擇辯論一切法義也）

三義理分齊　義即圓教所詮玄妙之義理即法界所顯圓融之理謂此經所詮義理正屬圓教說一法則諸法皆攝談一位則諸位咸收是故塵含法界念攝僧祇一切法門同歸華嚴性海也分齊者以圓教所明事事無礙法界及一切塵毛稱性圓融所顯之理正是此經分齊也（僧祇梵語具云阿僧祇華言無數）

四教所被機　教所被機者謂此圓融具德之教正被一乘圓頓之機諸大菩薩

及無信等從類收攝畧有十機令其信解悟入同遊華嚴性海經云我等諸佛護持此法令未來一切菩薩未曾聞者皆悉得聞乃至深入如來境界是也（十機者無信機違眞機人實機狹劣機守權機正爲機兼爲機引爲機權爲機遠爲機也）

五教體淺深

教體淺深者謂如來說教必有其體若演華嚴之教則以海印三昧及事事無礙爲體今通論一大藏教從淺至深畧而明之有十體也（梵語三昧華言正定海印三昧者謂大海澄渟萬像皆現如印印物如來智海清淨湛然一切衆生心念根欲在如來三昧智中猶海現像也）（十體者音聲語言體名句文身體通取四法體通攝所詮體諸法顯義體攝境唯心體會緣入實體理事無礙體事事無礙體海印炳現體也）

六宗趣通局

語之所尚曰宗宗之所歸曰趣通者總論一代時教從俠至寬以爲十宗局者別局一經也此經總以因果緣起理實法界不思議爲宗故所談所尚之語不出乎此蓋令人尋宗歸趣稱性起修證入法界成佛果德若餘諸經則說法名異歸趣不同也（十宗者我法俱有宗法有我無宗法無去來宗現通假實宗俗妄眞實宗諸法但名宗三性空有宗眞空絕相宗空有無礙宗圓融具德宗也）

七部類品會

部即諸部類即流類謂從此經部內流出別行之經也蓋此經教海難思無窮無盡從狹至廣畧顯十類一畧本經即今所傳之經一部三十九品八十卷文九會所談四萬五千偈其餘九類部品會數廣畧各不同也（十類經者畧本經下本經中本經上本經普眼經同說經異說經主伴經眷屬經圓滿經也九會者一會菩提場二會普光明殿三會忉利天宮四會夜摩天宮五會兜率天宮六會他化天宮七會八會皆在普光明殿九會逝多林也）

八傳譯感通

傳譯者謂西天傳至東土譯彼梵語成此華言也蓋此經前後凡二譯

一晉義熙十四年北天竺僧佛度跋陀羅於揚州謝司空寺譯梵本爲三萬六千偈成六十卷一唐證聖元年于闐國僧實义難陀於東都佛授記寺再譯舊文兼補諸闕增益九千偈共前四萬五千偈成八十卷即今流傳者是也感通者佛度跋陀羅譯經之時感龍王遣一青衣童子每日從池而出以給瓶硯之水實义難陀譯經之時感天降甘露徵應良多備載傳記也（梵語佛度跋陀羅華言覺賢梵語實义難陀華言喜學也）

九總釋經題

總釋經題者謂總以妙義解釋大方廣佛華嚴經之題目也蓋大方廣者所證法也佛華嚴者能證人也又云大以體性包含方廣乃業用周徧佛謂果圓覺滿華喻萬行披敷嚴乃飾法成人經謂貫穿常法故一經體用盡大方廣五周因果皆佛華嚴斯乃人法雙標法喻齊舉具體具用有果有因理盡義圓統攝無外爲一部之宏綱也（業用者謂佛不思議功德之業稱體之力用也五周因果者所信因果差別因果平等因果成行因果證入因果也）

十別解文義

別解文義者謂既總釋經題則當別解經文使妙義之不壅也此經文富義博一文一句包含法界科釋難盡略而言之大科三分蓋聖人設教必有其漸將說微言先顯因由故此經從世主妙嚴品爲序分因緣既彰當機受法故此經從如來現相品至入法界品爲正宗分正宗既陳務於流通復令末葉傳芳法燈永耀故此經從入法界品内爾時文殊師利從善住樓閣出已下爲流通分故祖師作疏述鈔嘗釋其義焉（梵語文殊師利

（華言妙德）

十波羅蜜（出華嚴經）梵語波羅蜜華言到彼岸謂菩薩脩此十法化度衆生超生死海到涅槃岸也（菩薩梵語具云菩提薩埵華言覺有情梵語涅槃華言滅度）

一 **檀那波羅蜜** 梵語檀那華言布施運心普周曰布輟已惠人名施經云菩薩爲令衆生心滿足故內外悉捨而無所著是名檀那波羅蜜（內即內身謂頭目身命等外即外財謂金銀財物等也）

二 **尸羅波羅蜜** 梵語尸羅華言清涼謂離熱惱得清涼故亦云防止謂調練三業止過防非好行善道不自放逸也又戒經云菩薩具持衆戒而無所着是名尸羅波羅蜜（三業者身業口業意業也）

三 **羼提波羅蜜** 梵語羼提華言忍辱他人加惱爲辱於辱安受曰忍謂內心能安忍外所辱也經云菩薩悉能忍受一切諸惡於諸衆生其心平等無有搖動是名羼提波羅蜜

四 **毘梨耶波羅蜜** 梵語毘梨耶華言精進練心於法曰精精心務達名進謂勤脩善法心無懈怠也經云菩薩普發衆業常脩靡懈諸有所作恒不退轉是名毘梨耶波羅蜜

五 **禪那波羅蜜** 梵語禪那華言靜慮謂念慮皆忘安心理境又名智生謂依定生智也經云菩薩於五欲境無所貪著諸次第定悉能成就是名禪那波羅蜜（五欲者色欲聲欲香欲味欲觸欲也諸次第定者謂於初禪定二禪定三禪定四禪定等次第而入也）

六 **般若波羅蜜** 梵語般若華言智慧決定審理名智造心分別名慧謂照了一切諸法皆不可得故能通達無礙也經云菩薩於諸佛所善觀諸法得實相印普入一切智門是名般若

波羅蜜（實相即一實相也無相之相名爲實相印即印定一切法皆無相故）

七方便波羅蜜 方即方法便即便宜謂善巧方便隨機利物稱適緣宜也經云菩薩教化衆生而不厭倦隨其心樂而爲現身說法是名方便波羅蜜

八願波羅蜜 願即誓願志求滿足也謂上求佛道下化衆生盡未來際成就行願也經云菩薩成就一切衆生供養一切諸佛盡未來刼證得如來智慧是名願波羅蜜（刼梵語具云刼波華言分別時節）

九力波羅蜜 力即力用謂行滿功成萬境無動能善辨衆事也經云菩薩具深心力無有雜染乃至具加持力令信解領受是名力波羅蜜

十智波羅蜜 智即智慧謂決斷無惑證法怡神善入佛慧明了無礙也經云菩薩知一切法眞實知一切如來力普覺悟法界門是名智波羅蜜

十種智（出華嚴經）

十種智者即三世諸佛一切種智也如來爲令一切菩薩應當脩學而自得開解也（菩薩梵語具云菩提薩埵華言覺有情）

一三世智 謂於過去現在未來三世之法皆悉通達圓明顯了是名三世智

二佛法智 佛梵語具云佛陀華言覺謂覺法自性善出世間現諸威儀說法度生是名佛法智

三法界無礙智 謂知一切衆生本具法界之體事理融通性分交徹互不相礙是名法界無礙智（性即理也分謂分限即事也）

四法界無邊智 謂知衆生色心諸法即是法界充徧一切世間無有邊際是名法界無邊智

五充滿一切世間智 謂如來從定而起廣大妙用徧滿世間無不照了是名充滿一切世間智

六

普照一切世間智 謂如來有大智慧光明普能照了無量世界是名普照一切世間智

七住持一切世界智 謂如來有大神力住持世界知諸衆生機器大小而攝化之是名住持一切世界智

八知一切衆生智 謂如來知所化一切衆生善惡因緣皆悉明了是名知一切衆生智

九知一切法智 謂如來既知所化衆生亦復了知能化諸法是名知一切法智

十知無邊諸佛智 謂如來知無邊諸佛出現世間說法教化一切衆生之事悉能明了是名知無邊諸佛智

十種智明（出華嚴經）智明者智慧明了也謂以十種善巧之智明了通達一切衆生境界教化調伏令出生死苦海而成正覺也

一知衆生業報智明 謂菩薩以善巧智明了達一切衆生造諸惡業而受苦報是名知衆生業報智明（菩薩梵語具云菩提薩埵華言覺有情）

二知一切境界寂滅智明 謂菩薩以善巧智明了達世間一切境界清淨寂滅無諸雜染是名知一切境界寂滅智明

三知一切所緣唯是一相智明 謂菩薩以善巧智明了知一切衆生所緣諸法唯是一實相理皆如金剛不可破壞是名知一切所緣唯是一相智明

四能以妙音普聞十方智明 謂菩薩以善巧智明了知衆生雖空而能以無量妙音演一切法徧十方界無不聞知是名能以妙音普聞十方智明

五普壞染著心智明 謂菩薩以善巧智明普能滅壞一切衆生愛欲染著之心是名普壞染著心

智明**六能以方便受生智明**謂菩薩以善巧智明能於十方世界種種方便示現受生化導有情是名能以方便受生智明**七捨離想受境界智明**謂菩薩以善巧智明於一切想念受用境界悉能捨離是名捨離想受境界智明**八知一切法無相無性智明**謂菩薩以善巧智明了知世間一切諸法皆悉非相非無相一性無性離諸分別是名知一切法無相無性智明（非相者謂一切法本空也非無相者謂一切法即有也一性無性者謂理不決定雖云一性而無定一之性也）**九知衆生緣起本無有生智明**謂菩薩以善巧智明了達一切衆生受生因緣所起之法悉皆空寂本來無生是名知衆生緣起本無有生智明**十以無着心濟度衆生智明**謂菩薩以善巧智明了知一切衆生雖皆空寂而恒起無着之心說法教化令其度生死苦海成無上正覺是名以無着心濟度衆生智明

十種通（出華嚴經疏）通即神通也妙用難測曰神自在無壅曰通**一他心通**謂世出世間所有諸法若種若類與夫他人所起心念皆悉能知是名他心通**二天眼自在清淨通**謂天眼離諸垢障清淨無礙於所見境而得自在無邊世界差别之相若淨若染一一種類悉能明見是名天眼自在清淨通**三宿住智通**宿即過去住即現在謂過去已往之事明了記憶皆隨念知如見現在等無有異是名宿住智通**四知劫通**劫梵語具云劫波華言分別時節謂無量世界無央數劫非有際限若現在因緣若當來

果報稱實皆知是名知劫通（央者盡也）**五天耳智通**謂十方三世語言音聲一時領覽悉徹其源明了知聞皆無障礙是名天耳智通**六無體性智通**謂以無體性無作功用同理平等悉能普徧故隨念即形現有作用不動本處而隨所詣廣利羣生是名無體性智通**七善分別言音通**謂一切言辭若美不美若近若遠悉能明了是名善分別言音通**八色身智通**謂知色即空故能現衆色空即色故無色現色了無留礙是名色身智通**九一切法智通**法即理事等法謂即事常理故無得物之功即理常事故無緣起之性寂用無礙體絕去來無法不知是名一切法智通**十滅定智通**滅即寂滅也謂若事滅不能即定起用今證理滅故得定散無礙由即事而理故不礙滅即理而事故不礙用起念入念悉無障礙不起寂定現諸威儀是名滅定智通

十徧處定（出法界次第）　智度論云八背捨爲初門八勝處爲中行徧一切處爲成就謂三種觀具足禪體始得成就此定謂之徧一切處者從所觀境徧滿得名也（八背捨者一內有色相外觀色二內無色相外觀色三淨背捨身作證四虛空處背捨五識處背捨六無所有處背捨七非有想非無想處背捨八滅受想背捨也八勝處者一內有色中內觀色少二內有色相外觀色多三內無色相外觀色少四內無色相外觀色多五青勝處六黃勝處七赤勝處八白勝處也）**一青徧一切處定**謂於定中還取八背捨八勝處中所見青色使徧一切處皆青故名青徧一切處定**二黃徧一切處定**謂於定中還取八背捨八勝處中所見黃色使徧一切處皆黃故名黃

徧一切處定**三赤徧一切處定**謂於定中還取八背捨八勝處中所見赤色使徧一切處皆赤故名赤徧一切處定**四白徧一切處定**謂於定中還取八背捨八勝處中所見白色使徧一切處皆白故名白徧一切處定**五地徧一切處定**謂於定中還取八背捨八勝處中所見地色使一切處無不周徧故名地徧一切處定**六水徧一切處定**謂於定中還取八背捨八勝處中所見水色使一切處無不周徧故名水徧一切處定**七火徧一切處定**謂於定中還取八背捨八勝處中所見火色使一切處無不周徧故名火徧一切處定**八風徧一切處定**謂於定中還取八背捨八勝處中所見風色使一切處無不周徧故名風徧一切處定**九空徧一切處定**謂於定中還取八背捨八勝處中所見空色使一切處無不周徧故名空徧一切處定**十識徧一切處定**謂於定中還取八背捨八勝處中所見識色使一切處無不周徧故名識徧一切處定

十種修三昧法 出大集賢護經

一摧折我慢我即我見慢即憍慢謂修行之人當先摧滅我慢之心而於佛法僧三寶及一切衆生之前皆起恭敬也**二知恩念報**謂修行之人當知天地葢載國王水土父母養育師長訓誨皆有恩德於一切時念念不忘以報其恩也**三心無嫉妬**謂修行之人攝化有情心無偏倚於他所有名譽財寶如同已有不生嫉惡妬忌之心也**四斷除疑惑**謂修

行之人當以諸佛正知正見斷除疑惑而於善惡諸境皆無障礙也**五深信不壞**謂修行之人須發深信之心於佛正法繫念思惟堅固持守如金剛不壞也**六精勤無倦**謂修行之人當精進勤敏無有倦怠使得成就道果也**七常行乞食**謂修行之人當行乞食折我慢心益彼福德設有請者則依時赴之不可更赴別請也**八少欲知足**謂修行之人當離塵寡欲不可多求財利而起貪染常自知足調伏諸根以增長善法也**九樂無生法忍**無生法即不生不滅之理忍即安忍修行之人於不生滅之法起希樂心安忍不退以期必證乎此也**十常念三昧**謂修行之人應當事彼能證三昧法者即作佛想念念於此三昧精勤修習無有退失也

十種行觀一切法（出華嚴經）謂華嚴經十住品內第三修行住中令此位菩薩以十種行觀一切法也（十住者發心住治地住修行住生貴住方便具足住正心住不退住童眞住法王子住灌頂住也菩薩梵語具云菩提薩埵華言覺有情）**一觀一切法無常**謂此菩薩但觀一切諸法念念不停剎那生滅而未會得法身眞常之理是名觀一切法無常（梵語剎那華言一念）**二觀一切法苦**謂此菩薩觀五蘊諸法有生有滅皆能逼迫於人而未證得涅槃之樂是名觀一切法苦（五蘊者色蘊受蘊想蘊行蘊識蘊也梵語涅槃華言滅度）**三觀一切法空**謂此菩薩觀一切諸法皆悉空寂而未能得眞善之法是名觀一切法空（眞善法者即出世之善法而非世間人天之善也）**四觀一切法無我**謂此菩薩觀一切諸法皆空即能

趣入無我之境而未證得八自在之眞我是名觀一切法無我（八自在者一示一身以爲多身二示一塵身滿大千界三大身輕舉遠到四現無量類常居一土五諸根互用六得一切法如無法想七說一偈義經無量刦八身徧諸處猶如虛空也）**五觀一切法無作**謂此菩薩觀一切諸法既念念無常於是了知諸法無有造作之相是名觀一切法無作**六觀一切法無味**謂此菩薩觀一切諸法既皆是苦即無快樂之味息諸貪愛之念是名觀一切法無味**七觀一切法不如名**謂此菩薩觀一切諸法無有實體但有假名是名觀一切法不如名**八觀一切法無處所**謂此菩薩觀五蘊法中一一推求我相了不可得故彼五蘊之法亦無處所是名觀一切法無處所**九觀一切法離分別**謂此菩薩觀一切諸法了知即空離諸虛妄分別取著之相是名觀一切法離分別**十觀一切法無堅實**謂此菩薩觀一切諸法既離分別則知此之諸法悉皆虛妄而不堅實是名觀一切法無堅實

十種忍（出華嚴指掌）

忍即安忍亦忍可也謂菩薩既斷無明之惑證無生理了達諸法本來寂滅是故見色聞聲如幻如化不起妄念而分別也然此忍體雖一而隨事立名則有十種也**一音聲忍**音聲忍者謂聞佛深教即能曉了忍可而不驚怖也**二順忍**順忍者謂於理於事悉能隨順諦審忍可而無違逆也**三無生忍**無生忍者謂了達諸法本來無生亦無有滅諦審忍可而妄念不起也**四如幻忍**如幻忍者謂了達諸法皆從因緣和合而生猶如幻化性本空寂

諦審忍可而無執著也

五如焰忍 如焰忍者謂了知一切境界悉如陽焰無有眞實諦審忍可而不執著也

六如夢忍 如夢忍者謂了諸妄心皆如夢境無有眞實諦審忍可而不執著也

七如響忍 如響忍者謂世間一切語言音聲皆由因緣和合而成猶如谷響無有眞實諦審忍可而不執著也

八如影忍 如影忍者謂了達色身由五蘊積聚而成本無實體諦審忍可而不執著也（五蘊者色蘊受蘊想蘊行蘊識蘊也）

九如化忍 如化忍者謂世間諸法無而忽有有即還無體非眞實諦審忍可而不執著也

十如空忍 如空忍者謂了達世間出世間種種諸法悉如虛空無有色相諦審忍可而不執著也

十種不思議法（出菩薩藏正法經）

思即心思議即口議謂十種法皆不可心思口議也

一最勝身相不思議 謂如來身相最勝清淨積集無量福智嚴具一切勝妙功德如大圓鏡現衆色像如虛空界普攝一切令諸衆生超越分別離諸疑悔信解清淨發希有相故名最勝身相不思議

二妙好音聲不思議 謂如來於衆會之中所出音聲隨宜說法皆爲調伏一切衆生作諸善利令其各得解了咸生愛樂心意適悅如獅子吼具足最勝故名妙好音聲不思議

三最上大智不思議 謂如來以最上大智無礙知見說一切法令彼衆生信解清淨發希有想故名最上大智不思議

四微妙光明不思議 謂如來所有光明廣大微妙徧照十方世界超出諸天光曜令一切世界衆生見

光明者信解清淨超越分别離諸疑悔身心喜悦發希有想故名微妙光明不思議十方者四方四維上下也

五圓滿戒定不思議 謂如來身口意業悉皆清淨大寂滅定常自安住圓成滿足令諸衆生發希有想亦能清淨三業修諸禪定即得最上波羅蜜多故名圓滿戒定不思議三業即身業口業意業也梵語波羅蜜多華言到彼岸

六廣大神足不思議 謂如來神通具足於諸衆中最爲第一若目連若聲聞若菩薩所有神力皆無與如來等者故名廣大神足不思議目連梵語具云目犍連華言采菽氏佛弟子中之最神通者也

七如來智力不思議 謂如來具足最勝智慧之力於天人世間作獅子吼轉妙法輪所有一切天人魔梵悉不能與如來等者令一切衆生如實了知超越分别離諸疑惑故名如來智力不思議魔梵者魔即魔王梵即梵天也

八無所畏不思議 謂如來成無上正覺具無上勝智於諸衆中作獅子吼轉妙法輪得大自在故名無畏不思議

九大悲心不思議 謂如來不捨一切衆生心常悲愍無有限量而諸衆生於無住法中不能了知如來即運大悲之心令其悉得覺了信解清淨生希有想故名大悲心不思議

十不共法不思議 謂如來具足一切功德智慧於大衆中作獅子吼轉妙法輪諸沙門婆羅門天人魔梵悉不能轉令諸衆生超越分别離諸疑惑信解清淨發希有想故名不共法不思議梵語沙門華言勤息梵語婆羅門華言淨行

十無盡句出華嚴經疏 華嚴經十地品中說初歡

喜地菩薩發廣大如法界之願以十無盡而得成就若此十句乃有盡者我願有盡以此十句而無盡故我之大願亦無有盡是名十無盡句也**一衆生界無盡**謂諸衆生皆依世界而住其中衆生無有盡故是名衆生界無盡**二世界無盡**謂一切世界皆依虛空而住其中世界無有盡故是名世界無盡**三虛空界無盡**謂十方一切虛空徧至一切色非色處皆有是空無有窮盡是名虛空界無盡**四法界無盡**謂一眞法界體性無盡稱此體故說無量法化諸有情安置涅槃亦無有盡是名法界無盡（一眞法界即一眞實之理也）**五涅槃界無盡**梵語涅槃華言滅度謂如來度生既畢入涅槃界入而復出出而復入無窮無盡是名涅槃界無盡**六佛出現界無盡**謂如來出現度生說法巧妙方便神通智慧無有盡故是名佛出現界無盡**七如來智界無盡**謂如來智慧能知自心所緣法界無有盡故是名如來智界無盡**八心所緣無盡**謂如來心之所緣即是智慧所照之境無有盡故是名心所緣無盡**九佛智所入境界無盡**謂佛之智即是眞性了了常知能入無盡境界是名佛智所入境界無盡**十世間轉法轉智轉無盡**世間轉者謂展轉攝前衆生界世界虛空界也法轉者謂展轉攝前法界涅槃界佛出現界也智轉者謂展轉攝前如來智界心所緣佛智所入境界也蓋此三轉皆言無盡者以世法智之三種展轉含攝無有窮盡是名世間轉法轉智轉

無盡

十種因(出瑜伽師地論)

一隨說因 謂於欲界色界無色界一切惑業繫縛之法及不繫縛之法隨所見聞覺知起諸言說是名隨說因(不繫縛法者即出世之道法也)

二觀待因 待即對待之義謂諸有情欲求三界有繫縛之樂及出世間不繫縛之樂於彼諸緣或爲求得或爲受用觀彼對此是名觀待因

三牽引因 謂由淨不淨業熏習三界善惡諸行於可愛不可愛趣中牽引可愛不可愛之自體是名牽引因(趣即六趣言可愛不可愛者謂於六趣之中天人二趣可愛修羅餓鬼畜生地獄四趣不可愛也自體即行業之自體也)

四生起因 謂三界可愛不可愛一切惑業繫縛之法各從自種而生愛即能潤種即所潤由此所潤先所牽引可愛不可愛之自體遂得生起是名生起因

五攝受因 謂三界惑業繫縛之法及不繫縛之法悉依眞實之見之所攝受是名攝受因

六引發因 謂欲界繫縛善法能引欲界繫縛諸勝善法也又能引色界無色界繫縛及不繫縛善法乃至無色界繫縛善法能引無色界諸勝善法及不繫縛善法等是名引發因

七定異因 謂三界繫縛諸法及不繫縛法自性功能有差別故是名定異因

八同事因 謂由自性功能和合而生三界繫縛之法及不繫縛法亦得成辦和合是名同事因

九相違因 謂三界繫縛之法及不繫縛法將得生時若障礙現前便不得生是名相違因

十不相違因 謂三界繫縛之法及不繫縛法將得生時若無障礙現前即便得生是名不

相違因

十想（出大智度論）

【一無常想】想即觀想謂觀諸衆生及諸世界一切有爲之法遷流代謝皆悉無常作是想者智慧相應得斷生滅是名無常想

【二苦想】謂觀五陰之身一切有爲之法常爲諸苦之所逼迫作是想者智慧相應得滅衆苦是名苦想（五陰者色陰受陰想陰行陰識陰也）

【三無我想】謂觀一切諸法畢竟空寂皆無有我作是想者智慧相應得滅我想是名無我想

【四食不淨想】謂觀諸飲食皆從不淨因緣而生如肉從精血水道所生實爲膿蟲住處又如酥乳及酪血所變成與爛膿無異厨人汗垢種種不潔作是想者智慧相應斷不淨食是名食不淨想

【五世間不可樂想】謂觀世間一切色欲滋味車乘服飾宫室園苑皆是惡事心生厭離不可樂著作是想者智慧相應得斷貪樂是名世間不可樂想

【六死想】謂觀此身念念無常剎那生滅遷謝不停作是想者智慧相應得滅死相是名死想（梵語剎那華言一念）

【七不淨想】謂觀此身從煩惱業種爲因父母不淨爲緣和合成就内有三十六物外則九竅常流皆悉不淨作是想者智慧相應遠塵離垢是名不淨想（三十六物者謂髮毛爪齒眵淚涎唾屎尿垢汗皮膚血肉筋脉骨髓肪膏腦膜肝膽腸胃脾腎心肺生藏熟藏赤痰白痰也九竅者兩眼兩耳鼻口大便小便也）

【八斷想】謂觀有餘涅槃之相斷諸結使得無漏道作是想者智慧相應得斷三毒是名斷想（梵語涅槃華言滅度有餘涅槃者謂二乘之人雖斷見思之惑尚餘色身未滅也結即結縛使即驅使謂煩惱之縛驅使衆生入生死海也無漏者謂不漏落生死也三毒者貪毒瞋毒癡毒也）

九離想謂觀涅槃之相遠離煩惱離結使縛作是想者智慧相應得離愛欲是名離想

十盡想謂觀無餘涅槃之相滅一切苦盡諸結使一切煩惱不復更生作是想者智慧相應得盡諸漏是名盡想（無餘涅槃者謂二乘人煩惱斷盡色身亦滅而無餘也）

大明三藏法數卷第二十九

大明三藏法數卷第三十

上天竺前住持沙門一如等奉　勅集註

十門叙密呪功德深廣（出顯密圓通成佛心要集）

一護持國王安樂人民門　寶星陀羅尼經云：一切國土中所有陀羅尼流行之地，令其人王常得擁護，勢力自在，亦能擁護王之政教；一切不祥之事，皆悉斷滅；復令財穀豐饒，人民安樂也。（梵語陀羅尼，華言呪。呪即願也，亦云總持，即眞言也。）

二能滅罪障遠離鬼神門　菩提場莊嚴陀羅尼等經云：若書寫陀羅尼，置佛像中、塔中、杵中，或書在幢上、紙素竹帛等上，有衆生得覩視者，或身手觸者，或頂戴之者，乃至書於鐘鼓鈴鐸之上，有聞聲者，縱有五無間罪，悉皆滅盡；鬼神天魔，悉皆馳散，無能侵害也。（五無間者：一趣果無間，二受苦無間，三時無間，四命無間，五形無間也。）

三除身心病增長福慧門　聖六字陀羅尼等經云：行人持誦陀羅尼，能除種種身心病苦，及一切貪嗔癡心，自然消滅；凡所出言，人皆信受；一切經論，并世間典籍，自然通曉；縱其自身不作福業，十方如來所有功德，悉與此人增長一切福慧也。

四凡所求事皆不思議門　觀自在儀軌等經皆說：行人欲求所願成就時，用四種物：一者弓箭及數珠袈裟等，二者雌黃等種種藥物，三者河岸上土作獅子孔雀等禽獸之形，四者或塑畫雕刻佛菩薩明王等像，置于壇中，如法誦呪。若得火焰出時，或手執，或塗身等，即得飛騰虛空，遊諸世界，供養諸佛；隨心所樂，悉皆成就，不可思議也。

五利樂有情救脫幽靈門　大寶樓閣等經皆

說若有衆生得見持呪人身者或聞語音者或影中過者盡滅十惡五逆之罪來世生諸佛國又無垢淨光等經皆說若人廣造惡業死墮三塗得持呪人稱亡人名字專心誦尊勝隨求等咒亡者即離惡趣生於天上也十惡者一殺生二偷盗三邪婬四妄語五兩舌六惡口七綺語八貪欲九嗔恚十邪見也五逆者弒父弒母弒阿羅漢破和合僧出佛身血也三塗者刀塗血塗火塗也

六是諸佛母教行本源門

樓閣經云眞言是諸佛之母成佛種子若無眞言終不能成無上正覺又三藏教盡從陀羅尼所出又儀軌經云唵字即是無相法界無相法界全是眞言是知眞言總含萬行即三藏之本源也三藏者即經藏律藏論藏也

七四衆易修金剛守護門

謂一切四衆行住坐臥四威儀中易於誦習不假備通教典所以曼荼羅跡云念如來之神咒心心暗契如來心諷菩薩之密言願願冥符菩薩願何生死之不逃何涅槃而不得又大悲心陀羅尼經云誦持陀羅尼者是無畏藏善神龍王金剛密跡常隨衞護不離其側也四衆者比丘比丘尼優婆塞優婆夷也

八令凡同佛如來歸命門

大悲心陀羅尼經云誦持陀羅尼者口中所出言音若善若惡一切天龍聞者皆是清淨法音又偈云譬如靈丹藥點鐵成金寶誦持陀羅尼變凡作賢聖又佛頂偈云十方世界諸如來護念歸念受持者是也

九具自他力現成菩提門

十住論云一自力門謂修六度萬行等如人陸地步行千里其到則遲二他力門謂念佛等如人水路舡行千里其到則疾今眞言中密

具自他二力又諸經中說真言行者現世能成無上菩提故樓閣經云我於無量百千劫難行苦行猶不得菩提由纔聞陀羅尼故加行相應便成正覺是也（六度者一布施二持戒三忍辱四精進五禪定六智慧也）

十諸佛如來尚乃求學門　大乘莊嚴寶王經云諸佛亦求神咒何況凡夫而不持誦耶

十無盡藏（出華嚴經）藏者含攝也此之十藏乃功德林菩薩於華嚴會上爲諸菩薩演說欲令其普入一切佛法之門成就無上菩提饒益一切衆生以其各能含攝無盡法海故皆名爲無盡藏也（菩薩梵語具云菩提薩埵華言覺有情梵語菩提華言道）

一信藏　謂菩薩淨信堅固解諸法空心不退轉生如來家增長信解聞持一切佛法爲衆生說皆令信解是名信藏

二戒藏　謂菩薩奉持三世諸佛無盡淨戒具足圓滿無所毀犯念諸衆生顛倒破戒我成菩提說真實法令離顛倒同得此戒是名戒藏（三世者過去現在未來也）

三慚藏　謂菩薩憶念過去不知慚天於諸眷屬備造衆惡今爲諸佛所知而生於慚是故發露懺悔修行梵行證得菩提爲諸衆生說真實法令修於慚是名慚藏

四愧藏　謂菩薩自愧往昔及諸衆生於五欲境具行惡法感垢穢身今爲諸佛所知而生於愧是故發露懺悔修行梵行速成菩提爲諸衆生說真實法令修於愧是名愧藏（五欲者色欲聲欲香欲味欲觸欲也）

五聞藏　謂菩薩聞世間出世間一切諸法故於諸佛菩薩緣覺聲聞出現入滅皆悉能知念諸衆生無有多聞不能了知此一切

法我當持多聞藏證得菩提爲衆生說是名聞藏（世間法即三界中之法出世間法即諸佛聖賢之法也）

六施藏 謂菩薩稟性仁慈常行十施無有一念悔恨之心亦不求於果報但爲利益法界衆生是名施藏（十施者分減施竭盡施內施外施內外施一切施過去施未來施現在施究竟施也）

七慧藏 謂菩薩智慧具足了知世間出世間一切諸法皆從業報諸行因緣所造悉是虛假無有堅固欲令衆生知其實性廣爲宣說是名慧藏

八念藏 謂菩薩捨離癡惑得具足念能憶知一生乃至無量百千生成住壞空一劫乃至無數劫一切諸佛出世各說諸佛名號授記修多羅等十二分經及衆會根性等盡能記憶是名念藏（成住壞空者即四中劫之名合此四中劫爲一大劫劫梵語具云劫波華言分別時節梵語修多羅華言契經十二分經者一契經二重頌三諷頌四因緣五本事六本生七希有八譬喻九論議十自說十一方廣十二授記也）

九持藏 謂菩薩具大威力於諸佛所說修多羅法文句義理一生受持乃至無數生受持及諸佛名號劫數授記修多羅等無量無盡皆能受持無有忘失是名持藏

十辯藏 謂菩薩具大辯才廣爲衆生演說諸法或說一品法乃至無數品法或一日說乃至無數劫說劫數可盡一文一句義理難盡隨衆生根皆令滿足是名辯藏

大乘十喻（出法界次第）

一如幻喻 謂如幻師幻作種種諸物及男女等相體雖無實然有幻色可見一切諸法亦復如是無明幻作迷心不了妄執爲實修空觀者於諸幻法心無所著皆悉空寂故說如幻（空觀者謂觀一切法皆空也）

二如焰喻 謂無智之人初見陽焰妄以

爲水諸煩惱法亦復如是無智不了於結使中妄計我相智者了知虛誑不實皆是妄想故說如焰（結使者即煩惱也謂因煩惱纏縛驅使衆生入於生死也）

三如水中月喻 謂月在虛空影現於水諸愚小兒見水中月歡喜欲取智人見之則笑以喻無智之人於五陰中妄起我我所見執爲實有於若法中而生歡喜然得道智人愍之而笑故說如水中月（五陰者色陰受陰想陰行陰識陰也我者謂於五陰中强立主宰妄執爲我也我所者即五陰之身等也）

四如虛空喻 謂虛空但有其名而無實體愚人不了執之爲實一切諸法亦復如是空無所有若無智之人於虛妄中計爲實有起彼我執脩空觀者了一切法皆無所有故說如虛空

五如響喻 謂深山幽谷及空舍中若語聲若擊物聲隨聲相應而有響生愚人不了以爲實有一切音聲語言亦復如是若有智之人了知語音無實心不生著故說如響

六如乾城喻 乾城即乾闥婆城梵語乾闥婆華言香陰謂日初出時見城門樓櫓宮殿行人出入日高漸滅但可眼見而無實有一切諸法亦復如是若智者則能了知諸法悉皆虛假不生執著故說如乾城

七如夢喻 謂人夢中本無實事妄執爲實覺還自笑一切諸法亦復如是一切結使煩惱皆是虛妄而人不了執之爲實若得道覺悟乃知虛妄亦復自笑故說如夢

八如影喻 謂影但可見而不可捉一切諸法亦復如是如眼耳等諸根雖有見聞覺知求其實體即不可得故說如影

九如鏡中像喻 謂鏡中之像非鏡

作非面作非鏡面和合而作亦非無因緣作雖非實有然亦可見故無智不了執之爲實而生分別一切諸法亦復如是從因緣生無有實體但有名字而起分別誑惑凡夫生諸煩惱若有智之人雖復見聞了知無實而不執著故說如鏡中像 **十如化喻** 謂若諸天僊得神通者變化諸物雖有男女等相而無生老病死苦樂之實一切諸法亦復如是無有生滅如化而成亦無有實如人之生但從先世之因而有今世之身悉皆虛假何實之有故說如化

性虛空十義（出宗鏡錄） 謂真如性體廣博無量猶若虛空有斯十義也 **一無障礙義** 無障礙者謂真如性體於一切諸法圓融通達悉無障礙也 **二周徧義** 周徧者謂真如性體於一切處無不周徧也 **三平等義** 平等者謂真如性體於一切法等無有異也 **四廣大義** 廣大者謂真如性體廣而無邊大而無外也 **五無相義** 無相者謂真如性體圓明寂絕離諸色相也 **六清淨義** 清淨者謂真如性體湛然瑩徹無所染汙也 **七不動義** 不動者謂真如性體圓常凝靜不遷不變也 **八有空義** 有空者謂真如性體本來空寂能滅一切有爲之法也 **九空空義** 空空者謂真如性體本來空寂於諸空相亦不可得也 **十無得義** 無得者謂真如性體諸佛衆生本來具足雖有能證之智而所證之理體元寂絕亦不可得也

水喻真心有十義（出宗鏡錄） **一水體澄清** 謂衆生真如之心自性清淨圓湛明徹本來無染

猶水之澄清也**二得泥成濁**謂衆生眞如之心性雖清淨而爲無明之所染汙覺成不覺猶水本清淨得泥成濁也無明者無所明了也**三雖濁不失淨性**謂衆生眞如之心雖爲無明所染而清淨本然之性初不變異猶水雖濁而其淨性則不失也**四泥澄淨現**謂衆生眞如之心爲無明所覆其體昏昧若能除去無明之惑則本然清淨之性自然澄現猶水之濁澄去其泥則淨體現矣**五遇冷成冰而有硬用**謂衆生眞如之心與無明合則能隨諸染緣變造九界之法而成本識之用猶水之遇冷成氷而有堅硬用也九界者菩薩界緣覺界聲聞界天界人界脩羅界餓鬼界畜生界地獄界也本識即第八識也**六雖成硬用不失濕性**謂衆生眞如之心雖隨無明之緣起諸染用然即事恒眞其不變之性未始不存猶水雖成堅硬之用而其濕性未嘗有失也**七煖融成濕**謂衆生眞如之心雖隨無明之緣而起染用然無明若盡則本識還淨猶水之成氷遇煖而融濕性自成也**八隨風波動不改靜性**謂衆生眞如之心隨無明風而波浪起滅然其不生不滅之性則自然不變猶水之隨風波動而靜性不改也**九高下流注不動自性**謂衆生眞如之心隨緣流注而性常湛然不動猶水隨地高下排引流注而不動自性也**十隨器方圓不失自性**謂衆生眞如之心普徧諸有爲法而自性不失猶水之隨器方圓而不失自性也

海印三昧有十義出宗鏡錄海印是喻梵語三昧

華言正定從喻立稱故名海印三昧謂大海澄渟湛然不動萬象皆現如印印物如來智海清淨湛然一切衆生心念根欲悉在如來三昧智中猶海現像也**一無心能現**謂如來三昧法性平等離諸名相不加功用而能顯現一切諸相是名無心能現**二現無所現**謂如來三昧隨衆生心現種種相如光如影了不可得是名現無所現**三能現所現非一**謂如來三昧能現之智與所現之境一念圓融十方普應是名能現所現非一**四能現所現非異**謂如來三昧能現之智所現之境雖十方普應不同莫不本乎一念是名能現所現非異**五無去來**謂如來三昧萬法現於自心彼亦不來身相徧於法界我亦不去是名無去來**六廣大**謂如來三昧普徧包容無法不備衆生世界不離一心是名廣大**七普現**謂如來三昧一切世界於一心中不簡巨細皆悉能現是名普現**八頓現**謂如來三昧一切世界當念即現無前無後色相宛然是名頓現**九常現**謂如來三昧於諸法相無有不現之時非如明鏡像對則現不對則不能現是名常現**十非現現**謂如來三昧寂然不動爲衆生故於非應中隨感而應猶如明鏡無心現物而像對即現是名非現現

十法界（出佛祖統紀）法界者諸佛衆生之本體也然四聖六凡感報界分不同故有十法界焉（四聖者佛菩薩緣覺聲聞也六凡者天人阿修羅餓鬼畜生地獄也）**一佛法界**佛梵語具云佛陀華言覺覺具三義

一者自覺謂悟性眞常了惑虗妄二者覺他謂運無緣慈度有情衆三者覺行圓滿謂萬行具足爲三界師是名佛法界（三界者欲界色界無色界也）

二菩薩法界 菩薩梵語具云菩提薩埵華言覺有情謂自行成就而能覺悟一切衆生是名菩薩法界

三緣覺法界 緣覺者謂稟佛教法觀十二因緣覺悟眞空之理是名緣覺法界（十二因緣者一無明二行三識四名色五六入六觸七受八愛九取十有十一生十二老死也）

四聲聞法界 聲聞者謂聞佛聲教依四諦法而脩證眞空是名聲聞法界（四諦者苦諦集諦滅諦道諦也）

五天法界 天者天然自然樂勝身勝清淨光明世間無比三界共有二十八天因脩上品十善兼脩禪定感報而生是名天法界（二十八天者欲界有六天四天王天忉利天夜摩天兜率天化樂天他化自在天也色界有十八天初禪有三天梵衆天梵輔天大梵天二禪有三天少光天無量光天光音天三禪有三天少淨天無量淨天遍淨天四禪有九天無雲天福生天廣果天無想天無煩天無熱天善見天善現天色究竟天也無色界有四天空處天識處天無所有處天非非想處天也十善者不殺不盜不邪婬不妄語不兩舌不惡口不綺語不貪不瞋不邪見也謂之上品者以作善時於欲作正作作作已三時之中心俱不悔也）

六人法界 人者忍也於世違順之境皆能安忍也謂人生於四洲之中能行仁義禮智信之五常能持不殺不盜不婬不妄語不飲酒之五戒具修中品十善感報而生是名人法界（四洲者東弗于逮南閻浮提西瞿耶尼北鬱單越也中品者謂於作善已後起少悔之心也）

七阿脩羅法界 梵語阿脩羅華言非天淨名疏云此神果報最勝隣次諸天而非天也在因之時懷猜忌心雖行五常欲勝他故作下品十善感報而生是名阿修羅法界（下品者謂於作善之時即生悔心也）

八

鬼法界謂此鬼類徧於諸趣有福德者作山林塚廟神無福德者居不淨處不得飲食受苦無量在因之時諂誑心意作下品五逆十惡感報而生是名鬼法界（下品者謂作惡之時即能悔也五逆者弑父弑母弑阿羅漢破和合僧出佛身血也十惡者一殺生二偷盜三邪婬四妄語五兩舌六惡口七綺語八貪九瞋十邪見也）

九畜生法界畜生者亦云旁生此類徧在諸處披毛戴角鱗甲羽毛四足多足有足無足水陸空行互相吞噉受苦無窮宿由愚癡貪欲作中品五逆十惡感報而生是名畜生法界（旁生者謂其身形橫生也中品者謂作惡已後起少悔心也）

十地獄法界地獄者在地之下也謂八寒八熱等獄其中眾生受苦無窮經劫無量因作上品五逆十惡重罪感報而生是名地獄法界（八寒者頞浮陀獄泥賴浮陀獄阿吒吒獄阿波波獄嘔喉獄鬱波羅獄波頭摩獄芬陀利獄也八熱者想獄黑繩獄堆壓獄叫喚獄大叫喚獄燒炙獄大燒炙獄無間獄也劫梵語具云劫波華言分別時節上品者謂人作惡於欲作正作作已三時之中俱不能悔也）

菩薩脩十法見涅槃（出涅槃經）梵語涅槃華言滅度經云師子吼問佛言菩薩成就幾法能見如是無相涅槃至無所有佛言成就十法則明見涅槃無相至無所有處（滅度者謂大患永滅超度三界也無相涅槃者謂涅槃之法離一切色相也）

一信心具足謂脩菩薩行須發起圓常正信之心信一切法皆是佛法一切眾生皆有佛性如經所云深信十方諸佛方便示現一切眾生及一闡提悉有佛性亦信如來永無生老病死乃至信於如來畢竟不入涅槃之類是名信心具足（闡提梵語具云一闡提華言信不具）

二淨戒具足謂修菩薩行當須身心清淨受持

禁戒專爲成就佛果菩提如經所說清淨持戒而不爲戒不爲利養乃至不爲聲聞辟支佛唯爲最上第一義故護持禁戒是名淨戒具足（梵語菩提華言道辟支梵語具云辟支迦羅華言緣覺）

三親近善知識 謂修菩薩行當遠離諸惡邪見親近善友知識如經所云若有能說信戒多聞布施智慧令人受行即須親近恭敬供養是名親近善知識

四樂於寂靜 謂修菩薩行即當離諸喧鬧澄神息慮以求佛道如經所說身心寂靜觀察諸法甚深境界是名樂於寂靜

五精進 謂修菩薩行即當一心勇猛安住止觀毋令退失如經所說繫心觀於眞諦設使頭上火然終不放捨是名精進（止觀者謂止息散亂觀照昏沉也眞諦者謂諦審諸法皆即眞空也）

六念具足 謂修菩薩行即當存心三寶思惟實理不忘戒施如經所說念佛念法念僧念戒念天念捨是名念具足

七軟語 謂修菩薩行當清淨口業發言誠諦調柔和美離諸諂誑如經所說實語妙語先意問訊時語眞語等是名軟語

八護法 謂修菩薩行即當弘持正法宣說妙義展轉流布不斷佛種如經所說愛樂正法常樂演說讀誦書寫思惟其義廣宣敷揚令其流布之類是名護法

九供給同行 謂修菩薩行凡同事者有所不足即當推已之有以濟其無使得安心成辦道業而無馳求之患如經所說若見同學同戒有所乏少轉從他乞所謂薰鉢染衣瞻病所須衣服飲食卧具房舍而供給之是名供給同行

十具足智集 謂修菩薩行常以妙觀

之智觀察一切諸法悉皆明了通達無礙如經所說觀於如來常樂我淨一切衆生悉有佛性乃至觀法二相所謂空不空常無常樂無樂我無我淨不淨之類是名具足智慧（常樂我淨者謂不遷不變名常離生死苦名樂八大自在名我離諸惑染名淨即佛之四德也）

修十種善法如師子王（出寶雨經）菩薩因修善法得無上正真之道爲天人師令一切邪魔外道見者無不調伏如師子王有大威力而能攝伏諸獸所向無不自在故以爲喻也

一得不驚怖 謂菩薩以勇猛精進得最上乘於諸法中無與等者故能遊戲生死不驚不怖得大自在如師子王於百獸中莫能與等遊行之處無所驚怖也

二得無怯懼 謂菩薩具大智辯才於一切諍論之時無少怯懼亦不矜勝如師子王聞彼野干諸惡獸聲終無怯懼也（野干似狐而小形色青黃群行夜鳴如狼聲）

三心無退屈 謂菩薩具大智辯才勇猛精進之心如金剛山不可遷動設於衆中有所諍論其心勇猛終無退屈如師子王雖令近人終無退避也

四如師子吼 謂菩薩爲諸有情說大乘法能令一切外道天魔驚怖解散如師子王哮吼之時能令惡獸野干之屬悉皆驚駭馳走而去也

五得無所畏 謂菩薩具平等智得大自在於諸有情界中威儀寂靜得無所畏如師子王遊行諸處獨行絕侶心無所畏也

六遊行園林 謂菩薩自性寂靜智慧融通常能遊戲無礙善法之林如師子王自性無畏能現威勢遊諸園林也

七依止巖窟 謂

菩薩以禪定智慧而爲巖窟行住坐卧依止其中如師子王常於高巖邃窟之中而爲依止也**八得無所取**謂菩薩以勇猛精進之心捨棄一切煩惱永無所取如師子王棄捨所有藏積悉無所取也**九能破諸魔**謂菩薩成等正覺坐於菩提道場獨一無二而能摧破諸魔軍衆如師子王勇猛勢力而能懾伏諸惡獸也**十守護法苗**謂菩薩於諸示現之處一切有情所種善法之苗悉爲守護不令邪魔外道之所損壞如師子王所遊行處一切惡獸無能親近於彼而壞人之禾苗也

菩薩修十種得地三昧（出寶雨經）梵語三昧華言正定蓋地之爲德慱厚平靜物無不載生育滋長不自爲功包含攝受周徧無量於淨於穢了無憎愛菩薩修行得其三昧有似於地故名得地三昧**一廣大無邊**謂菩薩功德智慧不可思議莊嚴願行無量無邊譬如大地周徧十方無有界限也**二存濟衆生**謂菩薩以廣大慈悲之心徧行六度於法界一切有情悉能存濟得所依止凡有所需若法若財悉如其意隨時隨處無有限礙如地廣大了無邊際一切衆生皆能容受隨其種性各得依止而能生長也（六度者一布施二持戒三忍辱四精進五禪定六智慧也）**三恩不望報**謂菩薩以慈悲愍愛之心利益一切有情未了悟者令得了悟未解脱者令得解脱恩德普被而心不希報譬如大地生育萬物而亦無所望報也**四普能容受**謂菩薩於諸佛所説之法雖無量無邊不可思

議悉能一心受持無有遺失譬如大地天降洪雨無量無邊悉能容受也**五衆生依止**謂菩薩能爲一切有情作歸依處凡所修習一切善法乃至得入涅槃皆以菩薩爲之依止譬如大地能爲一切萬物之所依止也（梵語涅槃華言滅度）**六能生善種**謂菩薩以方便力能令一切有情所有善根種子皆因法雨而生譬如大地世間所有一切種子皆依於地而得生也**七如大寶器**謂菩薩以方便力能令一切有情脩習一切功德善法之寶隨其根器皆因菩薩而得成就譬如大地能爲衆寶之器也**八能出衆藥**謂菩薩善巧說法能除一切有情煩惱等病譬如大地出生一切衆妙之藥可以療治一切病也**九不可傾動**謂菩薩以禪定之力安忍逆順二境不生瞋愛而於一切内外諸緣莫能擾動譬如大地萬古寧靜不因他緣傾覆揺動也**十不驚不畏**謂菩薩以定慧之力心恒寂靜安住正理或遇邪魔外道用彼種種妖邪之術故相侵撓乃至欲行傷害菩薩晏然無少驚畏譬如大地雖遇烈風雷電崖傾海沸而地自若也

菩薩修十種念處（出除蓋障菩薩所問經）念即能念之智身即所念之處智即能觀之觀處即所觀之境菩薩於十種法常自觀察是爲十種念處也**一身念處**身即積聚爲義謂積聚諸根而成身也菩薩觀察所有身中從我所起諸不善法皆悉遠離又當從頂至踵徧觀其身而悉無我是身不淨臭穢可

惡作是觀時身中所起貪愛諸欲及計我想等執悉不可得則能成就一切善法遠離一切惡法也

二受念處受以領納爲義謂六根受六塵也菩薩思惟所有諸受皆悉是苦愚人顛倒計以爲樂貪愛染著不肯暫捨菩薩自既勤行斷苦受已復教他人亦如是觀知受是苦不生貪染也六根者眼根耳根鼻根舌根身根意根也六塵者色塵聲塵香塵味塵觸塵法塵也

三心念處心亦以積聚爲義又慮知也謂能積聚一切善惡之法於一切法復能思慮而覺知也菩薩思惟心實無常計執爲常無我謂我不淨謂淨是心動搖如風如火不得暫停一切法中心爲先導心若調伏即一切法悉得調伏也

四法念處法即意根所起之法菩薩於貪瞋癡等諸不善法如實了知過患勤斷除已即能於諸善法心生愛樂住正念處而於彼法求所成辦自能行已復教他人亦如是而修也

五境界念處謂菩薩於諸可意及不可意色聲香味觸諸境界中觀察思惟皆是虛假不生貪恚又作是念我今不應於此空法之中而起貪恚作是觀時不爲境壞不著所得自能行已復教他人亦如是而修也

六阿蘭若念處梵語阿蘭若或云阿練若華言閑靜處謂不作衆事名閑無憒閙處名靜或翻無諍謂不與世諍也菩薩修無諍行及寂靜行即名爲阿蘭若處應當遠離不如理作意於如理法中心生愛樂增廣修習自能行已復教他人亦如是而修也

七都邑聚落念處謂菩薩若入都邑聚落常

加精專行菩薩行於諸博弈酒肆歡宴歌舞及餘一切非應行處即當遠離是故菩薩不爲聲色所惑塵勞所染也**八名聞利養念處**謂菩薩道德既隆名聞流布故人多歸向當念所受利養等事但爲施主作福田故而乃受之不可貪著執爲已有隨其所得即與衆共不使有一毫悋惜之心也**九如來學門念處**謂菩薩思惟過去現在未來三世諸佛皆如是學得成正覺轉大法輪入般涅槃我當起淨信心尊敬勤修亦復成就與佛無異（梵語般涅槃華言滅度）**十斷諸煩惱念處**謂菩薩以正念故而能了知一切煩惱雜染等法皆由六根爲因六塵爲緣之所生起以了知故而悉遠離故得六根清淨而無所染著也

十受生藏（出華嚴經）受生即生如來家也藏即含藏之義含藏所修所證之理也謂善財童子於華嚴會上第三十九叅妙德夜神問言云何修菩薩行生如來家荅言善男子菩薩有十種受生藏若能修習圓滿即入毘盧遮那如來無量受生藏海願一切菩薩示現受生我皆親近是名受生藏也（菩薩梵語具云菩提薩埵華言覺有情梵語毘盧遮那華言徧一切處藏海者謂其含藏之廣也）

一供養諸佛受生藏謂菩薩願常恭敬供養一切諸佛深信愛樂修諸功德無有厭足即得生如來家是名供養諸佛受生藏

二發菩提心受生藏梵語菩提華言道謂菩薩發無量菩提心恒起大悲救護衆生攝化成就即得生如來家是名發菩提心受生藏

三觀諸法門修行受生藏謂

菩薩觀察一切法門修學普賢諸行願海教化調伏一切衆生即得生如來家是名觀諸法門修行受生藏（普賢菩薩名也）

四深心普照三界受生藏 謂菩薩具清淨增上深心得如來菩提光明普能照耀過現未來三世諸障礙山即得生如來家是名深心普照三界受生藏（障礙山者以喻衆生惑業高厚如山不易動拔也）

五平等光明受生藏 謂菩薩成就諸佛法忍光明平等照耀一切世間見者歡喜咸蒙利益即得生如來家是名平等光明受生藏（諸佛法忍者謂於諸佛之法忍可而印證也）

六生如來家受生藏 謂菩薩生如來家隨諸佛住得甚深法門具廣大行願同佛善根共一體性是名生如來家受生藏

七佛力光明受生藏 謂菩薩生如來家入佛智力得大光明遊諸剎海供養承事一切諸佛是名佛力光明受生藏（剎梵語具云剎摩華言土田）

八觀普智門受生藏 謂菩薩生如來家住童眞位普能觀察一一智慧法門盡無量劫演菩薩行是名觀普智門受生藏（童眞位者即十位中之第八位也劫梵語具云劫波華言分別時節）

九普現莊嚴受生藏 謂菩薩生如來家能以種種莊嚴無量佛剎化一切身周流法界成熟衆生是名普現莊嚴受生藏

十入如來地受生藏 謂菩薩生如來家入如來所受灌頂法預在佛數能知一切行及知一切衆生隨順調伏是名入如來地受生藏（灌頂法者即十住中第十位菩薩之法也）

十金剛心（出華嚴經） 金剛是喻金剛心者謂菩薩之心堅固不動猶如金剛也（菩薩梵語具云菩提薩埵華言覺有情）

一覺了諸法 謂菩薩發大願心誓

欲了知無量無邊不可窮盡一切微妙法門無有遺餘故云覺了諸法

二化度衆生 謂菩薩以無上涅槃之道度脫十方無量無邊一切衆生悉得出離諸趣故云化度衆生（梵語涅槃華言滅度）

三莊嚴世界 菩薩謂十方世界無量無邊不可窮盡我當以諸佛國土最上莊嚴之具而莊嚴之故云莊嚴世界

四善根迴向 謂菩薩以種種修行善根皆悉迴向無上佛果菩提普及法界衆生故云善根迴向（梵語菩提華言道）

五奉事大師 大師卽佛也謂菩薩以所修善根功德承事供養無量無邊一切諸佛悉令周徧無所闕少故云奉事大師

六實證諸法 謂菩薩於諸法實相之理非實非虛非有非無悉皆眞實證知故云實證諸法

七廣行忍辱 謂菩薩或被衆生訶罵或被楚撻或截手足或割耳鼻或挑其目或級其頭如是一切皆能忍受無有瞋恨故云廣行忍辱

八長時修行 菩薩謂未來世劫無量無邊不可窮盡我當盡彼之劫行菩薩道教化衆生永無疲倦故云長時修行（梵語具云劫波華言分別時節）

九自行滿足 謂菩薩建立妙行以心爲本心體清淨則能圓滿一切功德善根具足無上大菩提道故云自行滿足

十令他願滿 謂菩薩自行既滿慈悲之心轉更增上故爲求解脫者說於涅槃之道爲求佛法者說於大乘之法悉皆令其願心滿足故云令他願滿

十種自在（出華嚴經）自在者神通無礙也謂菩薩修行得此十種法故於諸世間教化調伏

一切衆生圓滿諸佛廣大菩提示現神通自在也（菩薩梵語具云菩提薩埵華言覺有情梵語菩提華言道）

一命自在 謂菩薩得長壽慧命經無量阿僧祇劫住持世間無有障礙是名命自在（梵語阿僧祇劫華言無數時）

二心自在 謂菩薩智慧方便調伏自心能入無量諸大三昧遊戲神通無有障礙是名心自在（梵語三昧華言正定）

三資具自在 資具即資生之具謂菩薩能以無量珍寶種種資具嚴飾一切世界清淨無礙是名資具自在

四業自在 謂菩薩能隨諸業應時示現受諸果報無障無礙是名業自在

五受生自在 謂菩薩隨其心念能於諸世界中示現受生無障無礙是名受生自在

六解自在 謂菩薩勝解成就能現種種色身演說妙法無障無礙是名解自在

七願自在 謂菩薩隨所願欲於諸刹中應時出現成等正覺無障無礙是名願自在（刹梵語具云刹摩華言土田）

八神力自在 謂菩薩神通廣大威力難量於世界中示現變化無障無礙是名神力自在

九法自在 謂菩薩得大辯才於諸法中廣能演說無邊法門無障無礙是名法自在

十智自在 謂菩薩具足智慧於一念中能現如來十力無畏成等正覺無障無礙是名智自在（十力者知是處非處智力知過現未來業報智力知諸禪解脫三昧智力知諸根勝劣智力知種種解智力知種種界智力知一切至處道智力知天眼無礙智力知宿命無漏智力知永斷習氣智力也）

日喻菩薩十種善法（出寶雨經） 菩薩出世能以智慧方便令諸有情改惡遷善捨迷就悟如日出現世間照臨萬物一切幽暗之處悉

皆明朗故取爲喻（菩薩梵語具云菩提薩埵華言覺有情）一破無明暗 菩薩出現於世以智慧之光破除一切有情無明黑暗如日行空威光燀（昌善切）赫能令世間一切幽暗之處悉得明朗也 二能覺悟有情 菩薩出現於世以智慧方便開導有情咸使覺悟如日行空融和明麗能令一切池沼蓮華悉得開敷也 三光耀十方 菩薩出現於世以智慧光明普照十方世界一切有情咸獲利益如日行空光耀十方一切萬物無不蒙照也 四出現善法 菩薩出現於世以智慧力開示善法化導有情咸登正覺如日行空以大光明普照一切飛潛蠢動咸遂其生也 五諸漏滅盡 漏即漏落謂漏落生死也菩薩以智慧力所有一切煩惱悉皆滅盡則能永斷生死諸漏如日沒時光明隱滅則群動皆息也 六能作光明 菩薩出現於世放智慧光明說種種法破除一切有情愚癡暗障如日行空放大光明破除幽暗照臨萬象也 七映蔽外道 映明相照也蔽障也蓋也菩薩出現於世凡所說法莫不爲令有情捨邪歸正則能映蔽外道諸邪異論如日行空赫然照臨螢爝之光自然不現也 八能示高下 菩薩出現於世於諸有情若善若惡無不攝受令其瞻覲示以正法如日行空照臨萬物若高若下悉能顯示也 九發起善業 菩薩出現於世方便開示能令一切有情發起善心修行善業如日出時能令世人各營生業也 十善人愛樂 菩薩出現於世一切聰慧之人知有利益

心生愛樂念念皈依其無智愚人及諸邪魔外道未免憎嫉如日行空内外明朗凡諸善人無不忻愛至若盜賊等輩爲惡之人未免憎嫉也

月喻菩薩十種善法（出除蓋障菩薩所問經）菩薩塵緣淨盡體性圓明慧光普照有情歸仰咸令發菩提心成就種智如月天子離諸翳染圓明朗徹光照一切功德無邊故取以爲喻焉（菩薩梵語具云菩提薩埵華言覺有情梵語菩提華言道）

一皆生歡喜 菩薩初出世時令諸有情悉得遠離煩惱而生喜樂如月初出見者皆得清涼心生悦樂也

二衆所樂見 菩薩初出世時諸根清淨種子潔白於諸威儀無不具足令諸有情目睹心樂如月初出皎潔圓明見者無不愛樂也

三善法增長 菩薩從初發心於一切善法精進勤修漸漸增長乃至坐於道場一切勝相皆悉圓滿即智德成就也如白分月其光明增至十五日盛滿圓具矣（從初一日至十五日名白分月）

四惡法損減 菩薩具出世智時一切惡法日減日損乃至坐於道場淨盡一切無復遺餘即斷德成就也如黑分月其光明日減日損至於晦日一切不現也（從十六日至三十日名黑分月）

五咸皆稱讚 菩薩初出世時一切天人阿修羅等咸悉稱讚如月初出時世間一切大小人民咸悉瞻仰無不讚美也（梵語阿修羅華言無端正又云非天）

六體相清淨 菩薩修遠離行體相無染清淨化生非假父母遺體不淨所生如月天子勝業感果體相清淨潔白無染也

七乘最上乘 最上即無上乘猶車乘有運載之

義是大乘菩薩所乘名最上也菩薩得最上乘廣爲一切有情轉大法輪使其開悟超出三界如月天子乘清淨輪照四天下令諸見者離暗得明也（三界者欲界色界無色界也四天下即四洲東弗于逮南閻浮提西瞿耶尼北鬱單越也）

八常自莊嚴菩薩所修勝妙功德常自莊嚴不假外飾如月天子本相清淨常自莊嚴不待澡沐而光潔也

九遊戲法樂法樂者以法而自喜樂也菩薩常所遊戲勝妙法樂不染世間諸欲境界如月天子常受天樂而離夫翳染也

十具大神通菩薩神通自在威德無量普令有情離諸垢暗如月天子清淨圓明具大神通有大威德徧四天下物無不照也

海導師喻菩薩十種善法（出除蓋障菩薩所問經）大海浩瀚無邊須憑人導引乃能順濟然諸商衆自非一心敬信其言隨所指示則何以獲安隱而致利益哉菩薩於生死大海作大導師令諸有情皆得遠離險難惡趣證入眞空涅槃故以海導師爲喻（梵語涅槃華言滅度）

一得他信許菩薩於一切善法悉能了悟精進勤修爲諸佛緣覺聲聞及諸弟子信順許可如海導師乃得國王宰輔及一切人民悉皆信許

二爲他所敬菩薩以道行具足乃得一切聲聞緣覺及諸天人龍鬼夜叉乾闥婆等恭敬供養如海導師得國王宰輔一切人民恭敬供養（梵語夜叉華言勇健梵語乾闥婆華言香陰）

三善作指引菩薩能於生死險難之中爲諸有情方便指示引導令出一切煩惱惡道悉獲安隱如海導師能於險

難之中爲作指引令其安隱

四爲他依止　菩薩善巧方便能爲天人及諸外道而作依止令其得出生死大海險難惡道如海導師爲諸商衆孤露困苦之人而作依止令於險難之中有所恃賴也

五能爲濟命　菩薩能爲耽著生死諸有情類設以方便令其發起菩提之心續延智慧之命如海導師能爲世間人衆凡有所須皆悉供給以濟其命也（梵語菩提華言道）

六善備資糧　菩薩善備福智諸行資糧欲攝受廣多有情發菩提心積集善行出離生死惡道悉到一切智城如海導師善脩資糧令諸商衆出離險惡道路到彼城邑得安隱也

七富有財寶　菩薩欲止一切智城故廣集諸佛無上最勝法寶之行令諸有情隨願咸獲得大饒富如海導師隨所止處富有財寶資生緣具等物凡所匱乏悉能周贍也

八希取無足　菩薩於聖法財廣能積集希求進取心不自足如海導師於一切財寶常生希取之心而未嘗自滿足也

九爲作先導　菩薩於一切功德之法善自增益而能以誠實語導引一切有情出離生死苦海而登涅槃彼岸如海導師諳通水陸之路能以輭愛之語攝受諸商人衆復能爲之先導凡所指示之處無不獲其利也

十善到一切智城　菩薩於一切法無所不知名到一切智城智能破惑顯理城能防惡禦敵故菩薩積集無量功德具足殊勝力能故得到一切智城如海導師具足力能故得到彼城邑也

水喻菩薩十種善法（出除蓋障菩薩所問經）夫水之爲德本體清淨澄湛凝寂尤能滋長萬物滌除衆垢炎熱遇之而清涼枯渴飲之而沃潤今取以爲喻者菩薩業惑清淨身心寂靜能以法水普濟群生令其善芽增長罪垢蕩除離生死之熱惱息貪愛之枯渴成就菩提超登覺岸也

一流潤趣下 菩薩常行平等之慈柔和善順能以清淨法水調熟衆生溥得沾溉令其一切善根悉皆增長譬如大水徧行地中流潤於下一切萌蘖無不滋長也

二植善法種 植種也菩薩廣植一切菩提種子常以定水灌溉令得增長而成妙果譬如大地種植一切藥樹穀果由水滋漑增長然後繁茂而結實也

三信樂歡喜 菩薩自性信順三寶樂求出世間法心清淨故即生歡喜復能令他一切有情亦皆信樂而生歡喜譬如大水自性流潤復能潤物也（三寶者佛寶法寶僧寶也）

四壞煩惱根 菩薩以禪定之水浸漬一切有情煩惱根種悉令敗壞無復續生譬如大水浸漬大地而草木諸根悉皆壞爛也

五自體無雜清淨 菩薩爲離貪瞋癡等雜染之法守護諸根悉令清淨譬如大水其源不雜而本清淨也

六息煩惱熱 菩薩以清涼法水悉除一切有情煩惱炎熱逼迫之苦譬如夏月地極炎蒸人亦煩熱得水除解悉皆清涼也

七止欲渴愛 欲即五欲渴愛者於諸塵境而生愛著如渴而思飲漿水也菩薩因一切有情渴愛所逼即爲開示令於欲塵之境不生愛著譬猶清涼之水能

除一切焦渴之苦也五欲者色欲聲欲香欲味欲觸欲也

八深廣無涯菩薩由修一切善法勝智積集深廣無涯諸魔外道不能測其邊際譬如大水衆流合會既深且廣孰能知其涯涘哉

九高下充滿菩薩以大悲心於一切有情隨其根器高下方便開示悉使獲益充溢滿足而無損惱譬如大水流注一切地方隨其高下悉能充足而無所損害也

十息諸塵坌房吻切又步寸切坌塵塕也塕烏孔切塵起貌菩薩以定慧之水普潤一切有情令其去麤惡之習而發柔輭之心永息煩惱之塵同入清淨之境譬如大水流潤一切塵坌麤惡地方悉使潤澤而復清淨也

大明三藏法數卷第三十

大明三藏法數卷第三十一

上天竺前住持沙門一如等奉　勑集註

蓮華喻菩薩十種善法（出除蓋障菩薩所問經）

一離諸染汙　菩薩修行能以智慧觀察諸境於一切法不生貪愛雖處五濁生死流中而不爲生死過失所染譬如蓮華出於水中而不爲淤泥所染也（五濁者劫濁衆生濁煩惱濁見濁命濁也）

二不與惡俱　菩薩修行唯欲滅一切惡生一切善於身口意守護清淨不與纖毫之惡共俱譬如蓮華雖微滴之水而不停留也

三戒香充滿　菩薩修行於諸戒律堅持無犯以戒能滅身口之惡猶香能除糞穢之氣故經云戒香芬馥廣布充滿譬如蓮華開敷妙香廣布遐邇皆聞也

四本體清淨　菩薩因持戒故身心清淨雖處五濁之中而能無染無著譬如蓮華生時雖處淤泥濁水之中自然潔淨而無所染也

五面相熈怡　熈和樂貌怡喜悅也菩薩心常禪悅則面無顰蹙諸相圓滿見者悉皆歡喜譬如蓮華開時令諸見者心意快然而生喜悅也

六柔輭不澀　柔輭則隨順不澀則無滯謂菩薩修慈善之行復於諸法無所滯礙充於內則形於外故體常清淨柔輭細妙而不麤澀譬如蓮華體性柔輭而復潤澤也

七見者皆吉　菩薩善行成就形相美妙凡所見者咸獲吉祥譬如蓮華芬馥美妙人或眼見及夢見者皆吉祥也

八開敷具足　菩薩修行功成智慧福德莊嚴具足譬如蓮華開敷而其華果具足也

九成熟清淨　菩薩修因既圓妙果成熟而慧光發

現能使一切有情見聞之者咸得六根清淨譬如蓮華成熟若眼睹其色鼻聞其香則諸根亦得清淨也（六根者眼根耳根鼻根舌根身根意根也）

十生已有想 菩薩初生之時諸天人等咸樂護持以其必能修習善行證菩提果譬如蓮華初生之時雖未見花凡諸人衆咸生已有蓮華之想也（梵語菩提華言道）

火喻菩薩十種善法（出除蓋障菩薩所問經）

煆煉陶鎔必假其力起滅變化莫測其由至若盡群有而歸一空破諸暗而昭萬象是皆火之德也菩薩修行以智慧火了妄即眞煆凡成聖破有著而歸空照昏迷而爲朗故以火喻焉

一燒煩惱薪 智慧如火煩惱如薪菩薩以智慧觀察滅除貪瞋癡等煩惱淨盡無餘譬如大火能燒大地草木諸類淨盡無餘也

二成熟佛法 菩薩修行以智慧觀察成熟一切佛法既已成熟歷劫不壞譬如火性之熱能使依地所生一切種子及諸藥等悉能成熟也（劫梵語具云劫波華言分別時節）

三乾煩惱淤泥 若心著煩惱性則昏昧而不明猶身染淤泥體則汙穢而不潔故名煩惱淤泥菩薩修行能以智慧觀察斷除煩惱之垢復本明淨之性譬如大火能乾一切濕物及淤泥也

四如大火聚 謂諸有情爲煩惱所苦有若寒病所逼菩薩以智慧力種種開示令其離苦得樂如大火聚人若向之即得脫於寒逼之苦而獲温煖之樂也

五作光明照 菩薩修行以智慧光明普照令一切有情於其昏暗未覺悟者咸使覺悟譬如有人於雪山頂然大火聚

光明徧照則無幽而不燭也

六能使驚怖 菩薩有大智威德光明烜赫能令天魔外道悉生驚怖離彼地方退伏遠去譬如大火所有一切惡獸皆生驚怖離巳窟穴四散馳去也

七能作安慰 謂諸有情昏迷不覺沉淪諸趣受苦無窮菩薩乃能說法種種安慰令離煩惱之稠林趣菩提之正路譬猶遠道之人夜行曠野迷失方所心生恐怖若見火聚即詣其所心得安慰也（梵語菩提華言道）

八利與衆共 菩薩隨得利養受用資具悉能與衆共之若貴若賤等無有異譬如大火光明普照一切無分彼此也

九人所供養 菩薩慈悲無量化導亦廣一切世間天人阿修羅等皆悉奉事供養如諸佛想譬如世間之火諸婆羅門刹帝利民庶等皆悉奉事也（梵語婆羅門華言淨行梵語刹帝利華言田主）

十人不輕慢 謂菩薩於大乘中雖初發心能令世間天人阿修羅等不敢輕慢盖天人等知彼菩薩不久當得無上佛果譬如小火人不敢輕所謂星火雖微亦能燎原其可忽哉

十信（出楞嚴經） 十信者乃三賢之首萬行之先也然欲從凡入聖必以信爲先導始自信心終至願心總爲十信以作菩薩眞修之方便也（三賢即十住十行十廻向諸位菩薩也）

一信心 謂心與理冥決了無疑妙信純眞恒住中道經云妙信常住一切妄想滅盡無餘中道純眞名曰信心

二念心 謂眞信明了過去未來劫中出生入死憶念無忘經云無數劫中捨身受身皆能憶念得無遺忘名曰念心

劫梵語具云劫波華言分別時節

三精進心不雜四精無間名進謂唯以念心精明進趣眞淨之地經云唯以精明進趣眞淨名精進心

四慧心善入佛法造心分別爲慧謂精進之心既巳現前則純眞之慧自然發顯經云心精現前純以智慧名曰慧心

五定心謂念慮皆忘寂用無心則慧性明徹湛然不動經云周徧寂湛寂妙常凝名曰定心

六不退心謂定光顯發慧心明徹知道不遠進修無懈經云定光發明明性深入唯進無退名不退心

七護法心謂心進無退則能保護任持一切佛法而佛之氣分與巳相接經云心進安然保持不失十方如來氣分交接名護法心

八迴向心迴即迴轉向即趣向謂以護法心微妙之力感佛之光來照又復迴光以向於佛猶如雙鏡交照光輝互現也經云覺明保持能以妙力回佛慈光向佛安住名迴向心

九戒心謂心迴向佛則於淨戒安住不失經云心光密迴獲佛常凝無上妙淨安住無爲得無遺失名曰戒心

十願心謂由心住淨戒而得自在故能徧遊十方世界化導衆生隨其所願悉皆滿足經云住戒自在能遊十方所去隨願名曰願心

十住（出楞嚴經）謂菩薩約位進修以妙覺爲本此覺由信而入入則能住故自發心住至灌頂住通爲十種也

一發心住謂由前十信相躡進修作眞方便顯發十住之心此心眞精發本明耀令彼十信之用於明耀中徧互涉入圓成一心之德經云以眞方便

發此十心心精發輝十用涉入圓成一心名發心住(十用即十信之用也)**二治地住**謂由前所發之心淨如瑠璃所證之理顯若精金因此妙心契於理地經云心中發明如淨瑠璃内現精金以前妙心履以成地名治地住(梵語瑠璃華言青色寶脩即治也亦進入之義)**三脩行住**脩行者起行造心也謂前發心治地二住之智俱已明了由明了故徧脩諸行皆無留礙經云心地步知俱得明了遊履十方得無留礙名修行住(十方者四方四維上下也)**四生貴住**謂由前妙行冥契妙理將生佛家爲法王子故曰生貴經云行與佛同受佛氣分如中陰身自求父母陰信冥通入如來種名生貴住(中陰者謂現身已謝後身未生於此之中識未託胎之時也)**五方便具足住**謂由前妙行既與佛同則自行利他善巧方便具足不缺經云既遊道胎親奉覺胤如胎已成人相不缺名方便具足住(道胎者謂道果之胎以喻菩薩之入聖道也覺胤者覺即是佛謂佛之胤嗣也)**六正心住**謂前行相雖與佛同心相有異未名正心至此則心相不異方名爲正經云容貌如佛心相亦同名正心住**七不退住**謂前心行二相既與佛同則佛身佛心二種合成日以滋益漸漸增長唯進無退經云身心合成日益增長名不退住**八童真住**體微曰童謂其體雖微已具佛十身靈妙之真相矣經云十身靈相一時具足名童真住(十身者菩提身願身化身力持身相好莊嚴身威勢身意生身福德身法身智身也)**九法王子住**謂自發心至生貴名入聖胎自方便具足至童真名長養聖胎至此長養功成名出聖胎既出胎已

則爲佛之眞子而繼紹佛種也經云形成出胎親爲佛子名法王子住

十灌頂住謂表菩薩既成佛子堪行佛事佛以智水而灌其頂猶如刹利轉輪王之子受職而父王以大海水灌其頂也經云表以成人如國大王以諸國事分委太子彼刹利王世子長成陳列灌頂名灌頂住刹利梵語具云刹帝利華言田主

妙高十義喻十住菩薩行出華嚴經疏

妙高即須彌山也以其四寶所成出七金山之上故名妙高如來說華嚴經時以自在神力升此山頂加被法慧菩薩說十住菩薩之法行有此十喻焉梵語須彌華言妙高四寶者金銀瑠璃水精也七金山者一雙持二持軸三檐木四善見五馬耳六障礙七持地皆言金者有金色光明故也

一體妙謂此山以四寶所成其體勝妙以喻菩薩由聞思修解四法而爲妙體也聞謂聞受佛法思謂思惟佛法修謂修習佛法解謂解了佛法

二相妙謂此山有八方四級其相勝妙以喻菩薩具足四德八聖之妙相也八方者即東西南北四維也四級猶四層也四德即常樂我淨也八聖即八正道謂正見正思惟正語正業正命正精進正念正定也

三色妙謂山之北金色東銀色南瑠璃色西水精色一切草木鳥獸等物隨所至處則同其色自常不變以喻菩薩四辯爲色令物所解皆同而自智不變也四辯者義辯法辯辭辯說辯也

四德妙謂此山八方猛風所吹不能令動以喻菩薩八法不能動也八法者一利二衰三毀四譽五稱六譏七苦八樂也

五眷屬妙謂七金山七重圍繞及七香水海海印旋流猶如眷屬以喻菩薩七支奉戒如金山圍繞七識流轉如海印旋流也海印者大集經云閻浮提一切衆生

身及與外色大海中皆有印像故名海印七支戒者不殺生不偷盜不邪婬不妄語不綺語不惡口不兩舌七識即意識謂意識流動不息也

六依持妙謂此山唯諸天及得神通者之所依止居住以喻菩薩第一義天依持而住可以神會非有情能升也第一義天即第一義諦之理也

七作業妙謂此山不離本處而鎮四洲映蔽日月而成晝夜以喻菩薩不離本處徧應十方映蔽佛日及菩薩月而成涅槃生死晝夜也四洲東弗于逮南閻浮提西瞿耶尼北鬱單越也日月於山腰旋轉而成晝夜故云映蔽日月也梵語涅槃華言滅度晝夜者涅槃爲晝生死爲夜也

八生果妙謂此山有波利質多羅樹能利益天衆而生妙果以喻菩薩生教行果而猶妙樹也波利質多羅華言圓生謂枝葉四布香氣周徧五十由旬在山頂三十三天善法堂之東北諸天於樹下遊樂故云利益天衆

九爲首妙謂此山於世界成時四洲之中最爲先成是名爲首妙以喻菩薩世界初成之時先出於世爲諸衆生現種種資具也

十堅固妙謂此山於世界壞時鐵圍等山悉皆滅壞而此山壞最在後名爲堅固以喻菩薩若世界將壞最後滅度爲諸衆生而說上定令免三災也上定無色界定也三災風災水災火災也

十行出華嚴經十行者謂由前十住進修功滿已成佛子自得已利而利他之行未成是故廣行饒益隨順衆生令其歡喜然行有淺深故始自歡喜終至真實而成十種也

一歡喜行謂由前十住進修功滿已成佛子具佛妙德能於十方刹土隨順饒益衆生自他俱喜經云成佛子已具足無量如來妙德十方隨順名歡喜行刹梵語具云刹摩華言土田

二饒益行謂善推妙德饒益衆生使得法

利不生厭想經云善能利益一切衆生名饒益行**三無瞋恨行**謂瞋恨生於違拒既能自覺又能覺他自他之利兼成則瞋恨自無也經云自覺覺他得無違拒名無瞋恨行**四無盡行**謂隨衆生之類化現其身轉化無窮而益物無盡竪徧三際横周十方通達無礙經云種類出生窮未來際三世平等十方通達名無盡行（三際者即過去現在未來三世也）**五離癡亂行**謂妙智了達一切法門雖各不同悉皆歸於一理而無差誤經云一切合同種種法門得無差誤名離癡亂行**六善現行**謂由無癡亂行故能於同類中顯現異相於異相中不見有異同異圓融互現自在經云則於同中顯現羣異一一異相各各見同名善現行**七無著行**無著即無礙之義也謂由善現之行充擴圓融以滿空微塵一一塵中現十方界而塵相不壞塵界交現小大無礙經云現塵現界不相留礙名無著行**八尊重行**謂前無著行中現塵現界皆是般若觀照之力然般若於六度中稱爲第一可謂至尊至重矣經云種種現前咸是第一波羅蜜多名尊重行（梵語般若華言智慧六度者一布施二持戒三忍辱四精進五禪定六智慧也梵語波羅蜜多華言到彼岸）**九善法行**謂於妙觀慧中種種明現以顯圓融之德十方諸佛莫不依此圓融而爲法則經云如是圓融能成十方諸佛軌則名善法行**十眞實行**謂前圓融德相一一皆是無爲眞實之性然依性起修則所修之行無非眞實矣經云一一皆是清淨無漏一眞無爲性本然

故名眞實行

十迴向（出楞嚴經）迴即迴轉向即趣向謂起大悲之心救度衆生迴轉十行之善向於三處一眞如實際是所證二無上菩提是所求三一切衆生是所度以能迴之心及所迴善行向彼萬類圓滿梵行等入法界也（梵語菩提華言道）

一救一切衆生離衆生相迴向 謂由前修十行神通滿足成就諸佛所行事已又當修此迴向之行然迴向之行以悲願之心爲最化度衆生而無能度之相迴此無爲之心趣向寂滅之地經云當度衆生滅除度相迴無爲心向涅槃路名救一切衆生離衆生相迴向（梵語涅槃華言滅度）

二不壞迴向 謂前離衆生相則是可壞今復壞前可壞離於能離則是不壞壞即空不壞即假空假不二正顯中道而歸趣於本覺矣經云壞其可壞遠離諸離名不壞迴向（一念無相謂之空無法不具謂之假不一不異謂之中本覺者謂一切衆生所具眞如之性本來是覺也）

三等一切佛迴向 謂所向本覺之性湛然常住而能覺之智齊於佛覺經云本覺湛然覺齊佛覺名等一切佛迴向

四至一切處迴向 謂前能覺之智無處不徧既齊佛覺則所證眞如之理地如佛不異經云精眞發明地如佛地名至一切處迴向

五無盡功德藏迴向 謂前至一切處是世界等一切佛是如來然如來則一切世界之如來世界即一切如來之世界世界如來涉入無礙功德無盡經云世界如來互相涉入得無罣礙名無盡功德藏迴向

六隨順平等善根迴向 謂於諸佛理地起

萬行眞因顯證一乘寂滅之道行從理起故曰隨順平等能生道果故曰善根經云於同佛地地中各各生清淨因依因發輝取涅槃道名隨順平等善根迴向**七隨順等觀一切衆生迴向**謂既修眞因善根成就則知十方衆生皆我本性性既平等故能成就一切衆生善根無有遺失亦無高下經云眞根既成十方衆生皆我本性性圓成就不失衆生名隨順等觀一切衆生迴向**八眞如相迴向**離妄曰眞不異曰如謂一切法性本眞如不即不離二俱無著則眞如相現經云即一切法離一切相惟即與離二無所著名眞如相迴向**九無縛解脫迴向**謂眞如之相現前則智慧明了十界依正等法互攝圓融自在無礙經云眞得所如十方無礙名無縛解脫迴向十界者佛界菩薩界緣覺界聲聞界天界人界修羅界餓鬼界畜生界地獄界也依正者依即所依之國土正即十界能依之色身也**十法界無量迴向**謂所證性德眞如之理圓滿成就含攝徧周其量無外十界差別之相了不可得經云性德圓成法界量滅名法界無量迴向

十地出楞嚴經

十地者謂菩薩所證之地位一切佛法依此發生也然地位有淺深故始自歡喜終於法雲分爲十也**一歡喜地**謂菩薩智同佛智理齊佛理徹見大道盡佛境界而得法喜登於初地經云於大菩提善得通達覺通如來盡佛境界名歡喜地得法喜者謂於證得之法乃生喜樂也梵語菩提華言道**二離垢地**謂由盡佛境界明了諸法異性而入於同若見有同即非離垢同性亦滅斯爲離垢經云

異性入同同性亦滅名離垢地**三發光地**謂同異情見之垢既淨則本覺之慧光明開發經云淨極明生名發光地情見者謂依情分別之見也**四焰慧地**謂慧明既極則佛覺圓滿覺滿則慧光發焰如大火聚爍破一切情見經云明極覺滿名焰慧地**五難勝地**謂由前焰慧爍破一切情見其同異之相皆不可得即是諸佛境界無有能勝經云一切同異所不能至名難勝地**六現前地**謂由前同異之相既不可得則真如淨性明顯現前經云無爲真如性淨明露名現前地**七遠行地**謂真如之境廣無邊際雖真如現前分證則局若盡其際方爲極到經云盡真如際名遠行地分證者謂菩薩於真如之理分分次第而證也**八不動地**謂真如之理既盡其際全得其體則真常凝靜無能動搖經云一真如心名不動地**九善慧地**謂既得真如之體即發妙用凡所照了悉是真如經云發真如用名善慧地**十法雲地**謂菩薩至此第十地修行功滿唯務化利衆生大慈如雲普能陰覆雖施作利潤而本寂不動經云慈陰妙雲覆涅槃海名法雲地梵語涅槃華言滅度謂之海者以其深廣無法而不容也

十地斷障證真出華嚴吞海集并華嚴經疏

一歡喜地斷障證真謂菩薩見諸衆生心墮邪見皆成障礙故發起大願慈心而修捨行於內身外財無所吝惜由因感果而登初地心生歡喜即斷異生性障而證徧行真如是名歡喜地斷障證真異生性障者性即凡夫之性障即執著我法障於初地功德也徧行真如者謂此真如由人法二空所顯無有一法而不在也**二**

離垢地斷障證眞謂菩薩見諸衆生造十惡業心墮邪行故發慈心修十善業遠離欲垢捨念清淨即斷邪行之障證最勝眞如是名離垢地斷障證眞十惡者一殺生二偷盜三邪婬四妄言五綺語六惡口七兩舌八貪九瞋十邪見也十善者不殺不盜不邪婬不妄言不綺語不惡口不兩舌不貪不瞋不邪見也邪行障者謂身口意誤犯禁戒也最勝眞如者謂此眞如具無邊德於一切法最爲勝也

二發光地斷障證眞謂菩薩見諸衆生迷惑昏暗障諸善法皆無明了故加功用行發起深廣之心如法修行智慧光發即斷暗鈍之障證勝流眞如是名發光地斷障證眞暗鈍障者謂忘失聞思修三慧照法不能顯現也勝流眞如者謂此眞如流出教法於餘教法極爲勝也

四焰慧地斷障證眞謂菩薩見諸衆生墮於煩惱故發大慈具修三十七品道法發起慧焰即斷微細煩惱現行障證無攝受眞如是名焰慧地斷障證眞三十七品道法者觀身不淨觀受是苦觀心無常觀法無我是四念處已生惡令永斷未生惡令不生已生善令增長未生善令得生是四正勤欲如意足念如意足精進如意足思惟如意足是四如意足信根精進根念根定根慧根是爲五根信力精進力念力定力慧力是爲五力念覺分擇法覺分精進覺分喜覺分除覺分定覺分捨覺分是七覺分正見正思惟正語正業正命正精進正念正定是八正道以上諸法總爲三十七品也微細煩惱現行者謂無明微細之惑現起也無攝受眞如者謂證此眞如無所繫屬也

五難勝地斷障證眞謂菩薩見下乘人滯有餘涅槃樂獨善寂故發慈心脩習平等加行悟眞俗二諦無差別智無有能勝即斷下乘涅槃障證類無別眞如是名難勝地斷障證眞下乘者即聲聞乘緣覺乘也梵語涅槃華言滅度言有餘涅槃者謂見思二惑斷盡尚餘色身未滅也眞諦者謂於一切法諦審眞空無法可得也俗諦者謂於一切法諦審法法宛然也無差別智即平等之智也類無差別眞如者謂生死涅槃其類平等無有差別也

六現前地斷障證眞

謂菩薩見諸衆生墮於生死發大悲心加修平等利生之行智慧現前即斷麤相現行障證無染淨眞如是名現前地斷障證眞麤相者謂於四諦中執苦集爲染執道滅爲淨也無染淨眞如者謂此眞如本性無染亦不可言後方淨也

七遠行地斷障證眞　謂菩薩普願度生發慈悲心加修一切菩提分法悟空無相無願三昧即斷細相現行障證法無別眞如是名遠行地斷障證眞梵語菩提華言道言菩提分法者即三十七品之分也空者謂一切法皆空也無相者謂不見世間男女一異等相也無願者謂於三界無所願求也梵語三昧華言正定細相現行者謂於一切法執有緣生及執無相也法無別眞如者謂了種種教法同一眞如無別相也

八不動地斷障證眞　謂菩薩不捨度生加修清淨道行離心意識得無生法忍一切煩惱所不能動即斷無相中作加行障證不增減眞如是名不動地斷障證眞心意識者入楞伽經云心能積聚業意能廣積集了別故名識祇是一心有三差別無生法忍者謂一切諸法性本不生而於此法心可印證也無相中作加行者無相即指上第七地謂於無相中作加功用行也不增減眞如者謂此眞如不隨淨染有增減也

九善慧地斷障證眞　謂菩薩以無量智觀察衆生境界皆如實知得無礙智慧徧說諸法普令獲益即斷利他門中不欲行障證智自在眞如是名善慧地斷障證眞不欲行者謂第九地於無相中捨離功用也智自在眞如者謂得此眞如已於四無礙智得自在也

十法雲地斷障證眞　謂菩薩以無量智慧觀察覺了三昧現前得大法故以法身爲雲普周一切衆生具足自在即斷諸法中不得自在障證業自在眞如是名法雲地斷障證眞業自在眞如者謂一切業惑悉得解脫而與眞如之理相應也

十地寄乘出華嚴經疏

十地寄乘者謂十地菩薩

寄於人天等諸乘進脩而爲因行以顯眞實智證之果分也所以歡喜離垢發光三地寄於世間人天乘焰慧難勝現前遠行四地寄於出世間三乘惟不動善慧法雲三地超於世間出世間即是寄顯一乘法也人天乘者人乘天乘也三乘者聲聞乘緣覺乘菩薩乘也

一歡喜地寄人乘謂初地菩薩明修布施之行而復示現生於世間以作人王故云歡喜地寄人乘

二離垢地寄欲界天乘謂二地菩薩明脩十善之行而復示現生於欲界天上以作天王故云離垢地寄欲界天乘十善者不殺不盜不邪婬不妄言不綺語不惡口不兩舌不貪不瞋不邪見也

三發光地寄色界無色界天乘謂三地菩薩明修八禪定行同於色界四禪無色界四空處故云發光地寄色無色界天乘八禪定者色界無色界各四禪定也四禪者初禪二禪三禪四禪也四空者即空處識處無所有處非非想處也

四焰慧地寄須陀洹乘梵語須陀洹華言預流謂四地菩薩初斷俱生身見觀於道品同於初果須陀洹故云焰慧地寄須陀洹乘俱生身見者謂見惑與形俱生即初託胎之時也道品即三十七道品也

五難勝地寄阿羅漢乘梵語阿羅漢華言無學亦云無生謂五地菩薩觀於四諦之行既終同於四果阿羅漢故云難勝地寄阿羅漢乘四諦者苦諦集諦滅諦道諦也

六現前地寄緣覺乘緣覺者由觀因緣而覺悟眞空也謂六地菩薩觀於十二因緣生滅之行同於緣覺故云現前地寄緣覺乘十二因緣者一無明二行三識四名色五六入六觸七受八愛九取十有十一生十二老死也

七遠行地寄菩薩乘菩薩梵語具云菩提薩埵華言覺有情謂七地菩薩明修菩提分

法之行方便涉有不捨度生同於菩薩故云遠行地寄菩薩乘（梵語菩提華言道言菩提分者即三十七道品之分也涉有者有即因果不亡之義謂菩薩涉入三界化諸衆生也）

八不動地寄顯一乘 一乘者即佛乘也謂八地菩薩具證阿含德及不住道而捨所修之行契合實理離相離言超於世出世間是一乘法故云不動地寄顯一乘（梵語阿含華言無比）

九善慧地寄顯一乘 謂九地菩薩以無量智觀察無邊境界說法教化衆生超於世出世間是一乘法故云善慧地寄顯一乘

十法雲地寄顯一乘 謂十地菩薩以法身爲雲普覆衆生觀察覺了受勝職位意業自在超於世出世間是一乘法故云法雲地寄顯一乘（勝職位即佛之位也）

十地寄報（出華嚴經）十地寄報者謂十地菩薩寄生諸天王等報也昔金剛藏菩薩爲衆說十地菩薩修行法門自行化他成大功德感報多作諸天王等威力自在化導衆生令修善法也

一閻浮提王 梵語閻浮提華言勝金洲謂歡喜地菩薩修行初地法門成大功德多作閻浮提王掌護正法諸所作業念佛法僧能大惠施周給孤露以法化世一切衆生令修善行統領閻浮故云閻浮提王

二轉輪聖王 謂離垢地菩薩修行二地法門成就功德多作轉輪聖王爲大法主王四天下有自在力能除衆生破戒之垢以善方便令其安住十善道中爲大施主周徧給濟諸所作業念佛法僧在大衆中爲首爲勝受金輪寶統領四洲故云轉輪聖王（四天下者東弗于逮南閻浮提西瞿耶尼北欝單越即四

洲也十善者不殺不盜不邪婬不妄語不兩舌不惡口不綺語不貪不瞋不邪見也

三忉利天王 梵語忉利華言三十三即帝釋天主居須彌山頂謂發光地菩薩修行三地法門成大功德多作三十三天之主以大方便化諸衆生及諸天衆捨離貪欲住於善道故云忉利天王帝釋梵語釋提桓因華言能天主言帝釋者華梵雙舉也梵語須彌華言妙高

四夜摩天王 梵語夜摩華言時分以其時時唱快樂故也謂燄慧地菩薩修行四地法門具大功德多作夜摩天王以善方便除衆生惑令住正見諸所作業念佛法僧統領天衆隨所應度不失於時故云夜摩天王

五兜率陀天王 梵語兜率陀華言知足以其於五欲塵境能知足故也謂難勝地菩薩修行五地法門集諸功德多作兜率陀天王能伏一切外道邪見令諸衆生住實諦中諸所作業念佛法僧統領天衆常令自他恒念知足故云兜率陀天王

六善化天王 謂現前地菩薩修行六地法門成就功德多作善化天王所作自在一切聲聞難問無能退屈統領天衆善能教化令他除滅我慢之心故云善化天王

七自在天王 謂遠行地菩薩修行七地法門具足菩提功德大願多作自在天王善爲衆生說所證法令其得入無有退轉統領天衆善行教化皆得自在故云自在天王

八大梵天王 梵梵語具云梵迦夷華言淨身謂不動地菩薩修行八地法門成大功德多作第二禪大梵天王主千世界能爲聲聞辟支佛等善說諸義普運慈心放大光明照千世界令諸

衆生得大自在故云大梵天王（辟支梵語具云辟支迦羅華言緣覺）

九、大梵天王 謂善慧地菩薩修行九地法門獲大神通多作第三禪大梵天王主二千世界能爲聲聞緣覺及菩薩衆分別演說波羅蜜行所有難問無能屈者身出光明照二千界除諸昏暗饒益衆生故云大梵天王（梵語波羅蜜華言到彼岸）

十摩醯首羅天王 梵語摩醯首羅華言大自在謂法雲地菩薩修行十地法門具足衆德多作第四禪摩醯首羅天王主三千世界於法自在能授聲聞獨覺一切菩薩波羅蜜道所有問難無能屈者以自光明能令衆生身心清涼皆得安隱故云摩醯首羅天王

十山王（出華嚴經疏）

十山皆稱王者謂依海而住高出一切諸餘小山以喻十地菩薩修行向入如來智海高出一切二乘諸行也（二乘者聲聞乘緣覺乘也）

一雪山王 謂此山中具諸藥草能療衆病取不可盡以喻歡喜地菩薩聖智法藥用之無竭以破無明超前行位如雪山王也

二香山王 謂此山中一切諸香皆悉充滿以喻離垢地菩薩戒行威儀功德妙香徧熏一切如香山王也

三鞞陀梨山王 梵語鞞陀梨華言種種持謂此山純寶所成持種種寶以喻發光地菩薩禪定神通解脫三昧諸法可貴可寶如鞞陀梨山王也（梵語三昧華言正定）

四神仙山王 謂此山中多神仙所居以喻焰慧地菩薩超出世間得大自在如神仙山王也

五由乾陀山王 梵語由乾陀華言持雙謂此山純寶所成諸夜叉王咸住其中以喻難勝地菩薩如

意神通善巧自在如由乾陀山王也 梵語夜叉華言勇健

六馬耳山王 謂此山純寶所成一切諸果咸産其中以喻現前地菩薩從於理體起諸妙用化導衆生以證聲聞之果如馬耳山王也

七尼民陀羅山王 梵語尼民陀羅華言持邊謂此山純寶所成大力龍神咸在其中以喻遠行地菩薩方便智慧化諸有情證緣覺果如尼民陀羅山王也

八斫迦羅山王 梵語斫迦羅華言輪圍謂此山金剛輪圍純寶所成諸自在仙咸在其中以喻不動地菩薩無功用道得心自在化菩薩衆如斫迦羅山王也 無功用道即無功用行也謂菩薩順性而修離加功用行而能離於行相也

九計都末底山王 梵語計都末底華言幢慧謂此山純寶所成大威德阿修羅王咸在其中以喻善慧地菩薩善巧攝生大力智行如計都末底山王也 梵語阿修羅華言無端正

十須彌盧山王 梵語須彌盧華言妙高謂此山純寶所成大威德天咸在其中以喻法雲地菩薩具如來力成就無畏以不共法爲衆宣説問荅無盡如須彌盧山王也 不共法者謂如來法而與三乘之法迥別也

大海十相 出華嚴經疏

海以深廣爲名以喻如來智海深廣無涯故經中以大海十相喻十地菩薩修行而得入於佛之智海也

一次第漸深 此喻歡喜地菩薩修行入於智海漸次而進而能成就大願也

二不受死屍 此喻離垢地菩薩修行入佛智海獲功德清淨離諸垢染也

三餘水入失本名 此喻發光地菩薩修行入佛智海獲平等功德

捨離世間一切假名也**四普同一味**此喻焰慧地菩薩修行入佛智海獲無差別功德與佛如來同一體相也**五無量珍寶**此喻難勝地菩薩修行入佛智海獲廣大無量方便利益衆生也**六無能至底**此喻現前地菩薩修行入佛智海獲甚深功德利益衆生無窮盡也**七廣大無量**此喻遠行地菩薩修行入佛智海獲無量功德以廣大覺慧觀察諸法無有窮盡也**八大身所居**大身即鯤鯨之類此喻不動地菩薩修無功用行入佛智海獲住一切功德以無量身現廣大莊嚴也（無功用行者謂雖加功用行以順性而修而無功用之相也）**九潮不過限**此喻善慧地菩薩修行入佛智海獲護世功德利於世間隨機授法不差根器也（護世者謂救護世間也）**十普受大雨**此喻法雲地菩薩修行入佛智海獲護世功德能受如來大法雲雨而無厭足也

通教十地（出天台四教儀）通教即四教中之一也通前藏教通後別圓故云通也（四教者藏教通教別教圓教也）

一乾慧地謂三乘之人初居外凡位時未得真空理水所潤故名乾慧地（三乘者聲聞乘緣覺乘菩薩乘也外凡者謂心居理外也）

二性地謂三乘之人居內凡位時於無漏真空法性之理頗有解心故名性地（內凡位者謂心居理內而未證得也無漏者謂斷見思之惑而不漏落三界生死也）

三八人地謂三乘之人體達三界見惑本空在無間三昧中八忍具足止觀云人者忍也故名八人地（三界者欲界色界無色界也見惑者謂意根對法塵而起分別也梵語三昧華言正定八忍者苦法忍苦類忍集法忍集類忍滅法忍滅類忍道法忍道類忍也）

四見地謂

三乘之人同見第一義無生四諦之理故名見地第一義者即眞俗不二也無生者謂了一切法皆無生也四諦者苦諦集諦滅諦道諦也

五薄地 謂三乘之人斷欲界六品思惑欲惑稍輕得眞諦理故名薄地六品者謂欲界思惑分爲九品此即前之六品也思惑者謂眼等五根對色等五塵而起貪愛也

六離欲地 謂三乘之人斷欲界下三品思惑盡即離欲界生死故名離欲地下三品者即九品中後之三品也

七已辦地 謂三乘之人斷色界無色界思惑盡發眞無漏智斷功畢故名已辦地無漏謂不漏落三界生死也言眞無漏者謂第四阿羅漢果之所證也若前初果須陀洹等雖證而生死猶未能盡未得名眞也智斷功畢者智即破惑之智慧斷即所斷之惑業因此之智而畢斷惑之功也

八辟支佛地 辟支梵語具云辟支迦羅華言緣覺謂緣覺之人發眞無漏功德力大福慧深利以能侵除見思習氣故名辟支佛地侵除者謂侵入習氣之內而除斷之也見思習氣者謂見思惑餘習之氣分也

九菩薩地 菩薩梵語具云菩提薩埵華言覺有情謂菩薩從空入假深觀眞俗二諦進斷見思習氣與塵沙惑得法眼淨成道種智故名菩薩地從空入假者謂菩薩從涅槃空出生死假而化衆生示同生死故名假也眞諦者亡泯一切法也俗諦者建立一切法也塵沙惑者謂衆生見思之惑種類數多如塵若沙也法眼淨者謂菩薩之眼觀一切法而無染礙也道種智者謂菩薩化他以一切道起衆生一切善種也

十佛地 佛梵語具云佛陀華言覺謂佛有大功德力資利智慧而與一念相應觀眞諦究竟習氣亦究竟覺果圓滿故名佛地究竟即畢盡之義也

十大弟子出翻譯名義

一摩訶迦葉上行第一 梵語摩訶迦葉華言大龜氏其先代學道靈龜負僊圖而應從德命族故名大龜氏能行頭陀上行故稱上行第一梵語頭陀華言抖擻

二

阿難陀多聞第一 梵語阿難陀，華言慶喜。佛成道時，斛飯王遣使來白淨飯王言：貴弟生男。王聞歡喜，語來使曰：是男當安名慶喜。後投佛出家，能持三藏之教，故稱多聞第一。（三藏者，經藏、律藏、論藏也。）

三舍利弗智慧第一 梵語舍利弗，華言鶖子。其母眼如鶖鷺，從母立字，故名舍利弗。善解諸法，故稱智慧第一。

四須菩提解空第一 梵語須菩提，華言善吉，亦云空生。其生之日，家室寶藏俱空，父母驚異，請相師占云：此是吉相。因名善吉，又名空生。稟性慈善，不與物諍，及其出家，悟空得道，故稱解空第一。

五富樓那說法第一 梵語富樓那，華言滿願。父於滿江禱梵天求子，正値江滿，又夢七寶器滿中盛寶，入於母懷，以遂父願，故名滿願。佛弟子中善解說法，故稱說法第一。（七寶者，金、銀、瑠璃、玻瓈、硨磲、碼碯、赤眞珠也。）

六目犍連神通第一 梵語目犍連，華言胡豆。上古僊人好食此物，仍以爲姓。目犍連即姓也，因姓立名，故號目犍連。佛弟子中得大神通，故稱神通第一。

七迦旃延論議第一 梵語迦旃延，華言不空。羅什師云：南天竺婆羅門姓也。善解論議，故稱論議第一。（梵語婆羅門，華言淨行。）

八阿那律天眼第一 梵語阿那律，華言無滅。昔因施食，得生人天中受樂，至今不滅，名無滅。是佛從第，獲天眼通，故稱天眼第一。

九優波離持戒第一 梵語優波離，華言上首，或云近執。佛爲太子時，曾爲親近執事之臣，出家持律，爲衆紀綱，故稱持戒第一。

十羅睺羅密行第一 梵語羅睺羅，華言宮生。是佛

親子佛出家時以手指其妃腹因而有娠佛已出家在宮而生因名宮生佛弟子中能行密行故稱密行第一（密行者微密之行人所不能知者也）

法師十德（出華嚴經疏）

華嚴經十地品中第九善慧地菩薩修行一切功德行願作大法師善能守護如來法藏以無量善巧智慧辯才能與大衆而演說法令諸衆生得大安樂具茲十德名爲法師（菩薩梵語具云菩提薩埵華言覺有情）

一善知法義　善知法義者謂菩薩無礙之智善知一切諸法句義差別也

二能廣宣說　能廣宣說者謂菩薩能以智慧廣爲衆生宣揚如來微妙之法也

三處衆無畏　處衆無畏者謂菩薩處大衆會善說法要隨他問難悉能酬荅而無所畏也

四無斷辯才　無斷辯才者謂菩薩辯才無礙說一切法經無量劫相續不斷也（劫梵語具云劫波華言分別時節）

五巧方便說　巧方便說者謂菩薩善巧方便隨順機宜說大說小一切法門令他通解也

六法隨法行　法隨法行者謂菩薩說法令一切衆生如說而行隨順無違修諸勝行也

七威儀具足　威儀具足者謂菩薩於行住坐卧四威儀中有威可畏有儀可則無有缺犯也

八勇猛精進　勇猛精進者謂菩薩發勇猛心精進修習一切善法化導衆生無有退轉也

九身心無倦　身心無倦者謂菩薩整肅身心修諸勝行常起慈心攝化衆生無有懈倦也

十成就忍力　成就忍力者謂菩薩修習一切諸忍辱行成就無生法忍之力也（無生法忍者謂一切諸法本來

不生於此法中忍可印證也

十科（出續高僧傳）

一翻譯　翻譯者謂翻梵語而爲華言也又譯之爲言易也以華夏之言易彼梵語俾大法以流通如摩騰初至於漢譯四十二章經之類是也

二解義　解義者謂善解如來所說諸經甚深法義也蓋依解以立行修行以契理則可以弘大教可以證菩提如佛弟子迦旃延善解契經是也（梵語菩提華言道梵語迦旃延華言不空）

三習禪　禪梵語具云禪那華言靜慮謂人從無始以來逐妄迷真起惑造業展轉沉溺若能息心靜慮修習禪定一旦慧光發生則了妄顯真返本還源也

四明律　明律者謂明曉如來所制律法防非止過調練身口意之三業也蓋修行之人須深明戒律持犯之相堅固守護無毀無缺則能止惡遷善出離苦趣而主善道也

五感通　感通者謂神妙不測感之斯應也蓋修行之人既證道果內性明了則無感而不通故智論云通有四義一身能飛行二移遠能近三彼沒此出四一念即至如唐之萬回與元珪禪師者是也（萬回兄戍安西久無消息母憂之回即朝往暮晚而歸持兄書至報云平善往復萬里故稱萬回元珪禪師居嵩山時嘗爲嶽神授五戒嶽神乞効神力報謝爲移北岫樹木植之東嶺爲屏障也）

六遺身　遺身者謂重法亡軀發勇猛心奮精進力務求佛道故棄身若弗有如世尊宿捨全身而求半偈神光叅達磨斷臂以求安心是也（涅槃經云佛昔作婆羅門時於雪山修行釋提桓因化作羅剎唱過去佛所說偈云諸行無常是生滅法時婆羅門聞偈心喜即曰汝說偈未備請爲說竟羅剎曰我飢不能說若得汝暖肉熱血食之乃可爲舉全偈時婆羅門許以身施羅剎即說後半偈云生滅滅已寂滅

爲樂婆羅門以所聞偈徧書于石樹上說於高木投身而下以施羅刹也傳燈錄云達磨大師在少林時神光晨夕參求其法師曰諸佛妙道曠劫精勤豈小智輕心欲興眞乘光即取刀斷臂師前師許之爲易名惠可可曰我心未寧乞師爲安師曰將心來與汝安可曰覓心了不可得師曰爲汝安心竟

七讀誦 看文曰讀背文曰誦謂一大藏教佛祖至言若讀誦受持者可以滅罪生福或因言悟旨而得心地開明顯發智慧也

八護法 護法者謂諸佛所說教法弘護在人故如來於靈山會上付囑國王大臣爲法護衛然出家奉佛者尤當勉力精進作世舟航渡諸淪溺以護佛法而令久住也

九興福 興福者謂興造福利事非一端如來歷劫苦行福慧兼修稱兩足尊此之十科自第八以前多言修慧至此第九乃言修福故修行之人能從事於八福田及寫經造像凡有利於物者不憚艱辛勉而行之則福之所由興也八福田者謂廣路義井建造橋梁治平險隘孝養父母恭敬三寶給事病人救濟貧窮設無遮會也

十雜科 雜者不一也謂前九科各專一事至此一科則兼前九科進修之事傍及世間經書治世語言禮樂文章制度典故無不兼通也

十種補特伽羅出地藏十輪經 梵語補特伽羅華言有情又云人佛爲有情之類罪業深重輪廻生死難得人身故說此十種差別也

一不種善根 謂諸有情於宿世中及現在世不種菩提善根恣作惡行所以輪廻諸趣也梵語菩提華言道

一不種善根 謂諸有情於宿世中及現在世未曾修習布施持戒等福德之業多諸惡行所以輪廻諸趣也

二雜染相續 謂諸有情於宿世中及現在世爲

貪瞋癡等雜亂染汚相續不絕由此惡行所以輪迴諸趣也**四隨惡友行**謂諸有情於宿世中及現在世隨順惡友習諸不善惡行所以輪迴諸趣也**五不畏後世苦果**謂諸有情於現在世但造惡業不畏未來生死苦報由此惡行所以輪迴諸趣也**六猛利貪欲**謂諸有情不知世間諸欲是衆苦之本但勇猛貪求無有厭足由此惡行所以輪迴諸趣也**七猛利瞋恚**謂諸有情於世間一切違逆之境不能安心忍受而但忿怒嗔恚不知止息由此惡行所以輪迴諸趣也**八猛利愚癡**謂諸有情於一切境迷惑不了起諸邪見蔑裂正法由此惡行所以輪迴諸趣也**九其心迷亂**謂諸有情心無所主迷惑狂亂縱身口意作不善業由此惡行所以輪迴諸趣也**大守惡邪見**謂諸有情不信如來正教堅執外道邪見由此惡行所以輪迴諸趣也

大明三藏法數卷第三十一

大明三藏法數卷第三十二

上天竺前住持沙門一如等奉　勅集註

長者十德

出翻譯名義

一貴姓 貴姓者謂勳戚尊貴世稱閥（房越切）閱（欲雪切）之族也（明其等曰閥積其功曰閱）**二位高** 位高者謂居卿相台輔爲百辟之長也 **三大富** 大富者謂寶貨豐饒所須具足也 **四威猛** 威猛者謂威嚴厚重人所敬畏也 **五智深** 智深者謂智慮深遠越格超群所謀皆當也 **六年耆** 年耆者謂齒高望重爲物儀表人所尊仰也 **七行淨** 行淨者謂持心律已廉公潔白所行如言皆無玷也 **八禮備** 禮備者謂威儀庠序世所式瞻也 **九上嘆** 上嘆者謂才德兼備言行可則爲在上者所歎服也 **十下歸** 下歸者謂謙以處已寬以御衆爲在下者所歸向也

菩薩十施

出華嚴經

一分減施 謂菩薩仁慈好行惠施若得美妙飲食分與衆生然後乃食復念身中八萬户蟲依我身住願令普得充滿於凡所受之物悉亦如是是名分減施（菩薩梵語具云菩提薩埵華言覺有情）**二竭盡施** 謂菩薩得上妙飲食香華衣服資生之具或有人言汝今所有悉當與我菩薩自念應爲饒益諸衆生故隨所有物一切盡施乃至身命亦無所悋是名竭盡施 **三内施** 謂菩薩年方少盛端正美好始受轉輪王位七寶具足王四天下或有人言我今衰老煢獨羸頓若得王身手足血肉頭目骨髓我命存活菩薩念言我後必死今當施之以濟衆生心無所悔是名内施（七寶者金輪寶白象寶紺馬寶神珠寶玉女寶典財寶主兵寶也四天下者東弗於逮南閻浮提西瞿耶尼北鬱單

越也

四外施 謂菩薩年盛色美衆相圓滿始受轉輪王位七寶具足或有人言我今貧窶惟願仁慈以施於我菩薩念言榮盛必衰我今宜應隨彼之意即便施之而無所悔是名外施

五內外施 謂菩薩形相端正處輪王位或有人言此輪王位願捨與我并及王身爲我臣僕菩薩念言我身王位悉是無常即便施之乃至以身恭勤作役心無所悔是名內外施

六一切施 謂菩薩身盛美妙處輪王位或有無量貧窮人言大王垂慈各隨所求或乞國土或乞妻子或乞手足血肉肝腦菩薩心念一切恩愛會當別離即以一切悉皆施與心無悔恨是名一切施

七過去施 謂菩薩聞過去諸佛菩薩所有功德不貪不著見法如夢但爲教化取著衆生成熟佛法即爲說之觀過去法都不可得畢竟皆捨是名過去施

八未來施 謂菩薩聞未來諸佛所修之行了達非有不以已之善根回向於彼亦不於彼而退已之善根常勤修行攝化衆生觀未來法皆不可得畢竟皆捨是名未來施

九現在施 謂菩薩聞四天王衆天三十三天乃至色究竟天王衆天及聲聞緣覺具諸功德聞已不迷但觀諸行如夢不實不生貪著但令衆生捨離惡趣修行於道成就佛法是名現在施（四天王者東方持國天王南方增長天王西方廣目天王北方多聞天王也三十三天者即欲界忉利天也色究竟天者即色界第十八天也）

十究竟施 謂菩薩見無量衆生無眼耳鼻舌身手足來至我所告言我身薄祐諸根殘缺惟願仁慈捨已所有菩薩

聞知即便施與假使經阿僧祇劫不生悔惜但念此身危脆不堅應以施彼願我成就清淨智身是名究竟施（梵語阿僧祇華言無數時劫）

布施十種利益（出月燈三昧經）布施乃破慳貪之前陣入正道之初門菩薩能行此者則獲十種利益也

一降伏慳恪 謂修菩薩行者若能布施則慳鄙恪惜之心自然降伏不復萌動矣

二捨心相續 謂修菩薩行者行於布施財雖匱乏而喜捨之心無有間斷也

三同共資產 謂修菩薩行者施心無量觀諸衆生與巳無異所有財產平等受用無有彼此也

四生豪富家 謂修菩薩行者於一切財物常行惠施心無恪惜則當來果報必生豪富之家財寶具足受用無窮矣

五生處施心現前 謂修菩薩行者此生既能行於布施則感後世隨其所生之處而他人施與之者皆無慳恪之心矣

六四衆愛樂 謂修菩薩行者既能常懷惠施無所慳嫉則四衆之心常生愛樂而無嫌恨也（四衆者比丘比丘尼優婆塞優婆夷也）

七入衆不怯 謂修菩薩行者既能布施而爲四衆之所愛樂故入大衆之中自無畏怯之心也

八勝名流布 謂修菩薩行者能無所求而行布施則人多稱讚勝妙名聞流布遐邇也

九手足柔輭 謂修菩薩行者好行布施濟人缺乏能感手足柔輭相好圓滿之報也

十不離知識 謂修菩薩行者自初發心行施以來常得親近諸佛菩薩善知識等獲聞法要未嘗遠離也

菩薩十戒（出華嚴經）謂菩薩奉持三世諸佛十種

淨戒具足清白無有缺犯念諸衆生顛倒破戒我成正覺爲說真法令離顛倒得淨戒法是名菩薩十戒（三世者過去現在未來也）一普饒益戒　謂菩薩受持淨戒廣爲利益一切衆生也　二不受戒　謂菩薩不受外道諸戒但自精進奉持諸佛平等淨戒也　三不住戒　謂菩薩受持戒時不求於彼欲界色界無色界受生而住也　四無悔恨戒　謂菩薩不作重罪不行諂詐不破淨行安住正戒心不悔恨也　五無違諍戒　謂菩薩於佛所制禁戒心常持護無所違犯亦不鬬諍觸惱一切衆生但願常生歡喜奉持於戒也　六不惱害戒　謂菩薩不學邪幻咒術及造作方藥惱害衆生但爲救護一切而持於戒也　七不雜戒　謂菩薩不著邊見不惑外道所計但觀諸法緣起不實一心專持出離生死之戒也（邊見者謂外道於斷常二見中隨執一見也外道所計者謂計此身從梵天生從微塵生之類也諸法緣起者謂一切法皆由眼等六根爲因色等六塵爲緣而生也）八不貪求戒　謂菩薩不現異相彰己有德起貪求心但爲滿足出離生死法故而持於戒也　九無過失戒　謂菩薩不自貢高言我持戒見破戒人亦不輕毀令他愧耻但一其心而持於戒也　十無毀犯戒　謂菩薩受持淨戒無所毀犯永斷十惡具足十善恒念衆生皆由顛倒毀犯於戒我當爲說真實妙法令離顛倒成就菩提也（十惡者一殺生二偷盜三邪婬四妄言五綺語六惡口七兩舌八貪九嗔十邪見也十善者不殺不盜不邪婬不妄言不綺語不惡口不兩舌不貪不瞋不邪見也梵語菩提華言道）

菩薩十戒（出梵網經）

一不殺戒　不殺戒者謂慈心

憐愍不斷一切命也經云一切有命者不得故殺應起常住慈悲心孝順心方便救護一切衆生而反自恣心快意殺生者是波羅夷罪（梵語波羅夷華言極惡）

二不盜戒 不盜戒者謂不攘竊他人一切財物也經云一針一草不得故盜應生佛性孝順心慈悲心常助一切人生福生樂而反更盜人財物是波羅夷罪

三不婬戒 不婬戒者謂守禮自防不應行欲事也經云應生孝順心救度一切衆生淨法與人而反更起一切人婬不擇親屬是波羅夷罪

四不妄語戒 不妄語戒者謂言當誠實不應虛妄誑他也經云應生正語正見亦生一切衆生正語正見而反更起一切衆生邪語邪見邪業是波羅夷罪

五不酤酒戒 不酤酒戒者謂酒能昏神亂性故不應酤也經云一切酒不得酤是酒起罪因緣菩薩應生一切衆生明達之慧而反更生一切衆生顛倒之心是波羅夷罪

六不說過罪戒 不說過罪戒者謂不應說他人好惡長短也經云聞外道惡人說佛法中非法非律常生慈心教化是輩令生善信若反更自說他人罪過是波羅夷罪

七不自讚毀他戒 不自讚毀他戒者謂不自矜伐不謗他人也經云若自揚己德隱他人好事令他人受毀者是波羅夷罪

八不慳戒 不慳戒者謂心無鄙悋悉捨所有也經云見一切貧窮人來乞者隨人所須一切給與而以惡心瞋心乃至不施一錢一針一草有求法者不為說一句一偈一微塵許法而反更罵辱者

是波羅夷罪**九不嗔戒**不嗔戒者謂不應生忿怒之心也經云應生一切衆生善根無諍之事常生悲心孝順心而反更於一切衆生中以惡口罵辱加以手打及以刀杖意猶不息前人求悔善言懺謝猶嗔不解者是波羅夷罪（前人即被打之人也）

十不謗三寶戒不謗三寶戒者謂於佛法僧所常當恭敬尊重不應謗毀也經云見外道及以惡人一言謗佛音聲如三百矛刺心況口自謗不生信心孝順心而反更助惡人邪見人謗是波羅夷罪

大論十種戒（出大智度論）

一不缺戒謂修行之人毀犯淨戒如器已缺無所堪用若能恒自守護如愛明珠則能攝一切戒是名不缺戒

二不破戒謂修行之人毀犯戒法如器破裂不堪爲用若能持護不犯無有破損是名不破戒

三不穿戒謂修行之人毀犯戒法如器穿漏不堪受物若能持護無毀是名不穿戒

四不雜戒謂修行之人或毀定共戒念破戒事名之曰雜若能護持不毀欲念不起是名不雜戒（定共戒者即禪定與戒法相應也）

五隨道戒謂聲聞初果須陀洹人隨順諦理能破見惑無所分別是名隨道戒（梵語須陀洹華言預流見惑者謂意根對法塵而起分別也）

六無著戒謂二乘之人見真諦理能成聖道於諸思惑無所染著是名無著戒（二乘者聲聞乘緣覺乘也思惑者謂眼等五根對色等五塵而起貪愛也）

七自在戒謂菩薩化他妙用於諸世間而得自在無礙是名自在戒

八智所讚戒謂菩薩於諸世界化導衆生爲智者之所讚嘆是名智所讚戒（智者即諸

佛也

九隨定戒　謂菩薩隨首楞嚴定現諸威儀導利衆生雖威儀變現而任運常靜是名隨定戒（梵語首楞嚴華言健相分別）

十具足戒　謂菩薩持中道第一義諦戒用中道慧徧入諸法無戒不備是名具足戒（第一義諦者謂中道實相之理無二無別諦審不虛也）

沙彌十戒（出翻譯名義并沙彌十戒法）　梵語沙彌華言息慈初受十戒名爲沙彌後受具足戒名爲比丘也（具足戒者即一百五十戒也梵語比丘華言乞士）

一不殺戒　謂常念有情皆惜身命應當憐愍愼勿傷害是名不殺戒

二不盜戒　謂物各有主雖一針一草亦不當攘竊是名不盜戒

三不婬戒　謂清淨自守不犯色欲是名不婬戒

四不妄語戒　謂言說誠實不以虛言誑他是名不妄語戒

五不飲酒戒　謂酒能昏神亂性增長愚癡應當絕飲是名不飲酒戒

六離高廣大床戒　謂所坐之床高不過尺六廣不過四尺若過此量者名高廣大床則不當坐是名離高廣大床戒

七離花鬘等戒　謂不著花鬘瓔珞不用香油塗身是名離花鬘等戒

八離歌舞等戒　謂不自歌舞亦不輙往觀聽歌舞是名離歌舞等戒

九離金寶物戒　謂金銀錢寶不當蓄積亦不許手執是名離金寶物戒

十離非食時戒　謂佛制午時爲食時若過午則不當食是名離非食時戒

持戒十種利益（出月燈三昧經）　持戒是菩提之根本入道之要門菩薩能堅守護持則獲此十種利益也（梵語菩提華言道菩薩梵語具云菩提薩埵華言覺有情）

一滿足智願　謂修菩薩行者能持禁戒則身

心清淨慧性明了一切智行一切誓願無不滿足也。**二如佛所學**謂佛初修道時以戒為本而得證果菩薩修行若能堅持淨戒是亦如佛之所學也。**三智者不毀**謂修菩薩行者戒行清淨身口無過凡有智之人喜樂讚嘆而不毀呰也。**四不退誓願**謂修菩薩行者堅持淨戒求證菩提誓願弘深勇猛精進而不退轉也。**五安住正行**謂修菩薩行者堅持戒律則身口意業悉皆清淨而於正行安住而不捨也。**六棄捨生死**謂修菩薩行者受持淨戒則無殺盜婬妄等業而能出離生死永脫輪迴之苦也。**七慕樂涅槃**梵語涅槃華言滅度謂修菩薩行者堅持戒律絕諸妄想故能厭惡生死之苦而欣慕涅槃之樂也。**八得無纏心**謂修菩薩行者戒德圓明心體光潔一切煩惱業緣悉皆解脫而無纏縛之患也。**九得勝三昧**梵語三昧華言正定謂修菩薩行者持戒清淨心不散亂則得三昧成就定性現前而超諸有漏也。**十不乏信財**謂修菩薩行者持守戒律於諸佛法具正信心則能出生一切功德法財而不匱乏也。

十善（出法界次第）善即順理之義謂行此十法皆順理故然有二種一者止二者行止則止息已惡不惱於他行則修行勝德利安一切也。**一不殺生**不殺生者謂不害一切物命即是止殺之善既不殺已當行放生之善也。**二不偷盜**不偷盜者謂不竊取他人財物即是止盜之善既不盜已當行布施之善也。**三不邪婬**不邪婬者謂不行邪婬

欲事即是止婬之善既不邪婬當行清淨梵行之善也【四不妄語】不妄語者謂不起虛言誑惑他人即是止妄語之善既不妄語當行實語之善也【五不兩舌】不兩舌者謂不向兩邊說是談非令他鬭諍即是止兩舌之善既不兩舌當行和合利益之善也【六不惡口】不惡口者謂不發麤獷惡言罵辱他人即是止惡口之善既不惡口當行柔和軟語之善也【七不綺語】不綺語者謂不莊飾華麗之言令人樂聞即是止綺語之善既不綺語當行質直正言之善也【八不貪欲】不貪欲者謂不貪著情欲塵境即是止貪之善既不貪欲當行清淨梵行之善也【九不瞋恚】不瞋恚者謂不生忿怒之心瞋恨於人即是止瞋之善既不瞋恚當行慈忍之善也【十不邪見】不邪見者謂不偏邪異見執非爲是即是止邪見之善既不邪見當行正信正見之善也

每月十齋日（出法苑珠林）

【初一日】此日四天王太子下降按行人間比校善惡若念定光佛名號則滅一切罪增一切福（四天王者東方持國天王南方增長天王西方廣目天王北方多聞天王也）【初八日】此日摩醯首羅天王下降按臨人間觀察善惡若念藥師瑠璃光佛名號則滅一切罪增一切福（梵語摩醯首羅華言大自在）【十四日】此日摩醯首羅天王下降按臨人間觀察善惡若念賢劫千佛名號則滅一切惡生一切善（劫梵語具云劫波華言分別時節賢者劫名謂此劫中多賢人也）【十五日】此日四天王太子下降按臨人間觀察善惡若念阿彌陀佛名號則滅生死罪得寂滅樂

梵語阿彌陀華言無量壽**十八日**此日四天王太子使者下降觀察人間比校善惡若念地藏菩薩名號則滅除罪業增延福壽**二十三日**此日摩醯首羅天王下降按察人間比校善惡若念大勢至菩薩名號則增長福利滅除罪惡**二十四日**此日四天王太子下降按行人間觀察善惡若念觀世音菩薩名號則滅除衆苦長養諸善**二十八日**此日四天王使者下降觀察人間比校善惡若念盧舍那佛名號則滅煩惱罪得智慧樂梵語盧舍那華言淨滿**二十九日**此日摩醯首羅天王下降親臨人間比校善惡若念藥王菩薩名號則滅一切惡生一切善**三十日**此日四天王使者下降按行人間觀察善惡若念釋迦牟尼佛名號則增長福利成就菩提梵語菩提華言道

十忍出仁王護國般若經疏

忍即忍可亦安忍也謂通教菩薩觀五陰三界因果二諦等法成就十忍也五陰者色陰受陰想陰行陰識陰也三界者欲界色界無色界也二諦者真諦俗諦也

一戒忍謂由觀色陰而不犯禁制即得戒忍以作無作戒體皆是色攝故也作無作戒者謂初受戒時有所作為執守堅持名為作也持守既久雖不作意而任運無所毀犯名無作也

二知見忍謂由觀識陰了知一切諸法邪正之見皆從識心而生即得知見忍以了別識與此知見相類故也了別識即意識以識有分別之義故也

三定忍謂由觀想陰不起亂思即得定忍以從顛倒妄想能入於定故也

四慧忍謂由觀受陰無苦樂相即得智慧忍以分別諸法皆悉空寂智慧即生故也

五解脱忍謂由觀行陰無造作

相即得解脱忍以行皆悉無常無有結縛也**六空忍**謂由觀三界苦果無有實體即得空忍也以生死苦諦性本空寂故也**七無願忍**謂由觀三界苦因皆悉空故即得無願忍以煩惱集諦性本清淨故也**八無相忍**謂由觀三界因果之法皆空即得無相忍以因果之相本空無有故也**九無常忍**謂由觀俗諦之境一切有爲之法悉皆虛幻即得無常忍以一切諸法遷滅不停故也（俗諦者謂建立一切法也）**十無生忍**謂由觀真諦之境是無爲法諸念不生即得無生忍以真空之理本無生滅故也（真諦者謂泯絶一切法也）

慈忍十種利益（出月燈三昧經）慈即愛念忍即安忍謂修菩薩行者於一切違順等境皆能慈忍故獲此十種利益也**一火不能燒**謂修菩薩行者但爲利益衆生常懷慈忍之心於一切違逆之境了知身心自性本空悉無所惱是以瞋恚之火所不能燒也**二刀不能割**謂修菩薩行者但爲利益衆生常懷慈忍之心於一切横逆之境了知自身體性空寂悉無所畏是以瞋恚利刀所不能割也**三毒不能中**謂修菩薩行者但爲利益衆生常懷慈忍之心人或有所加害了知身心本空不以爲意是以貪瞋毒藥所不能中也**四水不能漂**謂修菩薩行者但爲利益衆生常懷慈忍之心於一切順情之境了知諸法本空悉無所染是以貪愛之水所不能漂也**五爲非人護**非人即鬼神之類謂修菩薩行者但爲利益衆生常懷慈忍之心於一切時處鬼神之類悉

皆護衛也**六身相莊嚴**謂修菩薩行者但爲利益衆生常懷慈忍之心愛念於人是以能感色身相好莊嚴之報也**七閉諸惡道**謂修菩薩行者但爲利益衆生常懷慈忍之心成就善法是以惡道之門自然閉而不開也**八隨樂梵天**梵天即色界初禪天也謂修菩薩行者慈忍具足梵行無虧故報盡命終隨其意樂而得生於梵天也**九晝夜常安**謂修菩薩行者常行慈忍之心利益有情而不惱害故得身心寂靜晝夜常安也**十不離喜樂**謂修菩薩行者常懷慈忍之心利益衆生令其各獲安隱是以自之身心亦不離於喜樂也

精進十種利益（出月燈三昧經）謂修菩薩行者於諸梵行念念進修精勤無怠故有十種利益也（梵行即淨行也）**一他不折伏**謂菩薩慧解精勤行業成就則不爲一切邪論妄計之所折伏也**二得佛所攝**謂菩薩於諸梵行精進無怠則爲諸佛之所攝受而不捨也**三爲非人護**非人即鬼神之類謂菩薩於諸梵行精進無怠於一切時處鬼神之類悉加衛護也**四聞法不忘**謂菩薩於諸梵行精進無怠則於所聞之法常能憶持而不忘失也**五未聞能聞**謂菩薩於諸梵行勇猛精進樂法之心無有厭足則昔所未聞今皆得聞也**六增長辯才**謂菩薩於諸梵行精進無怠則法義皆通辯才增長隨問隨答皆無疑礙也**七得三昧性**梵語三昧華言正定謂菩薩於諸梵行精進無怠則身心寂靜定性現前不爲世相之所變遷也

八少病少惱 謂菩薩於諸梵行精進無怠雖晝夜不息而善能調適身心是以常得輕安少病少惱也 **九得食能消** 謂菩薩於諸梵行精進無怠而於飲食不節不恣是以食已即消而無停滯之患也 **十如優鉢羅華** 梵語優鉢羅華言青蓮花以其出於淤泥而無染汚世人見之即生希有之想謂菩薩於諸梵行精進無怠雖處生死不爲煩惱之所染著猶如此花見者亦生希有之心也

禪定十種利益 出月燈三昧經 謂修菩薩行者善能修習禪定則萬緣俱息定性現前故獲此十種利益也 **一安住儀式** 謂菩薩習諸禪定必須整肅威儀一遵法式行之既久則諸根寂靜正定現前自然安住無所勉强是爲安住儀式 **二行慈境界** 謂菩薩習諸禪定常存慈愛之心而無傷殺之念於諸衆生悉令安隱是爲行慈境界 **三無煩惱** 謂菩薩習諸禪定諸根寂靜則貪瞋癡等一切煩惱自然不生是爲無煩惱 **四守護諸根** 謂菩薩習諸禪定常當防衛眼等諸根不爲色等諸塵所動是爲守護諸根 **五無食喜樂** 謂菩薩習諸禪定既得禪悦之味以資道體雖無飲食之奉而自然欣豫是爲無食喜樂 **六遠離愛欲** 謂菩薩修習禪定寂默一心不令散亂則一切愛欲之境悉無染著是爲遠離愛欲 **七修禪不空** 謂菩薩習諸禪定而獲諸禪功德雖證真空之理而不墮於斷滅之空是爲修禪不空 **八解脱魔羂** 謂菩薩習諸禪定則能遠

離生死一切魔網悉皆不能纏縛是爲解脱魔羂**九安住佛境**謂菩薩習諸禪定開發無量智慧通達甚深法義於佛知見自然明了心心寂滅住持不動是爲安住佛境**十解脱成熟**謂菩薩習諸禪定一切業惑不能撓亂行之既久則無礙解脱自然圓就是爲解脱成熟

坐禪人十種行（出解脱道論）

一令觀處明淨謂修行之人欲修禪定先須調適飲食不饑不飽次須隨順時節不先不後又當整肅威儀無有懈怠修此三行用觀分明則諸緣屛息心常寂靜安於禪定是爲觀處明淨**二徧起觀諸根**謂坐禪之人欲修禪定當周徧觀察信等五根不令消滅與定相應心無懈怠即得遠離疑蓋等過三昧現前是爲徧起觀諸根（五根者信根進根念根定根慧根也梵語三昧華言正定）**三曉了於相**謂坐禪之人欲修禪定必當曉了意識想念之相令其不急不寬調適得中則妄想不生禪定易入是爲曉了於相**四制令心調**謂坐禪之人欲修禪定當起精進制伏其心調停適中勿使過度增長亂意則得定相現前三昧成就是爲制令心調**五折伏懈怠**謂坐禪之人若以不得勝定令心無味故成懈怠而欲睡眠於是之時必當諦觀諸禪功德策勵精進則定相現前三昧可得是爲折伏懈怠**六心無味著**謂坐禪之人欲修禪定以慧根遲鈍及少方便不得寂靜故於勝定無所樂著是爲心無味著**七心歡喜**謂坐禪之人於諸勝定心若無味當觀生老病死

及諸惡趣令生恐怖然後念佛法僧等諸功德策進身心令欣得禪定是爲心歡喜

八心定成捨 謂坐禪之人欲修禪定當調伏諸根如理思惟安住寂靜而捨一切非正之行是爲心定成捨

九近學定人 謂坐禪之人欲修禪定應當遠離不修威儀及不習寂靜之人而常親近安住寂靜威儀整肅心源泯淨者依其教誡成就正定道業是爲近學定人

十樂著安定 謂坐禪之人欲修禪定於彼得定善解緣起入寂靜處者即當愛樂恭敬求其開導以起定心是爲樂著安定

般若十種利益（出月燈三昧經）

梵語般若華言智慧謂菩薩由此智慧通達無礙故獲十種利益也

一一切捨不取施想 謂菩薩修行般若照了萬法俱寂是故雖行布施而無能施之想不著所施之物不見受施之人是爲一切捨不取施想

二持戒不缺而不依戒 謂菩薩修行般若雖堅持淨戒無所毀缺然以空慧照之則不見有能持能犯之相是爲持戒不缺而不依戒

三住於忍力而不住衆生想 謂菩薩修行般若安住忍力度諸衆生然以空慧照之而終不起衆生得度之想是爲住於忍力而不住衆生想

四行於精進而離身心 謂菩薩修行般若於諸梵行雖勇猛精進然以空慧照之而不見有身心精進之相是爲行於精進而離身心

五修禪而無所住 謂菩薩修行般若雖在禪定然以空慧照之而於一切諸禪功德不生味著是爲修禪而無所住

六魔不能擾 謂菩薩修行般若能以空慧照了諸法本性空寂復知魔佛體元不異魔雖發現即無所怖是爲魔不能擾

七於他言論其心不動 謂菩薩修行般若於世間出世間一切諸法無不通達明了故於他人言論悉能辯其邪正是非不爲所惑是爲於他言論其心不動

八達生死海底 謂菩薩修行般若照了諸法洞徹生死淵源不爲輪轉所溺是爲達生死海底

九起增上悲 謂菩薩修行般若雖觀一切性空常以廣大悲愍之心誓拔一切衆生之苦令得解脫是爲起增上悲

十不樂二乘道 謂菩薩修行般若而能了知聲聞緣覺小乘之法沉滯空寂未爲究竟而不欣樂唯求大乘無上之道而得解脫是爲不樂二乘道

聞經十益 出華嚴經疏

謂毘盧遮那如來現法界無盡身雲徧一切處與十方佛互爲主伴稱性圓融而說此經令諸菩薩一切大衆及未來世法界衆生皆悉得聞信解悟入生如來家乃至深入毘盧性海若人聞是經得無量無邊利益今束爲十故云聞經十益也 梵語毘盧遮那華言徧一切處

一見聞益 見聞益者謂見聞如來常說徧說此之大經佛佛道同法應如是令諸衆生入佛境界成見聞益 常說者過去現在窮未來際恒說此法也徧說者十方無盡世界皆說此法也

二發心益 謂聞如來說本因中大願大行普度衆生是以遂發信心學佛行願成發心益

三造修益 謂聞如來說此大經發起當機智慧善業令諸衆生如法進修成

造修益**四頓得益**謂聞如來初成正覺即說此經爲根本法輪義理玄妙具含衆德令諸衆生即能開悟成頓得益**五滅障益**謂聞如來說此大經廣明依正二果勝德莊嚴是以信樂修行滅煩惱障成滅障益依正二果者一依果謂華藏莊嚴世界二正果謂如來十身也**六攝位益**謂聞此經顯說圓融地位即一位之中具攝諸位功德期心證入成攝位益**七起行益**謂聞此經廣說圓融妙行即一行頓成諸行是以起深信解發意修行成起行益**八稱性益**謂聞說此經稱性極談真實之法決須解了依性起修成稱性益**九轉利益**謂聞此經說一切衆生皆具如來智慧乃展轉與人演說皆得饒益成轉利益**十速證益**謂總具前諸法門故廣修衆德則能速出生死頓證菩提成速證益梵語菩提華言道

多聞十種利益出月燈三昧經謂修菩薩行者於世間出世間一切邪正之法無不聞知故獲此十種利益也**一知煩惱助**謂修菩薩行者以多聞故則知自身及諸衆生所有一切煩惱之惑皆能資助業因而受當來果報故求出離而不爲所惑也**二知清淨助**謂修菩薩行者以多聞故悉知一切清淨梵行皆能資助菩提之道是以精勤修習以證無上佛果也**三遠離疑惑**謂修菩薩行者以多聞故則於世間出世間一切諸法及外道邪魔等論悉皆明了通達而無所疑惑也**四作正直見**謂修菩薩行者以多聞故則於一切邪正之法無不明了若

有衆生邪見邪論者爲作正直知見而格其非心也。**五遠離非道**謂修菩薩行者以多聞故則於善惡果報諸法同緣無不明了故殺盜等一切非法之道皆能遠離而不爲也。**六安住正路**謂修菩薩行者以多聞故則於一切邪正諸法無不明了故不爲非道所惑而於如來正法常得安住而不退也。**七開甘露門**謂修菩薩行者以多聞故則能深入如來之藏了知無上法味而復以此普潤衆生令其善根增長是爲開甘露門也。**八近佛菩提**梵語菩提華言道謂修菩薩行者以多聞故常勤修習則知戒定慧行能趣聖果是以心常在道精勤無怠而於佛果菩提爲不遠也。**九爲作光明**謂修菩薩行者以多聞故知諸衆生皆爲無明所覆常受長夜之苦而能以智慧之燈作諸光明令其出離幽暗而獲清升之樂也（無明者無所明了也）。**十不畏惡道**謂修菩薩行者以多聞故曉了萬法體本空寂無苦無樂是以發廣大心隨類化度一切衆生而於險難惡道悉無所畏也

十法行（出辯中邊論）

一書寫謂於佛所說經律論文書寫流通使不斷絕也。**二供養**謂於佛經典所在之處如佛塔廟皆應恭敬尊重供養也。**三施他**謂所聞之法爲他演說或施與經卷不專自用但欲利他也。**四諦聽**謂聞他人讀誦解說一切經法深生愛樂而專心審聽也。**五披讀**謂於諸佛所說之經時常披閱看讀不釋手也。**六受持**謂於諸佛所說教法從師稟受持而弗失也。**七

開演 謂於如來所說正法時常開示演說令人信解也**八諷誦** 謂於如來所說一切道法諷誦宣揚梵音清徹令人樂聞也**九思惟** 謂於如來所說一切法義思惟籌量憶念不忘也**十修習** 謂依如來所說之法精修數習以成道果也

十種行願（出華嚴經行願品） 普賢菩薩於華嚴會上逝多林中稱嘆如來勝功德已告諸菩薩及善財言如來功德十方諸佛經刹塵劫說不能盡若欲成就此功德門應修十種廣大行願也（普賢者德周法界曰普調柔善順曰賢菩薩梵語具云菩提薩埵華言覺有情梵語逝多華言勝林劫梵語具云劫波華言分別時節）

一禮敬諸佛 謂一心運想十方諸佛如對目前恭敬慇懃五體投地故云禮敬諸佛（五體者頭及兩手兩足也）

二稱讚如來 謂愛樂佛之功德以微妙舌根出無盡音聲稱揚讚嘆故云稱讚如來

三廣修供養 謂諸佛如來爲最上福田當起正信悉以上妙財法等所謂最勝花鬘塗香貲財衆具及以勤修善根菩提妙法皆悉無量以用供養故云廣修供養（梵語菩提華言道）

四懺除業障 懺梵語具云懺摩華言悔過今言懺悔華梵兼舉也謂之懺者陳露先罪悔者改往修來若欲懺除業障即當自念無量劫中由貪嗔癡作諸惡業障蔽真性今當清淨三業於諸佛菩薩衆前誠心懺悔不敢覆藏故云懺悔業障（三業者身業口業意業也）

五隨喜功德 謂佛從初發心不惜身命捨頭目髓腦修諸苦行以至成道滅度所有功德乃至六趣四生聲聞辟支佛一切菩薩等種種所有諸善功

德我皆隨順歡喜故云隨喜功德（六趣者天趣人趣修羅趣餓鬼趣畜生趣地獄趣也四生者胎生卵生濕生化生也辟支梵語具云辟支迦羅華言緣覺菩薩梵語具云菩提薩埵華言覺有情）

六請轉法輪　謂十方刹土諸佛成等正覺我以身口意業慇懃勸請轉妙法輪普雨法雨自他霑洽故云請轉法輪（刹梵語具云刹摩華言土田）

七請佛住世　謂諸佛菩薩聲聞緣覺諸善知識將欲入滅我悉勸請久住於世利樂衆生故云請佛住世

八常隨佛學　謂佛從初發心精進不退不惜身命剥皮爲紙析骨爲筆刺血爲墨書寫經典積如須彌乃至成道說法度生所有法行悉願隨順修學故云常隨佛學（梵語須彌華言妙高）

九恒順衆生　謂常於一切衆生承事供養如奉師長如敬父母凡有病苦爲作良醫乃至貧窮令得饒富如是平等隨順利樂故云恒順衆生

十普皆迴向　謂發廣大心從初禮敬諸佛乃至恒順衆生所有一切廣大功德普皆迴向法界衆生願令常得安樂乃至究竟成就菩提故云普皆迴向

十度各三行（出成唯識論）

度者超度也謂此十度各有三種殊勝行門菩薩修行此法則能自利利他度諸衆生離生死此岸越煩惱中流到涅槃彼岸同證無上菩提（梵語涅槃華言滅度梵語菩提華言道）

一施度三行　此施度有三種一財施謂以己所有財物施與他人令其安樂二法施謂以佛法爲諸衆生演說令其開悟三無畏施謂於諸衆生無殺害心令其無所怖懼是爲施度三行

二尸度三行　尸梵語具云尸羅華言清涼又翻爲戒

此戒度有三種一攝律儀戒謂持佛戒律具衆威儀二攝善法戒謂身口意所作善法皆悉攝持三饒益有情戒謂以慈悲喜捨之心與衆生樂拔衆生苦平等利益是爲尸度三行

三忍度三行 此忍度有三種一耐怨害忍謂若遇怨憎毒害安然忍耐無返報心二安受苦忍謂若遇水火刀杖衆苦所逼恬然忍受三諦察法忍謂諦審諸法體性虛幻而本無生滅安然忍可是爲忍度三行

四進度三行 此進度有三種一被甲精進謂起大誓願心修諸勝行二攝善精進謂修方便行進趣無上菩提三利樂精進謂勸化衆生咸修於道是爲進度三行

五禪度三行 禪梵語具云禪那華言靜慮此禪度有三種一安住靜慮謂亂想不起深入禪定二引發靜慮謂智慧現前生諸功德三辦事靜慮謂功行圓成利益衆生是爲禪度三行

六慧度三行 此慧度有三種一生空無分別慧謂平等照了俗諦之法無生滅相二法空無分別慧謂平等照了真諦之法悟性本空三俱空無分別慧謂全照中道超前二空悉皆平等是爲慧度三行（俗諦者謂建立一切法也真諦者謂泯絕一切法也）

七方便度三行 此方便度有三種一進趣果向方便謂修諸功德迴向佛果二巧會有無方便謂能善巧融會真俗二諦之理三不捨不受方便謂援濟衆生了達能所皆空而不捨離是爲方便度三行

八願度三行 此願度有三種一求菩提願謂自求佛果二利樂他願謂救度一切衆生三外

化願謂外化有情亦起自利利他之願是爲願度三行**九力度三行**力即力用謂此力度有三種一思擇力謂思惟揀擇一切善法而得其力二修習力謂修行數習殊勝妙行證得其力三變化力謂神通力用化度衆生是爲力度三行**十智度三行**此智度有三種一無相智謂觀達一切諸法性本自空二受用法樂智謂修行證得一切種智恒自受用得大自在三成熟有情智謂教化饒益一切衆生成就道果是爲智度三行（一切種智謂知一切道知一切種即佛智也）

十種有依行輪（出地藏十輪經）

有依行者有可憑依之行業也輪以摧碾爲義佛謂衆生依此行業而修菩提則能摧破一切煩惱惑業故曰輪也（梵語菩提華言道）**一具足淨信**謂衆生具足清淨信心則於一切善惡業緣受報因果皆無所疑此爲有依行也**二具足慚愧**謂衆生具足慚愧之心凡有所作身口過非而能內自羞恥發露向人悉不覆藏此爲有依行也**三安住律儀**謂衆生若能攝身口意業安住淨戒則於殺盜婬妄等諸律儀悉無毀犯此爲有依行也**四安住慈心**謂衆生若能安住平等慈愛之心則於一切有情悉與其樂不加惱害此爲有依行也**五安住悲心**謂衆生若能安住平等悲憫之心則於一切有情見其受苦普爲救拔令其安隱此爲有依行也**六安住喜心**謂衆生若能安住歡喜之心見諸有情離苦得樂了無憎嫉之意此爲有依行也**七安住捨心**謂衆生若能安住捨離之

心則於一切有情冤親平等無憎無愛此爲有依行也**八具正歸依**謂衆生發心修行之初必須歸向依止佛法僧寶則所修所證有所憑據而不惑於外道邪魔之見此爲有依行也**九具足精進**謂衆生於如來一切善法若能隨順修學勇猛精勤始終不懈此爲有依行也**十常樂寂靜**謂衆生修習禪定當遠離憒鬧寂默一心如理思惟絶諸妄想此爲有依行也

十種發心（出華嚴經隨疏演義鈔）

十種發心者謂諸衆生迷妄失真念念起心貪著諸境業報不同苦樂有異皆因發心不純也**一發地獄心**謂衆生念念起貪瞋之心日增月甚造上品十惡行火塗道是名發地獄心（上品者謂人作惡於欲作正作作已三時之中俱不能悔也十惡者一殺生二偷盜三邪婬四妄語五兩舌六惡口七綺語八貪欲九瞋恚十邪見也火塗道者即地獄道也謂地獄中受火床爐炭等苦也）**二發畜生心**謂衆生念念起心欲多眷屬如海吞流愚癡貪著起中品十惡行血塗道是名發畜生心（中品者謂作惡已後起少悔心也血塗道者即畜生道也謂畜生常被互相吞啖之苦也）**三發餓鬼心**謂衆生念念欲得名聞四遠八方稱揚內無實德虛比聖賢唯行諂誑起下品十惡行刀塗道是名發餓鬼心（下品者謂作惡之時即能悔也刀塗道者即餓鬼道也謂餓鬼中常受刀杖逼迫之苦也）**四發下品十善心**下品者於作善之時即生悔心也十善者不殺生不偷盜不邪婬不妄語不兩舌不惡口不綺語不貪欲不瞋恚不邪見也謂衆生念念欲勝於人輕他重己而外揚仁義行修羅道是名發下品十善心（梵語阿修羅華言非天謂行非天也）**五發中品十善心**中

品者於作善已後起少悔心也謂衆生念念忻樂世間修行五戒行人之道是名發中品十善心（五戒者不殺生不偷盜不邪婬不妄語不飲酒也）

六發上品十善心　上品者於十善欲作正作作已三時之中心俱不悔也謂衆生念念知三惡道苦及知人間苦樂相間唯天上純受諸樂而求生彼故閉攝內根不著外塵修行天道是名發上品十善心（三惡道者餓鬼道畜生道地獄道也內根者即意根也）

七發欲界主心　欲界主者即欲界他化自在天主也謂衆生若念念張大威勢奪他所化以自娛樂而行魔羅道是名發欲界主心（梵語魔羅華言能奪命謂能奪人智慧之命稱天魔者即此天也）

八發世智心　謂衆生念念欲得利智辯聰高才明哲鑒達古今不信出世教法而行尼犍道是名發世智心（梵語尼犍華言離繫即外道也）

九發梵心　謂衆生念念厭下欲界塵境忻上梵天勝妙之樂而行色無色之道是名發梵心（色無色者謂色界無色界也）

十發無漏心　無漏者不漏落生死也謂衆生念念厭離世間生死之苦斷除貪瞋癡之妄惑常修無漏之因而行二乘之道是名發無漏心（二乘者聲聞乘緣覺乘也）

十念（出諸經要集）

謂於佛等十境起修十念攝伏亂心勿使妄動則正念現前佛道可期矣

一念佛　謂於如來相好功德時常專心繫想念念不忘是名念佛

二念法　謂諸佛教法爲修行之軌則能除愛欲塵勞諸結使縛時常專心繫想念念不忘是名念法（結使者謂一切惑業纏結而能驅使衆生受生死之苦也）

三念僧　謂菩薩羅漢聖僧咸具種種功德爲世福田時常

專心繫想念念不忘是名念僧（菩薩梵語具云菩提薩埵華言覺有情羅漢梵語具云阿羅漢華言無學）

四念戒 謂佛所制之戒能息諸惡成就道品猶如瓔珞可以嚴身時常專心繫想念念不忘是名念戒

五念施 謂布施能破慳貪生長福果及所施之後無有悔心亦不求報但起慈心利益一切時常專心繫想念念不忘是名念施

六念天 謂諸天善業成就感報勝身衆福具足而我亦當修如是善業感如是身時常專心繫想念念不忘是名念天

七念休息 謂於寂靜之處閑居獨處屏息一切緣務則可脩習聖道時常專心繫想念念不忘是名念休息

八念安般 安般梵語具云安那般那華言遣來遣去即出入息也謂攝心靜慮數出入息覺知長短則能除諸忘想時常專心繫想念念不忘是名念安般

九念身 謂此身頭目手足皮肉骨髓何者是身從何處來爲誰所造於此終後當生何處了知因緣假合畢竟不實即須晝夜精進修習淨行時常專心繫想念念不忘是名念身

十念死 謂人之生猶如夢幻諸根不久終當散壞即須晝夜精修以求出離時常專心繫想念念不忘是名念死

大明三藏法數卷第三十二

大明三藏法數卷第三十三

上天竺前住持沙門一如等奉　勅集註

念佛十種心（出大寶積經）彌勒菩薩白佛言如佛所說阿彌陀佛極樂世界功德利益若有衆生發十種心隨一一心專念彼佛是人命終當得往生也（梵語彌勒華言慈氏梵語阿彌陀華言無量壽）

一無損害心　念佛之人於諸衆生常起大慈之心不加損害令得快樂是名無損害心

二無逼惱心　念佛之人身心安靜於諸衆生常起大悲之心深加愍傷令得脫苦是名無逼惱心

三樂守護心　念佛之人於佛所說正法當須不惜身命守護愛惜是名樂守護心

四無執著心　念佛之人常以智慧觀察於一切法不生執著是名無執著心

五起淨意心　念佛之人能離世間雜染之法復於利養等事常生知足之心是名起淨意心

六無忘失心　念佛之人求生淨土成佛種智於一切時念念不捨是名無忘失心

七無下劣心　念佛之人常行平等之心於諸衆生尊重恭敬不生輕慢是名無下劣心

八生決定心　念佛之人不著世間言論於無上菩提之道深生正信畢竟不惑是名生決定心（梵語菩提華言道）

九無雜染心　念佛之人修習功行種諸善根心常遠離一切煩惱雜染是名無雜染心

十起隨念心　念佛之人雖觀如來相好而不生愛著之心於無念中常念彼佛是名起隨念心

十種方便（出晉譯華嚴經）

一布施方便　謂修菩薩行者心無慳吝於身命財悉皆喜捨但欲利

益衆生不求人之恩報是爲布施方便也

二持戒方便謂修菩薩行者堅持禁戒行頭陀行威儀具足不輕他人於諸塵境心無染著是爲持戒方便也（梵語頭陀華言抖擻）

三忍辱方便謂修菩薩行者遠離顛倒瞋恚而無彼我之想於諸衆生設有横逆侵加於已悉能忍受心無所動是爲忍辱方便也

四精進方便謂修菩薩行者於諸梵行即當捍勞忍苦勇猛無怠其所得法念念思惟不令忘失是爲精進方便也（梵行即淨行也）

五禪定方便謂修菩薩行者遠離一切五欲及諸煩惱而於禪定解脫等法鋭意修習求證佛果是爲禪定方便也（五欲者色欲聲欲香欲味欲觸欲也）

六智慧方便謂修菩薩行者遠離愚癡煩惱長養一切功德歡喜愛樂心無厭足開發慧解成就菩提是爲智慧方便也（梵語菩提華言道）

七大慈方便謂修菩薩行者運平等大慈之心利樂一切衆生雖歷塵劫而不疲厭是爲大慈方便也（劫梵語具云劫波華言分別時節）

八大悲方便謂修菩薩行者雖了知諸法元無自性而能以平等大悲之心代一切衆生受諸苦惱雖歷塵劫而不疲厭是爲大悲方便也

九覺悟方便謂修菩薩行者以無礙智慧開示一切衆生令其了悟本有覺性無所疑惑是爲覺悟方便也

十轉不退法輪方便謂修菩薩行者轉無上法輪化導一切衆生令其依教修學增長菩提行位不退是爲轉不退法輪方便也

十行僊（出楞嚴經）

一地行僊謂其服食藥餌能駐

一期之壽而不能輕舉故名地行僊（一期者從生至死也）**二飛行僊**謂其飡食黃精松栢之類久而身輕故名飛行僊（黃精藥名松栢者謂松栢之葉也）**三遊行僊**謂其久服還丹化形易骨遊戲人間故名遊行僊（還丹者謂神仙九還之丹也）**四空行僊**謂其乘陰陽動靜調氣固精騰身履空故名空行僊**五天行僊**謂其能鼓天池嚥津液不交世欲故名天行僊（天池即口也）**六通行僊**謂其吞吸日月精華作意存變以延身命歲久功成遂有異見通世物情故名通行僊**七道行僊**謂其能以呪術持身術力成就故名道行僊**八照行僊**謂其能繫念一境澄凝精思積久功成照用顯發故名照行僊**九精行僊**謂其內以坎男離女爲匹配外即採陰助陽攝衛精氣故名精行僊**十絕行僊**謂其存想世間有爲功用運想化理超絕世間故名絕行僊

十魔（出華嚴經隨疏演義鈔）魔梵語具云魔羅華言能奪命謂能奪衆生智慧之命又翻作障能於修道之人而作障難故也**一蘊魔**謂色受想行識五蘊爲魔也蓋貪著五蘊之法起惑造業障礙正道遂失智慧之命是名蘊魔**二煩惱魔**謂一切煩惱之惑爲魔也蓋貪著五塵之境起諸煩惱障礙正道遂失智慧之命是名煩惱魔（五塵者色塵聲塵香塵味塵觸塵也）**三業魔**謂一切惡業爲魔也蓋殺盜婬妄諸罪惡業障礙正道遂失智慧之命是名業魔**四心魔**謂一切我慢之心爲魔也蓋心懷貢高常生憍慢障蔽正道遂失智慧之命是名心魔**五死魔**謂人壽盡命終

爲魔也蓋業報已畢捨離現生之處障蔽修道遂失智慧之命是名死魔【六天魔】謂欲界第六他化自在天爲魔也蓋此天爲欲界之主見人修道以爲失我眷屬空我宮殿即興魔事惱亂行者令人障蔽正道遂失智慧之命是名天魔【七善根魔】謂著所修一切善法爲魔也蓋修行之人或得一善即生取著之心更不加修由是障蔽正道遂失智慧之命是名善根魔【八三昧魔】梵語三昧華言正定謂著於所得禪定爲魔也蓋修禪之人得一三昧久味躭著不求昇進障蔽正道遂失智慧之命是名三昧魔【九善知識魔】謂慳吝於法而爲魔也蓋於一切諸法起執著心不能開導於他障蔽正道令人遂失智慧之命是名善知識魔【十菩提法智魔】梵語菩提華言道謂著一切法而爲魔也蓋修行之人於菩提之法起智執著堅守不捨障蔽正道遂失智慧之命是名菩提法智魔

十種鬼（出楞嚴經）【一怪鬼】謂此鬼宿因多貪於物非理而取故受此報還託於物即金銀草木等精怪也【二魃鬼】謂此鬼宿因多婬爲色動亂身心如風鼓物故受此報還託於風而成魃鬼也（魃即旱魃）【三魅鬼】謂此鬼宿因多詐唯憑詐僞惑亂於人故受此報託附畜類以成其質即狐狸等精能魅惑人者也【四蠱毒鬼】謂此鬼宿因多怨結怨在心懷惡不捨故受此報假託毒類以成其質即蛇虺等毒蟲能蠱於人者也【五癘鬼】謂此鬼宿因多瞋心常忿恚故受此報遇人

年灾命衰者便入其身興諸苦惱如癘疫傳屍骨蒸之類也【六餓鬼】謂此鬼宿因多慢內無實德空腹高心陵人傲物故受此報寓氣爲質不逢飲食常困飢虛是名餓鬼【七魘鬼】謂此鬼宿因多誑常懷異謀詐現有德欺罔於人故受此報憑虛託暗迷惑昏睡之人是名魘鬼【八魍魎鬼】謂此鬼宿因邪見妄生執著自謂明悟故受此報寓山川以託其形爲木石之怪是名魍魎鬼【九役使鬼】謂此鬼宿因多枉勞心役思常行不正撓害無辜故受此報寓明顯境託以成形而爲擔沙負石走使之類是名役使鬼【十傳送鬼】謂此鬼宿因爭訟藏覆己罪爲人所訟故受此報託附於人傳送吉凶禍福之言是名傳送鬼

十纏（出翻譯名義）纏者縛也謂一切衆生被此十法纏縛不能出離生死之苦證得涅槃之樂也（梵語涅槃華言滅度）【一無慚】慚即慚天謂人於屏處作諸過惡不自慚恥也【二無愧】愧即愧人謂於人所見處爲諸過非不知羞愧也【三嫉】嫉者妒也謂見他人榮富心生妒忌也【四慳】慳者吝也謂人於世間資財及出世間法財不肯惠施也【五悔】悔者恨也謂所作之過蔕（音蔡）芥胸臆不能自安也（蔕芥者謂刺鯁也）【六睡眠】睡眠者謂人昏懵不惺常樂睡眠無所省察也【七掉舉】掉舉者搖動也謂心念動搖不能攝伏於諸禪觀無由成就也【八昏沉】昏沉者昏鈍沉墜也謂神識昏鈍懵然無知不加精進之功遂致沉墜苦海也【九瞋忿】瞋忿者恚怒也謂人於

違情之境不順已意便發恚怒而忘失正念也**十覆**覆者藏也謂隱藏所作過惡惟恐人知不能悔過而遷善也

十使出法界次第 使即驅役之義謂此貪等十使皆能驅役行者心神流轉三界生死也三界者欲界色界無色界也 **一貪使**引取之心名爲貪謂於一切物及順情之境引取無厭是爲貪使**二嗔使**忿怒之心名爲嗔謂於一切違情之境即起忿怒是爲嗔使**三癡使**迷惑之心名爲癡謂於一切事理無所明了妄生邪見起諸邪行是爲癡使**四慢使**自恃輕他之心名爲慢謂由恃已種姓富貴才能輕蔑於他是爲慢使**五疑使**迷心乖理名爲疑謂若修戒定等法不別眞僞暗鈍無明猶豫無決是爲疑使**六身見使**謂於名色陰入界中妄計有身強立主宰恒起我見是爲身見使陰即色受想行識之五陰也入即眼耳鼻舌身意六根色聲香味觸法六塵根塵相入故名十二入也界即六根六塵六識之十八界也**七邊見使**謂於斷常中執斷非常執常非斷但執一邊是爲邊見使斷常者謂外道妄計此身死已不生故名斷見復計此身死已後當再生故名常見**八邪見使**謂邪心取理不信因果斷諸善根作一闡提行是爲邪見使梵語一闡提華言信不具**九見取使**謂於非眞勝法中謬計涅槃心生取著及行道之時雖入種種觀門而眞明未發謬計所得爲眞爲勝心生取著是爲見取使眞勝法者謂佛之正法爲眞爲勝也梵語涅槃華言滅度眞明未發者謂本性之明未顯發也**十戒取使**謂於非戒中謬以爲戒取以進行如外道妄持雞狗等邪戒執爲正戒是爲戒取使雞狗戒者謂外道妄計前世從雞狗中來即獨立嚙穢而

(行苦行也)

十惡(出法界次第)惡即乖理之行謂衆生觸境顛倒縱此惑情於身口意動與理乖成此十惡也**一殺生**殺生者謂自殺亦教人殺斷害一切衆生之物命也**二偸盗**偸盗者謂竊取他人一切財物也**三邪婬**邪婬者謂非已妻妾而行欲事也**四妄語**妄語者謂好造虛言誑惑他人也**五兩舌**兩舌者謂向此說是向彼說非或向彼說此向此說彼而使彼此乖諍也**六惡口**惡口者謂言語麤獷毀辱他人令其受惱也**七綺語**綺語者謂乖背眞實巧飾言辭令人好樂也**八貪欲**貪欲者謂於順情之境貪著樂欲心無厭足也**九瞋恚**瞋恚者謂於違情之境不順已意心生忿怒也**十邪見**邪見者謂撥無因果行邪見道心無正信也(撥者絕也)

十習因(出楞嚴經)**一婬習因**習即數習之義婬習因者謂婬習交接研磨不休故有火光於中發動二習交然故有鐵床銅柱八熱地獄之報也(八熱者想獄黑繩獄堆壓獄叫喚獄大叫喚獄燒炙獄大燒炙獄無間獄也)**二貪習因**貪習因者謂貪習之心往來計算發於相吸吸攬不止則感於水積風爲寒結水爲氷故有寒氷地獄之報也(吸入息也)**三慢習因**慢習因者謂慢習交陵發於相恃憍縱馳騁流逸不止積致惡毒故有血河毒海灌呑之報也**四瞋習因**瞋習因者謂瞋習交衝發於相忤故心熱發火鑄氣爲金此業所感故有宮割斬斫等報也(鑄氣爲金者謂熱惱不息氣忿成堅也宮即五刑中之宮刑也)**五詐習因**詐習因者謂詐習交誘發於相調詐

僞之心引起不住此業所感故有杻械鞭杖等報也（調者戲也弄也）

六誑習因 誑習因者謂誑習交欺發於相罔誣罔不止其心飛揚如風鼓塵使人無見故有騰擲飛墜漂淪等報也

七寃習因 寃習因者謂寃習交嫌發於銜恨如陰毒人心懷毒惡此業所感故有投擲擊射等報也

八見習因 見習因者謂見習交明邪悟諸業各執已見互相是非其事發於違拒故有勘問權詐拷訊推鞫（音菊）等報也

九枉習因 枉習因者謂枉習交加發於誣謗如讒賊人逼枉良善此業發現故感拘押按捺迫蹙其體瀝漉其血等報也

十訟習因 訟習因者謂諍訟交喧其事發於隱覆如鑑照燭不能隱藏故有業鏡火珠披露宿業對驗等報也

十種見（出瑜伽師地論）

一薩迦耶見 梵語薩迦耶華言身見謂於五蘊法上妄生執取計我我所是名薩迦耶見（五蘊者色蘊受蘊想蘊行蘊識蘊也我者謂五蘊法中强立主宰妄計爲我也我所者即五蘊色身等也）

二邊執見 謂外道之人於五蘊身見之中執斷執常隨執一邊我見增長是名邊執見（執斷執常者謂外道自計我身死已不生名爲斷見又計我身死已再生名常見也）

三邪見 謂外道之人不了四諦因果之法邪心推度謂無此理因斷滅出世善根是名邪見（四諦因果者苦諦集諦世間因果也滅諦道諦出世間因果也）

四見取 謂外道之人於六十二見一一別計爲最爲上爲勝爲妙堅固取執隨起言說唯此諦實餘皆虛妄自謂由此見故能得清淨解脫而得出離是名見取（六十二見謂外道人於色受想行識五陰中每一陰各起四種見則成二十見約過去現在未來三世通而論之則成六十見

（以斷常二見而爲根本摠成六十二見也）**五戒禁取**謂外道之人於所受持若戒若禁妄計爲最爲上爲勝爲妙隨起言説唯此諦實餘皆虛妄自謂由此戒禁能得出離是名戒禁取**六貪見**謂於欲界色界無色界一切順情之境躭染取著而起諸見是名貪見**七恚見**謂於一切違情之境以忿怒心損他有情及於他所愛起不饒益於他所不愛而作饒益是名恚見**八慢見**謂心生憍慢計已爲勝視他爲劣是名慢見**九無明見**謂於眞實理地無所明了執著邪見是名無明見**十疑見**謂於諸諦之理心懷猶豫無決定見是名疑見（諸諦理者謂苦集滅道四諦之理也）

十惡果報（出華嚴經）謂衆生前世造十惡業感餓鬼畜生地獄三惡道報受是苦盡若生人中餘業未盡每一惡中復受二種果報故名十惡果報也**一殺生果報**謂殺生之罪能令衆生墮三惡道若生人中得二種果報一者短命二者多病是名殺生果報**二偷盜果報**謂偷盜之罪亦令衆生墮三惡道若生人中得二種果報一者貧窮二者共財不得自在是名偷盜果報**三邪婬果報**謂邪婬之罪亦令衆生墮三惡道若生人中得二種果報一者妻不貞良二者不得隨意眷屬是名邪婬果報**四妄語果報**謂妄語之罪亦令衆生墮三惡道若生人中得二種果報一者多被誹謗二者爲他所誑是名妄語果報**五兩舌果報**謂兩舌之罪亦令衆生墮三惡道若生人中得二種果報一者眷屬乖離二者親族弊惡是

名兩舌果報

六惡口果報 謂惡口之罪亦令衆生墮三惡道若生人中得二種果報一者常聞惡聲二者言多諍訟是名惡口果報

七綺語果報 謂綺語之罪亦令衆生墮三惡道若生人中得二種果報一者言無人信二者語不明了是名綺語果報

八貪欲果報 謂貪欲之罪亦令衆生墮三惡道若生人中得二種果報一者心不知足二者多欲無厭是名貪欲果報

九嗔恚果報 謂嗔恚之罪亦令衆生墮三惡道若生人中得二種果報一者常被他人求其長短二者常被於他之所惱害是名嗔恚果報

十邪見果報 謂邪見之罪亦令衆生墮三惡道若生人中得二種果報一者生邪見家二者其心諂曲是名邪見果報

十不增長業 出瑜伽師地論

一夢所作業 夢所作者謂夢中所爲非意思所起亦非身口所作是爲不增長業也

二無知所作業 無知所作者謂無所知覺之人所作之業皆非意思所起是爲不增長業也

三無故思所作業 無故思所作者謂身口所作之業非故意所思而起是爲不增長業也

四不利不數所作業 不利不數所作者謂不以利養而作亦不數數而作是爲不增長業也

五狂亂所作業 狂亂所作者謂癡狂昏亂之人於身口所作本非故意亦非知覺是爲不增長業也

六失念所作業 失念所作者謂人既失正念即同迷癡凡所作業不由意地而起是爲不增長業也

七非樂欲所作業 非樂欲所作者謂凡所作業必從樂

欲心起若其所作既非樂欲是爲不增長業也**八自性無記業**自性無記者謂無記性所作非善因緣亦非不善因緣是爲不增長業也（無記性者謂不善不惡之性也）**九悔所損業**悔所損者謂先所作業既生慚愧悔過遷善其業即損是爲不增長業也**十對治所損業**對治所損者謂所作業方便對治如嗔心起時即以慈悲治之其業損減是爲不增長業也

十種說三世（出華嚴經）十種說三世者謂三世各三乃分九別會別歸攝在一念故以一融九雖九而常一雖一而常九一九無礙十世圓融經云無量無數劫解之即一念知念亦無念如是見世間是名十種說三世也（劫梵語具云劫波華言分別時節）**一過去世說過去世**謂過去世中說過去世之事也**二過去世說未來世**謂過去世中說未來世之事也**三過去世說現在世**謂過去世中說現在世之事也**四未來世說過去世**謂未來世中說過去世之事也**五未來世說現在世**謂未來世中說現在世之事也**六未來世說無盡**謂未來世中說未來世未來之後復有未來無窮盡之事也**七現在世說過去世**謂現在世中說過去世之事也**八現在世說未來世**謂現在世中說未來世之事也**九現在世說平等**謂現在世中說現在世之事也以現在爲平等者例過去未來之現在前後均齊也**十現在世說三世即一念**謂世由積念而成故三世各三而成九世攝九世歸三世攝三世即一念

故合論云十世古今始終不離於當念也

粥有十利（出摩訶僧祇律）律云佛住舍衛城時難陀母作食先飯比丘然後自食復作釜飯逼上飯汁自飲即覺身內風除宿食頓消由是多水少米合煎復用胡椒蓽茇調和以奉世尊由是佛聽比丘從今日後許食粥有十種利時世尊即說偈曰持戒清淨人所奉恭敬隨時以粥施十利饒益於行者色力壽樂辭清辯宿食風除饑渴消是名為藥佛所說欲生人天常受樂應當以粥施衆僧（梵語難陀華言善歡喜）

一資色 謂資益身軀顏容豐盛故云資色

二增力 謂補益尫羸增長氣力故云增力

三益壽 謂補養元氣壽筭增益故云益壽

四安樂 謂清淨柔輭食則安樂故云安樂

五辯說 謂滋潤喉吻論議無礙故云辯說

六除風 謂調和通利風氣消除故云除風

七消宿食 謂溫煖脾胃宿食消化故云消宿食

八辭清 謂氣無凝滯辭辯清揚故云辭清

九除饑 謂適充口腹饑餒頓除故云除饑

十消渴 謂喉吻霑潤渴想隨消故云消渴

飲酒十過（出四分律藏）

一顏色惡 謂飲酒之人顏貌容色因此變常無有善相也

二下劣 謂飲酒之人威儀不整動止輕薄人所賤惡也

三眼視不明 謂恣飲狂癡瞻視昏瞀而色境莫辨也（瞀音務目不明也）

四現瞋恚相 謂醉酒之人行不善法不顧親屬賢善恣肆忿怒也

五壞田業資生 謂恣飲放逸破費產業資財散失也

六致疾病 謂飲酒過度身體失調以致疾病也

七益鬬訟 謂醉酒發

狠與人爭競不惜身命而鬬訟益增也**八惡名流布**謂躭飲縱恣棄捨善法而醜名惡聲遠近流布也**九智慧減少**謂飲酒昏迷狂駭（語駭切）愚癡而智慧減少也**十命終墮惡道**謂朋狎飲酒善行不修惡業日增命終之後而墮惡道也

食肉十過（出法苑珠林）**一衆生是已親**謂一切衆生輪廻五道互相生育遞爲眷屬以是因緣今所食肉無非親者故云衆生是已親（五道者天道人道餓鬼道畜生道地獄道也）**二見生驚怖**謂一切衆生護身惜命與人無別若見食肉之人驚怖遠離故云見生驚怖**三壞他信心**謂世間行善之人見沙門食肉者即生毀謗而言佛法中無有眞實沙門修梵行者故云壞他信心（梵語沙門華言勤息梵行即淨行也）**四行人不應食**謂菩薩爲求出離生死當修慈悲之行少欲知足若其食肉則不能出離故云行人不應食**五羅刹習氣**梵語羅刹華言速疾鬼習氣者先世餘習氣分也謂沙門宿世曾作羅刹眷屬今雖出家在佛法中由昔餘習見食肉者歡喜親近故云羅刹習氣**六學術不成**謂學道之人若好食肉則污染梵行於如來無上聖道出世解脫不得成就故云學術不成**七生命同已**謂學道之人應起慈心諦觀一切衆生惜命畏死與已無別須當護惜故云生命同已**八天聖遠離**謂食肉之人諸天聖人悉皆厭惡遠離而不親近故云天聖遠離**九不淨所出**謂一切畜生宿因不淨之業以成不淨之身其所食噉又多不淨學道之

人欲修梵行而食彼肉則亦不淨故云不淨所出

十死墮惡道 謂食肉之人必多害物命惡業日積是以命終之後應生惡道故云死墮惡道（惡道即餓鬼畜生地獄三惡道也）

十大數（出華嚴經）十大數者華嚴經阿僧祇品心王菩薩問佛云何阿僧祇乃至不可說不可說佛即爲說筭數無盡之法積成十種大數也然數法有三等一下等數法十十變之即一變十十變百百變千千變萬等也二中等數法百百變之即一百洛义爲一俱胝等也三上等數法倍倍變之即俱胝俱胝爲一阿庾多等也此之數法唯佛能了故佛自說筭數之法無窮無盡以筭諸佛清淨功德及菩薩所入諸行願海乃至世間一切無盡法也（梵語洛义華言十萬梵語俱胝華言百億梵語阿庾多亦云那由他華言萬億）

一阿僧祇 梵語阿僧祇華言無數謂從一百洛义爲一俱胝乃至至至爲一阿僧祇也（至至者數也）

二無量 謂從阿僧祇阿僧祇爲一阿僧祇轉阿僧祇轉阿僧祇轉爲一無量也

三無邊 謂從無量無量爲一無量轉無量轉無量轉爲一無邊也

四無等 謂從無邊無邊爲一無邊轉無邊轉無邊轉爲一無等也

五不可數 謂從無等無等爲一無等轉無等轉無等轉爲一不可數也

六不可稱 謂從不可數不可數爲一不可數轉不可數轉不可數轉爲一不可稱也

七不可思 謂從不可稱不可稱爲一不可稱轉不可稱轉不可稱轉爲一不可思也

八不可量 謂從不可思不可思爲一不可思轉不可思轉不可思

轉爲一不可量也**九不可說**謂從不可量不可量爲一不可量轉不可量轉不可量轉爲一不可說也**十不可說不可說**謂從不可說不可說爲一不可說轉不可說轉不可說轉爲一不可說不可說也

佛十一持（出華嚴經并華嚴經疏）

一佛持謂如來色相之身住持世間能令衆生佛種不斷是名佛持**二法持**謂如來法性之法住持世間能令衆生法種不斷是名法持**三僧持**謂如來應化菩薩聖僧住持世間能令衆生僧種不斷是名僧持（菩薩梵語具云菩提薩埵華言覺有情）**四業持**謂如來見諸衆生造作惡業故現威猛勢力逼令修善如無厭足王假現惡業之行化諸衆生是名業持（無厭足王者即華嚴經五十三叅中第十七善知識也善財見王現威猛勢將諸罪人或斷手足或以湯煑火焚作諸惡業謂伏衆生是也）**五煩惱持**謂如來見諸衆生行於邪行貪著煩惱故隨彼類示行貪欲如婆須蜜多女假行欲事令他入於三昧而斷煩惱是名煩惱持（婆須蜜多女即華嚴經五十三叅中第二十五善知識也梵語三昧華言正定）**六時持**謂如來最初發心之時菩提大願而爲其體時時潤澤無有間斷是名時持（梵語菩提華言道）**七願持**謂如來往昔因中發大誓願修諸功德持令不失是名願持**八供養持**謂如來往昔修行之時以諸供具持奉十方如來而爲供養是名供養持**九行持**謂如來往昔勤修一切殊勝妙行無量無邊恒不厭足是名行持**十刼持**刼梵語具云刼波華言分別時節謂如來於無量刼中具修梵行功德而證道果住持經刼化諸衆生是名刼

持**十一智持**謂如來行滿功圓證得一切種智復以智慧辯才說種種法調伏衆生不令退失是名智持（一切種智者謂知一切道知一切種即佛智也）

月有十一事喻如來（出大涅槃經）

一能破暗謂月盛滿之時清光普照能使一切大地悉皆明朗猶如來種種說法能破一切衆生無明大闇也**二令見道非道**謂月盛滿之時普照大地凡是路非路令諸衆生悉皆明見猶如來說法開示正道邪道人悉分別而知其可行不可行也**三令見道邪正**謂月盛滿之時普照大地凡路之邪正險夷令諸衆生皆悉明見猶如來開示生死邪險之途令趨涅槃平正之道也（梵語涅槃華言滅度）**四除鬱蒸得清涼**謂月盛滿之時雖遇炎暑鬱結蒸熱其或對之自覺清涼之氣襲人猶如來說法令人悉能遠離貪欲瞋恚愚癡生死之苦而獲涅槃清涼之樂也**五破壞螢火高心**謂月盛滿之時一切山河大地無不普照而螢火之光悉皆不現猶如來出世正法昭著一切外道邪見光明悉皆破壞也**六息盜賊想**謂月盛滿之時一切幽暗無不朗耀盜賊竊取之想自然屏息猶如來說法令諸衆生破無明暗一切煩惱皆不復生也**七除畏惡獸心**謂月盛滿之時一切幽暗無不照燭令諸曠野夜行之人惡獸出沒悉能明見而無怖畏之心猶如來說法開示衆生正見煩惱蓋障悉皆除滅也**八開敷優鉢羅華**（梵語優鉢羅華言青蓮）謂月盛滿之時其光照故

華乃開敷猶如來說法開示明了一切衆生所有心花悉皆敷榮也**九合蓮華**謂月盛滿之時其光照故蓮華開而復合猶如來說法開示明了衆生五欲覆蓋之心不令發起也（五欲者色欲聲欲香欲味欲觸欲也）**十發行人進路心**謂月盛滿之時一切道路邪正夷險悉皆明白行者之心歡喜前進猶如來說法開示明了令諸衆生勇猛進修趣向大涅槃之道也**十一令衆生受樂**謂月盛滿之時令人賞翫生娛樂心猶如來說法開示明了令諸衆生修習禪定破諸煩惱而得解脫之樂也

師子吼喻十一事（出涅槃經）

如來說法每以師子吼爲喻者蓋表如來於大衆中無畏而說有此十一事也**一破壞詐師子**謂如來無畏宣說正法則彼邪魔外道之說自然摧破猶眞師子王震吼則彼詐作師子者自失聲矣**二試自身力**謂如來無畏說法以示如實智用通達一切了了分明無有能壞亦無能勝猶師子震吼亦欲試其自身之力也**三令住淨處**謂如來無畏說法專爲開示一切衆生令知諸佛所行清淨境界猶師子震吼而自振其尾令所住之處除去塵垢而得清淨也**四令諸子知處所**謂如來無畏說法專爲開示一切邪見衆生反邪向正有所歸依猶師子震吼亦令諸子知其所住之處也**五令群輩無怖**謂如來無畏說法爲令一切衆生出離生死而無怖畏猶師子震吼亦令群輩無怖心也**六眠者得覺悟**謂如來無畏說法爲令

一切衆生爲無明迷惑之所覆障者悉皆開曉猶師子震吼令群輩睡眠皆得覺悟也

七令諸獸不放逸 謂如來無畏說法爲令一切衆生守護身語心不放逸若有行惡法者悉知慚愧而生悔心猶師子震吼令一切諸獸皆不放逸也

八令諸獸依附 謂如來以無畏力宣說正法爲欲開示一切邪見衆生悉令正信不爲外道所惑猶師子震吼能令諸獸離彼窟穴悉來依附也

九調大香象 謂如來無畏說法亦爲破壞富蘭那等憍慢之心令其調伏而生正信猶師子震吼調伏大香象也（梵語富蘭那無翻外道名）

十教告子息 謂如來無畏說法爲令聲聞緣覺自耻小乘之證而向慕大乘之道猶師子震吼教告子息令其跳躍增進勇猛也

十一莊嚴眷屬 謂如來無畏說法教諸菩薩發廣大心圓滿十力亦令四部離諸邪見不生怖畏猶師子震吼而自莊嚴其眷屬也（十力者一是處非處智力二過現未來業報智力三諸禪解脫三昧智力四諸根勝劣智力五種種解智力六種種界智力七一切至處道智力八天眼無礙智力九宿命無礙智力十永斷習氣智力也四部者比丘比丘尼優婆塞優婆夷也）

十一智（出大般若經）

一世俗智 謂世間有漏之智不能出離生死故名世俗智亦云名字智謂但有其名而無其理也（有漏者謂漏落三界生死也）

二法智 謂欲界苦集滅道四諦下苦法等無漏之智能斷欲界見惑煩惱故名法智（無漏者謂不漏落三界生死也見惑者謂意根對法塵起諸分別也）

三類智 謂色界無色界四諦以欲界四諦比類而觀從是斷上二界見惑發苦類等無漏之

智故名類智【四苦智】苦即逼迫之義謂觀五陰等法以無常苦空無我得無漏智故名苦智（五陰者色陰受陰想陰行陰識陰也無常者謂五陰之身終歸壞滅也苦謂此身受生死逼迫等苦也空者謂此身由四大假合而成畢竟不有也無我者謂四大各離何者是我也）【五集智】集招集之義謂觀見思煩惱之因而能招集生死之果得無漏智故名集智（見思者見即見惑也思謂眼等五根對色等五塵起諸貪愛也）【六滅智】滅即斷滅之義謂斷滅見思煩惱得無漏智故名滅智【七道智】道即能通之義謂戒定慧之道能通至涅槃依此而修得無漏智故名道智（梵語涅槃華言滅度）【八他心智】謂知欲界色界現在心心所法及知無漏心心所法故名他心智（心心所法者心即心王心所即受想行等也）【九盡智】謂我見苦已斷集已證滅已修道已如是念時得無漏智故名盡智【十無生智】謂我見苦已不復更見我斷集已不復更斷我證滅已不復更證我修道已不復更修如是念時得無漏智故名無生智【十一如實智】謂於一切法如實正知無有罣礙是佛之智故名如實智

十一善（出成唯識論）【一信】信者謂於一切善法忍可樂欲而不疑也有三種一信實有謂於諸法實事理中深信忍故二信有德謂於三寶眞淨德中深信樂故三信有能謂於世間出世間一切善法深信力故能得能成起希望故是名爲信（三寶者佛寶法寶僧寶也）【二慚】慚即慚天謂心常知慚崇重賢善恥昔過惡則能對治無慚息諸惡行也【三愧】愧即愧人謂心常知愧不爲暴惡悔昔過非則能對治無愧息諸惡業也【四無貪】謂於五

欲順情等境心生厭離無所染著也五欲者色欲聲欲香欲味欲觸欲也**五無瞋**謂於五欲違情等境心常忍辱不起忿怒也**六無癡**謂於一切理事等法明解決了無所迷惑也**七勤**謂於一切善法精進修習不生懈怠圓滿善業也**八安**女即輕安謂遠離麤重惱亂及除障定之法調暢身心轉安適也麤重惱亂即貪瞋癡等是也障定法即散亂是也**九不放逸**謂精進三業於所斷之惑所修之善加功勇猛速令成滿世間出世間一切善法而無放逸也三業者身業口業意業也世間出世間善法者天人所修五戒十善名爲世間聲聞等所修戒定慧之法名出世間也**十行捨**謂精進三業令心平等寂靜而住一切掉舉昏沉等障悉皆捨離也掉者動也**十一不害**謂於一切有情衆生無所損惱不加瞋恚常運慈悲之心拔其危苦與其安樂也

合九十五種外道爲十一宗出華嚴經隨疏演義鈔

宗即派也謂外道教文傳習西域不出十一宗而九十五種外道無不盡攝也

一數論師計冥諦生從數起論名爲數論又論能生數名爲數論其造數論及學數論者皆名數論師計冥諦生者百論云從冥生覺乃至神我共成二十五諦以前二十四諦從神我而生依神我爲主謂神我常覺明了常住不壞攝受諸法是故執神我是常是一是萬物因是涅槃因也二十五諦者冥初自性諦即冥諦也智大諦即覺也我心諦五唯諦即色聲香味觸也五大諦即地水火風空也五知根諦即眼耳鼻舌身也五作業根諦即口手足大便小便也心平等根諦神我諦神我即識神也

二衞世師計六句生梵語衞世華言無勝其人在佛前八百年出世時人

以其晝避聲色匿跡山藪夜絕視聽方行乞食有似鵂鶹鳥故名鵂鶹仙人及獲五通遂說論十萬偈謂證菩提便欣入滅六句生者一者實謂諸法體實爲德業所依二者德即道德也三者業即作用也四者大有謂實德業同一有也五者同異謂如地望地是同望水即異水火風等亦然六者和合謂諸法和合如鳥飛空忽至樹枝住而不去法亦如是由和合故令有住也（五通者足不履地知人心命四眼千里呼名即至石壁無礙也）

三塗灰計自在天生萬物 塗灰即外道名謂此外道計欲界第六自在天能生萬物

四圍陀論師計那羅延天生四姓 梵語圍陀華言智論梵語那羅延華言鉤鎖力士謂其骨節鉤鎖而有力也那羅延天能生四姓謂口生婆羅門兩臂生剎利兩脞生毗舍兩脚生首陀（梵語婆羅門華言淨行剎利梵語具云剎帝利華言田主即王種也梵語毗舍華言商賈梵語首陀華言農人）

五安荼論師計本際生 梵語安荼（無翻）本際者即過去世之初際也謂此外道計世間最初有大水時有大安荼出生形如鷄卵後爲兩段上爲天下爲地中生一梵天後能出生一切有命無命之物故計梵天是生萬物之主也

六時散外道計物從時生 謂此外道自見草木等物有時生花有時生果有時作用或舒或卷令彼枝條隨時榮枯時雖微細不可見以此花實等則知有時也

七方論師計方生人人生天地 方即四方謂此外道計四方能生人人能生天地滅後還入於方也

八路伽耶計色心法皆極微作 梵語路

伽耶華言順世謂此外道計色心等法皆從四大極微能生麤色雖是極微其體實有以世間麤物無常極微之因不壞也（四大者地大水大火大風大也）

九口力論師計虛空爲萬物因 謂此外道計從空生風從風生火從火生煖煖生水水生凍堅作地地生五穀五穀生命命沒還歸虛空也（五穀者禾麻黍菽麥也）

十宿作論師計苦樂隨業 謂此外道計一切衆生受苦樂報皆隨宿世本業所作若有持戒精進受身心苦能壞本業本業既盡衆苦亦滅衆苦滅故即得涅槃是故計宿世所作爲一切因也（梵語涅槃華言滅度）

十一無因論師計自然生 謂此外道計一切萬物無因無緣皆自然生皆自然滅也

十一色（出大乘廣五蘊論）

色以質礙爲義謂眼耳鼻舌身無表六種即內色也色聲香味觸五種即外色也凡有十一種之別焉

一眼 謂眼根有形質可見故名色也

二耳 謂耳根有形質可見故名色也

三鼻 謂鼻根有形質可見故名色也

四舌 謂舌根有形質可見故名色也

五身 謂身根有形質可見故名色也

六色 謂眼根所見青黃赤白等色也

七聲 謂絲竹環珮等聲以其實可聽聞故名色也

八香 謂栴檀沉水及飲食等香以其實可嗅聞故名色也

九味 謂甘淡鹹苦等味以其實可嘗知故名色也

十觸 謂妙衣上服柔輭細滑等觸以其實有觸對故名色也

十一無表 無表者謂不可顯示之色也如四禪天定中色眼中一分淨色皆不可見不可顯示又如意識緣想過去

種種境界雖無表對想境實見故名無表色也（四禪天者即色界初禪二禪三禪四禪也一分淨色即眼識也）

十一聲（出華嚴經隨疏演義鈔）

一執受大種聲　執即執持受即領受謂人於內四大種而有所執受也而言聲者如手相擊及語言等聲皆由內四大種而出故名執受大種聲（四大種者謂人身中地水火風也）

二不執受大種聲　謂人於外四大種無所執受而言聲者如風林駛水等聲皆由外四大而出故名不執受大種聲（外四大種者謂世間地水火風也）

三執受不執受大種聲　謂如以手擊鼓等聲手屬執受大種鼓屬不執受大種故名執受不執受大種聲

四世所共成聲　謂世俗之人或因談說或因問答而成於聲故名世所共成聲

五成所引聲　謂諸聖人所說法音皆為引導眾生出離生死而成於聲故名成所引聲

六可意聲　謂歡樂之聲可適其意故名可意聲

七不可意聲　謂愁苦之聲違逆情意故名不可意聲

八俱相違聲　謂不苦不樂之聲亦不適意亦不違情與前可意不可意聲相反故名俱相違聲

九徧計所執聲　謂外道於一切法徧計有無及常無常等執著所說而成於聲故名徧計所執聲

十聖言聲　聖即正也謂見即言見不見言不見聞即言聞不聞言不聞等此因正直而成於聲故言聖言聲

十一非聖言聲　謂見言不見不見言見聞言不聞不聞言聞等此因非正直而成於聲故名非聖言聲

藥師如來十二大願（出藥師如來本願功德經）

文殊師利菩薩白佛言惟願演說諸佛名號及本昔

所發殊勝大願佛言東方過此十恒沙等佛土之外有世界名淨瑠璃彼土有佛名藥師瑠璃光如來本行菩薩行時發十二大願梵語文殊師利華言妙德菩薩梵語具云菩提薩埵華言覺有情梵語瑠璃華言青色寶

【一願】願我來世於佛菩提得正覺時自身光明熾然照曜無量無數無邊世界三十二相八十種好以爲莊嚴我身既爾令一切衆生如我無異梵語菩提華言道三十二相者足安平相千輻輪相手指纖長相手足柔軟相手足縵網相足跟滿足相足趺高好相腨如鹿王相手過膝相馬陰藏相身縱廣相毛孔生青色相身毛上靡相身金色相身光面各一丈相皮膚細滑相七處平滿相兩腋滿相身如師子相身端直相肩圓滿相四十齒相齒白齊密相四牙白淨相頰車如師子相咽中津液得上味相廣長舌相梵音深遠相眼色如金精相眼睫如牛王相眉間白毫相頂肉髻成相也八十種好者一指爪狹長二手足指圓三手足各等無差四手足圓滿五筋脉盤結六兩踝深隱七行步正直八行步威容齊整九行步安平十行步有儀十一囬身顧視十二支節殊勝十三骨節交結十四膝輪圓滿十五隱處妙好十六身支潤滑十七身香敬肅十八身支堅固十九身支安定二十身相端嚴二十一身有圓光二十二腹形方正二十三臍深右旋二十四臍厚妙相二十五肌膚勻淨二十六手掌充滿二十七手文深長二十八唇色紅潤二十九面門圓滿三十舌相長廣三十一發聲威震三十二音韻美妙三十三鼻高脩直三十四諸齒方整三十五諸牙明潔三十六目廣清淨三十七眼相脩廣三十八眼睫齊整三十九雙眉脩長四十雙眉綺靡四十一雙眉高朗四十二耳厚脩長四十三兩耳相好四十四容儀端麗四十五額廣圓滿四十六身分殊勝四十七首髮長四十八首髮香潔四十九首髮齊整五十首髮堅固五十一首髮光滑五十二身分堅實五十三身體莊嚴五十四諸竅清淨五十五身力充美五十六身相嚴好五十七面輪脩廣五十八顏貌舒泰五十九面顏光澤六十身支嚴淨六十一毛孔出香六十二面門出香六十三首相妙好六十四身毛纖柔六十五法音圓辯六十六頂相高妙六十七指網分明六十八行不履地六十九神力自持七十威德遠震七十一音聲和雅七十二觀機說法七十三一音演說七十四次第說法七十五等觀有情七十六先觀後作七十七相好具足七十八頂骨堅實七十九顏容奇妙八十胸臆妙好

【二願】願我來世

得菩提時身如瑠璃內外清淨無復瑕垢光明廣大威德熾然身善安住燄網莊嚴過於日月若有衆生昏闇及夜莫知方所以我光故隨意所趣作諸事業**三願**願我來世得菩提時以無邊無限智慧方便令無量衆生受用無盡莫令一人有所乏少**四願**願我來世得菩提時諸有衆生行異道者一切安立菩提道中行聲聞辟支佛道者皆以大乘而安立之（辟支梵語具云辟支迦羅華言緣覺）**五願**願我來世得菩提時若有衆生於我法中修行梵行此諸衆生無量無邊一切皆得不缺減戒具三聚戒無有破戒起惡道者（三聚戒者攝律儀戒攝善法戒饒益有情戒也）**六願**願我來世得菩提時若有衆生其身下劣諸根不具醜陋頑愚聾盲跛躄身攣背傴白癩癲狂若復有餘種種身病聞我名已一切皆得諸根具足身分成滿**七願**願我來世得菩提時若有衆生諸患逼切無護無依無有住處遠離一切資生醫藥又無親屬貧窮可愍此人若得聞我名號衆患悉除無諸痛惱乃至究竟無上菩提**八願**願我來世得菩提時若有女人爲諸惡之所逼惱厭離女身願捨女形聞我名已轉女人身成丈夫相乃至究竟無上菩提**九願**願我來世得菩提時令一切衆生解脫魔網若墮種種異見稠林悉當安立置於正見次第示以菩薩行門**十願**願我來世得菩提時若有衆生種種王法繫縛鞭撻牢獄應死無量災難悲憂煎迫身心受苦此等衆生以我福力皆得解脫一切苦惱**十一**

願願我來世得菩提時若有衆生饑火燒身爲求食故作諸惡業我於彼所先以最妙色香味食飽足其身後以法味畢竟安樂

十二願願我來世得菩提時若有衆生貧無衣服寒熱蚊虻日夜逼惱我當施彼隨用衣服種種雜色如其所好亦以一切寶莊嚴具華鬘塗香皷樂衆妓隨諸衆生所須之具皆令滿足

大明三藏法數卷第三十三

大明三藏法數卷第三十四

上天竺前住持沙門一如等奉　勑集註

十二分經（亦名十二部經出大智度論）

一修多羅 梵語修多羅華言契經契者上契諸佛之理下契衆生之機經者法也常也十界同遵曰法三世不易曰常此聖教之總名也又修多羅即是長行直說法相隨其義理長短不以字數爲拘也（十界者佛界菩薩界緣覺界聲聞界天界人界修羅界餓鬼界畜生界地獄界也）

二祇夜 梵語祇夜華言應頌又云重頌謂應前長行之文重宣其義或六句四句三句二句皆名頌也

三伽陀 梵語伽陀華言諷頌謂不頌長行直說偈句如金光明經中空品等是也

四尼陀羅 梵語尼陀羅華言因緣如經中有人問故爲說是事如律中有人犯是事故制是戒如來所說一切根本緣起之事皆名因緣如法華經中化城喻品說宿世因緣等是也

五伊帝目多 梵語伊帝目多華言本事謂說諸菩薩弟子因地所行之事如法華經中本事品云藥王菩薩於日月淨明德佛所得法歡喜即然身臂以爲供養修諸苦行求菩提道等是也（梵語菩提華言道）

六闍多伽 梵語闍多伽華言本生謂說佛菩薩本地受生之事如涅槃經云比丘當知我於過去作鹿羆麞兔龍及作金翅鳥粟散王轉輪聖王之類是也（梵語比丘華言乞士）

七阿浮達磨 梵語阿浮達磨華言未曾有亦云希有謂如佛初生時即行七步足迹之處皆有蓮花放大光明徧照十方世界而發是言我是度一切衆生生老病死者地大震動

天雨衆花樹出音聲作天妓樂如是等無量希有之事是也

八婆陀 梵語婆陀具云阿波陀那華言譬喻謂如來說法爲鈍根者假譬喻以曉示之令其開解如法華經中火宅藥草等喻是也

九優婆提舍 梵語優婆提舍華言論議謂諸經中問答辨論諸法之事如法華經提婆達多品中智積菩薩與文殊師利論說妙法等是也（梵語提婆達多華言天熱梵語文殊師利華言妙德）

十優陀那 梵語優陀那華言自說謂無有人問如來以他心智觀衆生機而自宜說如楞嚴會上說五十種魔事不待阿難請問又如彌陀經無有緣起自告舍利弗等是也（五十種魔者謂色受想行識五陰各有十種也梵語阿難華言慶喜梵語舍利弗華言鶖子）

十一毘佛畧 梵語毘佛畧華言方廣方者法也廣者大也又正理曰方包富曰廣謂大乘方等經典其義廣大猶如虛空也

十二和伽羅 梵語和伽羅華言授記謂如來爲諸菩薩辟支聲聞授作佛記如法華經云汝阿逸多於當來世而成佛道號曰彌勒等是也（辟支梵語具云辟支迦羅華言緣覺梵語彌勒華言慈氏阿逸多即彌勒字也）

十二因緣（出天台四教儀）

謂無明等展轉感果名因互相由藉爲緣三世相續無間斷也（三世相續無間斷者謂由過去世無明行爲因感現在世識乃至受五者爲果由現在果起愛取有三者爲現在因由現在因感未來世生老死之果如是循環無間斷也）

一無明 謂過去世煩惱之惑覆於本性無所明了故曰無明

二行 謂過去世身口造作一切善不善業是名爲行

三識 謂由過去惑業相牽致令此識投托母胎一刹那間染愛爲種納想成胎是名爲識（梵語刹那華言一念）

四名色 名即是心，謂心但有名而無形質也；色即色質，即是身也。謂從託胎已後至第五箇七日，名形位，生諸根形四支差別，是名爲色。（四支者，即兩手兩足也。）

五六入 謂從名色已後至第六箇七日，名髮毛爪齒位，第七七日名具根位，六根開張，有入六塵之用，是名六入。（六根者，眼根、耳根、鼻根、舌根、身根、意根也。六塵者，色塵、聲塵、香塵、味塵、觸塵、法塵也。）

六觸 謂出胎已後至三四歲時，六根雖觸對六塵，未能了知生苦樂想，是名爲觸。

七受 謂從五六歲至十二三歲時，因六塵觸對六根，即能納受前境好惡等事，雖能了別，然未能起淫貪之心，是名爲受。

八愛 謂從十四五歲至十八九歲時，貪於種種勝妙資具及婬欲等境，然猶未能廣徧追求，是名爲愛。

九取 謂從二十歲後，貪欲轉盛，於五塵境四方馳求，是名爲取。（五塵者，色塵、聲塵、香塵、味塵、觸塵也。）

十有 謂因馳求諸境，起善惡業，積集牽引當生三有之果，是名爲有。（因果不亡爲有。三有者，欲有、色有、無色有，即三界也。）

十一生 謂從現世善惡之業，後世還於六道四生中受生，是名爲生。（六道者，天道、人道、修羅道、餓鬼道、畜生道、地獄道也。四生者，胎生、卵生、濕生、化生也。）

十二老死 謂從來世受生已後，五陰之身熟已還壞，是名老死。（五陰者，色陰、受陰、想陰、行陰、識陰也。）

十二入（出法界次第）

入即涉入之義，謂六根六塵互相涉入，故名十二入也。（六根者，眼根、耳根、鼻根、舌根、身根、意根也。六塵者，色塵、聲塵、香塵、味塵、觸塵、法塵也。）

一眼入 謂眼根對色，即能見色，是名眼入。

二耳入 謂耳根對聲，即能聞聲，是名耳入。

三鼻入 謂鼻根對香，即能嗅香，是名鼻入。

四舌入 謂舌根

對味即能嘗味是名舌入【五身入】謂身根對觸即能覺觸是名身入【六意入】謂意根對法即能分別於法是名意入【七色入】謂一切可見之色而對於眼是名色入【八聲入】謂一切可聞之聲而對於耳是名聲入【九香入】謂一切可嗅之香而對於鼻是名香入【十味入】謂一切可嘗之味而對於舌是名味入【十一觸入】謂一切可覺之觸而對於身是名觸入【十二法入】謂一切可分別之法而對於意是名法入

十二頭陀行（出十二頭陀經）梵語頭陀華言抖擻謂能抖擻煩惱之塵垢也蓋比丘當離憒閙不樂餙好心絕貪求無諸憍慢清淨自活以求無上正眞之道故有十二種之行焉（梵語比丘華言乞士）【一住阿蘭若處】梵語阿蘭若華言寂靜處謂比丘當住於空閑寂靜之處身離憒閙心離欲塵永絕攀緣求無上道是爲頭陀行也【二常行乞食】謂比丘離諸貪求不受他請常行乞食以資色身助成道業若得食時或好或惡不起分別增減之念若不得食亦無嫌恨得與不得心常平等是爲頭陀行也【三次第乞食】謂比丘乞食之時不著於味不輕衆生不擇貧富常平等一心次第而乞是爲頭陀行也【四一坐食】謂比丘修道應作是念我求一食尚多有所妨何況小食後食若不自損則失半日之功不能一心行道是故斷數數食受一食法是爲頭陀行也（小食者晨時食也後食者過中食也）【五節量食】謂比丘所乞之食當作三分若見渴乏者以一分施之又減一摶食至

空靜處置淨石上施諸禽獸若不見困乏者但食三分之二亦留一分不得盡食如此則身輕安隱易消無患不廢行道若貪心極噉則腹脹氣塞妨損道業是故節食爲頭陀行也

六過中不飲漿 漿即果漿蜜漿之類謂比丘修道於種種漿日若過中悉不得飲若飲者則心樂著貪求無厭不能一心修習善法是故過中不飲漿爲頭陀行也

七著弊納衣 謂比丘不貪服飾不求好衣但於聚落中拾陳舊廢棄之物浣濯令淨作爲衲衣覆除寒露而已若貪新好則多追求以損道行又能招致賊盜是故著弊衲衣爲頭陀行也

八但三衣 三衣者九條七條五條袈裟之衣也謂比丘少欲知足衣取蓋形不多不少如白衣之人畜種種衣及外道苦行裸形無恥皆不合中道是故佛弟子捨此二邊但受三衣爲頭陀行也（梵語袈裟華言不正色言九條七條五條者此袈裟上中下之等第也）

九塚間坐 謂無常苦空之觀是佛法之初門能令厭離三界比丘住於塚間常見死屍臭爛狼籍火燒鳥啄則無常不淨之想易得成就是故塚間坐爲頭陀行也（無常者謂五陰之身終歸壞滅也苦者謂由此身而受生死逼迫等苦也空者謂此身由四大假合而成畢竟不有也）

十樹下坐 謂比丘於塚間不得道者當至樹下思惟求道如佛生時成道轉法輪般涅槃皆在樹下有如是因緣是故比丘如佛所行當樹下坐爲頭陀行也（梵語涅槃華言滅度）

十一露地坐 謂比丘在樹下坐如住半舍蔭覆涼樂故生愛著又慮雨漏濕冷鳥屎汙身毒虫所擾於是思

惟露地而坐隨意快樂月光遍照令心明利易入空定是故露地坐爲頭陀行也【十二但坐不臥】謂比丘四威儀中坐爲第一食易消化氣息調和可以入道若懈怠睡眠諸煩惱賊常伺其便若行若立心動難攝是故比丘常當安坐脇不至席爲頭陀行也（四威儀即行住坐臥之威儀也）

十二惡律儀（出雜阿毘曇心論）

惡律儀者謂法所不應作之律儀【一屠羊】屠者殺也謂人或以自食而常宰殺或因取利販賣而常宰殺是爲惡律儀【二養鷄】謂因嗜其肉味以充口體常自畜養意圖烹殺是爲惡律儀【三養猪】謂或因自欲充於口腹或因販賣求利以資其生而畜養之者是爲惡律儀【四捕鳥】謂以殺心故網捕禽鳥或食或賣傷害生命是爲惡律儀【五捕魚】謂以殺心故而用網罟取捕諸魚或食或賣傷害物命是爲惡律儀【六獵師】謂以殺心故獵捕一切禽獸或食或賣傷害物命是爲惡律儀【七作賊】謂見一切物常懷刼盜之心不思物各有主妄行攘竊賊害於人是爲惡律儀【八魁膾】魁膾者爲官操刃行刑之人謂人本同類彼雖犯法理固當死然習爲操刃之業以害其生實爲惡行是爲惡律儀【九守獄】謂爲獄吏守其牢獄以杻械枷鎖非理陵虐罪囚無慈善心是爲惡律儀【十呪龍】謂習諸邪法呪術呪於龍蛇以爲戲樂是爲惡律儀【十一屠犬】謂殺犬以資利養是爲惡律儀【十二伺獵】謂作獵主伺捕禽獸以利其生而自積罪業是爲惡律儀

十二妄想(出楞伽經)經云當說妄想自性分別隨境有異一切愚夫計著有無故有十二種也

一言說妄想 謂計著種種妙音歌詠之聲以爲有性是名言說妄想

二所說事妄想 謂凡所說事窮其自性惟聖智所知凡愚不了但依彼事而生言說是名所說事妄想

三相妄想 謂隨事起見猶如渴鹿奔逐陽燄作於水相如於地水火風執有堅濕煖動之性然不知性本融通於一切法相虛妄計著是名相妄想

四利妄想 謂樂著世間種種金銀珍寶等財利而不知此物本是虛幻凡夫不了而起貪著是名利妄想

五自性妄想 謂執持諸法起自性見以自爲是餘皆爲非是名自性妄想

六因妄想 謂於因緣所生之法起有無等見妄想分別成生死因是名因妄想

七見妄想 謂於五陰等法妄計有無一異起諸邪見執著分別是名見妄想(五陰者色陰受陰想陰行陰識陰也有無者計有即常見計無即斷見一異者計五陰之法爲一爲異也)

八成妄想 謂於假名實法上計我我所而起言說成決定論是名成妄想(假名者謂名字虛假也實法者謂五陰之法是實有也我我所者我即假名我所即五陰色身等也)

九生妄想 謂計一切法若有若無皆從緣起而生分別是名生妄想

十不生妄想 謂一切法皆先有體不假因緣而生是名不生妄想

十一相續妄想 謂於一切諸法執此與彼遞相繫屬計著分別無有斷絕是名相續妄想

十二縛不縛妄想 謂於一切法以情生著故則成繫縛若離妄想則無繫縛凡夫不了於此無縛解中而生計著是名縛不

縛妄想

十二隨眠（出衆事分阿毗曇論）謂欲等煩惱長時隨逐眠伏藏識之中故名隨眠（藏即含藏之義藏識即第八識也）**一欲貪**謂於可意之境愛染念著而生悅樂也**二嗔恚**謂於不可意之境無所愛樂而自生嗔忿也**三色貪**謂於色界愛樂淨法貪著禪味也**四無色貪**謂於無色界識處等定愛樂可意心生味著也**五無明**謂於事理等法無所明了障覆真性也**六身見**謂於五陰等法中强立主宰妄計爲身也（五陰者色陰受陰想陰行陰識陰也）**七邊見**謂於身見上計我或斷或常隨執一邊也（計斷常者謂外道自計此身死已不生名斷見又計此身死已更生名常見也）**八邪見**謂由計斷常不信因果以爲無作無得起見誹謗也**九見取**謂因此見而能通至非非想天信此非餘執劣爲勝（非非想天即無色界天也信此非餘者謂自信已之所行而於餘人所行悉以爲非也）**十戒取**謂執邪爲道非因計因如持鷄狗等戒以爲可得清淨解脫是也（鷄狗等戒者外道妄計自謂前世從鷄狗中來即便獨足而立及噉糞穢以爲苦行也）**十一慢**謂貢高自舉輕慢他人也**十二疑**謂於諦理不能解了心生猶豫是非不決也（諦理者即苦集滅道四諦之理也）

十二類生（出楞嚴經）謂諸有情由顛倒妄想起惑造業隨業感報各各不同故有十二類也

一卵生卵生者從殼而出生也謂此類有情因虛妄顛倒之惑起飛沉亂想之業惑業和合故感此生之報即魚鳥龜蛇之類是也（飛沉者若想念浮舉則爲飛禽若情念沉重報爲魚蛇之類也）**二胎生**胎生者從胞胎而出生也謂此類有情因愛欲雜染之惑起橫竪亂想之業惑業

相滋故感此生之報即人畜龍仙之類是也（横竪者人身竪而畜生横也因行正道得爲人類故身竪因行邪道感生畜類故身横也）

【二濕生】濕生者從濕處而受生也謂此類有情因顛倒執著之惑起翻覆亂想之業惑業和合故感此生之報即含蠢蠕動之類是也（翻覆即飛伏也因違義背信翻覆任情遂感蠢蠕飛伏之類也）

【四化生】化生者無而忽有也又離此舊形易彼新質爲化生也謂此類有情因顛倒變易之惑起捨故取新亂想之業惑業和合故感此生之報即轉蛻飛行之類是也（轉蛻飛行者如蠶蛻形爲蛾如雀化蛤之類）

【五有色】有色者有形礙明顯之色也謂此類有情因顛倒障礙之惑起精耀亂想之業惑業顯著故感此生之報即休咎精明之類是也（休咎精明者如星辰吉者爲休凶者爲咎燐火蚌珠皆精明之類燐火即螢火也）

【六無色】無色者無有形色也謂此類有情因顛倒銷散之惑起陰隱亂想之業惑業暗昧故感此生之報即空散銷沉之類是也（空散銷沉者色盡心亡厭空絶想沉冥幽隱即無色界外道之類是也）

【七有想】有想者從憶想所生也謂此類有情因顛倒罔象之惑起潛結亂想之業惑業和合故感此生之報即神鬼精靈之類是也（罔象者似有似無也潛結者潛即隱伏結即凝滯也）

【八無想】無想者想心昬迷無所覺了也謂此類有情因頑鈍愚癡之惑起枯槁亂想之業惑業和合故感此生之報即精神化爲土木金石之類是也（精神化爲土木金石者如華表生精如黄頭外道化爲石是也）

【九非有色】非有色者謂雖有形色而假他所成也謂此類有情因虚僞相待之惑起因依亂想之業惑業相染故感非有色相成色

之報即水母以蝦爲目之類是也（非有色相成色者如水母本無自類之色相故曰非有色相以水沫爲身以蝦爲目故曰成色也）

十非無色 非無色者因聲呼召而能成形也謂此類有情因相引妄性顛倒之惑起呼召亂想之業感業相附故感非無色相無色之報即呪詛厭生之類是也（非無色相無色者如蝦蟇等從自類生不假他成故曰非無色相藉聲得生故曰無色呪詛厭生者呪詛亦呼召耳厭即禱也如蝦蟇以聲附卵然後生長非聲則壞又孔雀雌者聞雄者鳴即有娠生雛此等物類若由厭禱而生也）

十一非有想 非有想者謂借他之身以成自類也謂此類有情因誣罔顛倒之惑起回互亂想之業惑業和合故感非有想相成想之報即蒲盧等異質相成之類是也（誣罔即詭惑也回互猶轉換也蒲盧蜾蠃也取青虫以爲已子乃誣罔回互之義也非有想相成想者如青虫非蒲盧之類故曰非有想相成想而能成已之子故曰成想也）

十二非無想 非無想者謂雖親而成怨害也謂此類有情因怨恨顛倒之惑起殺害妄想之業惑業和合故感非無想相無想之報即土梟等附塊爲兒及破鏡鳥以毒樹果抱爲其子子成父母皆遭其食之類是也（非無想相無想者父母有愛故曰非無想相後時成大父母遭食故曰無想也土梟食母鳥也破鏡食父獸也形如貙而虎眼今云鳥者恐譯誤耳）

十三事法

一住正戒 謂出家之人入於聚落乞食當收攝身心安住正戒勿令毀犯也

二住正威儀 謂出家之人乞食之時當須正其容貌端其威儀令一切人生敬信心也

三住正命 謂出家之人當依佛制乞食自活資身進道離於五種邪命之食也（五邪命者詐現異相自說功能占相吉凶高聲現威說所得利以動人心也）

四住正覺 謂出家之人當須覺了身爲苦本甚

可厭惡爲正道故而行乞食隨得支身以除飢渴勿令多貪妨進道業也（已上乞食四事）

五依法 謂出家之人或於道場中經行或於聚落内乞食當須行步徐緩遵其法則也

六依時 謂出家之人當念無常迅速晝夜深自警悟不可眠卧妨損道業遺教經云晝則勤心修習善法無令失時初夜後夜亦勿有廢是也

七依處 謂出家之人欲求寂靜無爲之樂當離憒（古對切）鬧之處獨處閑居思滅苦本也

八依次 謂出家之人於大衆中當依戒臘資次而坐勿令攙越梵網經云先受戒者在前坐後受戒者在後坐是也（已上威儀四事）

九離貪 謂出家之人已住正戒當制五根勿令放逸五欲之害甚於毒蛇不應貪著也（五根者眼根耳根鼻根舌根身根也五欲者色欲聲欲香欲味欲觸欲也）

十離瞋 謂出家之人當以慈悲爲本忍受惡罵之毒如飲甘露無令瞋恨瞋之爲害甚於猛火常當防護勿令得入也

十一離取著 謂出家之人常以智慧觀察己身及以外物皆悉虚幻不應妄取執著遺教經云持淨戒者不得販賣貿易安置田宅及諸財寶皆當遠離是也

十二離麤獷 謂出家之人當須柔軟和順以成清雅之德不應麤暴猛獷有失和敬之儀也（和敬者謂外同他善内自謙卑也）

十三離憍慢 謂出家之人當須謙敬卑下折己慢幢精進修道不應自恃有德憍傲侮慢貢高於人也（已上離煩惱五事）

曰冷十三緣（出長阿含經）

一緣 謂須彌山佉陀羅山二山中間有水廣八萬四千由旬其水

生優鉢羅等雜華互相照觸日光爲之生冷（梵語須彌華言妙高梵語由旬華言限量梵語優鉢羅華言青蓮）**二緣**謂佉陀羅山伊沙陀羅山二山中間有水縱廣四萬二千由旬其水生諸雜華互相照觸日光爲之生冷（梵語伊沙陀羅華言持軸）**三緣**謂伊沙陀羅山樹提陀羅山二山中間有水廣二萬由旬其水生諸雜花互相照觸日光爲之生冷**四緣**謂善見山樹提山二山中間有水廣一萬二千由旬其水生諸雜花互相照觸日光爲之生冷**五緣**謂善見山馬祀山二山中間有水廣六千由旬其水生諸雜花互相照觸日光爲之生冷**六緣**謂馬祀山尼彌陀羅山二山中間有水廣一千二百由旬其水生諸雜花互相照觸日光爲之生冷（梵語尼彌陀羅華言抱持）**七緣**謂尼彌陀羅山調伏山二山中間有水廣六百由旬其水生諸雜花互相照觸日光爲之生冷**八緣**謂調伏山金剛輪山二山中間有水廣三百由旬其水生諸雜花互相照觸日光爲之生冷**九緣**謂金剛輪山閻浮提地二處中間有水映於日光而日生冷（梵語閻浮提華言勝金洲）**十緣**謂南閻浮提河少西拘耶尼水多其水映於日光而日生冷（梵語拘耶尼華言牛貨）**十一緣**謂西拘耶尼河少東弗于逮水多其水映於日光而日生冷（梵語弗于逮華言勝）**十二緣**謂東弗于逮河少北鬱單越河多其水映於日光而日生冷（梵語鬱單越華言勝處）**十三緣**謂日宮殿光照大海水水映日光而日生冷

十四無畏（出楞嚴經）謂觀世音菩薩以金剛三昧

無作妙力與諸十方三世六道一切衆生同一悲仰令諸衆生獲得十四種無畏功德也梵語三昧華言正定無作妙力者謂不作意之力用也十方者四方四維上下也三世者過去現在未來也六道者天道人道修羅道餓鬼道畜生道地獄道也

一不自觀音以觀觀者 不自觀音者謂不隨聲塵所起知見也以觀觀者謂返照自性也不起知見則無所妄返照自性則一切真寂無復苦惱故令受苦衆生蒙此真觀即得解脫是爲無畏經云觀其音聲即得解脫是也

二知見旋復 在心曰知在眼曰見知見性熱則屬於火謂菩薩能旋轉知見以復眞空能令衆生設入火難自不能燒是爲無畏經云設入大火火不能燒是也

三觀聽旋復 觀聽性動則屬於水謂菩薩能旋轉觀聽以復眞空能令衆生設爲大水所漂自不能溺是爲無畏經云大水所漂水不能溺是也

四斷滅妄想心無殺害 妄想作業以殺爲首謂菩薩證悟實性斷滅妄想大慈心發無殺害念能令衆生入彼羅刹鬼國鬼自滅惡是爲無畏經云入諸鬼國鬼不能害是也梵語羅刹華言速疾鬼

五熏聞成聞六根銷復同於聲聽 謂熏聞屬思思其所聞無性可得則成眞聞六根害人兵刃無異菩薩六根既皆銷滅以復眞空一切塵境同於聲聽能令衆生當被害者刀刃所加段段折壞是爲無畏經云臨當被害刀段段壞是也六根者眼根耳根鼻根舌根身根意根也

六聞熏精明明徧法界 謂菩薩從聞熏習所成慧性既得精明明照十方周徧法界幽暗即消能令衆生雖被藥叉諸

幽暗者來近其側目受明奪自不能視是爲無畏經云藥义羅刹鳩槃茶鬼雖近其傍目不能視是也梵語藥义亦云夜义華言勇健梵語鳩槃茶華言甕形

七音性圓消觀聽返入謂受虛妄聲塵繫縛不異禁繫枷鎖菩薩以動靜之性俱滅則其觀聽返妄入眞聲塵解脫能令衆生禁繫等事不能著身是爲無畏經云禁繫枷鎖所不能著是也

八滅音圓聞徧生慈力謂菩薩消滅音聲圓成聞慧則徧生慈力能以大利令彼得樂是以衆生經於險路如行坦途或遇惡寇自不能劫是爲無畏經云經過險路賊不能劫是也

九熏聞離塵色不能劫謂菩薩以思慧熏聞成性離諸塵妄不被色塵所劫能令一切性多婬人貪欲不生是爲無畏經云能令一切多婬衆生遠離貪欲是也

十純音無塵根境圓融謂菩薩音性純淨離諸妄塵根境相入圓融無礙能令懷忿恨人瞋恚不生是爲無畏經云能令一切忿恨衆生離諸瞋恚是也

十一銷塵旋明謂菩薩除暗銷塵旋復性明能令一切昏鈍無善心人癡暗遠離是爲無畏經云能令一切昏鈍性障諸阿顛迦永離癡暗是也梵語阿顛迦華言無善心

十二融形復聞謂融形則礙滅復聞則性眞故涉入世間而不壞世間之相能遍十方供養微塵數佛稟承其法各爲法子以此無畏施諸無子衆生欲求男者令得生男經云能令無子衆生欲求男者誕生福德智慧之男是也

十三六根圓通明照無二謂菩薩六根圓融通達無礙含攝

法界如大圓鏡明照無二由此故能承順法門受領無失以此無畏施諸無子衆生欲求女者即得生女經云能令法界無子衆生欲求女者誕生福德柔順衆人愛敬有相之女是也

十四我一名與六十二恒河沙名等無有異 謂菩薩得眞圓通能令求福衆生但持我之名號與彼俱持無數菩薩名號之人較量所得福德等無有異是爲無畏經云能令衆生持我名號與彼共持六十二恒河沙諸法王子二人福慧正等無異是也

念誦忌十五地（出一字佛頂輪王經）念誦即想念持誦神呪也忌者猶不宜也經云如來告金剛密迹主菩薩若諸有情爲欲調他怨惡之心廻伏者欲消除一切灾障者或求滿足如意者當擇空寂幽閑勝處結界建壇淨身語意供養聖像誦持佛頂輪王呪加持作法若得成就則所願滿足不可於神龍所護及藥义羅刹等地結界作法若在此等不善之處則鬼神得便而來擾亂使所作行法不得成就是故當忌十五地也（梵語藥义亦云夜义華言勇徤梵語羅刹華言速疾鬼）

一神龍所護地 謂有神龍護持之處忌於結界建壇誦呪作法恐其侵惱令所作行法不得成就也

二藥义羅刹住地 謂有藥义等鬼神所住之處忌於結界建壇誦呪作法恐其伺於方便擾亂行法令不成就也

三尸陀林地 梵語尸陀華言寒林謂有死屍積聚之處忌於結界建壇誦呪作法以其臭穢不淨妨於淨行作法難成也

四無佛法地 謂如

來止教所不到處忌於結界建壇誦呪作法以無正教之法善神不來守護行法難成也五虎狼住地謂有虎狼猛獸之處忌於結界建壇誦呪作法以其威猛毒害非吉祥空閑之地難以安住作法也六多蚊蚋地謂有蚊蚋聚集之處忌於結界建壇誦呪作法以其能喧閙又能咂人不得寂靜作法難成也七無雨地謂多旱無雨之處忌於結界建壇誦呪作法以其泉源枯竭人多渴乏絕於助緣行法難成也八饒風地謂風常起之處忌於結界建壇誦呪作法以其飄蕩多寒妨於道行作法難成也九賊住地謂有盜賊所住之處忌於結界建壇誦呪作法以其多損害心妨於道行難以安住作法也十屠殺住地謂屠兒殺者所住之處忌於結界建壇誦呪作法以其無慈悲心非吉祥空閑之地行法難成也十一酤酒住地謂賣酒之處忌於結界建壇誦呪作法以酒是起罪因緣能令衆生心生顛倒妨於道行作法難成也十二賣經像地謂販賣經卷佛像之處忌於結界建壇誦呪作法以其不信因果無有善心非吉祥空閑之地難以安住作法也十三賣凶具地謂販賣刀杖弓箭殺生器具之處忌於結界建壇誦呪作法以其多殺害心非吉祥空閑之地難以安住作法也十四賣女地謂衒賣女色之處忌於結界建壇誦呪作法以其穢汚不潔妨於道行作法難成也十五衆難地謂水火刀兵險難之處忌於結界建壇誦呪作法以兇

險多難非吉祥空閑之地難以安住作法也

十五種無明（出鞞婆沙論）

一根本無明　謂從無始之際一念不覺長夜昏迷不了眞理能生一切諸惑煩惱是爲根本無明

二枝末無明　謂心心所法相應而起即有貪瞋慢疑見等煩惱是爲枝末無明（心心所法者心即心王心所即受想行也）

三共無明　謂一切結使共相造作一切諸業是爲共無明（結使者謂一切煩惱能纏縛驅使於人入於生死也）

四不共無明　謂第七識無別體相妄起染心障蔽無漏聖法恒不間斷是爲不共無明（第七識即意識也無漏者謂不漏落生死也）

五相應無明　謂第七識恒與貪痴見慢四惑相應而起是爲相應無明

六不相應無明　謂第七識不與餘識外緣麤顯之境相應是爲不相應無明（麤顯之境者謂色等五塵之境也）

七迷理無明　謂根本無明障於中道之理不能顯發是爲迷理無明

八迷事無明　謂見思煩惱障蔽生死之事不能出離是爲迷事無明

九獨頭無明　謂妄覺之心不緣外境孤然生起生已增廣是爲獨頭無明

十俱行無明　謂心心所法常相隨逐曾不捨離是爲俱行無明

十一覆業無明　謂一切結使覆蔽諸業不令人知恐失名譽利養恭敬等是爲覆業無明

十二發業無明　謂貪痴我見慢等悉能發生一切惡業是爲發業無明

十三種子時無明　種子者謂第八藏識含藏一切染淨種子也子時者子爲十二時之首以喻藏識爲諸識之首也蓋染習種子蘊在藏識之中未發顯時是爲種子

子時無明　十四行業果無明　謂於十二因緣中無明行愛取有五者煩惱是業因識等七者是苦果是爲行業果無明（十二因緣者一無明二行三識四名色五六入六觸七受八愛九取十有十一生十二老死也）

十五惑無明　謂俱生分別及根本隨煩惱等惑是爲惑無明（俱生分別者謂最初托胎一念之識與形俱生即有分別也根本隨煩惱者即前根本無明也）

十六觀門（出觀無量壽佛經）　韋提希夫人願生西方極樂世界兼爲未來世衆生欲往生者請佛世尊說其修行之法故佛令其觀彼依正之境托境顯往了境唯心即得往生此十六觀門所以說也（梵語韋提希華言思惟依正者依即阿彌陀佛所依之土正即阿彌陀佛相好之身也）

一日觀　謂正坐西向諦觀落日令心堅住專想不移見日欲没狀如懸鼓既見日已閉目開目皆令明了是名日觀

二水觀　謂作水想想水成已當作氷想既見氷已作瑠璃想此想成已見瑠璃地内外映徹是名水觀（梵語瑠璃華言青色寶）

三地觀　謂前想成時開目閉目不令散失如此想者即名粗見極樂國地見已分明是名地觀

四寶樹觀　謂作七重行樹想一一樹高八千由旬七寶映飾珠網覆上行行相當葉葉相次生諸妙花成七寶果其葉千色有大光明照映三千世界十方國土悉於中現是名樹觀（梵語由旬華言限量有八十六十四十里三等之不同七寶者金銀瑠璃玻瓈硨磲碼碯赤真珠也三千者大千中千小千也十方者四方四維上下也）

五八功德水觀　八功德水者一澄淨二清冷三甘美四輕軟五潤澤六安和七除患八增益也謂想極樂國土有八池水一一池水從如意珠王生分

爲十四支一一支作七寶妙色黃金爲渠雜色金剛以爲底沙一一水中有六十億七寶蓮華一一華團圓正等十二由旬其摩尼水流注華間演説苦空無常無我諸波羅蜜微妙法音其八池水皆具八種功德是名八功德水觀梵語摩尼華言如意苦者謂由五陰之身而受生死逼迫等苦也空者謂此身由四大假合而成畢竟不有也無常者謂此身等終歸壞滅也無我者謂四大各離何者是我也梵語波羅蜜華言到彼岸

六總觀 謂衆寶國土一一各有五百億寶樓樓中有無量諸天作衆妓樂又有樂器懸處虛空如天寶幢不鼓自鳴此衆音中皆悉念佛念法念僧此想成已名見極樂世界寶樹寶地寶池是爲總觀

七華座觀 謂當作七寶蓮華想一一華葉作百寶色縱廣二百五十由旬一一華葉有百億摩尼珠王以爲映飾放千光明毘楞伽寶以爲其臺臺上有四寶幢幢上寶幔如夜摩天宮是名華座觀毘楞伽梵語具云釋迦毘楞伽華言能勝梵語夜摩華言善時分

八像觀 像即佛像謂欲想彼佛先當想像如閻浮檀金色坐彼華上見像坐已心眼得開明見極樂國土七寶莊嚴寶地寶池寶樹行列復想一大蓮華在佛左邉一大蓮華在佛右邉觀世音大勢至二菩薩坐左右華上皆放光明一一樹下亦有三蓮華各有一佛二菩薩像徧滿彼國此想成已是名像觀梵語閻浮華言勝金樹名其樹林中有河河底有金沙名日閻浮檀金也

九佛眞身觀 謂觀無量壽佛身相光明身如百千萬億夜摩天閻浮檀金色佛身高六十萬億那由他由旬眉間白毫右旋宛轉如五須彌山佛眼如四

大海水青白分明身諸毛孔流出光明如須彌山彼佛圓光如百億三千大千世界於圓光中有百萬億那由他恒河沙化佛有衆多化菩薩以爲侍者無量壽佛有八萬四千相一一相有八萬四千隨形好一一好復有八萬四千光明一一光明徧照十方世界欲觀無量壽佛者從一相好入但觀眉間白毫極令明了見眉間白毫者八萬四千相好自然當現見無量壽佛者即見十方無量諸佛是名佛眞身觀（梵語那由他亦云阿庾多華言萬億梵語須彌華言妙高）

十觀世音觀 謂想觀世音菩薩身長八十萬億那由他由旬身紫金色頂有肉髻項有圓光其圓光中有五百化佛一一化佛有五百化菩薩無量諸天以爲侍者舉身光中五道衆生一切色相皆於中現毘楞伽寶以爲天冠冠中有一立化佛高二十五由旬菩薩面如閻浮檀金色眉間毫相流出八萬四千種光光有無量化佛一一化佛有無數化菩薩以爲侍者臂如紅蓮華色手掌作五百億雜蓮華色一一指端有八萬四千畫猶如印文以此寶手接引衆生足下有千輻輪相其餘身相衆好具足如佛無異唯頂上肉髻及無見頂相不及世尊是名觀世音觀（五道者天道人道餓鬼道畜生道地獄道也）

十一大勢至觀 謂想大勢至菩薩身量大小亦如觀世音菩薩圓光面各百二十五由旬舉身光明照十方國作紫金色有緣衆生皆悉得見但見此菩薩一毫孔光即見十方無量諸佛淨妙光明是故號爲無邊光以智慧

光普照一切令離三塗得無上力是故號爲大勢至菩薩天冠有五百寶華一一寶華有五百寶臺十方佛國廣長之相皆於中現於肉髻上有一寶瓶盛諸光明普現佛事餘諸身相如觀世音等無有異是名大勢至觀（三塗者刀塗血塗火塗也）

十二普想觀　謂前想成已當起自心生於西方極樂世界於蓮華中結跏趺坐作蓮華合想作蓮華開想蓮華開時有五百色光來照身想作眼目開想見佛菩薩滿虛空中水鳥樹林及與諸佛所出音聲皆演妙法見此事已名見無量壽佛極樂世界是爲普想觀

十三雜想觀　謂若欲至心生西方者先觀丈六佛像在池水上阿彌陀佛神通如意於十方國變現自在或現大身滿虛空中或現小身丈六八尺所現之形皆真金色圓光化佛及寶蓮華如上所說觀世音及大勢至於一切處身同衆生但觀首相知是觀世音知是大勢至是名雜想觀（梵語阿彌陀華言無量壽）

十四上輩生觀（此觀於上品中又分上中下三品）　上輩上品上生者謂欲生彼國當發三心一者至誠心二者深心三者迴向發願心具三心者必生彼國復有三種衆生當得往生一者慈心不殺具諸戒行二者讀誦大乘方等經典三者修行六念迴向發願願生彼國此人精進勇猛故阿彌陀佛與觀世音大勢至無數化佛百千比丘執金剛臺至行者前阿彌陀佛放大光明照行者身與諸菩薩授手迎接行者自見其身乘金剛臺隨從佛後如彈指頃往生彼國生彼

國已見佛聞法即得悟無生法忍也上輩上品中生者謂能於第一義心不驚動深信因果不謗大乘以此功德求生極樂國土命欲終時阿彌陀佛與觀世音大勢至無量大衆持紫金臺至行者前授手迎接行者自見坐紫金臺合掌讚佛如一念頃即生彼國七寶池中佛及菩薩俱時放光照行者身經於七日得無生忍也上輩上品下生者謂亦信因果不謗大乘但發無上道心以此功德求生樂國命欲終時阿彌陀佛及觀世音大勢至與諸菩薩持金蓮華來迎行者坐已華合即生七寶池中七日乃得見佛三七日後於諸佛前聞甚深法經三小劫住歡喜地也六念者謂念佛念法念僧念天念施念戒也梵語比丘華言乞士無生法忍者謂一切法本來不生於此法中而能忍可印證也劫梵語具云劫波華言分別時節小劫者謂人壽八萬四千歲時百年減一歲如是減至十歲又增至八萬四千歲此一增一減爲一小劫也

十五中輩生觀

此觀於中品中亦分上中下三品

中輩中品上生者謂受持五戒及八戒齋不造五逆無衆過患以此善根求生極樂世界命欲終時佛與比丘放金色光至其人所演說苦空無常無我讚歎出家得離衆苦行者歡喜自見已身坐蓮華臺合掌爲佛作禮即得往生極樂世界蓮華尋開聞衆音聲讚歎四諦即得阿羅漢道也中輩中品中生者謂若一日一夜持八戒齋或持沙彌戒或持具足戒威儀無缺以此功德求生極樂世界命欲終時見阿彌陀佛放金色光持七寶蓮華至行者前授手迎接行者自見坐蓮華上蓮華即合生寶池中七日

華數合掌歎佛聞法歡喜得須陀洹經半劫巳成阿羅漢也中輩中品下生者謂或有衆生孝養父母行世仁慈此人命欲終時遇善知識爲其廣說佛國樂事亦說四十八願聞巳命終即生西方極樂世界經七日巳遇觀世音大勢至聞法歡喜得須陀洹過一小劫成阿羅漢也五戒者不殺不盜不邪婬不妄語不飲酒也八戒者不殺不盜不邪婬不妄語不飲酒不坐臥高廣大床不著花鬘衣不觀聽歌舞戲樂并過中不食也五逆者弑父弑母弑阿羅漢出佛身血破和合僧也四諦者苦諦集諦滅諦道諦也梵語阿羅漢華言無學沙彌戒即十戒也具足戒即二百五十戒也梵語須陀洹華言預流四十八願者一願我刹中無地獄餓鬼畜生二願我刹中無有女人三願我刹中人欲食時百味具足四願我刹中人所欲衣服隨念即至五願我刹中自地至虛空皆有百寶宮殿六願我刹中人心相愛敬無有憎嫉七願我刹中人無有淫泆愚癡八願我刹中人同一善心無有他念九願我刹中人皆不聞不善之名十願我刹中人知身如幻無貪著心十一願我刹中天人形容一類金色十二願十方世界蜎飛蠕動皆得爲人十三願十方諸天人民皆作緣覺聲聞十四願我刹中人壽命無量十五願我刹中人所受快樂皆如漏盡比丘十六願我刹中人住正信位離顛倒想十七願我刹中人說經行道十倍於佛十八願我刹中人盡通宿命十九願我刹中人盡得天眼二十願我刹中人盡得天耳二十一願我刹中人得他心智二十二願我刹中人盡得神足通二十三願十方衆生聞我名號皆生我刹二十四願我頂中光明勝如日月百千萬倍二十五願一切幽暗衆生皆覩光明來生我國二十六願十方衆生蒙我光明觸其身者過諸天人二十七願十方衆生願生我國者命終時迎歸我國二十八願十方衆生繫念於我一晝夜者必生我刹二十九願十方衆生十聲念我名號必生我刹除五逆謗法者三十願十方衆生前世作惡聞我名號壽終徑生我國三十一願十方衆生禮我名號感諸天人莫不致敬三十二願十方女人聞我名號壽終之後不復爲女三十三願十方衆生生我刹者即補佛處欲往他方說化我以威力助往三十四願我刹中人欲往他方者如其所願三十五願刹中菩薩欲往他方供養諸佛一食之頃即可遍至三十六願刹中菩薩欲往十方供養諸佛旣過是日未午即還我刹三十七願刹中菩薩誦經說法必得辯才智慧三十八願刹中菩薩能演說法其智慧

辯才不可限量三十九願剎中菩薩其身紫磨金色與佛無異四十願剎中菩薩欲於寶樹中見十方佛剎即時應現四十一願剎中菩薩雖少功德亦能見我道場樹高四千由旬四十二願剎中一切天人悉皆形色殊特得天眼者不辯名數四十三願我剎中人所欲聞法自然得聞四十四願剎中菩薩頂中皆有光明無異於佛四十五願他方菩薩聞我名號皆得解脫三昧四十六願他方菩薩聞我名號皆得成佛常見一切諸佛四十七願他方菩薩聞我名號即得不退轉地四十八願他方菩薩聞我名號即得無生忍於諸佛法永不退轉也此觀於下品中亦分上中下三品

十六下輩生觀

下輩下品上生者謂或有衆生作諸惡業雖不謗經多造惡法無有慚愧命欲終時遇善知識為說大乘十二部經首題名字除卻千劫極重惡業復教合掌稱南無阿彌陀佛稱佛名故除五十億劫生死之罪爾時彼佛即遣化佛及化菩薩至行者前授手迎接行者即見化佛光明徧照其室即便命終乘寶蓮華生寶池中經七七日蓮華乃敷二大菩薩放大光明為說甚深十二部經聞已信解發無上道心經十小劫得入初地也下輩下品中生者謂或有衆生毀犯五戒八戒及具足戒不淨說法無有慚愧以惡業故應墮地獄命欲終時地獄衆火一時俱至遇善知識以大慈悲即為讚說阿彌陀佛十力威德廣讚彼佛光明神力此人聞已除八十億劫生死之罪地獄猛火化為清涼之風吹諸天華華上皆有化佛菩薩迎接此人如一念頃即得往生七寶池中蓮華之內經於六劫蓮華乃敷二大菩薩以梵音聲為說大乘甚深經典應時即發無上道心也下輩下品下生者謂或有衆生作不善業五逆十惡具諸不善應墮惡道受

苦無窮臨命終時遇善知識爲説妙法教令念佛彼人苦逼不遑念佛善友告言汝若不能念彼佛者應稱無量壽佛如是至心令聲不絶具足十念於念念中除八十億劫生死之罪見金蓮華猶如日輪住其人前如一念頃即生極樂世界滿十二大刼蓮華乃開二大菩薩以大悲音聲爲其廣説諸法實相除滅罪法即發菩提之心也十二部經者一契經二重頌三諷頌四因緣五本事六本生七希有八譬喻九論議十無問自説十一方廣十二授記也梵語南無華言皈命初地者謂十地中初歡喜地也十力者知是處非處智力知過現未來業報智力知諸禪解脱三昧智力知諸根勝劣智力知種種解智力知種種界智力知一切至處道智力知天眼無礙智力知宿命無礙智力知永斷習氣智力也十惡者一殺生二偷盜三邪婬四妄語五兩舌六惡口七綺語八貪欲九嗔恚十邪見也十念者以十稱佛號爲一念十念即百稱佛號也大劫總成住壞空四中劫爲一大刼也

十六特勝出法界次第

十六特勝者勝於四念處等諸禪觀也始從調心終至悲想地地皆有觀照能發無漏善業而無厭惡自害之失故受特勝之名也四念處者一觀身不淨二觀受是苦三觀心無常四觀法無我也無漏者不漏落三界生死也

一知息入特勝 息即鼻中氣息謂數息調心之法若闇心而數則觀慧不明今既覺知息入則照息分明故解慧易發是爲特勝

二知息出特勝 謂數息調心之法若闇心而數則觀慧不明今既覺知息出則照息分明故解慧易發是爲特勝

三知息長短特勝 謂調心既靜而照了漸明即便覺息入出長短之相是爲特勝

四知息徧身特勝 謂從欲界定證未到地定時即覺身及定法悉皆虛假息之入出徧身微微如有如無是爲特

勝（未到地定者謂於欲界修色界定身雖未到於彼而心已先證彼定也）**五除諸身行特勝**謂從未到地若發初禪覺觀之法則身心豁然開朗所證境界悉皆虛假空無我人既無我人誰作諸事誰受禪定是則顛倒所起身業皆悉壞滅是爲特勝（覺觀者謂初心在緣曰覺細心分別禪味曰觀）**六受喜特勝**謂既與觀慧相應若證初禪喜支即能照了而此喜支則無過失是爲特勝（支分也）**七受樂特勝**謂既與觀慧相應若證初禪得樂支時即能覺了便於樂支不起見著以無所受而受樂觸是爲特勝**八受諸心行特勝**謂既與觀慧相扶若證初禪一心支時即能照了一心不起顛倒於一心中獲得正受是爲特勝**九心作喜特勝**謂離初禪入二禪時常自照了若發二禪內淨之喜則此心真喜從觀慧而生是爲特勝**十心作攝特勝**謂既因觀慧得二禪一心支即照了一心攝諸亂想顛倒不起是爲特勝**十一心作解脫特勝**謂離二禪入三禪時常有觀慧即能照了雖得妙樂心不躭著無累自在是爲特勝**十二觀無常特勝**謂離三禪入四禪時常修觀慧發不動定了達定中心識虛誑念念生滅是爲特勝**十三觀出散特勝**謂從四禪入虛空處時加修觀慧內外照了而證空定能離色界緣空之識自在消散即能了達空定虛誑不實心不愛著是爲特勝**十四觀離欲特勝**謂離虛空處定入識處時常以觀慧內自推撿離虛空處離欲之心於是發識處定即能了達識定虛誑不實心不愛著是

爲特勝**十五觀滅特勝**謂離識處入無所有處時常以觀慧照了所修之境能修之心於是發無所有處定即能了達無所有處虛誑不實心不愛著是爲特勝**十六觀棄捨特勝**謂離無所有處修非有想非無想定時常以觀慧觀察所修之法能修之心於是發非想處定即能了達非想處猶有細想虛誑不實非是涅槃安樂之法心不愛著是爲特勝（梵語涅槃華言滅度）

十六大力（出三昧弘道廣顯定意經）佛赴阿耨達龍王請爲說無欲法令諸菩薩修於清淨之行當得此十六大力調攝身心而化衆生也（梵語阿耨達華言無熱惱菩薩梵語具云菩提薩埵華言覺有情）**一志力**謂菩薩心志善能總持諸佛一切所說之法化導衆生是名志力**二意力**謂菩薩心意同佛所行於諸衆生未得度者悉願度脫是名意力**三行力**行即進趣之義謂菩薩能以精進之行通達一切所說甚深法義是名行力**四慚力**謂菩薩以能慚愧故遠離一切罪行與起種種善法是名慚力**五强力**謂菩薩於一切障難之中而能堅忍不爲非行是名强力**六持力**謂菩薩於所受持之法悉能宣演開導而無遺忘是名持力**七慧力**謂菩薩有大智慧照了諸法皆空雖億千魔兵而不能惱是名慧力**八德力**謂菩薩修無欲行具諸功德離諸染著是名德力**九辯力**謂菩薩有大辯才於百千劫隨解諸法所說無礙是名辯力（劫梵語具云劫波華言分別時節）**十色力**謂菩薩色相端正若帝釋梵王及四天王詣菩薩所一見之

頂黯然無色是名色力梵語釋提桓因華言能天主言帝釋者華梵雙舉也梵王即大梵天王也四天王者東方持國天王南方增長天王西方廣目天王北方多聞天王也

十一身力 謂菩薩之身堅固清淨猶如金剛火不能燒刀不能斷於外道中最勝獨尊是爲身力

十二財力 謂菩薩於衆珍寶隨所念願應時即至是名財力

十三心力 謂菩薩知諸衆生性欲能一其心而順化之是名心力

十四神足力 謂菩薩化導衆生能以神通具足之力即現神變而度脱之是名神足力

十五弘法力 謂菩薩於諸佛法能廣爲一切衆生宣説使其聞之而不斷絶信受奉行等除衆苦是名弘法力

十六降魔力 謂菩薩修習禪定承順佛旨能伏衆魔是名降魔力

大明三藏法數卷第三十四

大明三藏法數卷第三十五

上天竺前住持沙門一如等奉　勅集註

十六知見（出大智度論）謂未見正道之人於五陰等法中强立主宰妄計有我我所計我之心歷於諸緣即有十六知見之別也（五陰者色陰受陰想陰行陰識陰也我者謂於五陰中妄計有我也我所即五陰身等也）

【一我】謂於五陰等法中無明不了妄計有我我所之實故名爲我

【二衆生】謂於五陰等法和合中妄計衆共而生故名衆生

【三壽者】謂於五陰等法中妄計有我受一期果報命有長短故名壽者（一期者謂人從生至死也）

【四命者】謂於五陰等法中妄計有我命根成就連持不斷故名命者

【五生者】謂於五陰等法中妄計我能生起衆事及計我來人中受生故名生者

【六養育】謂於五陰等法中妄計我能養育他人及計我從生已來爲父母養育故名養育

【七衆數】謂於五陰等法中妄計我有五陰十二入十八界等衆法有數故名衆數（十二入者眼入耳入鼻入舌入身入意入色入聲入香入味入觸入法入也十八界者眼界色界眼識界耳界聲界耳識界鼻界香界鼻識界舌界味界舌識界身界觸界身識界意界法界意識界也）

【八人】謂於五陰等法中妄計我是能脩行人異於不能之人及計我生人道異於餘道故名爲人

【九作者】謂於五陰等法中妄計我有身力手足能有所作故名作者

【十使作者】謂於五陰等法中妄計我能役使於他故名使作者

【十一起者】謂於五陰等法中妄計我能起造後世罪福之業故名起者

【十二使起者】謂於五陰等法中妄計我能令他起後世罪福之業故名使起者

【十三受

者謂於五陰等法中妄計我之後身當受罪福果報故名受者

十四使受者謂於五陰等法中妄計我當令他受諸苦樂果報故名使受者

十五知者謂於五陰等法中妄計我有五根能知五塵故名知者（五根者眼根耳根鼻根舌根身根也五塵者色塵聲塵香塵味塵觸塵也）

十六見者謂於五陰等法中妄計我有眼根能見一切色相又計我能起諸邪見正見故名見者

十六大阿羅漢（出法住記）

梵語阿羅漢華言無學謂其生死已盡無法可學又云無生謂其斷見思惑盡無復三界受生又云應供謂其應受人天供養又云殺賊謂其能殺煩惱之賊以其皆具三明六通無量功德故稱爲大此阿羅漢承佛勅故以神通力延自壽量住於世間守護正法至今猶未入滅若遇世間設大施無遮會時即同諸眷屬蔽隱聖儀同於凡流密受供養令施者得勝果報饒益有情是爲十六大阿羅漢也（三明者天眼明宿命明漏盡明也六通者天耳通天眼通宿命通他心通神足通漏盡通也）

一賓度羅跋囉惰闍尊者梵語賓度羅華言不動字也梵語跋囉惰闍華言捷疾姓也此尊者與千阿羅漢多分住在西瞿耶尼洲（梵語瞿耶尼華言牛貨）

二迦諾迦伐蹉尊者梵語迦諾迦伐蹉（無翻）此尊者與五百阿羅漢多分住在北方迦濕彌羅國

三迦諾迦跋釐惰闍尊者梵語迦諾迦跋釐惰闍（無翻）此尊者與六百阿羅漢多分住在東勝身洲

四蘇頻陀尊者梵語蘇頻陀（無翻）此尊者與七百阿羅漢多分住在北俱盧洲

五諾詎羅尊者 梵語諾詎羅，華言鼠狼山。此尊者與八百阿羅漢多分住在南贍部洲（梵語贍部，亦云閻浮提，華言勝金洲）。

六跋陀羅尊者 梵語跋陀羅，華言好賢。此尊者與九百阿羅漢多分住在躭没羅洲。

七迦哩迦尊者 梵語迦哩迦（無翻）。此尊者與千阿羅漢多分住在僧伽荼洲。

八伐闍羅弗多羅尊者 梵語伐闍羅弗多羅（無翻）。此尊者與一千一百阿羅漢多分住在鉢剌拏洲。

九戍博迦尊者 梵語戍博迦（無翻）。此尊者與九百阿羅漢多分住在香醉山中。

十半托迦尊者 梵語半托迦（無翻）。此尊者與一千三百阿羅漢多分住在三十三天（三十三天即忉利天也）。

十一羅怙羅尊者 梵語囉怙羅，華言執日。此尊者與一千一百阿羅漢多分住在畢利颺瞿洲。

十二那伽犀那尊者 梵語那伽犀那（無翻）。此尊者與一千二百阿羅漢多分住在半度波山。

十三因揭陀尊者 梵語因揭陀（無翻）。此尊者與一千三百阿羅漢多分住在廣脇山中。

十四伐那婆斯尊者 梵語伐那婆斯（無翻）。此尊者與一千四百阿羅漢多分住在可住山中。

十五阿氏多尊者 梵語阿氏多（無翻）。此尊者與一千五百阿羅漢多分住在鷲峰山中。

十六注荼半托迦尊者 梵語注荼半托迦（無翻）。此尊者與一千六百阿羅漢多分住在持軸山中。

十六遊增地獄（出經律異相并諸經要集）

謂八寒八熱大獄，每獄有四門，門各有四獄，受苦衆生於此諸獄次第遊歷，其苦轉增，故名十六遊增地獄也。

一黑沙地獄 謂熱風吹熱黑沙

沙著於身皮骨燋爛久受苦已方出此獄復到沸屎地獄**二沸屎地獄**謂沸屎鐵丸自然滿前驅逼罪人使抱鐵丸燒其身手復使撮著口中從咽至腹通徹下過無不燋爛有鐵觜虫唼肉達髓苦毒無量久受苦已方出此獄復到鐵釘地獄**三鐵釘地獄**謂獄卒捉罪人偃熱鐵上舒展其身以釘釘其手足周徧身體盡五百釘苦毒無量久受苦已方出此獄復到飢餓地獄**四飢餓地獄**謂獄卒捉罪人撲熱鐵上鎔銅灌口從咽至腹通徹下過無不燋爛久受苦已方出此獄復到渴地獄**五渴地獄**謂獄卒將熱鐵丸著罪人口中燒其脣舌通徹下過無不燋爛久受苦已方出此獄復到一銅鑊地獄**六一銅鑊地獄**謂獄卒捉

罪人倒投鑊中隨湯涌沸上下迴旋身已壞爛久受苦已方出此獄復到多銅鑊地獄**七多銅鑊地獄**謂獄卒捉罪人倒投鑊中舉身爛壞以鐵鉤取置餘鑊中苦毒無量久受苦已方出此獄復到石磨地獄**八石磨地獄**謂獄卒捉彼罪人撲熱石上舒展手足以大熱石壓其身上迴轉揩磨骨肉糜碎苦毒無量久受苦已方出此獄復到膿血地獄**九膿血地獄**謂膿血沸涌罪人於中東西馳走湯其身體頭面爛壞又取膿血食之通徹下過苦毒難忍久受苦已方出此獄復到量火地獄**十量火地獄**謂有大火聚其火燄然獄卒驅逼罪人手執鐵升以量火聚徧燒身體苦毒熱痛呻吟號哭久受苦已方出此獄復到灰河地

獄**十一灰河地獄**謂縱廣各五百由旬灰河沸涌惡氣蓬焞洄波相搏聲響可畏從底至上鐵刺縱横岸有劒林枝葉華實皆是刀劒罪人入河隨波上下洄澓沉没鐵刺刺身内外通徹苦痛萬端乃出灰河至彼岸上利劒割刺身體傷壞復有豺狼來齧罪人生食其肉走上劒樹劒刃下向下劒樹時劒刃上向手攀手絶足踏足斷皮肉墮落筋脉相連有鐵觜鳥啄頭食腦罪人復入灰河隨波沉没鐵刺刺身皮肉爛壞膿血流出惟有白骨漂浮於外冷風來吹尋便起立宿對所牽不覺忽至鐵丸地獄**十二鐵丸地獄**謂有熱鐵丸獄卒驅其罪人撮之手足爛壞舉身火然久受苦已方出此獄復到釿斧地獄**十三釿斧地獄**（釿音斤斫斷也）謂獄卒捉彼罪人撲熱鐵上以熱鐵釿斧斫其手足及耳鼻身體苦毒無量久受罪已方出此獄復到豺狼地獄**十四豺狼地獄**謂豺狼競來齰（音剳）齧罪人肉墮骨傷膿血流水苦痛萬端久受苦已乃出此獄復到劍樹地獄**十五劒樹地獄**謂諸罪人入彼劒林有暴風起吹劒樹葉墮其身上頭面身體無不傷壞有鐵觜鳥啄其兩目苦痛無量久受苦已乃出此獄復到寒氷地獄**十六寒氷地獄**謂有大寒風吹罪人身舉體凍傷皮肉墮落苦毒叫喚然後命終皆因衆生造極惡業故墮此等諸地獄也

大乘脩多羅有十七種名（出妙法蓮華經論）大乘即佛乘也梵語脩多羅華言契經法華文句

云論列十七種者皆法華之異名所以顯示此經甚深微妙之理不可思議也

一無量義經　謂佛欲說法華一實相理故先說此無量義處盖將以無量之義會歸於一實相之理實相之中妙義無窮故名無量義經

二最勝脩多羅　謂法華經唯談一乘實相之理於三藏中最勝極妙更無有比故名最勝脩多羅三藏者經藏律藏論藏也

三大方廣　無外曰大正理曰方包富曰廣謂法華經唯談一乘實相之理具此三義故名大方廣

四教菩薩法　謂法華經唯談一乘實相之理如來以此教化一切善根成熟菩薩隨順法器令其得證佛果故名教菩薩法菩薩梵語具云菩提薩埵華言覺有情

五佛所護念　謂法華經唯談一乘實相之理是佛自所證得雖欲開示但為衆生根鈍久默斯要不務速說故名佛所護念

六諸佛秘密法　謂法華經唯談一乘實相之理此法甚深唯佛能知故名諸佛秘密法

七一切佛藏　謂法華經唯談一乘實相之理一切如來功德三昧無不含攝故名一切佛藏梵語三昧華言正定

八諸佛秘密處　謂法華經唯談一乘實相之理佛以善根未熟衆生非是受法之器不即為其演說故名諸佛秘密處

九能生一切諸佛經　謂法華經唯談一乘實相之理三世諸佛莫不由此而得成就大菩提果故名能生一切諸佛經三世者過去現在未來也梵語菩提華言道

十一切諸佛之道場　謂法華經唯談一乘實相之理聞此法者則能成就佛果菩提故名一切諸佛之道場

十一諸佛所

轉法輪 謂法華經唯談一乘實相之理諸佛出世無不以此法門摧破一切衆生煩惱障礙令得解脱故名諸佛所轉法輪

十二諸佛堅固舍利經 謂法華經唯談一乘實相之理乃是諸佛真如法身舍利亘古亘今不遷不變無有敗壞故名諸佛堅固舍利經（梵語舍利華言骨身謂生身舍利此云舍利乃法身舍利也）

十三諸佛大巧方便經 謂法華經唯談一乘實相之理諸佛由此法門既成大菩提果已復以廣大善巧方便爲諸衆生演説天人聲聞緣覺諸菩薩法令其悟入佛之境界故名諸佛大巧方便經

十四説一乘 謂法華經唯談一乘實相之理顯示諸佛菩提究竟之體非彼聲聞緣覺之所能證故名説一乘經

十五第一義住 謂法華經唯談一乘實相之理即是如來法身究竟所住之處故名第一義住

十六妙法蓮華 謂法華經唯談一乘實相之理此之妙法而以蓮華爲喻者葢妙法則權實一體蓮華乃華果同時故名妙法蓮華（權實者聲聞緣覺菩薩三乘爲權一佛乘即實也華果同時者世間之花先花後果唯蓮華華果同時果即蓮實也）

十七最上法門 謂法華經唯談一乘實相之理一切無量名句所詮法義無不含攝於諸經中最上故名最上法門

十八不共法（出法界次第） 不共法者謂諸佛之智内充無畏之德外顯一切功德智慧超過物表不與凡夫二乘及諸菩薩共有也（二乘者聲聞乘緣覺乘也）

一身無失 謂佛從無量劫來常用戒定智慧慈悲以脩其身此諸功德滿足故一切煩惱俱盡是名身無失（劫梵語具云劫

波華言分別時節

二口無失 謂佛具無量智慧辯才所說之法隨衆機宜皆得證悟是名口無失

三念無失 謂佛脩諸甚深禪定心不散亂於諸法中心無所著得第一安隱處故名念無失

四無異想 謂佛於一切衆生平等普度心無揀擇是名無異想

五無不定心 謂佛行住坐卧常不離甚深勝定是名無不定心

六無不知已捨 謂佛於一切法悉皆照知方捨無有一法不了知而捨之者是名無不知已捨

七欲無減 謂佛具衆善常欲度諸衆生心無厭足是名欲無減

八精進無減 謂佛身心精進滿足常度一切衆生無有休息是名精進無減

九念無減 謂佛於三世諸佛之法一切智慧相應滿足無有退轉是名念無減 三世者過去現在未來也

十慧無減 謂佛具一切智慧無邊無際不可盡故隨慧而說亦無有盡是名慧無減

十一解脫無減 謂佛遠離一切執著具二種解脫一者有爲解脫謂無漏智慧相應解脫二者無爲解脫謂一切煩惱淨盡無餘是名解脫無減 無漏者謂不漏落生死也無爲者謂稱性而脩無所作爲也

十二解脫知見無減 謂佛於一切解脫中知見明了分別無礙是名解脫知見無減

十三一切身業隨智慧行 謂佛現諸勝相調伏衆生稱智演說一切諸法令其各得解悟證入是名身業隨智慧行

十四一切口業隨智慧行 謂佛以微妙清淨之語隨智而轉化導利益一切衆生是名一切口業隨智慧行

十五一切意業隨智慧行 謂佛以清淨意業隨智而轉入衆

生心而爲說法除滅無明癡暗之膜是名意業隨智慧行

十六智慧知過去世無礙 謂佛以智慧照知過去世所有一切若衆生法若非衆生法悉能遍知無礙是名智慧知過去世無礙

十七智慧知未來世無礙 謂佛以智慧照知未來世所有一切若衆生法若非衆生法悉能徧知無礙是名智慧知未來世無礙

十八智慧知現在世無礙 謂佛以智慧照知現在世所有一切若衆生法若非衆生法悉能徧知無礙是名智慧知現在世無礙

十八空 出大智度論

一內空 內即內身謂三十六種不淨充滿九孔常流淨相不可得故是名內空 三十六種者毛髮爪齒眵淚涎唾屎尿垢汗皮膚血肉筋脈骨髓肪膏腦膜肝膽腸胃脾腎心肺生藏熟藏赤痰白痰也九孔者兩眼兩耳兩鼻口大便小便也

二外空 外即外色謂愚夫爲欲染故觀所著色妄以爲淨求其淨相亦如我身淨相不可得故是名外空

三內外空 謂我身不淨外亦如是外身不淨我亦如是一等無異淨相不可得故是名內外空

四空空 謂內身外身內外身俱空而猶執空成病復以空法而破三空是名空空

五大空 謂十方世界是四大造色假名日出處爲東方日沒處爲西方如是方相以世俗故有若第一義中則一法不可得是名大空 十方者四方四維上下也四大者地大水大火大風大也

六第一義空 謂諸法中最第一法名爲涅槃涅槃之法空無有相是名第一義空 梵語涅槃華言滅度

七有爲空 謂五陰等法中無我我所及以常相皆不可得是名有爲空 五陰者色陰受陰想陰行陰識陰也

我我所者我即衆生所執之假名我所即五陰色身等也

八無爲空 謂無所作爲則非有相令對有爲故說無爲若有爲法既不可得則無爲之法何所可著是名無爲空

九畢竟空 謂以前八空破一切法令無遺餘既無諸法亦無空之可著是名畢竟空

十無始空 謂世間衆生無有始相如今生從前世因緣有前世復從前世有如是展轉無始亦不可得是名無始空

十一散空 謂五陰和合故有人相若以智慧分別破散五陰與人則空無所有如輻輞輳轂衆合爲車若離散各在一處則失車名是名散空

十二性空 謂一切諸法自性本空皆從因緣和合而生若不和合則無是法如是諸法性不可得是名性空

十三自相空 謂一切法有二種相一者摠相生滅不住本無今有已有還無皆是無常二者別相如地有堅相水有濕相火有熱相風有動相如是二相皆空是名自相空

十四諸法空 謂五陰十二入十八界等法無有實相一切皆空無取無捨能離一切諸見是名諸法空

十二入者眼入耳入鼻入舌入身入意入色入聲入香入味入觸入法入也十八界者眼界色界眼識界耳界聲界耳識界鼻界香界鼻識界舌界味界舌識界身界觸界身識界意界法界意識界也

十五不可得空 謂一切諸法及因緣畢竟皆空不可得故是名不可得空

因緣者謂以眼等六根爲因色等六塵爲緣也

十六無法空 謂諸法已滅是滅亦無名無法空又謂過去未來法名爲無法如是無法亦空是名無法空

十七有空 謂諸法從因緣和合故有法生是法體本不實名有法空又謂現在一切法及無

爲法名爲有法如是有法皆空亦名有法空

十八無法有法空 謂無法有法相不可得名無法有法空又謂過去未來現在一切諸法皆不可得亦名無法有法空

十八界（出法界次第）

界即界分謂衆生心色俱迷故開色爲十界開心爲八界令其觀此色心二法皆從虛妄因緣而生起惑造業輪轉生死若達此妄源無有實體絕名離相則不爲惑染所迷也（開色爲十界者謂眼耳鼻舌身五根色聲香味觸五塵皆屬於色故開之爲十也開心爲八界者謂眼識耳識鼻識舌識身識意識及意根法塵皆屬於心故開之爲八也）

一眼界 謂能見之根名爲眼界

二耳界 謂能聞之根名爲耳界

三鼻界 謂能嗅之根名爲鼻界

四舌界 謂能嘗味之根名爲舌界

五身界 謂能覺觸之根名爲身界

六意界 謂能覺知之根名爲意界

七色界 謂眼所見一切色境名爲色界

八聲界 謂耳所聞一切音聲名爲聲界

九香界 謂鼻所嗅一切香氣名爲香界

十味界 謂舌所嘗一切諸味名爲味界

十一觸界 觸即觸著謂身所覺冷煖細滑等觸名爲觸界

十二法界 謂意所知一切諸法名爲法界

十三眼識界 謂識依眼根而能見色名眼識界

十四耳識界 謂識依耳根能聞諸聲名耳識界

十五鼻識界 謂識依鼻根能嗅諸香名鼻識界

十六舌識界 謂識依舌根能嘗諸味名舌識界

十七身識界 謂識依身根能覺諸觸名身識界

十八意識界 謂識依意根而能分別一切法相名意識界

十八學人（出天台四教儀集註）

一初果向 初果即須陀

洹所證之果也謂此人脩學將入初果雖未至本位而已向於此果也梵語須陀洹華言預流

一初果 初果者謂此人斷三界見惑盡預入聖道法流即證此果也三界者欲界色界無色界也見惑者謂意根對法塵而起分別也

三二果向 二果即斯陀含所證之果也謂此人脩學將入二果雖未至本位而已向於此果也梵語斯陀含華言一來

四二果 二果者謂此人於欲界九品思惑中斷前六品盡即證此果也思惑者謂眼等五根對色等五塵而起貪愛也

五三果向 三果即阿那含所證之果也謂此人脩學將入三果雖未至本位而已向於此果也梵語阿那含華言不來

六三果 三果者謂此人於欲界九品思惑悉皆斷盡即證此果也

七四果向 四果即阿羅漢所證之果也謂此人脩學將入四果雖未至本位而已向於此果也梵語阿羅漢華言無學

八隨信行 隨信行者謂此人根鈍憑他所說起信脩行進趣於道也

九隨法行 隨法行者謂此人根利自以智力隨法脩行進趣於道也

十信解 信解者謂此人根鈍而有信心起發真解也

十一見得 見得者謂此人根利若見於法即能得理也

十二家家 家家者受生處不一也謂此人於欲界九品思惑中若斷三四品或於天中三二家受生或於人中三二家受生方得證第二斯陀含果也

十三無間 無間者謂此人斷欲界思惑八品但有一品未斷而命終者尚有一生間隔若不命終遂斷一品餘惑則無生死間隔而證第三阿那含果也

十四中般 中即中陰般即般涅槃也謂此人

於欲界死已未到色界即於中間陰身顯發聖道而般涅槃也（梵語般涅槃華言滅度）

十五生般 生般者謂此人從欲界命終生於色界便般涅槃也

十六有行般 有行般者謂此人生色界已更能加功用行斷欲界思惑俱盡而般涅槃也

十七無行般 無行般者謂此人生色界已不加功用行自然斷除欲界煩惱餘之思惑而般涅槃也

十八上流般 流即流行之義謂此人次第上行色界諸天受生而斷欲界餘之思惑而般涅槃也

十八支（出法界次第）

支即支分也如樹根莖是一枝條有異禪中支義亦爾謂色界初禪有五支二禪四支三禪五支四禪四支共爲十八支也

初禪天定五支

一覺支 初心在緣名覺謂行者在欲界依未到地發初禪色界諸淨色法觸欲界身根心大驚悟即生身識覺此色觸也（未到地者謂在欲界脩色界定故以色界爲未到地也）

二觀支 細心分別名觀謂行者既證初禪功德即以細心分別此禪定中色法諸妙功德境界分明是欲界之所未有也

三喜支 欣慶之心名喜謂行者初發禪時乃有喜生所捨欲界之樂甚少今得初禪利益甚多如是思惟歡喜無量也

四樂支 怡悅之心名樂謂行者發初禪時喜踊之心既息則恬然靜慮而受怡悅之樂也

五一心支 心與定一名一心謂行者初證禪時心依覺觀喜樂之法故有細微之散若喜樂心息自然心與定一也

二禪天定四支一內淨支心無覺觀之渾濁名內淨謂行者欲離初禪種種呵責覺觀覺觀既滅則心內淨也二喜支欣慶之心名喜謂行者初得內淨時得免覺觀之患而獲勝定內證之喜無量也三樂支怡悅之心名樂謂行者喜踊之情既息則怡然靜慮而受怡悅之樂也四一心支心與定一名一心謂行者喜樂心息則心與定一澄渟不動也

三禪天定五支一捨支離喜不悔名捨謂行者欲離第二禪時種種呵責二禪之喜喜既滅謝則發第三禪之樂若證三禪之樂則捨二禪之喜不生悔心也二念支念即愛念謂行者既發第三禪之樂則樂從內起應須愛念將息則樂得增長也三慧支解知之心名慧謂行者既發第三禪之樂此樂微妙難得增長若非善巧解慧則不能方便長養也四樂支怡悅之心名樂謂行者發第三禪樂已若能善用捨念慧之三支將護此樂樂則徧身若離三禪則餘地更無徧身之樂也五一心支心與定一名一心謂行者受樂心息則心自與定法爲一澄渟不動也

四禪天定四支一不苦不樂支不苦不樂中庸之心也謂行者欲離第三禪時種種呵責於樂樂既謝滅則不動之定與捨俱發故內心湛然無苦無樂也二捨支離樂不悔名捨謂行者既得第四禪不動真定則捨第三禪難捨之樂不生悔心也三念清淨支念即愛念謂行者既得第四禪真

定當念下地之過復念自己功德方便將養令其不退進入勝品也（下地者即三禪也）四一

心支 心與定一名一心謂行者既得第四禪之定用前捨念二支將護則心無所依泯然寂靜一心在定猶如明鏡不動淨水無波湛然而照萬象皆現也

二十重華藏莊嚴世界海（出華嚴經） 謂此世界住在香水海中蓮花之上種種妙寶莊嚴含藏一切世界深廣無窮也此世界海有須彌山微塵數風輪所持此微塵數風輪最在上者名殊勝威光藏能持普光摩尼莊嚴香水海此香水海出大蓮華名種種光明蘂香幢此世界海住在其中四方均平清淨堅固金剛輪山周帀圍繞地海衆樹各有區別金剛輪山内所有大地一切皆以金剛所成諸摩尼寶以爲間錯普現如來所有境界如天帝網於中布列此大地中有十不可說佛刹微塵數香水海一一妙寶充滿其中一一香水海各有四天下微塵數香水河右旋圍繞一一河各有世界海微塵數莊嚴此十不可說佛刹微塵數香水海中有不可說佛刹微塵數世界種安住一一世界種復有不可說佛刹微塵數世界各各依住各各形狀各各莊嚴等一一世界種或作須彌山形或作江河形或作諸莊嚴等形悉在此世界海中分布而住其最中央香水海名無邊妙華光以現一切菩薩形摩尼王幢爲底出大蓮華名一切香摩尼王莊嚴有世界種名普照十方熾然寶光明其二十重莊嚴世界

皆從此出其最下重世界名最勝光遍照此上過佛刹微塵數世界有世界名種種香蓮華妙莊嚴如是乃至最上第二十重世界名妙寶熖此第二十重世界自下而上各有佛刹微塵數世界周帀圍繞各有佛出現教化衆生娑婆世界正當第十三重即是毗盧遮那如來所出現之處此二十重世界皆在無邊妙華光香水海中此世界海乃是毗盧遮那如來往昔於世界微塵數劫脩菩薩行時親近微塵數佛之所嚴淨故稱所脩實因感報此莊嚴重重無盡世界也梵語須彌華言妙高梵語摩尼華言如意天帝網者謂帝釋殿有千珠寶網交光相映也刹梵語具云刹摩華言土田四天下者東弗于逮南閻浮提西瞿耶尼北欝單越也梵語娑婆華言能忍梵語毗盧遮那華言徧一切處劫梵語具云劫波華言分別時節

一最勝光徧照華藏世界此第一重世界依衆寶摩尼華而住其狀猶如摩尼寶形一佛刹微塵數世界圍繞佛號離垢燈如摩尼寶形者謂摩尼狀有八楞似方不方似圓不圓世界如彼故也離垢燈者謂離煩惱所知二障智眼清淨照世如燈故也

二種種香蓮華妙莊嚴華藏世界此第二重世界依寶蓮華網而住其狀猶如師子之座二佛刹微塵數世界圍繞佛號師子光勝照

三一切寶莊嚴普照光華藏世界此第三重世界依種種寶瓔珞住其形八隅三佛刹微塵數世界圍繞佛號淨光智勝幢

四種種光明華莊嚴華藏世界此第四重世界依衆色金剛尸羅幢海住其狀猶如摩尼蓮華四佛刹微塵數世界圍繞佛號金剛光明無量精進力善出現

五普放妙華光華藏世界此第五重世界依一切

樹莊嚴寶輪網海住其形普方而多有隅角五佛刹微塵數世界圍繞佛號香光喜力海

六淨妙光明華藏世界 此第六重世界依金剛宫殿海住其形四方六佛刹微塵數世界圍繞佛號普光自在幢

七衆華焰莊嚴華藏世界 此第七重世界依一切寶色焰海住七佛刹微塵數世界圍繞佛號歡喜海功德名稱自在光

八出生威力地華藏世界 此第八重世界依種種寶色蓮華座虚空海住其狀猶如因陀羅網八佛刹微塵數世界圍繞佛號廣大名稱智海幢（因陀羅網即天帝網也）

九出妙音聲華藏世界 此第九重世界依恒出一切妙音聲莊嚴雲摩尼王海住其狀猶如梵天身形九佛刹微塵數世界圍繞佛號清淨月光相無能摧伏

十金剛幢華藏世界 此第十重世界依一切莊嚴寶師子座摩尼海住其狀周圓十佛刹微塵數世界圍繞佛號一切法海最勝王

十一恒出現帝青寶光明華藏世界 此第十一重世界依種種殊異華海住其狀猶如半月之形十一佛刹微塵數世界圍繞佛號無量功德海

十二光明照耀華藏世界 此第十二重世界依華旋香水海住狀如華旋十二佛刹微塵數世界圍繞佛號超釋梵

十三娑婆華藏世界 此第十三重世界依種種色風輪所持蓮華網而住其狀猶如虚空十三佛刹微塵數世界圍繞其佛即毘盧遮那如來世尊也

十四寂靜離塵光華藏世界 此第十四重世界依種種寶依海住其狀猶如執金

剛形十四佛刹微塵數世界圍繞佛號徧法界勝音**十五衆妙光明燈華藏世界**此第十五重世界依淨華網海住其狀猶如卍字之形十五佛刹微塵數世界圍繞佛號不可摧伏力普照幢**十六清淨光徧照華藏世界**此第十六重世界依種種香焰蓮華海住其狀猶如龜甲之形十六佛刹微塵數世界圍繞佛號清淨日功德眼**十七寶莊嚴藏華藏世界**此第十七重世界依光明藏摩尼藏海住其形八隅十七佛刹微塵數世界圍繞佛號無礙智光明徧照十方**十八離塵華藏世界**此第十八重世界依衆妙花師子座海住狀如珠瓔十八佛刹微塵數世界圍繞佛號無量方便最勝幢**十九清淨光普照華藏世界**此第十九重世界依無量色香焰須彌山海住其狀猶如寶華旋布十九佛刹微塵數世界圍繞佛號普照法界虛空光**二十妙寶焰華藏世界**此第二十重世界依一切諸天形摩尼王海住其狀猶如寶莊嚴具二十佛刹微塵數世界圍繞佛號福德相光明

二十諸天出天傳自古列十六天像各有所主以其有呵護之功也後增日月及娑竭龍王閻摩羅王者謂日則破暗月則照夜龍則祕藏法寶閻摩則掌於幽冥故加此四天通爲二十天也**一梵天王**梵梵語具云梵覽摩華言離欲又云清淨謂此天王身心妙圓威儀不缺清淨禁戒加以明悟統領梵衆即法華經稱娑婆世界主尸棄大

梵主大千世界者是也梵語娑婆華言能忍梵語尸棄華言頂髻又云火由脩火定而悟道故也

二帝釋天主帝即天帝釋梵語具云釋提桓因華言能天主言帝釋者華梵兼稱也此天居須彌山頂即忉利天主也謂此天往昔因中迦葉佛滅時有一女人發心脩塔復有三十二人助脩由是功德女爲忉利天主其助脩者皆作輔臣合稱爲三十三天也梵語須彌華言妙高梵語忉利華言三十三梵語迦葉華言飲光

三毘沙門天王梵語毘沙門華言多聞謂此天福德之名聞於四方即北方天王居須彌山半第四層之北水精埵統領無量百千藥义守護北方也梵語藥义亦云夜义華言勇健

四提頭賴吒梵語提頭賴吒華言持國謂此天能護持國土即東方天王居須彌山半第四層之東黃金埵領乾闥婆富單那等守護東方也梵語乾闥婆華言香陰即帝釋之樂神也梵語富單那華言主熱病鬼

五毘留勒义天王梵語毘留勒义華言增長謂此天能令自他威德善根悉皆增長即南方天王居須彌山半第四層之南瑠璃埵領鳩槃茶等無量百千鬼神守護南方也梵語瑠璃華言青色寶梵語鳩槃茶華言甕形即魘魅鬼也

六毘留愽义天王梵語毘留愽义華言雜語謂此天能作種種語言故又云廣目以其目廣大故即西方天王居須彌山半第四層之西白銀埵領毘舍闍鬼等無量百千諸龍守護西方也梵語毘舍闍華言噉人精氣

七金剛密迹天謂此天手執金剛寶杵識達如來一切秘密事迹也往昔有王生一千有二子千兒同詣佛所發心脩道而二弟不知一弟發願若千兒

成道我則爲魔惱害之一弟發願我爲力士護千兄法即金剛也領五百藥叉神皆是大菩薩等居妙高峰於賢劫千佛中俱護其法也（劫梵語具云劫波華言分別時節賢劫名以此劫中多賢人故也）

八摩醯首羅天

梵語摩醯首羅華言大自在又翻威靈或云三目故爲三界尊極之主輔行記云色界天三目八臂騎白牛執白拂有大威力居菩薩住處能知大千世界雨滴之數統攝大千世界於色界中此天獨尊也（三界者欲界色界無色界也）

九散脂大將

散脂梵語具云散脂脩摩華言密陀羅尼集云鬼子母有三男長名唯奢文次名散脂大將次小名摩尼䟦陀能於十方世界覆護一切衆生爲除衰惱等患常地居或空居各有五百眷屬領二十八部鬼神隨是經典所流布處與諸鬼神往至彼所隨逐擁護説法者消滅諸惡令得安隱仍以身口意三密而加被之謂衆味精氣從毛孔入此身密加被也莊嚴言辭辯不斷絶此口密加被也心進勇鋭等此意密加被也至令聞者受人天樂疾得菩提其於賞善罰惡功亦大矣

十大辯天

謂得大智慧功德成就大辯才也此天或居山巖深險處或在坎窟大樹叢林在處常翹一足八臂莊嚴常持弓箭刀矟（色角切）長杵鐵輪帝釋諸天常加供養讚嘆具無礙辯於一切時常自護世濟物利生流通佛法無所息倦以慧資福故光明會上列之在功德天之前也

十一功德天

此天涅槃經及陀羅尼集名功德天金光明經散脂品名第一

威德成就衆事大功德天於過去金山照明如來所種諸善根故感福報相貌殊勝能令衆生福德成就常居寂勝園名曰金幢若說法者隨其所須供給無乏以福資慧成出世因則果滿二嚴依正殊勝也二嚴即福慧二種莊嚴也依報即國土正報日色身也

十二常天將軍

帝梵語具云帝馱華言智論靈感要略曰天神姓帝諦琨即南方天王八將之一臣也四王合三十二將此爲其首生知聰慧早離塵欲清淨梵行脩童真業不受天欲面受佛囑外護佛法統護三洲利物弘化大濟群生故凡建伽藍皆設像崇敬以彰護法之功也三洲者南贍部洲東弗于逮西瞿耶尼也伽藍梵語具云僧伽藍華言衆園即佛寺也

十三堅固地神

堅固者理體不可壞如金剛王無能破也地者謂其利世之功如大地持載萬物出生草木百穀珍寶等也此天隨是經典流布之處常作衛護隱形法座頂戴說法者之足令聞法者如服甘露增益身力地藏經佛告地神云閻浮土地悉蒙汝護凡地所生皆悉豐足利益一切護佛教法於世出世其功大矣閻浮梵語具云閻浮提華言勝金洲

十四菩提樹神

梵語菩提華言道謂由此神嘗守護如來成道處菩提之樹因以立名宿世因中白云我常念佛樂見世尊常作誓願不離佛日是知大權示迹徽妙難思覆蔭群生現身利益故諸經讚護功德不可量也

十五鬼子母天

此天所生千子最小名愛奴極所憐惜常食人子佛爲化彼將愛奴藏之鉢下其母於天上人間覓之不得既歸伏已

佛遂揭鉢還之其千子皆爲鬼王統數萬鬼衆五百在天上常娆亂諸天五百在世間常娆國界人民佛爲授五戒歸依正法得須陀洹住佛精舍凡人家無子息者求之得子有疾病者禱之則安故爲鬼王毋由受佛戒亦呼千子同依佛所不惱天人也五戒者不殺不盗不邪淫不妄語不飲酒也梵語須陀洹華言入流即初果也

十六摩利支天

梵語摩利支華言陽焰以其形相不可見不可執如彼陽焰也此天常行日月之前護國護民救兵戈等難大摩利支天經中有最上心真言曰唵摩利支娑縛賀若人持此真言無不感應其不思議神力誠可依憑也

十七日宮天子

謂此天宿因布施持戒脩善奉佛得生其中其宮殿城郭皆百寶所成五風運持不令停住環繞須彌山半照四大洲所謂南閻浮提日正中東弗于逮日始没西瞿耶尼日初出北欝單越當夜半是爲一日照四天下除冥破暗成熟萬物其功實大法華經中名寶光天子即此天也五風者持風住風隨風轉風波羅訶迦風將行風也梵語弗于逮華言勝梵語瞿耶尼華言牛貨梵語欝單越華言勝處

十八月宮天子

謂此天宿因所脩所證與日宮天子同故生其中其宮殿百寶所成五風運持不令停住環繞須彌山半照四大洲其圓缺者白月初日在前黑月初日在後因日影覆射故有圓缺所謂近日自影覆故見月輪缺然月光陰滋萬物夜發光明功次於日法華經云明月天子是也白月初者上半月初也黑月初者下半月初也

十九娑竭羅

梵語娑竭羅華言鹹海又翻龍王即鹹海

中一百七十七龍王中第七龍王也今獨列此龍王者謂是大權菩薩位居十地之中示現龍身處於鹹海若降雨時先布密雲端坐舉念其雨普洽常隨佛會護法護民其利甚溥所居宫殿七寶嚴飾與天無異十地者懽喜地離垢地發光地焰慧地難勝地現前地遠行地不動地善慧地法雲地也七寶者金銀瑠璃玻瓈硨磲碼碯赤真珠也

二十閻摩羅王梵語閻摩羅華言雙王又云隻王謂由此王與妹皆作獄主故云雙兄治男事妹治女事故云隻又云息諍謂止罪人諍故或云是菩薩爲利益衆生故變化所作正法念經載閻羅王爲人說偈云汝得人身不脩道如入寶山空手歸汝今自作還自受吽喚苦者欲何爲又十王經云閻王於未來世作佛號普王如來謂菩薩變化者良有以也

二十空出般若經

一內空謂內之眼耳鼻舌身意六根皆無自性故名內空**二外空**謂外之色聲香味觸法六塵皆無自相故名外空**三內外空**謂六根六塵六識都無自性故名內外空六識者眼識耳識鼻識舌識身識意識也**四空空**謂一切法皆空此空亦空故名空空**五大空**謂小乘四諦十二因緣諸法皆空無有故名大空四諦者苦諦集諦滅諦道諦也十二因緣者一無明二行三識四名色五六入六觸七受八愛九取十有十一生十二老死也**六小空**亦名無性自性空謂須陀洹斯陀含阿那含阿羅漢四果之相皆空無有故名小空梵語須陀洹華言入流梵語斯陀含華言一來梵語阿那含華言不來梵語阿羅漢華言無學**七勝義空**謂第一義之理假立名言悉同真性本來空寂故名勝義空**八有爲空**謂欲界色

界無色界煩惱惑業本無有爲之相故名有爲空【九無爲空】謂生住滅三相皆空無爲寂靜不墮諸數故名無爲空（生住滅者謂一切萬物皆有生長住於世間終歸壞滅也）【十畢竟空】謂有爲無爲諸法一切之相悉皆空寂而不可得故名畢竟空【十一無際空】謂一切諸法滅無有終起無有始起滅之際無從可得故名無際空【十二散空】謂一切諸法因緣假合而成皆無和合之相故名散空【十三無變異空】謂一切法非常非滅不變不異法性如如了不可得故名無變異空【十四本性空】謂一切諸法非常非滅本性清淨離性離相故名本性空【十五自相空】謂五蘊之法虛幻不實了無自相故名自相空（五蘊者色蘊受蘊想蘊行蘊識蘊也）【十六共相空】謂一切諸法彼此之相非常非滅本來空寂故名共相空【十七一切法空】謂一切諸法本性皆空非常非滅了不可得故名一切法空【十八不可得空】謂過去現在未來三世一切諸法皆無所有了無可求之相故名不可得空【十九無性空】謂一切諸法悉皆虛假皆無實性故名無性空【二十自性空】謂一切諸法非常非滅性本自空故名自性空

二十種小乘外道涅槃（出提婆菩薩釋楞伽經中外道小乘涅槃論）

【一小乘外道論師】此外道師說諸受陰盡如燈火滅種壞風止名爲涅槃（陰即身也梵語涅槃華言滅度）【二外道方論師】此外道師說最初生諸方從諸方生世間人從人生天地天地滅沒還入彼處名爲涅槃（諸方即四方也）【三外道風仙論師】此外道師說風能生長命物

能殺命物風造萬物能壞萬物名風爲涅槃（命物者謂有命之物也）

四外道韋陀論師 此外道師說從那羅延天齊中生大蓮華從蓮華生梵天祖公一切有命無命物從梵天口中生一切大地即是脩福德戒場於中一切華草及猪羊驢馬等殺害供養梵天得生彼處名爲涅槃（梵語那羅延華言鉤鎖力士）

五外道伊賒那論師 此外道師眷屬說伊賒那論師尊者形相不可見徧一切處以無形相而能生諸有命無命一切萬物名爲涅槃

六裸形外道論師 此外道師說分別見諸種種異相名爲涅槃

七外道毘世師論師 此外道師說地水火風虛空微塵等物和合而生一切世間知無知物無和合者即是離散遂計離散名爲涅槃（知無知物者謂有知覺無知覺之物也）

八外道苦行論師 此外道師說身盡福德盡名爲涅槃

九外道女人眷屬論師 此外道師說摩醯首羅作女人生諸天人龍鳥及一切穀子蛇蝎蚊虻等如是知者名爲涅槃（梵語摩醯首羅華言大自在）

十外道行苦行論師 此外道師說罪福盡德亦盡名爲涅槃

十一外道淨眼論師 此外道師說煩惱盡故依智名爲涅槃

十二外道摩陀羅論師 此外道師說那羅延論師言我造一切物我於一切衆生中最勝我生一切世間有命無命物從我作生還沒彼處名爲涅槃

十三外道尼犍子論師 此外道師說初生一男一女彼二和合能生一切有命無命等物後時離散還沒彼處名爲涅槃

十四外道僧佉論師 此外道師說二十五

諦自性因生諸衆生名爲涅槃（二十五諦者一冥初自性二智大三我心四色五聲六香七味八觸九地十水十一火十二風十三空十四眼知根十五耳知根十六鼻知根十七舌知根十八身知根十九口作業根二十手作業根二十一足作業根二十二小便作業根二十三大便作業根二十四心平等根二十五神我也自性是常能生諸法故爲涅槃因也）

十五外道摩醯首羅論師 此外道師説果是那羅延所作梵天是因所謂梵天那羅延乃至自在天是生滅因一切從自在天生從自在天滅名爲涅槃

十六外道無因論師 此外道師説無因無緣生一切物無染因無淨因乃至棘刺之針孔雀之色皆無人作自然而有不從因生名爲涅槃

十七外道時論師 此外道師説時熟一切大時作一切物時散一切物是故我論中説如被百箭射時不到不死時到則小草觸即死一切物時生一切物時熟一切物時滅名爲涅槃

十八外道服水論師 此外道師説水是萬物根本水能生天地生有命無命一切物乃至水能生物能壞物名爲涅槃

十九外道口力論師 此外道師説虛空是萬物因最初生虛空從虛空生風從風生火從火生暖暖生水水即凍凌堅作地從地生種種藥草乃至從五穀生命食後時還沒虛空名爲涅槃（五穀者禾麻黍菽麥也）

二十外道本生安荼論師 此外道師説本無日月星辰虛空及地唯有大水時大安荼生如鷄子周帀金色時熟破爲二段一段在上作天一段在下作地彼二中間生梵天名一切衆生祖公作一切有命無命物等散沒彼處名爲涅槃

二十種煩惱隨眠（出瑜伽師地論幷顯揚聖教論）煩惱者謂見思無明昏煩之法惱亂心神也由此煩惱隨逐衆生眠伏藏識之中故名隨眠（藏識者藏有含藏之義即第八識也）

一不定地隨眠 不定地即欲界也謂欲界散亂不脩禪定以散亂故眼等諸根煩惱隨逐不捨故名不定地隨眠

二定地隨眠 定地即色界無色界也謂此二界能脩禪定雖脩禪定離欲界苦而於定地貪癡愛慢諸見煩惱隨伏不捨故名定地隨眠

三隨逐自境隨眠 謂於三界中各各自分境上所攝諸見煩惱隨根起滅潛伏不捨故名隨逐自境隨眠

四隨逐他境隨眠 謂或在色界而起欲界煩惱或在無色界而起色界煩惱或在欲界而欣樂上二界禪定而生味著不知出離故名隨逐他境隨眠

五被損隨眠 謂衆生常被欲界煩惱之所損害而此煩惱隨伏不捨故名被損隨眠

六不被損隨眠 謂已生色界不被欲界煩惱之所損害或未離欲界雖不被煩惱所損而煩惱隨伏不捨故名不被損隨眠

七隨增隨眠 謂三界衆生各於自住之境而起煩惱隨時增長潛伏不捨故名隨增隨眠

八不隨增隨眠 謂住於色界無色界禪定之中不隨他境增長煩惱而其煩惱因未斷故潛伏不捨故名不隨增隨眠

九具分隨眠 謂諸衆生於一切境起貪嗔癡等諸煩惱或無有缺減故名具分隨眠

十不具分隨眠 謂聲聞初果等雖斷三界見惑而於思惑未能全斷故名不具分隨眠（初果即須陀洹果也見思惑者謂意根對法塵而起分別

曰見惑眼等五根對色等五塵而起貪愛曰思惑也

十一可害隨眠 謂聲聞之人知苦集之法是可損害乃脩道品斷見思煩惱而證涅槃雖斷見思而習氣無明隨伏不捨故名可害隨眠（苦集即苦諦集諦也道品即三十七道品也梵語涅槃華言滅度習氣者見思惑之餘習氣分也）

十二不可害隨眠 謂凡夫衆生不能脩習道品而於煩惱之惑無可損斷是以隨伏不捨故名不可害隨眠

十三增上隨眠 謂貪嗔癡等諸煩惱惑漸漸增勝隨伏不捨故名增上隨眠

十四平等隨眠 謂貪嗔癡煩惱之惑平等共起隨伏不捨故名平等隨眠

十五下劣隨眠 謂脩行求離欲界之人於諸色等塵念微薄故名下劣隨眠

十六覺悟隨眠 謂能覺知一切煩惱與業果俱時流轉雖能覺悟而未能斷故名覺悟隨眠

十七不覺悟隨眠 謂一切煩惱纏縛隨逐根識不相捨離而無所知覺故名不覺悟隨眠

十八能生多苦隨眠 謂欲界貪嗔等煩惱能生種種諸苦故名能生多苦隨眠

十九能生少苦隨眠 謂色界無色界禪定之中雖無欲界衆苦而有欣上厭下之心亦名煩惱故名能生少苦隨眠（欣上厭下者謂欣喜上二界禪定之樂厭惡欲界生死之苦也）

二十不能生苦隨眠 謂諸菩薩雖離諸惑不生衆苦然常存自行利他之心亦爲煩惱故名不能生苦隨眠（菩薩梵語具云菩提薩埵華言覺有情）

二十種煩惱現行（出瑜伽師地論）

一隨所欲纏現行 謂在家之人未離諸欲而於所欲之境起種種纏縛之業相續不捨故名隨所欲纏現行

二不隨所欲纏現行 謂出家之人不

隨世間欲樂之境而生厭離之心相續不捨故名不隨所欲纏現行**三無所了知現行**謂住惡說法之人於善惡法不生分別於一切境界無所了知由此癡惑之心相續不捨故名無所了知現行**四有所了知現行**謂住善說法之人於一切法而生分別於善法令向於惡法令捨由此了知之心相續不捨故名有所了知現行**五麤煩惱現行**謂貪嗔癡諸煩惱各有增上麤重或於順境貪惑麤重或於逆境嗔惑麤重各起不同故名麤煩惱現行**六等煩惱現行**謂貪嗔癡等諸煩惱惑等分而起無有輕重故名等煩惱現行（等分者謂貪嗔癡三心一齊而起也）**七微煩惱現行**謂脩行求離欲界之人雖未證果而於三界煩惱微細輕薄故名微煩惱現行（三界者欲界色界無色界也）**八內門煩惱現行**謂脩行求離欲界之人雖不著於色等外塵之境而內心所起習氣相續不捨故名內門煩惱現行（習氣者煩惱餘習氣分也）**九外門煩惱現行**謂未離欲界之人隨緣色等外塵諸欲境界而起種種煩惱相續不捨故名外門煩惱現行**十失念煩惱現行**謂見聖道得果之人忽遇餘緣聞不正法習氣發現而失正念故名失念煩惱現行**十一猛利煩惱現行**謂未得道果之人勤加精進起不正作意發勇猛心相續不捨故名猛利煩惱現行**十二分別所起煩惱現行**謂人不信正法於諸邪見而起分別妄生種種執著相續不捨故名分別所起煩惱現行**十三任運所起煩惱現行**謂人起懈怠

心不求正行而於五欲之境自然而起諸惑相續不捨故名任運所起煩惱現行（五欲者色欲聲欲香欲味欲觸欲也）

十四尋思煩惱現行　謂人於禪定觀法常自思念覺察妄起分別相續不捨故名尋思煩惱現行

十五不自在煩惱現行　謂人睡眠夢境散亂意識所緣相續不捨故名不自在煩惱現行

十六自在煩惱現行　謂人醒寤所起惡慧之覺徧緣諸境相續不捨故名自在煩惱現行

十七非所依位煩惱現行　謂如幼少之人於一切境不知好惡起諸放逸相續不捨故名非所依位煩惱現行

十八所依位煩惱現行　謂脩行根熟之人依於正行之位斷諸煩惱而能斷之心相續不捨故名所依位煩惱現行

十九可救療煩惱現行　謂人勤脩道行斷生死惑業如救療衆病但知生死之病而可救療不知樂著涅槃之心相續不捨故名可救療煩惱現行（梵語涅槃華言滅度）

二十不可救療煩惱現行　謂人於生死惑業衆病不能脩諸正行以爲救療而諸煩惱相續不捨故名不可救療煩惱現行

二十種隨煩惱（出華嚴經隨疏演義鈔）　謂諸昏煩惱亂心神之法隨逐衆生造無量業故名隨煩惱也

一忿隨煩惱　暴怒之心名忿謂對現前一切違情之境即發暴怒惱亂其心是名忿隨煩惱

二恨隨煩惱　恨即怨恨謂由忿怒不捨結諸怨恨惱亂其心是名恨隨煩惱

三覆隨煩惱　覆即隱覆謂自作罪惡不能懺悔故意隱覆惟恐人知惱亂其心是名覆隨煩惱

四惱隨煩惱　惱即熱惱謂

外遇違情之境熱惱於心不自安隱是名惱隨煩惱**五嫉隨煩惱**嫉即嫉妬謂持心不平常懷嫉妬惱亂於心是名嫉隨煩惱**六慳隨煩惱**恡惜曰慳謂於一切財法貪求積蓄不能惠施恒恐散失惱亂於心是名慳隨煩惱**七誑隨煩惱**詭詐不實曰誑謂與世交接語言虛誑巧慮多謀心不自安而生惱亂是名誑隨煩惱**八諂隨煩惱**謂諂佞阿諛媚悅人意心恒愧赧而不自安是名諂隨煩惱**九害隨煩惱**謂啣恨蓄怨常欲損害於人求快己意恒恐不遂惱亂其心是名害隨煩惱**十憍隨煩惱**矜己慠他曰憍謂心不謙下常欲勝人慠彼有德惱亂其心是名憍隨煩惱**十一無慚隨煩惱**謂屏處爲非不知慚天以自悔改惱亂其心是名無慚隨煩惱**十二無愧隨煩惱**謂陰爲不善不知愧人以自悔改惱亂其心是名無愧隨煩惱**十三掉舉隨煩惱**謂外境紛擾身心動搖不能攝伏因而惱亂是名掉舉隨煩惱**十四昏沉隨煩惱**謂心神昏暗沉迷而於諸法無所明了惱亂其心是名昏沉隨煩惱**十五不信隨煩惱**謂邪見多疑於諸正法不生信心因而惱亂是名不信隨煩惱**十六懈怠隨煩惱**謂身心懶惰於諸道業不能精進脩習因而惱亂是名懈怠隨煩惱**十七放逸隨煩惱**謂縱恣自逸躭著欲境不能檢束因而惱亂是名放逸隨煩惱**十八失念隨煩惱**謂心逐邪妄正念遺失遂致淪墜惱亂其心是名失念隨煩惱**十九散亂隨煩惱**心常

放逸名曰散亂謂着諸緣境令心流逸恒不寂靜因而惱亂是名散亂隨煩惱二十不正知隨煩惱謂於法邪解遠離正知背覺合塵以妄為真惱亂其心是名不正知隨煩惱

二十難 出四十二章經

一貧窮布施難謂人自戹於貧乏而能隨力輙已濟人是為難也二豪貴學道難謂人處於豪貴而能厭於欲樂折節求道是為難也三判命必死難謂人能尚義輕生决志判命或為法捨身濟彼飢苦或為忠臣以死徇節是為難也四得覩佛經難謂人或生邊地不知出世之法欲得見聞受持如來正教是為難也五生值佛世難謂人不結勝因不脩衆善而欲值佛出世是為難也六忍色離欲難謂人多為情欲所惑而能制伏妄念捨離欲心是為難也七見好不求難謂人見彼富貴榮名及可意等物而不與求是為難也八有勢不臨難謂豪勢之人居威福之地而能好禮忘勢不凌侮人是為難也九被辱不瞋難謂人被他凌辱而能安忍不生忿恨是為難也十觸事無心難謂心本清靜觸境而興若觸事遇緣而心不染著是為難也十一廣學博究難謂人根性遲鈍而欲廣其學問窮究義理以博見聞是為難也十二不輕未學難謂人多有好上之心若自有學問而於未學之人不生輕慢是為難也十三除滅我慢難謂人常懷我慢或素來種姓富貴而能不生驕傲輕他之心是為難也十四會善知識難謂人脩行

多爲惡友所惑若學道之時得遇善知識勸奬誘掖令其開解是爲難也

十五見性學道難 謂人迷於妄情昧於愛欲而能返妄歸真見性學道是爲難也

十六對境不動難 謂前塵妄境迷惑真性而能持心寂靜不爲外物所轉是爲難也

十七善解方便難 謂人能常懷大慈愛念衆生以種種方便而作饒益是爲難也

十八隨化度人難 謂衆生根性利鈍不同而能隨機化導而度脱之是爲難也

十九心行平等難 謂癡冥之人多執彼我之見若能寃親平等心無分別是爲難也

二十不說是非難 謂兩舌妄語佛所禁戒若能愛護口業不說他人好惡長短是爲難也

大明三藏法數卷第三十五

大明三藏法數卷第三十六

上天竺前住持沙門一如等奉　勑集註

二十五圓通（出楞嚴經）性體周徧曰圓妙用無礙曰通乃一切衆生本有之心源諸佛菩薩所證之聖境也而有二十五種者謂諸菩薩及大羅漢於六塵六根六識七大各各悟入不同故也此由阿難於楞嚴會上雖聞根塵同源縛脫無二之旨而未達圓通本根請佛開示如來於是問諸弟子最初發心方便令其各各自陳證悟之由使阿難曉了圓通法門所入之處也然論圓通本無優劣（如來令文殊選擇而唯取觀音）耳根者蓋爲此方之人耳根聰利聞法易解當以音聞而爲教體故特取觀音耳根爲入道之門也然不取陳那音聲者以聲本屬塵根有聞性故揀陳那居初觀音極後以見取捨之明亦根塵首尾相貫之意也（六塵者色塵聲塵香塵味塵觸塵法塵也六根者眼根耳根鼻根舌根身根意根也六識者眼識耳識鼻識舌識身識意識也七大者地大火大水大風大空大見大識大也梵語阿難華言慶喜文殊梵語具云文殊師利華言妙德）

一音聲

音聲即聲塵也謂憍陳那等在鹿苑中聞佛說四諦之法密悟圓理了達一切聲塵本然清淨無動無靜皆是常住圓妙之音於是得入圓通故云如我所證音聲爲上（梵語憍陳那華言已知四諦者苦諦集諦滅諦道諦也）

二色因

色因即色塵也謂優波尼沙陀因多貪欲佛令作不淨觀於是觀色身不淨之相生大厭離悟諸色性歸於虛空空色兩忘本然清淨於是得入圓通故云如我所證色因爲上（梵語優波尼沙陀華言塵性）

三香因

香因即香塵也

謂香嚴童子聞如來教於清淨室修習禪定見諸比丘燒沉水香遂觀此香氣非木非空非烟非火即是本然清淨妙香於是開悟得入圓通故云如我所證香因爲上梵語比丘華言乞士

四味因 味因即味塵也謂藥王藥上二法王子等於無始劫爲世良醫一切草木金石之味悉能徧知承事如來了知味性非空非有非即身心非離身心皆是本然清淨妙味從是開悟得入圓通故云如我所證味因爲上劫梵語具云劫波華言分別時節

五觸因 觸因即觸塵也謂跋陀婆羅先於威音王佛所聞法出家於浴僧時隨例入室忽悟水因既不洗塵亦不洗體中間安然得無所有妙觸清淨本來無染於是得入圓通故云如我所證觸因爲上梵語跋陀婆羅華言賢守

六法因 法因即法塵也謂摩訶迦葉等因觀世間六塵變壞悟法性空遂修滅盡定以滅意根受想不起妙法開明消滅諸漏得無生滅遂入圓通故云如我所證法因爲上梵語摩訶迦葉華言大飲光滅盡定者謂受想心滅出入息盡而證此定也諸漏者謂由一切煩惱漏落生死也從憍陳那至迦葉是於六塵悟入圓通

七見元 見元即眼根也謂阿那律陀初出家時常樂睡眠被如來訶責因是七日不眠失其雙目世尊示以金剛三昧遂得清淨天眼是故不因眼根能觀三千世界猶如掌果於是悟入圓通故云如我所證旋見循元斯爲第一梵語阿那律華言無貪梵語三昧華言正受亦云正定三千者大千中千小千也旋見循元者旋大千之見循真性之元也

八息空 息空即鼻根也謂周利槃特迦於過去世爲大法師秘吝佛法不肯教人後

感愚鈍亦以宿有善因遇佛出家以根鈍故憶持如來一句伽陀經一百日終不能誦佛令安居數息攝心因是觀息出入剎那生滅之相豁然無礙得入圓通故云如我所證反息循空斯爲第一梵語周利槃特迦華言繼道梵語伽陀華言諷頌數息者息即鼻中氣息謂從一至十漸漸而數也梵語剎那華言一念反息循空者反背妄根循依眞空也

九味知 味知即舌根也謂憍梵鉢提於過去世輕弄沙門有牛呞音詩病佛爲遮謗賜之數珠令常念佛清淨心地又觀舌根知味之性非體非物應念得超世間諸漏悟入圓通故云還味旋知斯爲第一梵語憍梵鉢提華言牛同以其宿世曾作牛王餘習未除故食後常虛呞也梵語沙門華言勤息還味旋知者謂不著塵味不隨妄知也

十身覺 身覺即身根也謂畢陵伽婆蹉聞佛說諸世間不可樂事因行乞食被刺傷足舉身疼痛即反觀覺痛之心無有痛覺本自清淨如是思惟攝念未久身心忽空諸漏虛盡得入圓通故云如我所證純覺遺身斯爲第一梵語畢陵伽婆蹉華言餘習純覺遺身者謂覺心純淨而遺失妄身也

十一法空 法空即意根也謂須菩提於曠劫來心得無礙蒙佛開示性覺眞空於是頓入如來寶明空海圓通境界故云如我所證諸相入非非所非盡旋法歸無斯爲第一梵語須菩提華言空生寶明空海者即如來所證明妙之理無礙深廣也非所非盡旋法歸無者謂能非之心所非之相悉盡無餘而轉諸法塵皆歸寂滅也從阿那律至須菩提是於五根悟入圓通

十二心見 心見即眼識也謂舍利弗於曠劫來心見清淨後於路中逢迦葉波宣說因緣從佛出家於一切法照了無礙悟入圓通故云如我所證心見發光光極知見斯爲第一

梵語舍利弗華言身子心見發光光極知見者由心見發明而圓照萬法也

十三心聞 心聞即耳識也謂菩薩巳曾與恒沙如來爲法王子常用心聞分别衆生所有知見若有衆生修普賢行分身百千皆至其處摩頂擁護令其成就心聞圓通普賢境界故云我說本因心聞發明分别自在斯爲第一

十四鼻息 鼻息即鼻識也謂孫陀羅難陀從佛出家雖具戒律心多散動世尊教其觀鼻端白遂觀鼻中之氣出入如烟身心內明圓洞虛淨烟相漸消鼻息成白心開漏盡諸出入息化爲光明照十方界即得圓通故云我以消息息久發明明圓滅漏斯爲第一 梵語孫陀羅難陀華言好愛歡喜漏盡者生死之漏斷滅也明圓滅漏者與性明了圓融滅諸有漏也

十五法音 法音即舌識也謂富樓那彌多羅尼子從曠劫來辯才無礙世尊知其有大辯才以音聲輪教其發揚於是助佛轉輪成師子吼悟入圓通故云我以法音降伏魔怨消滅諸漏斯爲第一 梵語富樓那彌多羅尼華言滿慈是其父母名因以稱之

十六身戒 身戒即身識也謂優波離最初隨佛踰城出家親觀如來六年勤苦承佛教戒乃至三千威儀八萬微細行業悉皆清淨身心寂滅悟入圓通故云我以執身身得自在次第執心心得通達然後身心一切通利斯爲第一 梵語優波離華言上首

十七心達 心達即意識也謂目乾連聞迦葉波宣說如來因緣深義即頓發心得大通達如來惠其袈裟著身鬚髮自落游於十方無所罣礙由是神通自在圓明清淨故云我以旋湛心光發宣如澄濁流久成

清瑩斯爲第一梵語目乾連華言採菽氏旋湛謂旋復澄湛之性也從舍利弗至目乾連是於六藏悟入圓通

十八火性　火性即火大也謂烏芻瑟摩久遠劫前性多貪欲有佛出世名曰空王說多婬人成猛火聚教其徧觀百骸四支諸冷煖氣由是諦觀神光內凝化多婬心成智慧火因此火光三昧力故得入圓通故云我以諦觀身心煖觸無礙流通諸漏既消生火寶焰證無上覺斯爲第一梵語烏芻瑟摩華言火頭

十九地性　地性即地大也謂持地菩薩於往昔時普光如來出現於世曾爲比丘平塡道路造作橋梁行諸苦行後世復值毘舍浮佛出現國王延佛設齋爾時平地待佛毘舍如來摩頂告言當平心地則世界地一切皆平因是即得心開見身微塵及與世界一切微塵等無差別即得悟入圓通故云我以諦觀身界二塵等無差別本如來藏虛妄發塵塵銷智圓成無上道斯爲第一梵語毘舍浮華言遍一切自在如來藏者即一切衆生本具眞如之理藏也

二十水性　水性即水大也謂月光童子往昔劫中於水天佛所修習水觀觀於身中涕唾津液大小便利與世界外諸香水海水性一同是時初成此觀但見其水未得無身經無量佛方得無身與諸香水海性合眞空無二無別悟入圓通故云我以水性一味流通得無生忍圓滿菩提斯爲第一無生忍者謂一切諸法本來不生於此法中能忍可印證也梵語菩提華言道

二十一風性　風性即風大也謂瑠璃光法王子往昔劫中於無量聲佛所蒙佛開示妙明心體及說世界衆生皆是妄緣風力所轉即於

爾時觀此世界及與身心各有所動遂即覺了此羣動性來無所從去無所至身心發光洞徹無礙而入圓通故云我以觀察風力無依悟菩提心入三摩地斯爲第一（梵語三摩地華言等持）

二十二空性 空性即空大也謂虛空藏菩薩於定光佛所得無邊身爾時手執四大寶珠照明十方微塵佛刹化成虛空身同（虛空）不相妨礙能善入微塵國土廣行佛事由是諦觀四大無依虛空佛國同一虛妄於同發明得入圓通故云我以觀察虛空無邊入三摩地斯爲第一

二十三識性 識性即識大也謂彌勒菩薩往昔劫中於日月燈明佛所而得出家修習唯心識定至然燈佛出世方乃得成無上妙圓識心三昧了一切如來國土淨穢有無皆是我心變化所現而悟入圓通故云我以諦觀十方唯識識心圓明得無生忍斯爲第一（梵語彌勒華言慈氏）

二十四淨念 淨念即根大也謂大勢至菩薩等往昔劫中於超日月光佛所修念佛三昧收攝六根定心念佛由是不假方便自得心開悟入圓通故云我無選擇都攝六根淨念相繼得三摩地斯爲第一（從烏芻瑟摩至勢至是於七大悟入圓通）

二十五耳根 耳根者謂觀世音菩薩往昔劫中於觀世音佛所發菩提心彼佛教其從聞思修入三摩提於是菩薩即於聞中入流亡所所入既寂動靜二相了然不生一念頓空聞性而入圓通矣經中所謂生滅既滅寂滅現前者即圓通之體也上合諸佛妙心下同衆生悲仰而現乎三十二應施

以十四無畏等者乃圓通之用也故云我從耳門圓照三昧緣心自在成就菩提斯爲第一聞思修即三慧也梵語三摩提即三摩地也入流亡所者不隨聲塵頓入法流而亡其所入也三十二應者佛應獨覺應緣覺應聲聞應梵王應帝釋應自在天應大自在天應天大將軍應天王應四天王太子應人王應長者應居士應宰官應婆羅門應比丘應比丘尼應優婆塞應優婆夷應女主應童男應童女應諸天應龍應藥叉應乾闥婆應阿修羅應緊那羅應摩呼羅伽應人應非人應也十四無畏者一不自觀音以觀觀者二知見旋復三觀聽旋復四斷滅妄想心無殺害五熏聞成聞六根消復同於聲聽六聞熏精明明徧法界七音性圓消觀聽返入八滅音圓聞徧生慈力九熏聞離塵色不能劫十純音無塵根境圓融十一消塵旋明十二融形復聞十三六根圓通明照無二十四我一名與六十二恒河沙名等無有異也

十五護戒神出法苑珠林

護戒神者謂五戒之中各有五神爲作衛護也灌頂經云若持五戒者有二十五善神衛護其身在人左右守於宮宅門戶之上使萬事吉祥也

一護不殺戒五神

一荼蒭毘愈陀尼護持戒人身辟除邪鬼二輸多利輸陀尼護持戒人六情悉令完具三毘樓遮那世波護持戒人腹内使五藏平調四阿陀龍摩坻護持戒人血脈悉令通暢五婆羅桓尼和婆護持戒人爪指無所毀傷六情即眼耳鼻舌身意六根也五藏者心肝脾肺腎也

二護不盜戒五神

一坻摩阿毘婆馱護持戒人出入往來使得安寧二阿修輸婆羅陀護持戒人所噉飲食悉使甘香三婆羅摩亶雄雌護持戒人睡夢平安覺寤歡悅四婆羅門地鞞哆護持戒人不爲蠱毒所中五邪摩呼哆耶舍護持戒人不爲霧露之毒所害

三護不邪婬戒五神

一佛馱仙陀樓哆護持戒人口舌鬬諍

不行二鞞闍耶藪多婆護持戒人不爲瘟瘧鬼所持三涅坭醯馱多耶護持戒人不爲縣官所得四阿邏多賴都耶護持戒人舍宅四方驅逐凶殃五波羅那佛曇護持戒人平定舍宅**四護不妄語戒五神**一阿提梵者珊耶護持戒人不爲塚墓鬼所嬈二因臺羅因臺羅護持戒人門戶辟除邪惡三阿伽風施婆多護持戒人不爲外氣鬼神所害四佛曇彌摩多哆護持戒人不爲灾火所延五多賴叉三密陀護持戒人不爲偷盜所侵**五護不飲酒戒五神**一阿摩羅斯兜嘻護持戒人若入山林不爲虎狼所害二那羅門闍兜帝護持戒人不爲傷亡所嬈三鞞尼乾那波護持戒人除惡鳥鳴狐鳴四荼鞞闍毘舍羅護持戒人除犬鼠變怪五伽摩毘那闍尼佉護持戒人不爲凶注所牽（凶注者謂陰司注寫凶惡之事也）

二十五有（出天台四教儀）二十五有不出六道有生有死因果不亡之謂也然梵王天無想天及五那舍天總在四禪天中而別出其名者以外道計梵王天爲生萬物之主計無想天以無心爲涅槃計五那舍天爲眞解脫所以經教特立此三天爲三有以對破外道之計也（六道者即天道人道修羅道餓鬼道畜生道地獄道也）

一四洲爲四有謂東弗于逮西瞿耶尼南閻浮提北鬱單越也（梵語弗于逮華言勝梵語瞿耶尼華言牛貨梵語閻浮提華言勝金洲梵語鬱單越華言勝處）

二四惡趣爲四有謂六道中修羅餓鬼畜生地獄四者皆由愚癡貪欲造諸惡業故感斯趣也

三六欲天爲六有謂欲界六天也一四天王天

二忉利天三夜摩天四兜率天五化樂天六他化自在天（梵語忉利華言三十三梵語夜摩亦云須燄摩華言善時分梵語兜率華言知足）**四梵天爲一有**謂初禪中大梵王天乃三千世界之主也（三千者小千中千大千也）**五無想天爲一有**謂四禪中之無想天此天以無心想爲果故也**六五那含天爲一有**那含梵語具云阿那含華言不還謂四禪中無煩天無熱天善見天善現天色究竟天亦名五淨居天此之五天名位雖别皆第三果聖人所居故通爲一有也（第三果即聲聞阿那含果也）**七四禪天爲四有**謂色界初禪天二禪天三禪天四禪天也**八四空處天爲四有**謂無色界空處天識處天無所有處天非想非非想處天也

十五三昧破二十五有（出法華玄義）梵語三昧華言正定二十五三昧破前二十五有者約理對治隨義以立名也蓋欲色無色三界雖苦樂不同然實有生死執著故以此無垢等三昧之法一一破之令諸衆生出於諸有也**一無垢三昧破地獄有**謂菩薩由淨諸業惑證於無垢三昧愍彼衆生受於地獄之苦故以此三昧令其修行出離重垢所報之處也（重垢即惡業報處即地獄也）**二不退三昧破畜生有**謂菩薩修於持戒禪定破諸惡業自獲不退證於不退三昧愍彼衆生受畜生苦故以此三昧令其遠捨諸惡永不退失善道也**三心樂三昧破餓鬼有**謂菩薩修戒定慧破諸惡業證於心樂三昧愍彼衆生受餓鬼苦故以此三昧令其遠離諸惡而生喜樂也**四歡喜三昧破阿

修羅有　梵語阿修羅華言無端正謂菩薩修戒定慧破於惡業等怖證於歡喜三昧愍彼衆生受阿修羅苦故以此三昧令其離諸猜疑怖畏也

五日光三昧破弗婆提有　梵語弗婆提華言勝即東洲也謂菩薩修戒定慧獲一切智光破諸惡業無明等闇證於日光三昧愍彼東洲衆生受諸生死故以此三昧令其破諸惡業等闇而得出離也

六月光三昧破瞿耶尼有　梵語瞿耶尼華言牛貨即西洲也謂菩薩修戒定慧獲一切智光破諸惡業無明等闇證於月光三昧愍彼西洲衆生受諸生死故以此三昧令其破諸惡業等闇也

七熱焰三昧破鬱單越有　梵語鬱單越華言勝處即北洲也謂菩薩修戒定慧破諸我執證於熱焰三昧愍彼北洲衆生計著於我永執難化故以此三昧令其遠離妄我計執不生而得出離也

八如幻三昧破閻浮提有　梵語閻浮提華言勝金洲即南洲也謂菩薩修戒定慧破諸虛幻惑業證於如幻三昧愍此南洲衆生果報雜雜壽命不定猶如幻化故以此三昧令其破於諸幻而得出離也

九不動三昧破四天王有　四天王者東方持國天王南方增長天王西方廣目天王北方多聞天王也謂菩薩修戒定慧破諸煩惱散亂證於不動三昧以此天游行世間則有果報惑業等動故以此三昧令其悉破諸動惑業亦得證此也

十難伏三昧破三十三天有　三十三天即忉利天也謂菩薩修戒定慧破一切惑業證於

難伏三昧以此天是地居之頂果報惑業難以折伏故以此三昧令其破諸難伏亦得證此也（梵語忉利華言三十三）

十一悅意三昧破焰摩天有 焰摩梵語具云須焰摩華言善時分謂菩薩修戒定慧破諸煩惱證於悅意三昧以此天處空爲悅而未有上界不動等悅故以此三昧令其捨離空處之悅而證不動等悅也

十二青色三昧破兜率陀天有 梵語兜率陀華言知足謂菩薩修戒定慧破諸煩惱證於青色三昧以此天果報宮殿服玩一切皆青故以此三昧令其捨離一切煩惱亦得證此也

十三黃色三昧破化樂天有 謂菩薩修戒定慧破諸煩惱證於黃色三昧以此天果報宮殿服玩一切皆黃故以此三昧令其捨離一切煩惱亦得證此也

十四赤色三昧破他化自在天有 謂菩薩修戒定慧破諸煩惱證於赤色三昧以此天果報宮殿服玩一切皆赤故以此三昧令其捨離一切煩惱亦得證此也

十五白色三昧破初禪有 初禪即色界天也謂菩薩修戒定慧證於白色三昧以此天果報一切皆白故以此三昧令其捨離一切煩惱亦得證此也

十六種種三昧破梵王有 梵王亦色界初禪天也謂菩薩修戒定慧證於種種三昧以此天主領大千世界種類既多果報不等故以此三昧令其捨離種種果報亦得證此也

十七雙三昧破二禪有 二禪亦色界天也謂菩薩修戒定慧證雙三昧以此天獨有內淨支喜支二種定相即果報雙而未見

雙空雙假雙中之理故以此三昧令其捨離淨喜而證雙空等也（雙空者謂見思二惑俱空也雙假者謂見假思假即見思惑以此惑體虛假不實故也雙中者謂破見思惑同入中道也）

十八雷音三昧破三禪有　三禪亦色界天也謂菩薩修戒定慧證於雷音三昧以此天禪樂最深如氷魚蟄虫著於果報之樂故以此三昧而驚駭之令其捨離諸樂亦證於此也

十九注雨三昧破四禪有　四禪亦色界天也謂菩薩修戒定慧證於注雨三昧以此天如大地具諸種子若不得雨善芽不生故以此三昧之雨令其發生三諦之種亦得證此也（三諦者真諦俗諦中諦也）

二十如虛空三昧破無想天有　無想亦色界天也謂菩薩修戒定慧證於如虛空三昧以此天一期心想不行妄計果報非空而爲涅槃故以此三昧破彼非空令其起修空淨之行亦得證此也（梵語涅槃華言滅度一期者從生至死也）

二十一照鏡三昧破阿那含天有　梵語阿那含華言不還即第三果生於色界之天也謂菩薩修戒定慧證於照鏡三昧以此天雖得無漏淨色但是果報之淨未獲究盡色空故以此三昧令其破彼報淨之色究竟眞空之理亦得證此也

二十二無礙三昧破空處有　空處即無色界天也謂菩薩修戒定慧證於無礙三昧以此天得出色籠果報無礙未是空假中無礙故以此三昧令其捨離果報亦得證此也（色籠者謂色界色質籠罩也空假中即三觀也離性離相之謂空無法不備之謂假非空非假之謂中也）

二十三常三昧破識處有　識處亦無色界天也謂菩薩修戒定慧證常三昧以此天

以識相續不斷爲常此乃定報即非無爲等常故以此三昧令其捨離定報之常亦得證此也

二十四樂三昧破不用處有　不用處又名無所有處亦無色界天也謂菩薩修戒定慧證樂三昧以此天厭識處無邊入無所有處以此處如癡癡故是苦故以此三昧令其捨離於癡亦得證此也

二十五我三昧破非想非非想處有　非想非非想處亦無色界天也謂菩薩修戒定慧證我三昧以此天居無色界頂謂是涅槃果報猶有細煩惱等惑而不自在故以此三昧令其捨離煩惱亦得證此也

二十五種外道冥諦（出華嚴經隨疏演義鈔）

二十五種冥諦者乃是迦毗羅外道之所計也蓋此外道亦修禪定有神通力知八萬劫中事八萬劫前冥然不知謂之冥諦從冥初自性生智大乃至神我開成二十五諦合爲九位也（梵語迦毗羅華言黃色劫梵語具云劫波華言分別時節）

一冥初自性　謂此外道以八萬劫前之事冥然不知之處昧爲自性故云冥初自性

二智大　智大亦名覺大即增長之義謂冥初之際覺知增長故云從冥初生智大

三我心　我心亦名我慢即我執也謂由覺知生我慢心故云從智大生我心

四五唯　唯即微也五唯亦名五微即色聲香味觸也以色等五種由我執之心方現故云從我心生五唯

五五大　五大即地水火風空也此五種性徧一切處故名爲大由極微而生故云從五唯生五大

六五知根　五根即眼耳鼻舌身謂之知者以此五種皆有知覺故

也因五大而成故云從五大生五知根

七五作業根　五根即口與手足小便大便謂之作業者以此五種能作業用故也亦因五大而成故云從五大生五作業根

八心平等根　心乃肉團心即意根也謂之平等者以此根能徧一切根境而生分別也此亦五大所成故云從五大生平等根并前五知五作業共爲十一根也

九神我　神我即第八識也外道執神我能生諸法常住不壞計爲涅槃是二十五諦之主也（第八識即藏識也梵語涅槃華言滅度）

二十八天（出天台四教儀）

一欲界六天　一四天王天東方持國天王南方增長天王西方廣目天王北方多聞天王二忉利天梵語忉利華言三十三徃世三十三人同修勝業同生此天三須夜摩天梵語須夜摩華言善時分謂此天時時唱快樂故又云受五欲境知時分故四兜率陀天梵語兜率陀華言知足謂此天於五欲境知止足故五化樂天謂此天自化五塵而娛樂故六他化自在天謂此天假他所化樂事以成巳樂即欲界天主（五欲者色欲聲欲香欲味欲觸欲也五塵者色塵聲塵香塵味塵觸塵也）

二色界十八天　初禪三天一梵衆天梵淨也以無染欲故衆猶民也謂此天是初禪天主之民衆也二梵輔天輔佐也謂此天是初禪天主之輔佐臣僚也三大梵天謂此天是初禪天之主也名尸棄劫初先生劫盡後滅主領三千大千世界也（梵語尸棄華言火三千者大千中千小千也言三千大千者總別雙舉也）二禪三天一少光天謂此天光明少故二無量

光天謂此天光明增勝無限量故三光音天謂此天以光明爲語音故三禪三天一少淨天謂此天意識樂受清淨故二無量淨天謂此天淨勝於前不可量故三遍淨天謂此天樂受最勝淨周遍故四禪九天一無雲天以前諸天空居依雲而住此天在雲之上居無雲之首故號無雲二福生天謂此天修勝福力而生其中從因得名故三廣果天謂此天果報廣大無能勝故四無想天謂此天一期果報心想不行故（一期者謂從生至死也）五無煩天謂此天離欲界苦及色界樂苦樂兩滅無煩惱故六無熱天謂此天研究心境無依無處清涼自在無熱惱故七善見天謂此天妙見十方世界圓澄無塵垢故八善現天謂此天空無障礙精見現前故九色究竟天謂此天於諸塵幾微之處研窮究竟故

三無色界四天

一空處天謂此天厭於色身繫縛不得自在心緣虛空與無色相應住空處定故二識處天謂此天厭虛空無邊於是即捨虛空轉心緣識以識爲處故三無所有處天謂此天厭於識處無邊於是捨識入無所有處亦名不用處謂不用前空處識處故四非想非非想處天謂此天居無色界之極頂非無所有處之無想非識處之有想故

二十八宿（出法苑珠林）大集經云佛告娑婆世界主大梵天王等言過去天仙云何布置諸宿曜辰攝護國土養育衆生大梵天王等白佛言過去天仙分布安置諸宿曜辰於

四方中各有所主如云角宿主於衆鳥亢宿主於出家求聖道等爾時佛告梵王等言我亦使諸曜星辰攝護國土養育衆生汝等宣告令彼得知如我所分國土衆生各各隨分攝護養育故說二十八宿所屬不同各有威靈護衛也梵語娑婆華言能忍

一東方七宿角宿主於衆鳥亢宿主出家求聖道者氐宿主水主衆生房宿主行車求利心宿主於女人尾宿主洲渚衆箕宿主於陶師

二南方七宿井宿主於金師鬼宿主一切國王大臣柳宿主雪山龍星宿主巨富者張宿主於盜賊翼宿主於貴人軫宿主須羅吒國

三西方七宿奎宿主行船人妻宿主於商人胃宿主婆樓迦國昴宿主於水牛畢宿主一切衆生觜宿主鞞提訶國參宿主於刹利刹利梵語具云刹帝利華言田主即王種也

四北方七宿斗宿主澆部沙國牛宿主於刹利及安多鉢竭那國女宿主鴦伽摩伽陀國虛宿主那遮羅國危宿主著華冠室宿主乾陀羅國輸盧那國及諸龍蛇腹行之類壁宿主乾闥婆善樂梵語乾闥婆華言香陰即帝釋樂神也

三十一色出翻譯名義

三十一色者謂青黃赤白光影明暗烟雲塵霧空此十三種名爲顯色以其顯現爲色故也長短方圓麤細高下正與不正此十種名爲形色以其形量爲色故也取捨屈伸行住坐卧此八種名爲表色以其表彰爲色故也

如來三十二相出法界次第

謂如來應化之身具此三十二相以表法身衆德圓極人天中

尊衆聖之王也**一足安平相**謂足下安立皆悉平滿猶如奩底也（奩力鹽切奩底者即盒底也）**二千輻輪相**輻即車輪中之輻謂足下轂網輪紋衆相圓滿有如千輻輪也**三手指纖長相**謂手指纖細圓長端直傭好指節參差光潤可愛勝餘人也**四手足柔軟相**謂手足極妙柔軟勝餘身分也**五手足縵網相**謂手指中間縵網交合文同綺畫猶如鵞王之足也**六足跟滿足相**跟足踵也謂足之踵圓滿具足也**七足趺高好相**謂足之趺高起如眞金之色趺上之毛青瑠璃色種種莊飾妙好圓滿也（梵語瑠璃華言青色寶）**八腨如鹿王相**（腨時兗切）腨股肉也腨如鹿王相者謂足腨漸次纖圓如彼鹿王之腨纖好第一也**九手過膝相**謂雙臂修直不俯不仰平立過膝也**十馬陰藏相**謂陰相藏密猶如馬陰不可見也**十一身縱廣相**謂身儀端正竪縱横廣無不相稱也**十二毛孔生青色相**謂身諸毛孔一孔一毛生相不亂右旋上向青色柔軟也**十三身毛上靡相**謂身諸毫毛皆右旋向上而偃伏也**十四身金色相**謂身皆金色光明晃曜如紫金聚衆相莊嚴微妙第一也**十五身光面各一丈相**謂身放光明四面各一丈也**十六皮膚細滑相**謂皮膚細膩滑澤不受塵水不停蚊蚋**十七七處平滿相**謂兩足下兩手兩肩項中七處皆平滿端正也**十八兩腋滿相**謂左右兩腋平滿而不窊也（窊烏瓜切不滿貌）**十九身如師子相**謂身體平正威儀嚴肅如師子王也**二十身端直相**謂身

形端正平直不傴曲也（傴委羽切不伸也）二十一肩圓滿相　謂兩肩圓滿而豐腴也　二十二四十齒相　謂常人但有三十六齒唯佛具足四十齒也　二十三齒白齊密相　謂四十齒皆白淨齊密根復深固也　二十四四牙白淨相　謂四牙最白而大瑩潔鮮淨也　二十五頰車如師子相　謂兩頰車隆滿如師子王也　二十六咽中津液得上味相　謂咽喉中常有津液上妙美味如甘露流注也　二十七廣長舌相　謂舌廣而長柔軟紅薄能覆面而至于髮際也　二十八梵音深遠相　謂音聲和雅近遠皆到無處不聞也　二十九眼色如金精相　謂眼目清淨明瑩如金色精也　三十眼睫如牛王相　睫目旁毛也謂眼睫殊勝如牛王也　三十一眉間白毫相　謂兩眉之間有白玉毫清淨柔軟如兜羅綿右旋宛轉常放光明也（梵語兜羅綿華言細香）三十二頂肉髻成相　謂頂上有肉高起如髻亦名無見頂相謂一切人天二乘菩薩皆不能見故也（二乘者聲聞乘緣覺乘也）

三十二應（出楞嚴經）謂觀世音菩薩於往昔無數恒河沙劫有佛名觀世音蒙彼如來授以如幻聞熏聞修金剛三昧同佛慈悲拔苦與樂身成三十二應入諸國土化一切衆生也（劫梵語具云劫波華言分別時節聲教熏習故曰聞熏聞而復修故曰聞修金剛有堅利之能以喻三昧之力也梵語三昧華言正定）

一佛身應　佛梵語具云佛陀華言覺謂若諸菩薩入三摩地進修無漏勝解現圓觀世音菩薩即應現佛身而為說法令其解脫也（梵語三摩地華言等持進修無漏勝解現圓謂修無為之法即趣入三摩地得無漏勝解究竟

圓成也

二獨覺應出無佛世無師自悟故名獨覺謂若諸有學寂靜妙明勝妙現圓菩薩即於彼前應現獨覺身而爲說法令其解脫也有學者有所學也謂第三阿那含果已前俱屬有學勝妙現圓者能妙萬物以明自性究竟圓成也

三緣覺應因觀十二因緣覺眞諦理故名緣覺謂若諸有學斷十二因緣緣斷勝性勝妙現圓菩薩即於彼前應現緣覺身而爲說法令其解脫也十二因緣者一無明二行三識四名色五六入六觸七受八愛九取十有十一生十二老死也緣斷勝性者謂觀因緣得斷煩惱而證勝妙之性也

四聲聞應聞佛聲教故曰聲聞謂若諸有學得四諦空修道入滅勝性現圓菩薩即於彼前應現聲聞身而爲說法令其解脫也得四諦空者謂觀苦集滅道四諦證眞空理也修道入滅勝性現圓者謂從三果入滅將登第四無學果位勝妙之性現前圓成也

五梵王應梵王者即色界初禪天主也謂若諸衆生欲心明悟不犯欲塵欲身清淨菩薩即於彼前應現梵王身而爲說法令其解脫也

六帝釋應帝釋即忉利天主梵語釋提桓因華言能天主言帝釋者華梵雙舉也謂若諸衆生欲爲天主統領諸天菩薩即於彼前應現帝釋身而爲說法令其成就也梵語忉利華言三十三

七自在天應自在天者即欲界第五天也謂若諸衆生欲身自在遊行十方菩薩即於彼前應現自在天身而爲說法令其成就也

八大自在天應大自在天者即欲界第六天主也謂若諸衆生欲身自在飛行虛空菩薩即於彼前應現大自在天身而爲說法令其成就也

九天大將軍應天大將軍即帝釋天主之大將軍也謂若諸衆生愛統

鬼神救護國土菩薩即於彼前現大將軍身而爲説法令其成就也

十　四天王應　四天王東方持國天王南方增長天王西方廣目天王北方多聞天王也謂若諸衆生愛統世界保護衆生菩薩即於彼前應現四天王身而爲説法令其成就也

十一　四天王太子應　謂若諸衆生愛生天宮驅使鬼神菩薩即於彼前應現四天王太子身而説法令其成就也

十二　人王應　謂若諸衆生樂爲人王菩薩即於彼前應現人王身而爲説法令其成就也

十三　長者應　謂若諸衆生愛主族姓世間推讓菩薩即於彼前應現長者身而爲説法令其成就也

十四　居士應　謂若諸衆生愛談名言清淨自居菩薩即於彼前應現居士身而爲説法令其成就也（名言者名教典雅之言也）

十五　宰官應　謂若諸衆生愛治國土剖斷邦邑菩薩即於彼前應現宰官身而爲説法令其成就也

十六　婆羅門應　梵語婆羅門華言淨行謂若諸衆生愛諸數術攝衛自居菩薩即於彼前應現婆羅門身而爲説法令其成就也（數術者咒禁筭藝調養方法之類是也攝衛者收攝其心衛護身口也）

十七　比丘應　梵語比丘華言乞士謂若有男子好學出家持諸戒律菩薩即於彼前應現比丘身而爲説法令其成就也

十八　比丘尼應　梵語尼華言女謂若有女人好學出家持諸禁戒菩薩即於彼前應現比丘尼身而爲説法令其成就也

十九　優婆塞應　梵語優婆塞華言清淨士謂若有男子樂持五戒菩薩即於彼前應現優婆塞

身而爲説法令其成就也（五戒不殺不盜不邪婬不妄語不飲酒也）

二十優婆夷應 梵語優婆夷華言清淨女謂若有女子五戒自居菩薩即於彼前應現優婆夷身而爲説法令其成就也

二十一女主應 女主天子之后也謂若有女人内政立身以修家國菩薩即於彼前應現女主身及國夫人命婦大家而爲説法令其成就也

二十二童男應 謂若有衆生不壞男根菩薩即於彼前應現童男身而爲説法令其成就也

二十三童女應 謂若有處女愛樂處身不求侵暴菩薩即於彼前應現童女身而爲説法令其成就也

二十四天應 謂若有諸天樂出天倫菩薩即應現天身而爲説法令其成就也（倫類也）

二十五龍應 謂若有諸龍樂出龍倫菩薩即應現龍身而爲説法令其成就也

二十六藥叉應 梵語藥叉亦云夜叉華言勇徤謂若有藥叉樂度本倫菩薩即於彼前應現藥叉身而爲説法令其成就也

二十七乾闥婆應 梵語乾闥婆華言香陰即帝釋樂神也謂若乾闥婆樂脱其倫菩薩即於彼前應現乾闥婆身而爲説法令其成就也

二十八阿修羅應 梵語阿修羅華言無端正以形貌醜陋故也謂若阿修羅樂脱其倫菩薩即於彼前應現阿修羅身而爲説法令其成就也

二十九緊那羅應 梵語緊那羅華言疑神又云人非人以頭上有角似人而非人也謂若緊那羅樂脱其倫菩薩即於彼前應現緊那羅身而爲説法令其成就也

三十摩呼羅伽應 梵語摩呼

羅伽華言大腹行即大蟒蛇也謂若摩呼羅伽樂脱其倫菩薩即於彼前應現摩呼羅伽身而爲説法令其成就也

三十一人應 謂若諸衆生樂人修人菩薩即於彼前應現人身而爲説法令其成就也樂人修人者謂愛樂人身而修人之行也

三十二非人應 非人即鬼畜之類也謂若諸非人有形無形有想無想樂度其倫菩薩即於彼前皆現其身而爲説法令其成就也

三十四心斷結 出天台四教儀集註 謂三藏教菩薩扶惑潤生歷劫具修六度梵行饒益有情最後至於菩提樹下一念相應慧發眞無漏之時以八忍八智十六心九無礙九解脱十八心頓斷見思習氣而成正覺故云三十四心斷結也三藏教者即經律論三藏也扶惑潤生者謂此教菩薩雖已離見思之惑爲欲化度衆生故伏惑不斷而示同三界生死也六度者一布施二持戒三忍辱四精進五禪定六智慧也梵語菩提華言道菩提樹者以佛於樹下成道故也見思者謂意根對法塵起諸分別曰見眼等五根對色等五塵起諸貪愛曰思習氣者謂見思惑之餘習氣分也

八忍 忍即忍可印證之義一苦法忍謂觀欲界苦諦之法而能忍可也二苦類忍謂以色界無色界苦諦之法比類欲界苦諦觀之而能忍可也三集法忍謂觀欲界集諦煩惱之法而能忍可也四集類忍謂以色界無色界集諦煩惱之法比類欲界集諦觀之而能忍可也五滅法忍謂觀欲界滅諦之法而能忍可也六滅類忍謂以色界無色界滅諦之法比類欲界滅諦觀之而能忍可也七道法忍謂觀欲界道諦之法而能忍可也八道類忍謂以色界無色界道諦之法比類

欲界道諦觀之而能忍可也【二八智】智即明了之義一苦法智謂因觀欲界苦諦而斷見惑之智明發也二苦類智謂以色界無色界苦諦比類欲界苦諦觀之而斷上二界見惑之智明發也三集法智謂因觀欲界集諦而斷見惑之智明發也四集類智謂以色界無色界集諦比類欲界集諦觀之而斷上二界見惑之智明發也五滅法智謂因觀欲界滅諦而斷見惑之智明發也六滅類智謂以色界無色界滅諦比類欲界滅諦觀之而斷上二界見惑之智明發也七道法智謂因觀欲界道諦而其斷惑之智明發也八道類智謂以色界無色界道諦比類欲界道諦觀之而斷上二界見惑之智明發也【三九無礙道】無礙者謂念念修觀斷惑不爲惑所礙也蓋欲界爲一地色界初禪二禪三禪四禪爲四地無色界空處識處無所有處非想非非想處爲四地則三界共爲九地每地各有九品思惑於一一地修此無礙道以斷之也（思惑言九品者謂因此惑難斷遂分上中下之三品於三品中又各分三品共九品也）【四九解脫道】解脫即自在之義謂惑業斷離無所繫縛而得自在蓋欲界一地色界四地無色界四地共爲九地每地各有九品思惑此惑旣斷即證解脫道也

三十六物（出華嚴經隨疏演義鈔）

【一外相十二】謂髮毛爪齒眵（尺支切）淚涎唾屎尿垢汗也【二身器十二】謂皮膚血肉筋脉骨髓肪（音方）膏腦膜也【三內含十二】含即含藏謂肝膽腸胃脾腎心肺生藏熟藏赤痰白痰也

大明三藏法數卷第三十六

大明三藏法數卷第三十七卷

上天竺前住持沙門一如等奉　勅集註

三十七道品（出法界次第）道即能通之義品猶類也合四念處等法門爲三十七皆是入道淺深之氣類故云道品也【一四念處】念即想念處即身受心法也一身念處謂觀此色身皆是不淨也二受念處謂觀領受好惡等事悉皆是苦也三心念處謂觀此識心生滅無常也四法念處謂觀諸法從因緣生皆無有我也【二四正勤】正謂不邪勤謂不怠一已生惡令永斷謂一切惡法若已生者當精勤一心决别令其永斷除也二未生惡令不生謂一切惡法若未生時當精勤一心遮止令其不復萌生也三未生善令生謂諸善法若未生時當精勤一心勇猛令其發生也四已生善令增長謂諸善法若已生者當精勤一心修習令其增長也【三四如意足】謂所修之法如願滿足也一欲如意足謂希慕所修之法如願滿足也二精進如意足謂於所修之法專注一心無有間雜如願滿足也三念如意足謂於所修之法記憶不忘如願滿足也四思惟如意足謂心思所修之法不令忘失如願滿足也【四五根】根即能生之義謂此五根能生一切善法也一信根謂信於正道也二精進根謂修正法無間無雜也三念根謂於正法記憶不忘也四定根謂攝心不散也五慧根謂於諸法觀照明了也【五五力】力即力用謂能破惡成善也一信力謂信根增長能破諸疑惑也二精進

力謂精進根增長能破身心懈怠成辦出世之事也三念力謂念根增長能破諸邪念成就出世正念功德也四念力謂定根增長能破諸亂想發諸禪定也五慧力謂慧根增長能遮止三界見思之惑發眞無漏也三界者欲界色界無色界也見思惑者分別曰見惑貪愛曰思惑也眞無漏者謂阿羅漢斷見思惑盡不漏落三界生死異於初果等故名眞也

六七覺分 覺即覺了分即支分謂此七法各有支派分齊也一擇覺分謂揀擇諸法之眞僞也二精進覺分謂修諸道法無有間雜也三喜覺分謂契悟眞法得懽喜也四除覺分謂斷除諸見煩惱也五捨覺分謂捨離所見念著之境也六定覺分謂覺了所發之禪定也七念覺分謂思惟所脩之道法也

七八正道 不邪曰正能通曰道一正見謂能見眞理也二正思惟謂心無邪念也三正語謂言無虛妄也四正業謂白淨善業也五正命謂依法乞食活命也六正精進謂修諸道行無間雜也七正念謂專心憶念善法也八正定謂一心住於眞空之理也

四十二字門出華嚴經衆聖所由名之爲門智論云四十二字是一切字之根本因字有語因語有名因名有義從此字門則能入於無相之智般若經云一字皆入四十二字四十二字亦入一字故華嚴經中善知衆藝童子告善財言我恒唱持此之字母入般若波羅密門所以衆聖皆由此而入於實相之慧也梵語般若波羅密華言智慧到彼岸謂到涅槃彼岸也

一阿字門 阿梵語具云阿提阿耨波陀華

言不生謂一切法本來不生也經云唱阿字時入般若波羅蜜門名菩薩威力入無差别境界疏云阿者入無生義無生之理統該萬法菩薩得此無生之旨則能達諸法空斷一切障也

二多字門 多大品般若經作羅梵語具云羅闍華言垢謂一切法本來清淨離諸染汙也經云唱多字時入般若波羅蜜門名無邊差别疏云是清淨無染離塵垢義

三波字門 波梵語具云波羅末陀華言第一義謂聖智自覺所得非言說妄想境界故也經云唱波字時入般若波羅蜜門名普照法界疏云諸法皆等即普照法界

四者字門 者大品般若經作遮梵語具云遮黎夜華言行謂知一切法皆不可得亦知一切諸行皆非行故也經云唱者字時入般若波羅蜜門名普輪斷差别疏云諸法無有諸行既空徧摧差别（普輪者普即普徧之義輪有摧碾之用言此字門能摧破一切差别之法也）

五那字門 梵語那華言不謂知一切法離名離相不得不失不來不去故也經云唱那字時入般若波羅蜜門名得無依疏云諸法無有言說文字性相雙亡故無所依

六邏字門 邏梵語具云邏求華言輕謂知一切法離輕重相故經云唱邏字時入般若波羅蜜門名離依止無垢疏云悟一切法離世間惑染故

七柁字門 梵語柁又云柁摩華言善謂知一切法善相善心生故經云唱柁（輕呼）字時入般若波羅蜜門名不退轉方便疏云悟一切法調伏寂靜眞如平等無分别故

八婆字門（婆蒲我切）婆梵語具云

婆陀華言縛謂知一切法無縛無解故經云唱婆字時入般若波羅密門名金剛場疏云悟一切法離縛解故方入金剛場（金剛場即金剛心等覺菩薩位也）

九荼字門（荼徒解切）荼梵語具云荼闍他華言不熱謂知一切法無熱惱相故經云唱荼字時入般若波羅密門名曰普輪疏云悟一切法離熱惱穢得清涼故是普摧義謂輪能摧碾一切煩惱也

十沙字門（沙失我切）梵語沙華言六謂知人身六根之相皆自在故經云唱沙字時入般若波羅密門名為海藏疏云悟一切法無罣礙故如海含容萬象（六根者眼根耳根鼻根舌根身根意根也皆自在者如眼根任運觀色自在無礙五根隨用亦復如是也）

十一嚩字門嚩大品般若經作和梵語具云和波陀華言語言謂知一切法離語言相故經云唱嚩字時入般若波羅密門名普生安住疏云悟一切法言語道斷能徧安住

十二哆字門（哆丁可切）哆大品般若經作多梵語具云多他華言如謂入諸法眞如之相不動故經云唱哆字時入般若波羅密門名圓滿光疏云悟一切法眞如不動圓滿顯現

十三也字門（也以可切）也梵語具云夜他跋華言實謂知色心等一切諸法入實相中不生不滅故經云唱也字時入般若波羅密門名差別積聚疏云悟如實不生故則諸乘積聚皆不可得

十四瑟吒字門瑟吒大品般若經作吒梵語具云吒婆華言障礙謂知一切法無障礙故經云唱瑟吒字時入般若波羅密門名普光明息煩惱故

十五迦字門迦梵語具云迦邏華言作者謂

知諸法之中無有作者經云唱迦字時入般若波羅蜜門名無差别雲䟽云作業如雲皆無差别

十六娑字門（娑蘇我切）娑梵語具云娑婆華言一切謂入一切法時皆不可得故經云唱娑字時入般若波羅蜜門名降霔大雨䟽云即平等性

十七麼字門　麼梵語具云磨磨迦邏華言我所謂知一切法離我所故肇法師曰我爲萬物主萬物爲我所經云唱麼字時入般若波羅蜜門名大流湍激衆峯齊峙䟽云即我所執性若衆峯齊峙長流湍激

十八伽字門　伽梵語具云伽陀華言底謂知一切諸法根底不可得故經云唱伽字時入般若波羅蜜門名普安立䟽云即一切法行取性

十九他字門（他他可切）他梵語具云多他阿伽陀華言如去謂入諸法處不可得故經云唱他字時入般若波羅蜜門名眞如平等藏

二十社字門　社大品般若經作闍梵語具云闍提闍羅華言生謂知諸法之生不可得故經云唱社字時入般若波羅蜜門名入世間海清淨

二十一鎖字門　梵語鎖大品般若經作簸（簸無翻）謂知一切法不可得故經云唱鎖字時入般若波羅蜜門名念一切佛莊嚴䟽云即安隱性

二十二馱字門　馱梵語具云馱摩華言法性謂知一切法中法性不可得故經云唱馱字時入般若波羅蜜門名觀察揀擇一切法聚

二十三奢字門（奢尸荷切）奢大品般若經作賒梵語具云賒多華言寂滅謂知諸法皆寂滅相不可得故經云唱奢字時入般若波羅蜜門名

隨順一切佛教輪光明䟽云即寂靜性

二十四佉字門

佉梵語佉華言虛空謂知諸法猶如虛空不可得故經云唱佉字時入般若波羅蜜門名脩因地智慧藏䟽云即如虛空性

二十五叉字門

叉梵語具云叉耶華言盡謂入諸法盡性不可得故經云唱叉字時入般若波羅蜜門名息諸業海藏䟽云猶言盡空業海

二十六娑多字門

娑多大品般若經作哆梵語具云迦哆度求那華言是事邊得何利謂知諸法邊得何所利故經云唱娑多字時入般若波羅蜜門名蠲諸惑障開淨光明（蠲除也）

二十七壤字門

壤大品般若經作若梵語具云若那華言智謂知一切法中無智相故經云唱壤字時入般若波羅蜜門名作世間智慧門

二十八曷攞多字門

梵語曷攞多又云阿施大品般若經作施華言義謂知一切法義不可得故經云唱曷攞多字時入般若波羅蜜門名生死境界智慧輪

二十九婆字門（婆蒲餓切）

婆梵語具云婆伽華言破謂知一切法不可得破壞相故經云唱婆字時入般若波羅蜜門名一切智宮殿圓滿莊嚴

三十車字門

車梵語具云伽車提華言去謂知一切法無所去故經云唱車字時入般若波羅蜜門名修行方便藏各別圓滿

三十二娑麼字門（娑蘇紇切）

娑麼大品般若經作魔梵語具云阿濕麼華言石謂知諸法堅牢如金剛石不可壞故經云唱娑麼字時入般若波羅蜜門名隨十方現見諸佛

三十二訶婆字門

訶婆大品般若經

作火梵語具云火夜華言喚來謂雖知一切法無音聲相亦可呼名無緣令其有緣經云唱訶婆字時入般若波羅蜜門名觀察一切無緣眾生方便攝受令出生無礙力

三十三縒字門 縒七可切 縒大品般若經作嗟梵語具云末嗟羅華言慳謂知一切法無慳無施相故經云唱縒字時入般若波羅蜜門名修行趣入一切功德海

三十四伽字門 伽梵語具云伽那華言厚謂知諸法不厚不薄故經云唱伽字時入般若波羅蜜門名持一切法雲堅固海藏疏云即平等性猶言厚薄平等如雲普覆

三十五吒字門 吒大品般若經作他梵語具云他那華言處謂知諸法無住處故經云唱吒字時入般若波羅蜜門名隨願普見十方諸佛

三十六拏字門 拏妳可切 梵語拏華言不謂入諸法不來不去故經云唱拏字時入般若波羅蜜門名觀察字輪疏云即離諸諠諍無往無來行住坐卧常觀字輪

三十七娑頗字門 娑蘇紇切 梵語娑頗又云頗羅大品般若經作頗華言果謂知一切法因果性空故經云唱娑頗字時入般若波羅蜜門名化眾生究竟處疏云即遍滿果報

三十八娑迦字門 梵語娑迦又云歌大大品般若經作歌華言眾謂知五眾等法不可得故經云唱娑迦字時入般若波羅蜜門名廣大藏無礙辯光明輪徧照 五眾者即色受想行識謂此五法眾共相生而成身也亦名五陰又名五蘊

三十九也娑字門 也夷可切娑蘇可切 梵語也娑大品般若經作醝無翻 經云唱也娑字時入般若波羅蜜門

名宣說一切佛法境界

四十室者字門 室者大品般若經作遮梵語具云遮羅地華言動謂知一切法不動相故經云唱室者字時入般若波羅蜜門名於一切衆生界法雷徧吼

四十一侘字門 侘恥可切 侘大品般若經作咤梵語具云多羅華言岸謂知一切法此岸彼岸不可得故經云唱侘字時入般若波羅蜜門名以無我法開曉衆生

四十二陀字門 陀大品般若經作荼梵語具云彼荼華言必謂知一切法必不可得故過此荼字後無字可說也經云唱陀字時入般若波羅蜜門名一切法輪差別藏疏云即究竟含藏一切法輪

四十八願 出大彌陀經

謂阿彌陀佛最初因中名法藏比丘彼時於世自在王佛前白佛言我發無上菩提之心願作佛時身相光明剎土殊勝寧可得否彼佛知其智識高明心願廣大乃以二千一百萬佛剎善惡麤妙之相隨其心願悉令顯現法藏即一其心遂得天眼莫不徹見復白佛言我已攝取如上佛剎所以莊嚴國土清淨之行願有數陳惟佛聽察遂發此四十八願也 梵語阿彌陀華言無量壽

第一願 願我剎中無地獄餓鬼禽畜以至蜎飛蠕動之類不得是願終不作佛

第二願 願我剎中無女人無數世界諸天人民以至蜎飛蠕動之類來生我國者皆於七寶水池蓮華中化生不得是願終不作佛 七寶者金銀瑠璃玻瓈硨磲碼碯赤真珠也

第三願 願我剎土中人欲食時七寶鉢中百味飲食化現在前食已器用自然化去不得是

願終不作佛**第四願**願我剎土中人所欲衣服隨念即至不假裁縫擣染浣濯不得是願終不作佛**第五願**願我剎土中自地以上至於虛空皆有宅宇宮殿樓閣池流花樹悉以無量雜寶百千種香而共合成嚴飾奇妙殊勝超絕其香普熏十方世界衆生聞是香者皆修佛行不得是願終不作佛**第六願**願我剎土中人皆心相愛敬無相憎嫉不得是願終不作佛**第七願**願我剎土中人盡無淫泆嗔怒愚癡之心不得是願終不作佛**第八願**願我剎土中人皆同一善心無惑他念其所欲言皆預相知意不得是願終不作佛**第九願**願我剎土中人皆不聞不善之名況有其實不得是願終不作佛**第十願**願我剎土中人知

身如幻無貪著心不得是願終不作佛**第十一願**願我剎土中雖有諸天與世之人異而其形容皆一類金色面目端正淨好無復醜異不得是願終不作佛**第十二願**願假令十方無數世界諸天人民以至蜎飛蠕動之類皆得爲人皆作緣覺聲聞皆坐禪一心共欲計數我年壽幾千億萬劫無有能知者不得是願終不作佛（劫梵語具云劫波華言分別時節）**第十三願**願假令十方各千億世界有諸天人民以至蜎飛蠕動之類皆得爲人皆作聲聞緣覺皆坐禪一心共欲計數我剎土中人數有幾千億萬無有能知者不得是願終不作佛**第十四願**願我剎土中人壽命皆無數劫無有能計知其數者不得是願終不作佛**第十五願**願我

剎土中人所受快樂一如漏盡比丘不得是願終不作佛（漏盡謂生死之漏盡也）第十六願願我剎土中人住正信位離顛倒想諸根寂靜盡般泥洹不得是願終不作佛（梵語般泥洹即般涅槃華言滅度）第十七願願我說經行道十倍諸佛不得是願終不作佛第十八願願我剎土中人盡通宿命知百千億那由他劫事不得是願終不作佛（梵語那由他華言萬億）第十九願願我剎土中人盡得天眼見百千億那由他世界不得是願終不作佛第二十願願我剎土中人盡得天耳聞百千億那由他諸佛說法悉能受持不得是願終不作佛第二十一願願我剎土中人得他心智知百千億那由他世界眾生心念不得是願終不作佛第二十二願願我剎土中人盡得神足於一念頃能超過百千億那由他世界不得是願終不作佛第二十三願願我名號聞於十方無數世界諸佛各於大眾稱我功德及國土之勝諸天人民以至蜎飛蝡動之類聞我名號慈心喜悅者皆令來生我國不得是願終不作佛第二十四願願我頂中光明妙勝如日月之明百千億萬倍不得是願終不作佛第二十五願願我光明照諸無數天下幽冥之處皆當大明諸天人民以至蜎飛蝡動之類見我光明莫不慈心作善皆令來生我國不得是願終不作佛第二十六願願十方無數世界諸天人民以至蜎飛蝡動之類蒙我光明觸其身者身心慈和過諸天人不得是願終不作佛第二十七願願十

方無數世界諸天人民有發菩提心奉持齋戒行六波羅蜜修諸功德至心發願欲生我國臨壽終時我與大衆現其人前引至來生作不退轉地菩薩不得是願終不作佛（梵語波羅蜜華言到彼岸六波羅蜜即布施持戒忍辱精進禪定智慧不退轉地者謂行與位皆不退也）

第二十八願 願十方無數世界諸天人民聞我名號燒香散花然燈懸繒飲食沙門起立塔寺齋戒清淨益作諸善一心繫念於我雖止一晝夜亦必得生我國不得是願終不作佛

第二十九願 願十方無數世界諸天人民至心信樂欲生我國十聲念我名號必遂來生惟除五逆誹謗正法不得是願終不作佛（五逆者殺父殺母殺阿羅漢出佛身血破和合僧也）

第三十願 願十方無數世界諸天人民以至蜎飛蝡動之類前世作惡聞我名號即懺悔爲善奉持經戒願生我國壽終不經惡道徑遂來生一切所欲無不如意不得是願終不作佛

第三十一願 願十方無數世界諸天人民聞我名號五體投地稽首作禮喜悅信樂修菩薩行諸天世人莫不致敬不得是願終不作佛（五體者頭及兩手兩足也）

第三十二願 願十方無數世界有女人聞我名號喜悅信樂發菩提心厭惡女身壽終之後不復爲女不得是願終不作佛

第三十三願 願凡生我國者一生遂補佛處惟除本願欲往他方設化衆生修菩薩行供養諸佛者即自在往生我以威神之力令彼教化一切衆生皆發信心修一切善行不得是願終不作佛

第三十四願 願我刹土之人欲生他方者如

其所願不復墮於惡道不得是願終不作佛

第三十五願　願我刹土中菩薩以香華幡蓋眞珠瓔珞種種供具欲往無量世界供養諸佛者一食之頃即可遍至不得是願終不作佛

第三十六願　願我刹土中菩薩欲以萬種之物供養十方無數諸佛即在其前供養既遍是日未午即還我刹不得是願終不作佛

第三十七願　願我刹土中菩薩受持經法諷誦宣說必得辯才智慧不得是願終不作佛

第三十八願　願我刹土中菩薩能演說一切法其智慧辯才不可限量不得是願終不作佛

第三十九願　願我刹土中菩薩得金剛那羅延力其身皆紫磨金色具諸相好說經行道無異於佛不得是願終不作佛（梵語那羅延華言金剛）

第四十願　願我刹土清淨照見十方無量世界菩薩欲於寶樹中見十方一切嚴淨佛刹即時應現猶如明鏡覩其面相不得是願終不作佛

第四十一願　願我刹土中菩薩雖少功德者亦能見我道場樹高四千由旬不得是願終不作佛（梵語由旬華言限量或四十里或六十里或八十里）

第四十二願　願我刹土中諸天世人及一切萬物悉皆嚴淨光麗形色殊特窮微極妙無能稱量者衆生雖得天眼不能辯其名數不得是願終不作佛

第四十三願　願我刹土中人隨其志願所欲聞法皆自然得聞不得是願終不作佛

第四十四願　願我刹土中菩薩聲聞皆智慧威神頂中皆有光明語音鴻暢說經行道無異於佛不得是願終不作佛

第四十五願

願他方世界諸菩薩聞我名號皈依精進皆逮得清淨解脱三昧住是三昧一發意頃供養不可思議諸佛而不失定意不得是願終不作佛 梵語三昧華言正定

第四十六願 願他方世界諸菩薩聞我名號皈依精進皆逮得普等三昧至於成佛常見無量不可思議一切諸佛不得是願終不作佛 普等者謂於一切法皆平等也

第四十七願 願他方世界諸菩薩聞我名號皈依精進即得至不退轉地不得是願終不作佛

第四十八願 願他方世界諸菩薩聞我名號皈依精進即得至第一忍第二忍第三忍於諸佛法永不退轉不得是願終不作佛 三忍即忍位中上忍中忍下忍也

善財五十三叅 出華嚴經

經云善財童子初入胎時於其宅內自然而出七寶樓閣其樓閣下有七伏藏地自開裂生七寶牙童子處胎十月然後誕生形體支分端正具足一切衆寶自然出現一切庫藏悉皆充滿以此事故父母親屬及善相師共呼此兒名曰善財後因文殊師利菩薩至福城東住莊嚴幢娑羅林中爲衆說法善財與五百童子詣文殊所頂禮其足白言惟願聖者廣爲我説菩薩應云何學菩薩道乃至應云何令普賢行速得圓滿文殊告言善男子汝已發阿耨多羅三藐三菩提心若欲成就一切智智應决定求眞善知識勿生疲懈見善知識勿生厭足於善知識所有教誨皆應隨順於善知識善巧方便勿見過失文殊遂令善財往於南方先叅德雲比丘次第展轉指示終叅普賢菩薩即得

一切佛刹微塵數三昧門善財如是歷一百十城參五十三善知識是爲五十三參也（七寶者金銀瑠璃玻黎硨磲碼瑙赤眞珠也梵語文殊師利華言妙德梵語娑羅華言堅固梵語阿耨多羅三藐三菩提華言無上正等正覺梵語比丘華言乞士梵語三昧華言正定）

一參 善財最初受文殊教往勝樂國妙峯山參德雲比丘至彼求覓經于七日見彼比丘在別山上徐步經行於是善財往詣頂禮白言我已先發菩提心而未知菩薩云何學菩薩行乃至應云何於普賢行疾得圓滿時德雲比丘爲說憶念一切諸佛境界智慧光明普見法門已乃云如諸菩薩無邊智慧清淨行門而我云何能知能說復令參海雲比丘（梵語菩提華言道）

二參 善財承教向海門國參海雲比丘爲說諸佛菩薩行光明普眼法門已乃云如諸菩薩深入一切菩薩行海等而我云何能知能說復令參善住比丘

三參 善財承教至楞伽道邊海岸聚落參善住比丘見此比丘於虛空中來往經行爲說普速疾供養諸佛成就衆生無礙解脫門已乃云如諸菩薩持大悲戒乃至離垢戒等如是功德而我云何能知能說復令參彌伽大士（梵語楞伽華言不可往）

四參 善財承教至達里鼻荼國自在城參彌伽大士爲說妙音陀羅尼光明法門已乃云如諸菩薩普入一切衆生種種想海等功德我今云何能知能說復令參解脫長者（梵語達里鼻荼華言消融梵語陀羅尼華言總持）

五參 善財承教漸次遊行十有二年至住林城參解脫長者爲說如來無礙莊嚴解脫門已乃云如諸菩薩得無礙智乃

至而於已身及諸世界不生二想如是妙行而我云何能知能說復令參海幢比丘

六參善財承教至閻浮提畔利伽羅國參海幢比丘爲說般若波羅蜜三昧光明已乃云如諸菩薩入智慧海淨法界境等而我何能知其妙行辯其功德復令參休捨優婆夷（梵語閻浮提華言勝金洲梵語般若華言智慧梵語波羅蜜華言到彼岸梵語優婆夷華言清淨女）

七參善財承教至海潮處普莊嚴國參休捨優婆夷爲說離憂安隱幢解脫門已乃云如諸菩薩其心如海悉能容受一切佛法等而我云何能知能說復令參毘目瞿沙仙人（毘目瞿沙梵語具云毘多羅涅瞿沙華言最上無恐怖聲）

八參善財承教向那羅素國參毘目瞿沙仙人爲說菩薩無勝幢解脫已乃云如諸菩薩成就一切殊勝三昧等法而我云何能知能說復令參勝熱婆羅門（梵語那羅素華言不懶惰梵語婆羅門華言淨行）

九參善財承教至伊沙那聚落參勝熱婆羅門見彼勝熱修諸苦行求一切智四面火聚猶如大山中有刀山高峻無極登彼山上投身入火語善財言汝今若能上此刀山投身火聚諸菩薩行悉得清淨爾時善財即登刀山自投火聚未至中間即得菩薩善住三昧纔觸火燄又得菩薩寂靜樂神通三昧時勝熱婆羅門告善財言我唯得此菩薩無盡輪解脫如諸菩薩大功德燄等法而我云何能知能說復令參慈行童女（梵語伊沙那華言長直）

十參善財承教至師子奮迅城參慈行童女爲說般若波羅蜜普莊嚴門已乃云如諸菩薩其心廣大等虛空界入於法

界福德成滿等法而我云何能知能說復令叅善見比丘【十一叅】善財承教至三眼國叅善見比丘爲說菩薩隨順燈解脫門已乃云如諸菩薩於如來家真正受生等法而我云何能知能說復令叅自在主童子【十二叅】善財承教至名聞國河渚中叅自在主童子爲說一切工巧大神通智光明法門已乃云如諸菩薩能知一切衆生數及能知一切諸法差別等而我何能說其功德示其所行復令叅具足優婆夷【十三叅】善財承教至海住大城叅具足優婆夷爲說菩薩無盡福德藏解脫門已乃云如諸菩薩一切功德猶如大海甚深無盡等而我云何能知能說復令叅明智居士【十四叅】善財承教至大興城叅明智居士

爲說隨意出生福德藏解脫門已乃云如諸菩薩成就寶手徧覆一切十方國土以自在力普雨一切資生之具而我云何能知能說復令叅法寶髻長者【十五叅】善財承教至師子大城叅法寶髻長者爲說菩薩無量福德寶藏解脫門已乃云如諸菩薩得不思議功德寶藏等法而我云何能知能說復令叅普眼長者【十六叅】善財承教至藤根國普門城叅普眼長者爲說令一切衆生普見諸佛歡喜法門已乃云如諸菩薩如大藥王若見若聞乃至安住平等寂滅之樂而我云何能知能說復令叅無厭足王【十七叅】善財承教至多羅幢城叅無厭足王至彼城已問無厭足王所在之處諸人荅言比王今者在於正殿坐師

子座宣布法化調御衆生可治者治可攝者攝罰其罪惡决其諍訟撫其孤弱皆令永斷殺盗邪淫時善財依衆人語尋即往詣乃見其王將諸罪人或斷手足乃至或以湯煮或以火焚善財念言我爲利益一切衆生求菩薩行今者此王滅諸善法作諸惡業云何於此而欲求法救護衆生作是念時空中有天告言善男子汝莫厭離善財即禮其足王令入於宫中徧觀所住宫殿廣大無比皆以妙寶之所合成王復告言我若實作如是惡業云何而得如是果報如是色身如是眷屬如是富贍如是自在遂爲善財說菩薩如幻解脫已乃云如諸菩薩得無生忍乃至普入一切平等三昧而我云何能知能說復令叅大光王（無生忍者謂一切法本來不生於此法中而能忍可即證也）

【十八叅】善財承教至妙光城叅大光王爲說菩薩大慈爲首隨順世間三昧門已乃云如諸菩薩慈心普蔭諸衆生等法而我云何能知其行能說其德復令叅不動優婆夷

【十九叅】善財承教至安住國叅不動優婆夷爲說求一切法無厭足三昧光明已乃云如諸菩薩如金翅鳥遊行虚空無所障礙能入一切衆生大海見有善根已成熟者即便執取置菩提岸等法而我云何能知能說復令叅徧行外道

【二十叅】善財承教至都薩羅城叅徧行外道爲說至一切處菩薩行已乃云如諸菩薩身與一切衆生數等乃至以無我智周遍照耀而我云何能知能說復令叅鬻香長者

【二十一叅】善財

承教至廣大國叅鬻（音育，賣也）香長者名優鉢羅華爲説調和一切香法已乃云如諸菩薩遠離一切諸惡習氣不染世欲斷煩惱等而我何能知其妙行説其功德復令叅婆施羅船師（梵語優鉢羅華言青蓮華，梵語婆施羅華言自在）【二十二叅】善財承教至樓閣大城叅婆施羅船師爲説大悲幢行已乃云如諸菩薩善能遊涉生死大海乃至能以神通度衆生海而我云何能知能説復令叅無上勝長者【二十三叅】善財承教至可樂城叅無上勝長者爲説至一切處修菩薩行清淨法門已乃云如諸菩薩具足一切自在神通悉能徧往一切佛刹等而我云何能知能説復令叅師子頻申比丘尼（刹梵語具云刹摩華言土田）【二十四叅】善財承教至輸那國迦陵迦林城叅師子頻申比丘尼爲説成就一切智解脱已乃云如諸菩薩心無分别普知諸法等而我云何能知能説復令叅婆須蜜多女（梵語輸那華言勇猛，梵語迦陵迦華言相鬭戰）【二十五叅】善財承教至險難國寶莊嚴城叅婆須蜜多女爲説菩薩離貪際解脱已乃云如諸菩薩成就無邊巧方便智而我云何能知能説復令叅鞞瑟胝羅居士（梵語鞞瑟胝羅華言纒裹）【二十六叅】善財承教至善度城叅鞞瑟胝羅居士爲説菩薩所得不般涅槃際解脱已乃云如諸菩薩以一念智普知三世一念遍入一切三昧等而我云何能知能説復令叅觀自在菩薩（梵語涅槃華言滅度，三世者過去現在未來也）【二十七叅】善財承教至補怛洛迦山叅觀自在菩薩既至彼山處處求覔見其西

面峇谷之中泉流瑩映樹林蓊鬱香草柔
軟右旋布地時觀自在菩薩於金剛寶石
上結加趺坐無量菩薩叅敬圍繞爲説大
悲行門已乃云如諸菩薩已淨普賢一切
願已住普賢一切行等而我云何能知能
説復令叅正趣菩薩（梵語補怛洛迦華言海島又云小白花）
二十八叅 善財承教已爾時東方有一菩
薩名曰正趣從空中來放身光明映蔽一
切日月星電觀自在菩薩遂令善財叅禮
時正趣菩薩爲説菩薩普疾行解脱已乃
云如諸菩薩普於十方無所不至智慧境
界等無差别而我云何能知能説復令叅
大天神 **二十九叅** 善財承教至墮羅鉢底
城叅大天神爲説菩薩雲網解脱已乃云
如諸菩薩猶如帝釋已能摧伏一切煩惱

阿修羅軍等而我云何能知能説復令叅
安住地神（梵語墮羅鉢底華言有門梵語釋提桓因華言能天主言帝釋者華梵雙舉也梵語阿修羅華言無端正）**三十叅** 善財承教至
摩竭提國菩提場中叅安住地神爲説不
可壞智慧藏法門已乃云如諸菩薩常隨
諸佛能持一切諸佛所説等而我云何能
知能説復令叅婆珊婆演底主夜神（梵語摩竭提華言善勝梵語婆珊婆演底華言春主）**三十一叅** 善財承教
至摩竭提國迦毘羅城叅婆珊婆演底主
夜神爲説菩薩破一切衆生暗法光明解
脱門已乃云如諸菩薩成就普賢無邊行
願等而我何能知其妙行説其功德復令
叅普德淨光主夜神（梵語迦毘羅華言黃色）**三十二叅** 善財承教至摩竭提國菩提場内叅普
德淨光主夜神爲説菩薩寂靜禪定樂普

遊步解脫門已乃云如諸菩薩具足菩薩所有行願了達一切無邊法界等而我云何能知能說復令叅喜目觀察衆生主夜神三十三叅善財承教即於菩提場右邊叅喜目觀察衆生主夜神爲說大勢力普喜幢解脫門已乃云如諸菩薩於念念中普詣一切諸如來所疾能趣入一切智海等而我云何能知能說復令叅普救衆生妙德夜神三十四叅善財承教即於會中叅普救衆生妙德夜神爲說普現一切世間調伏衆生解脫門已乃云如諸菩薩集無邊行生種種解等而我云何能知能說復令叅寂靜音海主夜神三十五叅善財承教叅寂靜音海主夜神爲說念念出生廣大喜莊嚴解脫門已乃云如諸菩薩深入一切法界海等而我云何能知能說復令叅守護一切衆生主夜神三十六叅善財承教即於菩提場如來會中叅守護一切衆生主夜神爲說甚深自在妙音解脫門已乃云如諸菩薩能知能說一切語言自性於念念中自在開悟一切衆生等而我云何能知能說復令叅開敷一切樹花主夜神三十七叅善財承教即於此佛會中叅開敷一切樹花主夜神爲說出生廣大光明解脫門已乃云如諸菩薩親近供養一切諸佛入一切智大願海等而我云何能知能說復令叅大願精進力救護一切衆生夜神三十八叅善財承教即於會中叅大願精進力救護衆生夜神爲說教化衆生令生善根解脫門已乃云如諸菩

薩超諸世間現諸趣身等我今云何能知能說復令參妙德圓滿神諸趣身即六道等趣之身也**三十九參**善財承教至嵐毘尼園參妙德圓滿神爲說菩薩於無量刧遍一切處示現受生自在解脫門已乃云如諸菩薩能以一念爲諸刧藏等而我云何能知能說復令參釋迦瞿波女梵語嵐毘尼華言樂勝圓光刧梵語具云刧波華言分別時節梵語釋迦華言能仁梵語瞿波華言女**四十參**善財承教至迦毘羅城參釋迦瞿波女爲說觀察菩薩三昧海解脫門已乃云如諸菩薩究竟無量諸方便海等而我云何能知能說復令參摩耶夫人摩耶梵語具云摩訶摩耶華言大術**四十一參**善財承教一心欲詣摩耶夫人所作如是念此善知識遠離世間住無所住如是之人我今云何而得親近時有實眼神及蓮花法德等神住虛空中種種讚嘆摩耶夫人復有羅剎鬼王語善財言汝應普禮十方求善知識時善財受行其教即時現見大寶蓮花從地湧出摩耶夫人在於座上於一切衆生前現淨色身遂爲善財說菩薩大願智幻解脫門已乃云如諸菩薩具大悲藏教化衆生等我今云何能知能說復令參王女天主光梵語羅剎華言速疾鬼**四十二參**善財承教遂往天宮參王女天主光爲說無礙念清淨莊嚴解脫已乃云如諸菩薩出生死夜朗然明徹等而我云何能知能說復令參徧友童子師**四十三參**善財承教從天宮下至迦毘羅城參徧友童子師別無指示但言可問善知衆藝童子當爲汝說**四十四參**善財承教即

於會中參善知衆藝童子爲說四十二字母法門已乃云如諸菩薩能於一切世出世間善巧之法以智通達到於彼岸等而我云何能知能說復令參賢勝優婆夷四十二字母者一阿字二多字三波字四者字五那字六邏字七柁字八婆字九茶字十沙字十一嚩字十二哆字十三也字十四瑟吒字十五迦字十六娑字十七麼字十八伽字十九他字二十社字二十一鎖字二十二馱字二十三奢字二十四佉字二十五叉字二十六娑多字二十七壤字二十八曷攞多字二十九婆字三十車字三十一娑麼字三十二訶婆字三十三縒字三十四伽字三十五吒字三十六拏字三十七娑頗字三十八娑迦字三十九也娑字四十室者字四十一侘字四十二陀字也

四十五參 善財承教至摩竭提國婆怛那城參賢勝優婆夷爲說無依處道場解脫門已乃云如諸菩薩一切無著功德行而我云何盡能知說復令參堅固解脫長者

四十六參 善財承教至沃田城參堅固解脫長者爲說無著念清淨莊嚴解脫已乃云如諸菩薩獲無畏大師子吼安住廣大福智之聚而我云何能知能說復令參妙月長者

四十七參 善財承教即於本城參妙月長者爲說淨智光明解脫門已乃云如諸菩薩證得無量解脫法門而我云何能知能說復令參無勝軍長者

四十八參 善財承教至出生城參無勝軍長者爲說菩薩無盡相解脫已乃云如諸菩薩得無限智無礙辯才而我云何能知能說復令參最寂靜婆羅門

四十九參 善財承教至城南法聚落參最寂靜婆羅門爲說菩薩誠願語解脫已乃云如諸菩薩與誠願語行止無違等而我云何能知能說復令參德生童子及有德童女

五十參 善財承

敎至妙意華門城參德生童子及有德童女二人爲說菩薩幻住解脱已乃云如諸菩薩善入無邊諸事幻網彼功德行我等云何能知能說復令參彌勒菩薩梵語彌勒華言慈氏

五十一參　善財承敎至海岸國大莊嚴園其中有一廣大樓閣名毘盧遮那莊嚴藏善財於樓閣前恭敬頂禮讚歎稱揚一心願見彌勒菩薩時彌勒菩薩從别處來爲說種種法要善財白言唯願大聖開樓閣門令我得入彌勒彈指出聲其門即開命善財入見其樓閣廣博無量同於虛空聞不可思議微妙法音善財即得無量諸揔持門住菩薩不可思議自在解脱復令參文殊師利菩薩梵語毘盧遮那華言徧一切處

五十二參　善財承敎到普門國蘇摩那城思惟觀察希欲奉觀文殊師利是時文殊師利遙伸右手過一百一十由旬按善財頂爲說妙法令得成就阿僧祇法門具足無量大光明乃至令入普賢行道場及置善財自所住處文殊師利還攝不現於是善財渴仰欲見普賢菩薩梵語蘇摩那華言悅意梵語由旬華言限量梵語阿僧祇華言無數

五十三參　善財於文殊師利所得三昧已普攝諸根一心求見普賢菩薩起大精進心無退轉即見普賢菩薩在如來前衆會之中坐寶蓮花師子之座身諸毛孔出光明雲令諸衆生生大歡喜善財見已踊躍無量普賢菩薩即伸右手摩觸其頂爲說諸法善財即得一切佛刹微塵數三昧門

六十二見出大涅槃經

謂外道之人於色受想行

識五陰法中每一陰起四種見則成二十見約過去現在未來三世論之成六十見此六十見以斷常二見而爲根本則總成六十二見也（四種見者謂於五陰中如計色大我小我在色中爲一見我即神我謂識神也又計我大色小色在我中爲二見又計離色是我爲三見又計即色是我爲四見也色陰既爾受想行識亦然）

佛六十四種梵音（出不思議秘密大乘經）

佛告寂慧菩薩言如来非於脣齒舌喉及其面門出諸音聲當知如来音聲從虛空出具有六十四種殊妙之相

一流澤聲　謂如来音聲流演潤澤也

二柔軟聲　謂如来音聲溫柔和軟也

三悅意聲　謂如来音聲歡悅一切衆生意也

四可樂聲　謂如来音聲巧妙而可愛樂也

五清淨聲　謂如来音聲清淨而不雜染也

六離垢聲　謂如来音聲純妙遠離諸垢染也

七明亮聲　謂如来音聲明顯流亮也

八甘美聲　謂如来說法音聲甘和美妙能使聽者得法喜之味也

九樂聞聲　謂如来說法音聲稱機淺深令衆生樂聞而不捨也

十無劣聲　謂如来音聲希有殊勝而不陋劣也

十一圓具聲　謂如来說法於一音中而具足一切音也

十二調順聲　謂如来音聲隨機說法調伏衆生使其信順也

十三無澁聲　謂如来音聲融通和暢而無澁滯也

十四無惡聲　謂如来說法音聲嘉美而不麤獷也

十五善柔聲　謂如来說法音聲柔和善順而不卒暴也

十六悅耳聲　謂如来說法音聲悅可人意而愛聽無厭也

十七適身聲　謂如来說法音聲能令聞者支體調適而得輕安也

十八心生勇

銳聲　謂如来説法音聲令人發起勇猛之心而進修也

十九心喜聲　謂如来法音美妙能令聞者心生欣喜也

二十悦樂聲　謂如来説法之音能使聞者歡喜而快樂也

二十一無熱惱聲　謂如来法音使諸聞者消除熱惱而得清涼也

二十二如教令聲　謂如来演説如法教誡命令而能啟發蒙昧也

二十三善了知聲　謂如来法音善解決了遍知一切諸法也

二十四分明聲　謂如来法音於諸事法如理分析無不明了也

二十五善愛聲　謂如来以善法音開化一切衆生令其愛樂也

二十六令生歡喜聲　謂如来説法之音令人生歡喜之心也

二十七使他如教令聲　謂如来法音能使聞者展轉啟發於人皆如教令也

二十八令他善了知聲　謂如来法音能使聞者善解一切諸法也

二十九如理聲　謂如来所發音聲皆契真如之理也

三十利益聲　謂如来説法之音能利益一切有情也

三十一離重復過失聲　謂如来所出音聲契合理趣從始至終皆無重復過失也

三十二如師子音聲　謂如来音聲一切聞者自然信伏如師子一吼百獸畏伏也

三十三如龍音聲　謂如来法音清徹幽遠如龍之吟也

三十四如雲雷吼聲　謂如来説法唯以一音遠近普及如雷之吼也

三十五如龍王聲　謂如来説法音韻清遠如龍王所發之聲也

三十六如緊那羅妙歌聲　梵語緊那羅華言歌神謂如来所出梵音如彼歌音美妙適悦一切也

三十七如迦陵頻伽

聲梵語迦陵頻伽華言妙聲鳥謂如来法音美妙如彼禽之聲也

三十八如梵王聲 謂如来所説法音如梵王之清淨聲音也

三十九如共命鳥聲 共命鳥者一身二頭之鳥也謂如来所説法音吉祥如彼禽之聲也

四十如帝釋美妙聲 謂如来説法之音如天帝釋之美妙音聲也（帝釋梵語釋提桓因華言能天主言帝釋者華梵雙舉也）

四十一如振鼓聲 謂如来音聲震響如鼓遠近皆聞也

四十二不高聲 謂如来演説圓音聲不高大得中道也

四十三不下聲 謂如来演説圓音聲不卑下亦得中道也

四十四隨入一切音聲 謂如来説法之音普入群機融通衆音也

四十五無缺減聲 謂如来法音圓滿具足也

四十六無破壞聲 謂如来凡所演説眞實不虛無能破壞也

四十七無染汙聲 謂如来所説法音純圓獨妙離諸煩惱無染著也

四十八無希取聲 謂如来説法利樂一切衆生無所希望離取著也

四十九具足聲 謂如来所演法音稱性而説妙理具足也

五十莊嚴聲 謂如来所演聲教如實之談端莊而嚴肅也

五十一顯示聲 謂如来演妙法音顯現妙理開示衆生無有隱晦也

五十二圓滿一切音聲 謂如来説法音聲圓滿具足一切音也

五十三諸根適悅聲 謂如来所演妙法音聲衆生一聞諸根適悅也

五十四無譏毀聲 謂如来法音不譏毀一切衆生凡有言説皆信順也

五十五無輕轉聲 謂如来圓音普攝一切不輕浮遷轉也

五十六無動搖聲 謂如来所説

法音得無所畏而諸外魔不能動搖也外魔者外道天魔也五十七隨入一切衆會聲謂如来法音普入衆會隨機得聞也五十八諸相具足聲謂如来說法之音具足一切諸相也五十九令衆生心意懽喜聲謂如来所出語言普令十方一切世界衆生心意歡喜皆謂所說從如來口門而出亦無互相重復而諸衆會各隨音聲曉了諸法然實非如來口門中出也六十說衆生心行聲謂一切衆生其數無量行亦無量如來所說衆生心行畧有八萬四千種類但爲根性下劣衆生令其易得解入故也六十一入衆生心意聲謂如來具秘密智所出語言隨入一切衆生心意然不從如來口門中出正所謂從虛空而出者也六十二隨衆生信解聲謂如來所出語言隨諸衆生種種信解心意成熟普使隨應而得了知也六十三聞者無分量聲謂如來音聲無有分量世間一切天人魔梵沙門婆羅門等雖能聞之亦不能知其邊際分量也魔即魔王梵即梵天梵語沙門華言勤息梵語婆羅門華言淨行六十四衆生不能思惟稱量聲謂如來音聲妙輪出種種聲宣說法時假使徧滿三千大千世界一切衆生皆居緣覺之地亦不能思惟稱量也三千者小千中千大千也言三千大千者總別兼舉也

大明三藏法數卷第三十七卷

大明三藏法數卷第三十八

上天竺前住持沙門一如等奉　勑集註

小乘七十五法 出圓覺經疏鈔

小乘七十五法攝爲五類謂色法十有一心法一心所有法四十有六不相應行法十有四無爲法三也

色法十一 色即質礙之義謂眼耳鼻舌身五根色聲香味觸五境及法處所攝一分此十一種皆有色相可見可對故總名爲色法 法處即意識所取之境具有四分一心所法二不相應法三無爲四無表色今言法處所攝一分者正是無表色也無表色者謂意識緣於過去所見之境雖分別明了而無所表對故也

一心法 心法者謂心雖無形質而有覺知之用以能緣慮分別名之爲心即意識也 此專言意識者蓋小乘之人唯知心王是第六意識而不知有第七第八二種之識也

心所有法四十六 心所有法者以對意識心王而言之也此四十六合爲六位偏大地有十一受 領納前境也 二想 於境取像也 三思 起心造作諸業也 四觸 對境也 五欲 希望樂境也 六慧 揀擇善惡法也 七念 記憶不忘也 八作意 能警覺者爲性心未起能警令起心已起能引趣境也 九勝解 於理明了無礙也 十三摩地 梵語三摩地華言等持離沉掉曰等令心專注不散曰持 此之十法通善通惡遍一切心故云遍大地也大善地有十一信 於善法深樂不疑也 二勤 於諸善法精進修習也 三捨 遠離掉舉也 四慚 恥已無德也 五愧 羞爲惡行也 六無貪 於五欲境心生厭離也 七無嗔 於違情之境不起忿怒也 八不害 於諸有情不加損惱也 九輕安 遠離昏亂也 十不放逸 於善法心不染著也 此之十法不通於惡唯是善業能通至無漏聖道故云大善地也 無漏者不漏落三界生死也 大煩惱有六一癡 於事理迷惑不了也 二放逸 縱恣欲境也 三懈怠 身心不勤也 四不信 邪見多疑也 五

昏沉(心神迷惑也)六掉舉(內心搖動也)此之六法依五識第六識第七識而起不通於善唯是惡法故云大煩惱也大不善有二一無慚(不知羞恥也)二無愧(陰爲不善也)此之二法謂人無慚愧則無惡不造故云大不善也小煩惱有十一忿(暴怒也)二覆(不令人知已過也)三慳(於一切財不能惠施也)四嫉(心懷妬忌也)五惱(外境違情不自安忍也)六害(損惱有情也)七恨(怨恨也)八諂(媚悅人意也)九誑(詭詐不實也)十憍(矜已傲他也)此之十法但依第六識而起故云小煩惱也不定法有八一悔(或作惡事或不作善事心皆追悔也)二睡眠(謂人睡眠神識昏昧夢中見境或善或惡或不善不惡也)三尋(尋即尋思即心中所起之念或善或惡或不善不惡也)四伺(伺即伺察亦心中所起之念也心麁而浮曰尋心細而沉曰伺二者皆是心念但分麁細耳亦通善惡不善不惡也)五貪(引取無厭也)六嗔(分怒不忍也)七慢(自恃陵他也)八疑(猶豫不決也)此之八法通於善惡無記三性故云不定法也(無記者謂不善不惡無所記錄故也)

不相應行法十四

一得(於一切法造作成就也)二非得(於一切法不能成就也)三衆同分(如人之類其形相似也)四無想異熟(此即無想報外道修無想定命終生無想天以其果報異世成熟故曰異熟)五無想定(外道所修之定想心俱滅故也)六滅盡定(得此定者受想之心滅盡諸識不起也)七命根(第八藏識種子并出入息煖氣三者連持不斷也)八生(諸法生起也)九住(諸法未遷也)十異(諸法漸衰也)十一滅(諸法消盡也)十二名身(依事立名衆名聯合故曰名身)十三句身(積言成句衆句聯合故曰句身)十四文身(文即文字衆字聯合故曰文身)此之十四法有名無體不與色法心法及心所有法相應故云不相應行法也

無爲法【三】

一擇滅無爲(擇即揀擇滅即斷滅以智滅惑所顯真理理無作爲也)二非擇滅無爲(不假智力斷滅諸惑性本清淨無所作爲也)三虛空無爲(真空之理離諸障礙猶如虛空無所作爲也)蓋前

色法心法及心所有法不相應行皆是世間有爲之法此之三法是出世間之法故名無爲然七十五法不出乎色心而色則由心造也若攝末歸本唯心一法耳

八十隨形好（出華嚴經隨疏演義鈔）

指不狹長薄潤光潔手足指圓纖長柔軟節骨不現手足各等無差指間充密手足圓滿軟淨光澤筋脉盤結深隱不現兩踝深隱骨不顯露（踝胡瓦切）行步正直端莊嚴肅行步威容齊整如師子王行步安平穩如象王行步有儀進止詳緩回身顧視必皆右旋支節漸次安布殊勝骨節交結宛如龍盤膝輪圓滿妙善安布隱處妙好圓滿清淨身支潤滑柔軟鮮潔身容敦肅自在無畏身支堅固稠密相屬身支安定厚重不動身相端嚴光明離垢身有圓光隨處照耀腹形方正柔軟不現臍深右旋圓妙光澤臍厚妙好不窊不凸（窊烏瓜切）肌膚勻淨鮮明離垢手掌充滿柔軟方平手文深長明直潤澤唇色紅潤如頻婆果（梵語頻婆華言相思）面門圓滿妙好端嚴舌相長廣彌覆難量發聲威震如雷普聞音韻美妙和暢清遠鼻高修直兩竅不現諸齒方整堅密鮮白諸牙明潔漸次鋒利目廣清淨洞徹分明眼相修廣如青蓮華眼睫上下齊整稠密雙眉修長黑澤細軟雙眉綺靡紺琉璃色雙眉高朗猶如半月耳厚修長輪埵成就兩耳相好綺麗齊平容儀端麗見者無厭額廣圓滿平正殊特身分殊勝上下勻等首髮修長紺青稠密首髮香潔柔潤光澤首髮齊整不亂不

雜首髮堅固永無斷落首髮光滑塵垢不著身分堅實逾那羅延（梵語那羅延華言金剛謂堅固也）身體莊嚴長大端直諸竅清淨塵垢不染身力充美無與等者身相嚴好衆所樂觀面輪修廣淨如滿月顏貌舒泰光顯含笑面顏光澤遠離塵垢身支嚴淨恒無垢穢諸毛孔中常出妙香面門常出微妙之香首相妙好周圓平等身毛纖柔紺青光澤法音圓辯隨機普應頂相高妙無能見者手足指網分明嚴整行不履地去地四指而地現印文神力自持不待他衛威德遠震善類悅聞魔外慴伏（慴質涉切）音聲和雅悅可衆心觀機淺深隨類說法一音演說隨類得解次第說法各隨機緣等觀有情寃親平等所爲先觀後作各赴機宜相好具足瞻視無盡頂骨堅實窮劫不壞顏容常妙常若少年手足胸臆吉祥德相妙好具足

八十一品思惑（出天台四教儀集註）思惑者謂眼等五根對色等五塵而起貪瞋癡慢四惑也言八十一品者以欲界爲一地色界初禪二禪三禪四禪爲四地無色界空處識處無所有處非想非非想處爲四地共爲九地欲界一地具九品貪瞋癡慢四惑所謂上上上中上下中上中中中下下上下中下下也色界四地無色界四地亦各有九品貪癡慢三惑但除瞋恚以上二界不行瞋故是則九地各有九品思惑共成八十一品也（三界思惑分九品者以此惑難斷故細分之令二果斯陀含三果阿那含四果阿羅漢次第斷除也）

八十八使（出天台四教儀集註）使即驅役之義謂此見惑能驅役一切衆生流轉三界生死故也言見惑者以意根對法塵起諸分别也凡有十種一身見謂於色受想行識五陰之中妄計爲身也二邊見謂於身見計斷計常隨執一邊也三見取謂於非眞勝法中謬見涅槃生心而取也四戒取謂於非戒中謬以爲戒取以進行也五邪見謂無明不了邪心取理也六貪謂於諸欲境引取無厭也七瞋謂於逆情之境而起忿怒也八癡謂於事理之中迷惑不了也九慢謂自恃才德富貴輕蔑於他也十疑謂迷心乖理猶豫不決也此之十使歷三界四諦下增減不同共成八十八使蓋欲界苦諦下十使具足集滅二諦下各有七使除身見邊見戒取三使道諦下有八使除身見邊見二使則四諦合爲三十二使也色界無色界四諦下皆如欲界只於每諦下又除瞋使故一界有二十八使二界合爲五十六使并前欲界三十二使總成八十八也（集滅二諦各除身見邊見戒取者謂此三使皆依苦諦而起而此二諦則無也道諦除身見邊見者謂此二使亦苦諦所起而此則無也然不除戒取者謂外道執取邪戒妄爲正道故於此不除也上二界除瞋使者以上二界無瞋故也）

九十八使（出天台四教儀集註）謂欲界有貪瞋癡慢四種思惑色界無色界各有貪癡慢三種思惑三界思惑共爲十使并前見惑八十八使合之而爲九十八使也

大乘百法（出大乘百法明門論）百法束爲五門謂色法十有一心法八心所有法五十有一不相應行法二十有四無爲法六共成一百也

色法十一 色即質礙之義謂眼耳鼻舌身五根色聲香味觸五境及法處所攝一分此十一種法皆有色相可見可對故總名爲色法法處即意識所取之境具有四分一心所法二不相應行三無爲四無表色今言法處所攝一分者正是無表色也無表色者謂意識緣於過去所見之境雖分別明了而無所表對故也

心法八 心即識心謂眼識耳識鼻識舌識身識意識末那識阿賴耶識此八種識皆有分別之義俱屬於心故名心法梵語末那華言意梵語阿賴耶華言藏識

心所有法 **五十一** 心所有法者以對八識心王而言之也此五十一合爲六位徧行法有五一作意能警覺者爲性心未起能警令起心已起能引趣境也 二觸對境也 三受領納前境也 四想於境取像也 五思起心造諸業也 此五種法起則同起故云徧行也別境法有五一欲希望樂境也 二勝解於理明了無礙也 三念於曾習境記憶不忘也 四等持離昏沉掉舉曰等令心專注不散曰持也 五慧揀擇善惡法也 此五種法起時各起故云別境也善法有十一一信於諸善法深樂不疑也 二慚恥已無德也 三愧羞爲惡行也 四無貪於五欲境心生厭離也 五無瞋於違情之境不起忿心也 六無癡於事理明了解決也 七精進於諸善法精勤修習也 八輕安遠離昏亂也 九不放逸於不善法心不染著也 十捨遠離掉舉也 十一不害於有情不加損惱也 此十一種法皆是善法故總云善也煩惱法有六一貪引取無厭也 二瞋忿怒不息也 三慢自恃陵他也 四無明於事理無所明了也 五見即邪見也 六疑猶豫不決也 此六種法能惱亂衆生故總云煩惱也隨煩惱法有二十一忿暴怒也 二恨怨恨也 三覆不令人知已過也 四惱外境違情不自安隱也 五嫉心懷妬忌也 六慳於一切財不能惠施也 七誑詭詐不實也 八諂媚悅人意也 九害損惱有情也 十憍矜己傲人也

十一無慚不知羞恥也十二無愧陰爲不善也十三掉舉內心搖動也十四昏沉心神迷惑也十五不信邪見多疑也十六懈怠身心不勤也十七放逸縱恣欲境也十八失念遺失正念也十九散亂心常放逸也二十不正知以妄爲真也此二十法隨逐前六種煩惱而生故云隨煩惱也不定法有四一惡作或已作惡事因循或不作善事心皆追悔也二睡眠謂人睡眠識神昏昧夢中見境或善或惡或不善不惡也三尋尋即尋思心中所起之念或善或惡或不善不惡也四伺伺即伺察心中所起之念也尋思之心麄而浮伺察之心沉而細二者皆是心念但分麄細耳亦通善惡與不善不惡也此四種法於善惡無記三性不定而起故云不定也如是諸法從阿賴耶識種子所生依心所起與心俱轉相應故皆名心所有法無記者謂不善不惡無所記錄故也

不相應行法二十四

一得於一切法造作成就也二命根第八識種子并出入息煖氣三者連持不斷也三衆同分如人之類其形相似也四異生性衆生之妄性不同也五無想定心想俱滅外道所修之定也六滅盡定受想之心滅盡諸識不起也七無想報外道修無想定命終生無想天壽命五百劫想心不行如氷夾魚也八名身依事立名衆名聯合曰名身九句身積言成句衆句聯合曰句身十文身文即是字衆字聯合曰文身十一生諸法生起也十二住諸法未遷也十三老諸法漸衰也十四無常今有後無也十五流因果相續流轉不斷也十六定異善惡因果決定不同也十七相應因果和合不相違背也十八勢速諸法遷流不暫停住也十九次第編列有序也二十時即時節也二十一方即方所也二十二數即數目也二十三和合不相乖違也二十四不和合互相乖違也此二十四法有名無體不與色法心法及心所法相應故云不相應行法

無爲法有六

一虛空無爲真空之理離諸障礙猶如虛空無所作爲也二擇滅無爲擇即揀擇

（滅即斷滅以智滅惑所顯真理理無作爲也）

三非擇滅無爲（不假智力斷滅諸惑性本清淨無所作爲也）

四不動無爲（即第四禪天得不動地所修出世之理無所作爲也）

五受想滅無爲（受想心滅所顯真理無所作爲也）

六真如無爲（不妄日真不異日如真如之理無所作爲也）

蓋前色法心法及心所有法不相應行皆是世間有爲之法此之六法是出世間之法故名無爲然百法不出乎色心而色則由心造也若攝末歸本唯心一法耳

百八三昧（出大智度論）

首楞嚴三昧 梵語首楞嚴華言健相分別梵語三昧華言正受亦云正定謂菩薩住是三昧則於諸三昧行相多少淺深悉能分別了知而一切魔惱不能破壞是名首楞嚴三昧

寶印三昧 謂菩薩住是三昧於一切三昧悉能印證然諸寶中法寶爲最今世後世乃至涅槃能爲利益是名寶印三昧（梵語涅槃華言滅度）

師子戲三昧 謂菩薩住是三昧於一切三昧中出入遲速皆得自在於諸外道强者破之信者度之譬猶師子戲時而能制伏諸羣獸也是名師子戲三昧

妙月三昧 謂菩薩入是三昧能除無明暗蔽諸法邪見譬猶滿月清淨無諸障翳而能除破黑暗是名妙月三昧

月幢相三昧 謂菩薩入是三昧一切諸法通達無礙皆悉順從譬猶大將以寶幢作月之像人見此相悉皆隨從是名月幢相三昧

出諸法三昧 謂菩薩住是三昧能令一切三昧出生增長譬猶時雨之降而草木皆生是名出諸法三昧

觀頂三昧 謂菩薩入是三昧能徧見一切三昧如住山頂悉見衆物

是名觀頂三昧**畢法性三昧**謂諸法體性無量無二難可執持菩薩入是三昧則能決定知諸法性而得定相譬猶虛空無能住者得神足力則能處之是名畢法性三昧**畢幢相三昧**謂菩薩住是三昧則能決定持諸三昧法幢於諸三昧最為尊勝譬猶大將得幢表其尊大之相是名畢幢相三昧**金剛三昧**謂菩薩住是三昧則智慧堅固能破諸三昧譬猶金剛堅固不壞而能碎諸萬物是名金剛三昧**入法印三昧**謂如人入國有印得入無印則不得入菩薩住是三昧即能入於諸法實相是名入法印三昧**三昧王安立三昧**謂菩薩住是三昧則於一切諸三昧中而得安住譬猶大王安住正殿召諸羣臣皆悉從命是名三昧王安立三昧**放光三昧**謂菩薩住是三昧則能放種種光明照諸三昧悉皆明了是名放光三昧**力進三昧**謂菩薩住是三昧於諸三昧得自在力常能神通變化度諸衆生是名力進三昧**高出三昧**謂菩薩住是三昧所有福德智慧皆悉增長諸三昧性從心而出是名高出三昧**必入辯才三昧**謂菩薩住是三昧則能辯說一切三昧悉知衆生語言次第及經書名字等悉能分別無礙是名必入辯才三昧**釋名字三昧**謂菩薩住是三昧則能釋諸三昧名字及諸法義令人得解是名釋名字三昧**觀方三昧**謂菩薩住是三昧於諸三昧出入自在無礙故能以慈悲憐愍平等之心觀於十方衆生皆得度脫是名觀方三

昧

陀羅尼印三昧 梵語陀羅尼華言總持謂菩薩住是三昧則能持諸三昧印分別諸三昧皆有陀羅尼是名陀羅尼印三昧

無誑三昧 謂菩薩住是三昧不生愛恚無明邪見於諸三昧都無迷悶之事是名無誑三昧

攝諸法海三昧 謂菩薩住是三昧則三乘法皆攝入是三昧中如一切衆流皆歸於海是名攝諸法海三昧（三乘者聲聞乘緣覺乘菩薩乘也）

遍覆虛空三昧 謂菩薩住是三昧以三昧力能遍覆無量無邊虛空或放光明或以音聲充滿其中是名遍覆虛空三昧

金剛輪三昧 謂菩薩住是三昧則能持諸三昧於一切法中所至無礙譬猶金剛輪所往無有障礙是名金剛輪三昧

寶斷三昧 謂菩薩住是三昧則能斷除一切三昧煩惱諸垢如有眞寶能治諸寶令得潔淨是名寶斷三昧

能照三昧 謂菩薩住是三昧則能以智慧照了諸法譬猶日出普照世間事皆顯了是名能照三昧

不求三昧 謂菩薩住是三昧則能照了諸法皆如幻化三界愛欲悉斷都無所求是名不求三昧（三界者欲界色界無色界也）

無住三昧 謂菩薩住是三昧則能照了諸法念念無常無有住相是名無住三昧

無心三昧 謂菩薩住是三昧則心心數法悉皆不行是名無心三昧（心即心王心數法即受想行法也不行者謂此諸法皆不起也）

淨燈三昧 謂菩薩住是三昧則能離諸煩惱之垢而智慧之燈清淨明發是名淨燈三昧

無邊明三昧 謂菩薩住是三昧則能以智慧光明普照十方無邊世界衆生及無量諸

法皆悉明了是名無邊明三昧【能作明三昧】謂菩薩住是三昧則能照明諸法譬猶暗中燃炬無不明了是名能作明三昧【普照明三昧】謂菩薩住是三昧即能普照諸法種種三昧門譬如輪王寶珠光照四邊是名普照明三昧【堅淨諸三昧】謂菩薩住是三昧則能令諸三昧清淨堅牢不爲一切垢法之所染壞是名堅淨諸三昧【無垢明三昧】謂菩薩住是三昧能離一切諸三昧垢破除一切無明愛欲煩惱亦能照了一切三昧是名無垢明三昧【歡喜三昧】謂菩薩住是三昧能生無量無邊法歡喜樂是名歡喜三昧【電光三昧】謂菩薩住是三昧於無始世來所失之道還復能得如電光暫現行者得路是名雷光三昧【無盡三昧】謂菩薩住是三昧滅諸法無常等相即入不生不滅眞實之理是名無盡三昧【威德三昧】謂菩薩住是三昧則得無量威德自在莊嚴是名威德三昧【離盡三昧】謂菩薩住是三昧則能見諸三昧無有窮盡而於無量阿僧祇劫善本功德果報不失離於一切斷滅之見是名離盡三昧（梵語阿僧祇劫華言無數時）【不動三昧】謂菩薩住是三昧能知諸法實相畢竟空寂智慧與三昧相應於一切三昧及一切法都不戲論是名不動三昧【不退三昧】謂菩薩住是三昧常不退轉即是阿鞞跋致是名不退三昧（梵語阿鞞跋致華言不退轉）【日燈三昧】謂菩薩住是三昧則能照了種種法門及諸三昧譬猶日出能照一切世界又如燈明能破暗室是名日燈

三昧**月淨三昧**謂菩薩住是三昧則智慧清淨利益衆生又能破諸三昧無明如月圓明破諸黑暗是名月淨三昧**淨明三昧**謂菩薩住是三昧則能明了諸法無有障礙是名淨明三昧**能作明三昧**謂菩薩住是三昧則與般若之智相應能於諸三昧門而作光明是名能作明三昧（梵語般若華言智慧）**作行三昧**謂菩薩住是三昧則能發起先所得諸三昧故是名作行三昧**知相三昧**謂菩薩住是三昧則見一切諸三昧中有實智慧之相是名知相三昧**如金剛三昧**謂菩薩住是三昧則能破一切煩惱結使無有遺餘譬猶金剛能破諸物滅盡無餘是名如金剛三昧（結使者謂一切衆生爲惑業纏縛驅役入於生死也）**心住三昧**謂心相輕疾難制難持菩薩住是三昧則能攝諸散亂心不動轉是名心住三昧**普明三昧**謂菩薩住是三昧於一切法見光明相無諸黑暗以神通力普照世間了了無礙是名普明三昧**安立三昧**謂菩薩住是三昧於一切諸功德善法中安立堅固如須彌山安立不動是名安立三昧（梵語須彌華言妙高）**寶聚三昧**謂菩薩住是三昧則能轉一切所有國土皆成七寶是名寶聚三昧（七寶者金銀琉璃玻瓈硨磲碼碯赤真珠也）**妙法印三昧**謂菩薩住是三昧得諸佛菩薩深妙功德智慧之法印諸三昧是名妙法印三昧**法等三昧**謂菩薩住是三昧則照了衆生及一切法悉皆平等是名法等三昧**斷喜三昧**謂菩薩住是三昧能觀苦空無常無我不淨等相於一切世間心生厭離

不起樂著之想是名斷喜三昧（苦者謂觀五陰之身實有生死逼迫等苦也空者謂身及諸法本來皆空也無常者謂身及諸法終歸壞滅也無我者謂四大各離何者是我也不淨者謂觀身相皆不淨也）

【到法頂三昧】謂菩薩住是三昧則能以般若方便之力而到於法山之頂是名到法頂三昧（法山之頂以喻此三昧在諸三昧之上也）

【能散三昧】謂菩薩住是三昧即與空慧相應而能破散諸法是名能散三昧

【分別諸法句三昧】謂菩薩住是三昧則能分別一切諸法語言文句爲衆生演說詞無滯礙是名分別諸法句三昧

【字等相三昧】謂菩薩住是三昧觀諸字諸語悉皆平等呵罵讚歎無有憎愛是名字等相三昧

【離字三昧】謂菩薩住是三昧不見字在義中亦不見字在字中是名離字三昧

【斷緣三昧】謂菩薩住是三昧則能於樂中不生喜苦中不生瞋不苦不樂中不生不知捨心於此三受遠離不著則心滅緣斷是名斷緣三昧

【不壞三昧】謂菩薩住是三昧則能了法性畢竟空寂戲論不能破無常不能轉是名不壞三昧

【無種相三昧】謂菩薩住是三昧了法無相而不見諸法種種之相是名無種相三昧

【無處行三昧】謂菩薩住是三昧則能知三毒火然三界故心不依止涅槃畢竟空故亦不依止是名無處行三昧（三毒者貪瞋癡也）

【離朦昧三昧】謂菩薩住是三昧則能於諸三昧中微翳無明等悉皆除盡是名離朦昧三昧

【無去三昧】謂菩薩住是三昧則不見一切諸法去來之相是名無去三昧

【不變異三昧】謂菩薩住是三昧能觀一切諸三昧法皆

不見有變異之相是名不變異三昧**度緣三昧**謂菩薩住是三昧於六塵中諸煩惱緣悉皆盡滅能度六塵大海亦能超過一切三昧緣生智慧是名度緣三昧（六塵者色塵聲塵香塵味塵觸塵法塵也）**集諸功德三昧**謂菩薩住是三昧修集一切善根功德初夜後夜無有休息譬猶日月運轉不停是名集諸功德三昧**住無心三昧**謂菩薩住是三昧但隨智慧不隨於心而住於諸法實相之中是名住無心三昧**淨妙華三昧**謂菩薩住是三昧則能於諸三昧中開諸功德華以自在莊嚴如樹華開敷樹自嚴飾是名淨妙華三昧**覺意三昧**謂菩薩住是三昧令諸三昧變成無漏與七覺相應是名覺意三昧（無漏者謂惑業已斷不漏落生死也七覺者念覺擇法覺精進覺喜覺輕安覺定覺捨覺也）**無量辯三昧**謂菩薩住是三昧得無量辯才樂說一句經無量劫而不窮盡是名無量辯三昧（劫梵語具云劫波華言分別時節）**無等等三昧**謂菩薩住是三昧觀一切衆生皆如於佛觀一切法皆同佛法與無等等般若波羅蜜相應是名無等等三昧（無等等者謂諸佛般若世無與等而一切衆生平等共有故曰無等等梵語般若波羅蜜華言智慧到彼岸）**度諸法三昧**謂菩薩住是三昧則能入三解脫門超出三界度三乘衆生是名度諸法三昧（三解脫門者空解脫門無相解脫門無作解脫門也）**分別諸法三昧**謂菩薩住是三昧則能分別諸法善不善有漏無漏有爲無爲等相是名分別諸法三昧（有漏者謂因煩惱惑業漏落三界生死也有爲者世間法也無爲者出世間法也）**散疑三昧**謂菩薩住是三昧則能於一切法中疑網悉斷得一切

諸法實相是名散疑三昧**無住處三昧**謂菩薩住是三昧則不見諸法定有住處是名無住處三昧**一莊嚴三昧**謂菩薩住是三昧則能觀見諸法皆一或一切法有相故一或一切法無相故一或一切法空故一皆以一相智慧莊嚴如是三昧是名一莊嚴三昧**生行三昧**謂菩薩住是三昧能觀種種行相入相住相出相如是諸相皆空亦不可見是名生行三昧**一行三昧**謂菩薩住是三昧與畢竟空相應更無餘行次第是名一行三昧**不一行三昧**謂菩薩住是三昧不見諸三昧一相以此三昧而能兼行諸餘觀行是名不一行三昧**妙行三昧**謂菩薩住是三昧不見諸三昧二相即是畢竟空相應三昧一切戲論皆不能破是名妙行三昧**達一切有底散三昧**謂菩薩住是三昧能以無漏智慧通達三有乃至非有想非無想之底一切諸有皆悉令其散壞是名達一切有底散三昧（三有者欲有色有無色有即三界也底者即非有想非無想天以其難到故名底也）**入名語三昧**謂菩薩住是三昧則能識一切眾生一切物一切法名字一切語言無不解了是名入名語三昧**離音聲字語三昧**謂菩薩住是三昧觀一切諸法皆無音聲語言常寂滅相是名離音聲字語三昧**然炬三昧**謂菩薩住是三昧則能以智慧炬照明一切諸法無錯無著如然炬夜行不墮險處是名然炬三昧**淨相三昧**謂菩薩住是三昧則能清淨具足莊嚴三十二相又能如法觀於諸法總別之相亦能觀諸法

無相清淨是名淨相三昧三十二相者足安平相千輻輪相手指纖長相手足柔軟相手足縵網相足跟滿足相足趺高好相腨如鹿王相手過膝相馬陰藏相身縱廣相毛孔生青色相身毛上靡相身金色相身光面各一丈相皮膚細滑相七處平滿相兩腋滿相身如師子相身端直相肩圓滿相四十齒相齒白齊密相四牙白淨相頰車如師子相咽中津液得上味相廣長舌相梵音深遠相眼色如金精相眼睫如牛王相眉間白毫相頂肉髻成相也總相者諸法和合爲一相也別相者諸法種種差別也

破相三昧謂菩薩住是三昧則不見一切法相何況於諸三昧之相是名破相三昧

一切種妙足三昧謂菩薩住是三昧則能以諸功德種種莊嚴禪定智慧悉皆具足清淨是名一切種妙足三昧

不喜苦樂三昧謂菩薩住是三昧能觀世間之樂多過多患虛妄顛倒非可愛樂觀世間之苦如病如箭入身心不喜樂以一切法虛誑故樂尚不喜何況於苦是名不喜苦樂三昧

無盡相三昧謂菩薩住是三昧則能觀一切法不斷不常無壞無盡是名無盡相三昧

陀羅尼三昧謂菩薩住是三昧則能持諸三昧而聞持等諸陀羅尼皆自然而得是名陀羅尼三昧聞持者陀羅尼名也謂得此陀羅尼者一切語言諸法耳所聞者皆不忘失也

攝諸邪正相三昧謂菩薩住是三昧於正定聚邪定聚不定聚一切衆生都無所棄一心攝取而不見有邪正等相是名攝諸邪正相三昧

滅憎愛三昧謂菩薩住是三昧則能滅諸憎愛於可喜法中而不生愛可惡法中而不生嗔是名滅憎愛三昧

逆順三昧謂菩薩住是三昧則能於諸法中逆順自在能破一切邪逆衆生能順一切可化衆生而又不著逆順之相是名逆順三昧

淨

光三昧謂菩薩住是三昧於諸三昧光明清淨諸煩惱垢皆不可得是名淨光三昧

堅固三昧謂菩薩住是三昧而於諸法實相智慧相應皆悉堅固猶如虛空不可破壞是名堅固三昧

滿月淨光三昧謂菩薩住是三昧則淨智光明具足滅愛恚等火清涼功德利益衆生譬猶秋月圓滿破諸黑暗清涼可樂是名滿月淨光三昧

大莊嚴三昧謂菩薩住是三昧則大莊嚴成就見十方如恒河沙等世界以七寶華香莊嚴佛處如是等莊嚴功德而心無所著是名大莊嚴三昧

能照一切世間三昧謂菩薩住是三昧則能照衆生世間住處世間五衆世間一切諸法是名能照一切世間三昧（五衆者即色受想行識五陰也）

三昧等三昧謂菩薩住是三昧則能觀諸三昧不見有深淺之相觀一切有爲之法皆從因緣而生與三昧相悉皆平等無有定亂是名三昧等三昧

攝一切有諍無諍三昧謂菩薩住是三昧則能於一切法中通達無礙不見是法如是相不見是法不如是相於衆生中亦無好醜諍論但隨其心行而攝受度脫之是名攝一切有諍無諍三昧

不樂一切住處三昧謂菩薩住是三昧則不樂住世間以世間無常故不樂住非世間不著於空故是名不樂一切住處三昧（非世間者出世間之法也）

如住定三昧如即有無不二之義又即空也謂菩薩住是三昧則知一切法如實相不見有法過此如者是名如住定三昧

壞身衰三昧身衰者謂血肉筋骨等和合爲

身是身多患常爲饑寒疾病所逼以致身衰菩薩住是三昧故以智慧力分分破壞身諸衰相乃至不見不可得相是名壞身衰三昧

壞語如虛空三昧謂菩薩住是三昧不見諸三昧語業依聲而有如虛空如幻化不生憎愛是名壞語如虛空三昧

離著虛空不染三昧謂菩薩修行般若波羅蜜觀諸法畢竟空不生不滅猶如虛空雖得是三昧而於此虛空三昧之相亦不染著是名離著虛空不染三昧

一百八法明門（出佛本行集經）

法明門者爲令衆生破除昏暗通達一切智慧也故護明菩薩在兜率天宮欲下人間託生即於師子座上宣說此一百八門留與諸天以作憶念然後下生也（護明菩薩即釋迦牟尼佛在天宮之號也梵語兜率華言知足）正信法明門謂不破堅牢心故淨心法明門謂無穢濁故歡喜法明門謂安隱心故愛樂法明門謂令心清淨故身行正行法明門謂三業清淨故（三業清淨者謂身不殺不盜不婬也）口行淨行法明門謂斷四惡故（四惡者妄言綺語兩舌惡口也）意行淨行法明門謂斷三毒故（三毒者貪嗔癡也）念佛法明門謂觀佛清淨故念法法明門謂觀法清淨故念僧法明門謂得道堅牢故念施法明門謂不望果報故念戒法明門謂一切願具足故念天法明門謂修廣大心故慈法明門謂隨所生處善根攝勝故悲法明門謂不殺害衆生故喜法明門謂捨一切不喜事故捨法明門謂厭離五欲故（五欲者色欲聲欲香欲味欲觸欲也）無常觀法明門謂觀三界慾故（三界

者欲界色界無色界也苦觀法明門謂斷一切願故無我觀法明門謂不染著我故寂定觀法明門謂不擾亂心意故慚愧法明門謂內心寂定故羞恥法明門謂外惡滅故實法明門謂不誑天人故眞法明門謂不誑自身故法行法明門謂隨順法行故三歸法明門謂淨三惡道故三歸者歸依佛歸依法歸依僧也三惡道者餓鬼道畜生道地獄道也知恩法明門謂不捨善根故報恩法明門謂不欺負他故不自欺法明門謂不自譽故爲衆生法明門謂不毀呰他故呰與訾同爲法法明門謂如法而行故知時法明門謂不輕言說故攝我慢法明門謂智慧滿足故不生惡心法明門謂自護護他故無障礙法明門謂心無疑惑故信解法明門謂決了第一義故第一義者謂中道之

理無二無別也不淨觀法明門謂捨慾染心故不諍鬭法明門謂斷嗔訟故不癡法明門謂斷殺生故樂法義法明門謂求法義故愛法明法明門謂得法明相故求多聞法明門謂正觀法相故正方便法明門謂眞正行故知名色法明門謂除諸障礙故名即心色即身也除因見法明門謂得解脫故無怨親心法明門謂於怨親中生平等故除方便法明門謂知諸苦故諸大平等法明門謂斷於一切和合法故諸大者即地大水大火大風大空大根大識大也諸入法明門謂修正道故諸入者即眼入耳入鼻入舌入身入意入色入聲入香入味入觸入法入也無生忍法明門謂證滅諦故無生忍者謂一切法本來不生於此法中而能忍可印證也身念處法明門謂諸法寂靜故身念處者身即五陰中色陰念即能觀之觀處即色陰所觀之境也受念處法明

門謂斷一切諸受故受即領納之義謂眼等識領納色等諸境也　心念處法明門謂觀心如幻化故心即五陰中識陰也　法念處法明門謂智慧無翳故法即五陰中想行二陰也　四正勤法明門謂斷一切惡成諸善故四正勤者一已生惡令斷二未生惡令不生三已生善令增長四未生善令生也　四如意足法明門謂身心輕故四如意足者欲如意足念如意足精進如意足慧如意足也　信根法明門謂不隨他語故信者謂信正觀及助道法則能生諸善法也根即能生之義　精進根法明門謂善得諸智故精進者謂修行正助之法勤求不息也　念根法明門謂善作諸業故念者謂專念正助之法而無他念也　定根法明門謂心清淨故定者謂攝心在正助之法相應不散也　慧根法明門謂現見諸法故慧者謂以智慧觀察苦集滅道四諦之法也　信力法明門謂過諸魔力故信力者力即力用謂信根增長則能遮斷一切疑惑也　精進力法明門謂不退轉故精進力者

謂精進根增長則能破諸身心懈怠也　念力法明門謂不共他故念力者謂念根增長則能破諸邪念也　定力法明門謂斷一切念故定力者謂定根增長則能破諸亂想也　慧力法明門謂離二邊故慧力者謂慧根增長則能遮止三界見思之惑也二邊者空有二邊也　念覺分法明門謂如諸法智故念覺分者念即想念覺即覺了分即支分謂修出世道時善能覺了常使定慧之法均調也若心沉時當念用擇法精進喜三支屬慧故也若心浮時當念用除捨定三支屬定故也　擇法覺分法明門謂照明一切諸法故擇法覺分者謂觀諸法善能揀別眞僞也　精進覺分法明門謂善知覺故精進覺分者謂修諸道法時善能覺了勤心在道於眞法之中也　喜覺分法明門謂得諸定故喜覺分者謂若心得法喜善能覺了住眞法喜也　除覺分法明門謂所作已辦故除覺分者謂斷除諸見煩惱之時善能覺了不損眞正善根也　定覺分法明門謂知一切法平等故定覺分者謂若發禪定時善能覺了不生妄想也　捨覺分法明門謂厭

離一切法故捨覺分者謂若捨念著之境善能覺了虛僞永不追憶也正見法明門謂得漏盡聖道故正見者謂修無漏行見四諦分明也漏盡者謂三界煩惱惑業斷盡不漏落生死也正分別法明門謂斷一切分別無分別故正分別即正思惟謂見四諦時思惟籌量爲令增長入涅槃故也正語法明門謂斷一切名字音聲語言知如響故正語者謂攝口業住於正語也正業法明門謂無業無報故正業者謂除身一切邪業住於清淨正業也正命法明門謂除滅一切惡道故正命者謂除邪命利養住於清淨正命也正行法明門謂至彼岸故正行即正精進謂身心專精勤求涅槃也正念法明門謂不思念一切法故正念者謂念念在於正助之法也正定法明門謂得無散亂三昧故正定者謂攝心正助之法入於正定也梵語三昧華言正定菩提心法明門謂不斷三寶故梵語菩提華言道三寶者佛寶法寶僧寶也依倚法明門謂不樂小乘故正信法明門謂

得最勝佛法故增進法明門謂成就一切諸善根法故檀度法明門謂念念成就相好莊嚴佛土教化慳貪諸衆生故檀梵語具云檀那華言布施戒度法明門謂遠離惡道諸難教化破戒諸衆生故忍度法明門謂捨一切瞋恚我慢諂曲調戲教化如是諸惡衆生故精進度法明門謂悉得一切諸善法教化懈怠諸衆生故禪度法明門謂成就一切禪定及諸神通教化散亂諸衆生故禪梵語具云禪那華言靜慮智度法明門謂斷無明黑暗教化愚癡諸衆生故方便法明門謂隨衆生所見威儀而示現教化成就一切諸佛法故四攝法法明門謂攝受一切衆生得菩提已施一切衆生法故四攝法者一布施攝二愛語攝三利行攝四同事攝也教化衆生法明門謂自不受

樂不疲倦故攝受正法法明門謂斷一切衆生諸煩惱故福聚法明門謂利益一切諸衆生故修禪法明門謂滿足十力故十力者知是處非處智力知過現未來業報智力知諸禪三昧智力知諸根勝劣智力知種種解智力知種種界智力知一切至處道智力知天眼無礙智力知宿命無漏智力知永斷習氣智力也寂定法明門謂成就如來三昧具足故慧見法明門謂智慧成就滿足故入無礙辯法明門謂得法眼成就故法眼者謂知一切衆生各各方便所化之法門也入一切行法明門謂得佛眼成就故佛眼者謂覆障雖密無不見知也成就陀羅尼法明門謂聞一切諸佛法能受持故梵語陀羅尼華言總持得無礙辯法明門謂令一切衆生皆歡喜故順忍法明門謂順一切諸佛法故得無生法忍法明門謂得受記故受記者謂菩薩受作佛之記也不退轉地法明門謂具足徃昔諸佛法故從一地至一地智法明門謂灌頂成就一切智乃至得成阿耨多羅三藐三菩提故從一地至一地智者謂從等覺菩薩之智至妙覺果佛之智也灌頂者謂等覺菩薩將入妙覺之位如轉輪王太子受王位時以四海水灌其頂也梵語阿耨多羅三藐三菩提華言無上正等正覺

百八煩惱出天台四教儀集註昏煩之法惱亂心神故名煩惱謂眼耳鼻舌身意六根對色聲香味觸法六塵各有好惡平三種不同則成十八煩惱又六根對六塵好惡平三種起苦受樂受不苦不樂受復成十八煩惱共成三十六種更約過去未來現在三世各有三十六種總成一百八煩惱也好惡平三種不同者如色塵有好色有惡色其不好不惡之色名爲平也聲香味觸法五塵亦然受即領納之義苦受對惡塵而起樂受對好塵而起不苦不樂受對平塵而起

千二百五十人出因果經謂耶舍長者子朋黨五

十人優樓頻螺迦葉師徒五百人那提迦葉師徒二百五十人伽耶迦葉師徒二百五十人舍利弗師徒一百人大目犍連師徒一百人此千二百五十人並先事外道勤苦累劫而無所證承佛化導即得證果於是感佛之恩一一法會常隨不捨故諸經首列衆皆云千二百五十人俱者以此也（梵語優樓頻螺迦葉華言木瓜林梵語那提迦葉華言河梵語伽耶迦葉華言城梵語舍利弗華言身子梵語大目犍連華言采菽氏）

八萬四千塵勞（出華嚴孔目）

八萬四千塵勞者塵即染污之義謂種種邪見煩惱能染污眞性也勞即勞役也謂衆生被邪見煩惱勞役不息輪轉生死無有盡時論其塵勞根本不出十使於十使中隨以一使爲頭則九使爲助遂成一百約三世各有一百共成三百而現在世一百時促不論相助於過去未來二世二百又各各以一使爲頭九使爲助共成二千合前現在世一百共成二千一百又約多貪多嗔多癡等分四種衆生各有二千一百共成八千四百又約四大六衰各有八千四百總成八萬四千塵勞也（十使者使即驅役之義一貪二嗔三癡四慢五疑六身見七邊見八邪見九見取十戒取也多貪者謂於五欲可意之境而多貪愛也多嗔者謂於逆情之境而多忿怒也多癡者謂無所覺了而於貪嗔之境溺而不已也等分者謂貪嗔癡三心一齊而起也四大者地大水大火大風大也六衰者謂色聲香味觸法六塵能衰損善法故也）

八萬四千法門（出賢劫經）

八萬四千法門者昔佛告喜王菩薩修習行法自第一光耀乃至分舍利凡三百五十度無極法門一一法門各有布施持戒忍辱精進禪定智慧之

六度共成二千一百度無極於諸貪婬瞋恚愚癡等分四種衆生各以此二千一百度無極教化而開覺之合成八千四百度無極一變爲十總成八萬四千度無極法門此之法門爲三界無上良藥爲百千種人除八萬四千塵勞也度無極者謂事理行滿度生死流登涅槃岸無有窮極也三百五十度無極者光耀度無極世度無極爲衆生故行度無極住度無極生死度無極所著度無極益他人度無極處所度無極道度無極慧度無極己修立行度無極速得度無極念度無極離世度無極造有所作業度無極休息道度無極不置遠度無極應順度無極勤修造作度無極無作度無極意度無極勤修度無極正真度無極行捷疾度無極深奧度無極雜度無極清淨度無極無際度無極信道度無極爲衆生厄故行度無極法故度無極寂樂度無極樂觀寂度無極一切所入度無極說處度無極無害度無極無敗度無極貪度無極不迴還度無極迴轉度無極嚴淨度無極堅彊度無極與盛度無極充滿度無極爲世度無極度世度無極無上度無極不亂度無極無怨度無極慾敵度無極攝持度無極無所攝持度無極報應度無極無報度無極自然度無極無所有度無極廣普度無極華度無極無量度無極慕求度無極所厭度無極妙樂度無極無樂度無極樂聞持度無極生死長度無極無斷度無極樂純淑度無極禪度無極神通度無極世巧便度無極慈愍護度無極行哀度無極歡喜度無極勸護度無極勸邪見度無極勸正見度無極勸住見度無極勸無住度無極勸無倚度無極勸意度無極勸忍度無極造業度無極無所造業度無極有餘度無極無餘度無極佛興威度無極明度無極持住明度無極佛興成就度無極意不忽度無極佛興立在家度無極出家來度無極愍哀博聞來度無極出家不斷戒度無極住神通度無極神通意不斷度無極入欲度無極立度無極應進度無極衆報度無極無報度無極無樂度無極時進度無極光明度無極無量光度無極報安光度無極不迴還度無極娛樂度無極鮮潔度無極成世法度無極淨世度無極成種度無極來成眷屬度無極不壞眷屬度無極除塵來淨度無極觀土度無極宣普度無極無放逸度無極周旋度無極滅度度無極豪貴度無極理眷屬度無極無所忘失度無極三十二相度無極順時度無極知時度無極分別度無極順世度無極邊際度無極謫除度無極金剛度無極造救度無極自然度無極伏魔度無極無退度無極一時度無極無所著度無極三昧度無極訓誨度

無極佛道度無極一切智度無極無餘度無極有餘度無極可止度無極諸佛度無極方便度無極愁慼度無極開化真陀度無極異度無極四意斷度無極四神足度無極四禪度無極四意止度無極四諦度無極信根精進根意根智慧根定根度無極信力精進力意力定力智慧力度無極七覺意度無極八品道行度無極寂然度無極所觀度無極樂明度無極來解脫度無極比丘聖衆度無極八部會度無極歸解度無極分別度無極別度度無極繫解法度無極分別順理度無極辯才度無極無厭度無極六度度無極眼耳鼻舌身心度無極慈他勸助度無極慈已度無叓法度無極宜度無極剖判度無極勸樂度無極三脫門度無極解他度無極勤用意度無極十種力度無極四無所畏度無極大哀度無極肉眼天眼慧眼法眼佛眼度無極自在度無極娛樂度無極難得自歸度無極十八不共諸佛之法度無極曉了方便度無極純淑度無極見自然度無極三界行度無極觀清白行度無極法種度無極八等度無極道跡往來不還無著度無極緣覺度無極菩薩度無極盡慧度無極無所生慧度無極建立慧度無極致天眼天耳心智自在見過世事知他心念神足漏盡六通度無極威儀度無極慈傷度無極行空度無極捐捨度無極滅度度無極變化度無極流布法教度無極分舍利度無極然其中名有重出者乃經中所載之舊文也

大明三藏法數卷第三十八

諸佛世尊如來菩薩尊者神僧名經

清刻龍藏佛說法變相圖

永樂御製諸佛菩薩尊者神僧名經序

諸佛世尊如來菩薩尊者神僧弘發誓願濟度群生。凡發善心稱讚諸佛世尊如來菩薩尊者神僧名號者。即得種種善報。輕薄侮慢不敬不信者。即得種種惡報。善惡之機。若影之隨形。響之應聲。不爽錙銖。所謂爲善者忠於君上。孝於父母。敬天地。奉祖宗。尊三寶。敬神明。遵王法。謹言行。愛惜物命。廣行陰隲。如是則生享富貴。歿升天堂。受諸快樂。所謂爲惡者不忠於君。不孝於親。不敬天地。不奉祖宗。不尊三寶。不敬神明。不遵王法。不謹言行殘害物命。不積陰隲。如是則生遭重譴。死墮地獄。受諸苦報。嘗觀諸佛世尊如來菩薩尊者神僧千經萬典。開導誘掖。作無量方便。勸人爲善。幽明果報。明有徵應。間取佛經所載

諸佛世尊如來菩薩尊者神僧名號編成歌曲。歡喜讚諷。功德弘深。因以鋟梓流通廣傳俾善男子。善女人。絜淨一心。至誠頂禮。依腔奉誦。共成勝因。其有至誠事佛。不解依腔讚諷者。只依此編頂禮念誦。俱感人天證果。佛祖鑒臨。生則衣食豐足。壽年延永。罪業消釋。死則不墮九幽。脫離諸苦。延及先世。皆得超度。凡有所求。吉祥如意。此無它。蓋由人心一念之善。昭著感格。故其效驗之大有如此者。凡人平居終日。不事檢束。放泆侈肆。惡言穢語。淫辭邪曲。觸汙天地。褻慢神明。皆足以招致罪戾。苟能改悔洗心滌慮。將此讚揚念念不忘。即得消災滅罪。增長福德。有不可量。於戲。善惡之報。皆由己作。故曰為善福隨。為惡禍追。又曰修一念善。遠階覺道。起一念惡。長淪苦海。又曰欲知前世因。今生受者是。欲知後世因。今生作者是。此皆勸人為善去惡。誠金玉之格言也。雖然。世之能勸人為善者。往往皆獲福應。況人之躬行於善。終始不懈。則獲福其可量哉。昔竇禹鈞修德行善。累積陰隲。其後名掛天曹。克臻壽考。子孫榮顯。流慶無窮。陳寔居鄉。平心率物。化盜為善。由是一邑蒙化。無復盜竊。其後壽祉繁夥。子孫榮貴。並著高名。福澤綿永。延及後世。若此者。昭著簡冊。不可殫舉。今畧述此。以冠于編首。普勸善緣。使人人同歸於善。以造夫佛地。以登夫仁壽之域。以樂夫太平之治。其懋之哉。其敬之哉。

永樂十五年四月十七日

世尊啓大慈悲弘大誓願濟度歷劫生死沉淪俾皆成佛道教臣以忠教子以孝教兄以友教弟以恭教朋友以信教夫婦以順教敬神明教重三寶所以維持世教陰翊皇度其言曰聖人之爲教也勸臣以忠勸子以孝勸國以治勸家以和弘善示天堂之樂懲非顯地獄之苦立忠立孝所以揚名於後代行逆行乖所以受報於來世盡忠立孝濟國治家開生天淨路成第一福田讒間君臣誣毀善良所造罪業無量無邊五逆不孝順天地容不得王法鎮乾坤犯了休不得貪著世樂不信三寶其後命終墮餓鬼中怨讟天地呵責鬼神貶斥聖賢如是罪業無量無邊毀謗如來壞正法輪於諸菩薩呰辱傷害不久當墮三惡道中普信相菩薩問佛言今有受罪衆生爲諸獄卒剉碓斬身斬訖巧風吹活而復斬之何罪所致佛言以前世不信三尊不忠君王不孝父母殺生害命故獲斯罪普有人見道邊一死人鬼神以杖鞭之行人言此人已死何故鞭之鬼神言此人在生之日不忠君王不孝父母不敬三寶不友兄弟不信朋友不誠夫婦死受諸痛苦又見一死人天人來下散花屍上以手摩挲之問云觀君似是天人何故以手摩挲死屍答云此人在生之日忠以事君孝事父母敬奉三寶友于兄弟信于朋友義于夫婦故今得生天堂受諸快樂凡此者不可盡數姑畧舉其槩耳世尊慜念衆生作種種方便超脫苦趣無非欲人盡忠盡孝人不忠孝能改爲忠孝即是忠孝若執迷不改必遭刑戮今王法所誅皆不忠不

孝之人兇暴無賴。非化所遷。即佛所謂有罪不得不殺。有惡不得不刑。殺可殺。刑可刑。所以滌拔惡類。扶植善良。顯揚三寶。求隆佛教。廣利一切。夫善惡兩塗。爲善則吉。爲惡則凶。其言曰。善惡有先後。禍福有遲速。爲善生天爲惡入淵。作善得福。爲惡受殃。夫善積而灾消。衆惡盈而福滅。行善感樂。如影隨形。作惡招苦。猶聲發響。莫輕小善。以爲無福。小善不種。無以成聖。莫輕小惡。以爲無罪。小惡所積足以滅身。善心初發。上天之寶殿先成。惡念纔萌。下地之火城已具。發善心者。於福有基。行善事者。於福有報。發惡心者。於罪有基。行惡事者。於罪有報。福在積善。禍在積惡。善惡路分。禍福可覩。隨行種殃福。自獲善惡報。善惡報應。如指諸掌。善惡二輪。未嘗暫歇。果報

連環。初無休息。善惡相翻。罪福皎然。所以惡名俯墜。善譽清昇。發善言者。於福有因。發惡言者。於罪有因。語善則人天勝趣。述惡則三途劇報。行善之人。如春園之草。不見其長。日有所增。行惡之人。如磨刀之石。不見其損。日有所虧。天網恢恢。報應甚速。心念善法。受報亦善。心念惡法。受報亦惡。心動有逆順。故善惡之情生焉。善惡之情已發。故禍福之應至焉。情之有淺深。報之有輕重。好生之心善。好殺之心惡。善惡之感。可不慎乎。常應親善人。遠離於惡友。以近善人故。能舍諸惡業。生殺有因果。善惡有報應。行惡得樂。爲惡未熟。至其惡熟。自見受苦。修善遇苦。爲善未熟。至其善熟。自見受樂。何者爲福。惟行善道。凡修萬福。皆助菩提。善人行善獲福益壽。善若不修

則人道絕。萬德種善。善提資粮。宿造諸善緣。百劫而不朽。崇善建福。樹果修因。善著則跡彰。跡彰則譽集。修少善行。受福無量。畢聽善言。不墮三惡。片行之善。永爲身資。一念之福終爲神用。一善染心。萬劫不朽。心中念善。福祿自隨。心中念惡。罪苦自追。愚人樂惡。至死不休。爲惡雖少。後苦無邊。如毒在身。終爲重患。若行邪道。身壞命終。墮於惡趣。罪積而天殃自至。罪成則地獄斯罰。罪貫若滿。天必戮之。惡口之罪。墮三惡道。心爲毒主。口爲禍器因事成災。沿流惡道。惡口而兩舌。好說它人過。如是不善人。無惡而不造。毒害雖甚。惡惟能殺一身。妄語惡業者。百千身被壞。惡口如毒箭。著物則破傷。地獄開門待。投之以鑊湯。若以惡口令他鬬亂。則是兩舌。得罪最深。起一念惡。獲無量罪。惡顯於事業。獲罪於幽冥惡人行惡。命短苦長。爲惡於明顯者。人得而誅之。爲惡於幽暗者。鬼得而誅之。人心惡。天不錯。昔有人好生濟物。不欺方寸。禀性方正。篤志履道。專心爲善。生享福壽康寧。死即爲神。蔭及子孫。長遠富貴。昔有人殺生害命。損人利已。兇暴邪淫。奸盜詐僞。妄言綺語。專心爲惡。死入無間地獄。受諸苦報。永不出世。累及九玄七祖。及于後世子孫。俱墮惡業。似此者。不可勝計。姑以二事爲徵。大覺與慈悲之念。愍此惡趣。終於迷墮。發大哀憐。作善巧方便。令爲惡者洗心懺悔。歸向善道。即得從前所作過惡。悉皆消滅。一切寃對。悉皆脫離。如王法赦過宥罪。嘉與維新。夫爲善必當廣行陰隲。不可暴戾兇虐。陰隲者。善之源也。暴戾

者惡之根也。故爲善者爲君子。必享福禄。爲惡者爲小人必招禍殃。人生在世。必當爲善。不可爲惡。萌一善念。已有司善之神爲著册録。使之身享富貴。年躋上壽。子孫昌盛。家門清吉。諸灾消滅。延及祖先。皆得超升。舉一惡念。已有司過之神爲書黑籍。使之身遭困阨。年復不永。子孫衰微。門戸零替。諸灾畢至。累及祖先。皆復墮落。昔有人好行陰隲。爲人除害。陰德陽報。德勝不祥。仁除百禍。上天眷之。使富貴壽考。有好行善政。興利除害。德及民物。著名天府。白日升天。有爲善濟物。獲明珠之報。有好行陰隲。治獄平恕。理直寃枉。不使受誣。後至子孫通顯。累世榮盛。有仁愛拯物。見雀被困。懷而飼之。後獲玉環之報。有爲將忠於爲國。不妄殺人。功名蓋世。其後累世寵貴。有捐資濟貧。舉未能葬者。位至顯官。享有封爵。有濟活物命。及第登朝。歷官顯要者。有拾遺不收。舉以還人。陰德及物。位至拜封者。有賑荒卹患。全活生民者。歷仕通顯。子孫蕃盛。若此者衆。難以盡數。聊舉其畧。是故諸佛世尊如來菩薩尊者神僧。勸人爲善。廣修陰隲。於五濁惡世。化導種種衆生。俾咸躋善塗。以登覺道。誓願弘深。慇念三界。濟度迷誤。若人所積殺生害命之罪。稱念諸佛世尊如來菩薩尊者神僧名號。即得此罪消釋。永絶殺害之報。若人纒繞貪嗔癡恚。稱念諸佛世尊如來菩薩尊者神僧名號。即得遠離貪嗔癡恚之業。若人素造奸盜詐僞。及種種罪業者。稱念諸佛世尊如來菩薩尊者神僧名號。即令諸造種種罪業。咸得解脱。若人起種種惡

念欲回心向善。稱念諸佛世尊如來菩薩尊者神僧名號。懺悔前愆即得種種惡念消除。善根不滅。若有人渡江泛海。或遇惡風巨浪。魚龍諸怪。怖畏驚恐。稱念諸佛世尊如來菩薩尊者神僧名號。即得風波頓息。魚龍諸怪悉皆伏藏。若人登山度嶺。或逢猛虎毒蛇及諸惡獸蠆蟲爲害者。稱念諸佛世尊如來菩薩尊者神僧名號。即得猛虎毒蛇惡獸蠆蟲悉皆退避。若人猝遇刀兵寇盜。欲加殺害。稱念諸佛世尊如來菩薩尊者神僧名號。即得刀兵寇盜悉皆解散。不復爲害。若人身罹刑獄。桎繫枷鎖。稱念諸佛世尊如來菩薩尊者神僧名號。即得身出囚獄。枷鎖脫離。若人沾患疾病。沉綿痼瘵。服藥無效。稱念諸佛世尊如來菩薩尊者神僧名號即得疾病安痊平復如舊。若人見乏子息。稱念諸佛世尊如來菩薩尊者神僧名號。即得產生貴子。紹繼宗嗣。若人見世貧窮。殘疾醜陋。得人憎惡。稱念諸佛世尊如來菩薩尊者神僧名號。身沒之後。即得託生富貴之家。體貌美好。得人憐愛。若女人稱念諸佛世尊如來菩薩尊者神僧名號。身沒之後。即得託生爲男子身。若人所作種種惡因。當受諸種種果報。稱念諸佛世尊如來菩薩尊者神僧名號。即得種種果報悉皆消除。不墮三途六道。受地獄種種諸苦報。諸佛世尊如來菩薩尊者神僧。行深願重。愍濟衆生。誠能發心向善。廣布陰隲。至心頂禮。無不立應。自然遠離諸罪。自然得歡喜心自然成最上福田。自然得成佛道。佛法大無量。稱名多福德。爲善與爲惡一切惟心造。爲

善若登山。步步上高頂。爲惡如入壑。步步下深淵。又如種瓜果。善惡分甜苦。種甜還得甜。種苦受苦報。報應如影響。自然無爭差。一毫善念萌。神明咸擁護。一毫惡念興。鬼神陰斬勘。世人廣善念。惡意甚勿萌。念念佛音聲。永證上乘果。十方佛如來。一切諸菩薩。爲語諸衆生。廣發慈悲念。諸惡切莫作。諸善必奉行。稱念佛如來。有緣登覺道。

諸佛世尊如來菩薩尊者神僧名經卷第一

發四無量心

願諸衆生常住安樂具安樂因

願諸衆生遠離苦惱及苦惱因

願諸衆生不相捨離無苦安樂

願諸衆生悉捨人我冤親平等

南無皈依金剛上師

皈依佛

皈依法

皈依僧

我今發心不爲自求人天福報聲聞緣覺乃至權乘諸位菩薩。唯依最上乘發菩提心。願與法界衆生。一時同得阿耨多羅三藐三菩提心。我今大發正覺心誓願皈依三寶。修行善功。普施平等心。願法界衆生皆發菩提心同歸於善道咸得如來無上等正覺是故稱讚諸佛

南無皈依十方盡虛空界一切諸佛

南無皈依十方盡虛空界一切尊法

南無皈依十方盡虛空界一切神聖僧

南無釋迦牟尼佛南無須彌光明佛南無法光佛南無功德輪佛南無華香佛南無普光明佛南無法施莊嚴佛南無大明佛南無清淨身佛南無栴檀佛南無大琉璃佛南無法峯雲幢佛南無寶山佛南無無盡光佛南無功德佛南無善華王佛南無虛空光明佛南無普賢佛南無無量聲佛南無歡喜佛南無寶光明佛南無須彌栴檀佛南無寶輪佛南無清淨聲佛南無多智佛南無法光明佛南無摩訶提闍佛南無大幢佛南無如意光佛

南無無量佛南無大然燈佛南無光明莊嚴佛南無普明佛南無盧舍那佛南無須彌佛南無大光明佛南無毗羅那王佛南無普光佛南無無礙輪佛南無多寶佛南無淨嚴身佛南無雲王光明佛南無慧燈佛南無清淨根佛南無師子佛南無大莊嚴佛南無阿難陀聲佛南無妙聲佛南無普照觀佛南無金光佛南無大修行佛南無虛空莊嚴佛南無寶光佛南無無勝香佛南無無畏佛南無大精進佛南無菩提光明佛南無寶幢佛南無歡喜王佛南無華光佛南無大牟尼佛南無無邊光明佛南無法王佛南無師子聲佛南無然燈佛南無妙莊嚴佛南無摩訶羅他佛南無妙香佛南無無垢勝佛南無光輪佛南無喜莊嚴佛南無提婆羅多佛南無大稱佛

南無成就光佛南無天華佛南無妙光明佛南無修盧遮那佛南無淨王佛南無無礙稱佛南無龍天佛南無普然燈佛南無無上光明佛南無淨聲佛南無師子幢佛南無名稱佛南無智光明佛南無然燈勝王佛南無大通佛南無自在光佛南無堅固佛南無寶莊嚴佛南無普香光明佛南無梵聲佛南無無垢光佛南無明闇佛南無普華光佛南無修樓毗香佛南無淨天佛南無成就堅佛南無無垢佛南無東方衆佛南無堅王華佛南無光明莊嚴佛南無阿閦佛南無不可思議佛南無南方衆佛南無師子聲佛南無住持疾行佛南無威王佛南無莊嚴王佛南無聲稱佛南無西方衆佛南無無量壽佛南無香手奮迅佛南無寶山佛南無香積王佛南無光

王佛南無北方衆佛南無金色王佛南無智日普照佛南無自在佛南無金上威佛南無栴檀佛南無無量佛南無光華數身佛南無慈行佛南無自在幢佛南無具足功德佛南無最上佛南無寶山莊嚴佛南無燈明佛南無無量光佛南無一切成就佛南無善世佛南無波頭摩王佛南無娑羅佛南無驚怖幢佛南無普蓋光明佛南無金色華佛南無無邊精進佛南無賢身佛南無蓮華名佛南無一切善行佛南無妙勝佛南無無邊威德佛南無日光佛南無恒河沙佛南無無量功德佛南無妙光明佛南無總持得名佛南無月華佛南無世淨光佛南無一切種照佛南無無垢光佛南無平等思惟佛南無妙樂尼佛南無不動寂靜佛南無金剛堅佛南無寶聚

光明佛南無阿樓那勝佛南無故光明佛南無善住調智佛南無平等行佛南無清淨光明佛南無然燈堅固佛南無快莊嚴佛南無日月無垢佛南無解脫幢佛南無甘露清淨佛南無樂心教聲佛南無寶住持佛南無供養華光佛南無法勝王佛南無樹王豐長佛南無淨光佛南無慈力王佛南無龍天佛南無無憂懷佛南無雲王光明佛南無海豐佛南無毗舍浮佛南無觀方佛南無作諸方佛南無波羅羅堅佛南無慧燈佛南無如淨王佛南無堅才佛南無寶燈王佛南無毗羅闍光佛南無大光佛南無功德成佛南無華須佛南無火光明佛南無羅多那光佛南無滿賢佛南無然寶燈佛南無常鏡佛南無梵光明佛南無虛空平等佛南無法明佛南無無

垢幢佛南無天智佛南無智香勝佛南無盧
遮那稱佛南無勝光佛南無功德華佛南無
龍月佛南無放光明佛南無法財聲王佛南
無海香佛南無甘露光佛南無香山佛南無
諸摩尊無盡受光佛南無衆勝解脫佛南無
無染佛南無普現佛南無色光佛南無智慧
佛南無毗迦摩佛南無不害法王佛南無無
量自在佛南無清淨佛南無善住佛南無善
香佛南無不住佛南無槃頭華佛南無無盡
智藏佛南無法慧增長佛南無華智佛南無
妙勝佛南無日燈佛南無普照佛南無闍耶
天佛南無二寶法燈佛南無善勢自在佛南
無無滯佛南無大聖佛南無法華佛南無妙
色佛南無毗舍浮佛南無不動尼陀佛南無
智日普照佛南無調勝佛南無廣救佛南無

勝賢佛南無淨上佛南無諸方天佛南無成
就光明佛南無賢智不動佛南無華勝佛南
無普護佛南無吉沙佛南無住智佛南無那
伽天佛南無功德莊嚴佛南無成就智德佛
南無龍步佛南無勝意佛南無梵天佛南無
普行佛南無菩提光佛南無最勝香王佛南
無一切作樂佛南無光焰佛南無不動佛南
無梵光佛南無法像佛南無金光明佛南無
無量翼從佛南無寶勝功德佛南無無住佛
南無最上佛南無善明佛南無廣照佛南無
光明王佛南無無量慧稱佛南無法體決定
佛南無龍勝佛南無大德佛南無上慈佛南
無智勝佛南無須尼多佛南無無量執持佛
南無諸寶上德佛南無賢勝佛南無不壞佛
南無淨根佛南無寶月佛南無娑羅王佛南

無無量慧雄佛南無種種色相佛南無吉祥
佛南無實相佛南無淨魔佛南無寶藏佛南
無因那陀佛南無善寂成就佛南無智慧自
在佛南無歡樂佛南無覺悟佛南無帝幢佛
南無淨垢佛南無須菩提佛南無無聚會王
佛南無境界自在佛南無普雄佛南無寶相
佛南無妙明佛南無智喜佛南無須彌王佛
南無無礙普現佛南無大衆自在佛南無天
界佛南無大力佛南無妙華佛南無善智佛
南無摩尼珠佛南無無量思惟佛南無無勝
最妙佛南無尊寶佛南無上善佛南無法空
佛南無衆妙佛南無娑伽羅佛南無帝釋光
明佛南無大衆上首佛南無華蓋佛南無解
脫佛南無覺王佛南無妙髻佛南無栴檀雲
佛南無覺悟衆生佛南無智慧讃歎佛南無

大藏佛南無十方佛南無出現佛南無毗尼
稱佛南無無量寶王佛南無一切善友佛南
無大慈佛南無滿月佛南無地光佛南無現
住佛南無菩提王佛南無無量辯才佛南無
衆相轉化佛南無離垢佛南無寂滅佛南無
梵王佛南無善寂佛南無東南方無量無邊
佛南無治地自在佛南無常樂佛南無法慧
佛南無法思佛南無善臂佛南無西北方無
量無邊佛南無日光莊嚴佛南無月光佛南
無華聲佛南無勇猛佛南無師子聲王佛南
無下方如是等無量佛南無堅固王佛南無
金剛齋佛南無實行佛南無師子佛南無功
德佛南無黠慧佛南無未來無量無邊佛南
無未來普賢佛南無彌勒佛南無觀世自在
佛南無實聲佛南無得大勢至佛南無摩尼

尊無量莊嚴佛南無師子奮迅佛南無成就佛南無方天寶勝佛南無智光佛南無無邊寶積佛南無大慈尊佛南無無量光明佛南無勝聖高行佛南無無畏佛南無金華自在佛南無海智佛南無諸方上首佛南無覺王尊佛南無清淨光明佛南無功德勝藏佛南無難勝佛南無聞名善眼佛南無大衆佛南無無邊無識佛南無阿彌陀佛南無寶藏香王佛南無慧智清淨佛南無離闇佛南無光明見細佛南無稱上佛南無無崖際見佛南無金剛仙佛南無幢蓋彌留佛南無上首勝積佛南無無盡佛南無對治佛南無覺淨佛南無身光普照佛南無彌留光佛南無大慧光明佛南無普照香聚佛南無依止佛南無妙畏佛南無日藏佛南無師子渴愛佛南無

須彌尊佛南無慧力眞聲佛南無無量精進佛南無難勝佛南無成就佛南無香上佛南無無爲聲馨佛南無蓮華尊喜聚佛南無金臺佛南無月勝愛見佛南無幢相佛南無淨命佛南無普蓋佛南無虛空功德佛南無栴檀尊波頭摩王佛南無三昧奮迅佛南無迦葉佛南無寶焰佛南無步勝佛南無無涯智力佛南無華光明求勝菩提佛南無三界供養佛南無深意佛南無善修果報佛南無善用佛南無莊嚴信行佛南無寶光明奮迅思惟佛南無寶火圍繞佛南無寶天佛南無寶山佛南無寶堅佛南無寶力佛南無然燈火佛南無功德然燈佛南無清淨然燈佛南無寶照佛南無寶蓋佛南無勇施佛南無放照佛南無諦寶幢摩尼勝光佛南無無邊光明

佛南無金山佛南無淨德佛南無龍德佛南
無淨聲佛南無淨妙聲佛南無波頭摩聲佛
南無然法庭燎佛南無妙聲佛南無淨幢佛
南無普禪佛南無慧聲佛南無西方阿彌陀
佛南無寶幢佛南無大悲光佛南無然燈佛
南無妙菩提佛南無一切堅王佛南無東方
無邊諸佛南無不迷佛南無諸摩尊佛南無
如空佛南無妙莊嚴佛南無一切香王佛南
無南方諸寶幢佛南無淨王佛南無金剛仙
佛南無寶成佛南無妙金蓮佛南無無盡受
光佛南無北方妙鼓聲佛南無慧幢佛南無
曼陀羅佛南無吼聲佛南無妙香華佛南無
無畏光明佛南無西南方日藏佛南無大光
佛南無華王尊佛南無無憂佛南無妙無邊
盧舍那尊佛南無西北方勝積佛南無智幢
佛南無月中尊佛南無日上佛南無妙無邊
化德光明佛南無東南大彌留佛南無寶祚
佛南無梵王尊佛南無寶幢佛南無妙菩提
佛南無日藏金剛佛南無東北方無垢佛南
無清淨佛南無諸方天佛南無莊嚴佛南無
妙虛空佛南無一切名聲佛南無上下方一
切佛南無火聲佛南無大光明佛南無師子
佛南無妙法幢佛南無自在稱王佛南無十
千同名佛南無普光佛南無日輪光佛南無
大幢佛南無妙蓮華佛南無一切菩提佛南
無菩提華栴檀佛南無慧燈佛南無摩尼幢
佛南無滅根佛南無優鉢羅佛南無妙德難
思佛南無光明王佛南無華鬚佛南無淨音
佛南無金剛王佛南無十光佛南無普蓮華
佛南無寂滅幢旛佛南無須彌山佛南無光

明佛南無上聲佛南無堅娑羅佛南無上尊佛南無無量觀佛南無清淨莊嚴佛南無波頭摩勝光佛南無曜聲佛南無名稱王佛南無勝天佛南無大修行佛南無蓮華光明佛南無波娑婆光輪佛南無上光佛南無尊光明佛南無藥王佛南無曼陀羅佛南無無量慧稱佛南無瑠璃華莊嚴佛南無寶中佛南無梵牟尼佛

諸佛世尊如來菩薩尊者神僧名經卷第一

諸佛世尊如來菩薩尊者神僧名經卷第二

南無千光佛南無無名稱佛南無無想音聲佛南無阿難多樓波佛南無普思佛南無莊嚴王佛南無寶天佛南無目犍連佛南無無垢雲王佛南無拘蘇摩提闍佛南無美聲佛南無善毗摩佛南無衆明佛南無無量壽佛南無帝釋光明佛南無毗摩提闍訶佛南無慈相佛南無無量天佛南無金剛寶嚴佛南無殊妙身佛南無無礙光明佛南無大須彌佛南無普仙佛南無大能佛南無大華佛南無大聚佛南無大莊嚴佛南無無量寶王佛南無西南方無量佛南無妙聲佛南無那羅延佛南無寶聲佛南無妙香華佛南無自在佛南無天王佛南無東北方無量佛南無淨聖佛南無淨妙聲佛南無善化佛南無寂諸根佛南無善意佛南無住持佛南無上方無量勝佛南無雲王佛南無無量名稱佛南無降伏魔王佛南無大功德佛南無大須彌尊佛南無遠離諸畏驚怖佛南無華光佛南無火光佛南無寶上佛南無無畏觀佛南無金光明王佛南無師子乘光明佛南無上聲佛南無碎金剛佛南無世雄佛南無無量身佛南無虛空須彌佛南無金色身常觀佛南無寶身佛南無天中天佛南無一切聚觀佛南無趣菩提闍浮光明佛南無智虛空樂王佛南無德王佛南無賢上王佛南無那剎多王佛南無妙山王佛南無不動尼陀佛南無清淨光明王佛南無寂王佛南無莊嚴王佛南無相王佛南無散華王無量思惟佛南無法光明勝雲佛南無慧光佛南無勝摩尼佛南

無智燈佛南無盧舍那佛南無普智聲王佛
南無釋迦牟尼佛南無金剛牟尼佛南無金
剛光王佛南無金剛功德佛南無普光功德
山王佛南無拘留孫佛南無阿彌陀佛南無
拘那含牟尼佛南無火光慧滅昏闇佛南無
金剛堅强消伏壞散佛南無善護幢王佛南
無月殿妙尊音王佛南無不動光佛南無觀
自在佛南無三昧喻佛南無光明觀佛南無
善住智慧王佛南無無障佛南無一切衆生
導師佛南無寶焰彌留金剛佛南無薩婆毗
浮佛南無清淨月輪佛南無聲自在王佛南
無無盡意佛南無大焰積佛南無成就一切
義佛南無善住如意積王佛南無金光明佛
南無師子奮迅王佛南無斷一切障佛南無
無量光明佛南無妙法光明佛南無法威德

佛南無法自在佛南無大聖天佛南無具足
佛南無歡喜自在聲德佛南無虛空燈佛南
無堅固自在王佛南無衆自在劫佛南無最
上名稱佛南無帝釋幢王佛南無發精進佛
南無功德海佛南無法行深勝月佛南無降
伏憍慢佛南無虛空庫藏佛南無樹提慈地
佛南無破淨實體佛南無普光善化佛南無
光照王佛南無毗頭羅佛南無功德海無量
佛南無清淨寶光佛南無無量功德佛南無
寶樂自在佛南無娑羅華上光王佛南無銀
幢蓋王佛南無月殿光佛南無樂善光明王
佛南無摩善住山王佛南無波頭摩華佛南
無無垢眼上光王佛南無無垢意山上王佛
南無歡喜藏勝山王佛南無動山嶽王佛南
無無量眼佛南無不定願佛南無俱蘇摩生

王佛南無六十二毗留羅佛南無八萬四千
名自在幢佛南無一切同名大幢佛南無五
百波頭摩王佛南無一切同名日聲佛南無
六十功德寶佛南無五百樂自在聲佛南無
日龍奮迅王佛南無一切同名普光佛南無
一切同名法光莊嚴佛南無五百歡喜佛南
無五百威德佛南無百億微塵金剛藏佛南
無同名聲稱王佛南無同名阿難陀佛南無
千八百寂滅佛南無一切同名日王佛南無
一齊同名雲雷聲王佛南無千閻浮檀金佛
南無二千寶幢佛南無離垢聲自在王佛南
無千勢自在聲佛南無八千堅精進佛南無
一切名駒隣佛南無八千威德佛南無八千
然燈佛南無十千迦葉佛南無十千星宿佛
南無萬八千娑羅王佛南無四萬願莊嚴佛

南無淨蓮華香積佛南無滿三千毗盧舍那
佛南無銀幢蓋王佛南無雲燈幢王佛南無
無邊彌留佛南無無量發行佛南無發行難
勝佛南無斷諸難佛南無不定願佛南無無
相聲妙色佛南無精進寂靜佛南無世間可
樂佛南無隨世間意佛南無隨世間眼佛南
無羅睺羅淨佛南無摩尼輪佛南無曼陀羅
佛南無無量香上王佛南無虛空莊嚴佛南
無無畏上王佛南無大如意輪佛南無淨聖
佛南無淨宿佛南無網羅光幢佛南無功德
海佛南無師子步佛南無得世間功德佛南
無摩尼功德佛南無莎羅華王佛南無彌留
燈王佛南無善無垢藏佛南無妙鼓聲王佛
南無喜威德佛南無集功德佛南無虛空平
等心佛南無龍自在王佛南無住持功德佛

南無治諸病王佛南無藥王妙聲佛南無陀羅尼自在王佛南無斷諸過佛南無成就觀佛南無無量功德王佛南無娑羅威德佛南無大悲威德佛南無地持威德佛南無師子威德佛南無無垢威德佛南無淨威德佛南無聖威德佛南無日威德莊嚴佛南無無垢瑠璃佛南無波頭摩面佛南無象王佛南無燈王佛南無藥王佛南無雷王佛南無自在轉一切法佛南無轉法輪佛南無大威德佛南無金色形月面佛南無俱蘇摩成佛南無婆樓那天佛南無光明莊嚴佛南無清淨莊嚴佛南無功德成就佛南無勇猛仙佛南無金剛仙佛南無無障礙難量佛南無善跡佛南無善化佛南無善愛佛南無善行佛南無善眼佛南無善親佛南無善臂佛南無善聲

佛南無善華佛南無善香佛南無善山佛南無功德山佛南無善生佛南無善思議佛南無善住清淨功德寶佛南無見一切義佛南無一切世間愛見佛南無上妙善見佛南無寶山普見佛南無智山現見佛南無不空見佛南無無垢見佛南無見平等不平等佛南無度一切疑佛南無度一切法佛南無一切三昧佛南無一切清淨佛南無不取諸法佛南無一切通佛南無一切義成就佛南無斷一切障礙佛南無俱蘇摩通佛南無常滿手足佛南無波頭摩光佛南無得願滿足佛南無得大無畏佛南無常修行佛南無常精進佛南無尼拘律金色佛南無無量精進佛南無無量功德佛南無至大精進究竟佛南無無邊功德寶作佛南無至大大海佛南無大

境界佛南無大樂說佛南無得普照清淨佛南無功德勝藏佛南無福德勝藏佛南無那羅延藏佛南無波頭摩藏佛南無俱蘇摩藏佛南無如來藏佛南無金剛藏佛南無憂波羅勝藏佛南無華勝藏佛南無香勝藏佛南無天勝藏佛南無大勝藏佛南無月無垢藏佛南無日藏佛南無照藏佛南無賢藏佛南無普藏佛南無如意藏佛南無摩尼藏佛南無勢羅藏佛南無根藏佛南無離世間幢佛南無月無垢幢佛南無放光明幢佛南無護妙法幢佛南無善清淨光明幢佛南無功德幢佛南無普照幢佛南無自在幢佛南無法幢佛南無虛空光明佛南無日月光明佛南無無垢光明佛南無火輪光明佛南無大光明佛南無寶光明佛南無善光明佛南無火

光明佛南無日光明寶照佛南無甘露光明佛南無水月光明佛南無寶月光明佛南無彌留光明佛南無金光光明佛南無金光明佛南無高光明佛南無功德寶光明佛南無放光明幢佛南無放光光明佛南無無畏光明佛南無清淨光明佛南無勝威德香光明佛南無雲光明佛南無香光明佛南無俱蘇摩光明佛南無法力光明佛南無樹提光明佛南無然火光明佛南無羅網光明佛南無無量寶華光明佛南無稱光明佛南無普光明佛南無一切大願光明佛南無師子吼聲佛南無無量吼聲佛南無勝妙鼓聲佛南無色光明聲佛南無法鼓出聲佛南無地吼聲佛南無普徧聲佛南無聲滿法界聲佛南無法無垢月佛南無放光明月佛南無盧舍那

月佛南無普照寶月佛南無月輪清淨佛南無解脫月佛南無功德月佛南無無障礙月慧佛南無聚集日輪佛南無般頭耆婆伽華佛南無無量功德莊嚴佛南無自在滅劫佛南無深慧佛南無戒慧佛南無無垢慧佛南無難勝慧佛南無阿僧祇劫修習慧佛南無莎利羅上佛南無波頭摩上佛南無須彌留劫佛南無不可説劫佛南無金光明色光上佛南無龍寂上佛南無勝寶上佛南無香奮迅天上佛南無香象奮迅佛南無多羅跋香佛南無多伽羅香佛南無曼陀羅香佛南無波頭摩香佛南無無邊香佛南無普徧香佛南無旃檀香佛南無戒香佛南無波頭摩手佛南無波頭摩眼佛南無波頭摩起佛南無波頭摩勝佛南無同名波頭摩王佛南無波頭摩上王佛南無波頭摩華聲佛南無波頭摩莊嚴佛南無金剛處勢佛南無無垢處勢佛南無三昧處勢佛南無不動處勢佛南無實智大勢佛南無甘露勢佛南無定處勢佛南無過三界處勢佛南無上喜佛南無實喜佛南無龍喜佛南無寶喜佛南無普護佛南無聖護佛南無功德普護佛南無徧護佛南無開悟菩提智光佛南無精進護佛南無精進喜佛南無善知寂靜去佛南無善清淨慧佛南無旃檀滿慧佛南無滅諸惡慧佛南無大慧佛南無普慧佛南無上慧佛南無妙慧佛南無滅德慧佛南無金剛慧佛南無清淨慧佛南無法慧佛南無海慧佛南無住慧佛南無善慧佛南無審慧佛南無世慧佛南無快慧佛南無稱慧佛南無廣慧佛南無覺慧

佛南無寶慧佛南無威德慧佛南無清淨慧佛南無勝慧佛南無無邊慧佛南無堅慧勝積佛南無善清淨慧佛南無寶髻香積佛南無龍髻寶積佛南無寶手柔輭佛南無勇猛積佛南無般若積佛南無功德髻寶聚佛南無金剛徧照十方佛南無法雲十方稱王佛南無成就功德佛南無大衆上首佛南無能斷一切業佛南無莊嚴王佛南無光明王佛南無善清淨無垢佛南無法界師子光明佛南無滿足金剛住持佛南無世間最上佛南無世間自在佛南無善住莊嚴藏佛南無闇浮燈佛南無善思惟佛南無智虛空樂王佛南無最後釋迦牟尼佛南無梵勝天王光明佛南無師子奮迅佛南無如意威德佛南無清淨無垢藏佛南無歡喜王佛南無栴檀香

佛南無大師子莊嚴佛南無一切龍摩尼藏佛南無虛空輪清淨王佛南無十方恭敬佛南無十方生勝佛南無成就一切稱佛南無彌留幢佛南無金色華佛南無師子座善住佛南無二萬同名拘鄰佛南無八千同名善光佛南無大悲雲藏佛南無一切功德佛南無成就如來寂佛南無無相聲佛南無不可聲佛南無轉法輪勝王佛南無三萬同名能勝佛南無十千同名滿足佛南無福德成就佛南無功德供養佛南無成就娑羅自在王佛南無散華莊嚴光佛南無師子無量音佛南無波頭摩清淨佛南無摩訶彌留力藏佛南無莊嚴法燈妙稱佛南無娑曼多智佛南無摩樓多愛佛南無毗盧遮那功德藏佛南無法力自在勝佛南無法智普光明佛南無

善智力成就佛南無甘露威德光明佛南無
智勝寶法光明佛南無妙蓮華藏佛南無摩
尼清淨佛南無一切種智資生勝佛南無自
在因陀羅佛南無自性清淨智佛南無勝光
明功德佛南無善思佛南無大思佛南無普
信莊嚴妙光佛南無東方滿月光明佛南無
世間尊佛南無華光佛南無大吼佛南無成
就行得樂自在佛南無喜聲佛南無勝聲佛
南無清淨思惟善生佛南無南方自在王佛
南無法華尊佛南無高光明佛南無莊嚴佛
南無快可見無過智慧佛南無大稱佛南無
大聲佛南無日聚瑠璃樂勝佛南無西方無
邊光明佛南無轉法輪佛南無大威德佛南
無高信佛南無梵聖法華佛南無日光佛南
無大炎佛南無普現能觀奮迅佛南無北方

金剛王佛南無菩提尊佛南無光明佛南無
甘露佛南無勝愛堅行佛南無高光佛南無
勝王佛南無功德圓融勝稱佛南無東南師
子妙音佛南無如意通佛南無觀藏佛南無
精進佛南無平等匆思佛南無普觀佛南無
聖華佛南無大勝修行善根佛南無西南香
象遊戲佛南無無畏光佛南無照十方佛南
無種種佛南無十光佛南無天華佛南無種
種隨順威德佛南無西北須彌佛南無普賢
尊佛南無妙修行佛南無無垢佛南無甘露
光明佛南無然燈佛南無尊志佛南無福德
無量常香佛南無東北寶最高德佛南無具
神通佛南無妙法幢佛南無善至佛南無平
等慈悲佛南無寶幢佛南無妙光佛南無自
在轉輪法王佛南無下方寶優鉢華佛南無

無垢聲佛南無無邊光佛南無成就佛南無
清淨摩尼佛南無妙聲佛南無梵聲佛南無
功德力堅固王佛南無上方廣衆德佛南無
金剛華佛南無菩提陀佛南無賒尸羅佛南
無一切光明佛南無功德王佛南無大威德
聚光明幢佛南無應信佛南無法勝龍華佛
南無堅固希六通聲佛南無世間尊解脫賢
佛南無大慈佛南無大慧佛南無虛空功德
佛南無精進心佛南無然光明佛南無大聲
功德種種光佛南無龍德佛南無勝慧賢光
佛南無堅固華莊嚴王佛南無攝諸根甘露
心佛南無金剛師子佛南無無邊智積一切
佛南無妙光幢佛南無離光聲佛南無自在
聲佛南無千世自在聲佛南無不可思量佛
南無智慧力娑羅王佛南無妙莊嚴無畏王
佛南無光明王佛南無無邊功德海藏王佛
南無金剛華佛南無須摩那華佛南無師子
幢佛南無那羅延勝藏佛南無修行深心佛
南無法智佛南無金輪光佛南無千香佛南
無善住意佛南無金剛佛南無寶積佛南無
無邊無礙佛南無自在聲佛南無金剛光佛
南無發行成就自在王佛南無師子音佛南
無妙吼聲王佛南無普藏光彌留王佛南無
帝釋幢無量壽佛南無百千晃耀光明佛南
無滿足善度佛南無摩尼王佛南無寶蓋金
幢師子聲佛南無寶作佛南無無量香王佛
南無七寶波頭摩王佛南無一切衆生愛見
佛南無修行功德佛南無光明勝妙清淨聲
佛南無普光明佛南無大海佛南無住持佛
南無奮迅通佛南無寶幢不動佛南無妙鼓

聲王佛南無大勢精進修行佛南無清淨寶
輪佛南無諸聞見者生歡喜佛南無無量壽
佛南無彌留香佛南無多羅妙勝佛南無智
慧王佛南無金蓋尊佛南無雲護華光佛南
無廣威德自在王佛南無大慈悲救護勝佛
南無摩尼寶藏佛南無如來正見佛南無月
光明佛南無天德方便心佛南無普信佛南
無堅固高勝佛南無功德華無畏聲佛南無
大莊嚴種種聲佛南無清淨佛南無成就功
德一切佛南無放光明佛南無大聲佛南無
大慧佛南無成就行佛南無清淨心佛南無
無礙聲智佛南無寶地山彌留光佛南無甘
露誠信功德佛南無妙法一切佛南無普智
佛南無信供養佛南無淨自在佛南無大勢
力善寂諸根佛南無寂靜然佛南無成就意

佛南無降伏煩惱佛南無成就堅佛南無降
伏魔梵自在佛南無一切寶摩尼王佛南無
功德佛南無寶光明佛南無娑伽羅佛南無
自在山佛南無毗摩意佛南無智勝佛南無
大自在佛南無滿足心佛南無一切勝佛南
無世間自在王佛南無寶燈王佛南無般若
齊無量尊佛南無普見王佛南無無垢勝梵
自在勝佛南無普門光明須彌山佛南無無
礙智作佛南無無畏王佛南無自在勝佛南
無廣智上佛南無梵勝天王光明佛南無普
喜速佛南無勝王佛南無旃檀佛南無違雲
吼王佛南無智虛空自在如是無量無邊佛
南無須彌勝佛南無普門智照聲佛南無普
輪法光明佛南無不思議功德無量佛南無
大威光佛南無普無量釋迦牟尼佛南無遊

戲神通寶藏佛南無最尊勝妙香喜莊嚴佛
南無德聚王佛南無寶成就佛南無大尊佛
南無大焰佛南無端嚴佛南無不可思議功
德王佛南無金剛佛南無梵聲佛南無無量
佛南無具足讚佛南無大力佛南無大臂佛
南無導師佛南無照耀彌樓相佛南無應天
師子德佛南無世明佛南無一切見在無量
佛南無日月明佛南無清淨義妙音名天佛
南無德輪光王佛南無自在幢佛南無無量
解脫相衆會王佛南無大額光具衆德佛南
無善濟無畏音聲佛南無不壞大慧力慈悲
佛南無無邊辯光佛南無普供養上善圓滿
清淨牟尼佛南無法藏無塵垢佛南無安闍
那信戒佛南無淨魔佛南無一切世間賢劫
佛南無大寶輪佛南無一切勝十方光明佛

南無香中尊王慧力稱佛南無無礙德稱光
佛南無成就觀佛南無般若齊滿足意佛南
無畢竟成就大悲佛南無無障無礙精進堅
佛南無娑婆華王佛南無無邊功德普照十
方未來尊佛南無大智具聲佛南無大光明
深智佛南無勝修佛南無一切寶莊嚴色住
持佛南無大吉祥佛南無無比辯福德光明
佛南無寶輪虛空平等心佛南無無量慧光
王佛南無普現前佛南無無畏輪疆界上佛
南無虛空無際寶身佛南無堅精進佛南無
思惟成就義佛南無無量德具足佛南無一
切衆生愛見佛南無寶樹須彌意佛南無無
邊覺海藏佛南無未來佛南無無量善根成
就諸行佛南無自在光佛南無作利益波羅
羅堅佛南無慧威燈王佛南無普光明佛南

無無量音聲王佛南無普世懷佛南無三界尊敬智慧佛南無無爲大焰聚威佛南無普現色身光佛南無瑠璃莊嚴一切佛南無無邊大衆自在勇猛佛南無善意成佛南無寶淨巍巍見佛南無諦思惟慧悅佛南無法光佛南無過去莊嚴劫一切佛南無天聲佛南無日聲佛南無妙聲曇無竭佛南無聲自在佛南無無量自在佛南無世自在佛南無法自在佛南無轉發起善思惟佛南無結度彼岸佛南無名寶蓋起無畏光明佛南無師子月佛南無名光明破闇起三昧王佛南無名隨前覺覺佛南無不可動佛南無普禪佛南無名自在護世間佛南無善心佛南無善光佛南無名法界莊嚴佛南無發一切無厭足行佛南無意住持佛南無地住持佛南無住持法佛南無護法眼佛南無觀世自在佛南無淨幢佛南無法幢佛南無金剛幢佛南無功德住持佛南無善行佛南無善色佛南無善識佛南無善功德佛南無名法行廣慧佛南無師子月佛南無應稱佛南無不盡甘露功德佛南無大光佛南無光明佛南無寶威德上王佛南無名降伏魔人自在佛南無名降伏貪自在佛南無名降伏瞋自在佛南無名降伏癡自在佛南無大勝佛南無上勝佛南無多寶勝佛南無散香上勝佛南無住持勝佛南無善行勝佛南無不空勝佛南無起多羅王勝佛南無福德勝佛南無妙勝佛南無日輪上光明勝佛南無大慧佛南無寶蓋勝光佛南無無量安隱佛南無妙鼓聲王佛南無大莊嚴佛南無華眼佛南無寶積示現

佛南無廣大佛南無功德轉輪佛南無得大無畏佛南無平等勿思佛南無淨光明佛南無多寶佛南無功德自在佛南無大勝佛南無清淨衆生佛南無一切通智佛南無不動智光佛南無住持聲佛南無調勝佛南無善寂勇猛佛南無法寶佛南無善寂靜心佛南無一切喜勝佛南無不動勇步佛南無善調心佛南無安隱佛南無大衆自在佛南無法力佛南無驚怖衆生佛南無威德淨聲佛南無無畏敬懷佛南無大功德佛南無尸棄佛南無善焰法妙佛南無滿月佛南無住勝淨明佛南無妙眼佛沙佛南無無量威神佛南無稱光明佛南無生勝佛南無普妙智海佛南無大意佛南無敬重戒王佛南無法性莊嚴佛南無成就義佛南無修智波婆佛南無

無礙佛南無無淨無畏佛南無善意佛南無淨相妙聲佛南無無障無著精進佛南無一切敬愛佛南無那羅延佛南無稱妙佛南無般若奮迅佛南無勝慧佛南無無比藏深佛南無種種行王佛南無無恐無畏佛南無波頭摩佛南無難勝佛南無授記愛見佛南無不動佛南無寶勝月光佛南無華寶旃檀佛南無澄住思惟佛南無彌留藏佛南無無垢佛南無得意善淨佛南無法性佛南無內外斷愛佛南無畢竟大悲佛南無無礙思惟大神通佛南無離怖佛南無一切種智佛南無成就佛南無觀世自在佛南無無畏智觀佛南無無量憘光佛南無阿羅摩佛南無華勝佛南無不可思議佛南無多天佛南無自智梵行佛南無無量光明世界普賢佛南無勝

眼佛南無妙幢佛南無無礙勝行佛南無華光佛南無普淨曜聲佛南無無量威神護妙法幢佛南無美意佛南無德王佛南無眞悅政明佛南無法光佛南無普解德嚴佛南無無邊無垢慧深聲王佛南無思意佛南無益天佛南無焰面喜音佛南無豐光佛南無寶悅智山佛南無無量光華種種奮迅佛南無快應佛南無寂幢佛南無歡悅勝賢佛南無天華佛南無不擾趣懷佛南無毗盧遮那佛南無功德藏王佛南無慧忖佛南無淨身佛南無如空離華佛南無摩尼佛南無火奮迅通佛南無無量法幢空俱蘇摩佛南無諦意佛南無藏稱佛南無難勝美聲佛南無雲音佛南無遊戲神通佛南無無量吉祥金剛寶嚴佛南無應供佛南無智王佛南無覺悟衆

生佛南無謨羅佛南無自在不虛佛南無不動慧光妙德難思佛南無善業佛南無樂安佛南無無量辯光佛南無龍音佛南無無上醫王佛南無清淨寶名婆耆羅陀佛南無制力佛南無梵聞佛南無勇猛名稱佛南無華瓔佛南無無邊辯相佛南無覺悟衆生種德天王佛南無金齊佛南無吉身佛南無功德威聚佛南無意稱佛南無娑羅華上光王佛南無歡喜增長佛南無德聚威光佛南無無邊智照頂王佛南無善寂諸根佛南無殊勝相無爲光威佛南無普現佛南無三世華光佛南無栴檀窟莊嚴勝佛南無無缺精進佛南無覺伏濤波佛南無無邊堅固光明佛南無極上音聲佛南無天自在超越諸法佛南無廣曜佛南無無量思惟佛南無無垢眼普

光明佛南無摩尼清淨佛南無覺善香熏佛

南無無邊名稱十方佛

諸佛世尊如來菩薩尊者神僧名經卷第二

諸佛世尊如來菩薩尊者神僧名經卷三

南無彌勒仙光佛南無無比慧普照輪月佛
南無喜解佛南無護妙法幢佛南無普飛廣
戒堅視佛南無名稱敬愛佛南無神足光明
佛南無無邊大力光相佛南無火奮迅通佛
南無無畏友一切無染佛南無寶悅佛南無
現面世間佛南無至大精進究竟佛南無無
勝最妙佛南無意彊自在佛南無無邊勝威
德意佛南無恬惔思惟佛南無無盡德一切
焰光佛南無寶敬佛南無法智普光佛南無
斷一切衆生病佛南無朋友光度佛南無寂
靜然燈佛南無無邊帝釋幢王佛南無無盡
受光佛南無尊自在一切勝天佛南無廣施
佛南無大慧力王佛南無光華種種奮迅佛
南無能作無畏佛南無日月珠光佛南無無
邊海德光明佛南無天所敬恭佛南無無恐
畏一切喜音佛南無普悅佛南無供養廣稱
佛南無見平等不平等佛南無世間勝上佛
南無寂進思惟佛南無無邊妙法光明佛南
無無量焰光佛南無成就意一切淨王佛南
無大護佛南無慧淨德光佛南無法日智轉
然燈佛南無無能伏運佛南無衆生所疑佛
南無無邊喜可威神佛南無須彌最聲佛南
無無畏施一切道光佛南無大聚佛南無無
諂名稱佛南無知衆生平等身佛南無無煩
熱意佛南無善眼清淨佛南無無邊梵天所
敬佛南無虛空多羅佛南無無量像一切法
光佛南無大勢力佛南無世尊佛南無無量
壽佛南無大威光佛南無寶德世尊佛南無
歡喜佛南無吉祥佛南無上善世尊佛南無

光焰佛南無大明佛南無天王世尊佛南無妙音聲佛南無蓮華世尊佛南無無量光佛南無善現佛南無慈德佛南無喜悅世尊佛南無清淨照佛南無大精進世尊佛南無清淨義佛南無喜莊嚴佛南無寶相世尊佛南無威德佛南無福德佛南無海慧佛南無明意佛南無世光佛南無天威佛南無善端嚴佛南無香明世尊佛南無普放光佛南無寶髻佛南無眞實佛南無妙義世尊佛南無功德藏佛南無大海佛南無智世尊佛南無無量意佛南無吉祥佛南無大光王佛南無善慧世尊佛南無天德佛南無具足佛南無智勝世尊佛南無明照佛南無上安佛南無光王佛南無世尊最尊天佛南無寶明世尊佛南無千上光佛南無妙寶佛南無堅固佛南

無妙御世尊佛南無威德勢佛南無喜思惟無量悅佛南無清淨面月藏德佛南無大燈明佛南無寶離慧勇須彌山意佛南無一切功德備具佛南無無畏娛樂佛南無自在光智慧來佛南無龍種上尊王佛南無無爲光豐佛南無名稱旛普仙佛南無願海光佛南無妙音勝佛南無梵自在王佛南無無畏友佛南無慧光王中上明佛南無稱一切衆生念勝功德佛南無堅精進思惟成就義佛南無一切無垢光明佛南無迦葉導師佛南無不退佛南無福德明佛南無法自在不虛佛南無華明慈德佛南無山圭王法明佛南無一切天猛威德佛南無清淨衆王佛南無師子乳佛南無無畏輪疆界上佛南無發一切衆生不斷修行佛南無寶蓮華勇虛空雄巧

佛南無一切都趣衆辯佛南無無量應天佛南無覺悟佛南無清淨賢佛南無一切最尊天佛南無違藍明意佛南無威德王百光佛南無慶日佛南無蓮華德佛南無雲德甚良佛南無師子相佛南無寶輪光明勝德佛南無大講佛南無轉化一切牽連佛南無大遊戲佛南無虛空輪上佛南無一切成就誓鎧佛南無慈相照明佛南無善月佛南無無量光佛南無淨願佛南無慧華佛南無善天淨根佛南無求勝佛南無妙光佛南無一切行善無過佛南無善濟日天佛南無師子力佛南無寶場輪上尊王佛南無大轉佛南無無念示現諸行佛南無喜威德佛南無無量光勇佛南無一切功德寶勝佛南無清淨相明佛南無喜衆佛南無高大身佛南無勇猛佛

南無淨魔佛南無戒明福燈佛南無常月佛南無月光佛南無一切眞髻華手佛南無寂鉢滅貪佛南無無量意佛南無虛空尊極上德佛南無歡樂佛南無寶意佛南無淨音聲佛南無住清淨佛南無虛空無際佛南無一切功德成就佛南無神相喜明佛南無世意佛南無流布王佛南無慧道佛南無度憂佛南無樂安愛身佛南無天主佛南無善財佛南無一切善眼珠淨佛南無得利堅音佛南無求利益佛南無金剛徧照十方佛南無尊聚佛南無法寶佛南無淨輪王佛南無寶羅網佛南無普光威德佛南無一切諸寶上德佛南無龍德善濡佛南無衆焰佛南無離畏師佛南無日藏佛南無焰肩佛南無善明威猛佛南無明曜佛南無梵聲佛南無一切仁

愛無畏佛南無有意善高佛南無師子德佛
南無雲中自在燈明佛南無尊會佛南無妙
頂佛南無日輪光佛南無衆尊聚佛南無遠
方聲稱佛南無一切吉祥有德佛南無明讚
梵天佛南無滅過佛南無師子身佛南無定
意佛南無世明佛南無持鬘華藏佛南無無
懼佛南無梵財佛南無一切梵壽無損佛南
無樂智觀身佛南無師子頬佛南無寶輪威
極上德佛南無深智佛南無聖德佛南無大
車乘佛南無施豐德佛南無世間尊重佛南
無一切十力娛樂佛南無名稱梵音佛南無
最上佛南無須焰摩佛南無勇智佛南無勢
行佛南無日名樓至佛南無無動佛南無盡
魔佛南無一切妙面隨日佛南無廣照香明
佛南無精進德佛南無日輪場尊上德佛南

無華蓋佛南無勝積佛南無會中尊佛南無
廣功德佛南無娑羅威德佛南無一切衆生
愛見佛南無明力大施佛南無愛淨佛南無
無量持佛南無至喜佛南無滅癡佛南無好
音微意佛南無華勝佛南無敏持佛南無一
切智藏堅出佛南無善寂天音佛南無清淨
義佛南無日威德莊嚴藏佛南無長養佛南
無得度佛南無金剛肩佛南無最香德佛南
無波頭摩面佛南無一切諸種安樂佛南無
隨意光明佛南無出現佛南無解脫乘佛南
無淨宿佛南無炬燈佛南無紅蓮華德佛南
無方上佛南無世音佛南無一切觀意華出
佛南無無量音聲佛南無無我眼佛南無寶
身佛南無常滅度佛南無雄猛佛南無寂靜
佛南無曼陀羅佛南無火炎積佛南無維蓮

華德佛南無極趣上威神聚佛南無大智眞
聲佛南無大蓋佛南無清徹光佛南無作際
佛南無祉江佛南無無諍無恐佛南無山德
佛南無日空佛南無一切言音無礙佛南無
無量除憂佛南無無跡步佛南無寶尊佛南
無無量眼佛南無慈氏佛南無大貴佛南無
法照光佛南無不唐勇佛南無普明觀稱佛
南無不可思議種姓佛南無梵德華山佛南
無住義佛南無功德敬佛南無德淨佛南無
大燈佛南無施明珠鎧佛南無高勝佛南無
日觀佛南無一切主焰堅法佛南無無量天
王佛南無無所負佛南無寶通佛南無無垢
際佛南無尊思佛南無見實佛南無普金華
佛南無滿足意佛南無無量雄勇佛南無一
切世間自在佛南無淨義開華佛南無福德

佛南無妙德藏佛南無智日佛南無上名佛
南無隨時多德佛南無龍步佛南無德乘佛
南無一切難施堅鎧佛南無無量高名佛南
無觀察慧佛南無善生佛南無難勝伏佛南
無尊德佛南無寶樹佛南無智慧威佛南無
清涼寶佛南無無過精進佛南無一切無決
斷願佛南無喜見華嚴佛南無實語佛南無
威德猛佛南無天力佛南無弗沙佛南無斷
疑明照佛南無華相佛南無衆王佛南無一
切安隱遊步佛南無無量離山佛南無功德
守佛南無德尊佛南無無表識佛南無成熟
佛南無德現佛南無出顯光佛南無行清淨
佛南無無量禪德佛南無一切無過勇步佛
南無不可勝幢佛南無性日佛南無降伏魔
佛南無見義佛南無勝魔佛南無寶賢幢勝

佛南無香手佛南無智來佛南無一切世愛
能聖佛南無不可嫌名佛南無功德步佛南
無海威佛南無名稱友佛南無懷眼佛南無
快見佛南無衆疆王佛南無無動勇佛南無
無垢離度佛南無一切寶薩犁樹佛南無無
等香光佛南無具足佛南無無畏觀佛南無
怖象佛南無破疑佛南無俱蘇摩見佛南無
天面佛南無快身佛南無下方實行離怖佛
南無放淨光明佛南無修寂靜佛南無上幢
佛南無無量蓋佛南無香上佛南無大積佛
南無種種華佛南無不空見佛南無無垢威
德佛南無一切普寶滿足佛南無師子香稱
佛南無快見佛南無沉水香佛南無智鎧佛
南無寶洲佛南無善思惟義佛南無天愛佛
南無善生佛南無不空境界眞報佛南無恭
敬愛佛南無放光佛南無無比鎧佛南無千
近佛南無寶稱佛南無出千光佛南無壞諸
欲佛南無破無明闇佛南無不可思議大勇
佛南無無量名稱佛南無月像佛南無生威
德佛南無寂過佛南無樂聲佛南無常清淨
眼佛南無心智佛南無道光佛南無十千迦
葉如意佛南無六十光明佛南無清淨戒佛
南無月威佛南無無量意佛南無天輞佛南
無勇悍佛南無摩尼輪佛南無有華德佛南
無住禪思勇佛南無不可思議大地佛南無
無普修行佛南無日面佛南無無垢心佛南
無月愛佛南無照光佛南無善根光明佛南
無深智佛南無法洲佛南無龍王護衆輪手
佛南無功德橋梁佛南無天供養佛南無勝
瑠璃金光明佛南無妙思惟佛南無稱光明

佛南無地住持佛南無無量衆上首王佛南無無邊智佛南無妙見火然燈滿足智佛南無功德力佛南無無畏世界寶勝佛南無師子奮迅力佛南無海彌留佛南無離貪境界佛南無善智慧佛南無寶彌留佛南無觀光明佛南無世自在佛南無平等思惟佛南無孔雀聲佛南無威德王聚光明佛南無智淨佛南無十方清淨善見佛南無光明勝佛南無普勝金剛光佛南無求勝菩提佛南無大寶彌留光明觀佛南無月色旃檀佛南無福德然燈佛南無降伏魔王安住法佛南無妙法光明佛南無觀世自在佛南無實見佛南無不可量莊嚴佛南無師子奮迅鬚佛南無供養婆羅自在王佛南無虛空功德佛南無大吉祥佛南無一切寶蓋佛南無智慧威佛

南無威力普懷佛南無普無邊寶淨佛南無大雲光性日佛南無無比佛南無一切尊威佛南無無量勇猛慈嚴佛南無散華光明莊嚴佛南無淨彌留佛南無無拘隣佛南無解脫幢佛南無一切樂念順行佛南無菩提月佛南無普照放光明勇猛力佛南無功德集佛南無煩惱無礙妙勝佛南無功德自在劫佛南無住持鬘佛南無觀世自在佛南無多寶勝佛南無月光明佛南無金剛成佛南無淨上首佛南無聚寶光明佛南無自在王佛南無普見威德住持佛南無善逝佛南無華通安樂作勝佛南無華威德佛南無功德王光明佛南無無垢稱王佛南無妙勝光明婆羅堅佛南無無量彌留寶火然燈佛南無福德佛南無光明佛南無勇猛法佛南無能破

諸邪寶樂自在佛南無勝海佛南無月眼德光明佛南無眞聲樂說王佛南無供養山聲自在王佛南無遠離諸畏佛南無無畏王佛南無一切服德佛南無成就觀佛南無壞散衆疑佛南無海須彌說義佛南無德光王住慧佛南無香室佛南無一切幢王佛南無無量臂月施威佛南無修行幢香彌留佛南無乘莊嚴金剛聲照世間佛南無無量億毗婆羅佛南無無心慧佛南無淨住佛南無妙羅王佛南無成就智佛南無功德法佛南無無邊境界奮迅佛南無功德成就勝佛南無同光明無畏自在解脫義佛南無法光明佛南無曼陀羅佛南無衆自在佛南無上勝月高佛南無解脫幢佛南無金聖華鬘色王佛南無大聚佛南無無憂無量國土佛南無妙聲

吼佛南無大信波婆娑佛南無拘峻莊嚴佛南無智慧光明金剛齊佛南無羅網光明佛南無大海然燈佛南無大樂堅才六勝名佛南無善護幢王佛南無不破境智佛南無了見佛南無勝步應光明佛南無光王無漏稱佛南無供養堅王威德身佛南無拘隣智炎佛南無普德光佛南無一切造化佛南無清淨心佛南無無量勝修佛南無大修行見實佛南無造燈明火焰佛南無求善佛南無一切光輪佛南無無量最上天王佛南無寶多羅離無明佛南無稱名聲毗婆尸佛南無出淨聲佛南無歡喜德意佛南無住持佛南無栴檀行佛南無月愛佛南無善威儀佛南無寂淨命佛南無天國土佛南無無量寶杖不盡佛南無地住善讚歎佛南無快莊嚴佛南

無可樂世界現佛南無寶勝佛南無攝菩提佛南無寶輪佛南無威德佛南無上勝佛南無成就義修佛南無自在幢佛南無無量威德寶仙佛南無聖化佛南無摩尼清淨寶焰佛南無須彌力佛南無上首金剛堅佛南無無量莊嚴佛南無十方聞名離諸憂佛南無華德佛南無雲幢佛南無寶積佛南無華香佛南無然炬王明佛南無無著智佛南無力護金山龍喜日勝佛南無信聖佛南無智藏大將軍佛南無普賢上勝高佛南無供養波頭摩勝華佛南無無礙香象佛南無大焰身佛南無一切寶敬佛南無無量觀佛南無普放香熏佛南無慧燈明至大佛南無普開光勝報佛南無香蓋佛南無一切星燈佛南無無量不散威嚴佛南無光明輪成就炎佛南

無德世界邪羅延佛南無寶作尊佛南無名自在護世間無憂勝佛南無普智輪光聲佛南無法自在佛南無堅德上佛南無能滅一切怖畏佛南無普畏世界月佛南無不散華佛南無能度彼岸佛南無不動智佛南無虛空輪清淨王佛南無樂智慧佛南無智勝上王佛南無大寶輪佛南無甘露功德世光佛南無覺慧佛南無阿樓邪勝普寶佛南無大金臺佛南無勝上虛空天佛南無無量光明佛南無天蓋龍光觀十方佛南無普摩尼香佛南無喜勝天王佛南無苦行佛南無覺華佛南無無垢義佛南無未來普賢佛南無淨天供養佛南無火步佛南無無量命尼彌佛南無上方無量勝佛南無供養虛空功德聲佛南無東方阿閦佛南無勇猛山佛南無一

切道喜佛南無眞正幢佛南無敬慧尊華佛
南無十方幢悅見佛南無大燈光衆勝佛南
無敬戒佛南無一切無煩佛南無無量敬上
懷光佛南無無量光明華王佛南無自在聲
佛南無香彌留佛南無堅固王佛南無無量
樂說光明佛南無然燈火佛南無智慧奮迅
王佛南無大威德佛南無賢上勝佛南無大
會上首智勝佛南無三昧奮迅勝佛南無日
光明佛南無無量上勝佛南無智力德佛南
無趣菩提佛南無普莎羅佛南無智慧足佛
南無普信大稱佛南無寶住持佛南無一切
威德大修佛南無海智佛南無甘露清淨聖
眼佛南無彌留劫佛南無常放光明王佛南
無善德莊嚴佛南無護妙法幢佛南無尼尸
陀佛南無雲護佛南無稱幢佛南無普勝佛

南無燈王佛南無百寶華光佛南無無寶上
佛南無清淨然燈佛南無增上勇猛佛南無
有我佛南無功德自在天佛南無威王五百
日佛南無供養西方無量華佛南無無憂威
德佛南無一念光佛南無無量勝友佛南無
普放光佛南無善寶懷明佛南無善毗摩慧
力佛南無師子香等善佛南無懷諦佛南無
一切光威佛南無無量盡作堅聲佛南無金
光明威德王佛南無波頭摩上勝王佛南無
妙勝尊佛南無成就義佛南無善色王佛南
無金剛衆佛南無善吉佛南無世間尊佛南
無種種說佛南無師子慧佛南無普照十方
世界佛南無聲德大信上佛南無信菩提佛
南無善修果報佛南無黠慧信佛南無大龍
佛南無勝虛空聲佛南無寂靜去佛南無珍

寶吼聲佛南無上首光佛南無善住調智攝
稱佛南無喜愛佛南無光明輪藏法蓋佛南
無仁威德佛南無寶步龍王聲佛南無能與
光明佛南無無礙光明佛南無香勝幢佛南
無功德然燈佛南無清淨月輪佛南無善意
住持虛空寂佛南無月殿妙尊金色境界佛
南無實體佛南無無分別修行佛南無名龍
自在聲佛南無供養龍天手上王佛南無無
邊精進佛南無一相光佛南無無量度世佛
南無如樹華佛南無大步懷幢佛南無法燈
明勝畏佛南無摩尼珠廣曜佛南無懷步佛
南無一切雲雷佛南無無量淨住尊悲佛南
無無量天香光明佛南無不空行稱佛南無
思惟智慧華佛南無無障礙十力王光明勝
佛南無智積佛南無大香光佛南無精進勝

佛南無甘露勝佛南無栴檀世界上首佛南
無普畏世界月佛南無不謬思佛南無度一
切難佛南無火焰聚佛南無大莊嚴佛南無
威德身佛南無愛自在佛南無大海廣稱佛
南無希勝尊佛南無無垢威德金堅佛南無
普至佛南無波頭摩勝善意佛南無光明聚
佛南無梵勝彌留幢佛南無供養莊嚴佛南
無普照雲王人天尊佛南無海勝佛南無梵
聲佛南無善智佛南無華身佛南無黠慧降
魔無盡意佛南無攝慧佛南無相王佛南無
淨行佛南無勝受佛南無見有佛南無寶力
佛南無寶光炎佛南無華藏善夜摩佛南無
供養慈悲水月光佛南無波頭摩上佛南無
大勝光佛南無無量悅好佛南無名譽音佛
南無最視堅華佛南無人中光等見佛南無

月燈明寶淨佛南無持慧佛南無一切天華
佛南無無量大聖華仙佛南無須彌山無量
名佛南無大彌留佛南無香高山佛南無成
就炎佛南無不動步佛南無華光明佛南無
彌留山佛南無勝意佛南無世然燈佛南無
不可勝佛南無香象王佛南無功德一味善
喜佛南無色智淨去日佛南無寂靜幢佛南
無見無障礙善香月佛南無去光明佛南無
如意幢佛南無供養勝佛南無善智地光佛
南無普照稱佛南無慈勝安樂大幢佛南無
寶信佛南無破無明闇寂行佛南無無邊智
佛南無普智無邊光佛南無功德莊嚴佛南
無日藏華聲無量明佛南無智聚佛南無栴
檀佛南無化現彌留佛南無大地離塵佛南
無一切愛佛南無智報燈王佛南無月德佛

南無普眼佛南無善化佛南無普行寶光明
佛南無西方無量華佛南無供養娑羅自在
王佛南無金剛精進佛南無自在懷佛南無
無量快應佛南無相好華佛南無善度才光
佛南無慧威燈日見佛南無電燈光意稱佛
南無天悅佛南無一切幢光佛南無無量喜
德成豐佛南無堅王華佛南無天金剛佛南
無妙香華佛南無阿彌多佛南無勝自在佛
南無常法慧佛南無善靜王佛南無多羅住
佛南無智步佛南無截金剛佛南無善安樂
佛南無清淨眼佛南無不可思議大相佛南
無信衆上寂淨佛南無住虛空佛南無斷一
切障佛南無大智意佛南無樂莊嚴佛南無
毗頭羅佛南無作功德佛南無智勝寂光佛
南無等月王佛南無精進功德大燈佛南無

善護佛南無寶輪威德善見佛南無無憂勝
佛南無大力人中尊佛南無歡喜龍天佛南
無淨日諸天光明輪佛南無無相修行佛南
無寶勝光明佛南無善首拘鄰佛南無無量
命佛南無慧照天光佛南無功德自在佛南
無大鏡佛南無廣護日光明佛南無莊嚴妙
寶聲佛南無供養人天大覺尊佛南無諸天
流布佛南無大願脩佛南無無量淨戒佛南
無喜悅王佛南無普寶如空佛南無無憂懷
妙見佛南無淨光明悅意佛南無端緒佛南
無一切憘光佛南無無量上寶華光佛南無
大明佛南無日淨王佛南無迦葉佛南無大
衆輪佛南無寶妙華光佛南無普藏眞聲佛
南無菩提王佛南無功德乘佛南無無量眼
摩尼寶佛南無智光明自在天佛南無三界
尊佛南無無量人天佛南無一切勝無量香
佛南無金華佛南無快勝王佛南無正見佛
南無放妙香佛南無大智莊嚴佛南無無礙
王佛南無寶彌留佛南無解脱王佛南無無
垢佛南無無邊德佛南無智光聲佛南無寶
海炎佛南無法性莊嚴佛南無普勝生佛南
無善思惟無量聲佛南無普一切自在根佛
南無龍華佛南無廣戒王佛南無得意佛南
無廣法行佛南無善化莊嚴佛南無智力王
佛南無彌留光佛南無不畏言佛南無無染
佛南無無邊寶佛南無寶光明二足尊佛南
無三寶然燈佛南無阿羅摩佛南無普無邊
清淨聲佛南無不思議梵勝天佛南無金剛
佛南無藥樹王佛南無斷愛佛南無成就幢
佛南無樂說莊嚴佛南無善護聲佛南無拘

那含佛南無般若幢佛南無無畏佛南無無煩惱佛南無大神通寶地山佛南無無垢光明佛南無最法稱佛南無普無邊降伏魔佛南無不思議成就堅佛南無仙光佛南無盧舍那佛南無法勝佛南無無畏觀佛南無福德莊嚴佛南無能作光佛南無娑羅華佛南無地勇名佛南無隨順佛南無無垢眼佛南無日光明智稱王佛南無妙德難思佛南無無礙山佛南無觀世音寶法勝佛南無清淨藏毗舍浮佛南無應天佛南無頂勝王佛南無寶月佛南無幢日王佛南無寶聚分明佛南無大焰高幢佛南無華勝王佛南無清淨香佛南無無畏勝多功德佛南無大光明堅固王佛南無信衆生佛南無六通聲佛南無星宿王歡喜莊嚴佛南無無量照佛南無無量明佛南無人王佛南無功德稱佛南無藥上佛南無一念光佛南無清白華聲佛南無勝月光明佛南無摩尼香佛南無善導師佛南無不定願華成就佛南無世間天無病修佛南無聖弗沙佛南無大殊提佛南無毗舍浮一切同名佛南無五百樂自在聲佛南無大天佛南無無相聲佛南無應供佛南無奮迅王佛南無無垢光明佛南無供養莊嚴佛南無蓮華香佛南無善住心佛南無無障智菩提願佛南無寂光明度世間佛南無決定思佛南無甘露明佛

諸佛世尊如來菩薩尊者神僧名經卷第三

諸佛世尊如來菩薩尊者神僧名經卷第四

南無大旃陀十方稱名佛南無應供養自在王佛南無普聲佛南無和合聲佛南無慧力佛南無最勝聲佛南無寶念華王佛南無護法明王佛南無菩提華佛南無清淨光佛南無威德力虛空劫佛南無梵光明大蓋尊佛南無不異心佛南無信修行佛南無堅固華聲滿十方佛南無快恭敬月上王佛南無樹王佛南無信聖人佛南無樂吼佛南無稱力王佛南無善寂諸根佛南無智上光明佛南無娑羅華佛南無般若齊佛南無自在見金剛勢佛南無弗加羅降伏貪佛南無不散心佛南無大山幢佛南無聖吉祥第一然燈佛南無智勇猛善淨天佛南無波頭摩上勝佛南無寶光明勝月常光佛南無千上光明住持佛南無香華佛南無無障礙吼聲佛南無自在幢王佛南無不動佛南無功德光明佛南無大月香佛南無摩尼光寶愛佛南無人王佛南無住持甘露佛南無勝一切衆生佛南無善護幢王佛南無世自在妙鼓聲王佛南無善化碎金剛佛南無普香上佛南無不動現如來佛南無至雲普護明王佛南無勝德尊佛南無大明無障礙佛南無普照放光明佛南無寶光明勝快佛南無火然燈寶勝光明佛南無無相修行善聲佛南無因王佛南無甘露聚寶華佛南無普藏大明佛南無大勝佛南無善住山王佛南無普滿華佛南無菩提王實相佛南無摩香佛南無寶蓮華勝佛南無善寂滅自然佛南無一切普威佛南無上寶蓋現月光佛南無無量辯才佛南

無香尊佛南無一切寶華佛南無世間可樂
香薰佛南無慧上光佛南無顯現佛南無最
安佛南無無量德性佛南無無量最香佛南
無妙彌留住智佛南無覺華幢淨聖金光佛
南無黠慧莊嚴妙身佛南無香風佛南無師
子步妙歌佛南無勝衆樹王佛南無淨德無
量天光照世間佛南無那羅延善識佛南無
多炎佛南無月王希覺佛南無勢自在無惱
佛南無善護諸門佛南無攝取光明寶臺佛
南無禪思須彌佛南無威嚴佛南無一切龍
尊佛南無無量境界興成佛南無善現光佛
南無了意佛南無寶回佛南無覺虛空德佛
南無無想音聲佛南無覺華幢智炬佛南無
日光明無垢月幢佛南無最勝光明月高佛
南無香身佛南無無量樂說稱佛南無合掌
光明佛南無解脫威德高脩普蓋王佛南無
羅睺天寶積佛南無雷王佛南無俱蘇摩德
佛南無觀智慧起華佛南無水月光明佛南
無妙鼓聲王寶威佛南無樂說莊嚴佛南無
香威佛南無一切大懷佛南無藏香自在離
憂佛南無微細華佛南無勝命佛南無總持
佛南無普明觀稱佛南無善住中王佛南無
阿樓那奮迅佛南無百光明行勝住王佛南
無妙鼓雲聲定身佛南無根華佛南無無量
吼妙聲佛南無福德光明佛南無不可降伏
龍天寂滅安佛南無盧舍那怖畏佛南無多
稱佛南無善光明勝佛南無衆上首智生佛
南無無量音聲佛南無一寶無憂異觀佛南
無無聚會王佛南無清涼佛南無一切好堅
佛南無無憂相好華威佛南無智慧華佛南

無普月佛南無普禪佛南無蓋蓮華寶佛南無過化音聲佛南無廣光明智作佛南無日光明清淨身幢佛南無師子光明喜身佛南無華高佛南無清淨智善肩佛南無示有高稱佛南無大覺功德然燈日淨王佛南無無邊稱寂慧佛南無銀幢佛南無寶炎圍遶佛南無功德性住持佛南無無量翼從佛南無一切大如意輪佛南無無相修行佛南無香雄佛南無一切極尊佛南無思惟智慧深王佛南無不動心佛南無寶火佛南無覺王佛南無寶幢威德佛南無平等心明佛南無日然燈上勝佛南無月然燈十上光明佛南無香勝彌留覺身佛南無常觀佛南無莊嚴勝散華佛南無供養華光佛南無大力佛南無清淨輪王佛南無梵吼聲佛南無聞彌留善

勝佛南無王天佛南無波頭摩聚佛南無善智慧樹提佛南無名稱最尊佛南無無量寶法廣稱佛南無成造遠方佛南無光嚴佛南無一切月華佛南無蓮華上德香嚴佛南無一切尊佛南無靜眼佛南無覺雄佛南無魔天相好佛南無天鼓音聲佛南無勝莊嚴大德佛南無普思惟合聚無憂佛南無解脫光明上脩佛南無天華佛南無無量眼寶天佛南無智化人聲佛南無淨聖佛南無堅固佛南無能仁佛南無福德燈佛南無常然燈善焰佛南無燈王佛南無闇輪威德佛南無無障礙發脩佛南無三界雄勇佛南無無量寶蓋意知佛南無虛空莊嚴佛南無旛幢佛南無一切寶輪佛南無蓮華應德千香佛南無善攝身佛南無最聚佛南無壞疑佛南無無

能屈服佛南無無量光香佛南無喜菩提戒步佛南無快光明大首雲聲佛南無二億同名拘鄰佛南無快然佛南無無量步勝王佛南無喜上金山佛南無廣智佛南無賢勝佛南無高明佛南無自在幢佛南無摩尼輪大積佛南無香幢佛南無無邊精進佛南無決定智寶堅佛南無無量山王佛南無一切勝慧力稱佛南無名稱力王佛南無普雄佛南無離寶色華佛南無月輪清淨香光佛南無般若齊佛南無寶愛佛南無淨幢佛南無普放香化佛南無無量法空佛南無觀無量境界佛南無智光明妙說離生佛南無歡喜莊嚴勝脩佛南無高王佛南無甘露慧上堅佛南無地德天聲佛南無普見常樂佛南無華天佛南無不住王佛南無無邊華護智佛南無觀方佛南無大聲無畏佛南無示現有愛天佛南無無量慧成佛南無寶上德普法雄佛南無相好翼從佛南無普悲佛南無無所發行佛南無梵聲安隱衆生佛南無寶諦稱佛南無慧淨佛南無慧嚴佛南無無常中上佛南無無量慧稱佛南無無量法雲孔王佛南無無邊功德寶作佛南無日月光明佛南無無爲思惟一切大聲慧無缺失佛南無彌留佛南無敬愛佛南無常勝意佛南無不可思議諸種清淨光明佛南無大悲尊佛南無普照佛南無普觀佛南無師子奮迅堅心善覺佛南無智自在佛南無一切大精進懷佛南無豐光佛南無破金剛堅佛南無不可思議廣莊嚴王佛南無無量諸天流布佛南無一切持上功德佛南無寶焰山佛南無金剛

相佛南無一切寶相天威興盛佛南無日明
佛南無德敬佛南無持甘露佛南無不可思
議吉祥佛南無華天佛南無妙御佛南無梵
王尊佛南無善守佛南無善思佛南無珠髻
佛南無慧聚佛南無應名稱佛南無最清淨
一切大音讚佛南無仁賢佛南無覺悟衆生
佛南無不可思議勇猛名稱佛南無無量不
動慧光佛南無一切不失方便佛南無大現
光佛南無瑠璃藏佛南無堅固苦行佛南無
無邊威德佛南無蓮華佛南無堅戒佛南無
無塵垢佛南無不可思議多智佛南無妙色
佛南無華身佛南無藥王尊佛南無善住佛
南無善調佛南無無熱佛南無斷惡佛南無
無上醫王佛南無信清淨佛南無一切衆德
上明佛南無羅睺佛南無無量功德佛南無
不可思議妙德難思佛南無無量金剛知山
佛南無一切無能暎蔽佛南無最勝燈佛南
無善威儀佛南無無量名佛南無無量音佛
南無雲音佛南無月相佛南無喜自在佛南
無不可思議多智寶網嚴身佛南無大光王
佛南無善勝佛南無善施佛南無善義佛南
無善戒佛南無多功德佛南無大勢力佛南
無大德佛南無大海智佛南無寶璫佛南無
無邊辯相佛南無種種色相婆耆羅陀佛南
無無量上師子音佛南無見一切義福德佛
南無寶聚莊嚴無邊名佛南無一切寶珍寶
燈佛南無寶藏佛南無多天佛南無華日佛
南無師子月佛南無梵自在佛南無一切差
別知見佛南無大天王佛南無寶相佛南無
寶光佛南無寶焰佛南無寶髻佛南無寶明

佛南無不可說一切薝蔔淨光佛南無威光
佛南無無邊寶名佛南無羨妙慧佛南無無
邊辯光佛南無至解脫善端嚴佛南無功德
威聚寶步佛南無隨世語言頻頭摩佛南無
一切聖天佛南無淨天佛南無勝慧佛南無
光明佛南無照曜佛南無砂有闇佛南無衆
清淨佛南無一切歡喜上尊佛南無梵牟尼
佛南無龍首佛南無龍明佛南無龍喜佛南
無智勝珠明寶讚佛南無普攝受大威力富
多聞佛南無珠輪佛南無無邊辯才佛南無
具足德佛南無妙明燈王佛南無無量遊戲
神通佛南無一切威德寂滅佛南無妙德王
佛南無那羅達佛南無徧見妙音佛南無莊
嚴頂髻佛南無無憂佛南無示義佛南無無
量日佛南無不可思議功德金剛寶嚴佛南

無法華尊佛南無大臂佛南無大明佛南無
上善佛南無上戒佛南無無量壽佛南無法
自在一切友愛衆生佛南無牟尼佛南無具
足名稱佛南無圓滿清淨種德天王佛南無
寶月明佛南無華天佛南無無邊安樂金山
佛南無自在王佛南無多聞海佛南無功德
聚佛南無寶音利益佛南無光幢佛南無淨
目佛南無天供養佛南無無等意佛南無一
切光王妙身佛南無法師王佛南無大愛佛
南無大慈佛南無不動佛南無不壞佛南無
無量愛明佛南無世供養一切寶施福燈佛
南無華瓔佛南無妙足真實佛南無高頂妙
髻滿意旃檀佛南無孔雀音佛南無天光佛
南無不思議無邊座佛南無無畏音佛南無
菩提意佛南無慧濟佛南無樹王佛南無虛

空佛南無法相佛南無謨羅佛南無法樂佛南無無量淨佛南無樂解脫佛南無一切斷魔聖王佛南無諸天王佛南無大焰佛南無大尊佛南無大藏佛南無大見佛南無無量智音佛南無最上施功德海優鉢羅佛南無金齋佛南無制力威德佛南無離分別海集功德蘊佛南無衆上王佛南無端嚴佛南無一切香德愛樂佛南無饒益王佛南無黎陀法佛南無法頂吉身名聞殊勝佛南無憍曇佛南無勢力佛南無無相慧佛南無普世佛南無自在佛南無寶施佛南無無嬈佛南無相明佛南無無上王佛南無意願佛南無法幢佛南無廣意佛南無廣慧佛南無無量善華佛南無應供養一切調御淨心佛南無財天佛南無淨垢常樂佛南無恭敬佛南無應

讃佛南無喜悅佛南無天威佛南無虛空勝佛南無妙勝佛南無普蓋王佛南無善住佛南無無量自在佛南無大威德佛南無普滿華佛南無善炎佛南無光明輪佛南無轉一切世間佛南無月摩尼光王佛南無作名佛南無莊嚴王佛南無言從佛南無妙香音佛南無一切世光佛南無最上威佛南無廣妙佛南無焰聚光佛南無賢意佛南無思惟解脫佛南無大清淨佛南無說敬懷佛南無德施佛南無月中天佛南無寶正見普懷佛南無上彌留幢王佛南無妙昇佛南無山王身佛南無樂禪佛南無槃陀音佛南無一切安王佛南無喜可威佛南無善意佛南無觀世燈佛南無音施佛南無威神所養佛南無大檀施佛南無甘露光佛南無美意佛南無普

光明佛南無最上衆慧幢佛南無法虛空勝
王佛南無美音佛南無雲雷王佛南無江山
佛南無妙幢旛一切離疑佛南無法界身佛
南無善見佛南無滿足心佛南無廣曜佛南
無大光炎聚佛南無至無畏佛南無樂說山
佛南無意淨佛南無美音聲佛南無普供養
法光佛南無普開蓮華身佛南無樂雲佛南
無虛空幢佛南無樹提佛南無善橋梁佛南
無一切親光佛南無大名稱佛南無戒悅佛
南無最焰光佛南無普攝佛南無除三惡道
佛南無見精進佛南無雜色光佛南無妙藥
佛南無日燈明佛南無一切福德山佛南無
最香須彌身佛南無善光佛南無羅睺羅佛
南無離憂佛南無趣菩提清淨莊嚴佛南無
善思意佛南無日眼佛南無無盡香佛南無
美悅佛南無寶離慧勇佛南無海文飾佛南
無孔雀聲佛南無月施佛南無寶燈明佛南
無三昧勝奮迅佛南無虛空輪場光佛南無
大聲佛南無大龍威佛南無高光佛南無悅
音聲一切山王佛南無廣大智佛南無善事
佛南無調益遊佛南無道喜佛南無棄威毀
惡佛南無寂功德佛南無解脫光佛南無悅
彌佛南無月光輪佛南無離一切染意佛南
無大香行光明佛南無十光佛南無天中天
佛南無金幢佛南無寶須彌無垢瑠璃佛南
無三界尊佛南無妙眼佛南無普世懷佛南
無作德佛南無無礙普現佛南無最顏色佛
南無師子王佛南無大聚佛南無大莊嚴佛
南無山吼自在王佛南無波頭摩莊嚴佛南
無妙心佛南無眞金山佛南無華生佛南無

慧燈明無量香雄佛南無堅精進佛南無電相佛南無無量明佛南無德寶佛南無無量富足佛南無須彌頂佛南無淨斷疑佛南無等光佛南無金剛軍佛南無十勢力德輪佛南無迦陵頻伽聲佛南無勝王佛南無閻浮燈佛南無安善衆生佛南無普香光無量寶王佛南無喜莊嚴佛南無應供佛南無珠月光佛南無梵相佛南無無量善衆佛南無寶成就佛南無善思惟佛南無山光佛南無槃陀嚴佛南無師子髻智王佛南無無邊莊嚴王佛南無寶炎佛南無雲聲王佛南無娑婆華王佛南無淨須彌一切堅幢佛南無成就佛南無寶功德佛南無成就娑羅自在五佛南無轉法輪光吼王佛南無無量光焰佛南無善思意佛南無信功德佛南無成就一切稱佛南無普寶滿足佛南無聖眼佛南無化身無礙稱佛南無成就如來寂佛南無百寶佛南無住持大般若佛南無過去未來現在佛南無大衆自在勇猛佛南無波羅羅堅佛南無人中尊佛南無阿閦毗歡喜光佛南無一切智慧勝佛南無開示無量智佛南無師子佛南無無量音佛南無智日普照佛南無淨覺佛南無一切無迷思佛南無寂靜光明身佛南無寶敬佛南無無垢臂光明佛南無一切法輪摩尼幢佛南無淨音佛南無須彌力佛南無無勝佛南無光明日佛南無常忍佛南無共遊步佛南無決思惟佛南無見敬懷佛南無道光佛南無明聚佛南無光音聲佛南無一切智慧燈佛南無虛空雲佛南無自在轉一切法佛南無不唐精進高雷音佛

南無阿竭留香勇興佛南無普見佛南無一
切法平等須彌面佛南無無表識音聲佛南
無善相善鎧佛南無寶意佛南無普蓋佛南
無常光明佛南無一切無盡藏佛南無最德
佛南無無念覺法王佛南無滿足百千德光
幢佛南無淨聲佛南無金剛勝佛南無成就
佛南無威光悅佛南無天喜佛南無勝威德
佛南無雜音聲佛南無快上懷佛南無曜聲
佛南無慈藏佛南無天光明佛南無一切世
所等佛南無須彌旛佛南無觀見一切境界
佛南無福德光明蓮華幢佛南無無垢雲王
德豐佛南無自性清淨佛南無智成就勝佛
南無無畏佛南無精進上中王佛南無智慧
自在佛南無寶室佛南無一切持戒王佛南
無調化無休息佛南無寶樹佛南無清淨功
德相佛南無無以發意能轉輪佛南無普明
佛南無虛空慧佛南無懷見佛南無除雲蓋
佛南無尊意佛南無勝華聚佛南無喜音聲
佛南無德善光佛南無政明佛南無山意佛
南無無爲華佛南無一切大思惟佛南無虛
空心佛南無不可思議法身佛南無從蓮華
德須彌身佛南無無礙光明寶形佛南無無
量德具足佛南無無量勇雄猛佛南無無量
德光王佛南無月聚自在佛南無寂定佛南
無一切無上光壞散諸恐畏佛南無法用佛
南無精進力成就佛南無無量趣觀諸覺身
佛南無上光佛南無善成就佛南無眞悅佛
南無無迷意佛南無難勝佛南無德名稱佛
南無火光身佛南無普方聞佛南無散疑佛
南無天界佛南無虛空燈佛南無一切神足

光佛南無須彌光佛南無諸覺疆界應飾佛
南無覺蓮華德能仁仙佛南無栴檀相好光
明佛南無善住佛南無淨境界佛南無離一
切憂暗佛南無威德自在王佛南無智慧讃
歎佛南無淨聖佛南無國土莊嚴身佛南無
正覺佛南無大香薰佛南無寶體佛南無一
切法無觀佛南無無障無礙精進堅佛南無
大幢佛南無戒恭敬佛南無調億佛南無蓮
華體佛南無天蓋佛南無戒分別佛南無大
通光佛南無最勝王佛南無月明佛南無慈
調佛南無須彌多佛南無一切普見王佛南
無堅娑羅佛南無普照十方世界佛南無善
住清淨功德寶佛南無無量名稱德光佛南
無德不可思議佛南無善思惟發行佛南無
虛空平等心佛南無賢智不動佛南無寶實

佛南無無碍德稱光極趣上須彌佛南無寶
智佛南無威德因陀羅佛南無降伏一切世
間怨佛南無自光佛南無淨恭養佛南無解
味佛南無成堅固佛南無金上佛南無解慚
愧佛南無好香熏佛南無月光明佛南無捨
旛佛南無香感佛南無人音聲佛南無一切
最上光佛南無無終燈佛南無無礙藥樹威
德佛南無不可思議德王光佛南無畢竟成
就大悲佛南無攝受衆生意佛南無正覺蓮
華步佛南無堅固自在正佛南無法體決定
佛南無勝護佛南無無量最中王佛南無入
在無邊際佛南無法寶佛南無喻如須彌山
佛南無發起一切衆生信佛南無大遊佛南
無巍巍見佛南無持意佛南無音聲器佛南
無明聚佛南無德遊戲佛南無最如意佛南

無善意成佛南無快光佛南無華上佛南無毗婆尸佛南無一切德聚威佛南無無爲成佛南無不可量實體勝佛南無蓮華華生旃檀宮佛南無陀羅尼自在王佛南無得脫一切縛佛南無常自起覺悟佛南無趣向諸覺身佛南無不住奮迅佛南無慧隱佛南無於諸衆中尊大光明莊嚴佛南無寶愛佛南無種種無量行佛南無於去來今無礙鎧佛南無慧光佛南無毗摩妙佛南無持德佛南無淳精進佛南無光稱佛南無思名稱佛南無離諸欲佛南無滅思惟佛南無離光佛南無華聚佛南無神通明佛南無一切世敬哀佛南無瑠璃華佛南無大力龍翼從好佛南無無能屈聲佛南無虚空巖佛南無香趣無量香光佛南無一界持覺剎佛南無寶華佛南

無普照勝佛南無無量彊稱王佛南無境界自在佛南無善行佛南無一切無際光佛南無善思惟勝義佛南無法寶佛南無善無垢威光佛南無不離一切法門佛南無大能佛南無月尊上佛南無深覺佛南無遊光步佛南無持意佛南無大善日佛南無最音聲佛南無無畏親佛南無施光佛南無親展佛南無尊光明佛南無一切滿足心佛南無無爲稱佛南無遠離怖畏毛竪佛南無無量寶華光明佛南無可喜衆生覺見佛南無善思願自調佛南無住持無障力佛南無一切闡華幢佛南無覺寶德稱佛南無恐畏佛南無精進伏怨勇護世間供養佛南無諸寶佛南無無量虚空雄佛南無散華莊嚴光明佛南無大親佛南無德香悅佛南無調體佛南無威

神力佛南無尊眼佛南無普娛樂佛南無能
仁化佛南無金海光佛南無現身佛南無懷
地佛南無金華光佛南無一切智慧勝佛南
無才光明佛南無普光佛南無智慧勝佛南
無山海慧自在通王佛南無優曇鉢羅華殊
勝王佛南無海德光明佛南無一切世間樂
見上大精進佛南無阿閦毗歡喜光佛南無
善意佛南無瑠璃莊嚴王佛南無須曼那華
光佛南無寶蓋照空自在力王佛南無歡喜
藏摩尼寶積佛南無大慧力王佛南無普明
佛南無賢善首佛南無日月光佛南無妙音
勝佛南無觀世燈佛南無世靜光佛南無才
光佛南無慧威燈王佛南無降伏諸魔王佛
南無常光幢佛南無栴檀窟莊嚴勝佛南無
師子吼自在力王佛南無金剛牢强普散金
光佛南無彌勒仙光佛南無善寂月音妙尊
智王佛南無不動智光佛南無普淨佛南無
無量音聲王佛南無摩尼幢燈光佛南無日
月珠光佛南無慧炬照佛南無多摩羅跋栴
檀香佛南無大强精進勇猛佛南無廣莊嚴
王佛南無一切法常滿王佛南無大悲光佛
南無法勝王佛南無虛空寶華光佛南無栴
檀光佛南無普現色身光佛南無須彌光佛
南無慧幡勝王佛南無慈藏佛南無慈力王
佛南無金海光佛南無金剛華佛南無大通
光佛南無才光明佛

諸佛世尊如來菩薩尊者神僧名經卷第四

諸佛世尊如來菩薩尊者神僧名經卷五

南無現在釋迦牟尼文佛南無龍種上尊王佛南無摩尼幢佛南無大金仙正等覺佛南無一切義成就佛南無一切世間尊佛南無大法王佛南無吉祥大牟尼佛南無甘蔗王種佛南無第一法圓滿佛南無具足三變通佛南無調御明佛南無自在變化王佛南無法師子二足尊佛南無一切世間解佛南無善逝佛南無圓滿吉祥相佛南無無垢王佛南無救度世間師佛南無最上法燈佛南無調伏心清淨佛南無應供佛南無十力降魔軍佛南無天人師佛南無利益諸有情佛南無施願無畏佛南無祕密最勝大丈夫佛南無瞿曇佛南無六佛法莊嚴佛南無明行足佛南無說三乘菩提佛南無調御丈夫佛南無無驚無怖畏佛南無日族佛南無真實降諸根佛南無大釋子佛南無聖智照世間佛南無離過除毒佛南無無邊無可喻佛南無佛陀佛出世爲如來佛南無沙門月佛南無無邊利世間佛南無無業無怖佛南無第一六神通佛南無圓滿諸所求佛南無釋師子佛南無止息降諸根佛南無調伏除煩惱佛南無無怨無戲論佛南無永過輪迴苦佛南無妙解脫佛南無善意端嚴相佛南無無畏淨飯王子佛南無金色光善逝佛南無降伏得最勝說四諦佛南無清淨戒佛南無善逝德成就佛南無勇猛大清淨智佛南無離一切垢染佛南無到彼岸度它大龍王佛南無大論師佛南無六根清淨眼佛南無六趣海到彼岸佛南無希有不思議精進佛南無最

上意清淨佛南無除障暗佛南無善持善戒相佛南無人師子吉祥雲佛南無一切有情利益王佛南無滅罪無我相佛南無得清涼佛南無無畏獨除暗佛南無三明知三世尊佛南無普徧有情精進者佛南無無我無二執佛南無行忍辱佛南無無相亦無老佛南無無等大智慧佛南無世間供養出世智佛南無三界親慈父佛南無一切智佛南無作善清淨業佛南無調伏聲聞者佛南無救度第一二足尊佛南無無等三有師佛南無功德海佛南無證理淨慧眼佛南無普照一切眼佛南無一切法自在無畏佛南無無我最第一佛南無得寂靜佛南無能斷諸結縛佛南無三慧真實眼佛南無一切世間為愛樂佛南無善逾愛尊重佛南無滅三毒佛南無

無師自然覺佛南無尊師大梵行佛南無恒入三摩地佛南無第一寂靜樂佛南無能除怨佛南無離世法利養佛南無止息一切罪佛南無覺儗囉婆族佛南無得最上涅槃佛南無離塵無上士佛南無大法王佛南無香春常德佛南無普蓮華寶聚金仁佛南無梵王推淨明寶剎佛南無德王明寶蓋無邊佛南無普放香佛南無無量壽智佛南無散華生得佛南無毗盧遮那報身佛南無最勝幢蓮華稱佛南無辯才莊嚴思惟佛南無淨月光稱相王佛南無無邊眼大權神王佛南無無礙眼佛南無彌樓嚴佛南無光明吉佛南無作日光佛南無無邊光明一蓋嚴佛南無帝釋光焰香自在佛南無千供養栴檀香佛南無寶多羅跋蹉德佛南無毗頭德最勝王

佛南無金幢光佛南無善光無垢稱王佛南無住諦法音稱佛南無觀察無畏自在佛南無無垢光明寶幢佛南無無上王多伽羅香佛南無普德象開敷華王佛南無無垢光明王摩尼藏佛南無大功德吉佛南無阿伽樓香佛南無寶網手佛南無精進力無邊法自在佛南無金華威德佛南無極高王師子香勝佛南無不虛嚴覺華生德佛南無法空燈觀覺華生佛南無寶娑羅佛南無巨海香明佛南無明輪寶藏佛南無平等德善導師佛南無極安隱蓮華勝佛南無平等見言無盡佛南無法空燈寂滅幢佛南無普照明自在堅帝佛南無蓮華德佛南無蓮華生佛南無珊瑚海佛南無大寶幢佛南無大海山王月勝吉佛南無寶明白蓋法自在佛南無普放光無邊香佛南無無驚怖無邊嚴佛南無善行嚴掌越超佛南無不虛德佛南無百金光藏香流佛南無寶蓮華奮迅佛南無精進最高力王佛南無想顛倒轉諸難佛南無奢摩他虛空嚴生佛南無善住意無邊德嚴佛南無無邊智自在普放香佛南無覆娑羅樹佛南無優波羅香佛南無初發意佛南無離怖畏佛南無不虛自在力佛南無因王香窟佛南無網明相寶上光鬘佛南無普放香涅槃梵德佛南無善宿王大念大仁佛南無不虛見佛南無厚德無驚佛南無佛天上寶佛南無常照燿常樂德佛南無大金柱香彌樓佛南無三勇猛無憂吉佛南無無上光大施德佛南無常散華無相性空佛南無須彌力佛南無安立王佛南無栴檀吉佛南無微笑日

佛南無寶意戒王佛南無普照一佛南無羨求普捨無相音佛南無虛空光佛南無虛空音佛南無栴檀窟金輪王佛南無娑羅王漏盡謂佛南無獨覺及佛南無金華光幢妙肩佛南無虛空性破疑佛南無轉女相嚴香蓋佛南無不虛力香積王佛南無栴檀肩海此岸明佛南無大龍德佛南無師子華德佛南無蓮華生王佛南無娑伽羅尊佛南無是世善妙佛南無有能答如佛南無無等辭華嚴光佛南無尼瞿嚧陀王佛南無金上威佛南無大尊上佛南無如淨王佛南無光中日佛南無一切法常滿王佛南無無垢慧深聲王佛南無無量香光明佛南無梵聲龍奮王佛南無智慧勝佛南無大乘導佛南無世德聞佛南無蓮華人佛南無月敬懷佛南無廣莊

嚴王佛南無動山岳王佛南無照一切衆生光明大遊步佛南無普照積上功德王佛南無決斷音佛南無無火光佛南無才光明佛南無師子奮迅遊佛南無摩善住山王堅才佛南無廣名稱德上佛南無大精進威光佛南無無上妙法月世間燈佛南無普觀海藏高山佛南無等正覺人中月佛南無住寂滅自在德藏佛南無大重龍光威力佛南無世主身佛南無尊中上佛南無喜廣稱佛南無遊神足佛南無眞諦日無量天佛南無雲普護名稱上佛南無法行深勝月佛南無無吾我熱意佛南無無動覺佛南無正念海佛南無金色身佛南無名稱仙佛南無甘露成佛南無慧威燈王佛南無好顔色光佛南無護一切無量火光不迷步佛南無碎金剛曜蓮

華光佛南無忍辱燈佛南無精進懷佛南無無名稱佛南無師子奮迅步佛南無梵供養懷恩勝根佛南無無唐雄欲樂佛南無銀幢蓋不瞬佛南無善覺佛南無步勝佛南無普照觀稱佛南無金剛審迹威身佛南無法差別十方上佛南無德勢力無量智數佛南無普照觀稱山勝佛南無妙幢天信佛南無炎勝海寂光佛南無光遊戲佛南無無畏王佛南無摩尼幢月敬哀佛南無栴檀香尊意燈佛南無不思議常修行調益遊步佛南無正音聲降伏魔佛南無勝燈山劫佛南無智滿月光佛南無大炎堅意佛南無無礙勝善香佛南無威神步佛南無最上意佛南無栴檀光無垢心佛南無光明身捨漫流佛南無不厭足無終身佛南無梵聲佛南無珠月佛南

無世間燈無限光佛南無寶山因法佛南無妙眼定光佛南無蓮華香佛南無法體勝佛南無彌留嶽佛南無決斷意尊佛南無懷香風普寶蓋佛南無常忍辱無量德淨佛南無大自在蓮華光佛南無普覺佛南無依最聲佛南無大慧光佛南無金剛齊佛南無普見善佛南無常光幢佛南無法勇猛尊佛南無毗頭羅說敬哀佛南無天自在喜寂滅慧佛南無勝月上尊威神佛南無無礙意佛南無無爲聲佛南無名稱王佛南無普現力王佛南無不迷步香手佛南無法作堅幢寂光佛南無清淨身善住佛南無德蓮華堅行佛南無度世護王佛南無照三世了聲佛南無大聚賢光樂聲佛南無師子聲大步佛南無尼尸陀安隱佛南無進巍巍聲佛南無光明照

功德輪佛南無無終光寶藏離疑佛南無法
海說聲王佛南無天所敬德憘佛南無慧無
涯一切佛南無無量遊步佛南無如天悅無
爲聲佛南無持名稱德度華光佛南無龍種
上尊王佛南無山王勝藏王佛南無名稱王
無量佛南無龍德大心佛南無天德快昇佛
南無大華無勝堅聲佛南無持覺大龍佛南
無德調體普信寶炎佛南無龍吼普稱佛南
無燈電樂雲佛南無大思常忍天幢佛南無
怖勝寂心佛南無無迷意善見月蓋佛南無
常智作化火香佛南無寶法勝決定佛南無
威慈力佛南無蓮華意佛南無月聲佛南無
堅勇猛破陣人稱佛南無到究竟佛南無一
乘度佛南無洪稱佛南無德所至懷朋佛南
無法海潮功德王妙佛南無施天種佛南無

無爲光佛南無名稱幢佛南無善住意佛南
無具足意佛南無解脫慧佛南無淨思惟法
華佛南無能度彼岸無量佛南無見生死衆
際佛南無名稱悅佛南無堅固佛南無誓善
思佛南無功德捨惡趣華幢佛南無善悅懌
戒自在雲聲佛南無好喜見除疑佛南無覺
滅意光好喜勝佛南無住善度佛南無惟大
音佛南無師子旛佛南無人自在佛南無度
衆疑佛南無覺悟本佛南無無著勝佛南無
重王佛南無覺無礙音佛南無大結髻佛南
無可喜佛南無能仙悅佛南無說最恭敬解
脫日佛南無如千日威佛南無無縛喜像德
鎧佛南無懷智慧輪天蓮華佛南無作利益
梵音佛南無盡虛空界無量慧光日佛南無
不思議遊戲德金眼佛南無無恐畏力佛南

無聚自在佛南無普覺佛南無無際願佛南無以淨音意佛南無世悅焰佛南無思惟衆生佛南無思最尊意月勝佛南無無濁利大精進文佛南無趣安樂善香佛南無千百億刧智慧嶽聲德佛南無大好樂月現德賢意佛南無泰調佛南無堅奮迅香施佛南無光勇報寶行尊佛南無娛樂度觀方佛南無勝鬪戰師子音佛南無虛空寶華光佛南無無滅慧最勝燈佛南無無垢月幢稱佛南無勝親佛南無尊教授剛兵佛南無焰色像月見尊佛南無遊入覺林華佛南無自在悅智者讃佛南無法雷藏王勝佛南無寂敬愛自在王佛南無最上業音施佛南無多明滿月佛南無如王焰慧佛南無深自在上王佛南無無比辯龍中容佛南無不墮落大天佛南無

相國人王寶上佛南無大悅威身香濟佛南無安隱德寶山佛南無善思明菩提眼佛南無大勇現華勝快光佛南無天王月面佛南無華冠慧國佛南無堅固慧帝王佛南無光普見羅睺日佛南無無礙讃上聲佛南無上度光音大勝佛南無蓋聚綿光慈藏佛南無饒益慧上慈佛南無靜須彌旃檀色佛南無讃不動歡悅德天佛南無一切善友持明佛南無具足讃自在天佛南無至妙道堅心德上佛南無功德藏智山佛南無不定願大相好藥師上佛南無大地王上佛南無在福德佛南無從蓮華佛南無無對光佛南無功德自在懷天佛南無不動月淨行王佛南無普極上光稱大護佛南無羅網手住慈佛南無決定色信如意十方上佛南無見一切義佛

南無善寂滅佛南無極高明人主王佛南無德王佛南無帝幢佛南無普豐音慧悅月盛車光佛南無虛空步佛南無德度佛南無不高佛南無有衆德現住佛南無飲甘露聚華佛南無不散心德體佛南無慧國土念王佛南無聚成佛南無世華佛南無慧光王佛南無普像佛南無善首佛南無施光佛南無虛空室敏敬月賢佛南無樂説聚智上佛南無靜天德快明佛南無無礙雄直步佛南無善逝月上光佛南無善聖上吉佛南無龍音勝修佛南無超境界到彼岸天幢佛南無梵王德威儀不可動佛南無不虛光無限高佛南無過上步可觀佛南無大像淨護佛南無離光月憘佛南無世最妙樂解脱堅才佛南無辯才日珠藏不可壞佛南無大威光無想聲

佛南無共發意勇施佛南無波頭摩上尊佛南無寶蓮勇樂聲佛南無海滿牛王佛南無堅自在王佛南無無殊妙身佛南無體如如自在佛南無拘蘇摩勝尊佛南無世間喜廣施佛南無善像提舍佛南無智自在王佛南無雲妙鼓聲佛南無念聲聲無量佛南無賢樂王法華佛南無淨身佛南無香須彌薝蔔華佛南無一切莊嚴如如佛南無尼彌住持佛南無信衆生天蓋佛南無功德明世雄佛南無覺華佛南無紅蓮華甘露音佛南無無量光明種種佛南無波頭摩聲佛南無衆會王華上佛南無衆明佛南無堅觀嚴上佛南無寂覺寶彌留堅佛南無放天威香感佛南無金樹華不散帝幢佛南無見一切義愛日佛南無無憂國佛南無衆明王佛南無普明

功德然燈智覺香焰佛南無月幢堅際佛南
無月賢佛南無名聞佛南無寶含天界佛南
無寶嶽多伽羅香佛南無攝受稱華日佛南
無光輪場妙見勝賢佛南無示一切義佛南
無樂意佛南無無量寶佛南無色聲雄佛南
無勝音佛南無月輪聞王佛南無常樂佛南
無堅步佛南無妙聲無比佛南無慧幢佛南
無力稱王佛南無華蓋寶佛南無莫能勝佛
南無不可思議日月光明衆妙佛南無大須
彌佛南無無量自在普輪佛南無地悅賢最
德佛南無與一切樂佛南無華聚佛南無淨
德佛南無菩提王佛南無清淨住佛南無無
量勇佛南無自在境界功德莊嚴喜上佛南
無寶名聞佛南無樂劫火勝佛南無慧旛佛
南無出意明威德佛南無斷有愛垢最步德
覺佛南無善光散華佛南無德山離垢光上
佛南無香春佛南無大供養德一蓋嚴佛南
無平等見妙國金仁佛南無化聲敏音佛南
無法臺無勝天衆佛南無香明佛南無大功
德吉覺意華佛南無不退地獨步彌留佛南
無辯才輪尊佛南無普照明深覺慧聲佛南
無最尊勝衆師首佛南無不虛步甘露明佛
南無法典德施珠角佛南無無礙見佛南無
普觀佛南無能解縛佛南無樹提佛南無辯
才國佛南無十力王佛南無離世間佛南無
如衆王佛南無大莊嚴佛南無普照明佛南
無法空燈無蓋佛南無一切虛空佛南無大
聚智慧佛南無十方然燈佛南無普照一切
彌相佛南無不隨它梵王德佛南無金剛山
尊佛南無具足論持德散光佛南無最增上

智無等佛南無德精進無量賢佛南無快覺
攝根尊意佛南無無限力佛南無自光佛南
無無垢面佛南無淨幢佛南無普威德佛南
無無量顏佛南無成作光佛南無無比光佛
南無大音聲佛南無見有邊佛南無樂高音
懷上佛南無不動佛南無莊嚴佛南無善護
佛南無衆相觀覺華生佛南無義成就名聞
意佛南無無限高火炎積佛南無一切諸天
大海意佛南無至寂滅無著慧衆佛南無不
破論佛南無見一切義佛南無慧德大龍佛
南無無比辯百光明智聚香施佛南無最上
佛南無栴檀佛南無世界自在佛南無莊嚴
佛南無普蓮華解脫德佛南無寶莊嚴寂滅
意佛南無寶山王佛南無可樂佛南無不退
地佛南無無量虛空佛南無讃不動大功德

吉十方佛南無千上光明最勝頂佛南無善
定義衆德聚上佛南無不墮洛佛南無示一
切念梵命佛南無大能佛南無不定願佛南
無善思明佛南無善護佛南無綿光佛南無
一切菩提佛南無清淨普德佛南無如王佛
南無香彌樓佛南無智焰德佛南無寶娑羅
福德意佛南無慧光王佛南無樂說法佛南
無自在佛南無善見佛南無雲王佛南無信
如意名解脫行無量佛南無妙見樂說莊嚴
大月佛南無無相聲人王佛南無大勇現廣
步佛南無普護增上極高王施寶光不可思
議佛南無離一切憂佛南無稱力王愛月佛
南無等定佛南無拔苦自在佛南無無憂國
佛南無日藏佛南無善住香佛南無寶光明
佛南無大海佛南無無量華堅心佛南無功

德品道悅佛南無一切種照佛南無慧光王佛南無自在天佛南無具足功德佛南無不厭足身佛南無放捨華住覺佛南無直步三昧佛南無奮迅佛南無身心住佛南無寶月佛南無大寶焰佛南無光明作佛南無日月面善天照佛南無地峯王佛南無金剛妙佛南無廣智上佛南無華威德佛南無具足意寶功德佛南無勝須彌無邊智佛南無普莎羅佛南無無憂勝佛南無力智威德加佛南無然燈堅固佛南無平等思惟佛南無香山佛南無定實佛南無月明佛南無喜善提佛南無無瞋眼佛南無師子奮迅鬚佛南無無邊威德佛南無分陀利香佛南無天光佛南無月面佛南無地光佛南無成就光佛南無天供養佛南無師子奮迅王佛南無無憂國土佛南無人自在王佛南無華通佛南無大面佛南無妙光佛南無界光明佛南無無量信佛南無智慧奮迅王佛南無天威德面佛南無尼拘律王佛南無無疑佛南無善智佛南無信天佛南無快光明佛南無功德智佛南無無垢智戒王佛南無高山王勝佛南無無障礙輪佛南無龍光佛南無勝積佛南無上聲佛南無堅城佛南無滿足金剛住持佛南無法輪峯光明佛南無道場覺勝月佛南無住持威德勝佛南無普賢光明項佛南無生王佛南無梵勝天王光明佛南無法華高幢王佛南無清淨幢蓋勝佛南無無邊功德照佛南無法風大海意佛南無堅王佛南無師子光明勝光佛南無普門智照聲佛南無普光明高內佛南無阿彌濫波眼佛南無普

勝山功德佛南無聞名佛南無復有釋迦牟
尼佛南無智敷華光明佛南無智功德法住
佛南無法行深勝月佛南無一切脩面色佛
南無眞聲佛南無寶功德集勝王佛南無樂
功德然燈佛南無勝光明功德佛南無世間
自在劫佛南無優波羅華鬘佛南無能與光
明佛南無師子乘光明佛南無寶仗功德王
光佛南無見細佛南無難勝佛南無山王佛
南無鏡像光明佛南無普喜速勝王佛南無
法月普智光王佛南無覺淨佛南無賢相佛
南無仙光佛南無普智聲王佛南無無盡功
德佛南無智勝寶法光明佛南無普蓋佛南
無無漏佛南無稱王佛南無善光佛南無大
光佛南無無量自在佛南無寶勝王佛南無
對治佛南無依止佛南無賢身佛南無神通
光明佛南無無障礙見佛南無法日智輪然
燈佛南無焰積佛南無財勝佛南無山峯佛
南無法光佛南無普光佛南無無垢功德日
眼佛南無普智光明勝王佛南無廣光明智
勝幢佛南無寶高佛南無寶稱佛南無阿那
羅眼境界佛南無寂靜光明身髻佛南無虛
空城慧吼聲佛南無智高佛南無智光佛南
無虛空清淨眼月佛南無根本莊嚴奮迅佛
南無歡喜大海速行佛南無梵聲佛南無妙
聲佛南無修行堅固自在佛南無慚愧須彌
山勝佛南無法虛空上聖王佛南無梵天佛
南無勝天佛南無大慈成就悲勝佛南無智
寶因緣莊嚴佛南無力王善住法王佛南無
無邊莊嚴佛南無寶光明奮迅思惟佛南無
一切同名普護佛南無堅固衆生佛南無法

雲吼王佛南無娑羅自在王佛南無光明上
勝佛南無無垢月幢佛南無大精進懷佛南
無智燈照曜王佛南無無邊境界佛南無不
可勝輪佛南無不思議光佛南無龍種上尊
王佛南無無邊精進佛南無不可勝幢佛南
無阿樓那勝佛南無不可量莊嚴佛南無斷
一切衆生疑王佛　南無無量樂説光明佛南
無智慧光明佛南無普照十方世界佛南無
虛空尊極上德佛南無善德莊嚴佛南無蓮
華尊在諸寶德佛　南無波頭摩樹提奮迅通
佛南無無量光明　華王佛南無一切衆生誓
鎧無脱佛南無無垢稱王佛南無不可降伏
威德佛南無雲中　自在燈明佛南無無邊覺
海藏佛南無過種　種敵對奮迅佛南無開悟
菩提智光佛南無自在疾住持威德佛南無
善疾平等威德佛南無德不可思議王光佛
南無一切樂念順行佛南無海山智慧奮迅
通佛南無寶輪威德上勝佛南無一切同名
功德寶佛南無無量功德勝名光明佛南無
堅住世界迦葉佛南無光王世界智勝佛南
無法境世界自在佛無無龍王世界上首佛
南無金剛堅強消伏壞散佛南無一切世間
樂見上大精進佛南無華光佛南無金剛衆
佛南無寶天佛南無十力王佛南無妙智佛
南無明王佛南無無量吼聲佛南無金光佛
南無怖畏佛南無寶勝光明佛南無一切功
德莊嚴佛南無無量自在佛南無大明德深
美音佛南無智慧普照明藏佛南無普照積
上功德王佛南無如來願珠髻佛南無如意
得名清淨佛南無隨順香見法滿佛南無畢

竟成就大悲佛南無雲聲然燈佛南無火妙香光明勝佛南無福德光明佛南無賢無垢威德光佛南無月中光明佛南無波頭摩上勝王佛南無十上光明佛南無樂說莊嚴雲吼佛南無善根光明佛南無煩惱無礙妙勝佛南無善悅增上名勝佛南無寶華善住山自在王佛南無善寂根佛南無堅固精言語佛南無衆生方便自在王佛南無一切龍摩尼藏佛南無寂靜光佛南無堅固行自在佛南無善香隨香波頭摩佛南無法滿足隨香見佛南無自在光佛南無師子龍奮迅佛南無大威德光明輪王佛南無思妙議堅固願佛南無得大聲佛南無智集功德聚佛南無梵音奮迅妙鼓聲佛南無地力住持精進佛南無一切王佛南無一切衆生德佛南無歌

羅毗羅佛南無焰華光佛南無自在因陀羅月佛南無一切義成就佛南無自在變化王佛南無大金仙佛南無無邊利世間佛南無一切世間解佛南無離一切垢染佛南無正等覺佛南無吉祥大牟尼佛南無圓滿諸所求佛南無嚫儗囉娑族佛南無一切智佛南無十力降魔軍佛南無止息降諸根佛南無滅罪無我相佛南無大釋子佛南無無驚無怖畏佛南無第一法圓滿佛南無無邊無可喻佛南無功德海佛南無三界親慈父佛南無三明知三世佛南無具足三變通佛南無天人師佛南無說三乘菩提佛南無無相亦無老佛南無無我無二執佛南無妙解脫佛南無無怨無戲論佛南無調伏除煩惱佛南無最上意清淨佛南無除障暗佛南無調伏

心清淨佛南無離塵無上士佛南無止息一
切罪佛南無清淨戒佛南無救度世間師佛
南無圓滿吉祥相佛南無作善清淨業佛南
無無垢王佛南無六佛法莊嚴佛南無六根
清淨眼佛南無第一六神通佛南無大法王
佛南無無師自然覺佛南無善逝德成就佛
南無無等大智慧佛南無滅三毒佛南無恒
入三摩地佛南無真實降諸根佛

諸佛世尊如來菩薩尊者神僧名經卷第五

諸佛世尊如來菩薩尊者神僧名經卷第六

南無一切世間尊佛南無名行足佛南無永過輪迴苦佛南無得最上涅槃佛南無第一寂靜樂佛南無得清涼佛南無降伏得最勝說四諦佛南無調伏聲聞者佛南無利益諸有情佛南無得寂靜佛南無到彼岸度它大龍王佛南無聖智照世間佛南無離世法利養佛南無能除怨佛南無法師子二足尊佛南無出世爲如來佛南無希有不思議精進佛南無最上法燈佛南無無畏淨飯王子佛南無善意端嚴相佛南無一切世間爲愛樂佛南無應供佛南無調御丈夫佛南無勇猛大清淨智佛南無善持善戒相佛南無一切有情利益王佛南無沙門月佛南無六趣海到彼岸佛南無金色光善逝佛南無普徧有情精進者佛南無日族佛南無釋師子佛南無人師子吉祥雲佛南無善逾愛尊重佛南無秘密最勝大丈夫佛南無調御明佛南無無畏獨除暗佛南無無等三有師佛南無世間供養出世智佛南無大論師佛南無能斷諸結縛佛南無無我最第一佛南無救度第一二足尊佛南無行忍辱佛南無普照一切眼佛南無證理淨慧眼佛南無瞿曇佛南無甘蔗王種佛南無大法王佛南無三慧眞實眼佛南無施願無畏離過除毒佛南無尊師大梵行佛南無善逝佛南無無業無怖佛南無一切法自在無畏佛南無功德王寂靜增上佛南無帝釋幢佛南無波頭摩上佛南無大悲雲勝佛南無大通智勝佛南無大威德聚佛南無堅固自在王佛南無廣智勝佛南

無清淨光佛南無須彌劫佛南無法海意智勝佛南無自在輪法王佛南無瑠璃藏上勝佛南無功德須彌勝佛南無大自在佛南無日月燈大願速勝佛南無寶月光佛南無金剛師子佛南無虛空佛南無功德佛南無彌留勝劫佛南無寶炎眷屬佛南無無等上彌留解脫慧佛南無師子身菩提意善威德供養佛南無甘露光佛南無妙聲佛南無金剛喜佛南無普現佛南無大髻摩尼指自在聖佛南無善逝王功德奮迅佛南無種種華佛南無娑羅樹王佛南無摩尼金蓋佛南無淨王智慧佛南無寶輪不動佛南無智目最勝王常寂滅佛南無堅固華佛南無山王智佛南無應供養佛南無海藏佛南無解脫賢佛南無力王佛南無金剛勝佛南無寶照佛南無大月佛南無無量壽佛南無寂靜智佛南無師子喜佛南無師子步佛南無師子奮迅佛南無雲王佛南無善香種子佛南無無畏自在佛南無高山歡喜佛南無大莊嚴佛南無堅固王佛南無思惟甘露佛南無意成就佛南無離憂闇佛南無安隱愛佛南無甘露信佛南無花蓋行列佛南無雲燈佛南無勝威德意佛南無功德海勝佛南無寶成就勝佛南無火然燈佛南無信世間佛南無遠離惡處佛南無光明意佛南無功德味佛南無功德步佛南無威德力佛南無師子聲作佛南無高光佛南無聖自在手佛南無無邊清淨佛南無高威德去佛南無須提陀佛南無不護聲佛南無月輪清淨佛南無天清淨佛南無闇浮影佛南無多寶妙佛南無無盡慧

佛南無功德奮迅佛南無華光佛南無遠離逼惱佛南無悕喜快勝佛南無修行功德佛南無住虛空佛南無種種光佛南無大摩梨指佛南無妙光藏佛南無無憂勝佛南無華勝步佛南無聲自在佛南無不可量勝佛南無山王佛南無那羅延藏佛南無無盡智積佛南無光明幢勝佛南無高光明佛南無法界華佛南無世間尊重佛南無勝華集佛南無無邊智佛南無勝聲思惟佛南無快威德佛南無智波羅婆佛南無日喜佛南無日藏佛南無無障礙聲佛南無妙信佛南無普信佛南無法華雨佛南無智奮迅佛南無善覺佛南無虛空然燈佛南無照輪光明佛南無樹提勝佛南無賢高幢王佛南無智像佛南無寶作佛南無常入涅槃佛南無寂勝佛南

無淨勝佛南無無邊寶佛南無金色作佛南無廣勝佛南無釋迦牟尼佛南無天甘露光佛南無得威德佛南無火光明王佛南無勝作佛南無滅過佛南無龍自在王佛南無面報佛南無信意佛南無行清淨佛南無信供養佛南無見義佛南無功德莊嚴佛南無菩提光明佛南無善思意佛南無勝高山王佛南無勝愛佛南無勝意佛南無世自在身佛南無世眼佛南無手喜佛南無道威德佛南無善集智佛南無樂德佛南無功德轉輪佛南無甘露光明佛南無思功德佛南無虛空光明佛南無寶火佛南無寶勝佛南無稱自在聲佛南無戒勝佛南無淨髻佛南無勝功德佛南無不取捨佛南無善眼佛南無須摩那華佛南無日龍歡喜佛南無應信佛南無

摩尼藏王佛南無師意無量響佛南無破魔王宮佛南無歌羅毗羅奮迅佛南無一切威佛南無梵帝釋聲佛南無一切廣普稱佛南無智聲幢攝佛南無見信佛南無電光幢王佛南無如寶無垢眼佛南無勝成就華佛南無下方寶優鉢華佛南無淨信藏佛南無大精進心佛南無一切妙高光佛南無力光明意佛南無捨諍佛南無修行深心佛南無天地威德勝佛南無華威德王佛南無西北方須彌相佛南無清淨幢佛南無山自在王佛南無一切妙吼聲佛南無能破諸畏佛南無過勝佛南無香波頭摩佛南無三世鏡像勝佛南無毗樓博叉佛南無歌羅毗羅奮迅佛南無離畏師佛南無二千寶幢佛南無一切甘露城佛南無離虛空畏佛南無擇說佛南無波頭摩光佛南無龍吼自在聲佛南無法俱蘇摩佛南無意勇猛仙行勝佛南無幢勝燈佛南無香自在王佛南無一切法光明佛南無極志上佛南無開悟菩提智光佛南無大地佛南無散衆步佛南無過千光佛南無栴檀相好佛南無栴檀清涼室佛南無德身王德佛南無進寂靜佛南無淨名佛南無衆生王中立佛南無廣得一切法齊佛南無內外淨佛南無無量雄猛形法佛南無在德佛南無散衆畏佛南無翼從樹佛南無能思惟忍佛南無法光慈悲月佛南無在蓮華德佛南無自至到佛南無正生佛南無出須彌山頂佛南無無量樂說境界佛南無極上德佛南無無量覺華開剖佛南無德樹佛南無藥樹勝佛南無厚堅固佛南無思惟最勇佛南

無寶嚴慧中上佛南無蓮華尊德佛南無信
如意佛南無攝身佛南無日輪光明勝佛南
無意味世界普照佛南無滿足意佛南無無
畏離衣毛竪佛南無德讚佛南無最後見佛
南無寶華德佛南無勝威德色佛南無思惟
尊象德佛南無住禪思勇佛南無住智德佛
南無聖王佛南無無邊覺海藏佛南無大精
進善智慧佛南無有衆寶佛南無蓮華恐畏
過上佛南無盡見佛南無一切德佛南無在
尊德佛南無在華聚德佛南無金剛所須用
佛南無慧蓮華德佛南無愛黠慧佛南無大
王佛南無莊嚴一切意佛南無不可量力普
吼佛南無無邊智佛南無功德山藏佛南無
一切清淨光明寶佛南無師子威德佛南無
解脫奮迅佛南無寶王佛南無無邊寶佛南
無星宿山藏佛南無一切功德寶光明佛南
無歡喜增益佛南無善眼清淨佛南無寶聲
佛南無須彌劫佛南無三昧手勝佛南無一
切威德因陀羅佛南無般若香像佛南無普
一寶蓋佛南無寶天佛南無金剛藏佛南無
三世自在佛南無一切威德自在王佛南無
阿摩羅藏佛南無法體決定佛南無寶山佛
南無無煩惱佛南無無量威德佛南無一切
功德王光明佛南無千日威德佛南無得樂
自在佛南無寶幢佛南無師子奮迅吼佛南
無無障礙海隨順智佛南無自智福德力佛
南無大陀羅尼自在佛南無色陀羅尼自在
佛南無普見一切法佛南無無以發意能轉
輪佛南無善住淨境界佛南無味陀羅尼自
在佛南無意陀羅尼自在佛南無除世畏覺

悟佛南無無量趣觀諸覺身佛南無自性清淨智佛南無法陀羅尼自在佛南無地陀羅尼自在佛南無無量德具足佛南無平等妙功德威德佛南無智勝善黠慧佛南無眼陀羅尼自在佛南無耳陀羅尼自在佛南無成就一切義佛南無功德海光明輪勝佛南無法海意智勝佛南無鼻陀羅尼自在佛南無舌陀羅尼自在佛南無一切同名釋迦牟尼佛南無法智普光明佛南無無量香光明佛南無一切功德莊嚴佛南無山海慧自在通王佛南無寶成就勝佛南無高威德佛南無普華佛南無普照佛南無勝堅步佛南無無障礙光明佛南無一切同名日佛南無智光明王佛南無普光明世界光明輪威德王勝佛南無福德光明佛南無無憂威德佛南無

大强精進勇猛佛南無一切同名星宿佛南無髙幢世界因慧佛南無優鉢羅光明作佛南無無邊光照光明佛南無無量光明無形佛南無普照十方世界佛南無大海然燈佛南無樂説莊嚴思惟佛南無金剛徧照十方佛南無一切衆生愛見佛南無寶勝光明佛南無一切衆生修行佛南無無邊境界奮迅佛南無自在幢王佛南無功德王光明佛南無波頭摩勝佛南無無礙光明佛南無無畏佛南無無量國土中王佛南無寂進思惟佛南無最上名稱佛南無龍種上尊王佛南無無邊精進佛南無最勝光明佛南無俱蘇摩奮迅王佛南無上方無量境界佛南無善色王佛南無師子自在力王佛南無西方無量華佛南無功德王光明佛南無波頭摩勝華

佛南無善得平等光明佛南無妙寶聲佛南
無雲中自在燈明佛南無法海潮功德王佛
南無增上護光明佛南無虛空功德聲佛南
無一切群萌誓鎧佛南無言辯音聲無礙佛
南無寶場輪上尊王佛南無無垢光明佛南
無虛空功德佛南無栴檀相好光明佛南無
具足一切功德莊嚴佛南無善住山王佛南
無無礙藥樹威德佛南無不可勝輪佛南無
畢竟成就大悲佛南無威德無盡佛南無不
可嫌名佛南無無怖優鉢羅世界波頭摩勝
佛南無光明佛南無無垢臂光明佛南無無
量名稱德光佛南無善思惟義佛南無威極
上光明佛南無山吼自在王佛南無不怯弱
離驚怖佛南無寶蓮華勝佛南無妙莊嚴佛
南無善住王佛南無一切法海吼王佛南無
寶閣黎尼手佛南無無邊智佛南無種種光
佛南無金剛那羅延幢佛南無一切功德勝
佛南無善橋梁佛南無堅固華佛南無世間
妙光明聲佛南無解脫精進日佛南無虛空
智佛南無勢力稱佛南無法輪清淨勝月佛
南無成就勝功德佛南無勝親光佛南無功
德成佛南無普光明奮迅王佛南無種種華
成就佛南無須彌藏佛南無普散光佛南無
普門光明須彌佛南無寶優波羅勝佛南無
愛思惟佛南無積力王佛南無廣威德自在
王佛南無千力光明勝佛南無光明愛佛南
無法弗沙佛南無斷闇三昧勝王佛南無自
性清淨智佛南無寶沙羅佛南無法住持佛
南無不憂法華吼王佛南無勝身羅延智佛
南無無邊頗佛南無勝力王佛南無精進自

在寶王佛南無如意通觀藏佛南無世間尊
重佛南無娑羅自在王佛南無須彌山聚世
尊佛南無光明威德佛南無聲滿十方佛南
無菩提威德佛南無不空功德佛南無勝月
光明佛南無智華成就佛南無堅固衆生佛
南無寶蓮華勝佛南無世間自在王佛南無
阿羅訶信世尊佛南無思惟甘露佛南無千
上光明佛南無華成功德佛南無無邊方便
佛南無半月光明佛南無破無明闇佛南無
觀智起華佛南無寶勝功德佛南無千光靜
住王佛南無波頭摩勝世尊佛南無無邊樂
說佛南無十上光明佛南無無邊境界佛南
無優波羅勝佛南無南明寶勝光明佛南無
能破諸怨佛南無無障礙聲佛南無勝功德
佛南無法華通直心佛南無栴檀功德世尊

佛南無波頭摩上佛南無雲妙鼓聲佛南無
阿謨荷見佛南無常求安樂佛南無賢勝光
明佛南無甘露星宿佛南無寂靜月聲佛南
無大娑羅集佛南無無邊堅固幢佛南無阿
彌陀勝世尊佛南無不空跡步佛南無智自
在王佛南無無邊威德佛南無彌樓威德佛
南無不可量光佛南無起智功德佛南無隨
意光明佛南無大悅佛南無無量華光佛南
無師子奮迅喜可威神佛南無無邊精進普
明佛南無無量普光佛南無善首慈悲佛南
無一切大通光佛南無普現佛南無無量圓
光佛南無師子遊步海德光明佛南無梵天
所敬德巖佛南無無量益天佛南無善事尊
華佛南無一切普方聞佛南無普淨佛南無
無量尊光佛南無宜受供養清淨摩尼佛南

無無邊大焰聚威佛南無無量上光佛南無
彌勒仙光佛南無一切敬懷談佛南無寶淨
佛南無無量綿光佛南無名稱敬愛無盡受
光佛南無無邊龍自在王佛南無無量勝聲
佛南無帝釋幢王佛南無一切大名稱佛南
無大淨佛南無無量懷天佛南無衆勝解脫
三世華光佛南無無邊歡喜增長佛南無無
量地光佛南無寶正天幢佛南無一切大悲
光佛南無善覺佛南無無量尊華佛南無香
上自在堅固光明佛南無無邊無垢思惟佛
南無無量法光佛南無德聚威光佛南無一
切月中天佛南無好德佛南無無量星王佛
南無除三惡道名稱十方佛南無無邊現面
世間佛南無無量意光佛南無普悅雷聲佛
南無一切剖華光佛南無寶悅佛南無無量
光音佛南無尊上所敬極上音聲佛南無無
邊護妙法幢佛南無無量喜音佛南無妙藥
豐光佛南無一切妙光幢佛南無普見佛南
無無量慈光佛南無能作無畏妙法光明佛
南無無邊德淨佛南無德光佛南無無量廣
施佛南無喜解華香佛南無一切美音聲佛
南無善見佛南無無量尊悲佛南無無勿成
就大力光相佛南無無邊無礙思惟佛南無
無量普仙佛南無悅見彌留佛南無一切諸
摩尊佛南無通光佛南無妙聲佛南無智勝
喜身佛南無不退然燈佛南無無量光明世
界普賢佛南無智月華雲佛南無一切虛空
樂說覺佛南無無邊轉法輪佛南無滿法界
盧舍那佛南無初香善名佛南無龍天佛南
無寶觀佛南無三昧輪身佛南無勝照幢王

佛南無無量閻浮檀威德王佛南無法日勝
雲佛南無一切法輪光明髻佛南無無邊寶
月幢佛南無無垢智光明王佛南無彌留勝
王佛南無華王佛南無智通佛南無寂靜妙
聲佛南無不可嫌身佛南無無量普門光明
須彌佛南無法力勝山佛南無一切寂光明
深髻佛南無莊嚴相月幢佛南無無量味大
聖天佛南無雲王吼聲佛南無普光佛南無
世天佛南無無垢法山佛南無無礙莊嚴佛
南無普智光明照十方吼佛南無智炬住持
佛南無一切金剛菩提光佛南無無垢轉法
輪佛南無不可降伏妙威德無邊梵天佛南
無日光佛南無妙幢佛南無焰海然燈佛南
無一切光明佛南無轉法輪光明吼妙聲佛
南無無量壽華佛南無一切金山威德賢佛
南無無邊功德王佛南無一切身智光明佛
南無衆明佛南無多天佛南無普賢佛南無
樂説勝王佛南無智光明王佛南無自在莊
嚴住持威德佛南無香焰勝王佛南無寶勝
光明威德王佛南無普聞名稱幢佛南無無
畏上勝山王佛南無彌留燈王佛南無人王
佛南無稱聲佛南無普慧雲吼佛南無日光
明王佛南無三昧賢寶天冠光明佛南無稱
山勝雲佛南無無畏那羅延師子佛南無無
邊智然燈佛南無一切法海吼王佛南無法
峯雲幢佛南無方天佛南無法幢佛南無厚
波娑羅佛南無盧舍那藏佛南無種種光明
勝彌留藏佛南無山勝莊嚴佛南無金色波
頭摩成王佛南無須彌山然燈佛南無滿月
世界無憂佛南無無邊寶聲佛南無堅王佛

南無勝幢佛南無阿尼羅幢佛南無薩婆毗浮佛南無過去無邊無量海勝佛南無無礙勝行佛南無無垢光明鷄都王佛南無虚空劫然燈佛南無一切三昧海師子無邊勝幢佛南無金臺佛南無衆明佛南無阿私陀幢佛南無法海吼聲佛南無威德絶倫無能調伏佛南無無著智幢佛南無無礙法虚空光明佛南無無邊智上首佛南無法界境界慧月佛南無無邊梵幢佛南無愛見辟支佛南無妙光佛南無金剛幢佛南無大勢辟支佛南無寶華佛南無彌留山佛南無一切衆生心佛南無無量寶成佛南無普無邊大娑羅集佛南無福德辟支佛南無淨王佛南無金剛堅佛南無難捨辟支佛南無寶幢佛南無阿彌稱佛南無無量智幢王佛南無一切妙光佛南無普無邊日輪光明佛南無善智辟支佛南無信王佛南無光明王佛南無月淨辟支佛南無善生佛南無毗留羅佛南無一切法幢懸佛南無無量妙聞佛南無普無邊寶蓮華勝佛南無善法辟支佛南無月音佛南無莊嚴王佛南無無妄辟支佛南無妙聲佛南無無邊光佛南無無量焰彌留佛南無一切善心佛南無普無邊彌樓威德佛南無歡喜辟支佛南無電光佛南無栴檀香佛南無隨喜辟支佛南無月光佛南無婆樓那佛南無一切寶山幢佛南無無量寶稱佛南無普無邊波頭摩勝佛南無喜上辟支佛南無寶高佛南無大龍聲佛南無高去辟支佛南無大慈佛南無然香燈佛南無無量善調心佛南無一切覺王佛南無普無邊波頭摩上

佛南無去垢辟支佛南無娑羅佛南無大光
明佛南無髮淨辟支佛南無得名佛南無然
燈王佛南無一切普至光佛南無無量藥王
佛南無普無邊能與依止佛南無無漏辟支
佛南無眞聲佛南無曼陀香佛南無善吉辟
支佛南無仙光佛南無拘那含佛南無一切
法住持佛南無無量日燈佛南無普無邊精
進功德佛南無斷愛辟支佛南無燈明佛南
無拘留孫佛南無轉覺辟支佛南無莊嚴佛
南無彌留光佛南無一切愛然燈佛南無無
量大燈佛南無普無邊離諸煩惱佛南無漏
盡辟支佛南無仙王佛南無光明光佛南無
賢德辟支佛南無稱光佛南無善香香佛南
無一切大修行佛南無無量覺尊佛南無普
無邊波頭摩王佛南無地華光明自在佛南

無劬多辟支佛南無無量火光明佛南無二
萬同名盧舍那佛南無成就無量功德佛南
無須彌山然燈王佛南無多伽樓辟支佛南
無功德勝積王佛南無七百同名光莊嚴佛
南無無量無邊威德佛南無無邊蓋光明勝
佛南無柰摩利辟支佛南無功德寶光明佛
南無無盡光明普門聲佛南無無量虛無畏
見佛南無空行得名人勝佛南無無憍慢辟
支佛南無能作喜勝王佛南無無盡功德妙
莊嚴佛南無破碎金剛堅固佛南無覺虛空
平等相佛南無憂波耳辟支佛南無盧舍那
光明佛南無寶勝光明威德王佛南無不二
光明人勝佛南無金剛波頭摩勝佛南無乾
陀羅辟支佛南無無盡智金剛佛南無一切
德雲普光明佛南無最勝大師子意佛南無

電照光明羅網佛南無毗耶離辟支佛南無千億寶莊嚴佛南無得世間功德大海佛南無法界樹聲智慧佛南無降伏貪人自在佛南無阿沙羅辟支佛南無願清淨月光佛南無無垢焰稱成就王佛南無善住摩尼積王佛南無龍稱無量功德佛南無犁波婆辟支佛南無法自在智幢佛南無盧舍那華眼電光佛南無一切行光明勝佛南無一切力莊嚴慧佛南無修陀羅辟支佛南無善慧法通王佛南無一切吼聲清淨王佛南無行起得名自在佛南無彌留燈佛南無無量光佛南無無量無毒淨心辟支佛南無法上佛南無阿彌陀吼佛南無一切上首金華佛南無三百同名大幢佛南無遠離無畏佛南無無邊足步佛南無金剛仙佛南無甘露光佛南無

無量心得解脫辟支佛南無日藏佛南無金剛密迹佛南無一切寶月華光佛南無讚歎光明自在佛南無六十寶作佛南無東方阿閦佛南無彌留幢佛南無金色光佛南無無量能作憍慢辟支佛南無寶作佛南無觀眼奮迅佛南無一切寶積山王佛南無業勝得名自在佛南無無邊步勝佛南無香山威德佛南無阿彌幢佛南無平等身佛南無無量第一自在通王佛南無法頂佛南無蓮華淨勝佛南無一切電照光明佛南無寶蓋勝盧舍那佛南無無邊善見佛南無栴檀奮迅佛南無金剛堅佛南無能聖成佛南無無量法海願出聲光佛南無寶聚佛南無賢身化德佛南無普眼滿足然燈佛南無不空見生喜作佛南無法幢淨命佛南無無邊善覺佛南

無清淨王佛南無星宿王佛南無無量十方廣應雲幢佛南無妙勝佛南無香光徧見佛南無無礙法界然燈佛南無香蓋光明自在佛南無光明善智佛南無無邊善見佛南無毘婆尸佛南無降伏王佛南無無量無盡法海寶幢佛南無大照佛南無聞名智焰佛南無一切樂說莊嚴佛南無一切波羅蜜海佛南無栴檀勝聖佛南無尼彌妙見佛南無無邊光佛南無毘舍浮佛南無無量不退功德海光佛南無寶熾佛南無尋光愛見佛南無一切功德王光佛南無起施得名自在佛南無香王擇智佛南無無邊見義佛南無無畏王佛南無降伏龍佛南無無量教化一切世間佛南無仙首佛南無離愚奮迅佛南無一切師子聲王佛南無一切勝功德炬佛南無

金剛善行佛南無華聲寶藏佛南無香辟支佛南無親辟支佛南無能與無畏一切辟支佛南無大衆佛南無東方梵聲佛南無不可思議辟支佛南無善住辟支一切佛南無遮羅辟支佛南無須摩辟支佛南無摩梨支佛南無普無邊無量精進佛南無東方自在寶燈佛南無發捨成就佛南無拘那含佛南無清淨面佛南無威德天佛南無大功德佛南無一切然燈佛南無那羅延佛南無法莊嚴觀樂說稱佛南無北方無染光幢佛南無敬法清淨佛南無彌留光佛南無無垢劫佛南無無礙山佛南無普功德佛南無一切拘隣佛南無法華通佛南無東南方自在吼聲佛南無無妨安隱淨聲佛南無無諍無畏佛南無放光明佛南無功德積佛南無無礙聲智

佛南無海香焰佛南無一切常香佛南無無妨王佛南無普南方摩尼清淨雲佛南無盧舍那勝功德佛南無寶積成就佛南無無邊疑佛南無威德藏佛南無無垢鬚佛南無須彌劫佛南無一切龍華佛南無光明王佛南無普虛空樂説無礙稱佛南無無邊精進勝面佛南無佛化成就佛南無毗婆尸佛南無聞聲勝佛南無普光明佛南無龍功德佛南無一切高鬚佛南無大神通佛南無世間意成就善法佛南無聲分妙覺吼聲佛南無一切生智佛南無莊嚴相佛南無常喜樂佛南無能作光佛南無善清淨佛南無一切弗沙佛南無旃檀香佛南無因陀羅山無礙王佛南無大慈悲救護勝佛南無名勝成就佛南無頭陀羅吒佛南無精進步佛南無名見無畏佛南無智成就佛南無一切智齊佛南無高山王佛南無西南方勝妙智月佛南無無邊功德王佛南無勝上功德佛南無二輪成就佛南無清淨智佛南無無畏自在佛南無樹提藏佛南無一切護聲佛南無勝光明佛南無普無邊功德寶藏佛南無西方無量壽佛南無敬離一切煩惱佛南無寶光明勝佛南無驚怖意佛南無堅固自在佛南無善調心佛南無一切善來佛南無住持聲佛南無無量法界佛南無摩訶思惟藏佛南無千法無畏佛南無無邊智慧佛南無驚怖實佛南無種種明照佛南無廣莊嚴佛南無一切寶山佛南無一切阿彌陀勝佛南無功德王光佛南無香寶光明佛南無金作蓋山佛南無法界輪佛南無不可思議寶山莊嚴佛南無

一切光明遊戲佛南無一切阿樓那智佛南無無量光明佛南無斷有辟支佛南無龍自在王佛南無勝智天佛南無二萬同名釋迦牟尼佛南無一切波頭摩勝佛南無一切香光威德佛南無照衆生王佛南無大火光明佛南無普照智光佛南無自在幢佛南無平等不平等盧舍那佛南無善住摩尼山王佛

諸佛世尊如來菩薩尊者神僧名經卷第六

諸佛世尊如來菩薩尊者神僧名經卷第七

南無種種光明大月佛南無智日鷄都佛南無善快辟支佛南無無量智敷佛南無不退幢佛南無一切智輪照盧舍那佛南無無比虚空山照佛南無一切法聲多藏佛南無師子上王佛南無不厭足身佛南無智聚覺光佛南無普覺華佛南無廣福德藏普光明照佛南無一切法城光勝佛南無一切聲出聲勝佛南無無垢光明佛南無牛齒辟支佛南無普智海王佛南無寶勝王佛南無般若思惟得名人勝佛南無一切無垢威德佛南無無量焰海然燈佛南無三昧輪身佛南無勝照幢王佛南無無量喜身佛南無勝寶光佛南無精進思惟得名人勝佛南無一切普門賢照佛南無清淨智華光明佛南無法日勝雲佛南無智月華雲佛南無無量法幢佛南無妙梵聲佛南無樂說一切法莊嚴勝佛南無無量阿私陀智佛南無法日智輪然燈佛南無山勝莊嚴佛南無電照光明佛南無無量梵幢佛南無法界燈佛南無忍辱思惟得名自在佛南無無量阿尼羅月佛南無智力威德山王佛南無無礙莊嚴佛南無廣寂妙聲佛南無無量旃陀佛南無善梵天佛南無自在莊嚴住持威德佛南無一切阿樓那月佛南無十方諸佛南無無邊功德佛南無無礙莊嚴佛南無寶勝王佛南無香光威德佛南無慈悲尊佛南無須彌然燈佛南無智月華雲佛南無覺海聲聞佛南無悉虚空際光明盧舍那佛南無轉法輪金剛寶藏佛南無妙法界師子光佛南無如是等一切如來成

就佛南無金剛佛南無普勝佛南無無量壽
華佛南無寶聚光明佛南無旃陀勝妙佛南
無娑羅王佛南無天力佛南無自在親光佛
南無普照諸方佛南無阿私陀佛南無菴摩
羅佛南無彌樓相佛南無妙法幢薝蔔上佛
南無意福德藥王佛南無如是等一切莊嚴
成就佛南無摩梨支佛南無無妨安隱佛南
無無邊觀王佛南無如意通佛南無清淨無
畏佛南無波羅光佛南無二輪成就佛南無
妙勝金聲佛南無歡吼梵音佛南無普華光
佛南無那羅延佛南無須彌劫佛南無盧舍
那善觀智慧佛南無廣威德自在王佛南無
一切善根福德成就佛南無天中尊佛南無
華樹佛南無尼彌佛南無無礙智力精進佛
南無法華通佛南無無邊心照佛南無善見

護聲佛南無宣香光明佛南無妙莊嚴佛南
無寶海炎佛南無波頭摩佛南無衆娑羅奮
迅佛南無普無量須彌燈佛南無一切願威
德勝王歡喜佛南無無爲光佛南無歡樂佛
南無華嚴佛南無種姓華佛南無大海深勝
佛南無無量光香佛南無無邊寶蓋佛南無
種種修行佛南無慧光王佛南無普十方趣
菩提須彌香佛南無仰慈尊諸安樂佛南無
最上勝天王佛南無一切大彌留無涯功德
佛南無天光明佛南無華上佛南無觀方佛
南無善寂諸根佛南無普照輪月佛南無諸
摩尊佛南無瑠璃華藏佛南無妙眼威神佛
南無無畏施佛南無法華通廣法行無量悅
佛南無仰慧旛無迷思佛南無妙法眼寶燈
明佛南無最上衆十方三界諸尊佛南無三

界尊佛南無無勝佛南無樹幢佛南無淨護
法身佛南無喜樂如見佛南無日華尊佛南
無無爲光畏佛南無帝釋幢王佛南無無量
寶光佛南無作諸方妙吉祥大名稱佛南無
敬懷明施天種佛南無殊勝相虛空雲佛南
無不可勝佛南無奮迅聲王佛南無大明佛
南無仁愛佛南無牟尼佛南無妙悟雲音佛
南無富足與盛佛南無拘那含佛南無金山
明焰佛南無妙寶天輪佛南無無比上尊佛
南無覩神天吼雷音端嚴意佛南無廣辯才
多功德佛南無最尊勝大光王佛南無衆生
中尊佛南無大神通佛南無尼彌堅意佛南
無寶山星王佛南無慧智光明佛南無無染
金藏佛南無三界尊佛南無無爲光威佛南
無淨戒菩提佛南無如意心佛南無法華通
佛南無廣無涯增長慧佛南無稱十方淨音
意佛南無離諸欲毗婆尸佛南無普無量天
自在六通意佛南無莊嚴王佛南無高出佛
南無持明佛南無善寂行佛南無不動多焰
佛南無最尊天佛南無虛空不壞佛南無法
相同名佛南無無量淨佛南無優鉢羅佛南
無目犍連佛南無諸天敬佛南無善思惟波
羅光佛南無最法稱降伏魔佛南無不思議
功德光佛南無福德光明佛南無光明日佛
南無彌留幢佛南無金剛光佛南無華光佛
南無摩尼光明勝佛南無功德莊嚴佛南無
月勝光明稱佛南無大功德佛南無善德莊
嚴佛南無無邊智佛南無善威儀佛南無人
中尊佛南無栴檀普開蓮華身佛南無寶火
然燈佛南無普智輪光聲佛南無善寂滅佛

南無日月然燈佛南無金剛說佛南無攝善提佛南無毗摩沙佛南無千闍浮檀靈空藏佛南無五百日王佛南無善樂光明王佛南無地清淨佛南無名寂靜王佛南無光明意佛南無寶光明佛南無瑠璃華佛南無波頭摩幢彌留嶽佛南無清淨身幢佛南無日月淨明德佛南無光照王佛南無無量彌留佛南無思惟勝佛南無智光明佛南無金剛仙佛南無摩尼莊嚴無邊勝佛南無求勝菩提佛南無五百淨聲王佛南無如意藏佛南無六十光明佛南無摩尼蓋佛南無普然燈佛南無千光明佛南無金光明王佛南無栴檀勝佛南無師子聲王佛南無功德王光明佛南無法自在佛南無無量名稱佛南無大須彌佛南無虛空心佛南無堅婆羅佛南無金剛光王佛南無聞身王佛南無善住山王佛南無功德王光明佛南無人自在佛南無普勝帝沙佛南無富樓那佛南無槃頭華佛南無虛空燈佛南無堅固光明諸方天佛南無智照頂王佛南無自在因陀羅佛南無普功德佛南無法界莊嚴佛南無觀成就佛南無智頻婆佛南無毗尼稱佛南無優婆羅香佛南無蓮華面佛南無功德焰華佛南無降伏魔力聲佛南無法寶勝佛南無不動尼陀佛南無莊嚴面佛南無捨光明佛南無闍耶天佛南無憂多摩講佛南無摩尼向佛南無轉妙法聲佛南無智虛空樂王佛南無日勝妙佛南無普寶佛南無不害法王佛南無法界莊嚴一勝光明佛南無大海彌留佛南無法寶佛南無雲峯香焰勝王佛南無普慧雲聲

佛南無無量成就光明佛南無妙智敷身佛南無智海佛南無無垢瑠璃佛南無樂法修行如意莊嚴佛南無鏡像光明佛南無善護諸根佛南無智力天王佛南無大智真聲妙相佛南無一切通光佛南無決定思惟佛南無聖德佛南無安隱思惟佛南無最勝佛南無香王佛南無平等心明佛南無一切王聲佛南無賢勝光明佛南無無垢鷄兜佛南無勝護光明佛南無一切法海勝王佛南無不可嫌身佛南無大日佛南無善護諸門佛南無樂說莊嚴佛南無一切通光佛南無功德鷄兜佛南無妙鼓聲王佛南無天色思惟佛南無隨意光明佛南無成就波頭摩王佛南無不可量聲佛南無自在佛南無樂法修行佛南無那利多王佛南無大焰鶱陀佛南無

修利耶光佛南無攝取光明佛南無無垢婆俟佛南無善化佛南無莊嚴佛南無不染波頭摩幢佛南無香勝鷄兜佛南無淨覺佛南無梵勝天王佛南無成就光明佛南無善寂佛南無淨心佛南無不錯思惟佛南無法力勝山佛南無師子步修佛南無二寶法燈佛南無一切摩訶提婆佛南無師子陀那佛南無最上佛南無種種色華佛南無最勝佛南無香山佛南無妙勝住王佛南無能作稱名佛南無阿偶多羅增上護光佛南無妙藥佛南無樹王佛南無一蓋勝佛南無月光明佛南無清淨輪王佛南無大慧佛南無堅固衆生佛南無無上光明佛南無不可量香佛南無決定思惟佛南無摩訶彌留種種婆毚佛南無水月光明佛南無一切寶摩尼王佛南

無得意常來佛南無大寶佛南無人自在王
佛南無寶法廣稱佛南無能作光明佛南無
寶妙勝王佛南無清淨月輪佛南無功德寶
山佛南無寂靜月聲佛南無不可思議法身
佛南無妙頂香林佛南無寂滅佛南無地自
在王佛南無普智聲王佛南無大照希聲佛
南無婆藪陁聲佛南無法蓋佛南無華幢佛
南無億藏佛南無高稱佛南無徧相圓堅一
切功德莊嚴佛南無梵吼天聲佛南無功德
尊佛南無栴檀自在佛南無淨鏡離塵佛南
無盡聖獮尼佛南無大清淨光輪佛南無天
城佛南無常鏡佛南無大師子莊嚴佛南無
成就王佛南無十方生勝佛南無不滅莊嚴
佛南無日月珠光佛南無大精進盛光佛南
無如空佛南無堅意佛南無降伏衆魔王佛

南無日月光佛南無思惟解脫佛南無覺善
香薰佛南無獮勒仙光佛南無普現色身光
佛南無星王佛南無天喜佛南無成就義光
明佛南無一相光佛南無無爲聲磬佛南無
海德光明佛南無喜可威神佛南無摩善住
山王佛南無光威佛南無華上佛南無護一
切光音佛南無香勝王佛南無身光普照佛
南無極上音聲佛南無妙法光明佛南無法
海說聲王佛南無堅華佛南無陽焰佛南無
照勝頂光明佛南無無相聲佛南無三曼多
護佛南無大淨香施佛南無大護觀方佛南
無大尊上諸天佛南無人音佛南無天界佛
南無最如意堅心佛南無妙樂尼佛南無尊
光淨住佛南無大聖堅才佛南無上寶光音
佛南無普娛樂懷明佛南無華仙佛南無聲

德佛南無蓮華意尊悲佛南無世淨光佛南
無無勝最妙佛南無照境尊華佛南無美悅
施光佛南無月尊上因王佛南無賢光佛南
無華日佛南無寶功德嚴身佛南無最妙光
佛南無栴檀屋勝佛南無寶集虛空佛南無
寶藏華成佛南無妙功德深聲佛南無敷華
佛南無調勝佛南無智根本華幢佛南無普
照觀佛南無摩樓多愛佛南無法作高脩佛
南無妙蓋豐光佛南無勝華聚因光佛南無
天幢佛南無無勝佛南無蓮華體香王佛南
無發心莊嚴一切衆生佛南無無闇光明佛
南無安樂德智通佛南無衆上首香華佛南
無然燈佛南無威德力香首佛南無勝供養
須彌佛南無金色光明師子奮王佛南無聞
智觀聲佛南無離惡道了聲佛南無住智勝

華鬚佛南無光稱佛南無眞諦日調意佛南
無普見善調幢佛南無光明功德山智慧王
佛南無善事懷光佛南無常勝意聚音佛南
無不厭足堅聲佛南無華山佛南無解脫慧
淨目佛南無無等勝新華佛南無陀羅尼施
清淨得名佛南無無量威神佛南無天自在
慈調佛南無一乘度山香佛南無憘光佛南
無雲普護持慧佛南無無量悅無疑佛南無
毗盧遮那佛南無法海香王佛南無無量憘
光佛南無一切德輪光佛南無善清淨光明
佛南無天聲佛南無福德力精進佛南無無
邊寶莊嚴佛南無法界虛空普邊光明佛南
無那羅延天佛南無勝一切世間佛南無見
平等法身佛南無諦沙佛南無精進力成就
佛南無梵功德天王佛南無娑伽羅勝智奮

迅通佛南無毗羅闍光佛南無無念覺法王
佛南無無障礙波羅佛南無化稱佛南無威
德力增上佛南無寂靜月聲王佛南無十方
廣徧稱智佛南無然燈佛南無香毗頭羅佛
南無清淨眼華勝佛南無火焰勝莊嚴佛南
無光輪佛南無離一切煩惱佛南無虛空寶
華光佛南無樹提佛南無光明法海佛南無
吼聲佛南無香焰照王佛南無功德報光明
佛南無一切法無觀佛南無勝雲佛南無優
波勝能聖佛南無無垢月幢稱佛南無日輪
然燈佛南無一切吼王佛南無三世華光佛
南無觀智慧起華佛南無寶境界光明佛南
無世雄佛南無無障目慈力佛南無增上行
天王佛南無寶光明佛南無勝摩尼世間燈
佛南無普眼華王佛南無離憂惱妙聲佛南

無須彌劫佛南無最上法燈大力佛南無光
明勝天智佛南無堅固步莊嚴佛南無大光
明淨嚴身佛南無無羅聲日鷄兜佛南無月
勝金光佛南無勝功德大稱佛南無虛空眼
佛南無十方稱名妙色佛南無金剛藏安樂
佛南無堅自在菩提佛南無大修行力光明
佛南無大瑠璃法莊嚴佛南無善目天光佛
南無息功用梵天佛南無栴檀勝佛南無廣
智慧燈法界佛南無歡喜藏雲勝佛南無無
畏上高聲佛南無大牟尼寶鷄兜佛南無海
彌留法光明佛南無自在龍天佛南無善天
照智山佛南無虛空寂佛南無善法妙天普
見佛南無金剛勝無量佛南無甘露藏人天
佛南無大莊嚴法然燈佛南無電光明十方
稱佛南無大聖龍光佛南無妙聲吼善心佛

南無阿彌陀佛南無普護善香大勝佛南無菩提味藏王佛南無成就義虛空佛南無大慈悲放光明佛南無現諸方施羅王佛南無大髻華幢佛南無善讚歎大威佛南無羅睺護佛南無一切智燈不動佛南無須彌聚香蓋佛南無功德舍人稱佛南無大聖天碎金剛佛南無喜音聲大燈明佛南無快覺雲王佛南無斷諸念勝山佛南無金剛步佛南無寶像法幢香德佛南無光明愛明聚佛南無無相體香輪佛南無大旃陀妙梵聲佛南無善調心解脫觀佛南無照稱光明佛南無勝慧善導師佛南無方城住佛南無最勝彌留大照佛南無波羅墮高見佛南無香普徧諸天佛南無大雲光現諸方佛南無炬然燈善利光佛南無智德尼彌佛南無飲甘露善天

佛南無栴檀屋佛南無勝眼善明法上佛南無然燈日成就佛南無堅固意難勝佛南無大然燈善淨天佛南無樹提光善毗摩佛南無彌勒仙光佛南無諦精進覺華佛南無天中悅佛南無德聚威光大護佛南無光明照人悅佛南無彌留嶽才光佛南無光中日佛南無大龍佛南無普方聞名稱上佛南無淨光明普寶蓋佛南無最音聲天華佛南無香燈衣自在光明佛南無虛空慧天悅佛南無一切見光明佛南無大乘導佛南無大威佛南無月天聲威慈力佛南無作諸方聚自在佛南無諦思惟香希佛南無寶精進日月光明佛南無無煩熱歡悅佛南無無礙意勝輪佛南無人中月佛南無普懷佛南無月光輪威神力佛南無德蓮華智自在佛南無剖華

光普仙佛南無無礙智普照光明佛南無虛
空步龍勝佛南無善寂意堅行佛南無摩尼
月佛南無大稱佛南無德蓮華無憂度佛南
無廣名稱善光敬佛南無相好華威身佛南
無不可勝奮迅聲王佛南無一切行清淨佛
南無四萬頤莊嚴佛南無毗摩妙佛南無上
華佛南無法勝王旃陀面佛南無信菩提普
威德佛南無德名稱相山佛南無三昧海廣
頂冠光佛南無山峯勝威德佛南無普門見
勝光佛南無相山照佛南無勝輪佛南無大
通光無爲悅佛南無寶焰山智慧嶽佛南無
雜音聲道威佛南無普智焰功德幢王佛南
無如天悅無蓋佛南無調辯意彌留佛南無
金剛妙佛南無寂幢佛南無多摩羅跋香勝
佛南無法輪清淨勝月佛南無普光明城燈

佛南無相莊嚴幢月佛南無功德寶光明佛
南無毗摩上佛南無葉陀佛南無摩尼珠德
香悅佛南無世間聲大雲藏佛南無淨嚴身
觀行佛南無善成就眷屬普照佛南無摩瓷
舍威德佛南無阿難多樓波佛南無提闍積
佛南無法明佛南無莎荷步金剛見佛南無
妙光明普境界佛南無聖吉祥人王佛南無
護世間供養如來佛南無金剛步龍勝佛南
無難可意無癡佛南無能仁化佛南無大能
佛南無月燈明威光悅佛南無好香熏淨供
養佛南無善毗摩香山佛南無法自在月德
莊嚴佛南無金剛勝威力佛南無聽徹意無
煩佛南無燈王佛南無寶上佛南無千日威
德佛南無雲妙鼓聲佛南無常入涅槃佛南
無功德智佛南無人月華光虛空寂佛南無

歡喜王佛南無無垢光明佛南無無障聲佛南無大智光佛南無那伽天佛南無大堅佛南無淨王佛南無智衆佛南無成就功德佛南無精進清淨佛南無無障礙聲佛南無無量智佛南無甘露然燈毗摩勝佛南無寂靜然佛南無寶地龍王佛南無善寂根佛南無妙鼓聲佛南無清淨光佛南無最燈佛南無德山佛南無淨照佛南無善勢自在佛南無難降伏光佛南無供養廣稱佛南無成就意佛南無普悅莊嚴無量慧佛南無無礙輪佛南無業勝得名佛南無如意光佛南無善梵天佛南無功德梁佛南無藥王佛南無明王佛南無智護佛南無歡喜增長佛南無大焰聚威佛南無智照頂王佛南無尊上德佛南無無量諸天彌留劫佛南無自在王佛南無神足光明佛南無眞正幢佛南無願海光佛南無慈力王佛南無上聲佛南無普明佛南無廣曜佛南無喜樂如見佛南無無畏敬懷佛南無法吼智明佛南無師子護佛南無能現天燈無邊願佛南無智照聲佛南無大如修行佛南無無礙稱佛南無不動因佛南無增上天佛南無寂王佛南無淨天佛南無寶勝佛南無歡喜增益佛南無大吼淨聲佛南無多智滅魔佛南無清淨藏佛南無多寶光明無驚怖佛南無解脫光佛南無堅固光明佛南無安樂光佛南無自在懷佛南無清淨身佛南無焰光佛南無上天佛南無大地佛南無勝足功德佛南無龍妙大燈佛南無無染普觀佛南無恭敬愛佛南無無諂名稱闍浮上佛南無日月光佛南無無等香光佛南

無無量明佛南無善寂心佛南無無畏觀佛
南無善來佛南無大師佛南無勝德佛南無
普行華智佛南無妙色德聲佛南無無量大
人佛南無清淨意佛南無善報菩提栴檀勝
佛南無種種華佛南無堅固須彌佛南無無
量願佛南無平等行佛南無如意幢佛南無
大天佛南無聖天佛南無供養佛南無法寶
香普佛南無寂勝覺王佛南無無住普香佛
南無功德作佛南無無垢雲王娑羅步佛南
無一切尊佛南無不動高山佛南無無畏觀
佛南無自在山佛南無成就堅佛南無智王
佛南無大明佛南無普照佛南無滿足龍藏
佛南無解脫滿賢佛南無尊勝吉王佛南無
隨順戒佛南無自在莊嚴鬘香勝佛南無智
炬王佛南無安隱俱隣佛南無甘露稱佛南

無梵供養佛南無清淨心佛南無妙身佛南
無金寶光佛南無鏡像堅梵聲王佛南無法
妙王無垢佛南無聖華能作光佛南無妙吼
聲奮迅佛南無勝聲思惟佛南無智功德清
淨勝佛南無不護聲佛南無智海王善根聲
佛南無菩提陀威德佛南無慧明堅固希佛
南無解脫行妙勝佛南無寶高香王佛南無
快可見虛空愛佛南無甘露心佛南無法界
華妙光明佛南無解脫賢離有佛南無妙昇
自在心佛南無善逝王妙喜佛南無月王千
香佛南無梵供養修行法佛南無常雨華佛
南無作吉祥普蓮華佛南無服樹王等德佛
南無功德梁佛南無善現光衆聚佛南無俱
蘇摩通佛南無寶月德蓮華上佛南無諸樹
王佛南無寶上王佛南無遠方稱佛南無善

住王決斷佛南無不二輪佛南無月半光放
焰佛南無閻浮光明佛南無善色藏虛空意
佛南無最勝王佛南無薝蔔燈說提陀佛南
無帝釋幢稱信佛南無住持水乳聲佛南無
樂自在聲王佛南無毗留羅幢佛南無樂解
脫山王智佛南無金色華佛南無精進仙佛
南無寶然燈佛南無寂靜功德步佛南無樹
提自在王佛南無功德慧厚勝佛南無多伽
羅香佛南無實世界成就義佛南無化日佛
南無天信佛南無寶積示現佛南無淨上虛
空不動佛南無行輪自在佛南無山威德慧
佛南無善喜信修義佛南無供養如來無量
佛南無勝自在虎王佛南無天華慈力佛南
無月妙佛南無能日佛南無寂靜增上佛南
無妙相光明大勝佛南無金剛密跡佛南無

虛空重勝佛南無普功德奮迅佛南無無寶
光明賢勝佛南無妙蓋勝樹山佛南無高聲
堅上佛南無日月佛南無高淨佛南無寂世
淨聖佛南無乾闥婆王善度佛南無稱山善
勝佛南無拘隣妙慧佛南無護一切華照佛
南無功德山幢離愛佛南無月妙勝寂根佛
南無人華雲護佛南無智地佛南無堅忍佛
南無度世福力佛南無師子嚬申最力佛南
無香希攝步佛南無弘稱德鎧佛南無照曜
首柔順佛南無身發光明心義佛南無勝黠
慧寶林佛南無高光龍乳佛南無普滿佛南
無蓋王佛南無慧上足愍佛南無上聖能觀
力步佛南無剛兵衆步佛南無施音月面佛
南無大奮迅王慧佛南無可樂光明身勝佛
南無無障礙力王佛南無高山歡喜佛南無

智照佛南無如寶佛南無廣勝供養佛南無一切衆生愛見佛南無住持速力佛南無華勝積智佛南無法意印智勝佛南無善住思惟高意佛南無雨甘露世明佛南無那羅延行佛南無一切義成就大金仙佛南無正等覺佛南無自在變化王佛南無無畏淨飯王子佛南無大釋子離一切垢染佛南無法師子二足尊佛南無一切世間解大論師佛南無功德海佛南無吉祥大牟尼佛南無勇猛大清淨智佛南無清淨戒嚫儗囉娑族佛南無六趣海到彼岸佛南無十方降魔軍滅三毒佛南無一切智佛南無止息降諸根佛南無人師子吉祥雲佛南無妙解脫佛南無滅罪無我相佛南無降伏得最勝說四諦佛南無無驚無怖畏除障暗佛南無明行足佛南無第一法圓滿佛南無無邊無可喻佛南無三界親慈父佛南無到彼岸度它大龍王佛南無三明知佛南無三世天人師佛南無無垢王佛南無具足三變通佛南無說三乘菩提佛南無應供佛南無無相亦無老佛南無善逝佛南無無我無二執佛南無無怨無戲論佛南無得寂靜佛南無最上法燈佛南無調伏除煩惱佛南無最上意清淨佛南無世尊佛南無調伏心清淨佛南無瞿曇佛南無離塵無上士佛南無圓滿吉祥相得佛南無清涼佛南無調御丈夫佛南無止息一切罪佛南無救度世間師佛南無能除怨佛南無作善清淨業佛南無日族佛南無六佛南無法莊嚴佛南無救度第一二足尊佛南無無業無怖佛南無第一六神通佛南無無師自

然覺佛南無釋師子善逝佛南無德成就佛
南無無等大智慧佛南無恒入三摩地大法
王佛南無施頗無畏佛南無眞實降諸根佛
南無尊師大梵行佛南無一切世間尊佛南
無求過輪迴苦佛南無普徧有情精進者佛
南無甘蔗王種佛南無得最上涅槃佛南無
第一寂靜樂佛南無調伏聲聞者佛南無利
益諸有情佛南無一切法自在無畏佛南無
離過除毒佛南無聖智照世間佛南無無邊
利世間佛南無希有不思議精進佛南無一
切世間爲愛樂佛南無一切有情利益王佛
南無調御明佛南無圓滿諸所求佛南無離
世法利養佛南無出世爲如來佛南無善意
端嚴相佛南無祕密最勝大丈夫佛南無大
法王佛南無善持善戒相佛南無金色光善

逝佛南無善逾愛尊重佛南無無畏獨除暗
佛南無世間供養出世智佛南無沙門月佛
南無六根清淨眼佛南無無等三有師佛南
無能斷諸結縛佛南無無我最第一佛南無
普照一切眼佛南無行忍辱佛南無三慧眞
實眼佛南無證理淨慧眼佛南無虛空勝佛
南無無邊行功德寶光明佛南無無垢佛南
無離垢佛南無發修行佛南無光明佛南無
妙瑠璃金形像佛南無海山智奮迅通佛南
無吉去佛南無普蓋波婆羅佛南無無解華
佛南無信一切衆生心智見佛南無驚怖佛
南無波頭摩成就勝王佛南無依止無邊功
德佛南無無礙藥王樹勝佛南無廣地佛南
無波頭摩敷身佛南無然鷄兜佛南無遠離
諸畏驚怖毛竪佛南無不可思議功德王佛

南無光明佛南無現在積聚無畏佛南無虛空輪清淨王佛南無月賢佛南無堅固自在王佛南無破諸趣佛南無發起無邊精進功德佛南無世間涅槃無差别修行佛南無不異心成就勝佛南無普光明莊嚴勝佛南無愛髻佛南無日月瑠璃光佛南無香鷄兜佛南無無邊光明雲香彌留佛南無不斷慈佛南無一切衆生樂說佛南無多羅歌王增上佛南無普佛國土一蓋佛南無妙去佛南無降伏敵對步佛南無波婆娑佛南無起智光明威德積聚佛南無拘蘇摩樹提不謬王通佛南無闍梨尼光明山佛南無積光明輪威德佛南無廣光佛南無三周單那堅佛南無華蓋鬘佛南無心間智多拘蘇摩勝佛南無因陀羅鷄兜幢星宿王佛南無十力增上自在佛南無無垢月威德光佛南無龍步佛南無成就無畏德佛南無鷄兜玉佛南無普功德光明莊嚴勝佛南無寶波頭摩佛南無善住娑羅王佛

諸佛世尊如來菩薩尊者神僧名經卷第七

諸佛世尊如來菩薩尊者神僧名經卷第八

南無須彌增長勝王佛南無智華寶光明勝佛南無捨諍佛南無提婆摩醯多佛南無攝受施佛南無多功德法住持得通佛南無阿僧祇住佛南無功德精進勝佛南無甘露威德光明佛南無發起無譬喻相佛南無實智佛南無求那提闍積佛南無提賒闍佛南無畢竟成就無邊功德佛南無過去未來現在發修行佛南無十方稱聲無畏佛南無無垢光莊嚴王佛南無成勝佛南無無比智華成佛南無毗闍荷佛南無婆薩婆俱乇佛南無菴摩羅供養佛南無大長佛南無見一切沙平等佛南無不可思議光明佛南無大威德佛南無種種間錯聲佛南無山王自在積佛南無實愛佛南無光明輪威德王佛南無成就無邊功德佛南無樂光明佛南無光明實鷄兜佛南無一切衆上首佛南無大月佛南無覩見一切境界佛南無成就無邊功德佛南無心勇猛佛南無能降伏放逸佛南無善威德供養佛南無水眼佛南無三漫多盧遮那佛南無種種華成就勝佛南無月光明佛南無信心不怯弱佛南無須彌山積聚佛南無大聲佛南無成就波頭摩王佛南無不可量實體勝佛南無清淨聲佛南無憂波羅功德佛南無發起善思惟佛南無勝月佛南無無障礙香光明佛南無虛空轉清淨王佛南無解脫慧佛南無羅多那闍荷佛南無離一切幽闇佛南無樂法佛南無修行無邊功德佛南無發心即轉法輪佛南無信甘露佛南無堅固自在王佛南無寶華成就勝佛南無

妙意佛南無無邊境界勝王佛南無莊嚴無
邊功德佛南無心荷身佛南無須彌山光明
佛南無得脫一切縛佛南無妙見佛南無無
邊無際諸山佛南無無邊功德王住佛南無
閻浮燈佛南無大精進思惟佛南無不可降
伏色佛南無勝光佛南無成就佛華功德佛
南無波頭頂勝功德佛南無集功德佛南無
智高光明佛南無無邊虛空莊嚴勝佛南無
波頭摩清淨佛南無波頭頂勝功德佛南無
無邊境界勝王佛南無光明輪境界勝王佛
南無發無邊修行佛南無無邊色佛南無阿
彌陀幢佛南無憂波遮羅辟支佛南無十方
稱法起佛南無無邊境界勝王佛南無無邊
功德王光佛南無成就不可量功德佛南無
波頭摩清淨佛南無勝華集佛南無功德勝
藏佛南無菩娑乇淨辟支佛南無功德王光
明佛南無無邊虛空境界佛南無寶成就勝
功德佛南無憂波留闍辟支佛南無勝成就
功德佛南無甘露眼佛南無師子香稱佛南
無法功德雲然燈佛南無莎羅自在王佛南
無樂說一切境界佛南無普散波頭摩勝佛
南無成就一切勝功德佛南無得無礙解脫
佛南無雨甘露佛南無不行威德佛南無見
人飛騰辟支佛南無無邊輪奮迅佛南無發
修行轉女根佛南無降伏一切諸怨佛南無
成就見邊願功德佛南無破一切暗起佛南
無甘露步佛南無見一切義佛南無憂波吉
沙辟支佛南無勝成就功德佛南無過一切
魔境界佛南無一切功德莊嚴佛南無寶體
法決定聲王佛南無種種寶光明佛南無愛

上首佛南無須摩那光佛南無娑藪陀羅辟支佛南無不分別修行佛南無不可量境界步佛南無莊嚴無邊功德佛南無無邊功德稱光明佛南無作無邊功德佛南無捨愛惱佛南無善香香王佛南無憂波支羅辟支佛南無無比智華成佛南無能現一切佛像佛南無樂成就勝境界佛南無善思惟成就諸願佛南無善住娑羅王佛南無愛甘露佛南無威德住持佛南無耳光明人自在佛南無普放香光明佛南無念一切佛境界佛南無照波頭摩光明佛南無隨衆生心現境界佛南無虛空寂境界佛南無種種日佛南無有香辟支佛南無求名發身修行佛南無第一境界法佛南無寶種種華敷身佛南無能作因降伏怨佛南無散華王拘蘇摩通佛南無無邊功德勝佛南無無邊光明佛南無無邊修行佛南無彌留山積佛南無作無邊功德佛南無無畏愛佛南無行起得名自在佛南無起禪成就自在佛南無波頭摩勝華山王佛南無虛空莊嚴佛南無散華莊嚴佛南無大香鏡像佛南無娑羅自在王佛南無無怯聲佛南無降伏染魔人勝佛南無修行不著辟支佛南無能離一切衆生有佛南無勝瑠璃光佛南無大威德力佛南無虛空輪光佛南無無邊境界來佛南無離畏意佛南無遠離一切憂惱佛南無無邊毗尼勝王佛南無阿僧精進聚集勝佛南無金色鏡像佛南無旃檀月光佛南無無障礙明佛南無佛華成就德佛南無得威德佛南無普光上勝山王佛南無因陀羅鷄頭幢佛南無三世無礙發

修行佛南無波那陀眼佛南無一切功德佛南無光明鷄兜佛南無發生菩提心佛南無普清淨佛南無虛空無垢智月佛南無根本勝善導師佛南無普護增上雲聲王佛南無無邊光明佛南無拘修摩趣佛南無成就智德佛南無不可降伏幢佛南無清淨心佛南無然樹緊那羅王佛南無到諸疑彼岸月佛南無無邊境界不空稱佛南無能作無畏佛南無無邊上首佛南無寶成就勝佛南無斷一切諸道佛南無勝光明佛南無善住法然燈王佛南無敷華心波頭摩佛南無成就波頭摩功德佛南無過十方稱佛南無見一切法佛南無光明彌留佛南無普散香光明佛南無不錯行佛南無無邊中智海藏佛南無波頭摩善化幢佛南無波頭摩得勝功德佛

南無高威德山佛南無勝香須彌佛南無無邊意行佛南無無邊勢力步佛南無功德德佛南無憂婆沙羅辟支佛南無平等言語鷄頭佛南無三世無礙發修行佛南無佛華光明佛南無離愚境界佛南無星宿上首佛南無勝光明功德佛南無大光明佛南無畢慚愧稱上勝佛南無華種種華敷身佛南無發起一切衆生信佛南無大智莊嚴佛南無不退精進示現佛南無三寶然燈佛南無功德力娑羅王佛南無常香佛南無龍歡喜佛南無無垢臂光明佛南無妙德難思佛南無威德大勢力佛南無畢竟莊嚴無邊功德王佛南無福德勝田佛南無初發心香自在娑羅佛南無蓮華尊德佛南無不染波頭摩聲佛南無成就勝無畏佛南無清淨金虛空吼光

明佛南無名聞意佛南無攝受衆生意佛南無不可思議法身佛南無一切龍摩尼藏佛南無平等須彌面佛南無普光明奮迅光王佛南無於一切衆生誓鎧無脫佛南無無量雄猛形法佛南無無生佛南無常求佛南無目犍連性佛南無堅精進佛南無極趣上威神聚佛南無聲流布佛南無慧音差別佛南無金華佛南無德不可思議王光佛南無善聚光蓮華剖體佛南無無能勝佛南無寶蓮華剖上德佛南無滿足百千德光幢佛南無過一切衆生誓鎧佛南無明威德佛南無住持妙無垢畏佛南無無量覺華開剖佛南無歡樂佛南無德豐佛南無尊聚佛南無寶身佛南無清淨光明寶佛南無即發意轉法輪佛南無日威德莊嚴藏佛南無思惟尊象德

佛南無蓮華中出現佛南無千光佛南無日月明佛南無深王佛南無須彌山大智真聲無邊佛南無波頭摩上星宿王佛南無諸尊中王佛南無蓮華應德佛南無普光威德佛南無寶場輪上尊王佛南無聲滿十方佛南無寶肩明佛南無伽那伽王光明威德佛南無端嚴海佛南無那羅達佛南無須彌頂佛南無最尊勝佛南無無邊稱功德光明佛南無不動光觀自在無量命佛南無頂堅勝威德佛南無妙鼓雲聲佛南無那羅延自在藏彌留勝佛南無法光明清淨開敷蓮華佛南無日月然燈佛南無寶成就勝佛南無過去現在未來佛南無一切衆生自在佛南無智焰華月王佛南無娑羅華上光王佛南無一切善根菩提通佛南無善化莊嚴佛南無行

自在王佛南無寶髙佛南無成就法輪王佛南無戒光明佛南無無障力王佛南無善歡喜佛南無法莊嚴觀樂說稱佛南無大慈悲救護勝佛南無衆上首自在王佛南無智衣佛南無清淨華山佛南無普吼世界妙鼓聲佛南無極上中王佛南無無量善根成就諸行佛南無車光佛南無龍光佛南無善清淨世界無觀相發行佛南無一切通光佛南無一切同名日熾自在聲佛南無淨彌留佛南無普畏世界月佛南無尊寶佛南無名樂法奮迅佛南無智華成就佛南無無量功德王光明步佛南無與一切樂佛南無普光明積上功德王佛南無總持佛南無大化佛南無妙勝光明佛南無寶蓋上光明佛南無普蓋王佛南無香上勝照光明佛南無善首佛南

無寶天佛南無華幢佛南無勝色佛南無無邊成就行佛南無帝釋光明佛南無師子華好佛南無天威德佛南無無邊虛空境界佛南無寶光阿尼羅勝佛南無住法功德稱佛南無莊嚴佛南無國土王佛南無次勝妙釋迦牟尼佛南無種種行王佛南無初勝藏山佛南無月髙佛南無大力彌留藏佛南無智稱王佛南無善寂靜心佛南無見驚怖佛南無多摩羅跋栴檀香佛南無法海潮功德王佛南無不憂法華吼王佛南無法臺佛南無大智真聲佛南無一切世成就然燈佛南無梵勝天王佛南無普功德增上雲聲燈佛南無堅才佛南無憘光佛南無種種成就世界功德微妙佛南無大海深王佛南無一切同名日龍奮迅王佛南無月光明佛南無普示

功德藏佛南無聞智佛南無無邊智境界佛
南無寶炎圍繞佛南無無量華光明善勝慧
佛南無示一切念佛南無無量功德勝名光
明佛南無護根佛南無在寶佛南無無畏作
王佛南無功德自在天佛南無普滿華佛南
無無著智善思惟佛南無妙稱佛南無離疑
佛南無義慧佛南無威德自在王佛南無寂
滅幢旛佛南無無量寶蓋佛南無然燈火佛
南無虛空莊嚴成就佛南無一切同名星宿
佛南無無礙智力王佛南無大强精進勇猛
佛南無自在相好莊嚴稱佛南無智吼稱王
佛南無名智盡天佛南無智來佛南無放月
光華王佛南無法來王佛南無敬重戒王佛
南無如觀法佛南無東北方無礙光雲佛南
無清淨戒功德王佛南無智勝見尸棄王佛

南無世橋佛南無華寶栴檀佛南無於一切
諸愛中雄佛南無普智聲王佛南無寶華善
住山自在王佛南無成義佛南無斯施佛南
無一切同名千八百稱聲王佛南無可樂見
光佛南無一切同名波頭摩上王佛南無曼
陀羅佛南無善思義境界佛南無寶賢幢勝
佛南無三昧手上勝佛南無無邊形像佛南
無波頭摩樹提奮迅通佛南無轉化衆相佛
南無寶蓮華住薩黎樹王佛南無妙身佛南
無法勝佛南無無量光香佛南無無念覺法
王佛南無法鷄兜佛南無初智慧眼莊嚴佛
南無寶集佛南無普香佛南無天光佛南無
廣護佛南無寶華普光威佛南無無垢雲王
佛南無隨世間意佛南無無邊顩佛南無樂
積光明功德佛南無一切法常滿王佛南無

功德聚集王佛南無行無量王佛南無大力
般若奮迅王佛南無種種願光佛南無無比
藏稱佛南無住華佛南無功德阿尼羅佛南
無作光明佛南無法自在王佛南無名聲去
佛南無法幢空俱蘇摩王佛南無無邊精進
勝面佛南無隨一切意法雲佛南無致沙佛
南無第一然燈佛南無歡喜世界寶功德佛
南無無量山王佛南無一切寶莊嚴色住持
佛南無寶園佛南無能仁佛南無安樂世界
斷一切疑佛南無合掌光明佛南無一切同
名娑羅自在王佛南無廣光明佛南無普一
蓋國土佛南無住持功德佛南無普隨順自
在佛南無在蓮華德佛南無堅精進思惟成
就義佛南無智慧自在佛南無海住持勝智
慧奮迅佛南無獨王佛南無不染佛南無千
上光明佛南無奮迅恭敬稱佛南無智波婆
佛南無驚怖慧肩彌留佛南無寂慧佛南無
善稱佛南無摩香佛南無不起佛南無莫能
勝幢旛佛南無無想音聲佛南無解脫威德
佛南無常微笑佛南無寶輪光明勝德佛南
無大力師子奮迅佛南無如意力電王佛南
無聲分妙覺吼聲佛南無不可思議光明勝
佛南無帝釋幢王佛南無澄住思惟佛南無
勝成佛南無增長法幢王佛南無智光聲佛
南無堅固蓋王佛南無無煩惱佛南無成就
娑羅自在王佛南無盧舍那勝功德佛南無
大海彌留勝王佛南無法山佛南無無垢稱
王佛南無一切功德成就勝佛南無善住中
王佛南無不可量世界無邊聲佛南無過潮
佛南無護根佛南無光明世界自在彌留佛

南無清淨輪王佛南無十方光明世界勝力王佛南無世間天佛南無破一切怖畏佛南無諸天流布佛南無歡喜王上首佛南無善光明勝佛南無羅網光中緣起中王佛南無善至智慧佛南無施思惟得名自在勝佛南無善觀佛南無善住佛南無安隱世間佛南無勝一切衆生佛南無大神通佛南無離怯弱住持聲佛南無慧照佛南無梵天佛南無雷王佛南無護智佛南無一切法無觀佛南無無上醫王佛南無持上功德佛南無華成就佛南無虛空星宿增上佛南無帝王普德上慈佛南無妙國懷天愛月佛南無常樂喜王佛南無虛空意須彌王佛南無人月上天佛南無富貴甘露王佛南無懷思殊勝佛南無得智善提王佛南無一切衆生自在佛南

無成功德無畏王佛南無善提威德佛南無樂說一切境界佛南無清淨月輪佛南無寶王佛南無住智勝十方上佛南無大焰覺王佛南無可聞聲佛南無大燈佛南無大勝佛南無能作光明佛南無常修行妙寶聲佛南無勝功德普蓮華佛南無燈上淨明佛南無無量壽智高山日聚佛南無大積須彌藏佛南無無邊境界勝王佛南無善生佛南無高勝佛南無香自在明輪佛南無栴檀窟普放香佛南無蓮華勝廣寂妙聲佛南無菩提願佛南無善清淨光明佛南無戒王佛南無善光無垢稱王佛南無思惟妙智無憂吉佛南無住諦法音稱佛南無最勝音王佛南無智見和合聲佛南無清淨輪王佛南無勝燈佛南無山積佛南無不空功德寶心佛南無勝

瑠璃光佛南無普護增上雲聲王佛南無彌樓嚴佛南無波頭摩上佛南無菩提威德佛南無聲滿十方佛南無上方師子妙聲佛南無無邊無際諸山佛南無香勝鷄兜大地佛南無千上光明愛德佛南無普仙意淨上王佛南無諦覺成豐善喜佛南無懷見寶稱佛南無威懷步寂諸根佛南無寶妙勝王佛南無不染無障聲佛南無栴檀聚香佛南無上首善莊嚴佛南無成就無邊功德佛南無不離二普散香佛南無智稱大覺佛南無國土無邊修行佛南無寶焰水光佛南無大仁佛南無善住意珊瑚海佛南無上寶香明佛南無不虛嚴佛南無能轉能住最勝香山佛南無不隨它供養光佛南無寶光照妙彌留佛南無香勝信天佛南無無邊上首山幢普護

佛南無一藏虛空佛南無住持般若寶光佛南無千香佛南無龍吼佛南無常樂德因王佛南無虛空劫法住持佛南無須彌聚增上護光佛南無六通聲佛南無解脫行香華佛南無日生佛南無善華堅固衆生佛南無世間可敬心功德佛南無因意香彌留佛南無散華莊嚴佛南無日月瑠璃光佛南無隨意光明無邊精進佛南無善根不弱寶成佛南無阿伽樓香佛南無寶勝光明炬然燈佛南無香鷄兜佛南無智者讃歎佛南無無邊功德佛南無觀智起華佛南無一切功德莊嚴佛南無一切功德金華佛南無香寶光明大念佛南無香面栴檀可樂佛南無世間自在佛南無妙德王佛南無無量音佛南無法性莊嚴佛南無日月明佛南無自在天佛南無

多天佛南無妙法樹山王威德佛南無聲分
勇猛佛南無智光明佛南無妙智佛南無普
功德雲勝威德佛南無無憂佛南無智自在
法王佛南無堅精進佛南無淨聲自在王佛
南無彌留劫佛南無山吼自在王佛南無虛
空輪清淨王佛南無普光明勝山王佛南無
法光明佛南無心意奮迅王佛南無善意佛
南無世間喜佛南無一切同名樂自在聲佛
南無善攝佛南無月無垢佛南無日光明勝
佛南無觀方佛南無栴檀勝月大慧佛南無
無煩惱佛南無月輪清淨華光佛南無無量
寶華光明佛南無寶髻焰滿足燈佛南無無
念示現諸行佛南無大炎聚佛南無大山幢
佛南無頂上極出王佛南無阿尼羅智佛南
無法智普鏡佛南無一切栴檀勝月佛南無
世間最上佛南無一切天佛南無希有名佛
南無雲自在王佛南無德聚王佛南無見有
邊佛南無雲聲佛南無破一切衆生闇勝佛
南無常相應語佛南無普華光佛南無勝護
佛南無起忍辱得名自在佛南無眞聲佛南
無過一切世間佛南無不空見佛南無世間
自在王佛南無金剛合佛南無無念覺法王
佛南無無邊功德寶藏佛南無梵聲安隱衆
生佛南無寶鷄兜佛南無善住堅固王佛南
無勝信佛南無娑羅步佛南無一切同名勢
自在聲佛南無勝友佛南無畢竟得無邊功
德佛南無天王佛南無光明普照大聖佛南
無金剛勢佛南無波頭摩藏高山佛南無開
悟菩提智光佛南無轉化一切牽連佛南無
金剛徧照十方佛南無飲甘露佛南無廣光

明佛南無大海天焰門佛南無香光威德佛南無法智差別佛南無一切光燈大髻佛南無寶燈王佛南無微妙清淨眼佛南無娑羅胎佛南無精進自在彌留寂自在佛南無得施起名佛南無寂靜月聲王佛南無功德光明勝佛南無勝慧善導師佛南無成就義光明佛南無普光慧然燈佛南無難可意佛南無一切同名舍摩它佛南無香焰勝王佛南無清淨一切願威德勝王佛南無國土莊嚴身佛南無成就驚怖勝華佛南無法幢佛南無寶月光明勝佛南無無方成就佛南無光明王佛南無精進力成就佛南無光明幢佛南無精進自在意佛南無法藏光明佛南無不退然燈佛南無大智慧須彌佛南無然法輪威德佛南無法炬寶帳聲佛南無法海說聲王佛南無智日普光明佛南無甘露命佛南無一切同名日月燈佛南無山自在王佛南無寶山精進自在集功德佛南無解脫精進日佛南無增上三昧奮迅佛南無寶幢佛南無種種華成就佛南無金剛威德佛南無十方清淨大寶佛南無說自在法天炎尊佛南無日月無垢聚寶光明佛南無海王佛南無天華佛南無不動智世間自在王佛南無寶淨佛南無善修果報離生佛南無智勝上王大輪佛南無一切世愛大信佛南無斷有見世間聞名佛南無寂靜不擾解脫光明佛南無大親佛南無樂心佛南無自在火佛南無善香佛南無普照稱佛南無大首佛南無衆生可敬天聲佛南無威德住持心日佛南無愛佛南無法佛南無成就義威德佛南無

師子喜聲德吼佛南無法燈佛南無護根佛
南無不動信摩尼王佛南無堅固佛南無散
華光明莊嚴佛南無能破疑堅精進佛南無
輪佛南無照佛南無善色靜天德佛南無歡
喜莊嚴見有佛南無樹幢佛南無寂根佛南
無得樂說華光明佛南無人月佛南無相王
法幢降魔佛南無不異心明增上佛南無大
威德佛南無破無明闇佛南無光明勝佛南
無栴檀屋勝香山佛南無法高佛南無善天
佛南無不畏行大雲光佛南無月勝佛南無
賢光寶沙羅佛南無能現一切念佛南無尊
佛南無念自在佛南無善思惟義佛南無華
威德佛南無光明輪藏佛南無龍光佛南無
日天佛南無出聲佛南無無垢心淨勝王佛
南無寂照佛南無人聲大旃陀佛南無最妙

香上勝佛南無無爲光佛南無一切栴檀香
佛南無法海吼光王佛南無無量億毗婆羅
佛南無勝莊嚴佛南無法起寶齊聲佛南無
功德寶山佛南無法火焰光明佛南無智力
天王佛南無無滅慧佛南無法界師子光佛
南無功德寶勝佛南無無爲聲佛南無一切
蓮華香佛南無師子妙聲王佛南無無垢月
鷄兜稱佛南無碎金剛智炬然燈王佛南無
人自在王佛南無金色百光明佛南無智上
光明佛南無堅奮迅佛南無清淨無垢光佛
南無賢智不動佛南無放光明佛南無無邊
勝佛南無大衆自在勇猛佛南無日月無垢
光明佛南無無染世界明王佛南無一切觀
形示佛南無成就一切義須彌佛南無龍自
在王佛南無不空見佛南無勝瑠璃金光明

佛南無法海意智勝佛南無寶光明佛南無不空勝佛南無畢竟慚愧稱勝佛南無不怯弱離驚怖佛南無普光明勝藏王佛南無不可降伏眼佛南無不可比功德稱幢佛南無堅自在王佛南無寶成就佛南無寶須彌然燈王佛南無法力自在勝佛南無釋迦牟尼佛南無圓滿清淨佛南無無量華光明善勝慧佛南無歡喜世界寶功德佛南無蓮華上德佛南無名稱最尊佛南無一切衆生愛見佛南無寶勝佛南無不可思議光明勝佛南無華德佛南無無畏作王佛南無普功德增上雲聲燈佛南無住持無量明佛南無十力自在王佛南無不可思議奮迅佛南無不可勝無畏佛南無一切衆生修行佛南無龍天佛南無大勝體佛南無普光明積上功德王

佛南無龍王護衆佛南無珍寶吼聲佛南無十方聞名一切世愛佛南無光明世界智光明佛南無無邊精進佛南無華鬘色王佛南無可喜衆生覺見佛南無寶智佛南無覺華剖德無聚會佛南無光德佛南無師子上香佛南無愛佛南無大龍勝功德然燈月佛南無樹提自在王佛南無功德自在天佛南無不可比甘露鉢佛南無護妙法幢寶佛南無無量光明無形佛南無天王佛南無大成就佛南無大香光功德奮迅佛南無光明奮迅佛南無香自在王佛南無善修果報不動寂靜佛南無愛香世界斷諸難佛南無摩尼清淨佛南無師子喜聲佛南無寶輪光明勝德佛南無寶愛佛南無善住清淨功德寶尊佛南無香上佛南無無垢雲王佛南無樂說莊

嚴雲聲歡喜佛南無普照放光明佛南無無量吼妙聲佛南無自在轉一切法佛南無日月淨明德佛南無奮迅恭敬稱王佛南無法自在佛南無大莊嚴自在智慧佛南無無邊威德佛南無功德莊嚴佛南無無上醫王智慧自在佛南無安樂世界遠離垢佛南無十方清淨佛南無光明勝王佛南無一切群萌誓鎧佛南無寶實佛南無善住功德摩尼山王佛南無金海佛南無不動慧光佛南無上佛南無具足一切功德莊嚴佛南無虛空輪靜王佛南無種種無量行佛南無不可量實體勝佛南無離一切憂暗佛南無不可思議法身佛南無香尊佛南無大焰聚佛南無寶光明無盡智慧佛南無釋迦牟尼佛南無成就觀佛南無華照佛南無世明佛南無功德

自在佛南無眞正幢佛南無無量光明佛南無法日智轉然燈佛南無無邊喜可威神佛南無成就意一切淨王佛南無寶勝月光佛南無師子力佛南無歡悅勝賢佛南無大勝光佛南無阿彌陀佛南無摩尼清淨寶焰佛南無普放香薰佛南無無量名稱佛南無妙勝光明婆羅堅佛南無聚寶光明佛南無光明勝佛南無光明佛南無清淨思惟善生佛南無功德圓融勝稱佛南無成就娑羅自在王佛南無世尊佛南無光明輪成就炎佛南無清淨光佛南無大通光佛南無勝王佛南無最上威佛南無甘露光佛南無大寶彌留光明觀佛南無深智佛南無聖德佛南無才光明佛南無大悲光佛南無世靜光佛南無金海光佛南無求勝佛南無妙光佛南無德

世界那羅延寶作佛南無海智佛南無敬戒
佛南無無量光明佛南無十方幢悦見佛南
無善濟日天佛南無智慧光明金剛齊佛南
無得利堅音佛南無自在幢佛南無大蓋佛
南無清徹光佛南無清淨光佛南無娑羅華
佛南無蓮華香佛南無善度才光佛南無常
放光明王佛南無善德莊嚴佛南無帝釋幢
波頭摩上大悲雲勝佛南無波羅羅堅人中
尊佛南無龍種上尊王佛南無摩尼幢佛南
無彌勒佛南無寶上德普法雄佛南無月然
燈十上光明佛南無普香光無量寶王佛南
無師子髻智王佛南無無量寶法廣稱佛南
無一切月華佛南無寶火佛南無覺王佛南
無一切大如意輪佛南無一寶無憂異觀佛
南無福德光明蓮華幢佛南無地住善讃歎

佛南無無量寶仗不盡佛南無妙聲吼佛南
無無量名稱佛南無堅王華佛南無天金剛
佛南無放淨光明佛南無無量壽佛南無普
光明佛南無寶信佛南無美音佛南無妙光
佛南無善月佛南無無量光佛南無大寶輪
佛南無三昧奮迅勝佛南無智勝上王佛南
無人王佛南無功德稱佛南無慧照天光功
德自在佛南無淨日諸天光明輪佛南無無
量慧稱佛南無法光佛南無雜色光佛南無
最焰光佛南無彌勒仙光佛南無樂雲佛南
無世間自在王佛南無那羅延善識佛南無
妙鼓聲王寶威佛南無日月燈大願速勝佛
南無十方佛南無意彊自在佛南無高王佛
南無蓮華應德千香佛南無勝一切衆生佛
南無日月珠光佛南無寶愛佛南無淨幢佛

南無甘露慧上堅佛南無功德守佛南無一切世愛能聖佛南無寶堅佛南無善用佛南無莊嚴信行佛南無珠月光佛南無道光佛南無光明日佛南無見敬懷佛南無婆羅華王佛南無善逝王功德奮迅佛南無山海慧自在通王佛南無不可思議德王光佛南無日然燈上勝佛南無月光明佛南無威神所養佛南無普放光佛南無寶意佛南無最如意佛南無善意成佛南無香風佛南無攝取光明寶臺佛南無釋迦牟尼佛世尊南無妙樂世界上德如來世尊南無圓滿清淨佛世尊南無無量功德佛世尊南無大焰王世尊南無妙寶如來佛世尊南無大光明佛吉祥世尊南無蓮華德世尊南無無上王佛世尊南無三寶如來佛世尊南無具足德世尊南無須彌山佛世尊

諸佛世尊如來菩薩尊者神僧名經卷第八

諸佛世尊如來菩薩尊者神僧名經卷第九

南無寶蓮華步如來南無最踊躍如來南無大集如來南無無際世界中無量光明如來南無寶英如來南無大强精進勇力如來南無金剛踊躍如來南無寶德步如來南無法最如來南無哀色世界中地力持踴如來南無錠光如來南無圍建特尊清淨如來南無寶大侍從如來南無無限淨如來南無寶火如來南無日轉世界中蔽日月光如來南無集音如來南無一切華香自在王如來南無無邊德積如來南無上善德如來南無上寶如來南無善住世界中盧舍那藏如來南無寶華如來南無聲聞緣覺如來南無威華生德如來南無上明慧如來南無智衆如來南無智力世界中釋迦牟尼如來南無寶生如來南無初發心離恐畏超首如來南無無邊德寶如來南無普自在如來南無明相如來南無華勝世界中波頭摩勝如來南無香明如來南無無量成就善劫勝護如來南無無邊自在如來南無智生德如來南無香相如來南無清淨世界中無量莊嚴如來南無香流如來南無最選光明蓮華開敷如來南無智生德聚如來南無無礙眼如來南無大力如來南無寶首世界中羅網光明如來南無香華如來南無安隱囑累滿具足王如來南無赤蓮華德如來南無無量眼如來南無寶積如來南無賢臂世界中起賢光明如來南無香光如來南無法光明波頭摩敷身如來南無波頭摩勝如來南無師子德如來南無妙眼如來南無普蓋世界中均寶莊嚴如來

南無醫王如來南無妙嚴世界無邊無量如
來南無十方稱發如來南無師子護如來南
無寶蓋如來南無難過世界中功德華身如
來南無明輪如來南無衆華世界上法自在
如來南無蓮華最尊如來南無無諍怖如來
南無淨眼如來南無覺住世界中優鉢羅勝
如來南無離憂如來南無毗盧遮那如來南
無香自在如來南無梵德如來南無無畏世
界中十方稱名如來南無帝幢如來南無最
踴躍如來南無賢最如來南無金寶光明如
來南無喜德如來南無須彌步如來南無寶
蓮華如來南無無垢光如來南無淨光如來
南無無垢光明如來南無華香自在王如來
南無淨光如來南無香像如來南無香自在
王如來南無月燈光如來南無一切衆德成

如來南無淨輪旛如來南無寶輪如來南無
世尊香光明如來南無多寶如來南無世尊
光明尊如來南無三蔓陁犍提如來南無日
光如來南無梵自在王如來南無無量光如
來南無喜悅佛如來南無龍德如來南無威
德猛如來南無百光如來南無莊嚴頂髻如
來南無無量寶名如來南無德寶如來南無
妙樂如來南無光明王佛日天如來南無金
剛意如來南無清淨光明如來南無寶積如
來南無大自在如來南無無畏如來南無寶
英如來南無寶光明如來南無寶幢旛如來
南無龍自在王如來南無日月光如來南無
身尊如來南無鼓音王如來南無月英如來
南無阿彌如來南無成就一切功德如來南
無寶德步如來南無淨寶興豐如來南無度

寶光明塔如來南無火光明如來南無無邊功德如來南無無量寶化光明如來南無無量德寶光如來南無法自在如來南無最清淨德寶住如來南無寶海如來南無世尊樹王如來南無世尊寶光明如來南無大光明如來南無世尊月音如來南無須彌如來南無世尊無量音如來南無寶英如來南無阿閦如來南無無限名稱如來南無師子響如來南無寶彌樓如來南無娑羅王如來南無藥王如來南無帝沙如來南無自境界如來南無普光如來南無栴檀屋如來南無龍天如來南無無量覺華光如來南無雲鼓音王如來南無名稱如來南無極高王如來南無寶幢旛如來南無諸天佛如來南無寶成如來南無尊自在如來南無寶輪如來南無寶

生德如來南無智明如來南無瑠璃光最勝如來南無善淨德光如來南無空相如來南無大須彌如來南無火光明如來南無明王如來南無金光如來南無無盡月如來南無無礙如來南無無勝相如來南無妙香如來南無善寂月音王如來南無流布力王如來南無風幢如來南無香光明如來南無不虛稱如來南無香明如來南無智光如來南無滅意根如來南無名親如來南無不虛力如來南無法幢如來南無無垢意寶光如來南無無礙音聲如來南無網明如來南無妙化音如來南無離垢嚴如來南無虛空如來南無淨光如來南無不動月如來南無離憂如來南無寶體品如來南無善嚴如來南無無礙眼寶山如來南無圍遶香熏如來南無善

明如來南無無礙音如來南無安立王如來南無方生如來南無主領如來南無自在力如來南無秋光如來南無習精進如來南無稱英如來南無無量離垢王如來南無信色清虛如來南無難勝如來南無世尊寶月光明如來南無無量慚愧金最豐如來南無月英豐如來南無無愚豐如來南無法寶燈如來南無寶光明如來南無金剛堅强消伏壞散如來南無無量光豐如來南無輪如來南無蓮華上如來南無金剛藏如來南無上方如須彌山如來南無無憂如來南無拘留孫如來南無龍上如來南無大明如來南無東南方一切緣修行如來南無寶華德如來南無衆如來南無栴檀窟如來南無安明頂如來南無師子威寶華德如來南無超空如來

南無大光明如來南無無畏如來南無金華如來南無西南方一切衆生嚴如來南無無限淨如來南無大如來南無無憂德如來南無離垢意如來南無寶光明無量音如來南無散華如來南無無驚怖如來南無無比如來南無寶肩如來南無西北方無邊法自在如來南無上香德如來南無龍如來南無無勝相如來南無寶生德如來南無奉至誠月音王如來南無普觀如來南無賢劫千如來南無香積如來南無燈光如來南無離怖畏大勝寶娑羅如來南無紫金光如來南無化如來南無栴檀德如來南無阿耨達如來南無大明稱無量音如來南無仙剛如來南無月光明如來南無無念如來南無寶英如來南無喜生德寶相婆訶主如來南無無邊眼

如來南無德内豐嚴王如來南無瑠璃光最
豐如來南無大名稱如來南無東方佛如來
南無大通智勝如來南無華上光如來南無
西方佛如來南無娑婆世界如來南無上彌
樓如來南無南方佛如來南無無邊功德如
來南無月光明如來南無北方佛如來南無
强行精進如來南無善宿王如來南無上方
佛如來南無妙香世界如來南無無礙光如
來南無下方佛如來南無月燈世界如來南
無拘留秦如來南無十方佛如來南無恒河
沙界如來南無無量劫如來南無莊嚴如來
南無寶成世界如來南無最威儀如來南無
瑠璃如來南無蓮華世界如來南無善明燈
如來南無慈悲如來南無妙明世界如來南
無大焰肩如來南無光明普十方如來南無

一切虛空等如來南無一切彌樓肩如來南
無一切牟尼如來南無無邊普光明如來南
無無量幢王如來南無無量須彌王如來南
無無量寶明如來南無大千普光明如來南
無一切寶遊步如來南無一切無邊香如來
南無一切香華如來南無十方世界佛如來
南無無量金華如來南無無量娑羅王如來
南無無量光王如來南無釋種無上勝如來
南無一切寶輪如來南無一切栴檀香如來
南無一切淨光如來南無眞金世界如來南
無無量虛空德如來南無無量虛彌樓如來
南無無量破疑如來南無金剛世界如來南
無一切香風月如來南無一切無邊明如來
南無一切山王如來南無光明世界如來南
無無量金剛藏如來南無無量世燈明如來

南無無量散華如來南無豐饒世界如來南
無一切不虛見如來南無一切豐珠光如來
南無一切勝王如來南無三千普世界如來
南無無邊無量如來南無無量大光明如來
南無無量蓮華上如來南無釋迦如來南無
東方歡喜世界那羅延如來南無螺髻如來
南無南方常滅度如來南無香德如來南無
上妙世界上彌樓如來南無大光明如來南
無西方泥洹華如來南無寶窟如來南無照
曜世界光明王如來南無功德海如來南無
無量幢如來南無淨眼如來南無西南方明
輪如來南無大力如來南無聖如來南無不
虛見如來南無靈山會上釋迦如來南無功
德海如來南無無邊光如來南無香德如來
南無西方阿彌陀如來南無安住如來南無

衆如來南無不虛光如來南無成利如來南
無禮樂成世界寶杖如來南無普然照妙明
燈聖如來南無寶王如來南無北方娑羅王
如來南無香像如來南無頂生王如來南無
北方蓮華生如來南無上族如來南無無比
月如來南無禮上意世界空性如來南無望
青蓮華如來南無寂滅如來南無北方無相
音如來南無梵相如來南無釋迦文如來南
無覺華光如來南無北方覺華生如來南無
香聚如來南無無比威德如來南無成就善
劫勝護如來南無普光明如來南無無礙光
雲如來南無明星如來南無普光如來南無
東方妙音世界須彌肩如來南無西南方無
量聲如來南無南方無量光明如來南無一
切閻浮上如來南無無邊稱如來南無北方

雲自在王如來南無十方一切諸如來南無善住世界師子如來南無雜色寶莊嚴如來南無香自在如來南無寶樹光明如來南無樂愛德如來南無一切諸方無畏如來南無上清淨世界寶彌樓如來南無盧舍那藏如來南無一切分陁利如來南無金剛藏如來南無無量寶化光明如來南無樂德世界智衆如來南無拘那含牟尼如來南無無垢力如來南無無礙音聲如來南無初發意如來南無一切諸方智聚如來南無廣大世界威華生德如來南無能度彼岸如來南無一切娑羅王如來南無無邊眼如來南無無畏世界明輪如來南無香德世界香相如來南無日月燈明王如來南無無礙眼如來南無炬照天師如來南無寶網手如來南無一切諸方微妙如來南無歡喜世界無邊德寶如來南無無邊德嚴如來南無一切尼拘陁如來南無轉諸難如來南無華德世界寶明如來南無安隱世界上寶如來南無無量香彌樓如來南無師子德如來南無無量精進如來南無衆眞寶如來南無一切諸方天德如來南無妙樂世界離欲自在如來南無護世知足如來南無一切不虛見如來南無方燈上如來南無寶生世界寶積如來南無日如來南無大主領如來南無南方寶樹光明一切諸如來南無下方師子頻如來南無不虛步如來南無西南方妙眼如來南無上方精進最高王如來南無月如來南無梵自在如來南無諸方善住世界世燈明如來南無大精進勇力如來南無南斗宿如來南無無邊無

量眼如來南無佛法自在如來南無相如來
南無師子護如來南無諸方安立世界增十
光如來南無無邊功德月如來南無善住王
如來南無無邊無極身如來南無安隱生德
如來南無寶如來南無常滅度如來南無諸
方安住世界須彌肩如來南無蓮華敷力如
來南無不虛稱如來南無無邊步力如來南
無持無量德如來南無上如來南無明德聚
如來南無諸方華布世界演華相如來南無
蓮華自在如來南無智生德如來南無無邊
無諍怖如來南無華蓋行列如來南無娑羅
如來南無上方香光如來南無波頭摩勝如
來南無五方五如來南無西南方上德如來
南無一切寶華奮迅如來南無善見如來南
無西方智山如來南無龍觀如來南無上方

然燈如來南無阿迦頭華如來南無須彌相
如來南無淨覺如來南無無量師子響如來
南無上善世界無畏如來南無紫色如來南
無虛空嚴生如來南無普賢如來南無上方
淨明如來南無覺華生德如來南無善思嚴
如來南無梵德如來南無無量德寶光如來
南無月出世界智聚如來南無善目如來南
無無緣莊嚴如來南無栴檀如來南無上方
明輪如來南無無限名稱如來南無智華德
如來南無明德王如來南無無量自在月如
來南無流布世界然燈如來南無利益如來
南無無邊辯才如來南無梵音如來南無上
方作明如來南無地力持踴如來南無無邊
力如來南無寶火如來南無無量寶彌樓如
來南無不思議香光明如來南無尸棄如來

南無蓮華最尊如來南無妙樂世界如來南
無莊嚴世界如來南無大須彌上香德如來
南無須彌燈王如來南無寶智首如來南無
喜德如來南無尊自在流香如來南無瑪瑙
世界如來南無香明世界如來南無阿彌陀
智自在如來南無蓮華尊豐如來南無法自
在如來南無普世如來南無行精進仙剛如
來南無大德世界如來南無無憂世界如來
南無大雲光不虛勝如來南無梵天普華如
來南無衆德相如來南無妙識如來南無不
動力法幢如來南無歡喜世界如來南無吉
祥世界如來南無寶娑羅虛空住如來南無
喜幢金光如來南無自境界如來南無月辯
如來南無無量覺華光如來南無堅固世界
如來南無光明世界如來南無最清淨無量

旛如來南無如須彌山如來南無自在月如
來南無普願如來南無轉一切生死如來南
無明燈如來南無下方明輪如來南無東南
方法種尊如來南無西南方阿彌陀如來南
無東南方不動力如來南無西南方無量華
如來南無寶藏世界寶聚如來南無覺世界
寶彌樓如來南無尊如來南無妙如來南無
無畏上如來南無蓮華上如來南無無量劫
聖如來南無河沙數廣如來南無諸世界淨
如來南無清淨世界智聚如來南無燈明如
來南無下方法旛如來南無無憂世界善德
如來南無無勝世界德勝如來南無東南方
無量願如來南無西南方常精進如來南無
純樂世界安立功德王如來南無西南方無
邊像如來南無雲如來南無日如來南無無

量相如來南無無量明如來南無無盡徹聽
如來南無雷吼如意如來南無清泰無動如
來南無常照明香彌樓如來南無仙勝如來
南無寶淨寶焰如來南無戒光世界須彌如
來南無珠光世界香像如來南無西南方無
相嚴如來南無東南方轉諸難如來南無西
南方樂御世界智首如來南無隨喜世界普
明如來南無前如來南無後如來南無無上
光如來南無增千光如來南無福住堅固如
來南無金光寶窟如來南無妙華淨眼如來
南無東南方寶娑羅如來南無龍仙如來南
無廣遠火光如來南無梵德世界梵音如來
南無金明世界寶明如來南無東南方佛虛
空如來南無西南方無邊嚴如來南無阿竭
流香世界上香德如來南無東南方無邊願

如來南無應如來南無報如來南無不虛德
如來南無不虛光如來南無正直大集如來
南無堅固開光如來南無樂園妙樂如來南
無大名聞須彌肩如來南無善恩如來南無
瓔珞無礙如來南無相德聚無相音如來南
無青蓮華覆華上如來南無東南方無邊明
如來南無東南方金剛藏如來南無寶輪世
界寶上勝如來南無安隱優鉢羅德如來南
無賢如來南無正如來南無寶娑羅如來南
無一蓋嚴如來南無慈悲藏聚如來南無普
賢勝敵如來南無月光放光如來南無衆蓮
華華生德如來南無香光明世界如來南無
超空如來南無寶月燈光隨葉如來南無善
明燈如來南無羅網光如來南無妙化音如
來南無光遠如來南無梵首天王如來南無

迦葉如來南無無量種奮迅如來南無天王
如來南無阿閦金光寶海如來南無紫金光
如來南無無垢光如來南無無限淨如來南
無無著如來南無過寶蓮華如來南無淨教
如來南無娑羅王安立如來南無智明如來
南無善德普賢寂滅如來南無聖所生如來
南無難伏幢如來南無須彌肩如來南無多
寶如來南無時大光明如來南無香象如來
南無無邊空嚴德如來南無勝王如來南無
寶聚金華勝衆如來南無賢劫千如來南無
師子威如來南無安立王如來南無不動如
來南無須彌燈王如來南無大目如來南無
十方稱世界如來南無藥王如來南無智聚
流香妙眼如來南無轉法輪如來南無無邊
嚴如來南無無憂德如來南無名相如來南

無虛空淨王如來南無合聚如來南無東南
方無邊緣中現佛相如來南無西北方清淨
世界衆德相如來南無東方諸功德處世界
觀世音如來南無東方喻月世界一切華香
自在王如來南無西南方燈明如來南無北
方化成世界無染如來南無常莊嚴世界雜
華如來南無普香世界香彌樓如來南無寶
聚世界無邊寶力如來南無上方虛空緻世
界法空燈如來南無南方名聞光如來南無
喜世界名堅自在王如來南無無相世界無
相音如來南無堅固世界無動力如來南無
東方雜華世界宿王如來南無東方無塵垢
世界寶華德如來南無南方大焰肩如來南
無雜寶相世界月出德如來南無香聚世界
栴檀香如來南無衆月世界善生德如來南

無東方衆網世界網明如來南無下方無量
華世界燈尊王如來南無南方須彌燈如來
南無無邊德世界善思嚴如來南無離塵垢
世界智德如來南無極廣世界無量相如來
南無東方無畏世界梵音如來南無上方堅
固香世界寧泰幢如來南無西方無量相如
來南無安隱世界優鉢羅德如來南無光王
如來南無諸方普照明如來南無無邊精進
善生如來南無星宿月如來南無寶德世界
寶明如來南無北方不空成就如來南無釋
迦多寶二如來南無西南方離二邊如來南
無無處畏如來南無下方無垢稱王如來南
無最高德如來南無諸方善導師如來南無
無憂世界離憂如來南無無礙眼如來南無
無漏世界醫王如來南無自光明如來南無

諸方衆德生如來南無善意世界妙肩如來
南無普自在如來南無無畏世界明輪如來
南無普光明如來南無諸方善德王如來南
無一蓋世界宿王如來南無喜生德如來南
無照明世界寶網如來南無善明燈如來南
無諸方無量華如來南無西南方明稱樓如
來南無自境界如來南無下方名稱遠聞如
來南無須彌明如來南無諸方無量明如來
南無西北方須彌相如來南無善建立如來
南無下方妙善住王如來南無妙喜世界如
來南無須彌勝世界淨覺王如來南無一切
奮迅如來南無西方殊勝如來南無寶聚世
界如來南無上華光世界明德王如來南無
一切寶勝如來南無妙月世界如來南無東
方天世界衆堅固如來南無無量金明世界

金華如來南無衆多世界明相如來南無一切事見如來南無栴檀世界寶像如來南無優鉢羅世界香風月如來南無一切等慧如來南無不空奮迅如來南無蓮華世界華德如來南無栴檀光世界自在王如來南無一切忍慧如來南無優鉢羅勝如來南無住林世界寶肩如來南無善行列世界不虛稱如來南無寶積示現如來南無十方稱發如來南無一聚世界寶聚如來南無諸欲淨世界無垢稱如來南無一切妙積如來南無見無恐懼如來南無化如來南無龍如來南無東方圍遶世界寶輪如來南無見眞諦如來南無西南方金剛藏如來南無西北方光照如來南無聖如來南無根如來南無普光明世界鼓音王如來南無無邊願如來南無虛空德如來南無一切憍陳若如來南無德如來南無慈如來南無普金剛世界拘陵王如來南無上善德如來南無吉祥義如來南無一切離怖畏如來南無勝如來南無明如來南無普娑婆世界智生德如來南無振威德如來南無不虛見如來南無一切須彌步如來南無妙如來南無華如來南無普宿開世界無礙眼如來南無極高德如來南無尊自在如來南無一切法名號如來南無智如來南無尊如來南無瑠璃光世界淨光如來南無大音眼如來南無寶自在如來南無一切菩提道如來南無慧如來南無寶如來南無金光明世界無量如來南無法世界如來南無自在天如來南無一切華生德如來南無普賢如來南無上方薩羅樹王如來南無善明

燈如來南無聖所生如來南無勝王如來南無勝上如來南無上方處法形如來南無上方明彌樓如來南無智勝如來南無過去梵首天王如來南無示誨幢如來南無難伏幢如來南無淨光如來南無寂定如來南無未來阿彌陀如來南無過去世饒王如來南無熱光如來南無上方轉如相嚴如來南無師子音如來南無羅網光如來南無帝沙如來南無大力如來南無無邊德明王如來南無無邊智自在如來南無無上如來南無月世界無量願如來南無栴檀香如來南無無上光如來南無寶生如來南無救脫如來南無須彌肩明輪如來南無無邊嚴日生如來南無神聞如來南無未來力嚴淨王如來南無憍陳如如來南無蓮華光如來南無定光如來南無相上如來南無栴檀德無驚如來南無網明相妙肩如來南無大勝如來南無光明如來南無廣信如來南無阿樓那如來南無摩尼光如來南無栴檀世界如來南無名稱如來南無蓮華香住清淨如來南無無恚恨如來南無普世界如來南無寶明德如來南無栴檀窟如來南無香燈如來南無定光如來南無龍天如來南無法明如來南無師子威如來南無寶彌樓如來南無寂滅如來南無香明如來南無寶力如來南無多伽樓如來南無無垢光如來南無懷調世界如來南無衆華如來南無香華薰度一切如來南無不虛見如來南無盡諸方如來南無網明相如來南無威儀幢如來南無無畏如來南無微妙如來南無流香如來

諸佛世尊如來菩薩尊者神僧名經卷第九